Ponte de Outono

Do Autor:

Bando de Pardais

Ponte de Outono

Ponte de Outono

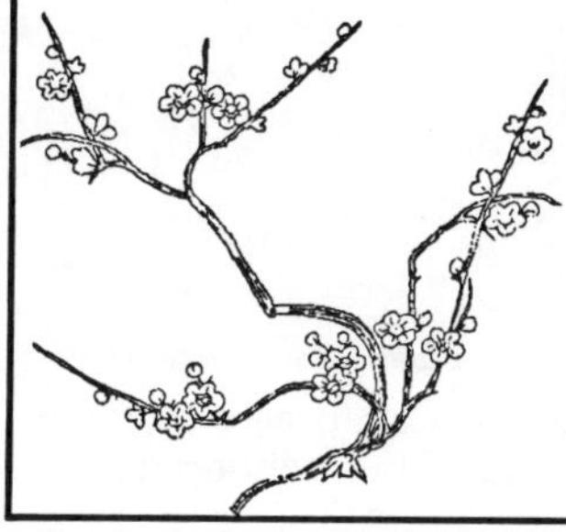

TAKASHI MATSUOKA

Tradução
Marcia Heloisa Amarante Gonçalves

BERTRAND BRASIL

Título original: *Autumn Bridge*

Capa: Rodrigo Rodrigues

Editoração: DFL

2008
Impresso no Brasil
Printed in Brazil

CIP-Brasil. Catalogação na fonte
Sindicato Nacional dos Editores de Livros, RJ

M384p Matsuoka, Takashi
Ponte de Outono/Takashi Matsuoka; tradução Marcia Heloisa Amarante Gonçalves. — Rio de Janeiro: Bertrand Brasil, 2008.
504p.

Tradução de: Autumn bridge
ISBN 978-85-286-1312-4

1. Romance americano. I. Gonçalves, Marcia Heloisa Amarante. II. Título.

CDD – 813
08-0333 CDU – 821.111 (73)-3

Todos os direitos reservados pela:
EDITORA BERTRAND BRASIL LTDA.
Rua Argentina, 171 — 1º andar — São Cristóvão
20921-380 — Rio de Janeiro — RJ
Tel.: (0xx21) 2585-2070 — Fax: (0xx21) 2585-2087

Atendemos pelo Reembolso Postal.

Para minhas avós
Okamura Fudé, nascida em Wakayama, sudeste de Kansai,
Yokoyama Hanayo, nascida na aldeia de Bingo, na prefeitura de Hiroshima.

Para minha mãe
Haruko Tokunaga, nascida em Hilo, Havaí.

E para minha filha
Weixin Matsuoka, nascida em Santa Mônica, Califórnia.

Minha gratidão e respeito
Por terem me aproximado ao máximo
da
Senhora Shizuka.

Sumário

Lista de Personagens

1281-1311	
HIRONOBU:	*Primeiro Grande Senhor de Akaoka*
SENHORA SHIZUKA:	*Esposa de Hironobu*
GO:	*Guarda-costas de Hironobu*
1796-1867	
KIYORI:	*Grande Senhor de Akaoka, 1796-1860*
GENJI:	*Grande Senhor de Akaoka, a partir de 1861*
SHIGERU:	*Filho de Kiyori, tio de Genji*
HIDÊ:	*Chefe da segurança do Senhor Genji em 1861; mais tarde, General-chefe*
TARO:	*Segundo no comando do exército de Genji em 1861*
HEIKO:	*Uma gueixa, amante de Genji*
HANAKO:	*Criada do clã Okumichi; mais tarde, esposa de Hidê*
EMILY GIBSON:	*Missionária cristã*
MATTHEW STARK:	*Missionário cristão; mais tarde, homem de negócios em São Francisco*
KIMI:	*Menina da aldeia*
GORO:	*Retardado da aldeia*
SENHOR SAEMON:	*Rival do Senhor Genji*
1882	
JINTOKU:	*Abadessa da Abadia de Mushindo*
MAKOTO STARK:	*Filho de Matthew Stark*
SHIZUKA:	*Filha de Genji, batizada em homenagem à Senhora Shizuka*

JA
126
128
130
CORÉIA
MAR DO
J A
40
38
36
34
MAR AMARELO
ESTREITO DA CORÉIA
KYUSHU
SHIKOK
130
132

138
140
142
Castelo das Pedras Brancas
SHIROISHI
HONSHU
38
36
34
Mosteiro de Mushindo
Sekigahara
Edo
OCEANO PACÍFICO
AOKA
astelo do Bando de Pardais
abo Muroto
ESCALA
25 50 100 150 200 MILHAS
136
138
Michael Gellatly

1

O FANTASMA DO SENHOR KIYORI

1

O Espectro

O Grande Senhor empunha uma espada afiada, monta um possante cavalo de batalha, comanda vassalos insubordinados. Ele já decapitou dez mil inimigos. Todo o reino admira a sua perícia marcial. Mas porventura não veio ao mundo, chorando, do útero de uma mulher? Não sugou, indefeso, o seio de uma mulher? E quando as estrelas frias faíscam como gelo no céu de inverno, e a profundeza da eternidade enregela o seu coração, o que mais deseja, senão o abraço envolvente de uma mulher?

AKI-NO-HASHI[1]
(1311)

1860, CASTELO DO BANDO DE PARDAIS, NA PROVÍNCIA DE AKAOKA

A Senhora Shizuka não havia mudado absolutamente nada desde que o Senhor Kiyori a conhecera. Sua pele continuava acetinada como a mais fina porcelana Ming, ostentando a palidez impecável de uma dama refinada da corte, intocada pela passagem do tempo, protegida do sol e das adversidades, sem sinais visíveis de feitos, pensamentos ou sentimentos impróprios. Seus olhos, quando não estavam pousados

1 "Aki-no-Hashi" significa, literalmente, "Ponte de Outono" em japonês. (Todas as notas são da tradutora.)

nele — tímidos, astutos ou encantadores, dependendo da ocasião —, fitavam uma distância imaginária, com uma expressão de surpresa agradável e iminente, acentuada pelas sobrancelhas altivas e bem delineadas. Não era afeita aos penteados modernos, com a sua complexidade de dobras, camadas, ondulações e acessórios; usava os cabelos simplesmente repartidos ao meio e amarrados por uma fita azul-clara na altura dos ombros, em um frouxo rabo-de-cavalo. Desciam-lhe pelas costas, até o chão, numa graça de ébano brilhante. As suas vestes, confeccionadas em um elegante crepe de seda com texturas contrastantes, eram igualmente clássicas, folgadas e sobrepostas, em tons *dégradé* de azul, que variavam desde a limpidez cristalina de um lago no píncaro de uma montanha ao negrume do céu após o entardecer. Era a imagem fiel de uma princesa da Era do Príncipe Brilhante. Uma era, recordou ele, há muitos séculos esquecida.

Do lado de fora do quarto, nações estrangeiras concentravam suas forças militares contra o Japão. Gigantescos navios de guerra a vapor — americanos, ingleses, franceses e russos — adentravam livremente os portos japoneses. Munidos de canhões capazes de lançar projéteis do tamanho de um homem muito além da costa, ultrapassando montanhas e florestas até o interior, e aniquilar exércitos escondidos antes mesmo que estivessem próximos o bastante para saber quem os atingira. O oceano que separava as ilhas do Japão do resto do mundo já não proporcionava mais nenhuma defesa. As frotas estrangeiras eram compostas por centenas de navios a vapor com canhões que podiam causar mais estragos do que bombardeios de longa distância. Podiam estar tripulados por dezenas de milhares de tropas, vindo de terras distantes, armadas com mais canhões e armas de fogo portáteis, prontas a desembarcar nos portos japoneses em questão de meses. Todavia, naquele quarto, na torre mais alta do Castelo do Bando de Pardais, o antigo Japão sobrevivia. E o Senhor Kiyori podia fingir, ao menos por enquanto, que seu mundo inteiro resumia-se àquele lugar.

Ela percebeu que ele a fitava e sorriu. A expressão em seu rosto era ao mesmo tempo inocente e cúmplice. Como conseguia tal façanha? Até mesmo a mais talentosa das gueixas raramente era capaz de mesclar inocência e cumplicidade em um único olhar. Abaixou a cabeça, recatada, e cobriu o sorriso de menina com a ampla manga do seu antiquado quimono Heian.[2]

— Estou ficando constrangida, meu senhor. Há algo de errado com a minha aparência?

— E como poderia haver? — perguntou Kiyori. — A senhora é e sempre será o ser mais perfeitamente belo de todo o reino.

Ela lançou-lhe um olhar jocoso.

— Isto é o que o senhor vive dizendo. Contudo, quando foi a última vez que me concedeu a honra de uma visita em meus aposentos?

— Eu já lhe pedi para não falar mais sobre esse assunto. — Sentiu a quentura em seu rosto e soube que devia estar enrubescendo. Reagir como um rapazote enamorado era constrangedor para um homem de sua posição, avançado em anos. — O mero fato de ter acontecido já constitui em si um erro lamentável.

— Por causa da nossa diferença de idade?

Qualquer um que a visse não lhe daria mais de dezoito ou dezenove anos, no pleno desabrochar da sua feminilidade. Uma dama de linhagem nobre, sem dúvida, possivelmente virgem. O mesmo observador hipotético, ao examiná-lo, veria um senhor de idade avançada, dono de uma postura que nem o tempo nem os reveses da vida haviam sido capazes de envergar, ostentando uma quietude alerta e o cabelo grisalho preso no complexo penteado de um samurai.

A diferença de idade. Sim, era um dos motivos, não era? Mas já não lhe ocorria havia muito tempo.

— Não vai se repetir — afirmou ele.

— Isso é uma profecia? — O seu tom era zombeteiro, mas em nada ofensivo, como se o convidasse a compartilhar um gracejo e não o produzisse à sua custa.

— A senhora sabe muito bem que não.

— Mas o senhor não é Okumichi no kami[3] Kiyori, o Grande Senhor de Akaoka? Então, decerto é um profeta, assim como todos os líderes de seu clã, geração após geração.

---

[2] Relacionado a um dos períodos do Japão Feudal, conhecido por Período Heian (794-1185). Entre algumas de suas características estão a forte influência da China, o apogeu da corte imperial e da arte e cultura. Heian era o nome da atual Kyoto, na época capital do Japão.

[3] "no kami" significa "senhor de" em japonês; Okumichi no kami, "Senhor dos Okumichi".

— Isso é o que as pessoas dizem.

— As pessoas dizem porque as suas atitudes nem sempre podem ser explicadas, a não ser pela previsão. Se o senhor não é um profeta, então como pode adivinhar o futuro?

— Boa pergunta.

Há muito carregava o fardo da maldição da profecia, mas, nos últimos tempos, pela primeira vez na vida, começava a sentir o peso da idade. Estava com setenta e nove anos. De acordo com os registros históricos, nos tempos antigos os homens — heróis, sábios, abençoados pelos deuses sagrados — costumavam viver até os cem anos ou mais. Não conseguia imaginar que fosse acontecer o mesmo com ele. Na verdade, era extraordinário que tivesse vivido tanto, dadas as circunstâncias. Assumira a liderança da província aos quinze anos, casara-se aos dezoito, tivera filhos mais tarde e ficara viúvo aos quarenta. Durante todo esse tempo, desfrutara secretamente a companhia da Senhora Shizuka. Quantos anos haviam realmente se passado? Estavam no décimo quarto ano do Imperador Komei. Conheceram-se no décimo sétimo ano do Imperador Kôkaku, cujo reinado durara trinta e oito anos. O seu sucessor, Imperador Ninkô, reinara por mais trinta e nove anos, até a ascensão do soberano atual ao trono. Sessenta e quatro anos? Por força do hábito, confirmou o cálculo segundo o calendário ocidental. O décimo sétimo ano do Imperador Kôkaku correspondia ao ano de 1796 d.C. Estavam em 1860 d.C. Sim, sessenta e quatro anos.

Ela dissera ter dezesseis anos na ocasião em que se conheceram. Dizia ter dezenove agora. Aos olhos de Kiyori, continuava a mesma. Sentiu um calafrio percorrer seu corpo, que nada tinha a ver com a temperatura daquela manhã amena de inverno.

— Como eu poderia saber? — perguntou Shizuka. — O senhor é quem tem as visões, não é mesmo?

— Será?

— Acaso está sugerindo que sou eu a vidente?

— A senhora sempre insistiu que sim — disse Kiyori.

— E o senhor sempre duvidou — retorquiu Shizuka. Estava com o cenho levemente franzido, concentrada. Pousou um olhar atrevido sobre Kiyori. — Está finalmente aventando tal possibilidade?

Uma voz do outro lado da porta impediu que Kiyori lhe desse uma resposta imediata.

— O chá está pronto, meu senhor.

— Pode entrar.

Observou Hanako, a jovem criada, abrir a porta de correr em silêncio, fazer uma reverência e examinar o quarto rapidamente, hesitante. Que falta de consideração a sua — parado à toa na janela, não lhe oferecera nenhum ponto de referência. Ela não teria como saber onde servir o chá. Porém, antes que Kiyori pudesse sentar diante da Senhora Shizuka, Hanako dirigiu-se exatamente para onde ele a teria guiado, entre o ponto onde estava parado e o ponto onde um convidado normalmente se sentaria diante dele. Hanako sempre o surpreendia. Desde o primeiro dia, quando a pequena órfã se tornara sua criada, aos nove anos de idade, já demonstrava uma inteligência perspicaz e uma notável intuição, superiores à da maioria dos seus samurais.

— Obrigado, Hanako. Pode ir.

— Sim, senhor. — Hanako fez uma reverência e pôs-se a se afastar ainda virada para ele, para sair do quarto sem dar as costas ao senhor.

— O senhor não está se esquecendo de uma coisa? — lembrou Shizuka. Sua voz era um sussurro tão sutil que poderia ser fruto da sua imaginação.

— Hanako. Um momento. — O que havia esquecido? Ah, sim. — Quando o mensageiro voltar para Edo amanhã, você irá acompanhá-lo. Agora será membro da criadagem do Senhor Genji, no Palácio do Grou Quieto.

— Sim, senhor. — Embora a ordem a tivesse pegado desprevenida, Hanako não demonstrou nenhum sinal de surpresa. Assentiu sem questionar, que era exatamente a maneira correta de reagir a uma ordem.

— Você me serviu muito bem, Hanako. Seus pais ficariam orgulhosos. — Kiyori, é claro, não pediu desculpas, nem ofereceu explicações por mandá-la embora sem nenhum aviso prévio.

— Obrigada, meu senhor. O senhor foi muito gentil por ter aturado a minha incompetência por tanto tempo.

Ele ignorou a manifestação formal de humildade da criada.

— Ficarei muito grato se servir ao meu neto tão bem quanto me serviu.

— Sim, senhor. Farei o melhor possível.

Quando ela se retirou, Kiyori perguntou:

— Por que estou despachando Hanako para o Grou Quieto?

— Está perguntando a mim, senhor?

— Estou apenas pensando alto — justificou ele. — Um péssimo hábito que me rendeu a imerecida reputação de ser mais excêntrico do que na verdade sou.

— É bom que pense a respeito, uma vez que a decisão cabe ao senhor. — Ela se calou, antes de acrescentar: — Não é mesmo?

Kiyori sorriu, com uma expressão amarga no rosto. Sempre que conversava com Shizuka, era atormentado pelo mesmo dilema. O seu raciocínio, não importava o quão lógico, raramente estava correto. Esta era a diferença entre lógica e orientação profética.

— Estou mandando Hanako para o meu neto porque, agora que ele assumiu a maior parte dos deveres formais como Grande Senhor da província, precisa mais de serviçais de confiança do que eu. Sobretudo agora, que mais três missionários cristãos estão prestes a desembarcar em Edo, para viver no país sob nossa proteção. A mera presença desses estrangeiros desencadeará a crise que há de determinar o futuro do nosso clã. Além disso, estou contando que uma afeição mútua possa despontar entre Hanako e Genji. Ela é exatamente o tipo de mulher de que ele precisa a seu lado em uma época tão pródiga em perigos como a nossa.

— Muito coerente, meu senhor. Sempre me admira a clareza de suas idéias.

— Já vi que a senhora não aprova a minha decisão. — Kiyori serviu chá para ele e sua companhia, mais por formalidade e educação, visto que Shizuka, como sempre, não tocou em sua xícara.

— A diferença significativa em suas classes sociais não seria um impedimento?

— Uma vez que o futuro trará o caos, o caráter há de ser mais importante do que o berço.

— São palavras muito sábias — assentiu Shizuka —, desapegadas dos rigores artificiais da convenção social, muito adequadas ao momento atual.

— A senhora não concorda?

— Absolutamente. Minhas opiniões são antiquadas e eu conheço muito pouco o mundo lá fora. Não obstante, até mesmo para alguém com um entendimento limitado como eu, está claro que, atualmente, o mérito inato é muito mais importante do que uma posição social herdada.

— A senhora concorda, contudo minhas palavras parecem diverti-la. Suponho que Hanako e Genji não estão destinados um para o outro.

— Há sempre mais a saber — advertiu Shizuka. — Se porventura deve ser revelado, já é outra questão. O senhor gostaria de saber mais?

— Não desejo saber nada além do que o necessário para garantir o bem-estar do nosso clã.

— Então, o senhor já sabe o bastante — disse Shizuka.

Kiyori sorveu o seu chá. A expressão em seu rosto era serena e ocultava a imensa irritação que sentia pelo fato de ela não ter satisfeito a sua evidente curiosidade. Será que Hanako e Genji iriam se apaixonar? Não podia perguntar mais, não porque a pergunta em si fosse inadequada — dizia respeito à transmissão do poder profético à geração que sucederia Genji, um assunto por si só relevante, que ultrapassava os limites da mera especulação romântica —, mas sim porque a simples pergunta acarretaria uma conseqüência que ele conseguira evitar durante sessenta e quatro anos. Se ela fosse contar, teria de ser espontaneamente, sem que ele solicitasse.

Quando se tornou óbvio que ele não daria continuidade à conversa, os olhos de Shizuka encheram-se de tristeza. Ficou absolutamente imóvel, algo que acontecia amiúde durante os seus encontros. Em tais momentos de repouso melancólico, a sua beleza era particularmente etérea. Poderia um homem contemplar uma visão tão perfeita que, por si só, era capaz de enlouquecê-lo? Se pudesse, talvez isso explicasse muitas coisas, não é mesmo? Ele já a vira em seu esplendor absoluto, inúmeras vezes.

Quando se levantou para deixá-la, Shizuka o surpreendeu:

— Jamais lhe pedi um favor sequer, meu senhor, nem voltarei a fazê-lo. Poderia mo consentir?

— O que é?

— Se consentir, terá de ser sem saber do que se trata.

Não seria digno de um homem hesitar.

— Então, eu consinto.

Shizuka curvou-se por completo, premendo a testa no chão.

— Obrigada, meu senhor.

Kiyori esperou que ela continuasse. Mas Shizuka permaneceu inclinada durante um longo tempo, em silêncio. Quando ergueu a cabeça, seus olhos estavam rasos d'água. Não se lembrava de tê-la visto chorando antes.

Com o rosto banhado em lágrimas, ela pediu:

— Faça a sua refeição noturna aqui e passe a noite comigo.

— Este é um pedido muito injusto — objetou Kiyori, sinceramente magoado. — A senhora me manipulou a concordar em fazer algo que jurei, pela minha vida e honra, jamais fazer.

— Estou pedindo apenas que permaneça em meu quarto, não que divida a cama comigo. O meu sangue é tão samurai quanto o do senhor. Jamais o enganaria para que quebrasse um juramento.

Kiyori ainda estava contrariado. Poderia não iniciar a noite em sua cama, mas, permanecendo uma noite inteira ao lado dela, como evitar que a terminasse em seus braços? Embora tivesse uma forte determinação, continuava sendo um homem, com todas as fraquezas inerentes ao seu sexo. Mas não tinha escolha. Já havia consentido.

— Está bem. Só esta noite.

— Obrigada, meu senhor — agradeceu Shizuka. Erguendo os olhos, sorriu para ele por entre as lágrimas.

Kiyori não retribuiu o sorriso. Aquela haveria de ser uma noite muito longa.

. . . . . .

Hanako agrupou seus pertences para a viagem a Edo. Podia escutar duas das criadas mais jovens tagarelando no aposento contíguo.

— O Senhor Kiyori ordenou que servissem seu jantar na torre principal do castelo.

— Não! Para quantas pessoas?

— Duas! E ele pediu especificamente que não levassem saquê.

— Jantar na torre principal. E sem saquê. Que estranho. Ele só jantaria lá em cima se fosse receber algum convidado importante em particular. Mas, para um convidado ilustre, ele pediria saquê, não concorda?

— Talvez não esteja esperando um convidado tradicional.

— Você não está querendo dizer...

— Claro!

— A mulher dele, será? Ou a outra?

Aquilo tinha passado dos limites. Hanako apoiou suas roupas dobradas no chão, caminhou até a porta que dividia os dois aposentos e deslizou-a. As duas criadas se sobressaltaram, mas, ao reconhecê-la, respiraram aliviadas.

— Ah, é você, Hanako.

— Sim, felizmente sou eu. E se não fosse? E se fosse o Senhor Kiyori?

— Bobagem, ele nunca vem até as dependências dos criados.

— Mesmo assim, parem de tagarelar — insistiu Hanako. — Ou, se não conseguem se conter, ao menos sejam mais discretas.

— É, você tem razão — ponderou uma das criadas. — Obrigada por nos advertir. — Ambas se curvaram para ela.

Hanako já estava fechando a porta que separava os quartos quando uma delas se pronunciou depressa, alçando a voz em um sussurro disfarçado:

— Quem você acha que é, Hanako? A mulher dele ou a outra?

— Abstenho-me de especular sobre o assunto. E vocês deveriam fazer o mesmo. — Fechou a porta, deixando as criadas pasmas, com os olhos arregalados. Após alguns instantes de silêncio, voltaram a cochichar novamente.

A verdade é que Hanako obviamente tinha uma suspeita, embora jamais ousasse revelá-la. Seria muito menos preocupante se o Senhor Kiyori estivesse se encontrando com a sua mulher, a Senhora Sadako. Mas Hanako duvidava que fosse ela. Durante os treze anos em que servira ao clã Okumichi, escutara fragmentos de conversas particulares do Senhor Kiyori diversas vezes. Quando ele estava com o seu convidado misterioso, jamais o ouvira dizer o nome da Senhora Sadako. E o tom de voz que ele costumava empregar era baixo e reservado, típico de amantes clandestinos. Não estava se encontrando com o fantasma de sua mulher. Estava se encontrando com a outra.

Um calafrio percorreu seu corpo. Quase estremeceu, sentindo os pêlos dos braços, das costas e da nuca se arrepiarem, como se minúsculas agulhas a espetassem de dentro para fora.

Imaginou se o Senhor Genji também haveria de se encontrar com a outra um dia. E se perguntou se aquele dia já havia chegado.

1311, CASTELO DO BANDO DE PARDAIS

Shizuka permaneceu imóvel, refletindo em silêncio durante algum tempo após o Senhor Kiyori ter deixado o seu quarto. Depois, levantando-se, caminhou até a janela à qual ele se postara e contemplou a paisagem. Teria ele visto o mesmo que ela via agora? As colinas abundantes em sempre-vivas da Ilha Shikoku, o céu plúmbeo, a espuma branca que as ondas engendravam, fustigadas por tempestades marinhas distantes e ventos invernais? Deveria ter perguntado. Talvez o fizesse naquela noite. Juntos, diante da janela, na torre mais alta do seu castelo, contemplando as terras de Akaoka. Seria a última noite que passariam juntos. Jamais tornariam a se encontrar.

— Minha senhora.

— Pode entrar.

A porta de correr se abriu. Sua dama de companhia principal, Ayamê, e quatro serviçais curvaram-se no umbral. Nenhuma delas executou a reverência tradicional feminina, com ambas as mãos espalmadas sobre o chão e a cabeça graciosamente reclinada. Ajoelharam-se com apenas uma das pernas e uma leve inclinação do torso, a reverência dos guerreiros no campo de batalha. Usavam uma espécie de calça chamada *hakama*,[4] em vez dos quimonos primorosos e delicados das mulheres da corte. As mangas dos casacos curtos estavam presas às costas, para facilitar o manuseio das lanças *naginata*,[5] de lâmina longa, que carregavam. Além da *naginata*, cada serviçal portava uma espada curta *wakizashi*

---

[4] Espécie de vestimenta tradicional japonesa, semelhante a uma saia-calça.

[5] Arma usada pelos samurais; lâmina curva em forma de foice, montada sobre uma haste longa de madeira. Semelhante à alabarda.

enfiada na faixa. Apenas Ayamê trazia duas espadas à cintura, uma *katana* de lâmina longa e a *wakizashi*.[6] Era a perfeita imagem de um samurai heróico, ainda que não passasse de uma jovem de dezessete anos. Até mesmo o cabelo cortado, que não mais descia pelas costas até o chão, estava preso em um rabo-de-cavalo que despontava do topo da sua cabeça. Era fácil se apaixonar por alguém tão belo — fosse homem ou mulher.

— Aconteceu exatamente o que a senhora havia antecipado. O Senhor Hironobu não voltou da caçada. Nem mandou nenhum mensageiro. E aqui, no castelo, não pude encontrar nenhum dos samurais que se diziam leais ao senhor e à senhora — disse Ayamê.

— Minha senhora — ponderou uma das serviçais atrás de Ayamê —, ainda não é tarde demais para fugir. Apanhe um cavalo agora e vá para o castelo do Senhor Hikari. Estou certa de que ele irá protegê-la.

— O Senhor Hikari está morto — anunciou Shizuka. As exclamações chocadas de suas serviçais não impediram que ela continuasse: — E o Senhor Bandan também. Assim como seus herdeiros e todo o resto de suas famílias. A traição foi disseminada por quase toda parte. Hoje à noite, seus castelos serão incendiados. E amanhã à noite, os traidores chegarão aqui.

Ayamê curvou-se, repetindo a ligeira reverência militar do campo de batalha, os olhos fixos nos de Shizuka.

— Levaremos muitos conosco, minha senhora.

— Sim, certamente — anuiu Shizuka. — Iremos morrer, mas isso não significa que eles sairão triunfantes. A linhagem do Senhor Hironobu vai perdurar, mesmo após a deles ter sido extinta. — Sentiu o bebê chutando e pousou a palma da mão em seu ventre protuberante. Paciência, criança, paciência. Muito em breve, adentrarás este trágico mundo.

---

[6] *Katana*: arma típica dos samurais; significa "espada" em japonês. Considerada "a alma do samurai", é sua marca registrada. Media de sessenta a noventa centímetros e era especialmente usada em combates em espaços abertos. A *wakizashi* é uma *katana* menor, de trinta a sessenta centímetros, usada para combates em espaços fechados. Também era chamada de "espada companheira", pois os samurais jamais se separavam dela — nem para dormir. Eles usavam as duas espadas em seu *obi*, o que lhes conferia reconhecimento instantâneo. O conjunto das duas espadas é conhecido como *daishô*.

As serviçais abaixaram a cabeça e caíram em pranto. Ayamê, a mais valente de todas, conteve as lágrimas, que lhe afloraram aos olhos, mas não escorreram pelo rosto.

Era uma cena tão dramática quanto a das peças do teatro Kabuki, que o Senhor Kiyori ocasionalmente mencionava. Mas, é claro, ele ainda nem sequer existia. O teatro Kabuki só seria criado trezentos anos mais tarde.

1860, CASTELO DO BANDO DE PARDAIS

Alternando imobilidade absoluta e movimentos ligeiros, Shigeru deslizava pelo corredor do castelo do seu próprio clã, protegido pelas sombras, esgueirando-se furtivo como um assassino. Embora um observador pudesse vê-lo ao pousar os olhos sobre ele, avançava de tal maneira que passava despercebido tanto pelos criados quanto pelos samurais. Se acaso tivesse sido flagrado, teria a sua presença reconhecida, recebendo cumprimentos respeitosos e reverências. Ele, por sua vez, vendo o que não existia, teria sacado suas espadas e os decapitado. Este era o seu medo e o motivo do seu caminhar furtivo. Estava perdendo o controle e nem sequer sabia o quanto de sanidade ainda lhe restava.

Um alarido demoníaco ressoava em seus ouvidos. Os olhos lutavam para ignorar imagens transparentes de tortura e matança. Embora ainda conseguisse distinguir o mundo real do mundo que emanava de sua mente, duvidava que o pudesse fazer por muito tempo. Fazia dias que não conseguia dormir e as visões que o mantinham insone cada vez mais o impeliam para a insanidade. Era amplamente considerado o maior guerreiro de sua era, o único samurai digno de ser comparado ao lendário Musashi,[7] que vivera duzentos anos atrás. Acreditava na validade da sua reputação, sem orgulho excessivo, nem falsa modéstia. Mas todas as suas habilidades marciais eram inúteis para combater o inimigo que se alojara dentro de si mesmo.

---

[7] Myamoto Musashi (1584-1645): famoso samurai, tido como invencível. Exímio espadachim, criou um estilo de luta com duas espadas e escreveu um livro, ainda bastante popular, chamado "O Livro dos Cinco Anéis".

Ao sentir que a sua enfermidade se agravava, relutou em buscar a única pessoa capaz de ajudá-lo. Seu pai. Sendo o único filho do Senhor Kiyori que sobrevivera, Shigeru estava envergonhado demais para confessar tal fraqueza. A cada geração do clã Okumichi, um de seus membros nascia com o dom de prever o futuro. Na geração anterior, fora seu pai. Na posterior, seu sobrinho, Genji. E, na de Shigeru, o fardo recaíra sobre ele. Havia mais de sessenta anos que Kiyori se valia da sua vidência para guiar e proteger seu clã. Como poderia queixar-se com ele, justo quando começava a ter as suas próprias visões?

Agora, quase tarde demais, percebia que não tinha escolha. As visões se manifestavam de maneira diferente para cada um e nem todos os videntes estavam preparados para lidar com elas por conta própria. Estava sendo inundado por uma torrente alucinatória. Gigantescas máquinas assustadoras, semelhantes aos monstros das fábulas e lendas, contorciam-se sobre a terra, devorando fileiras passivas de homens trajando roupas bizarras e idênticas. Uma fumaça espessa pairava sobre o castelo e a cidade, composta por camadas de um ar colorido e pútrido. À noite, o céu roncava como a barriga de uma imensa fera invisível e engendrava uma chuva de fogo que consumia as vítimas suplicantes lá embaixo.

Qual seria o significado daquilo? Se eram visões do futuro, para qual direção o guiavam? Somente alguém com uma experiência semelhante poderia compreender.

Soube onde o Senhor Kiyori estava pela conversa das criadas: na torre principal. Por sentir-se na obrigação de evitar ser visto, Shigeru levou quase uma hora para atravessar uma distância que, normalmente, lhe teria tomado apenas alguns minutos. Mas ficou satisfeito por ter alcançado a torre sem que ninguém o tivesse visto. Ninguém o cumprimentara, ninguém morrera. E, durante o percurso prolongado, as visões haviam enfraquecido. Na certa voltariam em breve, mas a trégua era bem-vinda. Estava prestes a se anunciar para o pai quando ouviu sua voz.

— Estou mandando Hanako para o meu neto porque, agora que ele assumiu a maior parte dos deveres formais como Grande Senhor da província, precisa mais de serviçais de confiança do que eu.

Kiyori fez uma pausa, como se estivesse escutando uma resposta, depois retomou a conversa. Continuou assim por algum tempo. Do lado de fora, Shigeru se concentrou, o mais atentamente possível, mas não conseguiu ouvir nem uma vez sequer a voz da pessoa com quem o pai conversava.

— Uma vez que o futuro trará o caos, o caráter há de ser mais importante do que o berço — disse Kiyori, como que respondendo a uma pergunta. E depois, após uma breve pausa: — Você não concorda? — Mais uma pausa e novamente a voz do seu pai: — Você concorda, contudo minhas palavras parecem diverti-la. Suponho que Hanako e Genji não estão destinados um para o outro.

Hanako e Genji? Shigeru estava chocado. Hanako era uma das criadas do castelo. Como poderia estar destinada para um senhor? Seria possível que seu pai estivesse tramando alguma maldade ardilosa contra seu próprio neto? Shigeru precisava ver com quem ele estava conversando. Conseguia saber a direção para qual Kiyori estava virado pela cadência de sua voz, ora mais alta, ora mais baixa. Aguardou o momento adequado e deslizou a porta de correr sem produzir o menor ruído, abrindo uma pequena fresta. Movendo-se de um lado para o outro, esquadrinhou o aposento enquanto a conversa prosseguia.

— Não desejo saber nada além do necessário para garantir o bem-estar do nosso clã.

Kiyori estava sentado no meio do quarto, tomando chá. A criada servira para duas pessoas. A outra xícara, cheia, jazia intocada diante de Kiyori. Shigeru completou sua inspeção do aposento com os olhos. Não havia mais ninguém lá. Será que o convidado misterioso escapara por alguma passagem secreta, que ele não conhecia? Era pouco provável. Mas lembrou-se de que fora o pai quem projetara a torre e ninguém jamais havia visto a planta. Não lhe pareceu plausível que o convidado tivesse escapulido pela janela. E a única saída era passando por Shigeru.

— O que é? — perguntou Kiyori.

Julgando ter sido flagrado, Shigeru pôs-se de joelhos e curvou-se. Hesitou por um instante, sem saber o que dizer, e, nesse ínterim, Kiyori disse:

— Então, eu consinto.

Shigeru levantou-se rapidamente. A pessoa continuava lá dentro, então. Tornou a examinar o quarto. Kiyori mantinha o olhar fixo e parecia se dirigir a alguém que se postava exatamente à sua frente.

— Este é um pedido muito injusto — disse Kiyori. — A senhora me manipulou a concordar em fazer algo que jurei, pela minha vida e honra, jamais fazer.

Encolheu-se num susto, sentindo um calafrio súbito. E ouviu seu pai dizer:

— Está bem. Só esta noite.

Shigeru recuou, retirando-se com cautela no início e, em seguida, fugindo do castelo o mais rápido que pôde. O pai não podia mais ajudá-lo, pois estava igualmente louco. Kiyori estava conversando com uma mulher. Poderia ser a Senhora Sadako, sua esposa, mãe de Shigeru. O que já era bastante grave: a Senhora Sadako morrera logo após o nascimento de Shigeru. Mas não acreditava que a senhora em questão fosse a sua falecida mãe. Kiyori mencionara um juramento quebrado, usando um tom de voz peculiar, de conluio. Não usaria aquele tom com a sua própria esposa, nem mesmo com o seu fantasma.

A torre mais alta do Castelo do Bando de Pardais, onde Kiyori costumava passar longas horas a sós, havia muito tinha a fama de ser mal-assombrada. Diziam que lá em cima as sombras imprecisas do crepúsculo assemelhavam-se a vetustas manchas de sangue. Essas histórias sempre surgiam em locais onde, em tempos remotos, havia ocorrido uma tragédia. Mas qual castelo no Japão já não tivera a sua? No Bando de Pardais, a tragédia envolvera traição, assassinatos e crimes hediondos, que por pouco não extinguiram o clã Okumichi na época de seus antepassados. Isso fora no outono do décimo ano do Imperador Go-Nijô.

Fora exatamente naquele aposento da torre que a Senhora Shizuka, bruxa e princesa, passara as suas derradeiras horas de vida.

Seu pai estava mantendo relações com um espectro, morto havia mais de quinhentos anos.

1311, CASTELO DO BANDO DE PARDAIS

Shizuka e Ayamê contemplaram pela janela da torre principal a tripla torrente de guerreiros que se precipitavam em direção ao Bando de Pardais.

— Quantos você acha que são? — perguntou Shizuka.

— Seiscentos do leste, trezentos do norte e mais cem do oeste — respondeu Ayamê.

— E quantos temos aqui?

— As suas dezesseis damas de companhia estão na torre. Trinta homens, todos serviçais do Senhor Chiaki, estão à espera dos traidores nos portões do castelo. Vieram assim que foram convocados. Já enviamos mensageiros para encontrá-lo. Talvez ele consiga chegar antes de darem início ao ataque.

— Talvez — aventou Shizuka, sabendo que ele não chegaria.

— Não consigo acreditar que Go traiu o Senhor Hironobu e a senhora — disse Ayamê. — Será que não existe outra possibilidade?

— Go arrumou uma maneira de afastar Chiaki do castelo justo no momento crítico — explicou Shizuka — porque sabe que a lealdade do seu filho é inabalável. A ausência de Chiaki é a prova disso. Go não deseja matá-lo, mas sim me matar.

— Como a vida é cruel — disse Ayamê. — Se não fosse graças a Go, o Senhor Hironobu teria morrido na infância. Não teria sobrevivido e se tornado um Grande Senhor sem a lealdade e a coragem de Go. E agora isso. Por quê?

— Inveja, ganância e medo — respondeu Shizuka. — Podem destruir até o céu, se os deuses se distraírem por um segundo. E, aqui na Terra, somos ainda muito mais vulneráveis.

Observaram a hoste inimiga se agrupar em um denso aglomerado de guerreiros. Antes mesmo de o sol se pôr atrás das montanhas, já providenciavam fogueiras.

— O que estão esperando? — indagou Ayamê. — Têm uma vantagem esmagadora contra nós. Mil homens contra menos de cinqüenta.

Shizuka abriu um sorriso.

— Estão com medo. Está anoitecendo. É a hora de maior poder para as bruxas.

Ayamê desatou a rir.

— Homens tolos! E ainda aspiram a governar o mundo.

— Esta é a aspiração dos tolos — disse Shizuka. — Diga que descansem. As minhas damas de companhia e os samurais. Por enquanto, estamos seguros.

— Sim, minha senhora.

— Você não precisa voltar imediatamente, Ayamê. Ficarei bem. Aproveite para fazer um pouco de companhia à sua irmã.

— Tem certeza, minha senhora? E o bebê?

— Ela está bem — garantiu Shizuka — e virá ao mundo na hora certa.

— Ela?

— Ela — repetiu Shizuka.

Se acaso fosse realmente possível experimentar tamanho júbilo e tamanho pesar ao mesmo tempo, Ayamê seria o emblema vivo daquela mescla de sentimentos, com os olhos vertendo lágrimas e um sorriso impecável a iluminar seu rosto. Ela curvou-se profundamente e partiu em silêncio.

Shizuka recompôs-se e esperou a chegada de Kiyori.

1860, CASTELO DO BANDO DE PARDAIS

Hanako caminhava pelo jardim central do castelo. Em circunstâncias normais, aquele seria um passeio que jamais se atreveria a dar. O jardim fora criado em proveito dos senhores e senhoras do clã, não para os serviçais. Mas estava disposta até mesmo a correr o risco de ser repreendida. Partiria para Edo no dia seguinte. Quem poderia dizer quando voltaria? Talvez não voltasse nunca mais. Desejava ver as rosas antes de partir. Floresciam em tamanha profusão que o castelo às vezes era chamado de Jardim Secreto das Rosas, em vez de Bando de Pardais. Ela preferia o nome que fazia alusão às flores.

Uma rosa chamou a sua atenção. Era menor do que as outras, mas estava com todas as pétalas intactas e era tão vermelha que poderia ser considerada a própria definição da cor.

Cintilava sob a luz evanescente do crepúsculo, irresistível. Ela esticou a mão para tocá-la, mas um espinho que lhe passara despercebido a espetou. Ao recolher o braço, percebeu uma gota solitária de sangue, exatamente da mesma cor das pétalas, formando o desenho de um minúsculo botão de rosa na ponta do seu dedo.

Hanako estremeceu. Seria um presságio?

Fugiu rapidamente e retomou suas tarefas noturnas.

. . . .

— O que está fazendo aqui? — perguntou Kiyori.

Estava esperando Hanako e a outra criada entrarem com o jantar. O que não esperava era ver Shigeru, atrás delas, surgindo sem se anunciar.

Shigeru curvou-se no umbral da porta.

— Peço desculpas por vir sem o consentimento prévio do senhor.

Uma rápida inspeção no cômodo assegurou-lhe que o pai estava sozinho. As dimensões permaneciam as mesmas, de modo que nenhum compartimento secreto fora instalado desde a última vez que espiara o pai. Não obstante, Shigeru estava convicto de que ele andara conversando com alguém naquela noite, assim como fizera pela manhã.

Kiyori não gostava de ser surpreendido. Hanako devia tê-lo alertado antes de abrir a porta. Dardejou um olhar de reprovação para a criada. Porém, ao observar semelhante espanto no rosto de Hanako, deduziu que ela também não percebera a presença de Shigeru. O que só podia significar uma coisa: Shigeru as seguira de maneira tão furtiva que permanecera invisível, mesmo estando atrás delas. Examinou as recém-adquiridas feições macilentas do filho e o brilho desmedido em seu olhar. Em outras circunstâncias, aquele comportamento bizarro e os evidentes sinais externos de uma profunda desordem mental fariam com que Shigeru fosse a sua prioridade imediata. Contudo, naquela noite, precisava dedicar toda a sua atenção à Senhora Shizuka. Pois, durante todos os anos em que a via, a freqüência de suas visitas sempre fora a mesma: no máximo, duas vezes por ano. No entanto, durante a última semana, vira-a todos os dias. O que era um sinal inequívoco da sua própria deterioração mental. Os profetas do clã Okumichi, com raras exceções, pagavam um alto preço por seus poderes divinatórios no fim de suas vidas. Por que com ele haveria de ser diferente? Mas estava determinado a não desonrar a si mesmo, nem ao seu clã. Se sua hora havia chegado e não tinha mais qualquer utilidade para ninguém, preferia colocar um fim à sua própria vida a morrer como um louco. Teria de lidar com Shigeru depois. Isso se houvesse um depois.

— Bem, o que houve?

— Precisava conversar com o senhor sobre um assunto muito importante. Mas vejo que está esperando um convidado, então não serei ainda mais inconveniente. Buscarei sua indulgência em outra ocasião.

Shigeru curvou-se e partiu. Já havia feito o que precisava fazer enquanto a comida estava sendo preparada. Viera apenas verificar o que já suspeitava. A convidada não era visível para mais ninguém além de seu pai.

· · · · · ·

— Ele já atingiu os momentos cruciais de sua vida — disse a Senhora Shizuka, assim que ficaram novamente a sós. — Não há mais nada a fazer senão aguardar o desdobramento inevitável.

— Isso não é muito encorajador — queixou-se Kiyori.

— E por que o senhor precisa ser encorajado ou desencorajado? — perguntou Shizuka. — Sempre enxergamos os fatos com mais clareza quando não lhes atribuímos qualidades emocionais desnecessárias.

— Sentir emoções faz parte da natureza humana — observou ele —, embora, seja por condicionamento, por predisposição ou pelas circunstâncias, nem sempre possamos ou deixemos nos influenciar por elas.

— Humana — repetiu ela. — Foi minha imaginação ou o senhor enfatizou esta palavra?

— Enfatizei, sim. Não sei exatamente o que a senhora é, mas decerto não é humana.

Suspendendo uma das mangas do quimono para esconder a boca, ela soltou uma risada, os olhos brilhando com uma alegria quase infantil.

— Como somos parecidos, meu senhor, e como somos diferentes. Em nosso último encontro, o senhor chegou à mesma conclusão a que cheguei no primeiro, quando o senhor apareceu para mim pela primeira vez.

Kiyori precisou de alguns minutos para se recuperar. Então, perguntou:

— Quando *eu* apareci para a *senhora*?

Ela ficou de pé, fazendo roçagar a seda dos quimonos sobrepostos com a máxima leveza, replicando o som das folhas de glicínia delicadamente beijadas por uma brisa suave, e se dirigiu à janela lateral.

— Aproxime-se, meu senhor.

Kiyori, atordoado demais para resistir, levantou-se e foi ao seu encontro. Ela apontou a paisagem.

— O que o senhor vê lá fora?

— A noite — disse ele.

— E o que mais?

Esforçava-se para conservar o autocontrole. Respirou fundo, desacelerando as rápidas batidas do seu coração, ignorando a torrente de pensamentos que comprimia seus olhos e têmporas, e concentrou-se na noite. Uma vigorosa brisa marinha erguia grandes ondas de crista espumosa, que se chocavam contra o litoral pedregoso abaixo. O vento desobstruíra o céu, onde estrelas cintilavam na ausência de nuvens e neblina. O sibilar do vento nas árvores abafava o canto das cotovias.

— Vento forte, céu claro, mar agitado — resumiu ele.

— É noite, mas não está ventando nem um pouco. Uma bruma desce sobre os vales, perpassa rumo ao leste sobre as fogueiras e cobre o mar. Pela manhã, recobrirá a terra em um nevoeiro espesso. Na hora do dragão, quando o nevoeiro se dissipar, estarei morta. — Ela sorriu. — O que, é claro, não significa nada para o senhor, uma vez que crê que já estou morta há quinhentos anos.

— Não vejo nenhuma fogueira — observou ele.

— Eu sei disso — disse ela —, pois, da mesma maneira como eu não estou realmente lá, o senhor não está realmente aqui. — Ela se aproximou com inesperada rapidez e, antes que ele pudesse escapar, tocou-o por um breve instante. Ele não sentiu o calor de sua mão, mas sim...

— Um calafrio — disse ela, completando o seu pensamento —, não na pele, mas nos ossos. Não como o trazido pelo vento norte, porém mais penetrante, como o pressentimento de uma desgraça.

— Exatamente — confirmou ele. — E a senhora?

— O mesmo — disse ela. — Escute. O que o senhor ouve?

— O vento, cada vez mais forte.

— Eu ouço uma flauta — disse ela. — A Senhora Ayamê, tocando "A Lua Invisível".

— Conheço essa música — disse ele. — Quando Genji era pequeno, costumava tocá-la sempre.

— Com o que o senhor diria que o som se parece?

Kiyori sentiu o calafrio novamente.

— Com o vento, cada vez mais forte.

— Sim — assentiu ela. — Com o vento, cada vez mais forte.

. . . . . .

Shigeru ajoelhou-se diante do altar do templo, na luz fraca irradiada por uma vela solitária. Só lhe restara uma atitude a tomar. Se a sua ambição de duelista não o tivesse obcecado por tantos anos, decerto teria percebido que havia algo de errado com o pai. Talvez não tivesse rechaçado tão levianamente os boatos que haviam chegado aos seus ouvidos. Agora, era tarde demais.

Acendeu o primeiro dos cento e oito bastões de incenso que queimaria no templo. Cento e oito eram as aflições humanas, cento e oito eram as eternidades que estava condenado a viver em cento e oito infernos pelos crimes que começara a cometer naquela noite. Àquela hora, seu pai já devia estar morto, envenenado pelo fel de baiacu que Shigeru acrescentara ao seu jantar. Assim que terminasse sua cerimônia de contrição, iria atrás de sua mulher e seus filhos. E então só restaria Genji, seu sobrinho. Em breve, surgiria uma oportunidade e Genji também seria assassinado. A maldição das visões proféticas chegaria ao fim. Exterminar a linhagem Okumichi seria uma conseqüência inevitável.

Curvando-se com reverência, Shigeru depositou um bastão de incenso no altar mortuário de seu pai.

— Sinto muito, pai. Perdoe-me, por favor.

Apanhou um segundo bastão e repetiu o procedimento:

— Sinto muito, pai. Perdoe-me, por favor.

A maldição chegaria ao fim. Era preciso.

— Sinto muito, pai. Perdoe-me, por favor.

O futuro não devia ser antecipado. Quando isso acontecia, ele se voltava contra aqueles que o antecipavam e os devorava.

— Sinto muito, pai. Perdoe-me, por favor.

Esperava que o Senhor Kiyori não tivesse sofrido. O fel de baiacu induzia as mais vívidas alucinações antes de desferir seu golpe fatal.

Talvez tivesse se imaginado nos braços da sua amante fantasma pela última vez.

Shigeru acendeu o quinto bastão de incenso. A fumaça começava a preencher o pequeno templo.

Do lado de fora, um vento cada vez mais forte empurrava as nuvens para a terra. No céu, a lua cheia e brilhante de uma hora atrás agora estava encoberta, invisível.

PALÁCIO DO GROU QUIETO, EM EDO

Okumichi no kami Genji, o próximo na linha de sucessão para governar a província de Akaoka, estava reclinado no chão em sua típica postura nada marcial, suspenso por um dos cotovelos, segurando uma taça de saquê e ostentando um leve sorriso nos lábios. Havia uma dúzia de gueixas presentes e quase todas dançavam, cantavam e dedilhavam melodias alegres nas cordas de seus *koto* e *shamisen*.[8] Uma delas estava sentada ao seu lado, pronta para verter mais bebida em sua taça, assim que ele a esvaziasse.

— Por que parou de cantar, meu senhor? — perguntou ela. — Certamente conhece a letra. "O Abade e a Cortesã" é uma das músicas mais populares desta temporada.

Ele riu e suspendeu a taça para ela.

— Numa disputa entre o canto e a bebida, receio que o canto vá sair sempre perdendo.

Abaixou a taça, após ter sorvido apenas um gole. Seu comportamento era de um homem embriagado, mas seus olhos — límpidos e brilhantes — atestavam sobriedade.

O cabelo de Genji, preso em um penteado complexo e formal, como convinha a um homem de sua posição, estava levemente desalinhado, com uma mecha solta pendendo sobre sua testa. O que não apenas enfatizava o seu leve ar de embriaguez, como o deixava um tanto efeminado,

---

8 Instrumentos de corda japoneses.

impressão esta também reforçada pelo quimono que trajava. Era excessivamente colorido e enfeitado para um autêntico samurai de vinte e quatro anos que, além do mais, estava destinado a ser um Grande Senhor algum dia. No Japão inteiro, só havia duzentos e sessenta Grandes Senhores, e cada um era o governante absoluto de sua província. No caso de Genji, a impropriedade de seus trajes era ainda mais acentuada por suas feições, que beiravam perigosamente a beleza. Na verdade, sua tez macia, os cílios compridos e o contorno delicado dos lábios teriam valorizado a aparência de qualquer uma das gueixas presentes. Todas, exceto uma. Era nela que o Senhor Genji concentrava toda a sua atenção, embora disfarçasse *tal* interesse.

Mayonaka no Heiko — Equilíbrio da Meia-Noite — estava sentada na outra extremidade do aposento, tocando um *shamisen*. Era a gueixa mais célebre de Edo naquela temporada. Nas últimas semanas, Genji ouvira inúmeros relatos acerca de sua suposta perfeição. Não lhes dera muito crédito. Relatos como aquele se espalhavam regularmente a cada temporada. A beleza incomparável do ano interior era inevitavelmente eclipsada pela do ano presente, do mesmo modo como a do ano seguinte decerto destronaria a atual. Finalmente a convidara para o seu palácio, não por um interesse particular, mas sim para manter a sua reputação como o senhor mais frívolo e menos solene de toda a cidade de Edo, a capital do xogunato. De modo que lá estava ela, e, para a abismada surpresa de Genji, Heiko superava até mesmo a descrição mais entusiasta que ele ouvira.

Toda beleza verdadeira transcende o âmbito do meramente físico. Não obstante, todos os gestos dela eram tão graciosos que ele chegou a duvidar se a sua presença era real ou imaginária. O abrir e fechar das mãos de dedos delicados, o modo como inclinava a cabeça de um lado para o outro ou entreabria ligeiramente os lábios, aspirando o ar em educada surpresa ao ouvir o comentário supostamente inteligente de alguém. O modo como o seu sorriso brotava não na boca, mas sim nos olhos, assim como toda expressão sincera.

O que não queria dizer que ela tivesse qualquer tipo de imperfeição física. Os olhos replicavam o tamanho exato de amêndoas alongadas. A pele era imaculada como a neve noturna iluminada pela lua cheia no inverno. As curvas sutis do corpo por dentro do quimono compunham o complemento ideal ao caimento da seda. Os delgados ossos dos pulsos sugeriam uma sedutora fragilidade corporal.

Genji jamais vira ou sequer imaginara que pudesse existir, uma mulher tão estonteante.

A gueixa ao seu lado deixou escapar um suspiro.

— Ah, essa Heiko. Sempre que ela está presente, é impossível para qualquer uma de nós cultivar o interesse de alguém. Como a vida é cruel.

— De quem você está falando? — despistou Genji. — Como posso prestar atenção em outra quando tenho você ao meu lado? — O galanteio teria soado mais convincente se ele tivesse dito o nome dela, mas a verdade é que não conseguia lembrá-lo.

— Ah, Senhor Genji, o senhor é muito gentil. Mas eu sei reconhecer quando fui derrotada.

Ela sorriu, fez uma reverência e afastou-se, indo até Heiko. Trocaram algumas palavras e, em seguida, Heiko passou o seu *shamisen* para a outra gueixa e foi sentar ao lado de Genji. Ao atravessar o cômodo, atraiu o olhar de todos os homens presentes. Nem mesmo Saiki, o austero camareiro, e Kudo, o chefe de segurança, conseguiram se conter. Se havia de fato traidores entre seus samurais, tal como desconfiava seu avô, aquele seria o momento ideal para assassinar Genji. Mas, é claro, até mesmo os traidores, se é que existiam, estavam ocupados contemplando Heiko. Este era o poder da beleza. Sobrepujava até mesmo a disciplina e a razão.

— Não queria ter interrompido a sua interpretação — escusou-se Genji.

Heiko curvou-se e sentou ao seu lado. Seu quimono de seda produziu um som suave, que o fez pensar no marulhar das ondas em um cais distante.

— Não interrompeu, meu senhor — respondeu Heiko.

Era a primeira vez que ouvia a sua voz. Precisou se valer de toda a sua considerável autodisciplina para não deixar escapar um suspiro de admiração. A cadência da sua voz era melodiosa como o badalar dos sinos, não por ser estentórea, e sim por provocar reverberações que pareciam infinitas, mesmo conforme o som ia se tornando cada vez mais distante. Agora que a via de perto, percebia tênues sardas que salpicavam discretamente seu rosto sob a maquiagem. Certamente poderia tê-las escondido, mas não o fizera. Aquele defeito sutil era um lembrete das imperfeições necessárias da própria vida, fugaz e imprevisível, e conferia à sua beleza um toque perfeito de melancolia. Seria ela assim tão encantadora ou acaso a sua falsa embriaguez acabara por se tornar mais autêntica do que Genji pretendera?

— Interrompi sim — insistiu Genji. — A senhora não está mais tocando o *shamisen.*

— É verdade — assentiu Heiko —, mas continuo interpretando.

— Ah, é? E onde está o seu instrumento?

Ela abriu os braços vazios, como se exibindo a si mesma. O seu sorriso não passava de um discreto esboço, mas mesmo assim era perceptível. Heiko contemplou-o fixamente e não desviou os olhos até Genji acabar piscando, surpreso tanto com suas palavras quanto com a insistência do seu olhar.

— E qual a natureza da sua interpretação?

— Estou fingindo ser uma gueixa, que está fingindo estar mais interessada em seu anfitrião do que na realidade está — disse Heiko. Seu sorriso se acentuara ligeiramente.

— Bem, está sendo muito sincera. Nenhuma das gueixas que conheci até hoje confessou algo parecido. Mas mesmo admitir a possibilidade de fingimento não vai contra as regras do seu ofício?

— Só poderei alcançar o meu objetivo quebrando as regras, Senhor Genji.

— E qual o seu objetivo?

Heiko ergueu a mão para cobrir seu sorriso, suspendendo a manga do quimono. Mas seus olhos descobertos sorriam radiantes para Genji.

— Se eu lhe contasse, meu senhor, não sobraria mais nada para o senhor descobrir além do meu corpo, e durante quanto tempo ele seria capaz de prender o seu interesse, por mais sedutor e hábil que possa ser? — perguntou ela.

Genji riu.

— Ouvi falar da sua beleza. Mas ninguém me avisou da sua inteligência.

— A beleza sem a inteligência em uma mulher é como a força sem a coragem em um homem.

— Ou a nobreza sem a disciplina marcial em um samurai — acrescentou ele, com um amplo sorriso autodepreciativo no rosto.

— Vai ser de fato muito engraçado, se acontecer — disse Heiko. — Eu fingindo que sou uma gueixa que finge estar mais interessada em seu anfitrião do que realmente está e o senhor fingindo ser um senhor sem disciplina marcial.

— Se a senhora está apenas fingindo fingir, devo supor que está interessada em mim de verdade.

— Claro que sim, meu senhor. E como poderia não estar? Já ouvi muito a seu respeito. E o senhor é tão diferente dos outros senhores.

— Não tão diferente assim — retrucou Genji. — Muitos já desperdiçaram energia e dinheiro em mulheres, poesia e saquê.

— Ah, sim, mas o senhor é o único que conheço que desperdiça menos por gosto do que por fingimento.

Genji tornou a rir, ainda que a contragosto. Bebeu mais saquê para ganhar tempo e refletir sobre o que ela acabara de dizer. Será que realmente conseguira desmascará-lo? Ou seria aquele apenas mais um jogo de salão?

— Bem, eu posso fingir estar fingindo e ser na verdade o que estou fingindo ser.

— Ou então podemos deixar todos os fingimentos de lado e sermos quem realmente somos um com o outro — sugeriu Heiko.

— Isso seria impossível — respondeu Genji. — Eu sou um senhor e você é uma gueixa. Vivemos de falsas aparências. Jamais podemos ser quem realmente somos, nem mesmo quando estamos absolutamente sozinhos.

— Talvez, para começar — propôs Heiko, vertendo mais bebida na taça vazia de Genji —, possamos fingir ser quem somos de verdade. Mas só quando estivermos juntos. — Ela ergueu sua taça, propondo um brinde. — O senhor aceita a minha proposta?

— Claro — disse Genji. — Vai ser divertido, enquanto durar.

Seu avô, Kiyori, o havia advertido que em breve correria um perigo grave, engendrado por traidores. Mas não falara nada sobre gueixas extremamente inteligentes.

O que acharia dela? Genji estava certo de que haveriam de se conhecer assim que Kiyori voltasse de Edo, após o Ano-novo. Em uma época tão incerta, a única coisa em que podia confiar de olhos fechados era no discernimento do avô. Dotado de infalíveis poderes proféticos, Kiyori jamais poderia ser ludibriado.

— Em que o senhor está pensando, assim tão concentrado e sério? — perguntou Heiko.

— No meu avô — disse Genji.

— Mentiroso — retrucou Heiko.

Genji riu. Como seria um romance no qual a verdade não parecesse crível e as mentiras revelassem mais do que ocultavam? Haveria de ser de fato muito divertido.

O camareiro Saiki aproximou-se de Genji.

— Meu senhor, está ficando tarde. Está na hora de mandarmos as gueixas para casa.

— Isso seria cruel e pouco hospitaleiro — disse Genji. — Deixe-as pernoitar aqui. Temos quartos de sobra. A ala sul está vazia. — A ala sul, que funcionara outrora como o alojamento dos guarda-costas, acabara de ficar vazia, com a partida de vinte dos seus melhores samurais. Estavam atualmente aquartelados no Mosteiro de Mushindo, junto com seu comandante de cavalaria, fingindo ser monges.

— Senhor — disse Saiki, contorcendo o rosto em um esgar furioso —, isso não seria prudente. E comprometeria em alta escala a nossa segurança. Com o deslocamento de metade da nossa guarda, estamos perigosamente vulneráveis. Não conseguiríamos vigiar tantas pessoas.

— E quem precisa ser vigiado aqui? — perguntou Genji, rechaçando a próxima objeção de Saiki antes que ele pudesse abrir a boca novamente. — Acaso nos tornamos tão frouxos a ponto de temermos uma dúzia de mulheres meio embriagadas?

— Não estou meio embriagada, meu senhor. Estou completamente embriagada — disse Heiko. Em seguida, virando-se para Saiki, perguntou: — E então, Senhor Camareiro, isso me torna duplamente perigosa ou totalmente inofensiva?

Uma interrupção como aquela, vindo de qualquer outra pessoa, teria despertado a ira de Saiki. Mas, embora não demonstrasse com um sorriso, retrucou de bom humor:

— Duplamente perigosa, Senhora Heiko, duplamente perigosa. Sem a menor sombra de dúvida. E, quando estiver dormindo, sê-lo-á ainda mais. É exatamente por isso que estou insistindo para que o meu senhor mande a senhora e suas companheiras embora.

Genji estava se divertindo com a conversa. Nem mesmo um samurai extremamente austero como Saiki era imune a Heiko.

— Em assuntos políticos e no campo de batalha, hei de seguir sempre os conselhos do meu Senhor Camareiro. Mas, em se tratando de gueixas e preparativos para pernoite, devo humildemente lançar mão de minha vasta experiência no assunto. Prepare a ala sul para as nossas convidadas.

Saiki não insistiu mais. Um samurai veterano como ele sabia que, uma vez recebida a ordem do seu senhor, o único caminho era a obediência. Curvou-se e disse:

— Pois não, meu senhor.

Durante o breve diálogo entre Genji e Saiki, Heiko esvaziou mais duas taças de saquê. Bebera em demasia desde que chegara. Se acaso Genji tivesse abusado na mesma proporção, estaria inconsciente há muito tempo.

Parecia levemente cambaleante ao sentar sobre os joelhos, na postura tradicional de subserviência. Isso acrescido ao modo um tanto sonolento como ela piscava, dava a impressão de que poderia tombar a qualquer momento. Ele estava pronto para ampará-la, caso isso acontecesse, mas duvidava que fosse necessário. Seria uma conseqüência óbvia demais. Conversara apenas alguns minutos com ela, mas fora o suficiente para perceber que Heiko não costumava agir do modo esperado. Até mesmo os sinais visíveis do seu estado de embriaguez eram incomuns. A maioria das mulheres, mesmo as mais experientes gueixas de primeira categoria, tende a se tornar menos atraente quando está excessivamente bêbada. Em geral, um certo desmazelo na aparência e nos modos acaba por revelar a realidade humana por trás da beleza de conto de fadas.

Mas o vinho tivera o efeito oposto em Heiko. Embora oscilasse discretamente de um lado para o outro e para a frente e para trás, não tinha nem um só fio de cabelo desalinhado, e sua maquiagem, aplicada de maneira muito mais suave do que a tradicional, continuava impecável. A seda do quimono ondulava com perfeição sobre seu corpo, assim como quando ela chegara. Sua faixa cintada, arrematada por um laçarote igualmente elaborado, continuava elegante. Enquanto o comportamento das outras gueixas mostrava-se menos formal conforme iam ficando menos sóbrias, o de Heiko tornara-se ainda mais cerimonioso. A gola do quimono estava severamente fechada, a saia bem presa em volta das coxas, sob as canelas, e ela continuava sentada sobre os joelhos. O que um homem precisava fazer para romper uma reserva tão disciplinada? Doses abundantes de álcool conferiam amiúde uma aparência desagradável às mulheres. Mas, em Heiko, a bebida apenas tingira graciosamente suas pálpebras e o lóbulo das orelhas com um rubor intenso, acentuando a palidez sedutora e nobre da sua tez. O que o levava, inevitavelmente, a imaginar quais outras partes do seu corpo também estariam ruborizadas.

Genji não convidou Heiko para passar a noite com ele. Tinha certeza de que ela declinaria. Era elegante demais para entregar-se a qualquer homem no estado em que se encontrava, mesmo um que estava prestes a se tornar um Grande Senhor. E, mais importante ainda para ele, seria uma grosseria inqualificável até mesmo fazer tal proposta a uma mulher embriagada. O relacionamento potencialmente profundo que haviam encetado exigia paciência e sutileza. Pela primeira vez, em todos aqueles anos em que fingira ser um diletante, estava de fato fascinado pela personalidade de uma mulher. Não poderia arruinar a oportunidade de uma exploração genuína com a pressa. Acaso estaria ele tão interessado se ela não fosse tão bonita? Conhecia a si mesmo bem demais para conceber aquela hipótese. Podia ter a paciência de um *bodhisattva*,[9] mas estava longe de ser um.

— Meu senhor?

[9] Termo budista que designa alguém muito sábio. Significa, literalmente, "ser de sabedoria".

A criada que estava preparando sua cama estacou, olhando para ele, que soltara uma gargalhada, pensando com os seus botões.

— Não foi nada — disse Genji.

Ela fez uma reverência e retomou sua tarefa. As outras duas criadas continuaram a ajudá-lo a se despir. Ao terminarem, as três se prostraram ajoelhadas no vão da porta, curvando-se. Permaneceram em seu quarto, aguardando suas instruções. Como todas as mulheres do palácio, eram muito bonitas. Genji destacava-se dos outros homens por ser um senhor de posição social elevada, que detinha muito poder. Mas, ainda assim, era um homem. Além de suas tarefas rotineiras, as criadas deveriam suprir suas necessidades mais íntimas, caso ele as desejasse. Naquela noite, ele as dispensou. O seu pensamento estava lotado de Heiko.

— Muito obrigado — agradeceu ele.

— Boa-noite, Senhor Genji — disse a criada mais velha. As mulheres afastaram-se do quarto ainda de joelhos. A porta de correr deslizou silenciosa.

Genji atravessou o quarto e abriu a porta que dava para o jardim interno do palácio. O dia amanheceria em menos de uma hora. Gostava de contemplar os raios do sol nascente deitando a sua primeira luz sobre a folhagem cuidadosamente tratada, formando sombras elaboradas no feitio das ondulações da piscina de pedras, inspirando o canto dos pássaros. De joelhos, apoiado sobre as canelas em *seiza*, ele juntou as mãos em um mudra de meditação zen e permitiu que seus olhos fossem se fechando aos poucos, até ficarem quase cerrados. Ele se esforçaria ao máximo para se libertar de todos os pensamentos e preocupações. A aurora interromperia sua meditação, quando o sol despontasse o suficiente para iluminá-lo.

Se alguém pudesse observá-lo naquele momento, veria um homem completamente diferente do bêbado fanfarrão de alguns minutos atrás. A sua postura era ereta, firme e equilibrada. Indubitavelmente, um samurai. Poderia estar se preparando para uma batalha ou para cometer um ritual de suicídio. Tinha a aparência de alguém deveras concentrado.

Mas era só a aparência. Como sempre acontecia no início de suas meditações, Genji se via acolhendo as fantasias e conjecturas, em vez de abandoná-las.

Primeiro, pensou em Heiko e em como não estava, no momento, disponível para ele. Em seguida, voltou o pensamento para as três criadas que acabara de dispensar. Umê, a mais roliça e jocosa das três, fora uma bela distração nas vezes em que o servira. Talvez a tivesse dispensado precipitadamente.

Aquele pensamento o fez recordar a conversa que travara recentemente com um missionário cristão. O missionário, muito sério, enfatizara a importância do que chamava de "fidelidade". Havia dito que, uma vez casado, um homem cristão só podia se deitar com a sua mulher. Genji ficara absolutamente pasmo. Não que tivesse acreditado no missionário — o que ele dissera era algo impossível. E tão anormal que ele não podia acreditar que até mesmo os estrangeiros, exóticos como eram, pudessem aderir a tal comportamento. O que o impressionara fora a seriedade do missionário. Todos os homens mentiam, era certo, mas somente os tolos contavam mentiras tão inverossímeis. Genji ainda cogitava qual teria sido a intenção do missionário.

Adivinhar as intenções dos outros jamais fora um problema para seu avô. Capaz de prever o futuro desde os quinze anos e agraciado com uma impressionante torrente de visões precisas ao longo dos anos, Kiyori era um homem que sabia, não cogitava. Ele dissera a Genji que este teria três visões, apenas três, em toda a sua vida. E garantira que apenas três seriam o suficiente. Como três visões seriam capazes de esclarecer uma vida inteira, Genji não sabia. Mas seu avô jamais se enganava, de modo que devia acreditar nele, mesmo estando preocupado. Afinal, contava vinte e quatro anos e, até o momento, não tivera sequer um vislumbre do futuro.

Pronto, lá estava ele pensando, não liberando os seus pensamentos. Por sorte, dera-se conta disso antes que a mente divagasse demais. Genji respirou fundo, exalou todo o ar que podia e começou a relaxar.

Não saberia dizer se passara um minuto ou uma hora. O tempo assumia outras dimensões quando se estava meditando. Sentiu um raio de sol aquecendo o seu rosto. Abriu os olhos. Mas, em vez do jardim...

• • • • • • •

... Genji se vê em meio a uma multidão de homens em algazarra, todos exibindo os trajes deselegantes dos estrangeiros. Não usam topete. Como loucos ou prisioneiros, todos ostentam cabelos desgrenhados. Por força do hábito, Genji examina se eles têm armas, para o caso de precisar se defender, mas não vê nenhuma. Ninguém está armado. O que só pode significar uma coisa: não há um só samurai presente. Ele tenta tatear o corpo em busca de suas espadas, mas não consegue mexer a cabeça, os olhos, as mãos, os pés ou qualquer outra parte do corpo. Caminha inexoravelmente por um longo corredor, não mais que um passageiro de seu próprio corpo. Ao menos presume que seja o seu corpo, já que não consegue vislumbrar nenhuma parte dele, a não ser por um vislumbre ocasional e periférico de suas mãos, enquanto se dirige ao tablado.

Lá, um homem idoso com cabelos brancos bate no tampo da mesa com um martelete de madeira.

— Ordem! Ordem! Ordem na Dieta!

Sua voz é abafada pela torrente de brados rivais que atacam Genji, vindo dos dois lados do corredor.

— Vá para o inferno!

— *Banzai!* O senhor salvou a nação!

— Demonstre honra e se suicide!

— Que todos os deuses e Budas o abençoem e protejam!

Os brados mostram que ele é odiado e reverenciado quase com o mesmo ardor. Os gritos de apoio vêm da esquerda, os de reprovação, da direita. Ele ergue a mão para agradecer os que o reverenciam. Ao fazê-lo, Genji percebe que é de fato a sua mão, ainda que um tanto envelhecida.

Um pouco depois, um grito vem da direita:

— Vida longa ao Imperador!

Um jovem precipita-se em sua direção. Usa um uniforme liso, azul-marinho, sem brasões ou insígnias. Seu cabelo é cortado rente ao couro cabeludo. Traz em suas mãos uma espada de cabo curto, a *wakizashi*.

Genji tenta se defender do ataque. Mas seu corpo não se move. Ele observa, impotente, o jovem enterrar a espada em seu peito. Sente um choque súbito com o contato e uma sensação aguda de picada, como se tivesse sido ferroado por uma enorme criatura venenosa. O rosto do atacante fica salpicado de sangue. Genji demora um átimo para perceber que é o seu próprio sangue. Seus músculos relaxam de repente e ele tomba no chão.

Entre a miríade de rostos que o contempla caído, distingue uma mulher de extraordinária beleza — tanto em grau quanto em tipo. Seus olhos têm cor de avelã e seus cabelos são castanho-claros. Suas feições são exageradas e dramáticas, como as dos estrangeiros. Ela lhe parece familiar, mas não consegue precisar exatamente quem é. Ela se ajoelha e, sem se importar com o sangue, envolve seu corpo, embalando-o em seus braços.

— Você sempre será meu Príncipe Brilhante — diz ela, sorrindo para ele por entre as lágrimas. É uma brincadeira com seu nome, o mesmo de um antigo personagem de ficção.

Genji sente seu corpo esforçando-se para falar, mas as palavras lhe escapam. É quando nota algo brilhando no pescoço liso e comprido da mulher. Um medalhão adornado com uma flor-de-lis. Então, não vê mais nada, não ouve mais nada e nada mais sente...

. . . . . .

— Senhor Genji! Senhor Genji!

Ele abriu os olhos. Umê, a criada, estava ajoelhada ao seu lado, com uma expressão preocupada no rosto. Levantou o corpo, apoiando-se em um dos cotovelos. Enquanto estava inconsciente, tombara do quarto e caíra no jardim.

— O senhor está bem? Perdoe-me por entrar sem permissão. Estava trabalhando lá fora quando ouvi um baque e, quando chamei, o senhor não respondeu.

— Estou bem — disse Genji. Apoiando-se nela, sentou-se na varanda.

— Talvez seja melhor chamar o Doutor Ozawa — ponderou Umê. — Apenas por precaução.

— Sim, pode ser. Mande alguém buscá-lo.

— Sim, Senhor Genji. — Ela correu até o umbral da porta, sussurrou a ordem para uma das criadas que a aguardava lá e voltou depressa.

— Posso trazer o seu chá, meu senhor?

— Não, quero apenas que fique aqui comigo.

Teria tido um ataque? Ou teria sido, finalmente, uma das visões que o avô antecipara? Não poderia ser, poderia? Não fazia nenhum sentido. Se fosse uma visão, era a visão de sua própria morte. E de que isso adiantava? Sentiu um temor profundo e gélido, que jamais vivenciara antes. Talvez, em vez de se tornar um visionário, estivesse destinado à loucura precoce. O que acontecia amiúde em sua família. Ainda tonto por causa da queda e da visão, ou sonho, ou alucinação que tivera, perdeu o equilíbrio.

Umê amparou-o gentilmente em seus braços.

Genji debruçou-se sobre ela, ainda apavorado. Mandaria um recado para o avô, naquele mesmo dia, pedindo que não tardasse mais em regressar de Edo. Somente Kiyori poderia explicar o que lhe acontecera. Somente Kiyori poderia desvendar o sentido, se é que havia algum.

Mas, antes que seu mensageiro partisse, um outro chegou, vindo do Castelo do Bando de Pardais.

Okumichi no kami Kiyori, guerreiro e profeta, o venerado Grande Senhor de Akaoka durante sessenta e quatro anos, estava morto.

2

A Rosa Beleza Americana

Um dos aforismos prediletos dos samurais proclama: "Primeiro pensamento ao acordar: morte. Último pensamento antes de dormir: morte." Esta é a sabedoria dos tolos que jamais pariram.

Em vez de contentar-se com um covarde que só enxerga a morte no sangue, procure alguém com vida a correr nas veias.

Primeiro pensamento ao acordar: vida!

Último pensamento antes de dormir: vida!

Somente quem pensa assim compreende que a morte chega cedo demais.

Somente quem pensa assim é capaz de compreender de verdade o coração de uma mulher.

AKI-NO-HASHI
(1311)

1867, PALÁCIO DO GROU QUIETO, EDO

A saudade de Emily Gibson era tão grande que ela acordava todos os dias com o aroma das macieiras em flor, trazido pela aragem. Já não era mais a lembrança do Vale das Maçãs de sua infância que provocava um doloroso vazio em seu peito. Tampouco a brisa carregava a fragrância perdida de um pomar à margem do Rio Hudson. Ela sentia saudade do outro Vale das Maçãs, que abrigava quase cem árvores e ficava a uma distância pouco maior que a de uma flechada do Castelo do Bando de Pardais.

Recordar com nostalgia um lugar no Japão era sinal de que tinha deixado a América havia muito tempo. Quase sete anos longe de casa e já não sabia definir a última vez em que pensara em sua terra natal como lar. Partira com dezesseis anos. Estava com vinte e três, mas sentia-se muito mais velha. Nesse ínterim, perdera seu noivo, sua melhor amiga e, quiçá o mais grave, sua noção de decoro. Saber o que é certo era uma coisa, fazer o certo era outra completamente diferente. Os sentimentos não são tão fáceis de controlar como preconiza a lógica. Estava apaixonada, quando não deveria estar.

Emily levantou-se da cama, um modelo de quatro colunas com dossel que Robert Farrington, o adido naval da embaixada americana, lhe garantira ser a última moda nos Estados Unidos. Fora ele quem a ajudara a encomendar a cama. Seu embaraço por ter de conversar a respeito de um artigo de mobiliário tão íntimo com um homem com quem não tinha intimidade foi sobrepujada pela necessidade. Não havia outra pessoa para ajudá-la em tais assuntos. As mulheres e filhas dos poucos americanos que moravam em Edo evitavam a sua companhia. Desta vez, não era pela sua beleza, ou melhor, não era principalmente pela sua beleza, mas sim pela sua estreita convivência com um oriental — o que, lhe dissera o Tenente Farrington, era visto como algo escandaloso nos círculos diplomáticos ocidentais.

— Mas qual é o escândalo, afinal? — perguntara Emily. — Sou apenas uma missionária cristã, cumprindo meus deveres cristãos sob a proteção do Senhor Genji. Não há absolutamente nada inapropriado em nosso relacionamento.

— Essa é uma maneira de avaliar a situação.

— Desculpe-me, Tenente Farrington — retrucou Emily, retesando os ombros. — Não vejo nenhuma outra.

— Por favor. Já não combinamos que vamos nos tratar por Emily e Robert? Tenente Farrington soa tão impessoal. Tão... militar.

Estavam na sala de estar, que dava para um dos pátios do Palácio do Grou Quieto. Fora redecorada num estilo ocidental, a princípio para acomodar Emily e, mais recentemente, para receber visitas.

— Acaso seria sensato, senhor? Ou haveria de me expor ainda mais às más línguas?

— Eu não acredito nem um tiquinho nos boatos — disse ele —, mas você tem de admitir que as circunstâncias tornam tais conjecturas inevitáveis.

— Quais circunstâncias?

— Você não percebe? — O rosto bonito de Robert contorceu-se num esgar juvenil, o seu modo costumeiro e involuntário de expressar aflição. Ela teve vontade de rir, mas, obviamente, não podia. Embora fosse difícil manter a expressão de seriedade, conseguiu se controlar.

— Não, não percebo — respondeu.

Robert levantou-se e caminhou até a soleira da porta que dava para o jardim. Claudicava um pouco. Comentara, sem prolongar-se no assunto, que era conseqüência de um acidente que sofrera durante a guerra. Contudo, o embaixador lhe contara que Robert fora ferido durante uma batalha naval no Rio Mississipi, batalha esta que lhe rendera diversas condecorações por bravura. Ela achara a modéstia de Robert cativante. Para falar a verdade, havia muito de cativante em Robert, sobretudo sua capacidade de falar inglês. O que talvez fosse aquilo de que ela sentia mais saudade, após tantos anos no Japão — o som de uma voz americana.

Estacando sob a soleira, Robert virou-se e olhou para ela. Ao que parecia, precisava de uma certa distância para lhe dizer o que estava prestes a dizer. Seu rosto permanecia contraído.

— Você é jovem e solteira, não está sob os cuidados de um pai, um marido ou um irmão e mora no palácio de um déspota oriental.

— Eu não chamaria o Senhor Genji de déspota, Robert. Ele é um nobre, mais como os duques dos países europeus.

— Por favor. Permita-me continuar enquanto ainda tenho coragem. Como estava dizendo, você é jovem e, além do mais, uma jovem muito bonita. Isso, por si só, já seria o suficiente para gerar falatórios. E para piorar a situação, o "duque", como a senhorita o chama, com quem divide o mesmo teto...

— Eu não colocaria desta maneira — interrompeu Emily.

— ... é famoso pela sua devassidão até mesmo entre os seus devassos compatriotas da alta nobreza. Pelo amor de Deus, Emily...

— Peço-lhe que não tome o nome do Senhor em vão.

— Desculpe-me, passei dos limites. Mas creio ter deixado bem clara a razão dos boatos.

— E concorda com eles?

— Estou ciente de que você é uma mulher perfeitamente virtuosa, dotada de um senso moral inabalável. Não é o seu comportamento que me preocupa. Eu temo é pela sua segurança em um antro como esse. É quase um milagre que a tenham deixado em paz durante tanto tempo. Isolada desta maneira, à mercê de um homem cujo mínimo capricho equivale a um comando de guerra para os seus seguidores fanáticos. Qualquer coisa pode lhe acontecer, qualquer coisa, e ninguém poderá ajudá-la.

Emily sorriu, delicada.

— Agradeço a sua preocupação. Mas posso garantir que o seu temor é absolutamente infundado. Os japoneses não compartilham a generosa descrição que você acaba de fazer da minha aparência. Aqui, sou considerada horrorosa, não muito diferente dos monstros demoníacos que costumam aparecer em seus contos de fadas, cuspindo fogo. Para falar a verdade, sou a última pessoa capaz de despertar paixões incontroláveis nos japoneses, acredite.

— Não estou preocupado com os japoneses em geral — admitiu Robert —, apenas com um em particular.

— O Senhor Genji é um amigo sincero, um cavalheiro que age de acordo com os padrões morais mais rígidos. Estou mais segura em seu palácio do que estaria em qualquer outro lugar em Edo — disse Emily.

— Padrões morais mais rígidos? Ele vive se deitando com prostitutas!

— As gueixas não são prostitutas. Já lhe expliquei diversas vezes, mas você se recusa a entender por pura teimosia.

— Ele adora ídolos de ouro.

— Não, senhor. Ele expressa reverência pelos seus professores e ancestrais curvando-se perante imagens do Buda. Também já esclareci isso mais de uma vez.

Robert prosseguiu, sem lhe dar ouvidos:

— Ele assassinou uma infinidade de homens, mulheres e crianças inocentes e provocou a morte de outros tantos. Não apenas tolera o suicídio, o que por si só já é um pecado, como ainda ordena que outros o cometam. Já decapitou, ou mandou decapitar, vários dos seus inimigos políticos e ainda coroou tais atrocidades mandando as cabeças cortadas dos infelizes para suas famílias e entes queridos. Tamanha crueldade é inacreditável. Meu Deus, e você ainda me diz que isso é agir dentro dos padrões morais mais rígidos?

— Calma. Aqui. Beba um pouco de chá. — Emily precisava de um intervalo. Todas as questões que ele abordara eram fáceis de ser explicadas, até mesmo defensáveis. Exceto uma. A matança na aldeia. Se ela se concentrasse apenas nos outros assuntos, deixando aquele de lado, talvez ele não percebesse a sua omissão.

Robert sentou-se, levemente arquejante, ainda exaltado do discurso inflamado sobre os pecados de Genji.

— Queira me desculpar, mas há alguma chance de tomar um café? — perguntou ele.

— Receio que não. Você realmente prefere o café ao chá? — Ao que parecia, o café era um dos modismos recentes nos Estados Unidos do pós-guerra. — Acho amargo demais e tende a dar azia.

— É uma questão de hábito, suponho. Durante a guerra, quando era mais fácil arrumar café brasileiro do que chá inglês, descobri que o café tem uma grande vantagem: ao contrário do chá, ele fornece uma dose de energia tremenda.

— Tenho a impressão de que você tem mais energia sobrando do que faltando — disse Emily. — De todo modo, talvez fosse melhor reduzir o seu consumo de café.

Robert aceitou o chá e sorriu.

— Talvez — respondeu ele, continuando a sorrir para ela de um jeito que lhe deixava certa de que poderia dar uma outra conotação àquela conversa sem fazer muito esforço. Esta outra conotação, ensaiada por Robert em diversas ocasiões anteriores, era igualmente perigosa, de modo que Emily preferiu ater-se ao assunto em questão:

— E então, quer que eu explique mais uma vez sobre as gueixas e o budismo, Robert?

— Eu admito que as suas explicações, se correspondessem à realidade, seriam satisfatórias. — Ele levantou a mão, antes que ela o interrompesse, indignada. — E também admito que, ao menos na teoria, são satisfatórias.

— Obrigada. Bem, sendo militar, você na certa está ciente de que amiúde é a tradição marcial que obriga um samurai a atentar contra a sua própria vida. Pelos nossos padrões cristãos, este é um pecado mortal. Não há dúvidas quanto a isso. Mas, até que sejam convertidos à fé verdadeira, não podemos julgá-los por padrões que, por ora, lhes parecem totalmente inaceitáveis.

— Este é um ponto de vista demasiado flexível para uma missionária cristã, Emily.

— Não estou dizendo que concordo. Apenas que compreendo. E é isso o que peço a você.

— Muito bem. Prossiga.

— Quanto à entrega das cabeças decapitadas — Emily respirou fundo e tentou, sem conseguir de todo, evitar sua lembrança. Já vira muitas para o seu gosto —, isso é considerado a coisa certa a se fazer. Se o Senhor Genji não tivesse feito o que fez, seria como desrespeitar o equivalente a uma espécie de código de cavalheiros dos samurais.

— Cavalheiros? Como você pode sequer cogitar do emprego de tal palavra para descrever atos desumanos de carnificina e mutilação?

— Com licença, Senhora Emily. — Hanako ajoelhou-se no vão da porta, curvando-se com a palma direita apoiada no chão e a manga vazia do lado esquerdo do quimono elegantemente drapejada sobre o que restara do seu braço. — Chegou outra visita para a senhora. Eu disse a ele que a senhora estava ocupada, mas ele insistiu...

— Ora, ora, como é gratificante vê-lo tão desocupado, almirante. Mas será que o senhor pode realmente se dar ao luxo de perder assim o seu precioso tempo? — Charles Smith sorriu, arqueando uma das sobrancelhas para Robert. Emily notou que a sua fala arrastada, típica da Geórgia, sempre se exacerbava na presença de Robert. — Acaso não têm casas para saquear, cidades para queimar e civis inocentes para bombardear?

Robert pôs-se de pé, de supetão.

— Este foi o último insulto que suportei de um traidor como você.

— Cavalheiros, por favor — contemporizou Emily, mas ambos a ignoraram.

Charles inclinou-se em uma reverência discreta para seu adversário.

— Estou à sua disposição, senhor, a hora que quiser. E também lhe concedo a escolha das armas.

— Robert! — exclamou Emily. — Charles! Por favor, parem imediatamente!

— Como fui eu a propor o desafio, a escolha das armas terá de ser sua, senhor — esclareceu Robert.

— Sinto-me na obrigação de recusar, senhor, já que me renderia uma vantagem absolutamente injusta — retrucou Charles. — Eu na certa escolheria pistola ou espada, e o senhor e os da sua laia, creio, ficam mais à vontade com morteiros de longa distância, arremesso de tochas e cercos que aniquilam os adversários por inanição.

Se Emily não tivesse se lançado entre os dois naquele momento, teriam ido às vias de fato ali mesmo. Por sorte, ambos ainda conservavam intacta sua presença de espírito, o que fez com que estacassem para não colidirem com ela.

— Estou envergonhada com o comportamento dos senhores — disse ela, olhando para um e para o outro com uma expressão de reprovação no rosto. — Como cavalheiros cristãos, deveriam estar dando o exemplo aos nossos anfitriões. Em vez disso, estão se portando como dois bárbaros, não ficando muito atrás do mais brutal dos japoneses.

— Decerto tenho todo o direito de reagir contra alguém que me insulta deliberadamente — justificou-se Robert, ainda dardejando um olhar feroz para Charles, que, por sua vez, também o olhava fixamente.

— Se a verdade é um insulto, talvez o senhor devesse examinar os atos hediondos que lhe deram ensejo.

— O que pode ser mais hediondo do que a escravidão? — perguntou Robert. — Fizemos muito bem em acabar com ela, assim como com a rebelião dos senhores.

Charles soltou uma risada de escárnio.

— Como se o senhor desse a mínima para o destino dos negros. Onde o senhor alega motivo, não vejo senão um falso pretexto.

— Se os senhores não pararem de discutir neste exato minuto, serei obrigada a pedir que ambos se retirem — ameaçou Emily. — E, se ficar sabendo que fizeram uso de violência um contra o outro, não poderei mais vê-los. Nunca mais.

Tanto Robert Farrington quanto Charles Smith ostentavam a mesma prontidão de sempre e não havia dúvidas de que estavam e continuariam decididos um a tirar a vida do outro. Mas Emily sabia que não chegariam a tal ponto, uma vez que a discórdia entre eles nada tinha a ver com política em geral nem com a guerra em particular. Primeiro, porque, ainda que a família de Charles fosse de fato oriunda da Geórgia, isso remontava aos seus ancestrais. O próprio Charles nascera em Honolulu, no reino do Havaí, assim como seus pais. Herdara uma plantação de açúcar e uma fazenda de criação de gado lá e nunca sequer visitara a Geórgia. E, além do mais, Emily sabia, por conversas que travara com ele em ocasiões anteriores, que Charles era um abolicionista fervoroso e que contribuíra com generosas quantias para a causa. De modo que, na verdade, a ira dos dois homens nascia do desejo que ambos nutriam de conquistar a mão de Emily em casamento.

O que levava um homem a crer que poderia conquistar o coração de uma mulher com demonstrações de fúria assassina? Era como se, em seu íntimo, até mesmo o mais civilizado dos homens conservasse um resíduo de brutalidade pré-histórica, sempre pronto a ressurgir, dominando-o outra vez. Na verdade, sem a influência civilizadora das mulheres, até mesmo cristãos convictos, como Robert Farrington e Charles Smith, corriam o perigo constante de recair na barbárie. Emily, por sua vez, deixara bem claro para eles que qualquer forma de violência, mesmo que não se revelasse fatal, desqualificaria de imediato o agressor na sua escolha entre os dois partidos.

Não era fácil decidir entre eles, embora Emily estivesse determinada a escolher um ou outro o mais breve possível. O motivo da sua recém-descoberta pressa era o mesmo da sua prévia relutância em considerar qualquer proposta de casamento. Amor. Um amor profundo, inabalável. Mas que, infelizmente, não sentia por nenhum dos dois cavalheiros que pediam a sua mão.

Depois que ambos se retiraram, com um intervalo de quinze minutos entre um e outro graças à sua insistência, Emily se dirigiu aos seus aposentos para continuar a tradução do *Suzume-no-kumo* — "Bando de Pardais" em japonês —, os pergaminhos secretos da história e das profecias do clã do Senhor Genji, os Okumichi da província de Akaoka.

Lá, em sua escrivaninha, jazia uma única rosa vermelha, como em todas as manhãs, desde o equinócio da primavera. Era do tipo conhecido pelo clã de Genji como Beleza Americana, um nome inesperado para uma flor que só era cultivada no jardim interno do Castelo do Bando de Pardais. Ela roçou delicadamente os lábios em suas pétalas macias. Por amor, se casaria com Robert ou Charles, embora não amasse nenhum dos dois. Colocou a rosa no pequeno jarro que deixava à mão, especialmente para aquele propósito, e ajeitou-o no canto da escrivaninha.

Naquele dia, começaria um pergaminho novo. Como não eram numerados nem possuíam qualquer espécie de marcação, às vezes só descobria a que parte da história ele se referia quando já estava no meio da leitura. O fato de o primeiro pergaminho que ela traduzira, seis anos atrás, ter sido o primeiro do clã, escrito em 1291, não passara de mero acaso. O segundo fora de 1641 e o terceiro, de 1436. Quando dois pergaminhos seguiam uma ordem cronológica, não era intencional. Aquilo se dava, explicara-lhe Genji, porque, sempre que um senhor assumia a liderança e lia a história do clã, tendia a reler alguns pergaminhos mais do que outros, de modo que a sua ordem, se é que algum dia houvera alguma, perdia-se sucessivamente, repetidas vezes ao longo dos anos. No início, aquela falta de arrumação seqüencial a perturbara. Mas depois Emily se viu encantada com a imprevisibilidade da experiência. Era como abrir um presente de Natal e ter sempre uma grata surpresa.

A sensação ficava ainda mais acentuada quando, como naquele dia, não só começaria um novo pergaminho, como também deveria abrir um novo baú. A desorganização da história do clã era compatível com o modo como fora armazenada. Quantidades diversas de pergaminhos de décadas e séculos diferentes eram guardadas em baús de estilos e tamanhos variados. Como não precisava atentar para a sua ordem quando precisava abrir um novo baú, Emily corria os olhos aleatoriamente pelos baús agrupados no canto da sua sala de leitura. Como sempre, haveria de escolher o que mais lhe agradasse.

Seria um grande ou um pequeno? Um que lhe parecesse obviamente antigo ou um dos mais novos? O de inspiração européia, trancado com uma fechadura de metal enferrujada? O elegante baú chinês, preto e oval, todo laqueado? Ou a olente urna coreana de sândalo? Porém, ao pôr os olhos na estranha caixa forrada de couro, Emily soube que a sua curiosidade não deixaria que escolhesse qualquer outro. Na tampa da caixa havia uma pintura desbotada, mas com suas cores originais ainda visíveis: um dragão vermelho enrodilhado nos píncaros de uma montanha azul. Seus estudos das artes do Leste Asiático já permitiam que reconhecesse o país de procedência da maioria dos artefatos que via, mas não conseguia identificar a origem daquela caixa.

O tampo estava lacrado com cera, que revestia toda a superfície. Rachaduras na cera indicavam que havia sido aberta recentemente, o que era um pouco estranho. Genji havia lhe dito que todo Grande Senhor de Akaoka tinha de ler a história completa do clã na ocasião de sua posse, de modo que era óbvio que ele a lera havia muito tempo. A não ser que Genji tivesse tornado a lacrar a caixa com cera após a leitura dos pergaminhos e a tivesse reaberto novamente, antes de Emily recebê-la. Perguntaria a ele depois.

Dentro da caixa, um tecido grosso protegia seu conteúdo. Sob esse tecido, havia um outro, de seda bordada, em cores brilhantes. Quando Emily desfez a primeira dobra, viu uma estampa de rosas em extravagante profusão, vermelhas, rosadas e brancas sobre um fundo de nuvens brancas encarneiradas em um céu azul reluzente. Como a rosa Beleza Americana era praticamente considerada um símbolo extra-oficial do clã, era surpreendente que aquela fosse a primeira vez que a encontrava estampada nos tecidos que costumavam proteger os pergaminhos dentro dos baús.

Apanhou um e o desenrolou. Ao contrário da maioria dos pergaminhos que vira até então, aquele fora composto quase na íntegra com a escrita fonética japonesa mais simples, chamada *hiragana*. Os outros faziam uso dos *kanjis,* os caracteres chineses que os japoneses adaptaram para transmitir idéias complexas em sua própria língua. Emily tivera dificuldade com os *kanjis* em seus estudos de japonês, mas com a *hiragana* era diferente. Leu a primeira linha sem muita dificuldade.

"O Senhor Narihira soube pelo visitante que a chegada da Beleza Americana..."

Emily interrompeu a leitura, surpresa, relendo a frase. Não, não havia se enganado. Lá estavam as marcas fonéticas para a palavra "americana" — *a-me-li-ca-nu*. A presença daquela palavra indicava que, quando o pergaminho fora escrito, os japoneses já estavam cientes da existência do Novo Mundo. O último pergaminho que ela traduzira cobrira a maior parte do século XVIII. Talvez fossem do mesmo período. Começou a ler novamente.

"O Senhor Narihira soube pelo visitante que a chegada da Beleza Americana no Castelo do Bando de Pardais assinalaria o triunfo definitivo do clã Okumichi. Tolo como era, mandou plantarem rosas no jardim interno do castelo e as chamou de Beleza Americana crendo que, ao fazê-lo, estava cumprindo a profecia. Não é um ato típico dos homens tentar obrigar o rio a fluir de uma determinada maneira, em vez de compreender as suas correntes e acompanhá-lo sem esforço até o seu destino natural? É difícil conceber uma mulher tão tola, não é mesmo? Ao concederem aos homens o domínio do mundo, os deuses lá em cima demonstraram um afiado senso de humor."

O estilo da narrativa era completamente diferente da formalidade da escrita dos pergaminhos que ela traduzira até então. A linguagem arcaica era um desafio, mas, com a ajuda do dicionário bilíngüe que ela e Genji estavam compilando, ela conseguia entender o que lia com relativa facilidade, graças à ausência dos *kanjis*. Prosseguiu a leitura, sem se importar em colocar no papel uma tradução em inglês imediata. Poderia deixar aquilo para depois. Estava empolgada demais.

Terminou o pergaminho assim que Genji chegou para cear com ela. Àquela hora, Emily já sabia que naqueles baús de escritos antigos havia algo mais do que o *Suzume-no-kumo*. A história do clã fora escrita pelos senhores da província, à medida que se sucediam, começando em 1291. Mas Emily não tinha dúvidas de que o texto que acabara de ler havia sido escrito por uma mulher.

Ela escrevera a sua narrativa mais ou menos na mesma época em que a história oficial começara.

E mencionava, como se os tivesse vivenciado, acontecimentos que se deram muitos séculos depois da sua existência.

1281, CASTELO DO BANDO DE PARDAIS

— Isso realmente não entra na minha cabeça — reclamou a Senhora Kiyomi, fazendo beicinho para o marido. — Por que o senhor vai ajudar o Senhor de Hakata? Ele não é inimigo do nosso clã há várias gerações?

Masamunê sossegou o indócil cavalo de batalha sobre o qual estava montado. Queria exalar um suspiro de irritação, mas quinhentos serviçais estavam reunidos à sua volta em seus próprios cavalos e ele não podia fazer algo tão antimarcial diante deles. Devia ter dado ouvidos a seu pai e se casado com uma mulher menos bonita e encrenqueira.

— Como já expliquei inúmeras vezes, a nossa terra sagrada foi invadida pelas hordas mongóis.

— O senhor me *disse* inúmeras vezes, mas dizer não explica nada. A província de Hakata não é a nossa terra sagrada. E daí se as hordas mongóis, seja lá o que isso signifique, invadiram Hakata? Deixe que acabem com ela. Assim, teríamos um inimigo a menos, não é mesmo?

Ele se virou para o seu camareiro, pedindo auxílio, mas o homem, dotado de experiência e sabedoria, concentrara toda a sua atenção em uma distante linha imaginária sobre as montanhas havia alguns minutos.

— Se os mongóis destruírem Hanaka, será uma questão de tempo até chegarem aqui.

Ela deu uma risada.

— Por favor, não me faça rir. Hakata fica na Ilha Kyushu e nós estamos em Shikoku — disse ela, como se a frase em si esclarecesse tudo.

Embora Kiyomi estivesse casada com ele há dez anos e tivesse tido três filhos, ainda parecia muito jovem para Masamunê, especialmente quando ria. Ele não conseguia ficar zangado com ela, apesar da sua torturante falta de discernimento político.

Ele se curvou sobre a sela.

— Voltarei trazendo muitas cabeças mongóis.

— Se quiser mesmo voltar trazendo algo dos mongóis, traga as jóias — pediu ela. — Não entendo esse seu fascínio por cabeças.

Desta vez, apesar de todos os seus esforços para conter-se, Masamunê deixou escapar um suspiro antes de virar a cabeça do cavalo em direção ao portão do castelo.

— Adeus.

Depois que os homens partiram, a dama de companhia principal da Senhora Kiyomi disse:

— Compreendo por que está agindo assim, minha senhora, mas será mesmo prudente? Acaso o Senhor Masamunê não se beneficiaria mais com a sua verdadeira sabedoria do que com a sua falsa estupidez?

— Se eu tivesse em meu poder alguma informação que ele desconhecesse, ou se pudesse oferecer algum conselho que ninguém mais pudesse oferecer, então a sua preocupação seria bem fundada. Mas o nosso senhor está rodeado de bons conselheiros. Não precisa de mais um. É melhor que ele pense que eu não entendo, para não se preocupar em me deixar preocupada. Quando ele pensar em mim, vai achar graça da minha ignorância. E concentrar toda a atenção em sua tarefa. Talvez, assim, eu possa ajudá-lo a voltar para casa.

— Não resta dúvida de que ele voltará — assegurou outra de suas damas. — O Senhor Masamunê é o melhor guerreiro de Shikoku.

— Shikoku é um grão de areia no mar — disse a Senhora Kiyomi —, assim como as outras ilhas do Japão. O Grande Khan do Império Mongol comanda exércitos de milhões de homens. Ele e seus ancestrais conquistaram reinos infinitamente maiores do que a nossa insignificante província. É mais provável que o nosso senhor morra na batalha do que regresse.

Caminharam em silêncio até o pátio, onde as crianças estavam brincando. Lá, juntaram-se a elas em suas brincadeiras ingênuas e calaram todos os assuntos de guerra.

· · · · · ·

— Masamunê? — Gengyo, o Senhor de Hakata, estava perplexo ao ver um dos seus piores inimigos chegando com reforços.

Masamunê curvou-se, exibindo um amplo sorriso no rosto. Poder contemplar a expressão aturdida de Gengyo compensava todos os rigores de sua árdua jornada.

— Viemos ajudá-lo a escorraçar esses invasores arrogantes.

— Meus mais profundos agradecimentos ao senhor. Infelizmente, ainda não estamos em condições de escorraçá-los. Com a sua ajuda, talvez possamos retardar o avanço da invasão até a chegada dos exércitos do Xogum.

— Bobagem! Quando os mongóis apareceram, sete anos atrás, desistiram e saíram correndo assim que os atacamos. — Se Masamunê tivesse feito um esforço para recordar os detalhes, veria que a sua memória estava distorcendo bastante a realidade. A luta fora penosa e sangrenta e, não fosse a tempestade que abateu os navios inimigos, possivelmente os mongóis teriam conquistado o terreno e saído vitoriosos. Mas a lembrança que tinha da primeira invasão mudara bastante de figura, graças às inúmeras vezes em que recontara de maneira exagerada as suas batalhas.

— Estão em maior número desta vez — ponderou Gengyo. — Muito maior.

— E daí? Vamos atacar imediatamente. Qual bárbaro pode resistir a um ataque geral de samurais?

Com um gesto, Gengyo pediu que Masamunê o acompanhasse. Ele o conduziu até o topo da muralha, que dava para a planície litorânea.

— Veja com seus próprios olhos.

A Baía de Hakata estava tomada de navios, centenas deles. Outras centenas, espalhadas pelo horizonte, aproximavam-se da costa. Em terra firme, os mongóis estavam acampados em grupos bem espaçados e protegidos, atrás de suas próprias trincheiras. Até onde a vista alcançava, Masamunê calculou vinte mil homens. Mas os acampamentos estendiam-se pelo litoral e desapareciam atrás das colinas a oeste. Se todas as tropas que tripulavam as embarcações tivessem desembarcado, era possível que já houvesse cinqüenta mil mongóis no Japão, sem contar os outros milhares que estavam prestes a aportar.

— Está vendo? — perguntou Gengyo. — Eles também têm cavalos. E não são poucos. Tudo o que ouvimos sobre eles, sobre como conquistaram a China, a Coréia e impérios desconhecidos no Extremo Ocidente, deve ser verdade. Investimos contra eles algumas vezes. O modo como lutam sobre a sela é inacreditável. Não me lembro de terem mostrado tamanha desenvoltura na outra invasão. — Gengyo na certa também andara avivando a sua memória. — Nossos corajosos marinheiros das províncias de Choshu e Satsuma estão invadindo as embarcações inimigas durante a noite e matando vários deles. Mas, para cada um que é aniquilado, surgem mais dez.

— O que eles estão descarregando agora?

— Aqueles tubos e cilindros? — Gengyo parecia extremamente preocupado. — Não sei. Mas estão apontados na nossa direção.

— Quando chegam os exércitos do Xogum? — perguntou Masamunê.

— Amanhã. Ou depois de amanhã. Os mongóis provavelmente vão nos atacar com força total ao meio-dia.

Masamunê e Gengyo ficaram por algum tempo em silêncio, observando os inimigos. Então, Masamunê ordenou ao seu tenente:

— Recolha os cavalos, por questão de segurança. Reúna os homens na linha de frente com os arcos. — E, virando-se para Gengyo: — Eles vão ter de atravessar uma boa estirada de campo aberto se quiserem nos alcançar. Vamos abatê-los com uma saraivada de flechas, antes que vençam metade do caminho.

· · · · · · ·

— Você aí! — gritou o comandante da brigada mongol para Eroghut. — Traga a sua tropa para cá. Vocês irão atacar na linha de frente.

Eroghut virou-se para seu irmão e disse:

— Esses mongóis desgraçados. Colocam-nos na frente para morrer. Depois, vão reivindicar a sua vitória covarde cavalgando sobre nossos cadáveres.

— Não vamos morrer — assegurou seu irmão. — Lembre-se do que mamãe disse. A nossa linhagem vai sobreviver à de Kublai, o Gordo. Quando os mongóis tiverem desaparecido da face da Terra, os nürjhen ordos ressurgirão novamente.

Eroghut não disse nada. A fé de seu irmão caçula nas palavras de sua mãe era comovente. Assim como os demais sobreviventes da tribo Nürjhen, ele acreditava que a mãe era uma feiticeira da mesma linhagem da legendária Tangolhun, que supostamente instruíra Átila, o Grande, a seguir o sol na direção oeste até a terra prometida dos hunos.

Essas mesmas lendas garantiam a existência de um parentesco entre eles e os hunos, tradicionais inimigos dos mongóis. Mas tudo aquilo não passava de tolices e histórias de crianças. Eroghut sequer acreditava na suposta grandeza de figuras extraordinárias como Tangolhun ou Átila. Quanto ao ressurgimento dos nürjhen ordos — de onde ressurgiriam, quando restaram tão poucos que mal podiam ser chamados de clã, muito menos de tribo, e uma de Ordos era formada por pelo menos cem tribos? Não, ele, seu irmão e seus parentes, os últimos guerreiros nürjhen na face da Terra, estavam fadados a perecer naquele fim de mundo miserável chamado Japão. Fracassaram, e os detestáveis mongóis haviam triunfado. Mas não iriam morrer sozinhos.

— Eles vão nos mandar na linha de frente, para atacarmos aqueles castelos logo acima da praia, junto com os Uighurs, os Kalmuks e os Khitan. Protejam-se como puderem, usando-os como escudo. Os mongóis vão seguir o nosso rastro como cães comedores de merda que são. Assim que alcançarmos o topo da colina, virem-se e matem os mongóis — instruiu Eroghut.

— Mas e os japoneses? — perguntou um de seus primos. — Assim que dermos as costas, eles vão nos atacar.

— Não vão não — garantiu Eroghut, sem acreditar em suas próprias palavras por um segundo. — Eles vão ver que somos inimigos do seu inimigo e lutar ao nosso lado.

— Eroghut, você é o líder do nosso clã e vamos obedecer à sua ordem — disse um outro primo —, mas esses selvagens nativos são adeptos de uma seita mórbida e irracional que cultua a morte. Uma vez tomados pela ânsia de sangue, não param para raciocinar. Eu concordo com o nosso primo. Vão nos atacar assim que ficarmos vulneráveis.

— Se estamos fadados a morrer, você prefere que seja lutando com os mongóis ou contra eles? — perguntou Eroghut. Aquilo calou todos os protestos. Os sobreviventes dos grandes Nürjhen Ordos apertaram as armaduras nos cavalos, ajeitaram as suas e galoparam até a primeira fileira da maciça cavalaria. Atrás deles, artilheiros e fogueteiros chineses preparavam-se para atirar.

· · · · ·

O solo tremia, fustigado pelos cavaleiros mongóis que avançavam em pleno ataque. Aproximavam-se velozes, em fileiras organizadas, empunhando lanças.

— Não atirem até que eles alcancem o sopé da colina — ordenou Masamunê aos seus homens.

Quando os mongóis estavam prestes a alcançar a colina, os tubos que haviam instalado na praia cuspiram chamas, evolando fumaça e provocando um som estrondoso, como um vento irado. Minutos depois, sem que pudessem compreender como aquilo era possível, assistiram estrelas e constelações inteiras explodirem no céu, em pleno dia. Os homens de Masamunê não saíram de seus postos, mas vários outros samurais fugiram às carreiras, apavorados.

— Atirem! — ordenou Masamunê.

Seus arqueiros atingiram vários mongóis, mas eram poucos, e os inimigos tinham vantagem. Derrubaram facilmente as defesas dos samurais. Quando estavam prestes a ser esmagados, o flanco direito da cavalaria mongol subitamente virou de costas e investiu contra seus próprios homens. Os renegados bradaram um grito de guerra diferente do restante dos mongóis, algo que soou como "Na-lu-ti-ia-o-rro-do-su!" aos ouvidos de Masamunê.

Aquela traição inesperada dentro de seu próprio exército confundiu os mongóis. Embora tivessem vantagem numérica e estratégica, interromperam o ataque e recuaram. Na calmaria que se seguiu, o renegado mais próximo de Masamunê deu um murro em seu peito.

— Não mongol — disse ele, em um chinês capenga. — Sim nürjhen. — E, assim dizendo, apontou para os seus camaradas, que imitaram o gesto, repetindo:

— Nürjhen.

— Eles estão dizendo que não são mongóis, meu senhor? — perguntou o tenente de Masamunê.

Lutando para reproduzir as sílabas que o bárbaro emitira sem dar um nó na língua, ele respondeu:

— Ao que parece, eles são... na-lu-ti-ia.

— E o que é na-lu-ti-ia?

Estrelas e constelações voltaram a explodir no céu, bem acima de suas cabeças. Os samurais tombaram, agarrando o solo o mais firme possível. Masamunê disse, cuspindo terra:

— São inimigos dos mongóis. O que mais você precisa saber?

Daquela vez, as explosões foram seguidas por estrondos ensurdecedores na praia, o som de objetos invisíveis voando pelo ar. Segundos depois, outra explosão, no meio dos samurais.

— Levantem-se! — gritou Gengyo. — Eles estão atacando novamente!

Muitos dos samurais que de fato se levantaram não pretendiam guarnecer a defesa, mas sim fugir correndo; um esforço inglório. A chuva ininterrupta de explosões transformava homens em restos esfarrapados e sangrentos de carne e osso, tanto os que mantinham suas posições quanto os que fugiam.

O segundo ataque dos mongóis abateu as defesas novamente e o exército inimigo infiltrou-se entre eles, matando a esmo com espadas e lanças, montados em seus cavalos. Atrás dos cavaleiros, vinham guerreiros a pé empunhando arcos estranhos que lançavam flechas curtas. Uma delas atingiu Masamunê no peito, penetrando facilmente em sua armadura.

— Ah! — Uma pontada fugaz de dor e depois não sentiu mais nada, apenas uma leve tontura. Um cavaleiro mongol avançou com sua lança para aniquilá-lo de vez. Masamunê estava fraco demais para levantar sua espada e se defender do ataque. Então, o na-lu-ti-ia que se apresentara primeiro derrubou a lança do atacante com um golpe e cravou sua espada de dois gumes em uma das axilas do mongol. Jorrando sangue, o cavaleiro despencou no chão.

O na-lu-ti-ia que salvara a sua vida sorriu para ele e disse:

— Não medo. Viver! Viver!

Masamunê perdeu a consciência.

Quando abriu os olhos, seu tenente estava fazendo um curativo em sua ferida.

Os mongóis haviam debandado. Samurais caminhavam entre os feridos, resgatando companheiros e matando inimigos tombados no chão. Haviam vencido a batalha, pelo menos por enquanto. Masamunê viu os na-lu-ti-ia mortos à sua volta. Um deles ainda respirava. Podia ver seu peito arquejar debilmente. Um dos homens de Gengyo caminhou até ele e suspendeu a espada, prestes a desferir um golpe fatal.

— Pare! — ordenou Masamunê. — Esse homem não é mongol.

— Pois se parece com um.

— Idiota! Está questionando a minha palavra?

— Não, Senhor Masamunê, de modo algum. — O homem curvou-se.

— Cuide de seus ferimentos.

— Sim, senhor, mas ele está gravemente ferido. Provavelmente, vai acabar morrendo.

— Se morrer, rezaremos para que sua alma descanse em paz. Mas cuide para que permaneça vivo.

O na-lu-ti-ia salvara a sua vida. O mínimo que Masamunê podia fazer era retribuir-lhe o favor

. . . . . .

Eroghut foi o único que não morreu. O irmão, os primos e todos os seus parentes pereceram. Apesar da febre e da dor, sorria, acomodado na carreta que o transportava, sacolejando de um lado para o outro. A mãe ganhara a reputação de feiticeira e vidente graças a uma feliz combinação de palpites acertados e incansável autopromoção, sempre ocupada preparando magias e entrando em transes, quando deveria estar em casa, cuidado do marido e dos filhos. Agora, ele era o único sobrevivente de sua linhagem. Se ela fosse ressurgir novamente, teria de ser por ele, Eroghut, filho de Tanghut, dos nürjhen do Rio do Dragão Vermelho e da Montanha do Gelo Azul. Mas não havia mais nenhum Rio do Dragão Vermelho, nem nenhuma Montanha do Gelo Azul. Quando conquistaram sua tribo, os mongóis lhe deram nomes diferentes. E, em breve, não haveria mais nenhum nürjhen. Gostaria de encontrar a mãe pela última vez, para poder rir na sua cara.

A carreta o conduziu a uma outra ilha, que mais tarde ficou sabendo se chamar Shikoku. O samurai que lutara ao seu lado, Masamunê, era o senhor de uma província chamada Akaoka, aquela à qual ambos acabavam de chegar. Embora o comportamento de Masamunê não diferisse muito do de um khan, a sua província não era grande o bastante para receber um nome. Até mesmo um mongol — cavaleiros amplamente superestimados, na opinião de Eroghut — seria capaz de atravessá-la em menos de um dia de jornada.

No início, Eroghut e seu novo senhor comunicavam-se em chinês simplificado:

— Meu nome Masamunê. Eu senhor reino Akaoka. Você?

— Meu nome Eroghut. Eu país Nürjhen. Agora Nürjhen não existir.

— Seu nome? — perguntou Masamunê novamente, confuso.

— Eroghut.

— Ê-rro-go-tu?

— E-ro-ghut.

— Ê-lo-ku-tcho?

Aqueles japoneses não tinham mesmo jeito. Por possuírem uma língua tão simples, raramente conseguiam pronunciar palavras desconhecidas, nem mesmo as mais fáceis.

— Ghut — repetiu Eroghut, abreviando seu nome como faria uma criança.

— Ah! — exclamou Masamunê, parecendo finalmente satisfeito. — Go.

— Isso — assentiu Eroghut, desistindo. — Meu nome Go. — E, dali em diante, passou a ser chamado assim.

Go aprendeu japonês bem depressa. Não era difícil formar as palavras, porque havia pouquíssimos sons. Os japoneses tinham algo em comum com os mongóis: gostavam de guerra. Assim que os mongóis abandonaram a costa, expulsos por uma tempestade, exatamente como na primeira tentativa de conquistar o Japão, Masamunê pôs-se a lutar com o seu vizinho ao leste, por motivos que escapavam ao entendimento de Go. Ao que parecia, o que estava em jogo era algo muito maior do que terra, escravos, cavalos ou rotas de comércio: honra. Não podia haver outro motivo, uma vez que o modo como os samurais lutavam — uma bizarra modalidade de múltiplas lutas individuais em massa, na qual cada guerreiro buscava um adversário da mesma patente — garantia que nenhuma batalha resultasse em uma vitória absoluta para um dos lados. Seus exércitos não eram propriamente exércitos, pelo menos não no sentido altamente organizado dos nürjhen, mas sim turbas selvagens, heróicas e desordenadas.

Quando os samurais recontavam suas batalhas, costumavam exagerar não somente a sua coragem, mas a dos inimigos também, assim como lamentavam os inimigos mortos do mesmo modo como choravam os seus mortos. Houve uma batalha na qual um senhor inimigo, um jovem gorducho e espinhento que não passava dos vinte anos de idade, morreu sob o peso de seu próprio cavalo quando tentava escapar do combate. Mais tarde, ao contarem a história, o senhor transformou-se em um rapaz de beleza estonteante, com a coragem de mil homens destemidos, e a sua morte, em uma tragédia de insustentável pesar. Go presenciou Masamunê e seus homens tomando vinho de arroz e pranteando a morte do "herói". Aqueles mesmos homens conheciam muito bem o senhor inimigo, haviam lutado contra ele em combates anteriores e sabiam que não era belo, nem sequer razoavelmente vistoso, e que a sua coragem... Bem, quanta coragem era necessária — sem contar com a habilidade, ou melhor, a falta de habilidade — para manejar o cavalo de maneira a fazê-lo tombar sobre si mesmo e quebrar seu pescoço?

Assim, Go passou a viver com aqueles bárbaros dramáticos, embora inquestionavelmente valentes — lutando ao seu lado em suas batalhas sem sentido, absolutamente inconclusivas, bebendo com eles, cantando com eles e, por fim, repetindo as mesmas mentiras ridículas sobre bravuras a toda prova, belezas deslumbrantes e mortes destemidas e desafiadoras. Seus únicos propósitos na vida eram a guerra, a bebida e a mitologia que criavam acerca de sua intrepidez.

Go sentiu-se imediatamente em casa. Antes de Gêngis, o Amaldiçoado, avô de Kublai, o Gordo, ter reunido todas as tribos das estepes, forçando-as a se tornar mongóis e lhes conferido a missão de conquistar o mundo, os nürjhen eram bastante parecidos com os japoneses. Talvez sua mãe não estivesse tão equivocada, afinal. Talvez aqueles ilhéus primitivos fossem os novos nürjhen ordos. De todo modo, acalentar aquela hipótese lhe proporcionava considerável deleite.

A habilidade eqüestre de Go era bastante apreciada pelo Senhor Masamunê. Sob sua tutela, o samurai da província de Akaoka logo aprendeu a organizar grupos que se deslocavam rapidamente, em vez de inúteis guerreiros solitários, que, por sua vez, aprenderam a formar grupos maiores ou se dividirem em grupos menores. Passaram a utilizar bandeiras de sinais para transmitir comandos de longa distância durante o dia. À noite, lamparinas e flechas em chamas atendiam ao mesmo propósito. Estas eram as mesmas táticas usadas pelos hunos, durante os séculos em que dominavam as estepes do Leste Asiático; as mesmas táticas que seus parentes nürjhen haviam herdado e que haviam sido roubadas e usadas contra eles pelos mongóis.

Na primavera do segundo ano de Go entre os japoneses, os cavaleiros de Akaoka que ele treinara investiram como os guerreiros nürjhen de outrora contra o exército canhestro do regente do clã Hojo — exército este dez vezes maior do que o deles — e aniquilaram todos os homens em uma matança fenomenal na praia de Shikoku, banhada pelo Mar Interior. Quando voltaram da batalha, Masamunê cedeu sua concubina mais jovem e bonita para Go como esposa. No outono do ano seguinte, Go já era pai de um menino que escolheu chamar de Chiaki, uma junção dos caracteres chineses *chi* (sangue, representando o sangue nürjhen em suas veias) e *aki* (outono, a estação do ano na qual a criança nasceu).

Tudo ia bem, até que um segundo nürjhen nasceu entre os japoneses. Foi então que Go atinou que o sangue a correr em suas veias e nas veias dos seus dois filhos era o mesmo de sua mãe feiticeira. E o mesmo da outra também, a antiga Tangolhun.

1867, PALÁCIO DO GROU QUIETO

— Vejo que está trabalhando com afinco, como sempre — disse Genji.

Emily estava tão entretida na leitura que nem sequer percebera a chegada de Genji na soleira da porta. Desconfiava que ele estava ali havia algum tempo, parado a observá-la, antes de se dirigir a ela.

— Nem um pouco — respondeu ela, tornando a enrolar o pergaminho da maneira mais casual possível. Sua intuição feminina lhe ditara que era melhor, pelo menos por enquanto, não mencionar o tom diferente da narrativa que acabara de abrir.

A aparência de Genji não mudara quase nada desde que o conhecera, havia seis anos. Mesmo após graves ferimentos de batalha, com as pressões monumentais inerentes à sua liderança política numa época de crise praticamente interminável e de sua participação em uma intricada rede de conspirações e contraconspirações que envolvia o Imperador em Kyoto, o Xogum em Edo e comandantes de províncias rebeldes a oeste e ao norte do Japão. E ainda tinha de se preocupar com a possível intervenção estrangeira, tendo em vista a acintosa presença de embarcações inglesas, francesas, russas e americanas em águas japonesas. Como se isso não fosse complicado o suficiente, ainda havia Kawakami Saemon.

Saemon era filho do antigo inimigo de Genji, Kawakami Eiichi, que, na ocasião de sua morte — pela espada de Genji —, era o chefe da polícia secreta do Xogum. Saemon era o filho mais velho de Kawakami, com uma concubina inferior à sua mulher, e supostamente odiava o pai. Quando ele e Genji se encontraram logo após o lastimável incidente, ele demonstrara uma notável predisposição amigável. Além disso, ele e Genji eram partidários do mesmo ponto de vista acerca da restauração. Ambos eram a favor da abolição do xogunato e da retomada do Imperador ao poder após séculos de eclipse político. Genji, ao que tudo indicava, confiava em Saemon. Emily, não.

Ele se parecia bastante com o pai em dois aspectos. O primeiro era a aparência. Era belo e fútil, e Emily desconfiava de homens que davam demasiada importância às aparências. O segundo, mais notável, era o seu comportamento. Sempre deixava Emily com a impressão de que não falava com seriedade ou escondia o que se passava em sua mente. Não que contasse mentiras. Era mais uma impressão — de astúcia, frivolidade e uma inclinação para a perfídia — do que um fato concreto. Talvez suas suspeitas decorressem da própria situação em si. Não conseguia acreditar que um filho pudesse realmente nutrir uma amizade sincera pelo homem que matara seu pai.

Retribuiu o sorriso de Genji. Ele ainda sorria da mesma maneira despreocupada de sempre e continuava a parecer um jovem da nobreza que só se interessava em saber onde poderia se divertir à noite. Era uma aparência que enganara seus inimigos, fazendo com que não o levassem a sério, e este equívoco custara a vida de muitos deles. Genji parecia estar envolvido em matanças com uma freqüência perturbadora, outro motivo que convencera Emily de que chegara a hora de deixar o Japão.

Ainda não lhe contara sobre os pedidos de casamento que recebera, nem dera sinais de que pretendia partir. Receava que, ao comunicar-lhe sua decisão precipitadamente, ele pudesse dizer ou fazer algo que acabasse por minar a sua frágil resolução. O mesmo amor que a compelia a partir poderia facilmente impedir a sua fuga. Desde que Genji não correspondesse aos seus sentimentos, não havia com o que se preocupar. Levava uma vida sofrida, mas era um sofrimento suportável. Pelo menos, podia usufruir a sua companhia.

Foi então que as rosas começaram a surgir. O que mais poderiam significar, senão que Genji começava a desenvolver sentimentos por ela, os mesmos que acalentava em seu peito havia tanto tempo? Não se preocupava com o seu próprio destino. Estava disposta a cometer o pecado que fosse, suportar todo tipo de censura para ficar ao seu lado, desde que sua presença o ajudasse a trilhar o caminho da retidão cristã. Estava fervorosamente determinada a não atuar como instrumento de sua desgraça. Caso se deixasse levar por seus sentimentos, acabaria causando infindáveis problemas para Genji, tanto entre os seus compatriotas quanto entre os ocidentais, que ficariam revoltados com a idéia de um oriental, fosse nobre ou não, com uma esposa branca. O que acabaria por prejudicar consideravelmente os esforços de Genji para integrar o Japão à família das nações civilizadas. Não obstante, poderia pôr tudo isso de lado, caso estivesse certa de que era apenas uma parte do preço a ser pago pela salvação da alma imortal dele. Este era o seu dilema. Contar com a sua ajuda o salvaria ou faria com que ele galgasse mais um degrau rumo à danação eterna?

— Vejo que o seu admirador secreto trouxe a sua rosa diária — comentou Genji.

— Ele é deveras furtivo — retrucou Emily. — Ninguém jamais conseguiu vê-lo, e ele nunca deixou nenhuma pista da sua identidade. — Estava ciente de que não devia prosseguir naquele assunto, mas não pôde se conter e disse: — O que não é exatamente cortês de sua parte.

— Pensei que tais provas anônimas de admiração fossem consideradas bastante apropriadas no Ocidente. Estou enganado?

— Um anonimato temporário, talvez. Mas, após seis meses, o que era lisonjeiro torna-se perturbador.

— De que modo?

— A pessoa começa a se perguntar por que alguém faria algo assim durante tanto tempo sem revelar sua identidade. Não estaria, por acaso, movido por intenções escusas?

— Talvez seu admirador tenha bons motivos para não se declarar abertamente — disse Genji. — Talvez admirá-la, sem nutrir esperanças de algo mais, seja a única possibilidade ao seu alcance.

Incapaz de se controlar, ela disse:

— Se for este o caso, é um comportamento muito covarde.

Genji sorriu.

— O excesso de coragem, nas circunstâncias erradas, no lugar errado e na hora errada, pode ter conseqüências muito piores do que a covardia.

— Isso me parece exatamente o oposto do que a maioria dos samurais diria — observou ela, acrescentando com ênfase —, Senhor Genji.

— Tem razão. Talvez eu deva desistir das minhas espadas e do meu topete.

— Mas não hoje — disse ela.

— Não, não hoje.

Emily levantou-se, fingindo contemplar o céu. Se conseguisse fazer com que ele se declarasse abertamente, qualquer declaração que fosse, poderia enxergar o seu caminho com mais clareza. Estaria o seu amor levando-a a interpretar erroneamente o que não passava de um respeito amigável por parte dele? Se assim fosse, a crise romântica era imaginária, e somente ela a vivenciava.

— Parece que vai chover — comentou ela. — Vamos cear aqui dentro?

— Como você preferir.

Havia preparado uma nova receita de sanduíches de pepino, que experimentara recentemente pela primeira vez na embaixada britânica. Para Emily, a combinação de fatias de legumes cobertas por um molho que ela própria fizera, com gema de ovo e creme de leite batido, era particularmente refrescante no clima úmido do início do outono em Edo. Durante toda a refeição, Genji permaneceu em silêncio, o que significava que ou ele estava fazendo um tremendo esforço para não vomitar uma comida que julgava repulsiva, ou ainda estava pensando na rosa do admirador secreto. Para não correr mais riscos, ela decidiu suprimir os sanduíches de pepino dos futuros cardápios.

Até então, suas tentativas de ampliar os hábitos alimentares de Genji, incluindo pratos ocidentais, revelara-se um fracasso absoluto. Era bem verdade que ela própria também não conseguira se adaptar à cozinha japonesa. Boa parte dos pratos incluía criaturas marinhas bizarras, muitas vezes em fatias cruas removidas destas ainda vivas. A mera lembrança arruinou o sabor do sanduíche de pepino na boca de Emily. Teve de lutar contra uma onda de náusea para engoli-lo, tomando o seu chá rapidamente depois.

— Algum problema? — perguntou Genji.

— De modo algum — disfarçou Emily, devolvendo seu sanduíche ao prato. — Apenas não estou com muito apetite hoje.

— Nem eu — retrucou ele, seguindo o seu exemplo, visivelmente aliviado.

Permaneceram em silêncio por alguns minutos. Ela tentou adivinhar o que estaria se passando pela cabeça dele. Talvez estivesse fazendo o mesmo com ela. Era uma hipótese divertida e, sem dúvida, totalmente infundada. De nada lhe adiantava fantasiar daquele modo. Voltou a atenção para outro assunto, mais facilmente abordável:

— Gostaria de lhe perguntar uma coisa sobre os pergaminhos do *Suzume-no-kumo*. É mais uma curiosidade do que uma dúvida de tradução. As supostas visões do futuro são sempre transmitidas em sonhos?

— Você já leu séculos e séculos de previsões, muitas das quais se tornaram realidade, e ainda as chama de "supostas visões"?

— Como já lhe expliquei inúmeras vezes, somente os profetas do Antigo Testamento...

— Podiam ver o futuro — disse Genji, completando a frase. — É verdade, de fato já me disse isso várias vezes. Não consigo entender como você consegue conciliar esta crença com o que leu nos pergaminhos.

— Se você prefere não responder à minha pergunta, basta dizer — retrucou Emily, com um tom mais petulante do que pretendia.

— E por que eu faria isso? A resposta é sim. Todas as visões do futuro vieram em sonhos.

— Jamais trazidas por um visitante inesperado?

— Um visitante? — Aquela talvez fosse a primeira vez que Emily via uma expressão atordoada no rosto de Genji.

— Sim — respondeu ela. — Um mensageiro, talvez.

— Que mensageiro poderia antever o futuro?

— Nenhum, é claro. Mas um relato mundano poderia ser interpretado de modo especial pelos visionários.

— Eu já li todo o *Suzume-no-kumo* várias vezes — assegurou Genji — e nenhum mensageiro é mencionado.

— Você certamente tem razão — anuiu Emily. — Vou verificar no dicionário novamente.

O som de passos ligeiros avizinhou-se da porta. Invariavelmente, era um sinal de problemas.

Hidê, o chefe da guarda pessoal de Genji, surgiu à porta, curvando-se.

— Senhor, sofremos mais um ataque dos estrangeiros. Ingleses, desta vez.

— Vítimas?

— Não entre os estrangeiros. Estavam armados com revólveres. Cinco samurais de Yoshino morreram. Ainda assim, o embaixador britânico apresentou uma queixa oficial ao Xogum e ao Grande Senhor de Yoshino.

— Que idiota. Será que ele nunca vai aprender? Pensei que o Senhor Saemon o tivesse convencido a se conter até a reunião com todos os membros do conselho.

— Ao que tudo indica, não.

— Você ainda duvida da honestidade do Senhor Saemon.

— Meu senhor, não tenho dúvida nenhuma — disse Hidê. — Tenho certeza de que ele não é de confiança.

— E o que o levou a tal conclusão?

— Ele é filho de Kawakami, o Olho Vivo. — Hidê pronunciou o nome como se o cuspisse. — A julgar pelo pai, não creio que o filho possa ser um homem de palavra.

— Precisamos aprender a transcender este tipo de raciocínio — contemporizou Genji. — O Japão precisa abandonar a ênfase exagerada nas linhagens e concentrar-se nos méritos individuais das pessoas, se quiser figurar entre as grandes potências mundiais. Os filhos não deveriam ser automaticamente condenados pelos erros de seus pais.

— Sim, senhor — concordou Hidê, sem nenhuma convicção. Fora um dos poucos sobreviventes da traiçoeira emboscada armada por Kawakami no Mosteiro de Mushindo, seis anos atrás. Por treinamento e inclinação, Hidê era um samurai tradicional. A única motivação que lhe parecia plausível era a vingança, e imaginava que todos os samurais fossem como ele — exceto o Senhor Genji, a quem considerava um profeta único e digno de reverência, acima de qualquer comparação.

— É melhor nos encontrarmos com o Senhor Saemon — disse Genji a Hidê. — Precisamos agir depressa, para evitar que a situação fuja de controle. Algum estouvado pode decidir que está na hora de começarmos uma guerra contra os estrangeiros.

— Sim, senhor. Reunirei os homens.

— Não é necessário. Apenas a sua companhia já será suficiente.

— Meu senhor... — Hidê começou a falar, mas Genji o interrompeu:

— Precisamos demonstrar confiança. No momento, a ausência de confiança pode ser mais perigosa do que a de guarda-costas. — Virando-se para Emily, Genji perguntou em inglês: — Você entendeu a conversa?

— O essencial, sim — disse Emily. — Por favor, tome cuidado.

— Sempre — assegurou Genji, sorrindo. Curvou-se em despedida e partiu.

· · · · · ·

Emily retomou o novo pergaminho e repassou o trecho inicial, palavra por palavra, com a ajuda do seu dicionário. Estava escrito, sem sombra de dúvida: *"O Senhor Narihira soube pelo visitante que a chegada da Beleza Americana no Castelo do Bando de Pardais assinalaria o triunfo definitivo do clã*

Okumichi." Na primeira leitura, o que lhe chamara a atenção fora a presença da palavra "americana". Mas, após a insistência de Genji de que as visões só se davam através de sonhos, a palavra "visitante" pareceu-lhe ainda mais fascinante. Os que apareciam para ter com Genji no Palácio do Grou Quieto eram chamados de *okyaku-sama*, que significava "convidado". No entanto, o autor do pergaminho usara a palavra *hômonsha*. Emily a traduziria como "visitante", uma vez que significava, literalmente, "aquele que visita alguém".

De repente, uma outra distinção entre os dois termos ocorreu a Emily, produzindo um inexplicável calafrio.

Um convidado era solicitado, ou ao menos esperado.

Um visitante não era, necessariamente, nem uma coisa nem outra.

· · · · · ·

Durante a série de reuniões com o conselho dos Grandes Senhores, os pensamentos de Genji voltavam-se o tempo todo para Emily.

Era ele quem deixava as rosas todos os dias para Emily, obviamente. Embora nunca tivesse dito nada, imaginava que ela soubesse que ele estava a par de seus sentimentos. Estava certo de que Emily acreditava que ele sentia amizade por ela e nada mais. O seu comportamento não revelava nada além disso. Estaria especulando demais? Se Emily fosse japonesa, estaria confiante em suas especulações. Ela, porém, era nitidamente ocidental, de modo que não tinha certeza de nada. Bem, de quase nada. Sabia que ela o amava. Ao contrário de Genji, Emily não conseguia dissimular seu afeto de maneira convincente.

Mas ele não podia continuar disfarçando indefinidamente. Naquele dia, durante sua refeição com ela, ficara incomodamente excitado só de vê-la comendo — o movimento de sua boca, o modo como as suas mãos graciosas seguravam o sanduíche, os lábios entreabertos um segundo antes de tocarem a borda da xícara de chá. Se gestos tão rotineiros o excitavam daquela maneira, a ponto de não conseguir falar, estava claro que havia atingido o limite de seu autocontrole.

Se declarasse seus sentimentos, inevitavelmente desobrigaria Emily de refrear a manifestação dos dela. O que culminaria, de acordo com o aviso profético que recebera, na morte precoce de Emily. Em seu sonho, Genji tivera uma visão na qual Emily morria ao dar à luz seu filho. Garantiria a sobrevivência do clã, mas, ao fazê-lo, perderia a vida. Era algo que Genji não podia aceitar. Recusava-se a conceber as visões como acontecimentos inevitáveis, como haviam sido as de seu avô; preferia acreditar que eram avisos. Sendo assim, só se permitia aproximar-se de Emily através daquela farsa do admirador secreto.

Em breve, ela receberia propostas de casamento, tanto do Tenente Farrington, o adido naval americano, quanto de Charles Smith, o fazendeiro que cultivava açúcar e criava gado no reino havaiano. Emily sequer desconfiava que Genji sabia disso. Não imaginava que Genji fizera amizade com ambos exatamente porque os julgara bons partidos para ela. E sabia que eles, por sua vez, a achariam irresistível porque, com a chegada de mais e mais estrangeiros no Japão, Genji descobrira que Emily era considerada uma mulher de beleza extraordinária entre os seus conterrâneos — produzindo o efeito oposto ao que exercia sobre os japoneses. Curiosamente, agora que a amava, a despeito de sua aparência, era justo a sua aparência que permitiria que ela partisse sem conhecer o seu amor. A idéia de jamais voltar a vê-la, nem mesmo como amiga, causava-lhe uma angústia tremenda, mas preferia isso a ser o responsável pela sua morte.

— Não concorda, Senhor Genji? — perguntou o Senhor Saemon.

Não podia admitir que não escutara uma palavra, o que seria extremamente descortês com Saemon e constrangedor para ele. Fingindo precisar escutar outras opiniões antes de dar a sua, Genji conseguiu evitar tanto a descortesia quanto o constrangimento. Por mais árduo que fosse, obrigou-se a não pensar mais em Emily até o término da reunião.

Saemon percebeu que Genji estava distraído, mas não demonstrou ter notado. Ao final da reunião, agradeceu os comentários perspicazes de Genji sobre a crise atual, pediu desculpas pela sua incapacidade de controlar o impetuoso Grande Senhor de Yoshino e partiu imediatamente para executar as decisões que o conselho lhe confiara.

Nesse ínterim, agiria da maneira mais reservada possível. Afinal, em quem mais poderia confiar tão cegamente ou cujo julgamento se revelara tão sensato, a ponto de ser quase presciente, repetidas vezes? Era uma lição que aprendera com o seu pai, o falecido Senhor Kawakami, um homem traiçoeiro e falso, que comandara o órgão mais temido do xogunato, a polícia secreta.

Não confie em ninguém à sua volta, lhe dissera o Senhor Kawakami, nem mesmo nos que pensa conhecer bem.

Como era um menino esperto já naquela época, perguntara:

— E se eu estiver sozinho?

Esperava que o pai respondesse com uma pilhéria, mas sua seriedade permanecera inabalável.

— Então avalie a si mesmo com cuidadosa desconfiança, questione motivos, examine associações, busque possibilidades de traição. Se encontrá-las antes de seus inimigos, poderá ocultá-las, ou, melhor ainda, usá-las como armadilhas. Assim, terá tirado ainda mais vantagem do que, aos olhos dos outros, podem parecer fraquezas.

Saemon era uma armadilha ambulante. Kawakami tramara para que todos acreditassem que seu filho o odiava. Por ser o mais velho, naturalmente esperava-se que viesse a ser o herdeiro de Kawakami, bem como seu sucessor como Grande Senhor de Hino. Não era um título de grande relevância, visto que Hino era uma das menores e menos importantes das duzentas e sessenta províncias do Japão, mas ainda assim ser um Grande Senhor conferia recompensas importantes de prestígio e honra. Mas isso não aconteceria, pois diziam que Saemon era filho de uma concubina inferior, e não da mulher de Kawakami. Ele foi criado em um pequeno palácio na zona rural — na verdade, uma casa de fazenda embelezada — e sem nenhum dos mimos e privilégios que seus supostos meios-irmãos usufruíam no castelo principal. Era de esperar que o menino detestasse o pai.

Mas Saemon, é claro, não era filho da concubina, e sim exatamente o que dizia não ser: o filho mais velho da mulher de Kawakami. Desde sua infância, fazia parte de uma fraude. Crescera nutrindo notórios sentimentos homicidas em relação ao pai. Uma vez que tais sentimentos pareciam bastante compreensíveis, Saemon obteve acesso a diversos grupos de oposição ao xogunato. Era uma estratégia muito inteligente, quiçá até mesmo brilhante, típica do seu pai. A única falha era que o ódio fingido de Saemon alcançara uma perfeição que Kawakami não pudera prever.

O filho realmente odiava o pai. E por motivos absolutamente compreensíveis.

Graças ao ardiloso plano secreto no qual desempenhava involuntariamente um papel tão essencial, Saemon não pudera ser criado pela mãe — delicada, de alta linhagem e amorosa — no castelo do qual era o herdeiro legítimo. Em vez disso, fora deixado aos cuidados de uma concubina bonita, indolente e devassa, que não se importava nem um pouco com ele. Para calar o menino que se esgoelava de chorar, ela o submetia às práticas sexuais mais depravadas, o que ele mais tarde constatou ter arruinado para sempre sua chance de ter um comportamento normal. Envenená-la com uma toxina chinesa que provocava uma morte incrivelmente lenta e dolorosa quanto tinha dezesseis anos não fora uma vingança à altura do que ela merecia, embora, de vez em quando, lembrasse com satisfação que ela levara um mês inteiro para morrer — o mês da lua de outono perfeita — e que, durante aquele breve período, envelhecera vinte anos. No fim, não lhe restara o menor vestígio de sua antiga beleza, e o seu inebriante perfume sexual, uma de suas características mais atraentes, transformara-se em um mau cheiro tão nauseabundo que somente os serviçais mais humildes a atendiam e, mesmo assim, raramente.

Com o pai e a madrasta, Saemon aprendeu que a única pessoa que realmente se importava com ele era ele mesmo. E, numa época de crises sucessivas como aquela, o que não faltava eram oportunidades de ouro para pessoas com clareza de visão.

E quem possuía visão mais clara do que um homem que se libertara do fardo das falsas idéias sobre lealdade, honra, amor, respeito, sinceridade, tradição e família?

O Senhor Saemon estava convencido de que não havia ninguém mais indicado para ser a expressão viva do homem do futuro do que ele próprio.

Ainda não era o momento de agir, mas ele estava se aproximando, chegaria em breve. Genji lhe poupara um trabalho ao matar seu pai. Teria de matar Genji mais adiante, como o pai havia planejado, mas não por hostilidade, e sim porque Genji era um dos Grandes Senhores que poderiam impedir a sua ascensão quando o xogunato Tokugawa fosse finalmente derrubado. Era uma questão prática, nada mais.

Antecipando o futuro — o futuro real, não o imaginado por covardes iludidos —, Saemon começara a investigar os inúmeros rumores que rondavam o Senhor Genji desde o seu nascimento. A maioria não passava de histórias banais, típicas dos contos de fadas e superstições de camponeses. Diante de uma desgraça iminente, fosse fome, guerra, peste, terremoto ou maremoto, os desesperados sempre buscavam consolo em intervenções mágicas. Era o seu único recurso. Mas dois relatos exigiram que ele considerasse o assunto com mais seriedade.

Um atribuía ao Senhor Genji a misteriosa matança em uma isolada aldeia de camponeses na província de Hino, há seis anos. O que levara um homem nobre, distinto e ambicioso a sujar suas próprias mãos com uma tarefa tão medíocre? Ninguém sabia.

O segundo dizia respeito à partida da amante de Genji, Mayonaka no Heiko, uma famosa gueixa na época, para a América, naquele mesmo ano. Alguns diziam que ela havia fugido com um americano, chamado Matthew Stark, que fora e continuava a ser amigo íntimo de Genji. Mas Saemon sabia que um generoso quinhão do ouro de Genji fora despachado com eles, o que sugeria que haviam partido com o seu consentimento. Na verdade, não teriam sequer sobrevivido se Genji não consentisse.

Qual versão era a verdadeira?

Saemon estava determinado a descobrir.

Pois até mesmo o fato mais improvável ou a pessoa mais insignificante poderia lhe oferecer a chave para a destruição de Genji.

1862, SÃO FRANCISCO

O oceano era o mesmo, mas todo o resto mudara. O litoral da Baía de São Francisco não trazia à lembrança de Heiko a Baía de Edo, nem a friagem penetrante do outono na Califórnia evocava memórias do frescor mais ameno da mesma estação em sua terra natal.

Mas as vagas, em seu ondular constante, transportavam os seus pensamentos de volta para outro lugar, outra época, quando ela era a gueixa mais bela da capital do xogunato Tokugawa. Tinha a sensação de que muito tempo havia se passado desde então, especialmente quando pensava em termos do calendário japonês. O décimo primeiro mês do décimo quarto ano do Imperador Komei. Palavras e números que simbolizavam uma era distante, quase esquecida.

Era difícil acreditar que conhecera Genji apenas dois anos atrás.

Fizera um juízo terrivelmente equivocado a seu respeito, como todo mundo. Fora um equívoco compreensível, uma vez que Genji não exibia nenhum traço da seriedade esperada de um samurai de alta linhagem em uma época de crise. Havia sempre um sorriso permeando seus lábios, mesmo quando não havia nenhum motivo de graça aparente. Para completar, vestia-se com trajes um tanto quanto extravagantes, mais apropriados para um ator. Ninguém podia negar que, com sua beleza, o jovem senhor poderia tranqüilamente figurar em qualquer apresentação do teatro Kabuki, mas não era ator, era um nobre, herdeiro do domínio da província de Akaoka e — se os boatos que circulavam insistentemente tivessem algum fundo de verdade — dotado de clarividência. Esperava-se que, no mínimo, fosse mais discreto em sua aparência.

Seu patrão, o Senhor Kawakami, chefe da polícia secreta do Xogum, havia descrito Genji como um diletante mimado e frívolo, um imprestável mais interessado em mulheres e bebida do que na tradição marcial dos samurais. Suas primeiras impressões pareciam confirmar esta imagem. Porém, assim que se deixou seduzir por ele, soube que Kawakami estava terrivelmente enganado. Genji podia ter o jeito e a aparência de um poltrão, mas o corpo traía o seu segredo. Sua aparente flacidez, quando vestido, era resultado de uma falsa postura relaxada. Músculos e tendões disciplinados revestiam-lhe os ossos em uma retesada potência, assim como a corda de um arco transformava uma madeira envergada, do contrário inofensiva, em uma arma mortal. Heiko, que possuía um profundo conhecimento da musculatura humana graças ao seu próprio treinamento marcial, soube desde a primeira vez em que fizeram amor que Genji havia passado anos treinando equitação em cavalos de batalha e aprimorando suas habilidades com espadas, adagas, lanças e arco e flecha. Que alguém tão bem informado quanto Kawakami, o Olho Vivo, desconhecesse este fato sugeria um treinamento altamente secreto, o que levava a uma única conclusão: o comportamento externo de Genji fora forjado para transmitir a falsa impressão que Kawakami, entre outros, fazia dele.

Heiko não compartilhara esta descoberta com Kawakami. Convenceu a si mesma de que não se tratava de uma informação relevante. Seria um indício de que o clã de Genji, o Okumichi, maquinava alguma traição contra o Xogum? Obviamente, isso era do conhecimento de todos. A hostilidade entre o clã do Xogum e os dos seus oponentes durara quase trezentos anos. O fato de terem sido trezentos anos de paz não significava nada. As conspirações e contraconspirações continuariam indefinidamente. De modo que não descobrira nenhuma novidade que valesse a pena informar. Ou melhor, convencera-se de que não havia descoberto. E, quando finalmente soube a verdade, já deixara de ser um instrumento de Kawakami e se tornara amante de Genji.

Tinha a impressão de que muito tempo se passara desde então. Talvez porque os meses na América tivessem sido os mais longos de toda a sua vida. A certeza de que Genji a chamaria de volta ao Japão em breve de algum modo fazia com que o tempo passasse ainda mais devagar.

— Heiko? — A voz de Matthew Stark soou bem atrás dela. Não o ouvira se aproximando. As lembranças do passado haviam embotado a sua percepção do presente. — Parece que a névoa do mar vai cobrir tudo em breve. Convém voltarmos para casa.

— Está bem. Obrigada, Matthew. — Heiko segurou a mão que ele lhe oferecia e apoiou-se em seu braço enquanto galgavam a trilha de volta para a estrada. A colina parecia muito mais íngreme do que quando ela a descera.

— Gostaria que você não se desgastasse tanto — admoestou Stark. — O Dr. Winslow me disse que as mulheres no seu estado deveriam ficar acamadas durante o último mês.

Heiko teve vontade de rir da idiotice daquela idéia, mas se conteve. Embora os estrangeiros pudessem entender muito de ciência, seus conhecimentos sobre os fatos mais simples da natureza eram, na maior parte das vezes, ridiculamente medíocres.

— Quatro semanas na cama iriam me deixar fraca em vez de me fortalecer e eu preciso estar forte quando chegar a hora.

— Às vezes você fala mais como um samurai do que como uma mulher — disse Stark.

Ela sorriu, enquanto ele a ajudava a entrar na carruagem.

— Vou tomar isso como um elogio, Matthew. Obrigada.

— Não era para ser — disse ele, retribuindo seu sorriso antes de estalar as rédeas, impulsionando o cavalo para prosseguir viagem.

Heiko pensou com seus botões que precisava parar de considerar Stark e os outros americanos como estrangeiros. Aquele era o país deles. Ali, a estrangeira era ela. Mas não por muito tempo. Seu olhar se suavizou e ela se rendeu ao sono. Antes de chegarem a São Francisco, já estava adormecida, sonhando com o Castelo do Bando de Pardais.

1308, CASTELO DO BANDO DE PARDAIS

A Senhora Shizuka tinha dezesseis anos quando o Senhor Hironobu a resgatou e levou para o Castelo do Bando de Pardais como sua noiva. Assim que chegou ao castelo, para surpresa do Senhor Hironobu, ela foi direto até o pátio interno, sem errar o caminho uma única vez através dos corredores de ângulos estranhos. As passagens internas do castelo eram propositalmente confusas, para burlar potenciais invasores, caso conseguissem violar as defesas externas durante um cerco.

— Como foi que descobriu o caminho até aqui?

Mas, uma vez lá dentro, ela pareceu confusa.

— Onde estão elas?

— Elas quem?

— As flores — disse Shizuka.

— Flores? — indagou Hironobu, achando graça. — Não há espaço para flores aqui. O castelo foi construído para ser o baluarte de guerreiros temíveis. Veja, eis aqui um deles. Go, gostaria de lhe apresentar a minha nova esposa. Shizuka, esse é Go, o meu guarda-costas.

Go, um homem enorme com uma expressão soturna no rosto, não lhe dirigiu a palavra, nem fez menção de cumprimentá-la.

— Não devia ter feito isso, meu senhor — disse ele a Hironobu.

— Você é sério demais. É uma questão de amor, não de guerra ou política. Pare de se preocupar. — E, virando-se para Shizuka: — Go cuidou de mim quando eu era criança. Receio que, às vezes, ele ainda pense que é minha babá.

Mas Shizuka não estava interessada em Go. Caminhou até o centro do pátio.

— Deveriam estar aqui, não é mesmo?

— O que deveria estar aí? — perguntou Hironobu.

— As flores — repetiu Shizuka. — As rosas Beleza Americana.

— Rosas o quê?

— Beleza Americana.

— Americana? O que é isso?

Shizuka deu de ombros, impaciente.

— Onde está o Senhor Narihira? Ele as deve ter plantado no lugar errado.

Hironobu já estava ficando seriamente preocupado.

— Quem é o Senhor Narihira?

— O dono deste castelo — respondeu Shizuka.

— Shizuka, eu sou o dono deste castelo — respondeu ele.

Anos depois, ao se lembrar daquele incidente, ela acharia graça ao recordar a época em que ainda não sabia que era diferente dos outros. Mas, naquele dia, a sua decepção era profunda demais para ser suportada. Estivera extremamente ansiosa para ver aquelas rosas esplêndidas: vermelhas, rosadas, brancas. Lágrimas rolavam incontroláveis pelo seu rosto.

Quando Hironobu tentou consolá-la, Shizuka só conseguiu dizer:

— Eu não ia arrancar do galho. Só queria ver uma rosa Beleza Americana de perto.

3

O Baú Mongol

— O senhor acha que conhecer o futuro e conhecer o passado são coisas opostas.

O senhor da província respondeu:

— Acho.

— Na verdade, são a mesma coisa.

O senhor disse:

— Bobagem. O passado já aconteceu. O futuro ainda está para acontecer. Como podem ser a mesma coisa?

— Conhecendo o passado, acaso pode mudá-lo?

— Claro que não — respondeu o senhor.

— Então de que maneira antecipar o inevitável difere da lembrança do que já se passou?

AKI-NO-HASHI
(1311)

1867, PALÁCIO DO GROU QUIETO

Hanako espiou o gabinete e, vendo que a Senhora Emily não estava em sua escrivaninha, entrou para limpá-lo. Deveria deixar o serviço para as criadas, mas as jovens daquela época não eram tão confiáveis quanto as de antigamente. Eram curiosas demais, indisciplinadas e gostavam de uma boa fofoca. Todos sabiam que Emily estava traduzindo o *Suzume-no-kumo*, a história secreta do clã Okumichi, para o inglês. Um pergaminho esquecido aberto sem querer ou até mesmo um lacrado, mas deixado à vista, seria uma tentação irresistível para as criadas. O que, convencera-se Hanako, já era um bom motivo para que ela própria assumisse o serviço. Sabia que uma tarefa subalterna como aquela não era de sua responsabilidade, nem sequer apropriada para alguém com uma posição elevada como a sua. Afinal, era casada com o Senhor Hidê, chefe de segurança do Senhor Genji, o que lhe conferira o título de "Senhora". Mas velhos hábitos não morrem facilmente. Filha de um fazendeiro humilde, Hanako nascera no vale situado abaixo do Mosteiro de Mushindo, que servia como um posto ancestral dos Grandes Senhores de Akaoka havia seiscentos séculos. Aos nove anos de idade, ficara órfã. O gentil abade do mosteiro, o velho Zengen, havia se apiedado da menina e fora graças a ele que Hanako passara a integrar a criadagem do Senhor Kiyori, avô e antecessor de Genji. Aos vinte e dois anos, sem família, amigos influentes ou dote, já estava resignada a morrer solteira quando o Senhor Genji, pessoalmente, arranjou para que ela se casasse com Hidê, um samurai a quem a moça admirava havia muito tempo.

Mal podia crer que acontecimentos tão inesperados tivessem se dado justo com ela. Aos vinte e nove anos, era mãe de um menino que já nascera nobre, esposa do homem no qual o Grande Senhor depositava sua maior confiança e melhor amiga da Senhora Emily, a americana que, graças a uma curiosa reviravolta do destino, tornara-se o mais próximo de um membro do clã que um estrangeiro poderia almejar. Eram pessoas de sorte, todos eles, uma vez que o Senhor Genji, ao contrário dos homens comuns, tinha o dom de prever o futuro, o que lhe dava a certeza de que podiam sempre confiar em seu bom senso — ainda que, às vezes, suas decisões lhes parecessem estranhas.

Hanako prendeu a manga vazia do seu quimono com um alfinete. Jamais fazia aquilo na presença dos outros, pois acreditava que o gesto chamava uma atenção excessiva à falta do seu braço esquerdo. Embora tivessem se passado apenas seis anos desde a luta no mosteiro, as pessoas já a reverenciavam como a Grande Batalha do Mosteiro de Mushindo. Hanako, Hidê, o Senhor Genji e a Senhora Emily estavam entre os poucos sobreviventes da emboscada, na qual enfrentaram seiscentos mosqueteiros inimigos e, contrariando todas as probabilidades, saíram vencedores. Como era de esperar, cada vez que algum incauto recontava a história, as façanhas do grupo aumentavam ainda mais, de modo que a própria Hanako ganhara uma notoriedade indesejada de bravura por ter perdido um dos braços no combate. Por isso, qualquer gesto que explicitasse a falta do membro lhe parecia uma espécie de ostentação.

Havia pergaminhos por toda parte, alguns abertos, outros não. Emily, normalmente tão organizada, deixara o cômodo em uma bagunça atípica. Será que havia sido solicitada com urgência? Ainda bem que Hanako decidira limpar o quarto. Muitos pergaminhos estavam abertos. Somente alguém como ela, determinado a não ver nada, poderia fechá-los sem reconhecer um único caractere.

Para distrair-se, tentou lembrar como era *Suzume-no-kumo* em inglês. Emily lhe dissera, não havia muito tempo. Parecia muito mais esquisito do que em japonês. Como era mesmo?

Hanako fechou mais um pergaminho e colocou-o ao lado do que acabara de lacrar. Mantendo a ordem em que foram deixados, seria relativamente fácil para Emily retomar do ponto onde parara, mesmo com os pergaminhos lacrados.

Ah, lembrou-se Hanako. *Cloud of Sparrows*. Disse em voz alta para praticar a cadência do sotaque e ouvir o som das palavras para poder melhor memorizá-las.

— *Cloud of Sparrows* — repetiu, orgulhosa da sua boa pronúncia em inglês.

— O quê? — perguntou Emily, levantando a cabeça detrás de uma mesa no outro canto do quarto. Ao que parecia, estivera sentada no chão.

— Desculpe — disse Hanako. — Não percebi que você estava aqui. Não a vi na escrivaninha, então entrei para limpar o quarto. — Ela fez uma reverência e virou-se para sair.

— Não, espere, Hanako — pediu Emily. — Eu ia mesmo procurá-la. Olhe só para isso. — Ela apontou para o pequeno baú de couro a seu lado, com uma pintura esmaecida no tampo.

— Ah, a senhora abriu um novo baú de pergaminhos. Deve estar animada.

— São muito diferentes dos outros. Até mesmo o baú é diferente. Este estilo é japonês?

Hanako examinou um dragão feroz enrodilhado como uma espiral de fumaça vermelha sobre as montanhas cobertas de gelo azul.

— Não — respondeu ela. — Está mais para o estilo chinês, mas um tanto exagerado, meio bárbaro. Talvez tenha sido confeccionado pelos mongóis.

Emily assentiu com a cabeça. Parecia preocupada, ou perplexa, ou talvez somente cansada. Embora Hanako a conhecesse havia vários anos e tivesse tido contato com outros estrangeiros desde então, nem sempre conseguia distinguir as emoções que seus rostos expressavam. Ao contrário dos japoneses, não tinham o hábito de ocultar seus sentimentos e era exatamente esta ausência de controle intencional que dificultava a interpretação para Hanako. Exibiam uma variedade de expressões faciais ao mesmo tempo, inclusive algumas altamente impróprias. Às vezes, encontrava-se em companhia de Emily quando um dos seus amigos americanos ia visitá-la. O oficial da marinha, Robert Farrington, ou o fazendeiro, Charles Smith. Nessas ocasiões, Hanako com freqüência podia ver estampadas no rosto dos homens emoções tão íntimas que corava ao identificá-las. Emily, ao que parecia, não as reconhecia, já que continuava a conversa como se não houvesse nada de errado, sem parecer insultada, irritada ou constrangida. E Hanako mais uma vez se perguntava se os ocidentais eram de fato capazes de compreender uns aos outros.

Naquele momento, Emily parecia estar com a cabeça lotada de pensamentos, o que de certa forma justificava a confusão estampada em seu rosto. E, quando resolveu falar, mudou completamente de assunto:

— Você já ouviu falar em Go, o guarda-costas do Senhor Hironobu? — perguntou ela.

— Claro — respondeu Hanako, aliviada por Emily ter desviado sua atenção dos pergaminhos. Só podiam ser lidos pelo Grande Senhor e seus futuros sucessores. O Senhor Genji abrira uma exceção para Emily. Ela podia ler os pergaminhos. Hanako não. — Foi um dos grandes heróis do nosso clã. Se não fosse por ele, o Senhor Hironobu teria morrido ao nascer e, então, não teríamos nenhum Grande Senhor de Akaoka.

— Go era mongol?

— Não, não — respondeu Hanako, chocada com aquela hipótese ultrajante. — Claro que não.

— Qual era a origem dele?

— Origem? Era japonês, ora.

— De que parte do Japão?

Hanako refletiu por um instante.

— Que eu me lembre, nunca me contaram nada sobre sua infância. Só que ele aprendeu a montar antes mesmo de aprender a andar. — Ela sorriu. — Mas isso, é claro, é o que dizem os contos de fadas. No mais, sei apenas que foi guarda-costas do Senhor Hironobu. Foi guarda-costas quando o senhor ainda era criança e continuou sendo até o final.

— O final — repetiu Emily. — Qual foi o final?

— Morreram juntos em uma batalha — disse Hanako —, impedindo o avanço do exército Hojo, para que o filho pequeno do senhor pudesse fugir e, um dia, vingar-se à altura. — Aquele também era um episódio famoso na história do clã. — Esse filho, Danjuro, tornou-se o segundo Grande Senhor da nossa província. E ajudou a aniquilar a regência Hojo quando ainda era adolescente. — Uma idéia assustadora subitamente lhe ocorreu. Incapaz de se conter, Hanako perguntou: — Por quê? Não é isso o que está escrito no *Suzume-no-kumo*?

— Não, está escrito exatamente o que você me contou — respondeu Emily.

— Ah — suspirou Hanako, aliviada. Em todos os clãs, os membros que ocupavam uma posição social mais elevada amiúde detinham um conhecimento sobre sua história diferente do que era transmitido aos subalternos. Em um clã como o Okumichi, comandado por gerações de profetas, esta diferença era ainda mais acentuada. Tendo mencionado os pergaminhos, Hanako decidiu que o melhor a fazer era retirar-se, antes que o assunto voltasse à baila. Curvou-se para a amiga. — Sinto muito se a interrompi, Emily. Vou deixá-la em paz agora, para que possa dar continuidade ao seu trabalho.

— Preciso da sua ajuda, Hanako.

Hanako hesitou.

— Será um prazer ajudá-la no que eu puder, desde que não me peça para ler nenhum pergaminho, nem me conte o que está escrito neles.

— Esse aqui você pode ler — assegurou Emily, oferecendo o pergaminho que estava em sua mão para Hanako.

Hanako curvou-se novamente, mas não esticou o braço para pegá-lo.

— Não posso fazer isso.

— Não é o *Suzume-no-kumo.*

Morando no Japão havia tanto tempo, Emily de fato fizera notáveis progressos na compreensão do idioma. Não obstante, Hanako não acreditava que Emily pudesse distinguir o que era e o que não era parte da história secreta do clã. Se o pergaminho provinha de um dos baús, como podia não ser parte da história? Não o apanhar seria extremamente indelicado. Por outro lado, se o aceitasse, estaria violando uma regra fundamental do clã. Sempre que possível, era melhor evitar uma ofensa, de modo que, mesmo hesitante, Hanako apanhou o pergaminho. Decidiu que, assim que constatasse o engano de Emily, cessaria imediatamente a sua leitura.

Porém, assim que deitou os olhos nas linhas fluidas do silabário *hiragana*, a ausência quase absoluta de *kanjis* complexos comprovou que Emily tinha razão. Ninguém jamais escreveria a história do clã com tanta informalidade. Porém, já na primeira linha, a menção ao Senhor Narihira e à conhecida profecia mal-interpretada das rosas fez com que ela interrompesse a leitura.

— Não posso, Emily.

— Acho que é uma espécie de diário — justificou Emily. — É fofoca, não história.

— Seja lá o que for, fala sobre Grandes Senhores e profecias — disse Hanako. — Seria errado continuar.

Emily abriu um sorriso.

— Quer dizer que ninguém aqui menciona as profecias? Que o Senhor Genji não é alvo de fofocas?

Hanako retribuiu o sorriso de Emily. Sim, ela estava certa. As profecias, decisões e atitudes do senhor eram temas constantes de conversas, discussões e especulações dentro do próprio clã. Não era um comportamento louvável, mas, conhecendo a natureza humana, como esperar que fosse diferente? Hanako retomou a leitura. No final do primeiro trecho, não pôde conter uma risada.

— Já até sei — disse Emily. — Eu também achei graça. Vou traduzir assim: "*Ao concederem aos homens o domínio do mundo, os deuses lá em cima demonstraram um afiado senso de humor.*"

— Sim, acho que é isso mesmo.

— Isso foi escrito por uma mulher — afirmou Emily.

— Sem dúvida — anuiu Hanako. — A caligrafia, o estilo, o assunto; tudo extremamente feminino. — Ela continuou a ler e sorriu, mais à vontade agora que estava convencida de que não se tratava de um texto proibido. — Ela está contando uma história de amor, um amor ilícito e trágico, ao que parece.

— Entre outras coisas.

— Como será que se misturou aos outros pergaminhos?

— Não acho exatamente que tenha se misturado. — Emily levantou o tampo do baú com o dragão vermelho e as montanhas azuis. — São todos do mesmo estilo.

— Então vai ver que o baú foi colocado junto com os outros por engano.

— Não sei — disse Emily. Ela colocou o tecido mais grosso de lado, revelando a elegante seda, com sua estampa sofisticada de rosas coloridas sobre nuvens brancas encarneiradas sobre um céu azul reluzente. — Não são essas as rosas que os membros do clã chamam de Beleza Americana?

— Parecem ser — disse Hanako, sentindo-se desconfortável novamente. — Suponho que sim, já que são mencionadas no pergaminho.

— E foram plantadas pelo Senhor Narihira.

— Foram.

— Em que época?

— No décimo oitavo ano do Imperador Ogimachi — respondeu Hanako.

— Que corresponde a qual ano no calendário ocidental?

Hanako fez os cálculos rapidamente.

— Acho que 1575.

Emily assentiu com a cabeça.

— Foi o que pensei, mas achei que tinha me enganado nos cálculos. É complicado para um estrangeiro lembrar-se da ordem exata dos imperadores no calendário japonês. — Ela contemplou a figura pintada no baú. — Levei duas semanas para ler os pergaminhos. Terminei ontem e, desde então, não consigo pensar em outra coisa. — Emily deu a impressão de que ia continuar falando, mas quedou-se em silêncio.

Finalmente, Hanako perguntou:

— Por que achou que tinha se enganado em relação à data?

— Por causa das rosas, na história e nesse tecido — disse Emily.

— Como assim?

Hanako não conseguia compreender o que deixara Emily tão perturbada. O símbolo mais comum do clã era um pardal desviando-se de flechas vindo dos quatro cantos. Estava presente nas bandeiras de guerra oficiais dos Okumichi. No entanto, nos últimos duzentos anos, as rosas eram retratadas com quase a mesma freqüência. Em estandartes, quimonos, desenhos em armaduras, nas lâminas e punhos de espadas. Não era de admirar que estivessem nos escritos dos homens e mulheres do clã ou em um corte de seda como aquele, usado para proteger os pergaminhos.

— Se as rosas só foram plantadas em 1575, como podem ser mencionadas em um texto escrito muito antes? — indagou Emily.

— Isso é verdade — concordou Hanako.

— E, não obstante, ei-las por toda parte nesses pergaminhos que, segundo sua autora, foram escritos no quarto ano do Imperador Hanazono.

Hanako rememorou a cronologia imperial rapidamente e respondeu:

— Não pode ser. O quarto ano de Hanazono corresponde ao ano de 1311 no calendário cristão.

— Preciso ir até o Castelo do Bando de Pardais — anunciou Emily.

Hanako ficou horrorizada. Como Emily podia cogitar tal idéia? O castelo ficava a quinhentos quilômetros do palácio. O caminho até lá estava repleto de samurais cada vez mais violentos, que repudiavam estrangeiros, entre eles os chamados Homens Virtuosos. Nos últimos tempos, os ataques contra estrangeiros haviam se tornado preocupantemente freqüentes. Não que atacassem mulheres; as coisas ainda não haviam chegado a este ponto. Mas todos sabiam que Emily morava no palácio como convidada do Senhor Genji, e ele estava no topo da lista negra dos Homens Virtuosos.

— Posso saber o motivo de sua jornada?

Emily fitou Hanako fixamente.

— Somos amigas. Amigas de verdade.

Ainda a olhou por intermináveis segundos, antes de virar-se para o baú e começar a remover os pergaminhos. Uma vez vazio, ela suspendeu a seda que envolvia os textos secretos e estendeu-a. Foi então que Hanako percebeu que era um quimono.

— Percebe algo diferente neste quimono? — perguntou Emily.

— O corte do tecido é bastante moderno — observou Hanako. Se os pergaminhos fossem de fato tão antigos quanto pareciam, aquilo era um tanto quanto surpreendente, mas não propriamente chocante, já que talvez alguém os houvesse embrulhado no quimono recentemente.

Emily encostou o tecido em seu corpo.

— O que mais?

— Bem, é muito elegante — disse Hanako. — Digno de ser usado apenas em uma ocasião especial. Uma comemoração, um festival ou algo do gênero.

— Um casamento? — sugeriu Emily.

— Sim, seria adequado para um casamento. Não para uma convidada, é claro. É exuberante demais. Somente a própria noiva poderia usá-lo. — Hanako contemplou a profusão de rosas, intrincadamente bordadas. A noiva teria de ser muito bonita ou o quimono chamaria mais atenção do que ela mesma. — E ele pede um *obi* à altura.

— Como este? — perguntou Emily, retirando do baú uma faixa tão requintada quanto o quimono, em cores complementares, generosamente bordado com fios de ouro e prata.

— Sim — disse Hanako —, esse seria perfeito. — Por que um quimono e um *obi* de casamento estavam guardados em um baú cheio de antigos pergaminhos? Hanako sentia um calafrio crescente tomando conta de seu corpo.

— Este baú foi mandado para mim — disse Emily, em um fio de voz, como se tivesse falado contra sua própria vontade.

Hanako não estava entendendo a preocupação da amiga. Todos sabiam que o Senhor Genji havia pedido a Emily que traduzisse a história secreta do clã. Ele ordenara que os pergaminhos fossem enviados para ela. Aquele baú fora encaminhado para Emily, assim como fizeram com todos os outros que encontravam, desde que ela começara a sua tarefa anos atrás. Trinta gerações de senhores Okumichi haviam lido os pergaminhos. Com o passar do tempo, e também devido às diferentes personalidades dos seus senhores, era inevitável que passagens da história ocasionalmente acabassem se misturando. O Bando de Pardais era um castelo muito grande, com cômodos ocultos e passagens secretas. Havia muitos lugares onde se podia esconder algo ou até mesmo esquecê-lo. E, uma vez que apenas o senhor, ou alguém autorizado por ele, podia ter acesso aos pergaminhos, quem os encontrava não ousava deitar os olhos em seu conteúdo, de modo que não teria como saber que os tais pergaminhos não faziam parte da história. (Alguns senhores não levaram nem a história nem a proibição a sério; em diversas ocasiões pessoas que não faziam parte da linhagem direta do clã tiveram acesso aos pergaminhos — entre elas amantes, companheiros de bebedeira, gueixas e monges. Por isso, muitos conheciam a história, ou melhor, teciam intrigas sobre ela.) Não havia nenhum mistério na chegada daquele baú até ela, mas, mesmo assim, Emily parecia claramente transtornada.

— O baú foi encontrado e encaminhado até a senhora por ordem do Senhor Genji — disse Hanako.

— Não — insistiu Emily. — Não foi isso o que eu quis dizer. É impossível, a simples hipótese beira a blasfêmia, mas, ainda assim... — Emily encolheu-se no chão, sentando-se pesadamente com o quimono e a faixa no colo. — Tenho de ir até o castelo. É a única maneira de provar que foi um engano. E eu preciso provar que não é possível.

— O que não é possível? — perguntou Hanako.

— Que este baú tenha sido mandado *para mim* — frisou Emily.

1311, TORRE PRINCIPAL DO CASTELO DO BANDO DE PARDAIS

A Senhora Shizuka sorriu para Ayamê, sua dama de companhia principal, admirada que moças tão jovens como elas — ainda adolescentes — ostentassem títulos pomposos como "senhora" e "dama de companhia". A Senhora Shizuka tinha dezenove anos e não envelheceria mais. Ayamê tinha apenas dezessete, embora a seriedade estampada em seu rosto lhe conferisse uma aparência mais madura.

— Peço que reconsidere, minha senhora — pediu Ayamê. Estava elegantemente sentada sobre as pernas, como convinha a um membro da corte. Seu aspecto era bastante delicado, apesar da armadura que protegia seu corpo, do cabelo cortado bem rente e da alabarda *naginata* de lâmina comprida a seu lado. — Eu mesma inspecionei as posições dos inimigos e Fumi tem razão: os sentinelas estão mal posicionados, as fileiras estão desfalcadas e metade das tropas está embriagada de saquê. Se eu criar uma distração, a senhora poderá escapar tranqüilamente.

— Não posso fugir — respondeu Shizuka, levando a mão ao ventre. Era um gesto que repetira com freqüência naqueles últimos dias. Suas vestes folgadas ocultavam-lhe a gestação, e o rosto, delgado como sempre, também não guardava nenhuma semelhança ao de uma mulher grávida.

— Mas ainda falta um mês e meio e o bebê não parece estar com muita pressa de vir ao mundo. Depois que a senhora ultrapassar o cerco, não creio que vá enfrentar outras provações. A essa altura, o Senhor Chiaki já deve ter sido avisado, e estou certa de que está voltando para o castelo com muitos samurais. É provável que a senhora até mesmo o encontre no caminho, antes mesmo de alcançar o Cabo — disse Ayamê.

— É exatamente por isso que não posso ir — retrucou Shizuka. — Eu preciso ficar aqui na torre.

Ayamê inclinou-se, apoiando as mãos no chão e curvando-se profundamente.

— Senhora Shizuka, peço permissão para falar-lhe com toda franqueza.

— Não há necessidade de pedir nada, Ayamê. Você tem toda liberdade para compartilhar seus pensamentos comigo.

— Espero que a senhora continue pensando desta forma após ouvir o que tenho a dizer. Muitos acham que a senhora não prevê o futuro, nem mesmo encontra espíritos, mas sim que é vítima de alucinações. O seu dom de precognição não passa de palpites felizes, dizem eles. Desde o dia em que comecei a servir-lhe, jamais duvidei do seu dom. Tudo o que senhora diz, o diz por um motivo. A senhora é madura e experiente, apesar de ser muito jovem. Não importa se sabe ou não o que está para acontecer. Mas, minha senhora, se não fugir hoje à noite, vai acabar morrendo aqui.

Shizuka apoiou as mãos no chão e curvou-se, repetindo o gesto de Ayamê.

— Você me foi leal, fiel e corajosa como os mais lendários samurais. Por isso, eu lhe agradeço. Mas é chegada a hora de ser ainda mais corajosa. Você vai sobreviver a esta noite, Ayamê, assim como às penosas horas da manhã e por mais muitos e muitos anos. Este é o seu futuro e, com o tempo, você vai ver que eu o previ corretamente. Você vai se casar com um homem virtuoso e digno, conhecer muitas alegrias, assim como algumas tristezas. Vocês terão cinco filhos. O primogênito se casará com a herdeira do Senhor Hironobu, que eu trago em meu ventre, e governará esta província como Grande Senhor.

— Minha senhora! — exclamou Ayamê, escandalizada. Aventar a possibilidade de Hironobu não ser sucedido por um filho era o bastante para condenar alguém por traição. A mera suspeita de uma idéia como aquela levara muitos criados à morte em vários clãs. E, no entanto, ali estava a sua própria esposa falando o impensável.

— O nome da minha filha é Sen. O nome de seu filho... — Shizuka conteve-se. Precisava deixar Ayamê decidir por conta própria, embora soubesse que, quando chegasse a hora, ela o chamaria de Danjuro. As coisas funcionavam de maneira diferente para aqueles que não misturavam passado e futuro. Contar-lhe o nome de seu filho seria roubar a alegria de Ayamê. — O nome de seu filho será nobre, como lhe convém. E, na ausência do Senhor Hironobu, eu o adoto como membro do nosso clã a partir deste momento. Ele já nascerá um Okumichi.

— Senhora Shizuka, se o que diz é verdade, se pode ver o futuro, então use este dom para salvar a sua vida. É um pecado morrer assim, inutilmente.

— Vá até aquela janela e olhe para o leste — pediu Shizuka.

Após um momento quase imperceptível de hesitação, Ayamê obedeceu.

— O que você está vendo?

— As ondas, minhas senhora, arrebentando no litoral.

— Ainda as mesmas ondas — disse Shizuka.

— Minha senhora?

— Pare as ondas, Ayamê. Acalme o oceano.

— Não posso.

— Vá até a outra janela. Contemple o horizonte mais distante. O que você vê?

— A noite, o céu claro, uma lua resplandecente e, lá longe, posso avistar o Monte Tosa.

— Traga o Monte Tosa para mim.

Ayamê olhou atentamente para Shizuka. Teriam o medo e o pesar a enlouquecido? Franziu a testa, visivelmente preocupada.

— Minha senhora, nem mesmo a mais poderosa das feiticeiras poderia mover uma montanha.

— Você vê as ondas, mas não pode pará-las. Vê o Monte Tosa, mas não pode movê-lo. Do mesmo modo, eu vejo o que está por vir, mas não posso desviar seu curso nem alterá-lo. — Shizuka abriu um sorriso. — Você vai sobreviver a esta noite, e eu também. Você continuará viva pela manhã, já eu, não. Falo do que vai acontecer como falaria das ondas transformando-se em espuma nos rochedos ou do Monte Tosa sob a luz do luar. É apenas uma descrição, não uma tarefa a ser cumprida.

— Conhecer o futuro, mas sem poder alterá-lo. Para que serve um dom como este?

Você jamais saberá a resposta, pensou Shizuka, assim como Danjuro. Mas Sen, sim. Ainda com a mão sobre o ventre, sentiu a filha mexendo-se em sua barriga.

— Você arrumou os pergaminhos como eu lhe pedi? — perguntou Shizuka.

— Sim, e, assim como a senhora mandou, não deixei nenhuma marcação, nem nenhum mapa.

— Você me parece receosa, Ayamê.

— Tomei muito cuidado para que ninguém me visse, mas, como fica bem distante daqui, os inimigos podem encontrá-los, mesmo que recuem sem atacar o castelo.

— Não vão encontrá-los — afirmou Shizuka.

— Mas há outro problema — disse Ayamê. — Se os inimigos conseguirem tomar o castelo...

Conseguiriam, dentro de algumas horas.

— ... e nenhum de nós voltar...

Ninguém voltaria. Danjuro e Sen recuperariam o castelo no décimo segundo ano do Imperador Go-Murakami. Quando isto acontecesse, porém, Ayamê e Chiaki já estariam mortos.

— ... como os pergaminhos vão ser encontrados?

— Vão ser encontrados quando for a hora e de uma maneira adequada ao seu propósito — respondeu Shizuka. Notou que Ayamê gostaria de saber qual era este propósito, mas não ousava lhe perguntar. Melhor assim. Shizuka confiava nela e responderia a qualquer pergunta, mas ela não compreenderia sua resposta.

Ayamê curvou-se e apanhou sua alabarda.

— Minha senhora, se me permite, vou voltar ao posto.

— Boa-noite, Ayamê.

O visitante de Shizuka só chegaria de madrugada. Ela fechou os olhos, sem visualizar nada em sua mente. A ausência de pensamentos era reconfortante.

1860, TORRE PRINCIPAL

Mesmo ciente de que era um gesto sentimental e tolo, o Senhor Kiyori solicitou algumas iguarias para o seu jantar de despedida com a Senhora Shizuka. Não tocara na comida. Ela também não, mas ela jamais comia. Servia-lhe a comida como quem coloca oferendas diante de um altar ancestral. Por um lado, não deixava de ser apropriado, uma vez que Shizuka era uma ancestral. Por outro, absolutamente impróprio, porque o espectro que aparecia como Shizuka na certa não passava de uma ilusão de sua mente doentia.

— O senhor está calado — observou Shizuka — porque pensa que não há a menor possibilidade de eu ser quem digo ser. Logo, devo ser uma alucinação ou um espírito maléfico. Como o senhor não acredita em fantasmas, está inclinado a concluir que sou, e que sempre fui, um indício da sua insanidade iminente. No entanto, o senhor sente que ela ainda não o acometeu a ponto de fazê-lo conversar com sua própria alucinação. Por outro lado, há anos que temos um com o outro, então me diga: por que não podemos conversar esta noite, pela última vez, sem nos importarmos se sou real ou não? Pensar em voz alta não seria muito diferente, não é mesmo? Porém, como não vamos nos ver mais, essa é a sua última oportunidade de me tratar como uma alucinação. Por isso, o senhor acha que não pode travar uma conversa comigo. São estes os pensamentos que passam por sua cabeça agora. Que dilema, meu senhor.

— Você quer que eu acredite que está lendo a minha mente — disse Kiyori —, mas não me deixo enganar com tanta facilidade. Uma alucinação decerto conhece os pensamentos da mente que a engendrou.

Shizuka sorriu.

— Ora, ora, eis que o senhor finalmente se dirigiu a mim.

Exasperado, Kiyori deu um tapa na coxa. Jamais fora um grande filósofo e tampouco esperava estar à altura da capacidade dialética da Senhora Shizuka. Mas, é claro, este simples pensamento já era por si só bastante complexo.

— Uma questão de hábito, nada mais. E, como você diz, ou melhor, como eu digo, não é muito diferente de pensar em voz alta.

Shizuka curvou-se em uma reverência formal, apoiando as mãos espalmadas em um triângulo no chão à sua frente e inclinando a cabeça lentamente para tocá-las.

— Já que sou o senhor, não me resta mais nada a fazer, a não ser concordar — disse ela. Uma expressão de seriedade surgiu em seu rosto, mas, achando graça, não conseguiu mantê-la por mais tempo. Ainda curvada sobre as mãos, começou a sorrir e, quando levantou o rosto do chão, precisou esconder os lábios com a manga do quimono. — Por favor, não me olhe assim tão zangado. Lembre-se de que, na verdade, sou apenas o senhor.

— Gostaria que parasse de dizer isto — pediu Kiyori, ficando irritado com ela, apesar de saber o quanto tudo aquilo era ridículo, uma vez que, como ela mesma dissera, eram a mesma pessoa e o único responsável por tudo o que ela fazia e dizia era ele próprio. Ah, de que adiantavam aquelas torturantes elucubrações? O melhor era simplesmente conversarem um com o outro — louco e alucinação — pela última vez. — Você disse que parte esta noite para nunca mais voltar — começou Kiyori. — É verdade?

— Alguma vez menti para o senhor?

— Não, nunca.

— Não é formidável? Em sessenta e quatro anos, falando através de mim, o senhor nunca mentiu para si mesmo. Poucos homens podem dizer isso. Ah, sinto muito. O senhor também não pode dizer, não é mesmo, já que eu disse primeiro. Se bem que eu sou o senhor... Então, de fato, o senhor não só pode, como já disse.

— Por favor. — Kiyori curvou-se até o chão. — Digamos que se trata de um fenômeno sobrenatural. Fica mais fácil assim.

— Pode ser — disse Shizuka —, com uma pequena ressalva.

— Está bem — concordou Kiyori sem delongas, ansioso para escapar do seu impasse. Mas algo no olhar de Shizuka fez com que se arrependesse imediatamente de ter concordado com ela antes de ouvir sua ressalva.

— Digamos que o fantasma é o senhor.

— Isto é um absurdo.

— Será? — A alegria abandonou o rosto de Shizuka. — O senhor estudou os clássicos de Confúcio, Buda e o Tao. Ainda assim, durante cinqüenta anos, analisou o nosso relacionamento apenas por um prisma. Menosprezou o sonho de Chuang-Tze, o sutra da Guirlanda de Flores e o grande ensinamento de Confúcio.

— Chuang-Tze teve vários sonhos, o sutra da Guirlanda de Flores é composto por setecentos mil ideogramas e Confúcio não nos deixou apenas um grande ensinamento. Talvez ajudasse se você fosse mais específica — retrucou Kiyori.

— O senhor não precisa ir muito além do exemplo mais óbvio em cada um deles.

Kiyori esperou que ela prosseguisse, mas ela o encarou em silêncio. Esperou um pouco mais e ela continuou a encará-lo. Kiyori era o

Grande Senhor da província. Ninguém se atrevia a fitá-lo daquela maneira, de forma que não estava acostumado àquele tipo de desafio. Foi ele quem rompeu o silêncio:

— Chuang-Tze sonhou que era uma borboleta. Ao acordar, não sabia mais se era um homem que tivera um sonho ou uma borboleta sonhando que era um homem. — Acaso ela sorrira, satisfeita por tê-lo derrotado? Talvez um sorriso tão discreto que podia ser apenas fruto da sua imaginação. Ora, claro que era fruto da sua imaginação. Tudo aquilo era.

Ela se curvou e perguntou:

— E o sutra da Guirlanda de Flores?

Não fora um aluno muito dedicado em sua juventude, e aquele era um sutra particularmente longo e complicado. Mas uma de suas imagens ficara para sempre retida em sua memória, por ser ao mesmo tempo sofisticada e impossível de ser compreendida.

— O sutra diz que a rede de Indra é composta por um número infinito de espelhos, cada qual refletindo o outro e a total natureza da realidade, que é por si só infinita em extensão e tempo, além de ser infinitamente variável.

Shizuka bateu palmas, satisfeita.

— Muito bem, Senhor Kiyori! O que leva a crer que o senhor nem sempre estava dormindo de olhos abertos durante as aulas do Reverendo Monge Koikê.

— Não, nem sempre. — Koikê, aquele velho pedante e enfadonho. Havia anos que não pensava nele.

— Diga-me qual é o exemplo de Confúcio e terá respondido corretamente a três questões acadêmicas, uma atrás da outra, pela primeira vez na vida. Que grande feito seria este!

Sem dúvida, seria. Por mais hábil que tivesse sido no combate com a espada, o bastão ou as suas próprias mãos, jamais chegara realmente a dominar a caligrafia, a mnemônica e a escrita poética. Dominar não era bem o termo; na verdade, jamais deixara de ser deploravelmente medíocre. Concentre-se, pensava ele. Qual havia sido o grande ensinamento de Confúcio? Atinou para a insensatez do seu esforço. Lá estava ele, dando o máximo de si para impressionar alguém que nem sequer estava presente. Não, havia de considerar o feito uma questão de autodisciplina.

Era um samurai. Devia ser capaz de afiar seu pensamento como a lâmina de uma espada e fender toda a confusão.

O grande ensinamento de Confúcio. Qual deles a Senhora Shizuka tinha em mente?

Respeite os mais velhos?

Preserve o modo de vida dos seus ancestrais?

Seja um filho obediente para seu pai e um pai exemplar para seu filho?

Siga o exemplo dos homens de valor, evite a companhia dos frívolos?

Critique a si mesmo, não aos outros?

Conteve-se. Tais divagações a esmo não o levariam a nada. Afie o pensamento, disse a si mesmo. Como uma espada. Fenda toda a confusão.

Shizuka mencionara Confúcio junto com os outros dois. O que havia de comum em seus ensinamentos, o sonho da borboleta de Chuang-Tze e os espelhos infinitos de Indra? Entre o absolutamente pragmático de um lado e o altamente especulativo e fantasioso do outro?

— Confúcio não nutria interesse por sonhos — disse Kiyori — nem por enigmas cósmicos. Apenas o comportamento real do homem o interessava, por isso elaborou diretrizes para que fosse harmônico e benéfico.

— Por este motivo...

— Por este motivo... — O quê? Estava prestes a reconhecer a sua derrota quando a questão subitamente elucidou-se em sua mente. Possibilidades eram infinitas (os espelhos de Indra) e ilusões podiam transformar a resposta para qualquer pergunta em outra pergunta (a borboleta de Chuang-Tze), de modo que cabia aos seres humanos a tarefa de não multiplicar as questões indefinidamente, mas sim reduzi-las a proporções viáveis (o esquema pai-filho de realidade apresentado por Confúcio). Qual a melhor maneira de traduzir aquele pensamento utilizando as palavras corretas? Shizuka estava prestes a falar, na certa para responder à pergunta que ela mesma fizera.

Precisava ser mais rápido do que ela!

— Por este motivo, o mais real é o que escolhemos considerar real — respondeu, prontamente.

O sorriso de Shizuka na mesma hora azedou o seu êxito.

— A senhora me manipulou para dizer exatamente o que gostaria que eu dissesse.

— Não fez mais do que chegar a uma conclusão óbvia — disse ela. — Não houve nenhuma manipulação.

— Eu disse — assumiu Kiyori —, mas não acredito nisso. Se um golpe de espada me é desferido e eu não o evito ou bloqueio, serei cortado, acreditando ou não que o ataque é real.

— Corte-me com sua espada, Senhor Kiyori.

Como é que ela conseguia dizer sempre a coisa mais irritante?

— Não posso.

— Por quê?

— A senhora sabe o porquê. Porque a senhora não está de fato aqui. A espada há de atravessar o seu corpo, fendendo apenas o ar.

— Porque eu não estou aqui?

— Sim.

— Mais uma vez, contempla apenas uma possibilidade, não é mesmo, meu senhor?

— Ah, sim, certamente há uma outra. De que sou eu quem não está realmente aqui. — Assim que proferiu tais palavras, percebeu que ela o manipulara novamente.

Shizuka curvou-se, concordando.

— E, seguindo o exemplo das borboletas e dos espelhos, não podemos afirmar com certeza qual a possibilidade mais provável, nem mesmo se uma delas de fato exclui a outra. Talvez eu seja o fantasma do senhor, e o senhor o meu.

1311, TORRE PRINCIPAL

— A possibilidade de eu não estar aqui não passa disso: uma mera possibilidade — retrucou o Senhor Kiyori. — Podemos dizer qualquer coisa, mesmo reconhecendo a natureza indigna de confiança das palavras, mas eu sei que estou aqui e a senhora não está. Nenhum exemplo de borboletas e espelhos pode negar este fato.

Shizuka observou enquanto ele apanhava algo à sua frente. Pelo modo como a segurou entre as mãos, imaginou ser uma xícara de chá. Nada real para Kiyori era visível para ela, exceto o próprio Kiyori — e mesmo ele não passava de uma imagem esfumaçada através da qual podia ver as paredes do recinto. A estrutura do aposento era a mesma para ambos, mas não o seu conteúdo. Kiyori amiúde atravessava biombos, vasos de planta e pessoas que não mais existiam em sua época. Shizuka estava ciente de que ela própria devia exibir semelhante comportamento aos seus olhos.

Estava contente por ele ainda não ter provado a sopa. Havia sido envenenada com fel de baiacu. O veneno fora posto por Shigeru, filho de Kiyori. Shigeru era louco e homicida, mas não era cruel. A dose do veneno fora calculada de modo a permitir que Kiyori ficasse gradualmente entorpecido, antes de ser acometido pela paralisia e, em seguida, pela morte. Não sentiria dor.

Kiyori abaixou a xícara de chá e disse:

— Ademais, mesmo que eu fosse um fantasma sem ter consciência de sê-lo, como poderia aparecer para a senhora, que morreu quinhentos anos antes do meu nascimento?

— Mencionei possibilidades — acudiu Shizuka. — Em momento algum afirmei possuir explicações para cada uma delas.

— A lógica pura e simples atesta que, se existe algum fantasma aqui, é a senhora.

Kiyori levantou-se e caminhou até a janela do lado esquerdo. A escuridão da noite produzia um acentuado contraste com a iluminação do aposento. Isso, mais a lua que estava à sua frente, fez com que o corpo de Kiyori ficasse praticamente invisível da cintura para cima. Ela não podia enxergar seu rosto.

— É mais fácil para o senhor pensar assim — disse ela.

— O aspecto lógico merece ser enfatizado, não o que é mais ou menos fácil. O tempo passa e não volta mais. O passado precede o futuro. Como uma queda d'água, na qual o fluxo apresenta apenas uma direção.

— Sim — disse Shizuka —, para quase todas as pessoas.

— Não faz sentido discutir. Jamais concordaremos neste assunto. — Kiyori afastou-se da janela e, com uma parede maciça atrás dele, ela pôde ver seu rosto novamente. Parecia mais preocupado do que com raiva. — De todo modo, não importa. Alucinação ou espírito, é por intermédio da senhora que eu conheço o futuro. Jamais tive uma única visão, conforme acreditam que eu tenha. Só sei o que vai acontecer porque a senhora me contou. Se a senhora não aparecer mais para mim, será o fim das minhas supostas profecias.

— E isso o incomoda, meu senhor?

— Não. Já previ muitas coisas, mais do que qualquer outro Okumichi que tenha me precedido. Já tenho uma cota de citações mais do que suficiente no *Suzume-no-kumo*.

— E...?

— Até agora, o meu neto não teve nenhuma visão. Eu disse a ele, como a senhora me disse, que ele teria apenas três em toda a sua vida. Elas lhe aparecerão em sonhos?

A dúvida real de Kiyori era óbvia para Shizuka. Ele queria saber se ela algum dia apareceria para Genji. Uma vez que suas aparições freqüentes e imprevisíveis haviam tornado a sua própria vida confusa, ele esperava que o neto pudesse escapar de um destino igualmente penoso. Shizuka observou sua fisionomia cuidadosamente. A despeito de sua aparência espectral e transparente, frágil e tênue, sua preocupação de avô era flagrante e a tocara profundamente. Não havia necessidade de sobrecarregá-lo com questões tão pesarosas em suas derradeiras horas de vida, sobretudo quando nenhum dos dois podia interferir nos acontecimentos.

Para Kiyori, como ele próprio dissera, o tempo fluía como as águas de um ribeirão despencando do alto de um penhasco, em apenas uma direção. Para Shizuka, era diferente. Havia morrido quinhentos anos antes do nascimento de Kiyori — e morreria antes do sol nascer. E estava ali naquele momento, viva, para ampará-lo quando sua vida chegasse ao fim.

— O senhor é o único Okumichi para o qual eu já apareci — disse ela, mentindo para ele pela primeira vez em todos os anos em que estiveram juntos. — E jamais tornarei a aparecer para qualquer outro — concluiu, proferindo outra mentira. Mas respondera com sinceridade à pergunta que ele não ousara lhe fazer. Não apareceria para Genji.

Kiyori suspirou fundo e curvou-se perante ela.

— Obrigado por me dizer isso, Senhora Shizuka. Sinto como se tivessem retirado um grande peso de minhas costas. Procurei sempre me comportar como uma pessoa normal, porque sou um samurai do gênero antiquado, capaz de fingir que o que é não é e o que deveria ser é, apesar de todas as evidências contrárias. Genji não possui nem inclinação nem treinamento para agir dessa maneira. Ele examina, questiona, pensa por si mesmo, sem se importar com os ditames da tradição; vícios sem dúvida decorrentes de estudos excessivos sobre os modos estrangeiros. Se a senhora aparecesse para o meu neto, ele haveria de se perder nesta espiral infinda de dúvidas que a presença da senhora inevitavelmente inspira.

Shizuka retribuiu o gesto, curvando-se.

— Pois eu lhe digo, Senhor Kiyori, que não há nada a temer. Genji terá uma vida de rara plenitude, com clareza de idéias e objetivos inabaláveis. Será um verdadeiro samurai e, empunhando sua espada, conduzirá o clã em uma batalha como as de antigamente, conquistando vitórias que serão lembradas por gerações que ainda estão por vir. Será amado por mulheres de beleza incomparável, extremamente corajosas. Seus descendentes também serão heróis. Apazigúe o seu coração, meu senhor, pois a sua linhagem irá perdurar por muitos e muitos anos, um futuro tão distante que nem mesmo eu consigo vislumbrar.

Kiyori pôs-se de joelhos. Sacudia os ombros e, com a respiração ofegante em incontroláveis suspiros, pôs-se a soluçar. As lágrimas respingavam na esteira jorrando de seus olhos como uma súbita tempestade. Pois mais importante que sua própria honra era a honra de seus herdeiros. Mais importante do que a vida dos seus descendentes imediatos era a certeza da continuidade do seu clã. Shizuka havia lhe contado o que ele mais desejava saber.

— Minha senhora?

A voz de Ayamê veio do outro lado da porta, no corredor. Silenciosa, Shizuka afastou-se de Kiyori, que ainda chorava, e deixou o aposento.

— O que houve?

Ayamê correu os olhos pelo aposento, antes de Shizuka fechar a porta. Ouvira sua senhora conversando com alguém, mas não havia ninguém lá dentro.

— As tropas inimigas começaram a avançar em direção ao castelo, em posição de batalha. Um ataque noturno. Deve ser idéia de Go. Ele sempre teve uma natureza impaciente. Atacarão os portões e a muralha externa em questão de minutos. Estamos em desvantagem, não poderemos impedi-los. Kenji e os samurais plantarão armadilhas e emboscadas nos pátios e corredores. Eu e as outras damas de companhia esperaremos por eles na entrada da torre. A cada degrau que tentarem subir, nós derramaremos seu sangue. Mas não somos muitas. Mais cedo ou mais tarde, eles acabarão chegando até este aposento. — Ayamê baixou os olhos para o ventre de Shizuka, voltando a fitá-la em seguida com uma expressão de súplica. — A senhora disse que a criança sobreviverá ao ataque.

— Sim, ela vai viver.

— Minha senhora, o que devemos fazer para garantir que isso aconteça?

— Seja corajosa, Ayamê, como sempre foi. Execute o que acabou de planejar, cuide para que os traidores derramem sangue. Creia que o que eu lhe disse irá acontecer exatamente como previ. E mais nada.

— Está recebendo um "visitante", minha senhora?

Shizuka sorriu.

— Pensei que não acreditasse nos visitantes.

Lágrimas assomaram aos olhos de Ayamê, escorrendo cintilantes por seu rosto de menina.

— Prometo acreditar em qualquer um capaz de salvá-la, minha senhora.

— Você foi uma amiga verdadeira e muito querida, Ayamê. Quando eu me for, lembre-se de mim para contar tudo à minha filha, quando ela tiver idade suficiente para compreender. Fará isso por mim?

— Sim — assentiu Ayamê, com a voz embargada de emoção. Abaixou a cabeça e não conseguiu dizer mais nada.

Shizuka voltou para o quarto, onde o Senhor Kiyori a esperava. Ele recobrara a compostura e estava levando algo aos lábios. Pela distância entre suas mãos, ela imaginou ser uma tigela. A sopa envenenada com fel de baiacu.

Pela janela aberta, podia ouvir o alarido de milhares de vozes, inundando a noite com seus gritos de guerra.

A morte estava prestes a reunir passado e futuro.

1867, PALÁCIO DO SENHOR SAEMON

— Uma coisa muito curiosa ocorreu na reunião hoje cedo — disse o Senhor Saemon ao seu camareiro. — O Senhor Genji propôs a adoção de uma nova lei.

— Outra? — indagou o camareiro. — Decerto contraiu a doença dos estrangeiros de criar novas leis. Precisam de tantas leis porque não possuem princípios norteadores. No afã de querer igualar-se a eles, o Senhor Genji cada vez mais destoa dos nossos veneráveis ancestrais.

— Sem dúvida, você tem razão. Por outro lado, a lei que ele propôs me pareceu bem interessante.

— Ah, é?

— Ele quer abolir as regulamentações que discriminam a casta dos proscritos. E, além disso, quer tornar ilegal o uso do termo *eta*.

— O quê? — O rosto do camareiro ficou roxo, como se o sangue lhe tivesse subido de chofre à cabeça.

— Sim, e substituí-lo pelo termo *burakumin*. "Aldeões." Tem um certo encanto antiquado, não acha?

— Meu senhor, está me dizendo que ele discorreu sobre este assunto na reunião dos senhores?

— Estou — respondeu Saemon, relembrando com deleite das expressões perplexas em todos os rostos, menos no seu. E, mesmo assim, apenas porque adquirira o hábito inabalável de sempre manter uma expressão de aquiescência provisória nas reuniões.

— E não houve protestos?

— Os senhores Gaiho, Matsudaira, Fukui e vários outros retiraramse do recinto. O Senhor Genji não só fez novos inimigos, como cuidou em manter os antigos.

— O que o levou a tamanha loucura? Será que finalmente perdeu o juízo?

— Ele argumentou, de maneira bem convincente, por sinal, que as nações ocidentais, especialmente a mais poderosa de todas, a Inglaterra, jamais veriam o Japão como estando à sua altura enquanto tivéssemos leis contra os proscritos. Ao que parece, é uma violação de algo que chamam de "direitos". Disse que os indianos não são vistos com bons olhos pelos ingleses, apesar de sua cultura rica e ancestral, exatamente pelo mesmo motivo.

O camareiro parecia preocupado.

— Espero que o senhor não tenha concordado com ele.

— Não, claro que não. Como moderador, não posso tomar partido. Apenas registrei a necessidade de apurar corretamente os motivos dos estrangeiros, inclusive dos ingleses.

— Foi muito sábio de sua parte, meu senhor.

— Você pesquisou aquele assunto sobre o qual o inquiri?

— Sim, senhor. Está comprovado que, uns cinco anos atrás, o Senhor Genji de fato liderou um contingente de samurais até a província de Hino. Não há testemunhas de um possível ataque. No entanto, depois que o Senhor Genji saiu, descobriu-se que atearam fogo em uma aldeia isolada, após terem assassinado todos os seus habitantes. Ou seja, está evidente o motivo da visita a Hino. E há ainda uma curiosa coincidência, que o senhor decerto achará divertida. Era uma aldeia *eta*.

— Muito curiosa, de fato — concordou o Senhor Saemon. Genji estava propondo leis favoráveis a pessoas da mesma casta que chacinara impiedosamente não muito tempo atrás. Não fazia sentido. Mas, de alguma maneira, os dois fatos tinham de estar relacionados. — Procure os sobreviventes, interrogue-os. A resposta está tão bem escondida que não conseguimos sequer formular a pergunta sem mais informações.

— Senhor Saemon, não há sobreviventes. Todas as cabanas e abrigos foram incendiados. A aldeia tinha cento e nove habitantes, o exato número de corpos que foram recolhidos para os serviços funerários.

— Então, houve serviços funerários.

— Sim, senhor.

— Para os... — Saemon calou-se abruptamente e, sorrindo, corrigiu o termo que estava prestes a empregar pelo que havia sido sugerido por Genji: — Fizeram serviços funerários para os *burakumin*.

— Sim, senhor.

— Isso significa que alguém se deu ao trabalho de revirar as cinzas e os entulhos para remover os corpos carbonizados dos proscritos. Quem faria uma coisa dessas? Somente pessoas que se importam com os outros. Amiúde, esse tipo de gente sabe coisas que os outros não sabem. Encontre-os e interrogue-os.

— Sim, senhor.

— Espere. Outra coisa. Fui informado pela polícia portuária que o navio do Senhor Genji, o *SS Cabo Muroto*, partiu em direção ao sul, dirigindo-se para a província de Akaoka ontem pela manhã. A sua amiga estrangeira, a mulher americana, estava a bordo, acompanhada da Senhora Hanako, do Senhor Taro e de um contingente de samurais. Parece que carregavam consigo um misterioso baú antigo, de estilo estrangeiro, contendo sabe-se lá o quê. Descubra por que estão indo para Akaoka e o que há de tão valioso no baú. Genji pode estar planejando algo perigoso em Edo e preferiu despachar sua amiga estrangeira, por uma questão de segurança.

— Talvez esteja planejando uma insurreição dos *burakumin* — disse o camareiro.

O Senhor Saemon franziu a testa.

— Isto não é assunto para piadas.

— Sim, meu senhor — respondeu ele, curvando-se. — Agirei imediatamente.

Depois que o camareiro se retirou, o Senhor Saemon lembrou-se de seu comentário e soltou uma gargalhada. Uma insurreição dos *burakumin*. Se havia alguém capaz de conceber uma idéia tão ridícula, este alguém era Genji. Era de admirar que um clã liderado por sujeitos tão idiotas tivesse sobrevivido por tantos anos. Talvez eles realmente pudessem ver o futuro. Isso explicaria muita coisa. Somente uma vantagem tremenda como aquela podia compensar seus constantes deslizes políticos.

O Senhor Saemon riu novamente.

Visão profética. Era uma idéia tão engraçada quanto a revolta dos proscritos.

O *SS CABO MUROTO*, NA COSTA MERIDIONAL DA ILHA DE SHIKOKU

Emily, Hanako e Taro postavam-se diante da balaustrada de estibordo, enquanto o navio circundava o promontório, ultrapassando as colinas do litoral e dando lugar à baía. Já era possível avistar, em terra firme, os sete pavimentos do Castelo do Bando de Pardais, que parecia flutuar sobre os penhascos rochosos.

Quando o vira pela primeira vez, logo após sua chegada em 1861, Emily ficara extremamente decepcionada. Parecia frágil e elegante demais. Para ela, castelos eram fortalezas maciças de pedra, assim como todos os fidalgos deveriam ser cavaleiros como Wilfred de Ivanhoé. Como fora cega e tola naquela época. Após seis anos no Japão, sabia que perigo mortal e elegância podiam completar-se muito bem, como o Castelo do Bando de Pardais, assim como um cavaleiro podia ser um samurai e um Grande Senhor, um príncipe, um duque ou qualquer nobre europeu. Não raro, ficamos cegos diante do inesperado. Emily estava determinada a enxergar quando se deparasse com outra surpresa, o que seria inevitável.

Hanako também contemplava o castelo, sentindo uma certa melancolia. Em todas as outras ocasiões em que regressara à província de Akaoka, a visão daqueles telhados como um bando de pássaros em revoada elevava o seu espírito. Mas não naquele dia. Ao avistar o castelo, não pôde deixar de pensar nos pergaminhos descobertos por Emily. Ainda não lera quase nada. Emily a encorajara a fazer isso durante a viagem de navio, mas Hanako, com receio de danificar o papel antigo expondo-o à brisa marinha, desistira. Não obstante, lera o suficiente para ser tomada por um desconforto que aumentava inexoravelmente, transformando-se em pavor, conforme o navio se aproximava do cais.

O "visitante".

A primeira linha do pergaminho fazia menção ao *visitante* de um antigo senhor. O emprego dessa palavra no lugar da mais comum, "visita", fez com que ela recordasse a última vez que vira o Senhor Kiyori, havia seis anos, poucas horas antes de sua morte. Ele também recebera alguém, que ela não vira, nem escutara, embora estivesse certa de que o Senhor Kiyori conversava com uma pessoa. A palavra *visitante* no pergaminho a amedrontava porque não conseguia se livrar da persistente sensação de que o visitante do senhor nos pergaminhos e a companhia invisível do Senhor Kiyori eram a mesma pessoa.

Se ela estivesse correta, então o visitante em questão só podia ser uma pessoa cujo nome era melhor nem cogitar, muito menos pronunciar em voz alta, e ela e Emily teriam sido mais prudentes se, em vez de viajar até lá, tivessem ficado longe do castelo.

Todos sabiam que o Senhor Kiyori fora envenenado com o fel de baiacu que seu filho louco, o Senhor Shigeru, misturara à sua sopa. Hanako e a outra criada que lhe serviram a refeição foram imediatamente detidas pelos guarda-costas do senhor. Não resta dúvida de que teriam sido torturadas até a morte, justificadamente, por terem tomado parte em um crime tão abominável, mesmo não estando cientes do veneno. Mas, quando o Senhor Genji apareceu, ordenou que o médico do clã examinasse o corpo. Após um breve colóquio, o novo Grande Senhor declarou que a morte de seu avô fora causada por um ataque cardíaco, uma causa assaz natural em sua idade avançada. Foi então que ele levou Hanako para integrar a sua equipe de criados, como o Senhor Kiyori pretendia, salvando-a do ostracismo ao qual certamente seria condenada devido às recorrentes suspeitas acerca de sua participação no crime.

A opinião geral era de que o Senhor Kiyori fora de fato envenenado, mas Genji, na tentativa de minimizar o escândalo, quisera evitar a execução de seu tio por parricídio. Além disso, ciente de que as criadas eram inocentes e apiedando-se delas, inventara a história do enfarte.

Durante muito tempo, Hanako também acreditou nisso. Mas, após ter lido alguns trechos dos pergaminhos de Emily, mudara de opinião. Estava convicta de que o visitante desempenhara algum papel na morte do Senhor Kiyori e, por ser imortal e maléfico, provavelmente continuava à espreita, num mundo sombrio entre o real e o irreal, aguardando paciente sua próxima vítima — alguém cujos pensamentos e emoções demonstrassem determinadas vulnerabilidades.

— Esse castelo sempre teve sete pavimentos? — perguntou Emily.

— Tinha apenas dois andares quando foi tomado pelo Senhor Masamunê, pai do nosso primeiro Grande Senhor, Hironobu.

— Tomado? Pensei que tivesse passado de geração para geração do clã Okumichi.

— Isso só se deu depois. Tudo tem um começo. — E um fim, pensou Hanako consigo mesma. — Masamunê acrescentou mais quatro andares, mas o último foi construído por Hironobu.

— Então foi Hironobu quem construiu a torre principal.

Hanako sentiu um calafrio. O vento que soprava sobre o mar era uma aragem morna de verão, não de inverno. Talvez tivesse se tornado mais sensível a resfriados nos últimos tempos.

Taro não estava prestando atenção à conversa das mulheres. Assuntos mais sérios pesavam sobre ele.

Assassinato.

Seqüestro.

Traição.

Seria capaz de cometer tais atos e ainda se considerar um samurai? E se decidisse não agir, seria culpado de uma deslealdade ainda mais vil?

Taro atingira a maioridade durante a crise de 1861. O Senhor Kiyori morrera subitamente, deixando a província nas mãos de seu neto inexperiente, o Senhor Genji. Isto proporcionou uma oportunidade irresistível aos inimigos do clã, que tentaram destruí-lo. Por não confiarem no Senhor Genji, seus dois generais mais importantes o traíram. O Senhor Shigeru — o maior guerreiro de Akaoka, filho de Kiyori e tio de Genji — também decidira escolher o momento mais inoportuno para enlouquecer de vez. A situação era extremamente desfavorável. Mas Taro e seu bom amigo Hidê permaneceram fiéis aos seus juramentos e lutaram ao lado do Senhor Genji nas batalhas épicas de Miê e no Mosteiro de Mushindo. Com a ajuda deles, o Senhor Genji triunfou sobre seus inimigos. Ambos foram generosamente recompensados e continuaram sua escalada, ganhando cada vez mais prestígio e destaque. Hidê, agora, além de chefe dos guarda-costas, era Senhor Camareiro. E Taro, com apenas vinte e cinco anos, era comandante da cavalaria do clã — a mais célebre de todo o Japão havia cinco séculos.

Mas será que tudo isso ainda tinha algum significado? Os estrangeiros haviam invadido o Japão com seus navios de guerra, armas e ciência e o mundo que pertencera aos samurais por séculos e séculos estava se evaporando como o orvalho sob o sol da manhã. Os Homens Virtuosos diziam só haver uma solução: expulsar os bárbaros e fechar o país novamente. Cada vez mais, Taro achava que eles tinham razão.

Desde o início, vira-se consumido por dúvidas. O seu dever como samurai era seguir o Senhor Genji. No entanto, de todos os senhores de todas as províncias do império, Genji era o que menos aparentava ser um samurai e não parecia comprometido com o código dos guerreiros que constituía o fundamento de sua própria autoridade. O fato de as coisas sempre terem sido como eram, desde o tempo imemorial de seus ancestrais, não bastava para Genji. Ele queria um embasamento lógico para suas ações. Colocava a lógica acima da tradição. Como era parecido com os estrangeiros! Um verdadeiro samurai não fazia perguntas. Ele fazia o que seus ancestrais haviam feito, seguia os ditames do caminho do guerreiro sem questionamentos. Quando Taro salientou isso, o Senhor Genji achou graça.

— O caminho do guerreiro — repetira ele. — *Bushido*. Não vá me dizer que você acha que os nossos ancestrais realmente acreditavam nesta bobagem?

Taro, chocado, ficara boquiaberto.

— Lealdade total a apenas um senhor, não importa se ele é um idiota ou um canalha. Sacrificar a si mesmo, sua mulher, seus pais, até mesmo seus filhos, para honrar o seu senhor. Como algo tão atroz pode ser o fundamento de uma filosofia nobre? Se eu algum dia lhe pedir para sacrificar seus filhos por mim, Taro, você tem permissão para me matar na hora.

— Não tenho filhos, senhor.

— Então, providencie-os o mais rápido que puder. Meu avô costumava dizer que uma pessoa sem filhos não entende nada das coisas que valem a pena ser entendidas.

— Mas o senhor também não tem filhos.

— Estou pensando seriamente em remediar essa situação. Bem, do que eu estava falando mesmo? Ah, sim, vingança. Nunca se esqueça de uma ofensa, por menor que seja, e prepare a sua vingança, mesmo que consuma dez gerações. Estes não são ensinamentos dos nossos ancestrais, Taro. São invenções dos Xoguns Tokugawa. Eles criaram essa mitologia para garantir sua permanência no poder indefinidamente, assim se certificando de que ninguém chegará sequer a pensar em fazer o que eles fizeram: quebraram os juramentos feitos aos seus senhores, traíram seus herdeiros e todos os seus atos visam somente o seu próprio engrandecimento. Desviam o foco para o passado para dominar o futuro.

— Senhor Genji — ponderou Taro, quando conseguiu recuperar a voz —, não pode estar falando sério. Nossos veneráveis ancestrais...

— Eram homens violentos, desumanos — completou Genji —, que viviam em tempos igualmente violentos e desumanos. Uma época muito diferente da nossa. O caminho deles não era o *bushido*, era o budô, o caminho da guerra. O budô não tem a ver com tradição, tem a ver com eficiência máxima. Antes de conhecermos a ciência ocidental, nossa ciência era o budô. Como samurais a pé não eram tão eficazes quanto samurais a cavalo, nos tornamos guerreiros montados. A espada *tachi*, comprida e reta, era difícil de manejar em combate, então a abandonamos e substituímos pelas *katanas*, mais curtas e encurvadas. Quando as lutas no interior dos castelos se tornaram freqüentes, percebemos que precisávamos de espadas ainda mais curtas para esses combates, que, por sinal, geralmente eram ataques traiçoeiros e inesperados, então começamos a portar outra espada, a *wakizashi* mais curta, junto com a *katana*. Para contatos ainda mais próximos — se, por exemplo, precisássemos apunhalar alguém durante uma refeição, uma cerimônia do chá ou uma orgia —, começamos a carregar uma adaga *tanto* também.

— Isto não é verdade — rebateu Taro, esquecendo a polidez, tão transtornado que estava com o discurso de Genji. — Carregamos uma *tanto* porque um samurai deve estar sempre pronto a tirar sua própria vida, caso a honra assim o exija.

Genji sorriu para Taro como se ele fosse um filho não muito inteligente, mas, ainda assim, o predileto.

— Isto é o que os Xoguns Tokugawa querem nos fazer acreditar, para que, quando pensarmos em usar a adaga, pensemos em usá-la em nós mesmos e não neles.

A conversa se dera um pouco antes de Taro embarcar naquela viagem.

— Se realmente fôssemos como nossos ancestrais — havia dito Genji —, teríamos aprendido tudo o que pudéssemos sobre os estrangeiros o mais rápido possível e teríamos abandonado, sem hesitação ou arrependimento, tudo o que obstrui o nosso progresso. Tudo.

Taro, tomado de horror e raiva, abstivera-se de comentários adicionais com receio de ser grosseiro e limitara-se a abaixar a cabeça. O Senhor Genji provavelmente tomara aquilo como um gesto de assentimento. Não era.

Acaso a traição de Genji não era muito pior do que a que Taro estava contemplando? Era uma traição contra o verdadeiro caminho do samurai. Genji estava determinado a transformá-los em uma versão grotesca, imoral e desonrada dos estrangeiros. De que serviria a lealdade, quando o único valor passasse a ser o lucro? Para que coragem quando, em vez de combater os inimigos face a face, espada a espada, fosse possível matá-los sem vê-los e sem ser visto, a quilômetros de distância, com maquinarias explosivas, abomináveis e barulhentas?

Taro olhou de relance para as duas mulheres que fora ordenado a proteger. Era o comandante da cavalaria mais ilustre de todo o domínio, mas por quanto tempo mais haveria de existir uma cavalaria no mundo que o Senhor Genji almejava criar? Hanako era a mulher do seu melhor amigo, Hidê, mas Hidê votava uma lealdade teimosa e cega ao Senhor Genji. Emily era a estrangeira da profecia, cuja presença assegurara a vitória do clã Okumichi durante a crise, mas não passava disso: uma estrangeira.

Um dia, em breve...

As mãos de Taro não tocaram em sua espada. Mas ele a empunhava em seus pensamentos.

Um chacoalhar áspero de correntes antecedeu o som da âncora, varando o mar e afundando no banco de areia.

— Estamos em casa — anunciou Hanako.

CASTELO DO BANDO DE PARDAIS

Taro estava sentado em um quarto que dava para o jardim de rosas do pátio central do castelo. As criadas haviam lhe trazido uma variedade de iguarias, que ele ignorara completamente. Absorto em seus pensamentos, esquecera-se do arquiteto Tsuda, sentado à sua frente, até perceber a expressão de temor em seu rosto. Estavam sentados em silêncio havia meia hora. Durante todo aquele tempo, os pensamentos de Taro na certa haviam reforçado a ferocidade natural de sua fisionomia.

Mais para aplacar os temores do sujeito do que para informá-lo, Taro disse:

— A Senhora Hanako e a Senhora Emily estão na torre. Você deve aguardá-las aqui.

Levantou-se para ir embora. Cavalgaria até o Cabo sozinho, para tentar ordenar seus pensamentos.

— Sim, Senhor Taro.

Tsuda estava esforçando-se, em vão, para ter alguma pista do motivo daquela visita. As senhoras e Taro, acompanhados por um contingente de samurais, haviam chegado de Edo sem avisar naquela manhã, a bordo de um navio. A primeira reação de Tsuda, naturalmente, foi de pavor colossal. O que levaria um senhor de patente tão elevada como Taro a aparecer no castelo assim de repente? Os samurais que trouxera consigo, vinte homens exibindo um ar particularmente feroz e de poucos amigos, levaram-no a imaginar toda sorte de punições, até mesmo uma execução. Talvez o Senhor Genji estivesse insatisfeito com a lentidão das obras, com os custos cada vez mais altos ou até mesmo com o projeto em si, embora tivesse parecido bastante entusiasmado ao aprová-lo. Os grandes senhores eram extremamente volúveis e, sempre que mudavam de idéia, as conseqüências recaíam sobre terceiros. Taro não entrara em detalhes. Embora fosse arriscado entabular conversa com qualquer senhor, Tsuda decidiu sondar mais um pouco, na tentativa de apurar alguma informação:

— O Senhor Genji está pensando em reformar a torre principal, meu senhor? — perguntou ele.

Taro franziu o cenho. Que pergunta mais insolente.

— E por que ele faria isso?

Os nervos de Tsuda, que já estavam em frangalhos, pioraram consideravelmente com o olhar feroz que Taro dardejou em sua direção. Começou a tagarelar:

— É que eu pensei que, como a Senhora Hanako e a Senhora Emily estão na torre, meu senhor, e a atual construção foi inspirada pela Senhora Emily...

Portanto... portanto o quê? Um suor frio encharcou a roupa de baixo de Tsuda. Fez votos para que fosse mesmo suor. A urina possuía um odor mais pronunciado e, ainda por cima, acabaria pingando no tapete. Grande Buda Compassivo, ajude-me! Para que fui abrir minha boca? Ele estava prestes a ir embora e eu, como um idiota, resolvi puxar conversa. Com tais pensamentos atravancando sua mente, não conseguia proferir uma só palavra. Sentiu as lágrimas aflorando em seus olhos. Mais um pouco e não conseguiria mais conter o pranto, o que levantaria suspeitas — era provável que seu comportamento já estivesse parecendo suspeito, o que fatalmente levaria a um interrogatório completo, que decerto incluiria as torturas mais penosas, incapacitantes e mutiladoras possível!

Confessar! Precisava confessar imediatamente e implorar perdão! Fora apenas um *ryo*! Talvez um pouco mais, mas não mais do que dois! E ele reembolsaria! Onde estava com a cabeça quando decidira superfaturar o orçamento do Senhor Genji? Devia estar fora de si. Só porque o senhor não estava presente durante a construção, não significava que os seus espiões não estivessem cuidando de seus interesses. O melhor a fazer era confessar!

— Você pensa demais, Tsuda — admoestou Taro. — Pense apenas quando tiver ordem para pensar. Do contrário, faça somente o que lhe for ordenado. A Senhora Hanako e a Senhora Emily vão lhe fazer algumas perguntas. Responda. E é só. Entendeu?

Tsuda comprimiu a testa contra o chão. O único modo de curvar-se ainda mais seria atravessando a palha trançada da esteira com a testa. Experimentou um alívio tão intenso que o perigo de urinar involuntariamente tornou-se concreto; isso se já não tivesse urinado.

— Obrigado, Senhor Taro — agradeceu Tsuda. — Muito obrigado. Cumprirei suas ordens sem falta. — Só tornou a levantar a cabeça muito depois de Taro ter abandonado o recinto.

Enquanto aguardava as duas senhoras, pôde ponderar suas reações com mais calma. Chegou à conclusão de que não estava errado, embora sem dúvida houvesse, no sentido técnico, cometido uma fraude — o que, como qualquer outro crime contra um Grande Senhor, era passível de ser punido com tortura e morte. Não seria o verdadeiro crime o preço absurdamente baixo que fora forçado a aceitar e que praticamente o obrigara a roubar para obter um lucro razoável? Estaria ele errado por sentir tamanho medo ou o erro estava nos motivos que o levaram a ter medo em si, como o intolerável poder que detinham os Grandes Senhores em particular e todos os samurais em geral? Como um país atrasado como o Japão poderia sair do atoleiro sem abolir tais injustiças? Os samurais sempre justificaram sua existência dizendo-se os protetores do reino. Mas a chegada dos estrangeiros em massa um pouco mais de dez anos atrás colocara aquela proteção em xeque, não é mesmo? Os renomados guerreiros não conseguiram sequer afugentar os holandeses e os portugueses, que, até onde Tsuda sabia, eram oriundos de países minúsculos da Europa. Perante os realmente poderosos, como Inglaterra, França, Rússia e Estados Unidos, tremeram feito vara verde. Era óbvio que haviam perdido a sua utilidade. Mas como descartá-los? Esta era a questão. Eles detinham o monopólio das armas. Ou, para ser mais exato, detinham o monopólio do direito de matar impunemente.

O próprio Tsuda possuía uma arma, bastante moderna, mais letal do que uma espada, que lhe permitiria, caso quisesse, matar um samurai antes mesmo que os ilustres guerreiros tivessem chance de fender o ar à sua volta com espadas caducas e antiquadas — um revólver Colt americano, de calibre quarenta e quatro, munido com seis projéteis mortais em suas seis câmaras! Obviamente não carregava o revólver consigo. Estava em casa, escondido sob o piso em um cofre holandês de aço. E, mesmo que estivesse armado, teria coragem de sacar, apontar para alguém como o Senhor Taro e disparar? Ao imaginar a cena, na mesma hora sentiu uma perigosa frouxidão intestinal.

Não, não, não! A urina ainda podia ser confundida com suor, se ele realmente tivesse urinado antes, como temia. Mas fezes? Não se pareciam com mais nada, a não ser com o que de fato eram! Ser crucificado por ter evacuado nas calças no castelo do senhor! Não só seria fisicamente mortificante, como insuportavelmente embaraçoso!

Para evitar um acidente do gênero, voltou seus pensamentos para a única coisa que o tornava mais forte do que de fato era: dinheiro.

Comerciantes e banqueiros tinham muito dinheiro, algo que cada vez mais se tornava importante. Tsuda, que era comerciante e banqueiro, gozava de uma situação bastante confortável nesse sentido. Era um homem poderoso, não um fraco. Em termos de poder, o dinheiro suplantava a espada.

Será mesmo? Uma espada, com a lâmina tão afiada que até mesmo o mais leve toque podia...

— Ah, Senhor Tsuda — interrompeu a Senhora Emily. — Estou feliz em revê-lo.

— Senhora Emily — cumprimentou ele, abandonando suas divagações. — O seu japonês melhora a cada vez que nos encontramos. A senhora deve estar esforçando-se bastante em seus estudos.

Embora não demonstrasse nenhum sinal de tensão em seu rosto, exibindo a expressão suave, contente e solícita que levara anos para dominar e que se revelara a menos provocativa possível — logo, a mais adequada ao fazer negócio com samurais —, por dentro Tsuda ficara imediatamente tenso. Ficara tenso porque, assim que as palavras lhe escaparam, percebera que não deveria ter feito aquele comentário. Dera a entender que Emily *precisava* se esforçar bastante para ser fluente na língua japonesa. Embora fosse uma verdade indubitável, a verdade não era necessariamente uma defesa.

Que idiota! Insultara Emily, ou melhor, a *Senhora* Emily, uma vez que, por motivos misteriosos que escapavam à sua compreensão, sempre se referiam àquela estrangeira usando o honorífico, e pobre dele se chegasse mesmo a pensar nela sem utilizar o "senhora" antes de seu nome — seria o mesmo que insultar seu patrono, Okumichi no kami Genji, o Grande Senhor de Akaoka, um homem que detinha poder absoluto de vida e morte sobre todos os habitantes daquele domínio! Como pudera ser tão imbecil? Na verdade, a Senhora Emily realmente estava falando japonês muito bem àquelas alturas; melhor, inclusive, do que alguns nativos que habitavam as áreas mais distantes e isoladas do país. Em tais lugares, muitos eram fluentes apenas em dialetos que eram praticamente línguas estrangeiras. Tsuda tentava desesperadamente achar as palavras certas para salvar a sua pele quando a Senhora Hanako perguntou:

— Onde está o Senhor Taro?

— Ele partiu há algum tempo — respondeu Tsuda. Hanako não estava animada como de costume. Rugas de preocupação vincavam seu rosto e, quando ela perguntou por Taro, seus olhos se aguçaram.

Estariam planejando alguma conspiração? Começou a ficar nervoso novamente. Se havia uma conspiração, fosse qual fosse, possivelmente estava correndo um perigo grave, talvez até mesmo mortal. Se alguma parte da conspiração ocorresse enquanto eles estivessem no castelo, a suspeita recairia sobre toda a vizinhança. E então, torturas e execuções seriam inevitáveis. A inocência estava longe de ser a melhor defesa, assim como a verdade.

Ah, não! Logo quando o futuro começava a lhe parecer mais promissor! E justo ele, que era absolutamente leal — ao Senhor Genji, ao Senhor Taro e ao poderoso marido da Senhora Hanako, o Senhor Hidê. Independentemente de quem saísse ganhando ou perdendo com a conspiração — isso se estivessem de fato tramando alguma coisa, o que ele obviamente não tinha como saber —, não restava dúvida de que era inocente! Não obstante, seria o seu corpo derruído que iria terminar fincado em uma estaca! Seria ele quem morreria, aos berros, crucificado! Todos os membros da sua família seriam igualmente executados e todas as suas posses, confiscadas. Que injustiça! Seria possível que não houvesse limites para a cobiça cruel e desenfreada daqueles samurais?

— Obrigada por ter vindo nos ver — disse a Senhora Emily. — Estou certa de que está muito ocupado com a construção.

— Nunca estou ocupado para lhe ser útil, Senhora Emily, e, é claro, à senhora também, Senhora Hanako. Quer dizer, desde que eu possa de fato lhes ser útil...

— Obrigada, Tsuda — interrompeu Hanako. Sabia que ele continuaria tagarelando sem parar se ela não interviesse. Todos os plebeus costumavam ficar subservientes e nervosos perante os nobres, especialmente os que lidavam com dinheiro, como Tsuda. Isto porque a maioria dos samurais, e uma boa parte dos Grandes Senhores, devia favores a eles. Sendo que os Grandes Senhores por vezes encontravam uma maneira de aniquilar suas dívidas aniquilando os comerciantes e agiotas, sob um pretexto qualquer. Até mesmo o próprio Xogum fizera isso, e mais de uma vez.

O nervosismo de Tsuda era ainda mais acentuado pelo fato de ele estar manipulando as contas e cobrando aproximadamente dez por cento a mais sobre todo o serviço que supervisionava. O pobre coitado não fazia idéia de que, devido a um intrincado acordo entre representantes, representantes de representantes, representantes de representantes de representantes e por aí em diante, ele não era o principal dono do seu banco como pensava ser; na verdade, estava mais para um gerente. O verdadeiro dono era, é claro, o Senhor Genji. Graças aos seus visionários ancestrais, o clã Okumichi adquirira uma compreensão providencial do valor do dinheiro desde muito tempo, numa época em que os outros clãs ainda estavam pensando em termos de plantações de arroz como medida de riqueza.

Hanako sabia disso porque fora designada por Genji para ajudar o Senhor Camareiro na administração financeira do clã, tarefa que desempenhara nos últimos cinco anos.

— Não vamos tomar o seu precioso tempo além do necessário — disse Hanako. — Apenas algumas perguntas sobre o baú com pergaminhos que recentemente foi encaminhado à Senhora Emily em Edo.

— Pois não, Senhora Hanako, Senhora Emily. — Tsuda curvou-se para elas respectivamente, sem saber ao certo a quem se dirigir. — Espero que tenha chegado como o encontrei, isto é, fechado, não?

Por um lado, quem falara fora a Senhora Hanako. Por outro, a pergunta parecia ser da Senhora Emily. Mas a verdadeira senhora japonesa era Hanako, casada com o general-chefe do clã — um sujeito carrancudo e assustador, ainda mais intimidante do que o Senhor Taro —, enquanto Emily, embora chamada de "senhora", era incontestavelmente uma estrangeira. Mas ainda havia outro fato a ser levado em consideração: a Senhora Emily era uma amiga íntima do Grande Senhor da província, talvez até mesmo uma amiga íntima do gênero mais íntimo possível, como diziam os boatos, boatos esses a que ele, é claro, não dava o menor crédito e que tampouco lhe inspiravam qualquer pensamento malicioso...

— Gostaríamos de saber em que lugar do castelo o baú foi encontrado — disse a Senhora Emily.

— Ah, desculpem-me se minha carta ou meu mensageiro deram a impressão de que o baú foi encontrado no castelo. Na verdade, foi encontrado em um local bastante curioso, de maneira um tanto quanto estranha. — As duas senhoras se entreolharam, trocando o que parecia ser um olhar sugestivo. Tsuda não sabia ao certo o que estava se passando. Era mais uma coisa com que se preocupar depois, quando pudesse repassar os acontecimentos daquele encontro com calma. — Ou talvez eu devesse dizer em um local bastante *fortuito*, de maneira bastante *oportuna*. Não cabe a mim qualificar...

— Onde foi encontrado? — perguntou Hanako.

. . . . . .

Tsuda teve dificuldade para acompanhar as duas senhoras. Não estava acostumado a montar. Embora tivesse dinheiro para comprar um cavalo — ou dez, se quisesse —, raramente montava. Não queria parecer arrogante. Tradicionalmente, somente os samurais andavam a cavalo, jamais os camponeses, e os samurais daquela província em particular eram notórios guerreiros montados havia séculos. Sabia muito bem que a visão dele sobre um cavalo desagradaria a um samurai, sobretudo um que estivesse a pé, e, se porventura o samurai em questão estivesse lhe devendo algum dinheiro, o desagrado poderia facilmente transformar-se em ira homicida. Havia outro detalhe de ordem prática a ser levado em consideração — menos apavorante, mas exaustivo: se por caso cruzasse com um samurai, seria obrigado a desmontar do cavalo e fazer uma reverência, uma vez que não podia ficar fisicamente acima de alguém que ocupava uma posição social superior à dele. Seria mais fácil cumprir a etiqueta se já estivesse a pé.

As duas senhoras haviam trocado de roupa e usavam calças largas e soltas, chamadas *hakama*. Ambas conduziam seus cavalos como samurais, e não montadas com as pernas de lado como seria mais adequado a senhoras da corte. Assim que cruzaram os portões do castelo, encontraram o Senhor Taro e vários samurais a cavalo, aguardando para escoltá-las. Como o Senhor Taro adivinhara que deixariam o castelo? Tsuda não fazia a menor idéia. O modo como os samurais sempre conseguiam estar um passo à frente dos outros era realmente exasperante.

À medida que se aproximavam do local da construção, sobre o Vale das Maçãs, Tsuda começou a suar novamente. Mas não estava mais preocupado, porque, por mais molhadas que suas roupas pudessem ficar, independentemente da causa, poderia jogar a culpa no cavalo. Cavalos eram animais suados e fedorentos por natureza. O problema que o afligia naquele momento era outro: e se eles encontrassem algum defeito no trabalho que ele realizara até então? Será que a obra não havia progredido o bastante? E se tivesse construído tudo no lugar errado? E se não gostassem de sua orientação direcional? E se tivesse entendido errado os planos para a construção? Cortado árvores de mais? Ou de menos?

Um samurai emparelhou com ele e admoestou-o rudemente:

— Você aí! Pare de enrolar! Está desperdiçando o tempo dos seus superiores! — A julgar pela expressão em seu rosto, poderia tranqüilamente decapitar Tsuda ali mesmo.

— Sim, senhor, perdão, senhor, não estou acostumado a andar a cavalo, uma vez que não é apropriado para os inferiores...

O samurai avançou para cima dele e, tomando-lhe as rédeas das mãos, deu uma bordoada no cavalo, incitando-o a galopar até a colina onde o resto do grupo os esperava. Quando alcançou a colina, Tsuda concluiu que suas partes baixas haviam sofrido tamanho dano chocando-se contra a sela que ele jamais poderia ensaiar um contato mais íntimo com gueixas novamente.

— Desça — ordenou Taro. — Mostre à Senhora Hanako e à Senhora Emily o local exato onde encontrou o baú.

— Sim, Senhor Taro — respondeu ele, quase caindo do cavalo no afã de obedecer à ordem. Onde estava com a cabeça quando oferecera seus préstimos para aquele projeto? Devia ter deixado que outra pessoa assumisse. Outra pessoa que se arriscasse. Era isso o que devia ter feito.

— Começamos três semanas atrás — disse ele.

• • • • • •

— É para começarmos a cavar agora, Senhor Tsuda? — perguntou o operário. Ele e uma centena de homens com pás, picaretas e outros apetrechos de construção estavam esperando que o arquiteto lhes desse sinal para começar havia quase uma hora. Por que tamanha demora?

Por que ele estava parado no topo da colina, como que em transe? Estavam ali para erguer uma construção, não para conduzir ritos religiosos.

Tsuda pôde distinguir um tom de impaciência na voz do operário. Era compreensível. Era um camponês ignorante que não compreendia o caráter místico do feng shui, a arte da direção e da localização, sem o qual um arquiteto não passava de um mero diletante, agrupando toras de madeira e pedras. Além disso, como seriam pagos pelo serviço realizado, e não pelas horas que passassem na obra, naturalmente tinham pressa em começar a trabalhar. Mas a responsabilidade dele era maior. O primeiro local onde a pá removesse a terra determinaria o destino da construção e, por conseguinte, dos que a usufruíssem, bem como daqueles que a erguessem. Bastava um passo errado para atrair azar em vez de sorte para o local.

Tsuda projetara e erguera várias construções ao longo dos seus dez anos de carreira, e nenhum mal jamais recaíra sobre seus proprietários e moradores. Na verdade, podia-se até mesmo dizer que duas delas — uma certa casa de gueixas em Kobe e o palácio reconstruído do Senhor Genji em Edo — haviam trazido uma maré de boa sorte para todos os interessados. A casa de gueixas alcançara uma considerável proeminência regional nos últimos anos e, a julgar por sua reputação, não ficava atrás das melhores do gênero em Edo e Kyoto. Aquilo sem dúvida era um exagero desmedido, mas o mero fato do exagero existir já podia ser considerado uma grande honra. E, quanto ao Senhor Genji, embora ele colecionasse mais inimigos políticos do que aliados e fosse um lorde estrangeiro também, desde a reconstrução do palácio tornara-se tanto um homem de confiança da Corte Imperial em Kyoto quanto um membro respeitado do Conselho de Reconciliação do Xogum.

Longe de Tsuda afirmar que havia sido responsável pelos dois bons resultados. Não obstante, o Senhor Genji ao menos reconhecera seu mérito, uma vez que presenteara Tsuda com o contrato para construir uma "capela" naquele local. A capela era uma espécie de templo cristão. Trabalhara com a amiga estrangeira do Senhor Genji, a Senhora Emily, no projeto. A planta lhe parecera desnecessariamente rígida, com fileiras fixas de assentos de madeira de lei e um pavimento mais alto para um grupo de cantores religiosos chamado "coral" na frente e um pódio erguido ao lado, de onde o padre se dirigiria aos seus fiéis reunidos. Havia um sino, como nos templos budistas, mas que ficaria fora de alcance, pendurado em um campanário. E não seria tocado com reverência por um sacerdote com uma marreta consagrada, mas sim sacudido por cordas e roldanas lá de baixo. Na verdade, o que produzia o som era uma marreta de aço instalada dentro do próprio sino, que, ao oscilar, se chocava a esmo contra suas bordas.

— Quando chegarmos a começar o trabalho, já vai estar na hora do almoço — resmungou um dos homens.

Tsuda ergueu a mão, pedindo silêncio. Não permitiria que o apressassem. Podia não ser um samurai, mas levava o seu trabalho a sério nos mínimos detalhes, assim como eles levavam o deles. Durante uma semana, dirigira-se ao local para meditar, ao nascer e ao pôr-do-sol. Em casa, consultara o *I Ching*, valendo-se tanto das varetas de milefólio quanto das moedas. Este era o último passo. Abandonaria todas as suas idéias preconcebidas, seus medos e desejos, ficaria aberto para a natureza inerente do local e desceria a pá sobre a terra pela primeira vez. Naquele momento, sentiu uma ligeira mudança no vento. A brisa marinha foi substituída pelo aroma das macieiras. Tsuda inspirou fundo. Ao exalar, abriu os olhos e desceu a pá até o chão.

E na mesma hora percebeu que havia batido em algo sólido, logo abaixo da superfície.

· · · · · ·

— A pá chegou a rachar a madeira da primeira caixa — disse Tsuda. — Mas esta caixa servia apenas para proteger a menor, decorada com uma belíssima pintura. Espero que tenha sido entregue intacta, tal como eu a encontrei. — Ouvira dizer que a Senhora Emily tinha uma tendência a desmaios freqüentes e imprevisíveis, de modo que sua súbita palidez não o surpreendeu. Mas jamais vira a Senhora Hanako tão pálida.

— Por que você resolveu mandar o baú diretamente para a Senhora Emily? — perguntou ela.

— Não ousaria tomar tal decisão — justificou Tsuda. — Mas o baú, devido às suas dimensões, parecia conter pergaminhos e não outra carga qualquer, e ciente de que o Senhor Genji encomendara uma tradução da história do clã para a língua inglesa...

— Cale-se! — admoestou Taro. — Responda à pergunta. Por que enviou o baú para a Senhora Emily?

— Não enviei, Senhor Taro. — Sua tremedeira involuntária foi aumentando aos poucos, até que as roupas começaram a se sacudir como que fustigadas por um vento súbito. — Dei instruções bem claras ao meu mensageiro para entregar o baú em mãos ao Senhor Genji. Se ele não agiu de acordo, então eu devo...

Taro perdeu a paciência:

— Você mandou o baú para o Senhor Genji? Por que não pediu que entregassem ao capitão da guarda no castelo? Isso é tarefa dele, não sua.

Tsuda pressionou a testa no chão de terra com tanta força que chegou a sentir câimbras nos músculos das costas.

— Foi o Senhor Genji quem especificamente me instruiu para tratar dos assuntos relativos à construção da capela diretamente com ele.

— Você me toma por algum idiota? — Taro levou a mão à espada. — Que senhor permitiria que um camponês tivesse tal liberdade?

— Com licença, Senhor Taro — interveio a Senhora Emily. — O Senhor Tsuda está falando a verdade. Eu estava presente durante a conversa.

As palavras da Senhora Emily personificaram o japonês falado mais primorosamente belo que Tsuda já escutara em sua vida — com sotaque americano e tudo! Ela acabara de salvar sua vida e, por isso, ele lhe seria grato para sempre.

— Ele não poderia desobedecer a uma ordem direta de um Grande Senhor — ponderou a Senhora Emily.

Taro resmungou, afastando a mão da espada, e disse:

— Quem foi o mensageiro? Tragam-no aqui.

Em questão de minutos, o mensageiro estava prostrado comprimindo a cabeça contra a terra, ao lado de Tsuda, suando em bicas por causa da corrida desabalada que dera para atender ao chamado.

— Por que você mandou o baú para os aposentos da Senhora Emily? — perguntou Taro.

— Não mandei, não, Senhor Taro — respondeu o mensageiro. — Entreguei ao Senhor Genji, conforme o Senhor Tsuda me instruiu a fazer. O Senhor Genji abriu o baú, viu o seu conteúdo e pediu que eu o levasse para o gabinete da Senhora Emily.

— E qual era o conteúdo? — indagou Taro.

— Não sei, Senhor Taro — respondeu o mensageiro. — Durante todo o tempo em que estive na presença do Senhor Genji, mantive-me curvado. Ouvi o baú sendo aberto. O Senhor Genji disse que havia pergaminhos lá dentro, e eu escutei o baú fechando. Então, o Senhor Genji mandou que eu levasse o baú ao gabinete da Senhora Emily. Eu obedeci. E foi só.

— Está dispensado — disse Taro. — A senhora deseja perguntar mais alguma coisa para Tsuda? — quis saber ele, dirigindo-se à Senhora Emily.

— Não, para ele, não — respondeu Emily.

Tsuda deixou escapar um inaudível suspiro de alívio e partiu, pensando que era de fato um homem de muita sorte.

II

NOBRES E VASSALOS

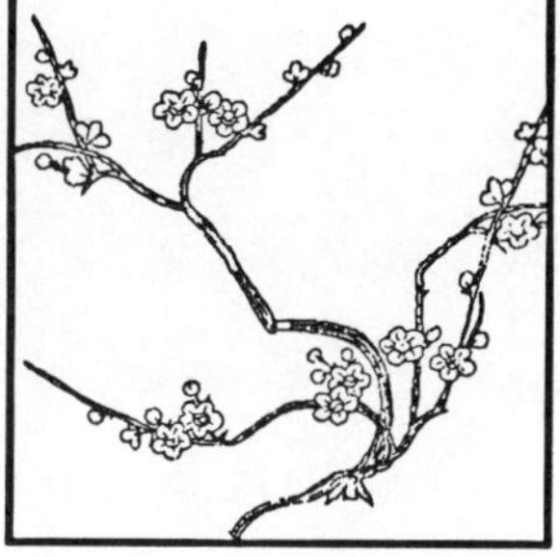

4

A Abadessa de Mushindo

Colocar a lealdade ao seu senhor acima de tudo é o maior ideal de um samurai. Não é difícil adivinhar o motivo. Os mais generosos chamariam a isso de ilusão. Outros lhe dariam um nome mais grosseiro.

A verdadeira história dos clãs foi escrita com o sangue da traição. No entanto, basta ler o que foi imortalizado e acreditarás que os grandes heróis lendários voltaram à vida.

Aqueles que crescem ouvindo mentiras tornam-se mentirosos. Será isso porventura algo surpreendente?

AKI-NO-HASHI
(1311)

1882, ABADIA DE MUSHINDO, NAS MONTANHAS A OESTE DE EDO

A Reverenda Abadessa de Mushindo, Jintoku, ajoelhava-se no tablado do salão de meditação principal. Permanecia curvada em uma reverência enquanto os visitantes daquele dia eram conduzidos para o salão por duas jovens que usavam trajes das freiras budistas de antigamente, com as cabeças cobertas por capuzes de um grosso tecido marrom, combinando com suas túnicas. A Reverenda Abadessa vestia-se da mesma maneira, abrindo mão das vestes de seda mais caras e confortáveis que a hierarquia lhe permitia trajar. Ela e suas acólitas usavam capuzes porque não raspavam a cabeça, como as freiras budistas costumavam fazer. A Reverenda Abadessa descobrira que freiras com madeixas compridas, lustrosas e sedutoras recebiam uma quantidade notadamente menor de donativos do que as que aparentavam sofrer mais privações. Como não tinha a menor vontade de raspar a cabeça, não exigia que suas seguidoras o fizessem. Sua metodologia consistia em guiar através do exemplo. Era a única maneira de estabelecer uma autenticidade moral, e a autenticidade moral era a essência de sua autoridade na Abadia de Mushindo.

Naquele dia, havia quarenta visitantes, quarenta e um na véspera e trinta e sete na antevéspera. Os trajes femininos eram compostos pela já padronizada mistura de roupas ocidentais com japonesas, bastante popular nas cidades. Quimonos com chapéus ingleses e sapatos franceses, com um eventual casaco de corte americano sobrepondo o traje. Já os homens tendiam a escolher apenas uma tendência, ou completamente ocidental, dos sapatos às botas, ou obstinadamente japonesa, com direito a quimonos e tamancos de madeira. Ninguém mais usava topetes ou espadas. Ambos eram proibidos. E, mesmo que não o fossem, quem haveria de usá-los? Não existiam mais samurais e outrora somente os samurais podiam carregar espadas.

A visitação crescera bastante nos últimos três anos, desde que a abadessa tivera a idéia de instituir visitas guiadas pelo templo. Tinha de agradecer ao novo governo imperial por isso. As visitas ao templo haviam aumentado porque o interesse no Japão de antigamente havia aumentado, simultaneamente à maciça campanha imperial de modernização. Na verdade, aquilo não era tão estranho quanto parecia. Enquanto a modernização equivalia à adoção das práticas ocidentais no que dizia respeito à indústria, ciência, guerra, regime político e indumentária, havia uma campanha igualmente vigorosa para a manutenção das antigas tradições culturais. "Ciência do Ocidente, Virtude do Oriente." Era o *slogan* oficial. Mas alguém realmente sabia o que era a tal Virtude do Oriente?

A Reverenda Abadessa tinha as suas dúvidas. As tradições de verdade não podiam ser as impostas pelo já desacreditado e deposto regime dos Xoguns Tokugawa. Durante dois séculos e meio, segundo o novo governo, os xoguns haviam mantido a sociedade estagnada, inventado toda sorte de alegorias enganosas para conservar seu poder. Haviam roubado, encarcerado, torturado, escravizado, exilado, assassinado, oprimido e aterrorizado todos aqueles que a eles se opunham — estratégias estas que o atual governo afirmava terem sido completamente eliminadas. Nem todas as peculiaridades e comportamentos daquela era podiam ser descartados impensadamente, é claro, uma vez que alguns constituíam tradições verdadeiras e reverenciadas, existentes há muitos anos e meramente absorvidas e utilizadas pelos xoguns. O novo governo — além de negociar tratados, formar exército e marinha, confiscar as terras e as riquezas do clã Tokugawa e criar novas leis freneticamente para satisfazer à demanda ocidental por uma reforma — também estava determinando o que era tradicional e o que não era. E, com isso, duas frases surgiam com freqüência nos pronunciamentos oficiais.

Desde as eras mais remotas...

Desde o princípio dos tempos...

A Reverenda Abadessa aprendera o bastante sobre mentiras para reconhecer palavras empregadas com o intuito de ocultar em vez de esclarecer. Onde afirmavam preservação, ela lia invenção. Era muito mais fácil ganhar a aquiescência do povo citando precedentes antigos do que convencer as pessoas a correr o risco da inovação. Não obstante, era grata ao governo por ter incluído a Abadia de Mushindo entre os locais relevantes da história nacional. Aquilo certamente ajudara a gerar interesse pelo lugar.

— Honoráveis visitantes — disse a abadessa —, nossos mais profundos agradecimentos a todos vocês, por terem se dado ao trabalho de visitar nosso templo isolado e simples.

Embora Mushindo fosse simples, não se podia dizer que continuava isolado. A nova estrada que ligava a Costa do Pacífico ao Mar do Japão passava pelo vale abaixo do mosteiro. Na verdade, o acesso ao templo era razoavelmente fácil, embora o deslocamento dos centros urbanos até lá conferisse à viagem uma sensação de peregrinação inexistente nas visitas aos templos famosos nas cidades. Levando em consideração a missão do mosteiro, isso era mais uma vantagem do que uma desvantagem.

Por isso, a abadessa não via nenhum problema em sugerir uma sensação de isolamento ainda maior do que a real.

— O mundo lá fora experimenta uma mudança constante e veloz. Mas aqui vivemos como os eremitas de Mushindo viveram há seiscentos anos, devotando-nos ao Caminho do Buda.

A rigor, Mushindo não fora ocupado continuamente durante todo aquele tempo, mas ela considerava isso apenas um detalhe. Uma vez um templo, sempre um templo.

— No final da visita, vocês estão convidados a juntarem-se às freiras para o nosso almoço, se quiserem. É uma refeição bem simples, composta de mingau, sopa de soja e legumes em conserva.

Na verdade, era uma refeição bastante similar à que a maioria dos visitantes fizera regularmente até pouco tempo atrás, quando eram camponeses sem direitos, propriedades ou nomes de família. A memória curta sempre acompanha a mudança célere.

— Vocês se dividirão em dois grupos. O primeiro conhecerá o interior do templo e em seguida os pátios. O outro fará o passeio na ordem inversa. — Ela se curvou mais uma vez. — Espero que aproveitem a visita. Se tiverem qualquer dúvida, por favor fiquem à vontade para fazer perguntas.

A abadessa aguardou até que os visitantes tivessem deixado o salão de meditação para dar início ao passeio. Ficando de pé, dirigiu-se para uma área restrita ao leste, do lado de fora da abadia. Era o único local em Mushindo onde a prática espiritual se dava interruptamente e também o único local que não fazia parte da visita guiada. A abadessa curvou-se em sinal de respeito diante do portão, antes de entrar nos aposentos do caseiro.

Como era de costume, naquela hora do dia, ele estava cuidando de seu jardim. A abadessa referia-se a ele particularmente como o Ente Sagrado — no começo, como uma piada, depois, para sua própria surpresa, com muita seriedade. O Ente Sagrado era bem previsível. Seguia, sem alterações e impreterivelmente, a rotina criada pelo monge estrangeiro Jimbo havia mais de vinte anos.

As seis horas de meditação antes do nascer do sol eram sucedidas por uma tigela de mingau com somente um legume em conserva, sua única refeição do dia. Como um homem tão grande podia sobreviver com uma refeição tão pequena era um mistério. Não obstante, ele conseguia. O restante da manhã era dedicado ao jardim, onde se encontrava naquele momento, catando ervas daninhas, retirando insetos com delicadeza para não machucá-los, varrendo folhas mortas e curvando-se para elas sempre que as acrescentava ao monte de adubo composto e colhendo verduras para pronto consumo ou armazenamento. Após duas horas de meditação ao meio-dia em sua cabana, o Ente Sagrado passava a tarde limpando os pátios do mosteiro e fazendo os reparos necessários nas construções, paredes e passadiços. Depois, antes de suas abluções finais à tarde, dirigia-se até o portão externo do mosteiro e distribuía doces e bolos para as crianças de Yamanaka, a aldeia vizinha. Era muito querido entre as crianças, que, ao que parecia, ficavam admiradas ao constatar que alguém tão grande pudesse ser tão paciente e gentil.

Era paciente e gentil com as crianças porque Jimbo também fora e, como em tudo mais na vida, ele seguia o seu exemplo. Mas Jimbo não fazia doces e bolos. O Ente Sagrado aprendera a cozinhar durante as semanas que passara vagando sem destino, vinte anos atrás. Isso ocorrera antes de a abadessa se tornar abadessa, antes de ele se tornar o Ente Sagrado, antes de Mushindo se tornar um mosteiro e antes de os Grandes Senhores do Japão ocidental derrubarem o Xogum Tokugawa.

— O seu jardim está lindo — elogiou a abadessa. Sempre conversava com ele quando tinha oportunidade, mais por uma questão de hábito do que por qualquer esperança de que ele pudesse responder de maneira diferente do habitual. — É admirável que as verduras e as flores consigam prosperar, tendo em vista seu cuidado para não machucar as pragas que as infestam.

Ele levantou o rosto, olhando para ela, e sorriu, ou melhor, abriu um sorriso ainda maior, uma vez que estava sempre sorrindo. E proferiu uma das duas únicas palavras que compunham o seu vocabulário:

— Kimi — disse ele.

1861, MOSTEIRO DE MUSHINDO

As crianças da aldeia espiavam pelo bosque. Seus pais haviam ordenado que ficassem longe do Mosteiro de Mushindo, ocupado por centenas de mosqueteiros do Xogum. Era um conselho prudente, uma vez que pessoas inocentes nas redondezas costumavam acabar mortas sempre que havia um embate de samurais. E não restava dúvida de que um embate estava próximo. Kimi, é claro, não pretendia perder o grande espetáculo que se aproximava. Embora fosse apenas uma menina que, com oito anos de idade, estava longe de ser a mais velha do grupo, tornara-se líder graças à sua inteligência e ao seu vigor. Além do mais, era a única a quem Goro obedecia com uma certa regularidade. Goro, o filho da retardada da aldeia, era um gigante. Nunca fizera mal a ninguém. Mas era tão grande e tão forte que podia acabar machucando os outros sem querer — e, às vezes, machucava mesmo. Todas as outras crianças já tinham observado que isso só acontecia quando Kimi não estava por perto. Não passava de uma mera coincidência, é claro. Mas as crianças, as criaturinhas mais supersticiosas da face da Terra, acreditavam que ela exercia algum poder especial, capaz de acalmar Goro. Era uma reputação que haveria de acompanhá-la para o resto de sua vida.

Goro era muito maior do que qualquer outro homem na aldeia, até mesmo o estrangeiro que viera morar no mosteiro, tornando-se um monge, discípulo do velho Abade Zengen. Até a chegada do estrangeiro, o velho Zengen era a única pessoa que morava lá. O estrangeiro tinha um nome que ninguém conseguia pronunciar, até tornar-se discípulo do velho Zengen. Foi então que começou a se apresentar como Jimbo. Era um nome mais fácil. Até mesmo Goro, que jamais proferira uma única palavra inteligível antes, conseguia pronunciar seu nome. Coisa que fazia o dia inteiro:

— Jimbo, Jimbo, Jimbo, Jimbo, Jimbo, Jimbo...

— Cala a boca, Goro — protestavam as outras crianças. — Ele sabe o nome dele e com certeza sabe que você está aqui.

— Jimbo, Jimbo, Jimbo...

E assim interminavelmente. A única pessoa que não se incomodava era o próprio Jimbo. Nada o incomodava. Podia ser estrangeiro, mas era um devotado seguidor do Caminho do Buda.

— Chega, Goro — pedia Kimi. — Dá uma oportunidade para os outros falarem também.

— Jimbo — repetia Goro pela última vez, antes de quedar-se em silêncio. Por alguns minutos, pelo menos.

Jimbo estava nas montanhas quando os mosqueteiros chegaram e ainda não havia voltado quando o Senhor Genji apareceu.

O exército do Xogum aguardava o Senhor Genji. Seu pequeno grupo de samurais fora vítima de uma emboscada e estava cercado, sem saída. Os que tentaram alcançar refúgio em Mushindo terminaram estraçalhados por uma rajada de balas, vindo do interior do mosteiro. Foram tantas balas disparadas em sua direção que seus cavalos mortos, usados como barricada, desintegraram-se em uma única massa de carne estropiada. No fim, quando os aliados do senhor chegaram e destruíram o inimigo, os poucos sobreviventes estavam cobertos do sangue dos animais e dos homens dos pés à cabeça.

Jimbo só retornou vários dias após a batalha, e então nenhuma das crianças o reconheceu. Viram um estrangeiro vestido com trajes semelhantes ao ocidental que acompanhava o Senhor Genji — um homem que carregava pistolas na cinta em vez de espadas e que, esbravejando como um demônio do pior dos infernos, matara diversos homens com suas pistolas, com as espadas que tomou de homens que ele próprio transformara em cadáveres e com suas próprias mãos ensangüentadas.

As crianças fugiram dele, com medo. Exceto Goro.

— Jimbo, Jimbo, Jimbo — disse ele, correndo na direção do estrangeiro.

Kimi notou que Goro tinha razão. Aquele estrangeiro era realmente Jimbo. Descartara o manto de monge zen que havia adotado ao se tornar discípulo do velho Zengen e vestia as mesmas roupas que usava quando chegara à aldeia. Trazia uma pistola no coldre e carregava uma arma comprida com dois canos na mão.

— Por que tá vestido assim? — perguntou Kimi.

— Porque tenho que fazer algo que não posso fazer com as outras roupas — respondeu Jimbo, contemplando as ruínas do mosteiro. Alguns dias depois, todos ficaram sabendo o que ele tinha de fazer.

O estrangeiro voltara, o demônio que acompanhava o Senhor Genji. Kimi conduziu as crianças da aldeia até as ruínas do salão de meditação, onde se esconderam. Assistiram ao demônio adentrando furtivo as muralhas do mosteiro, com uma arma em cada mão. Jimbo saiu dentre as sombras, foi atrás dele e, colocando uma arma em sua nuca, disse alguma coisa em inglês que nenhuma das crianças compreendeu. Fosse o que fosse, não devia ser o sortilégio adequado, pois, em vez de desaparecer ou ir embora, o demônio saltou para o lado e, rolando durante a queda, disparou as duas pistolas. Jimbo também atirou, mas apenas uma vez, longe demais, tarde demais. Assim que o fez, as balas do demônio o atingiram, derrubando-o no chão. Então o demônio prostrou-se sobre Jimbo e descarregou as armas no rosto dele.

Quando o demônio partiu, as crianças correram até Jimbo. Todas estacaram ao ver o que restara dele. Somente Goro e Kimi avançaram. Goro tombou ao lado do corpo de Jimbo, gritando e gemendo. Kimi o envolveu em seus braços e tentou confortar a ambos:

— Não chora, Goro. Esse não é mais Jimbo. Ele vai para Sukhavati, a Terra Pura, e quando a gente chegar lá, ele vai nos receber e a gente não vai ter medo. Tudo vai ser maravilhoso.

Kimi não tinha certeza se um dia Goro poderia superar aquela perda. Mas, aos poucos, ele conseguiu. Começou a passar todo o seu tempo nas ruínas. Removia os escombros, recolhia fragmentos suspeitos que poderiam ser restos humanos carbonizados, preenchia o buraco causado pela enorme explosão, varria os pátios e recolhia diversas das centenas de balas que haviam sido disparadas na batalha que precedera o duelo de Stark e Jimbo. Sem nada melhor para fazer, as crianças imitavam Goro e, antes mesmo que se dessem conta do que faziam, estavam ajudando-o a reconstruir Mushindo.

Pouco depois, ele já voltara a falar a única palavra que sabia:

— Jimbo.

A diferença é que falava baixinho, e apenas uma vez.

Conforme o mosteiro ressurgia das ruínas, de certa forma Jimbo também voltava à vida. Goro passou a usar o seu manto e pôs-se a seguir a rotina monástica que Jimbo estipulara para si. Acordava ainda de madrugada, dirigia-se para a cabana de meditação do abade e permanecia lá até o nascer do sol. Um dia, Kimi espiou lá dentro e viu que ele estava sentado absolutamente imóvel, as pernas cruzadas na posição do lótus como um monge de verdade, as pestanas abaixadas como as de Jimbo quando estava profundamente concentrado no *samadhi* do Buda. Era claro que um idiota como Goro não podia alcançar a paz perfeita e abençoada do Iluminado. Não era um seguidor do Caminho como Jimbo. Mas sabia fingir muito bem. E aquilo o deixava calmo, feliz e inofensivo, de modo que Kimi não tentou desencorajá-lo.

· · · · · · ·

Um dia, várias colheitas depois, quando Kimi estava trabalhando no arrozal da aldeia com sua família, surgiu um rico mercador, acompanhado por um grupo de samurais. Estes não estavam a serviço de nenhum senhor, como convinha aos samurais, e faziam parte do gênero independente conhecido como "homens flutuantes", uma vez que, assim como as ondas que se formam na superfície do mar, eles não tinham raízes nem pertenciam a ninguém, vivendo sem propósito, mas, mesmo assim, eram capazes de provocar tumulto e caos. Nos últimos anos, enquanto o domínio era ameaçado por dissensões internas e pressão dos estrangeiros, o declínio da ordem produzira tais homens.

Kimi não sabia dizer quanto tempo havia se passado entre a batalha, o duelo, a morte de Jimbo e a chegada daquele mercador. As estações do ano eram incrivelmente semelhantes em uma aldeia de fazendeiros. Sabia que algumas estações haviam se passado porque grande parte do Mosteiro de Mushindo havia sido reconstruída e o seu próprio corpo começara a se transformar, desenvolvendo os constrangedores indícios das características que posteriormente a levariam à gravidez, ao parto, a um marido exigente, a filhos histéricos e a todo o resto. Conseguia visualizar o seu futuro, tão vívido como a epifania de um santo. Logo, estaria como a sua mãe, exausta e prematuramente envelhecida, e um de seus próprios filhos seria uma versão arrogante e imatura de si mesma. Aquele era o verdadeiro significado de reencarnação para os pobres. Talvez Grandes Senhores como Genji e gueixas bonitas como a Senhora Heiko renascessem em novas e empolgantes manifestações, em terras distantes e exóticas. Os camponeses voltavam como seus pais ou como si mesmos, repetiam exatamente o que já haviam feito várias vezes antes e não precisavam de outra encarnação para isso.

— É chegada uma nova era — proclamou o mercador do alto da sela de seu cavalo —, uma nova era de grandes e inéditas oportunidades!

— Poupe a conversa fiada! — gritou um dos fazendeiros. — Não temos dinheiro. Você não pode roubar o que não temos!

Os camponeses acharam graça. Os que estavam mais próximos do fazendeiro que gritara o saudaram efusivamente, acrescentando em voz alta seus próprios comentários:

— Procurem a aldeia Kobayashi! Já eles são muito mais ricos!

— Isso mesmo. Pelo menos, eles têm coisas para ser roubadas. Nós não temos nada!

O mercador sorriu, enquanto os camponeses continuavam a zombar. Tirou um saco de dentro do casaco e sacudiu-o, produzindo um som semelhante ao tilintar de moedas pesadas. Muitas moedas. As risadas cessaram na mesma hora.

— Que trapaceiro lhes daria dinheiro em vez de tomar-lhes o seu? Que mentiroso acreditaria em suas palavras em vez de obrigá-los a acreditar nas suas? — perguntou o mercador.

— Uma bolsa cheia de chumbo pode parecer pesada como se estivesse cheia de ouro — argumentou um fazendeiro — e palavras são só palavras. Não somos tão tolos a ponto de não reconhecermos um ladrão.

Um dos "homens flutuantes" que acompanhavam o mercador, aparentemente o líder do grupo, aproximou-se em seu cavalo e disse, na típica maneira arrogante dos samurais, com amo ou sem amo:

— Ponha-se no seu devido lugar, camponês — levou a mão ao punho da espada —, e dirija-se com mais respeito aos seus superiores.

— Esta é a aldeia Yamanaka — respondeu o fazendeiro, nem um pouco intimidado. — Somos súditos do Senhor Hiromitsu, e não parte da ralé que nem tem onde morar.

O samurai desembainhou a espada.

— Senhor Hiromitsu. Estou tremendo de medo!

— O Senhor Hiromitsu goza da amizade de Genji, o Grande Senhor de Akaoka — prosseguiu o fazendeiro —, que aniquilou o exército do Xogum aqui, não muito tempo atrás. Acaso o senhor ouviu falar no Mosteiro de Mushindo?

— Mosteiro de Mushindo — repetiu o samurai, abaixando a espada e virando-se para o mercador. — Pensei que ficasse nos confins do leste.

— Vire-se e olhe para a colina lá em cima. Lá está ele — disse o fazendeiro.

— Guarde a sua espada — ordenou o mercador — e não falemos mais no passado. Sou um emissário do futuro. De um futuro próspero. Afinal, os senhores podem ou não ouvir o que tenho a dizer? Se não puderem, seguirei caminho.

Ele abriu a bolsa, mergulhou a mão dentro dela, retirou um punhado de moedas e espalmou-a. Não havia chumbo lá dentro. Sua palma reluzia, coberta de *shu*, as moedas retangulares de ouro com as marcas características da cunhagem oficial Tokugawa. Dezesseis *shu* equivaliam a um *ryo*, e um *ryo* era mais do que o fazendeiro mais rico da aldeia poderia lucrar com a colheita do ano inteiro. Se a bolsa do mercador estava cheia de moedas de *shu*, ele trazia consigo uma fortuna. Era de admirar que os *ronin* que o acompanhavam não o tivessem assassinado e roubado o seu tesouro. Estupefatos, os fazendeiros puseram-se em silêncio perante tamanha quantia de dinheiro.

— Recentemente o Xogum aboliu a proibição que impedia viagens ao estrangeiro — declarou o mercador. — Percebendo que o mundo só há de lucrar com a nossa presença, ele sabiamente decretou que os japoneses podem tornar a residir em terras estrangeiras. Para acomodar os viajantes, diversas novas estalagens estão sendo criadas, em Taiwan, Filipinas, Sião, Cochinchina, Java e em muitos outros lugares. Naturalmente, tais estalagens necessitam de funcionários japoneses. Não podemos entregar nossos viajantes aos cuidados de nativos selvagens. Desse modo, fui autorizado a oferecer empregos de criadas, cozinheiras e governantas para as moças desta aldeia, por um período de três anos, pagando a quantia de um *shu* por ano às suas famílias. Adiantado! Ou seja, três *shu* agora, hoje, imediatamente, para cada família disposta a oferecer esta oportunidade única às suas filhas! Três *shu* de ouro!

Assim que ouviu as palavras "três *shu* de ouro", Kimi soube que já estava praticamente com o pé em Java, nas Filipinas ou no Sião, fosse lá onde ficassem tais lugares. Não acreditara em uma só palavra do que aquele vigarista óbvio dissera sobre a proclamação do Xogum, novas oportunidades e tudo o mais, bem como duvidava que alguém na aldeia tivesse acreditado. Mas era impossível que camponeses pobres, com muitas bocas para sustentar, pudessem resistir a tal oferta.

— Agora, sejam sinceros — disse o mercador, ainda exibindo a mão espalmada, repleta de ouro para que todos pudessem admirar. — Quando vocês podiam imaginar que viveriam para ver o dia em que uma filha desprovida de dote pudesse valer tanto assim? Não são estes tempos verdadeiramente formidáveis?

As outras três irmãs de Kimi eram todas casadas, com filhos muito pequenos para serem abandonados. Kimi era a única que poderia ir. E foi, naquele dia mesmo, junto com outras seis meninas da aldeia. Não teve nem tempo de subir a colina até Mushindo e despedir-se de Goro.

Duas semanas depois, estava em um armazém, no píer do porto de Yokohama, esperando, junto com uma centena de garotas e outras jovens, pelo navio que as levaria a um lugar chamado Luzon. A lorota de que seriam criadas, governantas e cozinheiras já fora há muito abandonada. Várias moças mais velhas já haviam sido estupradas pelos guardas, algumas diversas vezes. Kimi e as outras só haviam escapado porque o mercador lembrara repetidas vezes aos samurais que as meninas mais novas valeriam o dobro do preço se ainda fossem virgens ao chegarem ao seu destino final. No equilíbrio delicado entre desejo e ganância, Kimi estava temporariamente protegida. Aquela era, contudo, uma proteção desprovida de esperança. Finalmente se dera conta: havia sido vendida. Pelos seus próprios pais.

Durante vários dias, a idéia de fugir havia mantido sua energia e seu ânimo nas alturas. Mas não demorou muito para que desistisse. Fugir para onde? Se voltasse para a aldeia, os samurais iriam no seu encalço, e o que os seus pais fariam? Na certa a entregariam, porque se não o fizessem teriam de devolver o ouro, e isso era algo que Kimi não conseguia imaginar. Vira seus rostos ao segurarem as moedas nas mãos. E se não voltasse para a aldeia, o que faria? Como sobreviver em um lugar como Yokohama, apinhado de estranhos, pessoas tão desgovernadas quanto os "homens flutuantes" que a aprisionaram?

A falta de esperança deixou-a apática e, assim, perdeu a noção do tempo.

Então era assim que haveria de passar o resto de sua vida. Distraída, atordoada, entorpecida. Seria usada até não ter mais serventia e então sua vida chegaria ao fim. Ter nascido mulher era uma tremenda maldição. Se fosse um cachorro, até mesmo uma cadela, teria ao menos a proteção das antigas leis do Xogum, que regulamentavam o tratamento dispensado aos cães. Não havia nenhuma lei que regulamentasse o tratamento dispensado às mulheres.

Os gritos de pavor das meninas mais próximas à entrada do local onde estavam presas acordaram Kimi, que tratou de correr para os fundos. Como sua virgindade era algo valioso, era provável que ainda não tivesse motivo para ter medo, mas era melhor não confiar muito na ganância dos homens. Pessoas imorais tendem a não ser dignas de confiança, até mesmo na prática de suas imoralidades. Bastava um momento de fraqueza, e aqueles homens eram pródigos em fraquezas. Sendo assim, Kimi se escondeu.

— Isso mesmo, podem gritar à vontade — disse um dos guardas, enquanto os outros riam. — Ele é mesmo assustador, não é? A próxima encrenqueira que não fizer o que a gente mandar, na mesma hora e de boa vontade, vai ser entregue para ele. Você ia gostar? Você aí! Você mesma! Quem você vai querer, eu ou ele?

Kimi não podia ver o que estava acontecendo, mas não era preciso ver para saber. Ouviu gargalhadas, murmúrios assustados, depois o som do portão se abrindo e passos. Era possível detectar o pavor das outras meninas pela pressão dos seus corpos contra o dela. Lutavam para ficar o mais afastadas possível do portão.

— Vamos deixar ele aqui, vigiando vocês — disse o guarda. — Se forem espertas, vão se comportar direitinho enquanto estivermos fora; senão, já sabem!

Os guardas foram embora, levando as pobres meninas que haviam escolhido para a recreação daquela noite, mas a pressão dos corpos comprimidos contra o de Kimi não diminuiu. O homem que deixaram em seu lugar devia realmente ser abominável, uma vez que parecia ser ainda pior do que as abominações que ela já havia visto. Sabia que ele devia estar se aproximando da cerca, com o olhar pousado nelas, porque o grupo de meninas amedrontadas movimentou-se primeiro para um lado, depois para o outro, cada vez mais em pânico. Algumas já estavam soluçando, sofrendo por antecipação diante do horror iminente e inevitável. Mais uma movimentação e ela pôde avistá-lo, com sua gigantesca careca pairando sobre elas. Caminhou de um lado para o outro pela cerca, em silêncio, totalmente concentrado nas moças. Era um monstro sem voz, glabro, possivelmente estrangeiro, trazido pelos insensíveis samurais para aterrorizá-las e forçá-las a obedecer.

O portão chacoalhou, primeiro suavemente, depois com violência. As mulheres, ofegantes, comprimiram-se ainda mais contra a parede nos fundos. Ouviu-se um estalo, como se algo metálico tivesse rompido. Kimi pôde ver o alto do portão balançando. O monstro estava lá dentro. À medida que ele avançava, as moças recuavam e Kimi tentava recuar com elas. Mas não pôde escapar por muito tempo, porque as moças estavam recuando dela também.

Ele estava vindo na sua direção!

Durante os últimos dias, Kimi cogitara de se suicidar, mas sempre descartava a idéia. Era melhor viver do que morrer. Viva, ela ainda tinha uma chance. Morta, não tinha absolutamente nada. E havia também um problema de ordem prática: como? De inanição seria impossível. Os guardas se dariam conta e a forçariam a comer. Já acontecera com uma das meninas. Somente depois de ver o que os guardas faziam é que ela compreendeu que se alimentar podia ser uma forma de tortura.

Não havia nada para servir de forca, a não ser a cerca, e aquele seria um estrangulamento deveras lento. Outra menina também tentara este método e tudo o que conseguiu foi lesar os músculos do pescoço, antes de desistir. Sua cabeça ficara permanentemente inclinada, diminuindo assim o seu valor, o que sem dúvida lhe garantiria o pior tipo de maus-tratos quando chegassem a Luzon.

Não podia se atirar de um lugar alto, nem cortar a garganta. O máximo que conseguiria fazer era bater a cabeça no chão e fraturar o crânio. Não acreditava ter nem vontade nem força para fazê-lo.

Sendo assim, restava-lhe apenas uma possibilidade. Era horrível, mas era morte certa, se ela tivesse coragem. Estivera prestes a fazê-lo diversas vezes, mas nunca avançara. Viver era melhor do que morrer. Até aquele momento.

O monstro gigante se aproximava. Na escuridão, era impossível distinguir seu rosto; via apenas a silhueta do seu corpo imenso. Ele a despedaçaria, quebraria seus ossos, a esmagaria na ferocidade do seu desejo desumano. E depois a deixaria entregue à morte, desesperada e terrivelmente sozinha, ali mesmo, no chão de um depósito em Yokohama.

Kimi virou-se de costas e ajoelhou-se, com a língua para fora, o mais esticada o possível entre os dentes. Cairia de queixo no chão, cortando aquele órgão tão inconveniente, para morrer de hemorragia. Que vida, tão breve, iluminada apenas com um lampejo de luz pelo monge estrangeiro Jimbo, em uma época que já lhe parecia tão distante. Fechou os olhos e ergueu a cabeça para a queda final. A língua exposta já estava ficando seca.

— Kimi — disse o monstro.

1882, ABADIA DE MUSHINDO

— Goro — disse a Reverenda Abadessa Jintoku.

— Kimi — disse o Ente Sagrado.

— Goro.

— Kimi.

— Goro.

— Kimi.

A repetição dos nomes podia estender-se por um longo período de tempo. A abadessa passara a vê-lo como uma forma de cântico e, ocasionalmente, de maneira involuntária e sem que ela percebesse, caía em um estado profundo de meditação. Às vezes, ele ainda estava lá quando ela recobrava a consciência. Outras vezes, já havia partido para outro lugar, mantendo sem descanso a rotina de Jimbo. Houvera uma vez em que despertara debaixo de um temporal, com uma acólita protegendo-a com um guarda-chuva. Fora mandada, é claro, pelo Ente Sagrado.

Até o dia em que a encontrou em Yokohama, Goro jamais havia pronunciado o seu nome. Mas, vinte anos depois, o seu vocabulário ainda se limitava a duas palavras: *Jimbo* e *Kimi*. Como a encontrara? Ela não sabia. Como conseguira ser contratado como guarda pelos samurais? Também não sabia.

— Kimi — disse ele, tomando-lhe a mão e levando-a para fora do depósito, para longe do píer, atravessando Yokohama, de volta para Mushindo. Aquele era um sujeito que costumava se perder no percurso da aldeia até o mosteiro, que ficava nitidamente à vista. Como fora capaz de viajar até um local tão distante e de encontrar o caminho de volta com tanta facilidade? Ela não sabia.

A maioria das meninas presas estava amedrontada demais para segui-los, mas algumas os acompanharam. Muitas permaneciam em Mushindo até aquele momento. Ninguém fora no seu encalço. Por quê? Ela não sabia. Jamais viu o mercador ou os "homens flutuantes" novamente.

A abadessa piscou os olhos.

Goro havia partido.

Há quanto tempo estaria ali sozinha, perdida em lembranças do passado? Olhou para o céu. Já passava de meio-dia. A visita já devia ter acabado há muito tempo, o almoço monástico público servido e desfrutado, os visitantes partido. Ela deixou os aposentos de Goro e voltou para o mosteiro, a fim de calcular as receitas do dia. Além do rendimento oriundo das doações para a visita, havia oferendas para os Budas, no salão de meditação; na cozinha, pela refeição, e na reitoria, pelas relíquias sagradas de madeira carbonizada, pelos projéteis e fragmentos de pergaminhos.

A madeira carbonizada era oriunda das ruínas restantes do salão de meditação após a famosa batalha, na qual fora explodido. Eram bastante populares entre os suplicantes, que acreditavam que os fragmentos tinham o poder de provocar um despertar para a iluminação igualmente explosivo. Os que buscavam proteção contra o perigo físico, ou contra as intenções nefastas dos inimigos, preferiam os projéteis como talismã. Afinal de contas, vários foram disparados contra o Senhor Genji e nenhum o acertara. Certamente aquelas balas haviam absorvido um pouco do seu poder de sair ileso de um ataque.

Mas nem todos os rendimentos juntos chegavam aos pés dos donativos que o mosteiro recebia daqueles que queriam um fragmento dos pergaminhos. Alguns estavam certos de que os pedaços de papel eram resquícios dos pergaminhos do *Bando de Pardais*, que continham as revelações dos clarividentes senhores Okumichi sobre o futuro. Acreditavam que, possuindo um pedaço dele, o futuro lhes reservaria toda sorte de coisas boas, afastando o mal. Outros estavam certos de que possuía um poder ainda maior, o de realizar os desejos mais íntimos, uma vez que o papel era o resquício terreno dos pergaminhos *Ponte de Outono* — um compêndio de magias e encantamentos compilado pela Senhora Shizuka, a princesa feiticeira de outrora.

A abadessa não alardeava nada daquilo, mas também não desencorajava a crença das pessoas nas relíquias. Os projéteis eram de fato os que haviam sido disparados na batalha e recolhidos por Goro durante a limpeza. A madeira viera das ruínas do antigo salão de meditação, como as pessoas acreditavam. Os fragmentos de papel eram pedaços que ela própria rasgara de antigos pergaminhos em branco, originalmente doze, doados ao mosteiro pela Senhora Emily, havia uns quinze anos. A abadessa não sabia o que eram de fato aqueles pergaminhos, e tampouco estava particularmente interessada em saber. O que importava era que a Abadia de Mushindo produzia renda suficiente para sustentar seus residentes e famílias. As pessoas podiam acreditar no que quisessem, se isso lhes trazia alguma medida de conforto e paz. O mundo carecia de ambos.

Estava prestes a remover o capuz, visto que o dia estava quente, quando notou que nem todos os visitantes haviam ido embora. Um deles ficara, sentado sozinho e calado no jardim central. Era um jovem de extraordinária beleza, com olhos vivos e cílios compridos, quase femininos. O bigode felizmente o salvava de uma aparência de beleza excessiva. Estava muito bem-vestido, à moda ocidental. Um chapéu negro de feltro na cabeça, um colete cinza sob o paletó trespassado de lã e calças em um tom escuro de cinza, também de lã. Apenas o seu calçado — botas como as usadas por cavaleiros e não habitantes da cidade — não parecia de acordo. Ela o cumprimentou, abaixando a cabeça e juntando as mãos no gesto budista do *gassho*, passando por ele. Mas o homem dirigiu-se à abadessa antes que ela pudesse prosseguir o seu caminho.

— O nosso guia nos relatou a famosa batalha — disse ele.

O seu sotaque era um pouco estranho, como se estivesse desacostumado com o idioma Talvez tivesse passado algum tempo fora, falando um idioma estrangeiro, e ainda não tivesse se reacostumado ao japonês.

— Nossa intenção é admoestatória — explicou a abadessa. — Que tamanha violência tenha se dado em um local sagrado serve para nos lembrar de que a serenidade e o caos não estão assim distantes quanto gostaríamos de acreditar. Espero que não o tenha perturbado demais.

— Absolutamente — respondeu ele, embora estivesse visivelmente perturbado. — É que eu conheço uma versão diferente da história.

O modo como seus lábios formaram um leve sorriso, quase debochado, fizeram-na recordar uma pessoa, embora não conseguisse atinar imediatamente com quem ele se parecia.

— O guia disse que o Senhor Taro conduziu o salvamento com os famosos cavaleiros da província de Akaoka — disse ele. — Mas Taro ainda não era senhor naquela época e estava preso com o Senhor Genji e os outros. O salvamento foi liderado pelo Senhor Mukai, que trouxe os seus próprios criados consigo do norte.

— É mesmo? — perguntou a abadessa. Estava espantada com o conhecimento do rapaz. A batalha de fato se dera como ele a descrevera, e não do modo como contavam aos visitantes. A história oficial atribuía a Taro o papel desempenhado por Mukai, em parte para reabilitar a reputação do primeiro e em parte para obscurecer a do segundo. Taro acabara tendo um triste fim, ao passo que rumores infelizes sobre os hábitos sociais de Mukai tornaram qualquer associação potencialmente constrangedora para Genji. A mentira, após vinte anos de repetição, adquirira o peso de um fato histórico. Havia até mesmo um altar dedicado ao Senhor Taro em um dos templos menores da abadia. Com o passar dos anos, sua popularidade como um *bodhisattva* salvador foi crescendo. Uma vez que não havia nenhuma relíquia associada a ele, a abadessa não encorajava o seu culto.

— A verdadeira moral da história não está nos detalhes de quem fez o quê. Tiramos mais proveito se nos concentramos na incerteza da vida, na gratidão e na importância que cada momento merece — disse ela.

— Suponho que sim.

Ele parecia bastante desapontado, como se a história guardasse algum significado pessoal para ele.

— O senhor tem algum interesse especial na batalha? — perguntou ela.

— Somente na realidade dos fatos — disse ele. Ainda estava sorrindo, um sorriso levemente debochado que agora parecia mais direcionado a si próprio. — Espero que alguma coisa do que me foi relatado seja verdade. Qualquer coisa.

— Onde o senhor ouviu a sua versão? — indagou a abadessa.

— De meus pais. Eles estavam aqui. Ou, pelo menos, foi o que eles me disseram.

A abadessa conhecia todas as crianças da aldeia que haviam estado com ela naquele dia, espiando do seu esconderijo na floresta. Conhecia todos que haviam sobrevivido e se tornado adultos, seus filhos e netos, e aquele rapaz certamente não estava entre eles. Do lado do Senhor Genji, apenas onze pessoas haviam sobrevivido à batalha, quatro mulheres e sete homens. Três pares mais tarde uniram-se em casamento, sem dúvida acreditando que fora o destino quem os unira, fazendo com que sobrevivessem apenas para tal propósito. (Como nós gostamos de imbuir uma importância injustificada às nossas existências insignificantes. A abadessa agradeceu ao Buda em silêncio por protegê-la daquela ilusão.) Os pais do rapaz haviam contado a verdade sobre a batalha, mas mentido sobre sua presença no mosteiro. Não era uma mentira assim tão grave, mas, mesmo assim, obviamente o afetara bastante.

— E quem são os seus pais? — perguntou a abadessa.

O homem fez algo absolutamente inesperado.

Soltou uma gargalhada.

— É uma boa pergunta — respondeu ele. — Uma excelente pergunta.

5

A Fuga do Bandido de Chinatown

Nada, nesta vida ou na próxima, lhe trará mais sofrimento do que o amor
Se porventura lhe disserem algo diferente, estão mentindo.
Ou ainda são inexperientes no assunto.
Ou foram incrivelmente afortunados em sua escolha de amantes.
Por enquanto.

AKI-NO-HASHI
(1311)

1882, CHINATOWN, SÃO FRANCISCO

Matthew Stark parou diante da lavanderia chinesa, na esquina da Washington com a Dupont. Suspirou fundo. Alguns conhecidos seus gostavam de discorrer sobre o fedor de Chinatown, como se fosse oriundo de uma ferida pustulenta. Mas para Stark a mistura de odores era reconfortante; não um único cheiro em particular, mas o conjunto, a abundância, a promessa de vigor. Sempre acalentava a esperança em seu coração de que as coisas iam melhorar, embora soubesse por experiência própria que a probabilidade de azar era, no mínimo, igual à de sorte. Por algum motivo, aquele cheiro também o fazia recordar o ano memorável que passara no Japão, havia vinte anos, embora os aromas fossem completamente diferentes. Talvez fosse apenas o caráter oriental das fragrâncias.

Usava uma moderna sobrecasaca trespassada de lã preta com acabamento de veludo negro e botões revestidos de tecido, um colete vermelho vivo de brocado de seda sobre uma camisa branca também de seda, calças de lã, elegantes suspensórios de algodão, um chapéu de feltro, uma gravata preta de seda com o nó frouxo e o cabelo comprido, mas bem aparado, grisalho nas têmporas. Vestido como estava, Stark se assemelharia a qualquer cavalheiro bem-sucedido da crescente cidade de São Francisco, não fossem os discretos volumes sob seu casaco, do lado direito na altura do quadril e do lado esquerdo junto ao peito, onde coldres sustentavam dois revólveres calibre trinta e oito, com canos de doze e cinco centímetros, respectivamente, o primeiro por ser preciso, o segundo por ser compacto. Verificou a ambos antes de atravessar a praça, em direção ao Lótus de Jade, o principal complexo de entretenimento daquelas redondezas.

Stark não esperava se meter em confusão, muito menos uma que o levasse a usar suas duas armas de fogo. Mas os velhos hábitos eram difíceis de abandonar. Quando tinha dezessete anos, após fugir de um orfanato em Ohio, estava tentando levar a vida como vaqueiro no Oeste do Texas quando quase foi morto por um trapaceiro que ele pegara roubando no pôquer. A única razão pela qual atirou no trapaceiro e não o contrário foi porque a munição do sujeito fizera sua pistola grimpar. O incidente encorajara Stark a adquirir o hábito de sempre carregar uma arma sobressalente consigo, por precaução. Desde aquela época, havia tido quatro oportunidades de atirar com duas armas no mesmo encontro, todas durante o ano que passara no Japão. Em três delas, estava salvando sua própria vida e a de seus amigos. A quarta não estava exatamente relacionada a uma necessidade. Stark descarregara um Colt quarenta e quatro e um Smith & Wesson trinta e dois em um homem indefeso, a quem já havia ferido mortalmente. Para ele, a maior das ironias era como o amor pode levar um homem ao ódio tão facilmente, e como o ódio resultante pode fazer com que ele cometa atos irracionais sem um átimo de hesitação.

Stark estava indo se encontrar com Wu Chun Hing, um dos homens mais ricos de São Francisco. Por ser chinês, gozava do privilégio de morar na área composta por doze quarteirões em volta da Praça Portsmouth, junto com outros vinte e mil conterrâneos chineses, e era prudente o bastante para não ostentar a sua riqueza de maneira acintosa aos residentes americanos da cidade. Stark ouvira dizer que Wu vinha de uma família influente na China, tendo aportado nos Estados Unidos ainda jovem para aprimorar seus estudos e se refugiado no país quando sua família foi aniquilada, durante uma das rebeliões que pareciam varrer a China com trágica regularidade. Fosse qual fosse a verdade sobre o seu passado, o presente de Wu era como dono de uma miríade de restaurantes, bordéis, casas de jogos e antros de ópio. Uma vez que Stark atuava em áreas de negócio completamente diferentes e, com exceção das comidas, não se beneficiava das mercadorias e dos serviços oferecidos por Wu, os dois jamais haviam tido negociações ou conflitos mais sérios. Não fazia a menor idéia do motivo pelo qual Wu marcara aquele encontro.

— Perdoe-me por ter pedido que viesse até aqui — disse Wu.

Stark fora conduzido a uma sala de estar no segundo pavimento. Estava mobiliada como uma dessas pequenas bibliotecas particulares que costumam ser encontradas na casa de um professor universitário, com a abundância de livros regulamentar. Tudo parecia pertencer a um intelectual americano bem-sucedido, e esta impressão era coroada pelas roupas de Wu, que se assemelhavam às de seu convidado em bom gosto e qualidade. Não havia nada oriental à vista, a não ser o rosto do próprio Wu. Seu cabelo estava muito bem aparado. Obviamente, não usava nenhum rabo-de-cavalo.

— Na atual conjuntura, não seria prudente me aventurar além do meu próprio distrito.

— Por causa do Bandido de Chinatown — concluiu Stark.

— Sim — confirmou Wu, sinceramente aflito —, embora ele não seja de Chinatown.

— Os jornais dizem que é — argumentou Stark.

— Os jornais. — Wu deu um muxoxo. — Eles têm apenas dois objetivos: vender mais jornais e servir aos interesses dos seus donos gananciosos. Graças aos jornais, nós, chineses, temos de pagar imposto por metro cúbico de ar, de mineração, de polícia. Isso é justo, por acaso? Não existe imposto por metro cúbico de ar para mexicanos, de mineração para alemães, de polícia para irlandeses, não é mesmo? E agora, graças a todo o rebuliço causado pelo tal "Bandido de Chinatown", os sentimentos contra nós estão inflamados novamente.

— É lamentável, mas não incompreensível — ponderou Stark. — Tudo o que certas pessoas precisam é de um pretexto, e o Bandido está oferecendo justamente isso. Para mim, o senhor já tinha encontrado uma maneira de pôr um fim nisso há muito tempo.

— Eu teria, se o sujeito fosse chinês, porque, se fosse, seria impossível que sua identidade me fosse desconhecida.

— Não quero ser rude, Senhor Wu, mas todas as testemunhas o descreveram como chinês. Não é possível que todas tenham se enganado.

— É possível, sim, se... — Wu começou a dizer algo, mas, aparentemente parando para pensar melhor, recomeçou: — Esse criminoso aborda casais ricos em suas próprias vizinhanças, ameaçando-os com um revólver e uma faca...

— Um cutelo de açougueiro — completou Stark —, do tipo tradicionalmente encontrado em restaurantes chineses.

— Sim. Um acessório diabolicamente enganoso. Brandindo um revólver e um cutelo de açougueiro, ele rouba uma única jóia da mulher. Se o homem reage, ele grita alguma coisa, supostamente em chinês, e o derruba com um chute ou lhe dá uma cacetada com o lado sem fio do cutelo. — Wu fez uma careta. — Os sentimentos antichineses se agravam a cada dia que passa. Pensei que as pilhagens e os incêndios quatro anos atrás fossem o fundo do poço, mas ele é ainda mais profundo do que eu imaginava, tão profundo que nem tenho certeza de poder enxergá-lo. Já foi péssimo quando os governos municipais e estaduais aprovaram leis punitivas. Agora, o Congresso americano está se preparando para promulgar um ato de exclusão aos chineses e, se isso acontecer, o que será de nós? Seremos expulsos? Presos? Teremos nossas poucas posses confiscadas? Numa conjuntura terrível como essa, nenhum chinês de verdade ousaria piorar a situação cometendo tais crimes.

— Nenhum chinês sensato — retrucou Stark. — O sujeito pode ser um desvairado.

Wu balançou a cabeça.

— Ele não é chinês.

Stark deu de ombros.

— Vou aceitar a sua palavra e espero, assim como o senhor, que ele seja detido antes que as coisas fujam ao controle. Agora, com sua permissão, talvez possamos tratar do assunto que me trouxe até aqui.

Wu contemplou Stark em silêncio por alguns minutos, antes de prosseguir:

— É o que estamos fazendo, Senhor Stark.

Stark franziu o cenho.

— Não estou entendendo direito.

— Devido à natureza de diversos dos meus negócios — prosseguiu Wu —, tenho relações profissionais com vários policiais. Desde o início, eles procuraram a minha ajuda e, ao fazerem isso, acabaram por me passar algumas informações. Eis alguns fatos curiosos. O Bandido conhece o nome de suas vítimas. Ele também sabe onde elas moram e já chegou até mesmo a descrever aposentos de suas casas, incluindo em um dos casos uma suíte principal, dando a entender que esteve na casa das vítimas em algum momento antes de roubá-las na rua. As vítimas estão apavoradas, indignadas. Até agora, a polícia conseguiu esconder isso da imprensa. Se essa informação vier à tona, não vai demorar muito para que uma gangue assassina baixe em Chinatown e repita as atrocidades de 1877.

— Continuo sem entender — disse Stark. — O que eu posso fazer a respeito?

— Por favor, permita-me desenvolver meu raciocínio, Senhor Stark. Esta é uma questão complicada, que exige cautela em suas considerações. Então, o que temos até agora? Um homem capaz de invadir casas sem ser detectado e sem deixar vestígios de sua presença. Cabe lembrar também que ele perpetra seus crimes no coração dos melhores bairros da cidade... habitados por brancos, obviamente... e mesmo assim ninguém jamais o viu, embora, devido à sua raça, fosse normal que se destacasse gritantemente.

— Ele pode usar um disfarce.

— Se usa, temos de acrescentar mais essa habilidade à sua formidável lista de talentos. E ele se mostra ainda mais extraordinário, uma vez que não leva nada das casas que invade, embora pudesse facilmente fazê-lo. O que sugere fortemente que não é o ganho material que o motiva, uma característica deveras curiosa em um invasor de domicílios e ladrão armado, não é mesmo? O fato de apanhar apenas uma única jóia em seus assaltos tende a corroborar com essa suposição.

— Suponhamos que o senhor esteja correto — disse Stark. — Nada disso leva a uma conclusão de fato.

— Tem mais — afirmou Wu. — Meus contatos na polícia também me forneceram descrições detalhadas acerca das jóias roubadas nos assaltos. Do senhor e da senhora Dobson, um broche de platina, com aproximadamente quinze centímetros de diâmetro, decorado com vinte e sete diamantes com um valor agregado de trinta e um quilates e meio, treze safiras de nove quilates e três quartos e uma safira central de cinco quilates. — Wu apresentou um broche que se encaixava na descrição que acabara de fazer e apoiou-o sobre sua escrivaninha. — Do senhor e da senhora Merrill, um anel de ouro de dezoito quilates, com um diamante solitário de esmeralda lapidada de três quilates e meio. — Ele colocou o anel ao lado do broche. — Do senhor e da senhora Hart, um colar, sessenta centímetros de comprimento, com duas correntes de ouro de vinte e um quilates e prata de lei entremeadas com pérolas de diâmetros variados, de seis milímetros a três centímetros. — Juntou o colar ao broche e ao anel. — Ainda não descobri o par de pulseiras de marfim e ouro, cedido ao Bandido pelo senhor e pela senhora Berger — disse Wu. — Mas, é claro, o roubo aconteceu ontem, e ainda não... como direi... entrou no turbilhão dos acontecimentos.

— Agora mesmo é que não estou entendendo mais nada — confessou Stark. — Se o senhor está com o produto dos roubos, então deve ter capturado o Bandido.

Wu balançou a cabeça em um gesto negativo.

— Não.

— O cúmplice dele, então.

— Não. Não há nenhuma evidência de que haja um cúmplice.

— Neste caso, como essas jóias chegaram até o senhor?

— Foram encontradas ontem em uma inspeção de praxe nos aposentos das mulheres aqui. Estão sendo interrogadas, mas até agora todas negaram conhecê-lo.

— Por aposentos das mulheres o senhor quer dizer o bordel.

— Exato.

— Então o Bandido é amante, ou cliente, de uma delas. Agora vai ficar fácil descobrir sua identidade. — Stark encarou Wu fixamente. — Continuo sem entender por que o senhor me chamou aqui.

— Porque não é assim tão simples — explicou Wu. — Esperava que o senhor pudesse me ajudar a resolver esse mistério da maneira menos penosa para todos os envolvidos, e o mais rápido possível.

— Como posso fazer algo que nem mesmo o senhor pode? Sei menos sobre o assunto do que o senhor.

— Ajudando-me a encaixar os fatos e então, talvez, conduzindo o raciocínio até uma solução. O senhor é um homem sábio, todos assim o dizem. Talvez consiga enxergar o que escapa aos outros. Um: o Bandido consegue invadir domicílios como o melhor dos ladrões profissionais. Isso quer dizer que ele treina ou pratica bastante esta arte. Dois: ninguém jamais o viu entrando ou saindo de nenhuma das casas. Ele é tão sorrateiro quanto, digamos, um desses praticantes das artes secretas e místicas japonesas. Como é mesmo o nome deles?

— Ninjas — respondeu Stark.

— Isso, ninjas. Soube que a Senhora Stark obteve tal treinamento em sua terra natal.

— O senhor certamente não está sugerindo que minha mulher seja o Bandido de Chinatown.

— Absolutamente, e peço-lhe desculpas se dei esta impressão. Estava apenas comentando que, seja qual for sua identidade, o criminoso possui habilidades similares.

— Existe menos de uma centena de japoneses em São Francisco — disse Stark. — Duvido muito que algum deles seja ninja.

— É claro — concordou Wu. — Continuando. Três: o Bandido não é motivado por nenhum ganho material, o que leva a crer que não possui uma situação financeira indesejável. Resumindo, é um forte indício de que o sujeito é tão rico quanto as suas vítimas, isso se não for ainda mais.

— Isso é totalmente descabido — concluiu Stark. Aonde Wu queria chegar com tudo aquilo? Fosse onde fosse, estava começando a deixá-lo desconfortável. — Por que um homem rico haveria de roubar alguém? Ele não precisa disso.

— Não por necessidade — explicou Wu —, e sim pela aventura. E para dar presentes vistosos a uma moça bonita.

Stark bufou.

— Quem daria presentes a uma prostituta?

— Nem o senhor nem eu, é claro — acudiu Wu. — Somos homens maduros, que não se iludem quanto ao que é real e ao que não é. Mas alguém com uma aguçada veia romântica, alguém muito jovem e impressionável, talvez, um sujeito sem muita experiência com mulheres... Um rapaz assim talvez achasse que seria esta a coisa certa a se fazer.

— O senhor tem uma idéia de quem pode ser. Vai me dizer qual é ou espera que eu adivinhe?

Wu deu de ombros.

— Eu esperava, Senhor Stark, que o senhor juntasse os fatos e descobrisse o culpado. É claro que, se descobrir e puder resolver o assunto por conta própria, não haverá necessidade de recorrer às autoridades ou forçar aqueles que podem sofrer represálias injustamente a fazer justiça com as próprias mãos. Basta procurar alguém com habilidades de ninja, que não esteja motivado por necessidades materiais, jovem e romântico, inexperiente nos assuntos do amor, talvez levando uma vida protegida demais, que lhe desperte o desejo de se arriscar, de se aventurar. — Wu fez uma pausa e curvou-se, antes de prosseguir: — Alguém que não é chinês, mas que pode ser confundido com um chinês para quem não sabe distinguir.

Stark sentiu um aperto no peito. As únicas pessoas na cidade que poderiam ser confundidas com os chineses eram os japoneses. E havia, ele sabia muito bem, um japonês em particular que se encaixava perfeitamente na descrição feita por Wu — o único nome que Wu evitaria mencionar tão escrupulosamente, para não causar vergonha a Stark. Mas não podia ser, podia? Teria estado ele assim tão concentrado em seus negócios a ponto de não perceber que algo tão ultrajante estava acontecendo diante dos seus olhos? Só podia ser. Wu era um homem cauteloso demais para ter aquela conversa com Stark se não tivesse certeza do que dizia.

— Agradeço a sua discrição, Senhor Wu — disse Stark, finalmente.

Wu curvou-se numa reverência.

— No que depender de mim, Senhor Stark, esta conversa nunca aconteceu.

— Permita-me compensá-lo pela perda nos negócios que o senhor possa ter tido por causa do Bandido.

— Por favor — disse Wu levantando as mãos —, isto é absolutamente desnecessário. Pôr um fim nos crimes já é compensação suficiente. — Wu não mencionou o butim do Bandido, que havia fortuitamente ido parar em suas mãos. Fora necessário mostrar as jóias a Stark, para ilustrar os fatos. Não havia, naquele caso específico, nenhum perigo de perdê-las, uma vez que Stark não poderia revelar seu paradeiro sem fatalmente trair seus próprios interesses vitais. Assim sendo, uma pequena fortuna em pedras preciosas e metais — pois, obviamente, as jóias não poderiam conservar a sua forma atual — passara a ser de Wu. Havia sido, na verdade, muito bem compensado pelos seus problemas e, como havia prestado um favor a Stark — favores aos ricos e poderosos eram sempre úteis —, este agora estava em dívida com ele. Wu jamais chegaria sequer a insinuar uma cobrança. Isto seria extremamente deselegante. A sua mera existência já era suficientemente vantajosa.

— Muito obrigado, então — agradeceu Stark. Estacando sob o vão da porta, perguntou: — Posso importuná-lo uma última vez antes de partir?

— À vontade.

— Gostaria de saber o nome da moça.

. . . . . .

— Quando sua mãe e eu viemos para cá em 1862, sessenta mil pessoas moravam em São Francisco. Hoje em dia, a população é um quarto de um milhão. Esta cidade continuará crescendo, assim como as oportunidades para os que forem espertos e ousados — disse Stark.

— Oportunidades de negócios, o senhor quer dizer. — Makoto Stark contemplava a cidade lá embaixo pela janela da sala de estar.

— E que outro tipo de oportunidade pode existir?

Makoto olhou para Stark.

— Isso é ótimo, papai, para quem se interessa por negócios.

— Há muito por que se interessar.

— Lucros e prejuízos, oferta e demanda, débitos e créditos — disse Makoto. — Muito interessante.

— Um negócio não é feito de papelada — disse Stark —, ela é apenas um registro do trabalho. Você sabe o que a Red Hill Consolidated Company realmente faz?

— Claro que sim. Açúcar, lã, minas. Algumas fábricas.

— Exploramos minério de ferro no Canadá e prata no México. Temos fazendas de criação de carneiros na Califórnia e plantações de cana-de-açúcar no reino havaiano. Dirigimos a maior refinaria de açúcar da Califórnia e somos proprietários do maior banco de São Francisco.

Makoto deu de ombros.

Stark recostou-se em sua cadeira.

— Tenho sido indulgente demais com você, e sua mãe também. — Pensou em Heiko e, ao lembrar-se dela, não conseguiu ficar bravo com Makoto nem naquela situação.

— Tenho feito exatamente o que o senhor e mamãe mandaram, que é me concentrar nos estudos na universidade. Os professores têm me dado boas notas, não é mesmo? Principalmente em inglês e literatura.

— Inglês e literatura. — Teria o mundo mudado tanto em tão pouco tempo? O pai, um vagabundo a cavalo, o filho, um literato, em apenas uma geração? — Você vai fazer vinte anos. Deveria estar pensando seriamente no futuro. O que inglês e literatura têm a ver com isso?

Makoto sorriu.

— O senhor tinha o futuro todo planejado aos vinte anos?

— As coisas eram diferentes naquela época — ponderou Stark. Roubando postos comerciais no Kansas, bancos no Missouri. Roubando cavalos no México, gado no Texas. Apaixonado por uma prostituta em El Paso. Matando homens em duelos, nove ao todo. — Não havia tantas oportunidades para o que se poderia chamar de uma carreira.

— Então imagino que foi uma sorte danada ter se tornado sócio do Senhor Okumichi.

— Foi — anuiu Stark —, uma sorte danada. — O Senhor Okumichi. Ainda não conseguia pensar nele daquela maneira. Okumichi no kami Genji, o Grande Senhor de Akaoka, detendo o poder de vida ou morte sobre todos os homens, mulheres e crianças de sua província. Um déspota vestido em trajes rebuscados, elaborados mil anos atrás, o cabelo arrumado em um complexo penteado à moda antiga, duas espadas na cinta e dez mil samurais absolutamente obedientes às suas ordens. O líder de um clã inimigo do Xogum havia quase três séculos. Tudo aquilo fazia parte do passado agora. Não havia mais topetes, trajes, espadas. Nem samurais e províncias, ou Grandes Senhores, ou um Xogum. Não se viam havia vinte anos, a não ser por fotografias, comunicando-se exclusivamente pelas cartas que trocavam com fiel regularidade. Stark viajava para o Havaí todo ano para inspecionar suas plantações de cana-de-açúcar, mas nunca se aventurara mais além ao leste. Genji estivera nos Estados Unidos no ano anterior, mas fora pela Europa, visitando Nova York, Boston, Washington e Richmond, voltando para o Japão sem ir até a Califórnia. Como era possível que dois homens mantivessem uma sociedade leal e uma amizade inabalável sem se verem durante tanto tempo? O passado exercia de fato um grande poder. Ele os unira para sempre, mantendo-os afastados para sempre também, devido aos perigos que haviam enfrentado muitos anos atrás, e de todas as pessoas que haviam conhecido, amado e odiado, apenas uma importava. Heiko. Sempre Heiko.

Todas as vezes que pensava nela, via-a como quando a conhecera. Sofisticada, graciosa, delicada, usando um quimono de seda coberto por um vibrante bordado de salgueiros agitados pelo vento. Seu sotaque ao falar inglês era tão pronunciado que ele mal pudera compreender uma única palavra. No entanto, aprendera depressa, e, na época em que deixaram o Japão juntos, ela já falava melhor do que a maioria das pessoas que ele conhecera durante sua juventude no Texas. Perguntava-se, como sempre costumava fazer, como Genji se lembraria dela.

Gostaria de contar a Makoto, contar tudo, mas não podia. Jurara segredo e manteria sua promessa.

— Poucos americanos iam para o Japão naquela época — comentou Makoto.

— É verdade, bem poucos.

— Um velho amigo dos seus tempos de boiadeiro o convidou. Ethan Cruz.

— Exato — confirmou Stark. Ele descobrira o que o outro havia deixado para trás nas montanhas do Texas. Partira no seu encalço, através dos desertos e planícies do Oeste, cruzando o México e a Califórnia, depois o Pacífico, rumo ao Japão. Alcançara-o nas montanhas sobre a planície de Kanto. Metera-lhe uma bala no peito, perto do coração, e descarregara o restante da munição de seus dois revólveres no rosto dele. — Ele tinha algumas idéias bem promissoras, mas adoeceu e acabou morrendo antes mesmo que pudéssemos começar. O Senhor Okumichi gostou do que eu tinha para lhe oferecer e me propôs uma sociedade. Já lhe contei esta história um milhão de vezes, pelo menos.

— É, acho que sim — disse Makoto. — Contou exatamente da mesma maneira todas as vezes também.

Stark olhou para ele.

— Sim, e daí?

— Mamãe me disse que a coisa mais importante do *ninjutsu* não é a parte da luta em si, nem mesmo a capacidade de se tornar invisível. É estar atento à diferença entre o real e o irreal, tanto nas palavras quanto nos atos. Ela diz que existem duas maneiras de se pegar um mentiroso. A primeira é fácil. A maioria dos mentirosos é burra, e eles vivem mudando as suas histórias, porque não conseguem nunca lembrar o que disseram antes. A segunda é mais difícil. Um mentiroso esperto se lembra bem de suas mentiras, e assim a história que conta jamais muda. Mas isso também acaba por entregá-lo. A história continua *exatamente* igual, porque ele precisa ter certeza de que vai se lembrar *exatamente* do que disse antes.

— A verdade também continua exatamente a mesma sempre.

— A verdade, sim, mas não um relato verdadeiro. A não ser que a pessoa tenha uma memória de chapa fotográfica, o relato sempre fica um pouquinho diferente cada vez que é repetido.

— Por que eu mentiria para você sobre como comecei o meu negócio?

— Não sei — respondeu Makoto. — Talvez haja algo condenável na história. Talvez o senhor estivesse envolvido com contrabando. Ópio ou escravas brancas.

— Nunca contrabandeei nada na vida — disse Stark. — Você está se deixando levar pela imaginação.

— Não ligo de verdade para o que aconteceu — justificou Makoto. — Acho interessante, só isso. As únicas mentiras que o senhor conta e eu consigo perceber é sobre a época que passou no Texas e o ano em que viveu no Japão. Fico um pouco curioso para saber o que realmente aconteceu.

— Quer dizer que agora você é um especialista em mentiras?

Makoto deu de ombros.

— A vida é sua, pai. O senhor não precisa me contar nada que não queira.

— Já que você tocou no assunto — disse Stark —, me conte algumas mentiras sobre Siu-fong.

Makoto ficou petrificado de susto.

Stark deixou que alguns minutos se passassem enquanto Makoto permanecia em silêncio. E então disse:

— Acho que a sua mãe não lhe contou a terceira maneira de se pegar um mentiroso: ele fica tão embaralhado em suas histórias falsas que mal consegue abrir a boca.

— Não estou embaralhado em nada — disse Makoto. — O senhor nunca me perguntou sobre ela antes. Como foi que descobriu?

— Tive uma conversinha com Wu Chun Hing — respondeu Stark, observando Makoto ganhar tempo enquanto tentava descobrir o quanto seu pai sabia. — O nome de Siu-fong surgiu espontaneamente.

— Ela não me distraiu dos meus estudos — justificou Makoto. — Pode perguntar a qualquer um dos meus professores e eles vão confirmar ao senhor que as minhas notas continuam excelentes como sempre.

— Um aluno exemplar — disse Stark. — Imagino que a experiência tenha fins exclusivamente literários. Ou talvez você esteja dando aulas de inglês para ela.

— O único propósito é me divertir — assumiu Makoto. — Mas toda experiência, no final das contas, é pródiga em possibilidades literárias.

— Então você vai escrever histórias sobre ela.

— Tenho pensado a respeito.

— Tive uma idéia que acho que você vai gostar.

Makoto começou a rir.

— O senhor nunca lê nada além dos relatórios do trabalho.

— Se você escrever, eu vou ler. Já tenho até um título para a sua história.

— Sério?

— Sim, senhor — respondeu Stark. — Eu a chamaria de *A Fuga do Bandido de Chinatown.*

— Um título interessante — disse Makoto. Stark podia perceber que o filho ainda não tinha certeza do quanto ele sabia. — Dá vontade de saber o resto da história.

— O resto da história é o seguinte: a identidade do Bandido de Chinatown está prestes a ser revelada — disse Stark. — E a grande surpresa é que ele não é chinês.

— Não?

— Não, não é. Agora, existem dois desfechos, ambos ruins, mas um deles muito pior do que o outro. Na melhor das hipóteses, ele é preso pela polícia e passa os próximos dez anos na cadeia, isso se for capaz de sobreviver durante tanto tempo preso. Não creio que existam muitos detentos na prisão de San Quentin interessados em literatura.

— Essa é a melhor hipótese? — perguntou Makoto. — Já me parece bem assustadora. Qual é a pior?

— Ele é assassinado por chineses enfurecidos, que o retalham vivo com um cutelo de açougueiro, muito provavelmente, já que nenhum deles anda lá muito satisfeito com os problemas que o Bandido vem causando para eles ao se disfarçar de chinês. Um cutelo chinês, como o usado pelo Bandido nos seus assaltos para garantir que as pessoas pensem que ele é chinês.

Impassível, Makoto disse:

— É um toque sagaz, o cutelo de açougueiro chinês. Nunca imaginei que o senhor fosse tão criativo.

— Tenho lá os meus momentos.

— A história do senhor parece estar inexoravelmente fadada à tragédia — comentou Makoto. — Devia me deixar trabalhar um pouco nela. Talvez eu consiga inventar um desfecho melhor. Os leitores preferem finais felizes.

— Não se preocupe. Já planejei o desfecho.

— Então qual é? Prisão ou morte?

— Nenhum dos dois. Porque existe uma outra surpresa. O pai do Bandido, que o ama muito, salva o filho inconseqüente despachando-o para o Canadá antes que a polícia ou os chineses possam colocar as mãos nele.

— Canadá?

— Isso mesmo, Canadá — repetiu Stark —, e não qualquer outro lugar ao norte, famoso por suas paisagens. O Bandido passa um ano em Ontário, aprendendo sobre minério de ferro *in loco*.

Makoto esfregou o queixo, em um gesto teatral de concentração.

— O México seria melhor, do ponto de vista dramático. O clima tropical é mais romântico. E minas de ferro mexicanas prometem mais aventuras do que minas de ferro canadenses.

— As aventuras do Bandido acabaram — disse Stark. — Quando já estiver fora tempo suficiente para ter sido esquecido, voltará para São Francisco e assumirá seu devido posto na gerência da Red Hill Consolidated Company. Estamos entendidos?

— Deveríamos considerar a possibilidade aberta a discussões. O filho nem sempre é como o pai. — Acaso Stark hesitara? Makoto teve a impressão de que sim, como sempre fazia quando o assunto era a semelhança entre os dois, ou melhor, a falta delas.

— O caso não está aberto a discussões — encerrou Stark. — E, antes que você comece a fazer as malas, traga as pulseiras de ouro e marfim da Senhora Berger.

— Está bem, pai. O que devo colocar na mala?

— O que quiser. Você vai partir em uma hora.

— Toda essa pressa é mesmo necessária?

— Definitivamente sim, Makoto. — A voz de Stark traiu comoção pela primeira vez. — Você acha que eu estava brincando sobre a polícia e os chineses?

Makoto suspirou fundo e virou-se para ir embora.

— Uma pergunta — disse Stark.

— Sim.

— Por quê?

. . . .

O filho nem sempre é como o pai. Aquela certamente era uma meia verdade. Talvez fosse melhor reformulá-la como uma pergunta. Por que o filho era tão diferente do pai? Mas, na certa, como diria o professor Dykus, a pergunta já estava claramente inferida na afirmação, tão claramente quanto o embaraço indisfarçável de seu pai. Reações involuntárias, dissera-lhe sua mãe, também eram indícios de verdade e mentira.

Quando foi que Makoto percebeu as diferenças pela primeira vez? Já deixava para trás a infância quando se deu conta de que se parecia mais com a mãe do que com o pai.

É porque você é metade japonês, dissera-lhe sua mãe, e temos o sangue forte.

Ele aceitou a explicação porque um motivo era melhor do que nenhum e porque sua mãe, que começara a lhe ensinar os segredos das artes do real e do irreal aos cinco anos de idade, jamais mentira para ele. Até onde ele sabia. Nos últimos tempos, a idéia de que ela era a mestra e ele o aluno havia lhe ocorrido, e certamente ela guardara consigo alguns segredos das artes que ensinava. Se alguém era capaz de mentir sem ser detectado, seria um mestre na detecção de mentiras, não é mesmo?

O nascimento de sua irmã, Angela Emiko, quando ele tinha sete anos, despertou-lhe as primeiras dúvidas, que cresceram com a chegada da irmã caçula, Hope Naoko, dois anos depois. Elas eram, assim como ele, metade japonesas. Contudo, ao contrário dele, exibiam traços da metade americana de seu pai, assim como da metade japonesa da mãe. Tanto Angela quanto Hope tinham cabelos castanhos. Os olhos de Angela eram castanho-claros e os de Hope eram azuis como os de seu pai. Fisicamente, eram um meio-termo entre os seus pais. Em um contraste visível, Makoto tinha cabelos negros e olhos castanho-escuros, assim como a mãe, e, embora fosse consideravelmente mais alto do que ela, não chegava nem perto da altura do pai.

O sangue é mais fraco nas mulheres do que nos homens, dissera sua mãe, explicando a diferença.

Daquela vez, mesmo não detectando nenhum sinal de falsidade, teve dificuldade em aceitar completamente a justificativa de sua mãe. Primeiro, porque já era mais velho. Segundo, porque já possuía um certo conhecimento do mundo. Seu tutor de ciências e matemática, o Senhor Strauss, era um seguidor entusiasta de Gregor Mendel — cientista, monge e seu compatriota austríaco. O que Makoto aprendeu com ele sobre as descobertas de Mendel a respeito da hibridização das plantas pareceu confirmado em suas irmãs e desmentido nele. Era algo, no mínimo, peculiar. E, por fim, três meses atrás, na ocasião em que conheceu Siu-fong, inaceitável.

Siu-fong tinha cabelos castanho-claros e olhos verdes. Meu pai um inglês, dissera ela. O sangue é mais fraco nas mulheres, dissera-lhe sua mãe, e Siu-fong era a prova viva disso. Sua metade inglesa era tão perceptível quanto a chinesa. Então, ele conheceu o irmão dela, Hsi-jian. Ele era uma versão masculina de Siu-fong. O que sua mãe diria sobre aquilo? Que o sangue chinês era mais fraco do que o japonês? Mendel tinha outra explicação.

O Senhor Strauss, ao discutirem genética, o advertira de que não se tratava de uma ciência exata, especialmente por estar relacionada a organismos mais complexos. A questão das características recessivas e dominantes, dissera ele, tornava-a ainda mais complicada. Bastava comparar os seres humanos com os pés de feijão. A quantidade potencial de elementos que desempenham um papel na determinação dessas características dá um nó na cabeça de qualquer um, não é mesmo? Makoto concordou. Mas, mesmo assim...

Pensou em confrontar os pais, mas logo abandonou a idéia. As negativas de sua mãe seriam inabaláveis e seu pai — ou melhor, seu padrasto —, comprometido com a mentira, se fosse de fato uma mentira, jamais revelaria a verdade.

Atormentado por uma angústia de dúvida e desespero, Makoto foi se tornando vingativo. Mas contra quem haveria de manifestar seu espírito de vingança? Que mal havia sofrido? Quem eram os malfeitores?

E ele, de que modo havia sido prejudicado? Era rico, possivelmente o jovem de vinte anos mais rico de São Francisco. Não podia negar que era um tanto quanto desdenhado pelos membros da sua própria classe social, por causa da sua raça, mas ninguém o insultava abertamente. A fortuna dos Stark e os contatos políticos de Matthew Stark impediam que isso acontecesse e, caso não conseguisse, um medo mais elementar encarregava-se disso.

Cinco anos atrás, um certo rival de Stark no crescente negócio do açúcar fora encontrado boiando na baía. Havia sido parcialmente devorado por tubarões, mas o que sobrara de seu corpo, a parte superior, revelara um ferimento à bala no torso que penetrara direto no coração. Embora a concorrência tivesse sido eliminada, uma vantagem óbvia para Stark, não havia nada que sugerisse que ele estava ligado à desafortunada e misteriosa morte do sujeito. Um dos tablóides mais sensacionalistas da cidade tinha outra opinião a respeito e fez uma série de reportagens sobre crimes não solucionados, todos ligados a Stark, incluindo algumas invenções absolutamente hilariantes sobre duelos no Oeste Selvagem e assassinatos brutais no Japão. Não deram nome aos bois, é claro, mas sua identidade era óbvia. Duas semanas depois da primeira matéria, o prédio que abrigava o jornal pegou fogo, com o editor-chefe lá dentro. Não havia indicação de nenhuma outra causa que não fosse acidental. O sujeito era um conhecido beberrão. De acordo com o chefe dos bombeiros, a vítima provavelmente havia derrubado um lampião de querosene ao cair em seu costumeiro estupor alcoólico noturno. Entretanto, a mera hipótese de uma causa mais funesta já era mais do que suficiente. Todos eram sempre muito educados, ainda que não exatamente acolhedores e amigáveis.

Três anos antes, Makoto havia deixado para trás os professores domésticos e matriculara-se na Universidade da Califórnia, que nos últimos anos havia se mudado para o novo campus em Berkeley Hills. Fora sua primeira experiência entre desconhecidos da mesma faixa etária. E, infelizmente, entre estes desconhecidos estava um rapaz chamado Victor Burton, que tinha um pai poderoso no Partido dos Trabalhadores, um grupo violentamente antichinês que estava cotado para conquistar o governo do estado nas próximas eleições. Burton, que aparentemente era incapaz de distinguir os chineses dos japoneses, ou até mesmo dos negros, teimava em dirigir-se a Makoto chamando-o de "negro amarelo" ou "china". Makoto, seguindo o conselho do pai, ignorara o rapaz, embora Burton às vezes dificultasse a tarefa. Um dia, Burton não compareceu às aulas e seus colegas de turma pareceram todos atipicamente irritadiços. Makoto acabou descobrindo que Burton fora atacado na noite anterior, quando voltava para casa de um bar, por um ou mais estranhos. Os atacantes, que Burton não viu, nem ouviu se aproximar, quebraram sua perna direita na altura do joelho, o braço direito na altura do cotovelo e a mandíbula bem no centro. A natureza dos ferimentos causados impossibilitava o uso de muletas e não permitia que ele falasse de maneira inteligível, exigindo o seu afastamento da universidade.

Após sua saída, pode-se dizer que, mais uma vez, todos passaram a ser muito educados.

Makoto perguntou a Shoji e a Jiro, os dois funcionários japoneses da Red Hill Consolitaded Company, se eles sabiam alguma coisa sobre o que havia acontecido com Burton. Conversou com eles durante seu treino semanal de combate sem armas, no qual os dois eram altamente versados por terem servido ao Senhor Okumichi como samurais antes de partirem para a Califórnia. As conversas de Makoto com eles eram em japonês, assim como as que tinha com sua mãe.

— Ficamos sabendo — disse Shoji. — Que má sorte, hein?

— Má sorte — repetiu Jiro —, mas soube que o jovem em questão não tinha bom caráter. A má sorte tende a buscar pessoas assim.

— Calma, Makoto-san, não é assim que se segura o oponente. — Shoji segurou a mão de Makoto. — Relaxe. Se você fica tenso, posso sentir sua presença. O toque mais eficaz é aquele que o outro não percebe.

— Vocês não tiveram nada a ver com isso, não é?

— Com isso o quê? Burton? — Shoji olhou para Jiro. Ambos deram de ombros. — E por que teríamos? Nem conhecemos o rapaz.

— Veja pelo lado positivo — disse Jiro. — Ele não tinha bom caráter. Logo, o seu ambiente de estudos tornou-se melhor com a sua ausência.

— Atenção! — disse Shoji, derrubando Matthew de pernas para o ar. Se ele não tivesse amortizado o arremesso no último momento antes da queda, Makoto teria quebrado o ombro. Chocou-se contra o tatame duro com um baque que esvaziou todo o ar dos seus pulmões.

— Está vendo? — comentou Shoji. — Você não sentiu minha mão, então a queda foi uma grande surpresa. Lembre-se disso, Makoto-san.

— Pode deixar — respondeu Makoto.

Assim o Bandido de Chinatown nasceu — não por vingança, no final das contas, mas sim pela necessidade de lutar suas próprias batalhas, em seus próprios termos.

Os arrombamentos começaram como uma maneira de provar para si mesmo o quão vulneráveis eram as outras pessoas, especialmente aquelas que achavam que sua riqueza e posição social as colocavam fora do alcance do populacho. Subia pela lateral da casa usando luvas e sapatos com garras, todo vestido de preto, negro como a noite. Vasculhava os quartos, ouvia fragmentos de conversas à mesa do jantar que eram levadas escadas acima, examinava caixinhas de jóias, armários. Pôs um fim às invasões ao, inadvertidamente, vislumbrar Meg Chastain, uma garota que conhecia desde criança, saindo da banheira. Seu constrangimento foi tão atroz que a simples idéia de entrar em outra casa furtivamente o fazia corar.

Mas, após ter começado, era difícil parar completamente. As casas estavam fora de questão. Só sobravam as ruas da cidade. O que fazer? Dar uma de Robin Hood? Roubar dos ricos para dar aos pobres? A primeira parte do esquema lhe agradava; a segunda é que eram elas. A maioria dos pobres da cidade era chinesa ou composta por trabalhadores brancos que os odiavam. Nenhum dos dois grupos parecia constituir uma fonte promissora de candidatos à caridade.

Então, um dia, enquanto almoçava no Lótus de Jade, ele avistou uma moça, que a princípio julgou ser sua irmã Angela, inexplicavelmente vestida com um traje *cheong-sam* chinês. Observando melhor, percebeu que as semelhanças eram superficiais e deviam-se exclusivamente a uma mistura racial parecida com a dela. Portanto, a atração não tinha a ver com amor ou sexo, mas sim com a dedução sugerida por sua existência, a existência de seu irmão, as semelhanças deles com as próprias irmãs de Makoto e as diferenças entre todos eles e ele próprio. Qual a probabilidade de ele ser quem lhe haviam dito que era, ou seja, o filho de Matthew Stark? A evidência humana sugeria claramente que tal probabilidade era remota.

A história de Siu-fong era pródiga em rejeição e maus-tratos — tanto do inglês quanto da chinesa — e culminara com a sua venda como escrava branca. Teoricamente, ela podia remir seu contrato, mas a quantia era imensa e seu débito com Wu Chun Hing não parava de crescer. A liberdade era um sonho impossível.

E foi assim que Makoto descobriu que tipo de pobre poderia ajudar bancando o Robin Hood.

Poderia agradecer ao antigo colega, Victor Burton, pela idéia de disfarçar-se como um chinês. Burton não sabia distingui-los. Com um acessório ou dois — digamos, um cutelo chinês e uma imprecação em falso chinês —, quem saberia? Somente um chinês de verdade, mas ele não pretendia roubá-los. A polícia buscaria o culpado em Chinatown. Ninguém jamais ousaria suspeitar do jovem superprotegido que vivia entre as vítimas ricas em Nob Hill.

· · · · · ·

Foi divertido enquanto durou. Makoto espremeu peças de roupa a esmo em uma única bolsa de viagens, com o pensamento distante.

— Espero que você se comporte no Canadá — disse sua mãe.

— Não vou ter opção — disse Makoto. — O que mais se pode fazer numa mina de ferro canadense?

— É sempre possível encontrar problemas, assim como os problemas sempre podem encontrá-lo, se você não for cauteloso. Então, seja cauteloso.

— Sou sempre cauteloso.

— Mande-me muitas cartas. Em japonês.

— Vou ter que escrever em *kana* — disse Makoto. O *kana* era simples e fonético. Nunca chegara de fato a dominar os dois mil *kanjis* pictográficos necessários para uma verdadeira instrução básica.

— Está levando o dicionário, não está? Vai ser uma boa oportunidade para praticar o *kanji*.

Makoto contemplou sua mãe e ficou admirado, como sempre ficava, diante de sua aparência jovem, a delicadeza de seus traços e a fragilidade emocional que sua voz suave, quase hesitante, sugeria. Tudo ilusão. Ela aparentava ser sua irmã mais nova, mas tinha o dobro da sua idade. A delicadeza do seu físico ocultava a sua força. No que dizia respeito às emoções, Makoto não se lembrava de jamais tê-la visto exibir medo ou insegurança em toda sua vida. Agora que tinha tantas perguntas sobre si mesmo, começava a se perguntar sobre a mãe também. Sabia muito pouco sobre ela, menos ainda do que sabia sobre seu pai — e mesmo sobre este não sabia grande coisa.

— Quantos anos a senhora tinha quando veio para a Califórnia?

— Vinte. Já disse isso a você várias vezes. — Ela lançou um olhar indagador para o filho.

— A senhora teve medo?

Ela sorriu, enquanto dobrava com perfeição uma das camisas que ele atirara na bolsa.

— Não tive tempo para ter medo. Você nasceu praticamente assim que aportamos.

— A senhora se arrepende de ter deixado o Japão?

— Quantas perguntas!

— Bem, estou saindo de casa. Não é assim tão estranho que isso me faça pensar sobre a sua partida. Se bem que a senhora saiu por livre e espontânea vontade, é claro, e nunca mais voltou. Eu estou sendo obrigado a partir, mas vou voltar para casa depois.

— Existe um ditado famoso: o arrependimento é o elixir dos poetas. Eu nunca fui muito poética — respondeu ela.

— Makoto-san, Senhora Stark. — Jiro curvou-se sob o vão da porta. — Tudo pronto? Vou acompanhá-lo até o Canadá.

— Maravilha — disse Makoto. — Agora arrumei uma babá.

— Vá com cuidado — disse sua mãe — e volte bem.

— Não se preocupe. O ano vai passar rapidinho e eu vou voltar logo, a senhora nem vai perceber.

— Cuide dele, Jiro.

— Sim, Senhora Stark.

• • • • • •

Mas Jiro não teve esta oportunidade. Lembrando-se de suas lições recentes sobre um golpe que não podia ser sentido, Makoto, ao se ver vigiado na estação de trem, decidiu colocar em prática seu aprendizado ninja. Jiro voltou correndo esbaforido para casa uma hora depois de ter partido com o rapaz.

— Senhor Stark! Makoto desapareceu!

Procuraram por toda a estação, interrogaram todos que podiam e não descobriram nada. A não ser pelo tempo que havia estado com Jiro, ninguém havia visto nenhum rapaz que se encaixasse na descrição de Makoto, embora um jovem descendente de japonês, vestido como o estudante universitário rico que era, não pudesse deixar de chamar considerável atenção. Stark ampliou a busca a outras áreas da cidade, mas estava ciente de que já era tarde demais.

O Canadá não era interessante. Makoto tinha um destino melhor em mente. Talvez o México fosse mais provável, uma vez que o havia mencionado na última conversa que haviam tido.

Jiro sentou-se sobre os joelhos no chão, curvando a cabeça, envergonhado. Estava prostrado daquela maneira, inconsolável, desde que perdera Makoto de vista na estação. Embora estivesse usando trajes ocidentais modernos, sua postura era a de um samurai que deixara de cumprir o seu dever. Vinte anos nos Estados Unidos e sua essência não havia mudado. Stark sabia que se não usasse de tato com ele, o pobre seria capaz de cometer suicídio devido ao que considerava um vergonhoso fracasso.

— Jiro — disse Stark, com um tom de voz ríspido. — Por que está aí, olhando para ontem? Vá até o posto telegráfico e mande um telegrama para Mendoza. Quando voltar, prepare-se para viajar. Estou contando com você para encontrar Makoto. E permanecer com ele desta vez.

— Sim, senhor — respondeu Jiro. A reprimenda o enchera de energia. Stark percebeu que se ele se sentisse suficientemente punido e ainda útil, escolheria viver. — O que devo dizer no telegrama?

— Meu Deus, criatura, o que você acha? Diga que Makoto provavelmente está indo para lá.

— Sim, Senhor Stark, é para já. — Jiro fez uma reverência e virou-se para partir.

— Espere — disse Shoji, entrando no aposento com um bilhete nas mãos. — É de Wu Chun Hing. Urgente.

Stark já sabia o que estava escrito no bilhete antes mesmo de pousar os olhos nele. A garota. Ele havia se esquecido dela. Makoto, não.

· · · · · ·

O pequeno quarto no pavimento em que funcionava o bordel do Lótus de Jade estava encharcado com o sangue dos seis corpos. Quatro dos homens haviam sido baleados, três no meio do peito e um no rosto. As queimaduras de pólvora indicavam que havia sido à queima-roupa. O quinto homem fora estripado com uma faca, provavelmente a sua, ainda alojada no seu peito, abaixo do esterno. Antes de arrebentar o seu coração, a faca havia espalhado seus intestinos pelo chão. Um homicídio feroz. Stark examinou a moça. Provavelmente fora o estripador quem matara Siu-fong. Ela era bonita, não devia ter mais de dezoito anos, com traços eurasianos. Havia um corte profundo em sua garganta, na altura da clavícula.

— Makoto não matou a moça. Esse sujeito aqui é o assassino.

Wu assentiu com a cabeça.

— Ele veio libertá-la, segundo suas próprias palavras. E ela foi, hum, inadvertidamente atingida.

— Onde ele está?

— Onde quer que seja, está perdido. Não existe uma boa alternativa agora — disse Wu, lançando um olhar de soslaio para a meia dúzia de policiais que vasculhavam a cena do crime. — Aquele detetive estava comendo no restaurante. Escutou os tiros. Chegou aqui um segundo após Makoto ter fugido.

— Ele está ferido?

— Acho que não. Esse aí foi o tal que avançou — disse Wu, apontando para o morto com o rosto queimado de pólvora —, e a faca dele está lá, sem um pingo de sangue. Sinto muito, Senhor Stark. Pensei que o problema tivesse sido resolvido. Quem poderia imaginar que ele cometeria um ato desvairado como esse, arriscando tudo por uma prostituta?

Stark pensou com seus botões que ele poderia — e deveria. Ele próprio fizera a mesma coisa quando tinha a idade de Makoto. El Paso em vez de São Francisco. Lugares diferentes, resultado idêntico. Por sua culpa, ela também morrera, e de uma maneira muito pior do que Siufong. O filho nem sempre é como o pai, dissera Makoto. Às vezes, infelizmente, acaba sendo.

O único policial que usava um terno no lugar do uniforme, o tal detetive que Wu mencionara, aproximou-se e o cumprimentou com o chapéu.

— Senhor Stark — disse ele.

Stark estivera com ele várias vezes, para tratar de roubos de mercadorias no cais. Um irlandês folgazão e rechonchudo, que mais parecia um dono de bar camarada do que um guardião da paz. Detetive Mulligan. Ulysses Mulligan.

— Detetive Mulligan.

— Que confusão — disse Mulligan.

— Sim, mas uma confusão afortunada para o senhor — disse Stark. — Soube que foi o primeiro policial a chegar à cena do crime.

— Verdade, Senhor Stark. — Mulligan lançou um olhar intrigado para Stark enquanto falava. — Estava fazendo uma boquinha aqui embaixo. Macarrão com aquela carne de porco avermelhada boiando.

— Pois agradeça ao seu apetite, detetive Mulligan. O senhor é um herói. Pegou o Bandido de Chinatown e pôs um fim no seu reinado de terror.

O delegado contemplou os corpos, um após o outro, e depois voltou a olhar para Stark.

— Um deles é o Bandido, senhor?

— O que o senhor baleou no rosto, quando ele avançou para atacá-lo com um cutelo chinês.

Mulligan franziu o cenho, olhando novamente para os corpos.

— Então era uma gangue? Atirou na gangue inteira?

— Não, ele era um meliante ousado e provavelmente louco e solitário. — Stark apanhou o revólver trinta e oito no coldre, girou-o entre os dedos e deu-o para Mulligan pelo cabo. — Armado com um revólver e um cutelo de açougueiro, assim como o descreveram todas as testemunhas. Esses pobres rapazes e a moça também, nada mais do que circunstantes inocentes.

Mulligan apanhou a arma e examinou-a.

— Todas as câmaras estão carregadas.

— Duvido que ainda estejam quando a arma chegar à delegacia e for arquivada como prova do crime — disse Stark. — Imagino que o senhor vá ser promovido a delegado assistente por isso. Tenho certeza de que o delegado Winslow vai comentar algo a respeito comigo quando jantarmos juntos amanhã à noite.

— Não estou entendendo, senhor — disse Mulligan.

— E é realmente necessário que entenda, delegado assistente Mulligan?

Um sorriso amplo foi aos poucos tomando conta do rosto de Mulligan, até seus olhos brilharem de contentamento.

— Não, Senhor Stark, creio que não. Minha mulher vai ficar muito contente com o aumento que há de acompanhar a promoção.

— Deixe-me ser o primeiro a parabenizá-lo.

Stark e Mulligan trocaram um aperto de mãos.

— Ah, mas se ele era o Bandido de Chinatown, onde estão as suas aquisições ilícitas?

Stark olhou para Wu.

— Enterradas secretamente sabe-se lá onde? — arriscou Wu.

Stark fez um gesto negativo com a cabeça.

— Já que o Bandido foi capturado, as vítimas ficariam bastante aborrecidas se suas jóias não fossem recuperadas. O senhor as retirou temporariamente da cena do crime para protegê-las, mas agora terá a satisfação de entregá-las ao Senhor Mulligan.

Wu franziu a testa, contrariado.

— Pois não.

— Homens de negócios agradecidos também ficarão muito satisfeitos em lhe oferecer uma recompensa por sua parte nisso tudo. Mil dólares, eu diria.

— Homens de negócios realmente agradecidos seriam um pouquinho mais generosos, creio eu, levando em consideração as perdas que sofri por ser um cidadão prestativo. Dois mil dólares, eu diria.

— Parece bastante justo — concordou Stark. Aquele problema estava resolvido. Mas ainda havia outro. Onde estava Makoto? Não poderia mais ir para o México. Para onde iria então?

. . . .

— Bem, foi ou não foi o pior jantar de todos os tempos? — perguntou Hope, quando ela e sua irmã mais velha, Angela, voltaram para o seu quarto no segundo andar. Embora fosse dois anos mais nova, com onze anos, era a mais sincera das duas. — Sempre que eles se chamam de "Senhor Stark" e "Senhora Stark" é porque estão discutindo por algum motivo.

— Makoto está em apuros — disse Angela. — É isso o que está acontecendo.

— Ele nunca está realmente em apuros — comentou Hope. — Ele é um garoto, esqueceu? Ele sempre acaba se safando de tudo.

— Ouvi Jiro e Shoji falando alguma coisa sobre a polícia. Alguma coisa ruim aconteceu em Chinatown.

— O Bandido de Chinatown! — exclamou Hope, subitamente alarmada. — Ele machucou Makoto?

Angela fez um gesto negativo com a cabeça. Hope percebeu que ela queria falar mais, mas algo fazia com que hesitasse.

— Vamos lá, Angela, desembucha.

— O meu japonês está enferrujado — justificou Angela. — Devo ter entendido errado. E eles estavam conversando no dialeto de Akaoka ainda por cima.

— O que eles disseram?

Angela suspirou antes de responder:

— Estavam falando de Makoto como se ele tivesse matado alguém.

— O quê?

Angela desatou a chorar.

— Acho que ele não vai voltar nunca mais para casa.

. . . .

Makoto acordou a bordo do *SS Hawaiian Cane*. Estava morto de enjôo. Não era a grande quantidade de álcool que havia consumido na noite anterior, embora ela não ajudasse em nada, e nem o balanço nauseante do navio em um mar nada tranqüilo, o que certamente era um fator agravante. Não era sequer a violência, ou o sangue, ou as mortes, nem mesmo a morte de Siu-fong. Era o olhar de traição nos olhos dela, olhando fixamente para Makoto da outra extremidade do quarto, no momento em que o cule cortara sua garganta. Ele fizera uma promessa, ela confiara nele e ele a decepcionara. Aquela estava longe de ser a conclusão heróica que ele imaginara para a *A Fuga do Bandido de Chinatown*.

E não era sequer uma fuga de verdade. A polícia não tardaria a sair no seu encalço, assim como os chineses. Matthew Stark enganara-se. Não havia duas hipóteses ruins, mas sim três, e a terceira era justamente as duas juntas. Acabariam encontrando-o, e, quando isso acontecesse, tudo bem, não teria como escapar, mas ainda podia haver um final heróico, embora trágico, com o Bandido de Chinatown lutando até a morte.

Antes que isso acontecesse, havia algo que ele precisava fazer.

Makoto levantou-se do beliche e foi até o convés. Contemplou o céu resplandecente na linha do horizonte ao leste.

A Terra do Sol Nascente.

Onde ela se localizava dependia inteiramente de onde se localizava o observador ao nascer do sol. De onde ele via, era a Califórnia. Virou-se para o oeste, a metade escura do céu, em direção ao Havaí, em direção ao Japão.

Genji sem dúvida ficaria surpreso ao ver Makoto. E se Makoto visse nele o que imaginava que ia ver, qual seria sua resposta quando Makoto lhe fizesse a pergunta pela qual atravessara o Pacífico — a mesma que Matthew Stark fizera a Makoto em um contexto bem diferente: por quê?

6

Olhos Selvagens

A mulher do senhor deu à luz uma menina. Anos se passaram e nenhuma outra criança nasceu, nem da mulher nem de suas concubinas. Aquilo causou uma grande consternação entre os empregados. Sem um herdeiro, o Xogum não hesitaria em tentar abolir o clã. Não obstante, o senhor não demonstrava nenhuma preocupação até que a menina, ainda muito jovem, começou a exibir sinais de extraordinária beleza.

Ele disse ao seu guarda-costas: Existe somente uma coisa pior do que uma filha bonita. Você sabe o que é?

O guarda-costas disse que não.

Uma filha feia, respondeu o senhor.

O guarda-costas não sabia dizer se o senhor falava sério ou se gracejava, de modo que, evitando rir ou concordar, apenas se curvou em uma reverência.

AKI-NO-HASHI
(1311)

1882, ABADIA DE MUSHINDO

— E quem são seus pais? — perguntou a Reverenda Abadessa Jintoku.

O rapaz riu e disse:

— É uma boa pergunta, uma excelente pergunta.

— Evidente que é uma boa pergunta. Eu sou a abadessa aqui. Meu papel é fazer boas perguntas. Qual é o seu nome?

— Makoto.

Era apenas o primeiro nome. Muito bem. Não cabia a ela julgar nem fazer exigências. Se ele não queria revelar sua identidade de maneira mais completa, aquilo era problema dele.

— Imagino, Makoto-san, que você está pensando em ingressar na vida monástica — disse ela.

— O que a levou a tal conclusão? — perguntou Makoto. — Este é o caminho menos provável de todos para o meu futuro.

— Tenho um dom para detectar aspirações espirituais — disse a abadessa. Não tinha este dom. O que tinha de verdade era um bom olho para roupas caras, cabelo bem cortado e um ar de confiança decorrente de uma existência livre de apuros financeiros. Tudo isso ela enxergou nitidamente em Makoto. Para a Abadia de Mushindo, assim como para qualquer estabelecimento religioso, mais um patrono era sempre bem-vindo. Um simples elogio religioso era bastante eficaz. Até mesmo os que se julgavam completamente destituídos de fé tendiam a abrandar quando alguém dizia que tinham vocação.

— Ah, é mesmo? — perguntou Makoto, sorrindo para ela. — A senhora disse que sua tarefa é fazer perguntas. Sempre achei que os líderes religiosos eram justamente aqueles que respondiam a elas.

— Não sou uma líder religiosa — esclareceu ela. — Estou mais para uma zeladora. Faço a limpeza e mantenho as coisas em seus lugares. Metaforicamente falando. Gostaria de tomar um chá comigo? Podemos conversar melhor.

— Obrigado, Reverenda Zeladora — agradeceu ele, curvando-se com as mãos unidas à sua frente, ao modo dos budistas. — Talvez em outra ocasião. Agora, preciso voltar para Tóquio.

— Para descobrir os seus pais ou a si mesmo? — perguntou a abadessa.

— Uma coisa não leva obrigatoriamente à outra?

— Uma excelente pergunta, Makoto-san. Talvez você também tenha um dom para o serviço de zelador.

— Obrigado pelo elogio — disse ele. Com uma derradeira reverência, virou-se e tomou o caminho que levava ao portal da abadia.

Ela o acompanhou com os olhos até sumir de vista. Com quem era parecido? Bem, ia acabar lembrando mais tarde. Ou não. Não importava. Tinha certeza de que o veria novamente. Os comentários que ele fizera sobre a verdadeira história da batalha demonstraram um grau de interesse em Mushindo que excedia o normal. Sim, Makoto-san retornaria, talvez como um doador cativo e generoso. Desviou o olhar do portão e dirigiu-se para sua oficina.

Das diversas tarefas exigidas pela sua função, a de que a Reverenda Abadessa Jintoku mais gostava era o preparo das relíquias sagradas. Antes de serem oferecidos ao público, os projéteis, os fragmentos de madeira carbonizada e os pedaços remanescentes dos pergaminhos precisavam ser armazenados em frascos feitos de partes ocas de bambu, cada um do tamanho de um dedo e com uma aparência não muito diferente dos restos mumificados de um dedo de verdade, um lembrete proveitoso aos visitantes do templo da condição tênue e do inescapável destino de todos os seres vivos. Após o frasco ter sido escolhido por um devoto e tido o seu conteúdo verificado, havia a oferta de uma doação, gratamente aceita, e então a extremidade do frasco era novamente lacrada com um tampo de bambu. No início, vendiam as relíquias por um preço estabelecido, mas a abadessa, com seu tino comercial inato e sua profunda compreensão da natureza humana, achou que doações dariam maior rendimento, crença esta rapidamente confirmada pelo lucro dez vezes maior obtido. Ao terem de decidir por si mesmos, os que buscavam ajuda material do outro mundo tendiam a pecar por generosidade, temendo ofender os espíritos cuja ajuda buscavam.

Nos últimos tempos, a abadessa passara a dividir os projéteis em quatro e a depositar fragmentos cada vez menores de madeira e sobras dos pergaminhos nos frascos. A popularidade das relíquias resultara em uma notável diminuição do que um dia parecera um estoque inesgotável. Quando chegassem realmente ao fim, ela não hesitaria em fabricá-las — amparada por sua firme convicção religiosa de que o mais importante era uma fé sincera, e não a realidade material. Mas, por uma questão de praticidade, preferia oferecer as autênticas enquanto fosse possível. No entanto, não prezava a honestidade irresponsável. Se a abadia ficasse sem relíquias para oferecer, o fluxo de visitantes seria interrompido e, conseqüentemente, o sustento de uma quantidade significativa de habitantes da aldeia Yamanaka. Como líder espiritual de uma comunidade que confiava nela, a abadessa não podia permitir, em sã consciência, que isso acontecesse.

Aquela tarefa, que havia executado por tantos anos, possuía um certo ritmo próprio natural, que a libertava do fardo do pensamento. A mão esquerda segurava um pedaço de bambu, a direita, uma sobra de pergaminho; os olhos fixavam-se nas mãos, no bambu e no papel; podia ouvir, sem se deter nelas, as batidas do seu coração, sua respiração, uma criança rindo ao longe; lacrava o frasco com o tampo de bambu, bem firme para que não caísse e deixasse cair o papel, mas não firme a ponto de dificultar a sua remoção para que o devoto o inspecionasse antes de escolhê-lo; colocava o frasco na caixa dos frascos com fragmentos dos pergaminhos. Em seguida, recomeçava o mesmo processo.

A mão esquerda apanhava um pedaço de bambu, oriundo do arvoredo ao lado do templo.

A mão direita segurava um pedaço do pergaminho, que fora deixado no templo pela Senhora Emily.

Seu coração produzia em seu peito o som arrastado de uma criatura marinha nadando sossegadamente em águas serenas.

A respiração estava bem relaxada, diminuindo, pausando e retomando o processo naturalmente.

A criança tornou a rir, o som agora mais distante, ressoando em direção ao vale.

A Reverenda Abadessa Jintoku tampou o frasco com o pedacinho de bambu adequado.

Alguns instantes, minutos ou horas passaram-se daquela maneira. Uma vez que recomeçava o processo a cada novo frasco — e esvaziava a mente de todo e qualquer pensamento durante o processo —, não tinha consciência da passagem do tempo. Somente quando acabava sua tarefa diária e via a quantidade de frascos, ou notava a extensão das sombras à sua volta, ou até mesmo, às vezes, a quase completa ausência de luz, é que voltava a se ocupar com o tempo. Então, dirigia-se até o salão de meditação para a sua prática noturna antes de se recolher para dormir.

Naquele dia, a Reverenda Abadessa não conseguiu concentrar-se exclusivamente na sua tarefa predileta. Não deixava de pensar no visitante bonito com sotaque estranho e, lembrando-se dele, pegava-se recordando uma visita que a Senhora Emily e a Senhora Hanako tinham feito muito tempo atrás. Fora durante os acontecimentos trágicos e lamentáveis daquela época que as ruínas do Mosteiro de Mushindo tornaram-se a Abadia de Mushindo. Ou voltaram a ser uma abadia, pois, se o que as duas senhoras haviam dito a Kimi era verdade, Mushindo originalmente era uma abadia, não um mosteiro. Isso fora quase seiscentos anos atrás. Que estranhas as circunstâncias que deram origem à abadia ambas as vezes. Era difícil de acreditar, mas de fato explicavam um dos mistérios que permeavam o local, não sua exata natureza, ao menos sua ocorrência.

Aquele fluxo incessante de lembranças e especulações naturalmente impedia que ela alcançasse a paz não-contemplativa que costumava acompanhar seu trabalho. Os pensamentos, assim como os nossos eus, realmente não passavam de borbulhas na corrente. Mas, quando ela se dava ao luxo de concentrar-se com tamanha indulgência nelas, a corrente não conseguia levá-la. Guardou os pergaminhos, as madeiras e os projéteis, recolheu os frascos que havia preenchido e dirigiu-se ao salão de meditação. Antes de entrar, deteve-se diante da mesa que exibia discretamente as relíquias sagradas e colocou os frascos em seus devidos lugares.

O período da tarde era de meditação voluntária para as freiras de Mushindo. A participação nas sessões da manhã e ao meio-dia era necessária devido à presença constante de visitantes externos. Não deixava de ser, de certo modo, uma representação para demonstrar a virtude monástica da abadia. Mas à noite não havia nenhum visitante e, conseqüentemente, nenhuma obrigatoriedade. No início, ninguém comparecia. Com o passar dos anos, aquilo foi mudando e agora todos participavam, mesmo que por um curto período de tempo. Até mesmo os que tinham família na aldeia compareciam antes de trocar os trajes religiosos e voltar para casa.

Yasuko foi a primeira a aderir à meditação noturna.

Ela disse: Se eu for sincera e persistente, o Buda com certeza vai atender às minhas preces e curar a minha deformidade. A senhora não acha, Reverenda Abadessa?

Yasuko era a freira que, quando moça, tentara se enforcar na época em que eram prisioneiras dos mercadores de escravos em Yokohama e acabara por deformar o pescoço. Ela estava desesperada para retornar à sua aldeia, casar, ter filhos, levar uma vida normal. Mas ninguém haveria de se casar com uma mulher com a cabeça dependurada para um dos lados de maneira tão grotesca. O que explicava a sua presença fervorosa no salão de meditação sempre que tinha uma hora livre.

O Buda jamais consertou o pescoço de Yasuko, mas talvez ele tivesse de fato ouvido as suas preces e as atendido ao seu próprio modo, pois um dia, de uma hora para outra, toda a sua angústia, frustração e raiva, todo o seu ódio por si mesma, desapareceram e uma serenidade pacífica tomou conta dela.

Reverenda Abadessa, disse ela, eu realmente gostaria de fazer os votos sagrados.

A abadessa realizou o que conseguiu se lembrar da cerimônia de ordenação que o velho Abade Zengen fizera para Jimbo, na ocasião em que ele se tornara discípulo do Buda. A única parte a respeito da qual ela estava absolutamente certa era a repetição dos Quatro Grandes Votos, de modo que ela e Yasuko, assim como o restante da assembléia, repetiram os votos cento e oito vezes, complementando-os com uma prostração completa ao fim de cada récita.

Eu prometo:

Resgatar a infinidade dos seres;

Renunciar incessantemente ao despertar incessante do desejo, da raiva e das compreensões equivocadas;

Abrir meus olhos para os infinitos caminhos da verdade;

Personificar o Caminho do Buda em sua suprema benevolência.

A cerimônia levou mais da metade da manhã para ser finalizada e gerou uma profunda e generalizada estafa vocal e física, que chegou a beirar a exaustão para alguns. Dali em diante, a abadessa decidiu que três repetições já seriam suficientes para os futuros suplicantes e uma simples reverência poderia substituir as prostrações. Afinal de contas, a chave da salvação não estava na forma, mas sim na sinceridade.

Apesar de sua questionável ortodoxia, a cerimônia, assim como as orações de Yasuko, aparentemente surtiu efeito, pois, dali em diante, Yasuko passou a comportar-se em absoluta conformidade com a intenção professada. Tornou-se tão constante em sua prática religiosa quanto Goro. Gradualmente, as outras passaram a seguir seu exemplo.

A Reverenda Abadessa estava ciente do ridículo da situação. Os verdadeiros modelos espirituais de Mushindo eram um retardado praticamente mudo e uma suicida incompetente aleijada. Não obstante, com o passar do tempo, ela própria começou a meditar, mesmo quando não era necessário por causa dos visitantes.

Em silêncio, assumiu seu lugar entre as freiras.

Enquanto se acomodava, refletia sobre a quantidade de fragmentos de madeira, projéteis e pergaminhos restantes e se perguntava quanto tempo eles ainda serviriam como fonte de relíquias sagradas. A situação mais crítica era a dos pergaminhos, pois seriam os mais difíceis de substituir por outro material. Não havia muita diferença entre um pedaço de chumbo e outro, o que também podia ser dito sobre os fragmentos de madeira carbonizada. Mas o papel antigo tinha um aspecto único que até então ela fora incapaz de duplicar. Perguntava-se, não pela primeira e nem pela última vez, se eram o que havia sobrado do *Aki-no-hashi*, o infame compêndio de magias organizado pela Senhora Shizuka, a princesa feiticeira dos tempos antigos. Não que isso fizesse alguma diferença. O que importa era a quantidade, não a procedência. E aquela não era uma preocupação imediata. Eram doze pergaminhos, originalmente, e ainda havia nove. De todo modo, não havia nenhum mal em se precaver. Pensou em tudo isso ao começar a sua meditação sem o intuito de chegar a uma conclusão, mas apenas para trazer o assunto à mente e descartá-lo.

Em seguida, percebeu os sons de Mushindo.

Quando era jovem, os rangidos, gemidos e prantos misteriosos a assustavam, assim como a todas as crianças da aldeia. O lugar é mal-assombrado, diziam elas. Ouça. São as vozes de almas torturadas e demônios. Ao escutá-las, não havia como duvidarem de que eram de fato vozes sobrenaturais. Mas apenas se as escutassem. E não importava o quanto ficassem atentas, jamais conseguiam compreender o que diziam as vozes. O que, é claro, só contribuía para acrescentar ainda mais alvoroço ao seu temor infantil. Quando as ignoravam, não escutavam nada além do vento nas árvores, o gorjear dos pássaros ou, ocasionalmente, o som de uma raposa, o gorgolejar de um ribeirão, as vozes dos catadores de madeira buscando uns aos outros através de vales distantes.

No início de sua meditação, o que a abadessa ouviu era bastante parecido com o som do vento, dos animais, da água e das vozes distantes que provavelmente eram, mas, à medida que sua respiração foi ficando mais tranqüila e a concentração mais profunda, inexoravelmente os sons assumiram a índole demoníaca das suas fantasias de criança. Acaso isso acontecia somente porque ela parara para escutar? Ou seriam aquelas as vozes de habitantes de outros mundos chamando-a, lembrando-a da natureza fugaz da vida? Sempre havia sido assim ou teria começado com a chegada da Senhora Shizuka àquele lugar, seiscentos anos atrás? E, se assim fosse, isso significava que a Senhora Shizuka fora de fato uma feiticeira? Ou seriam os sons, reais ou imaginários, nada mais do que peculiaridades sem sentido características do estado inicial da meditação?

Por fim, abandonou todas as conjecturas — qual a vantagem de dar continuidade a algo que não a levava a lugar algum? — e fluiu serenamente das constrições do pensamento para uma vibrante quietude.

1291, CASTELO DO BANDO DE PARDAIS

O verão trouxe um profundo pesar à Senhora Kiyomi e uma catástrofe para o clã. Seu marido, o Senhor Masamunê, foi capturado por uma inesperada força inimiga no Cabo Muroto e assassinado, assim como o pai dela, seus dois filhos mais velhos e quase todos os seus samurais. O filho que sobrevivera, Hironobu, tornara-se Senhor de Akaoka, uma posse precipitada que haveria de preceder seu primeiro e último ato como líder do clã — um suicídio ritual antecipando a chegada do inimigo triunfante. Seus líderes, de um modo ou de outro, o passariam a fio de espada. Com a morte de seu pai e de seus irmãos, tornara-se o senhor da província e senhores não se rendiam. O fato de ter apenas seis anos de idade não importava. Seus irmãos mais velhos tinham dez e oito, e sua juventude não os salvara. Haviam acompanhado o pai no que acreditavam ser uma escaramuça para observar o combate pela primeira vez. Mas, em vez disso, haviam perecido com ele.

Agora, a Senhora Kiyomi possuía apenas dois deveres na vida. Observaria o suicídio de seu filho mais novo — seu fiel guarda-costas, Go, decapitaria Hironobu assim que o menino rompesse a pele com a faca —, e então ela também cometeria suicídio. Não tinha a menor intenção de permanecer viva para ser humilhada e maltratada pelos usurpadores. Embora não lamentasse por si própria, não podia deixar de lamentar por Hironobu. Tinha vinte e sete anos, de modo que ainda não era avó. Mesmo assim, vivera uma vida razoavelmente plena como amante, mulher e mãe. Ele se tornara Senhor de Akaoka, mas reinaria apenas por algumas horas, antes de morrer.

Mas Hironobu não morreu, tampouco a Senhora Kiyomi. Quando ele estava prestes a cravar a lâmina no ventre, uma miríade de pardais subitamente se levantou em revoada do leito seco da nascente. O som que produziram em seu vôo assemelhava-se ao de ondas longínquas quebrando no cais. Voaram exatamente sobre Hironobu, formando uma espécie de nuvem alada. Luz e sombra tremeluziam, criando a ilusão de que o próprio Hironobu cintilava — insubstancial, etéreo, como um fantasma vislumbrado. Todos viram, várias pessoas gritaram. Talvez a Senhora Kiyomi estivesse entre elas.

Era um augúrio. Os deuses desaprovavam. Aquilo ficou claro para todos os presentes. Então, Hironobu não cometeu suicídio. Em vez disso, decidiram que ele lideraria os poucos samurais remanescentes contra o inimigo naquela mesma noite. Em vez de morrer às margens da nascente, morreria no campo de batalha. Ainda a morte, mas uma morte mais audaciosa, e o deus dos guerreiros, Hachiman, protegia os audazes. Go se certificaria de que o menino não fosse capturado vivo pelos inimigos.

Ajoelhada enquanto ajustava a armadura infantil de Hironobu, a Senhora Kiyomi era da altura do filho, que estava em pé a sua frente, calçado com suas pequenas botas de guerreiro e tendo a cabeça coroada por um capacete com chifres estilizados de aço. A Senhora Kiyomi mal podia conter as lágrimas. A couraça em miniatura, as espadas em escala reduzida, as manoplas laqueadas e os protetores de tíbia — tudo confeccionado para propósitos cerimoniais, não para um combate, mas prestes a ser usado de verdade. A expressão de orgulho no rosto de Hironobu quase dissipou o seu comedimento. Falou depressa, para afugentar as lágrimas:

— Lembre-se, você agora é o senhor desta província. Comporte-se de acordo.

— Vou me lembrar — prometeu ele. — Como estou, mãe? Pareço um samurai de verdade?

— Você é filho de Masamunê, Senhor de Akaoka, que aniquilou as hordas mongóis de Kublai Khan na Baía de Hakata. Você *é* um samurai de verdade. E um verdadeiro samurai não deve se preocupar tanto com a aparência.

— Sim, mãe, eu sei. Mas todas as histórias sobre os heróis de antigamente descreviam os seus trajes suntuosos. Suas armaduras, estandartes, quimonos de seda, espadas, cavalos. Dizem que só o ar de confiança marcial do Senhor Yoshitsunê já era capaz de desencorajar seus inimigos. Dizem também que ele era muito bonito. Essas coisas são importantes para os heróis.

— As histórias sempre inventam alguns detalhes. Os heróis são sempre bonitos e vitoriosos. E suas mulheres são sempre belas e fiéis. Histórias são assim — disse a Senhora Kiyomi.

— Mas papai era bonito e vitorioso — disse Hironobu —, e a senhora é bela e fiel. Quando contarem histórias a nosso respeito, não precisarão inventar nada.

Ela não disse a ele que todos os meninos acham seus pais bonitos e suas mães belas. Se tentasse falar, acabaria chorando.

Ele estufou o peito e franziu o cenho esforçando-se para exibir uma expressão de guerreiro sério.

— Estou com um ar de confiança marcial, mamãe?

— Não saia de perto de Go — pediu ela — e faça o que ele mandar. Se o seu destino for morrer, morra sem hesitação, sem medo, sem arrependimento.

— Pode deixar, mamãe. Mas não acho que eu vá morrer nesta batalha. — Ele enfiou um dedo dentro do capacete e coçou a cabeça. — Cem anos atrás, na Batalha de Ichinotani, o Senhor Yoshitsunê tinha apenas cem homens contra mil inimigos. Assim como eu. Cento e vinte e um contra cinco mil. Ele venceu e eu hei de vencer também. Será que contarão histórias sobre mim quando eu morrer? Acho que sim.

A Senhora Kiyomi virou-se depressa e bateu de leve nos olhos com a seda suave das mangas de quimono. Quando voltou a encará-lo, abriu um sorriso. Pensou em palavras dignas de um conto de fadas e disse:

— Quando você regressar, lavarei o sangue do nosso inimigo arrogante da sua espada.

O rosto de Hironobu iluminou-se. Como um guerreiro em combate, ele se curvou sobre apenas um dos joelhos e ofereceu-lhe uma curta reverência como as do campo de batalha.

— Obrigado, mamãe.

Ela apoiou as mãos no chão à sua frente e curvou-se profundamente em resposta.

— Estou certa de que fará o melhor, meu senhor.

— Meu senhor — repetiu Hironobu. — A senhora me chamou de "meu senhor".

— Acaso não o é?

— Sim — assentiu ele, pondo-se de pé. Tornaram a ficar um de frente para o outro. — Eu sou.

Não esperava vê-lo novamente. Quando o mensageiro viesse comunicar a sua morte, ela ordenaria que incendiassem o castelo e cravaria a lâmina de sua faca na garganta. Não haveria nenhuma vitória de conto de fadas, nenhuma lenda de beleza e coragem. Não obstante, compartilhariam um atributo com os heróis e as princesas dos contos. Jamais envelheceriam.

Alguns dias depois, o mensageiro de fato apareceu, mas não para comunicar a morte de Hironobu, e sim a sua vitória. Aquele verão, que começara com tamanha tragédia, terminou em um extraordinário triunfo. Os seus samurais, ainda que em grande desvantagem, aniquilaram a maior parte de um exército infinitamente maior do que o deles.

· · · · · ·

A notícia da vitória impossível do Senhor Hironobu na Floresta Muroto espalhou-se rapidamente. A província ficou apinhada de celebrantes, vindo de todos os cantos. Haviam ouvido a respeito do augúrio dos pardais e ansiavam por deitar os olhos no jovem senhor protegido. O pequeno castelo, que acabara de ser rebatizado Bando de Pardais, ficou desconfortavelmente lotado. Perto do término das festividades, que duraram uma semana, quando já parecia bem claro que a maioria dos samurais visitantes ia morrer por ingestão exagerada de álcool, uma imprevista mudança no vento, acompanhada por uma profusão incomum de raios e trovões, anunciou a chegada de uma prematura tempestade de outono. Aqueles que já estavam se preparando para partir decidiram permanecer. Parecia ser impossível, mas todos ficaram ainda mais embriagados. Curiosamente, ninguém morreu por isso.

Somente Go permanecia sóbrio. Acostumado desde cedo ao *koumiss*, uma bebida alcoólica feita com leite de égua fermentado, não tomara gosto pelo saquê, mesmo após dez anos no Japão. Quando passava por um grupo de beberrões, eles normalmente gritavam por ele:

— Go!

— Senhor General!

— Senhor Go!

Exibindo um sorriso artificial, Go agradecia as saudações. Multidões em lugares fechados deixavam-no apreensivo. Ainda possuía o apreço nômade por espaços abertos e não suportava confinamentos. Estar no meio de tantas pessoas, cercado pelas opressoras paredes do castelo, causava-lhe um aperto na garganta, fazia com que ficasse sem ar e suando, como se estivesse nos primeiros estágios de uma doença fatal.

Mas as pessoas e as paredes não eram a principal causa da sua inquietude. A tempestade o incomodava ainda mais. Jamais testemunhara tamanha violência no céu. Nem nas estepes de sua terra natal, nem nas vastas planícies da China, nem nas montanhas e vales do Japão. Súbitas ondas de luz incendiavam o céu, seguidas pelo efêmero tropel dos milhares de cavalos invisíveis que avançavam desembestados. No intervalo imprevisível entre o raio e o trovão que o sucedia, Go sobressaltava-se. A situação era ainda mais sinistra devido à curiosa ausência de tremor no solo. Apesar da fúria no céu, nem vento, nem chuva, nem qualquer outro efeito da tempestade os atingira. Era um augúrio. Não havia a menor dúvida. Mas de quê? Não podia anunciar a chegada de uma nova Tangolhun. Go era o último de sua linhagem e tinha apenas um filho, Chiaki. A maldição da bruxaria recaía somente sobre as mulheres. A sua mulher dera à luz uma menina antes de Chiaki e tivera mais duas depois dele. Go matara todas as três crianças recém-nascidas. A mulher chorara, mas não o questionara, tampouco tentara impedi-lo. Como sempre prometia, colocou a felicidade do marido acima da sua. De modo que nenhuma bruxa Nürjhen havia nascido, nem haveria de nascer algum dia. Então, por que sentia tanto medo a cada lampejo de relâmpago, a cada estrondo dos cascos celestiais?

Entre os membros da tribo Nürjhen, uma tempestade após a vitória era um augúrio de grande magnitude. Os japoneses não pensavam da mesma maneira, é claro. Para eles, a tempestade era a ira do deus do trovão, aplacada somente com orações de sacerdotes, oferendas de comida das mulheres e crianças e bebezainas dos homens — algo bastante previsível. Todos os acontecimentos relativamente significativos sempre ensejavam o consumo de um oceano de saquê, o vinho de arroz no qual todos os samurais aparentemente se viciavam em tenra idade. Se os Nürjhen consumissem aquela quantidade de álcool, jamais teriam conquistado os abundantes pastos entre as Montanhas do Gelo Azul e o Rio do Dragão Vermelho. E se os mongóis bebessem tanto, jamais teriam conquistado os Nürjhen e Go ainda estaria cavalgando com os membros do seu clã na vasta amplitude da Ásia Central.

— Go! Venha tomar saquê conosco!

— Grande General! Venha, venha!

— O seu nome há de figurar entre os grandes heróis de Yamato para sempre!

Para os samurais, era fácil exaltá-lo efusivamente. Era um estrangeiro e nunca deixaria de ser. Conseqüentemente, não representava nenhuma ameaça a eles. Jamais conspiraria contra o seu senhor, jamais buscaria poder nem conduziria um exército até Kyoto para persuadir o Imperador a lhe conceder o mandato de Xogum. Um estrangeiro jamais poderia governar uma província, ou exigir a lealdade dos outros senhores, ou ser Xogum. A honraria máxima era reservada não só aos samurais, mas aos poucos samurais da linhagem de Minamoto, o clã do legendário Yoshitsunê. Hironobu estava ligado à ilustre família por sua avó materna, uma parenta distante dos Minamoto. Talvez um dia pudesse sonhar com aquela honraria. Mas Go, jamais. Não era sequer japonês. Por isso, os samurais não hesitavam em saudá-lo com aquela barulhenta e sincera algazarra.

Go não sabia o que a tempestade pressagiava, mas não estava otimista. Lembrou-se do que os membros mais velhos da tribo diziam. Segundo eles, da última vez que o trovão dos cavalos galopando havia soado alto daquela maneira nas nuvens, nascera a maior feiticeira dos Nürjhen Ordos.

Tangolhun.

A ancestral de sua mãe.

A que dissera ao lendário Átila para seguir o sol na direção oeste. Diziam que, séculos atrás, Átila lhe obedecera e fora seguido pelos hunos, que assim encontraram sua terra prometida no canto oeste da terra, onde ainda viviam com seus rebanhos em pastos fecundos até a atualidade, protegidos por um círculo de montanhas e acampados nas duas margens de um vasto rio.

Por mais que Go tivesse insistido que aquela era apenas uma história inventada pela sua mãe para sustentar suas absurdas alegações de magia, os mais velhos da tribo não se convenciam.

Os mongóis não haviam massacrado todos os hunos de antigamente, diziam eles. Os que seguiram Átila sobreviveram e fugiram pelos Montes Urais. Um dia, os Nürjhen também iriam para lá.

Diziam que as bruxas, cujos espíritos cavalgavam as tempestades, as manadas selvagens no céu, conheciam as verdades antigas e secretas. Um dia, aquelas com os quais compartilhavam os segredos cavalgariam a tempestade também.

As previsões de sua mãe, diziam eles, eram extremamente certeiras, e o poder de suas magias, indubitável. Um dia, nasceria uma feiticeira, e suas magias revelariam todos os mistérios, sem exceção.

Go havia rido deles. Sua mãe não passava de uma charlatã egoísta e manipuladora.

Agora, no Japão, ouvindo o som de dez mil pôneis da estepe trovejando sobre sua cabeça, não achava tanta graça. Algo estava para acontecer.

Go não achava que era uma bênção.

— Oh. — O gemido veio depois da sensação de um corpo macio chocando-se contra o seu. Olhou para baixo e viu uma mulher estatelada aos seus pés.

— Perdão — disse ele, amaldiçoando em pensamento sua falta de jeito. Ao ar livre, escarranchado num cavalo, Go era tão ágil quanto os que executavam a dança do dragão, girando em torno da fogueira nos acampamentos dos Ordos. Em ambientes internos, tinha a agilidade de um boi com arreios. — Estava distraído.

Estendeu a mão para ajudá-la a ficar de pé. Ofegante, ela se esquivou.

Era muito bonita. E muito jovem. Só sabia que era uma mulher e não uma menina pelo que sentira quando seus corpos haviam se encontrado. Mas era uma mulher que acabara de desabrochar. Pelo modo de se vestir e pela delicadeza de seus gestos, sabia que era uma dama nobre, provavelmente filha de um dos senhores visitantes. Havia várias no castelo. O triunfo improvável de Hironobu tornara-o, subitamente, o melhor partido de seis anos de idade de toda a região sul do Mar Interior.

— A senhorita se machucou? — perguntou Go.

O encontrão não fora propriamente violento. Nenhuma filha de um Khan Nürjhen teria caído, muito menos permanecido tanto tempo no chão. Andavam a cavalo e atiravam tão bem quanto os homens, e somente um guerreiro que pudesse superá-las a cavalo, com arco e flecha, ousaria cortejá-las. As mulheres e filhas dos senhores japoneses eram o oposto. Exaltavam as suas fraquezas. Na verdade, fingiam ser ainda mais frágeis do que realmente eram. Uma vez presenciara sua mulher, na época uma das concubinas favoritas do Senhor Masamunê, pai de Hironobu, quebrar a clavícula de um samurai embriagado. O homem, criado de um outro senhor, agarrara o seu pulso sem saber quem ela era. Com um rápido movimento de braço, ela o virara de pernas para o ar, contra uma pilastra. Dois centímetros para a direita e ele teria quebrado o pescoço.

Como foi que você fez aquilo?, perguntara Go.

Aquilo o quê, Senhor Go?

Arremessou o homem.

Arremessei? Eu? Ela cobriu a boca com a manga do quimono e deu uma risadinha. Sou tão pequena e fraca, meu senhor, como poderia arremessar alguém? Ele estava embriagado. Tropeçou. Foi isso.

Não, não foi isso. Mas ela nunca disse mais nada, nem mesmo depois de casados. Mesmo agora, dez anos depois e após o nascimento do seu filho, Chiaki, ela jamais falava sobre o assunto.

É um segredo assim tão grande?

Ela riu e disse: Como pode algo feminino ser importante o suficiente para ser alçado ao nível de um segredo?

Go respondeu: Se eu tentar fazer alguma coisa que a desagrade, você não vai me arremessar daquela maneira, vai?

Jamais algo que desejasse fazer me desagradaria, meu senhor. É o meu marido.

E se eu quisesse lhe causar dor?

Então, eu ficaria feliz em sentir dor.

E se somente o seu sofrimento me desse prazer?

Então, o sofrimento seria o meu prazer, meu senhor.

Go soltou uma gargalhada ruidosa. Não pôde se conter. Não acreditava realmente que ela fosse chegar a tanto, mas estava tão séria e inflexível que nada pôde fazer senão achar graça.

Ele dissera: Desisto, você ganhou.

Como posso ganhar, se cedi em tudo?

Não sei — respondeu Go —, mas você sempre consegue, não é mesmo?

Ela sorriu. Quer dizer que ao perder eu ganho? Isso não faz sentido, meu senhor.

Go especulou se aquela jovem também sabia arremessar homens. Era pouco provável. Tinha a aparência muito frágil, mesmo levando em consideração o modo como as japonesas exageravam sua aparência de fragilidade. Ela esperou que ele desse um passo para trás e levantou-se com uma certa dificuldade. Parecia ter machucado o quadril direito. Tentou dar um passo, mas, não podendo se equilibrar, caiu novamente. Go estava atento e segurou-a.

— Oh — fez ela mais uma vez, tão suave quanto antes.

Segurando o braço dele, apoiou todo o peso do corpo contra o seu peito. Não era muito. Além de muito bonita e muito jovem, a moça também era muito leve. Talvez, ao contrário das outras, fosse realmente tão frágil quanto parecia ser. Embora estivesse apoiada nele por necessidade, seus olhos o contemplavam amedrontados, como se estivesse prestes a fugir dele, e não buscando apoio no seu corpo.

— Fique tranqüila, minha senhora. Meu nome é Go, eu sou o chefe da segurança do Senhor Hironobu. Pode confiar em mim como confiaria nele — disse Go.

— Oh — repetiu ela.

Go sorriu.

— O modo como diz "oh" é encantador, minha senhora. Experimente uma outra palavra. Vejamos se consegue pronunciá-la com igual suavidade ou se os seus encantos estão limitados ao "oh".

O comentário fez a jovem abrir um sorriso. Olhando-o com timidez, disse:

— Sou a filha do Senhor Bandan, Nowaki.

Mal ela terminou de falar, um outro estrondo de trovão ecoou pelo castelo. Go na certa deixou algo transparecer em seu rosto.

— O senhor tem medo de trovão? — A hilaridade se estampou no rosto da jovem Senhora Nowaki. — Pensei que o senhor fosse um mongol muito corajoso.

— Eu não sou mongol.

— O senhor não é o Go que aportou na Baía de Hakata com os invasores dez anos atrás?

— Sim. Eu era Nürjhen naquela época e continuo sendo Nürjhen até hoje.

— Não é uma espécie de mongol?

— A senhora é uma espécie de chinesa?

A Senhora Nowaki riu.

— Não, é claro que não.

— Assim como nem todo mundo que veste seda, bebe chá e escreve em *kanji* é chinês, nem todo mundo que monta a cavalo, segue os rebanhos e vive livremente é mongol.

— Entendi, Senhor Go. Não cometerei este erro novamente. — Ela se curvou.

Por ainda estar apoiada nele, sua reverência fez com que sua cabeça encostasse no peito de Go, roçando o cabelo em seu rosto. Uma fragrância sutil desprendeu-se de suas volumosas madeixas. Aquilo fez com que ele se lembrasse das flores do campo, perdidas há uma temporada, que só reapareceriam no ano seguinte. Somente alguém tão jovem usaria uma fragrância primaveril no outono. Aquela discrepância infantil anunciava uma agradável ingenuidade.

— Posso acompanhá-la até os aposentos de sua família? — perguntou Go.

· · · · · ·

Nowaki, com a cabeça apoiada em seu peito, ouvia a voz de Go sobre ela e podia ouvi-la ressoando em seu corpo. Desejava ardentemente que ele não sentisse as batidas do seu coração. Fechou os olhos e fez o possível para acalmar sua respiração. Não havia motivo para pânico. Estava tudo indo bem. Despistara facilmente a sua ama. A velha senhora, cuja confusão mental aumentava com o avançar dos anos, era cada vez mais fácil de ser enganada. Caso contrário, jamais poderia ter ficado de safadezas com Nobuo e Koji no início do verão. Eram jovens samurais muito bonitos, e só. Em breve, inevitavelmente, haveriam de crescer e ficar como seus pais: aldeões enfadonhos, bêbados, grosseiros, repetitivos e fanfarrões.

Tudo aquilo parecia tão distante naquele momento. Estava nos braços de Go! Ele não percebera que ela o seguira. Tomara coragem e escolhera um caminho no qual cruzasse com ele, para que se esbarrassem e ela pudesse fingir que estava machucada. Teria coragem para fazer o resto?

Desde que era criança, ouvira histórias sobre o assustador mongol bárbaro que servia ao Senhor Masamunê. Quando o seu pai era aliado de Masamunê, vozes admiradas exaltavam sua coragem sem limites, sua força sobre-humana e o controle mágico que exercia sobre os cavalos. Quando os dois senhores viravam inimigos implacáveis — o que parecia ser tão constante quanto os períodos em que eram amigos leais —, a brutalidade impiedosa de Go, sua astúcia animal e crueldade monstruosa eram as únicas coisas que se comentavam a seu respeito. Os dois tipos de relato fascinavam Nowaki. Sua vida naquela terra desolada e provinciana era absolutamente enfadonha e seu destino não haveria de ser diferente. Seu pai era um senhor rural com visões deploravelmente limitadas, assim como todos os senhores que ela conhecia. Suas irmãs mais velhas haviam se casado com bufões como seu pai e seus irmãos — senhores da terra, do estrume e dos peixes fedorentos. Mal eram alfabetizados. Nenhum deles se parecia com os heróis cultos, sensíveis e românticos de *O livro de cabeceira* ou de *O conto de Genji*.

Go também não era nada parecido com aqueles heróis, mas pelo menos ele vinha de outro lugar. Cavalgara pela imensidão da Ásia com Kublai, o Grande Khan das Hordas Mongóis. Conhecera as cidades adornadas de jóias da China, a terra dos esquimós no extremo Norte, as bestas exóticas das florestas meridionais, as altas montanhas do Tibete. Ela jamais tinha ido além do Mar Interior, a leste, e do domínio de Akaoka, a oeste. Se agisse como esperado, em breve estaria noiva de um dos senhores da região. O melhor candidato era Hironobu e ele não passava de uma criança arrogante de seis anos! Seria a sua ama durante os próximos anos, depois o iniciaria, lhe daria um herdeiro e fim da história. Passaria o resto da vida aturando as mentiras que ele lhe contaria, embriagado, substituindo seu pai. Ou talvez seu pai levasse o seu outro plano adiante e ela fosse oferecida como noiva ou concubina a um nobre da Corte Imperial em Kyoto. Vira um nobre certa vez, um príncipe que fora buscar a ajuda de seu pai para alguma coisa. Era um poltrão pálido e empoado, que usava trajes mais delicados que os dela. Falava um japonês cantado que ela mal podia compreender, com um tom de voz efeminado. A viagem de Kyoto fora penosa, dissera-lhe ele, quase o matara. Então, cobrira a boca com a manga e rira como uma garotinha. Ela preferia morrer a ser tocada por aquele degenerado, independentemente dos seus ancestrais ilustres.

Então, certo dia, no início do verão, fora até uma das maiores aldeias do domínio de seu pai, acompanhada por Nobuo e Koji, que estavam servindo de guarda-costas — uma ironia engraçada, tendo em vista suas perigosas intimidades com ela. Por falta do que fazer, parara diante da cabana de uma velha que diziam adivinhar o futuro. Assim que Nowaki cruzou o vão da porta, a mulher, que supostamente era cega, olhou boquiaberta em sua direção, deixou cair o vaso que tinha nas mãos e recuou, aos tropeções, para o canto da cabana.

É você, disse a mulher.

Sim, sou eu, respondeu Nowaki, controlando-se, sem muito sucesso, para não rir. A senhora me conhece?

Eu sou cega, mas posso ver, disse a mulher, com uma voz portentosa.

É mesmo? E o que a senhora vê?

Não tanto quanto você verá.

Ao dizer isso, ganhou a atenção completa de Nowaki.

Verei muitas coisas?

Muitas, repetiu a mulher.

O que vou ver? Nowaki esperava que a mulher falasse sobre terras distantes. Se ela falasse, acreditaria avidamente que era mesmo uma visionária. Fale logo de uma vez, sem delongas.

Você vai ver... A mulher fez uma pausa, ainda boquiaberta. Seus lábios tremiam, suas pálpebras piscavam e seu rosto encovado crispava-se de medo.

Nowaki esperou, paciente. Até segunda ordem, a mulher merecia paciência. Se não podia de fato prever o futuro, pelo menos era uma boa atriz e, como todos os atores que se prezam, possuía o seu próprio *timing*, que devia ser respeitado. Estava desperdiçando o seu talento num lugarzinho isolado como aquele. Se estivesse em Kyoto, ou Kobe, ou em Edo, sem dúvida atrairia uma grande clientela.

A mulher disse: Você vai ver o que ninguém mais viu ou verá durante a sua vida — exceto uma pessoa.

Nowaki bateu palmas, contente. A outra pessoa que a velha mencionara só podia ser Go. Ele era a única pessoa que ela conhecia que já vira coisas nunca vistas por ninguém. E, agora, ela também as veria!

Obrigada, muito obrigada, disse Nowaki, curvando-se profundamente.

Quando eu voltar para o castelo, vou mandar trazerem arroz, saquê e peixe para a senhora.

A velha levantou as mãos, defensivamente, e fez um gesto negativo com a cabeça. Ainda estava de cócoras, encostada na parede pela qual havia deslizado até o chão. Não, não, você não me deve nada.

Ah, devo sim, respondeu Nowaki. A senhora me deixou muito alegre.

Naquela mesma tarde, ela começou a estudar uma maneira de conhecer Go e, depois, seduzi-lo. Era bem verdade que era muito jovem, mas lera os clássicos de sedução muito atentamente e já tinha praticado com Nobuo e Koji. Com Go seria mais difícil, é claro. Estava confiante de que conseguiria, bastava ter uma oportunidade.

A comemoração da vitória de Hironobu na Floresta Muroto caiu do céu.

· · · · · ·

— Não quero ir ficar com a minha família — confessou Nowaki. — Estão todos bêbados e não param de repetir as mesmas coisas idiotas que dizem quando estão assim.

— Estão comemorando uma grande vitória — retorquiu Go —; portanto, têm todo o direito de se embebedar.

— O senhor conquistou a vitória, não eles — disse ela, olhando-o nos olhos. — Com suas táticas mongóis e sua coragem mongol. — Nowaki sentiu Go enrijecendo o corpo. Essa não! Cometera o mesmo erro novamente e o chamara de mongol. Qual era mesmo a sua nacionalidade? Palavras estrangeiras eram difíceis de decorar. Na-lu... qualquer coisa. Receou ter estragado tudo deixando-o irritado. Fingindo sentir dor, apoiou-se com mais força em seu corpo. Sua exibição de sofrimento pareceu funcionar, pois, quando Go tornou a falar com ela, seu tom de voz não era o de alguém irritado:

— A vitória foi conquistada pelo Senhor Hironobu — disse ele, segurando-a com mais firmeza enquanto ela fingia estar fraca.

— O Senhor Hironobu é um pirralho de seis anos — retrucou Nowaki —, tão pequeno que mal consegue usar o vaso sem cair lá dentro.

Go soltou uma gargalhada.

— Mesmo assim, a vitória é dele. E ele não vai ter seis anos a vida inteira. A senhora deve ser sábia e passar a vê-lo sob outro prisma. Logo vai ser um homem e um senhor, em busca de uma noiva à sua altura. Foi agraciado com um poderoso augúrio, trazido até ele pelas asas de muitos pássaros.

— Não acredito em augúrios — disse Nowaki. — O senhor acredita?

Um relâmpago estalejou no céu, seguido por alguns segundos de um lúgubre silêncio.

Uma vaga de luz espraiou-se sobre suas cabeças.

Sombras da claridade do dia brincavam pelo pátio, até serem encobertas mais uma vez pela escuridão que parecia avançar sobre eles.

Por fim, rasgou-se uma fenda no céu e o som gigantesco de montanhas celestiais ruindo desabou sobre eles.

• • • • • •

Algumas semanas após a Senhora Nowaki ter retornado da comemoração de Hirobonu, ficou evidente que estava esperando um bebê. Embora sempre tivesse sido uma filha sossegada e obediente, ela agora estava inflexível e recusava-se a revelar o nome do pai da criança, ciente de que, se o fizesse, seu pai e seus irmãos na certa o matariam. Quando ameaçaram fazê-la abortar a criança, ela jurou cometer suicídio. O Senhor Bandan executou a ama da menina, que devia tê-la supervisionado mais atentamente. Ainda assim, ela se recusou a falar. Executou mais dois de seus homens, suspeitando de apreço excessivo por sua filha. Contudo, a Senhora Nowaki permaneceu em silêncio.

— Não sei mais o que fazer — disse o Senhor Bandan.

Durante a crise com sua filha, começara a visitar o Castelo do Bando de Pardais, buscando os conselhos da Senhora Kiyomi. Embora fosse apenas um pouco mais velho do que ela, passara boa parte de sua vida em campanhas militares, o que lhe conferira a aparência e o comportamento de um velho guerreiro grisalho da geração anterior. Seu interesse pelas mulheres limitara-se à concepção, ao nascimento e à criação de potenciais herdeiros, de modo que — além de sua estrutura anatômica básica — não sabia quase nada sobre as mulheres. O repentino comportamento obstinado de sua própria filha, bem como sua subseqüente teimosia, deixaram-no completamente desnorteado. A mãe da menina morrera no parto e não havia sequer uma única mulher no seu castelo em quem confiasse o bastante para tratar de um assunto tão íntimo.

— Por que ela não quer me dizer quem é o pai? É só isso o que quero saber. Será que é pedir muito?

— O que o senhor pretende fazer se ela lhe contar? — perguntou a Senhora Kiyomi.

O Senhor Bandan esmurrou a mesa com o punho, fazendo com que as criadas se precipitassem para evitar que as xícaras de chá tombassem e derramassem o seu conteúdo nas esteiras.

— Vou matá-lo — grunhiu ele —, bem lentamente.

Ela cobriu a boca com a manga e deu uma risada.

— Falei algo engraçado? — Confuso, ele franziu o cenho. — Não era a minha intenção.

— Senhor Bandan, realmente espera que uma menina revele a identidade do seu amado a seu pai para que ele possa torturá-lo até a morte? A criança ficaria órfã antes mesmo de nascer.

— Mas ele desonrou a todos nós, seja lá quem for.

— A Senhora Nowaki não está pensando em honra. Está pensando em amor. Tudo o que o senhor conseguiu fazer com sua raiva e suas ameaças foi impedir que o rapaz se apresentasse, em busca da sua bênção tardia.

— A senhora sabe que se trata de um jovem?

— Não sei absolutamente nada. Mas sua filha tem apenas quatorze anos. Duvido muito que tenha se apaixonado por um homem muito mais velho. — A expressão no rosto da Senhora Kiyomi tornou-se sombria. — Espero que não tenha sido um dos dois samurais que o senhor executou.

— Não era. Ela chorou quando lhe mostrei as cabeças, mas não tanto quanto choraria se o pai fosse um deles.

A Senhora Kiyomi piscou os olhos.

— O senhor mostrou as cabeças para ela?

— Sim, para provar que sei cumprir uma ameaça. Do contrário, ela podia pensar que eu estava blefando.

— Senhor Bandan, ninguém que o conhece suspeitaria de um blefe. Foi absolutamente desnecessário fornecer uma prova tão medonha.

— Ela não vai me contar, não é?

— Não, não vai.

— Então, o que devo fazer? A vergonha vai ser insuportável. Minha filha, tendo um bebê sem que eu saiba sequer quem é o pai. Por todos os deuses e Budas, que erros cometi em minhas vidas passadas para merecer tamanho castigo? Poderia construir um templo e encomendar orações dia e noite, o tempo inteiro. Não consigo pensar em mais nada a fazer.

— É uma solução — disse a Senhora Kiyomi. Foi a vez de o Senhor Bandan achar graça. — Agora eu estava brincando. Sou um guerreiro, não um sacerdote. Não imploro favores ao céu. Resolvo os meus problemas com minhas próprias mãos. Vou encontrar uma saída.

— O senhor já encontrou. Construa um templo.

O Senhor Bandan franziu as sobrancelhas.

— Se os deuses foram incapazes de preservar a virtude dela antes, não creio que possam me entregar o culpado agora, construa eu ou não um templo.

— Construa o templo, não para o senhor, mas sim para a Senhora Nowaki. Deixe-a ficar em retiro por, digamos, uns dois anos. Ela poderá ter a criança longe dos falatórios, ter um tempo para recuperar seu equilíbrio emocional e acostumar-se às exigências da maternidade. E, quando voltar, não será mais um objeto de curiosidade e especulação maldosa. Até lá, o pai talvez já tenha sido identificado, possivelmente por ter fugido, graças às suas ameaças de tortura e morte. O senhor então irá...

— Caçá-lo como o cão que ele é e estripá-lo! — proclamou o Senhor Bandan.

— Perdoá-lo, e à sua filha também, por sua transgressão juvenil, compreendendo a impetuosidade romântica dos jovens...

— Perdoá-lo? Jamais!

— ... e compenetrando-se de que apenas acolhendo o pai em sua família poderá deixar para trás a vergonha e o escândalo — disse a Senhora Kiyomi, resoluta.

O Senhor Bandan já havia aberto a boca para dar continuidade aos seus protestos, mas mudou de idéia antes de emitir qualquer som. Cerrou os lábios e curvou-se para ela.

— Tem razão, Senhora Kiyomi. É a única maneira de proceder. Obrigado por guiar tão sabiamente o guerreiro ignorante que a senhora tem por esposo. Já tenho um local adequado em mente. O meu primo, o Senhor Fumio, governa uma província ao norte que atenderá aos nossos propósitos.

. . . . . .

Naquele inverno, a Senhora Kiyomi começou a ter sonhos estranhos. O aspecto mais curioso dos sonhos era o fato de ela jamais conseguir se lembrar de nada, a não ser de uma jovem de extraordinária beleza, presente em todos os sonhos, e do modo como se dirigia à Senhora Kiyomi. Ela a chamava de "Senhora Mamãe", o modo como as mulheres costumavam tratar suas sogras. Convencida de que estava sonhando com a futura noiva de Hironobu, a Senhora Kiyomi pôs-se a examinar o rosto de todas as meninas que via, buscando reconhecer a mulher que aparecia em seus sonhos. Embora fossem recorrentes, jamais conseguia se lembrar deles, por mais que se esforçasse. E, embora tivesse buscado a moça em todas as meninas que cruzaram seu caminho, não conseguiu encontrá-la.

Na primavera seguinte, várias semanas antes do seu aniversário de sete anos, o Senhor Hironobu obteve uma segunda vitória magnífica, desta vez nos taludes do Monte Tosa. Na mesma época, em uma província vizinha, a Senhora Nowaki deu à luz uma menina. A criança era extraordinariamente silenciosa — tão silenciosa que poucos acreditaram que fosse sobreviver. Embora tivesse recebido um nome digno de sua condição de nobre, todos a chamavam de Shizuka — quieta, em japonês.

Ela não morreu e não permaneceu quieta por muito tempo. Na sua segunda semana de vida, desatou a gritar e a chorar de maneira praticamente incessante. Só parava quando estava exausta, quando caía num sono agitado ou para mamar com um desespero feroz — e, mesmo assim, não por muito tempo. Era um bebê, e os bebês não conseguem enxergar, não obstante o que não conseguia enxergar a deixava apavorada. Seus olhos moviam-se, assustados, em todas as direções.

Ela gritava.

Não iria morrer — nem parar de gritar.

Passou então a ser chamada de Shizuka, às vezes como um desejo, sempre por desespero e, cada vez mais, como uma imprecação.

. . . . . .

No ano seguinte, quando a Senhora Kiyomi visitou a Abadia de Mushindo, pôde refletir sobre o seu passado recente. O ciclo das quatro estações que acabara de se fechar constituíra o ano mais estranho e turbulento de sua vida. Agora ela entendia por que as pessoas às vezes abandonavam tudo abruptamente e ingressavam na vida monástica. Se possuísse esta inclinação, aquele seria um bom local para viver. Era longe o bastante do seu lar para facilitar as visitas, mas não tão longe que as tornasse inviáveis. O que significava que amigos e parentes de sua vida antiga não apareceriam constantemente para enfraquecer a sua dedicação à solidão sagrada, mas também não seriam completamente cortados de sua vida — o que não seria nada compassivo. Abandonar o mundo era amiúde mais difícil para os que ficam do que para os que partem.

Era perto o bastante da fronteira do norte para gerar uma sensação de perigo, logo, de urgência — um ingrediente útil para os que buscam um despertar para o Caminho do Buda. No entanto, não era muito próximo das terras dos bárbaros Emishi, o que tornava um ataque bem pouco provável. A área habitada mais próxima, a aldeia Yamanaka, ficava a uma hora de caminhada, no vale abaixo da montanha modesta onde fora erguida a abadia. A proximidade da aldeia era ideal, uma vez que lhe permitia fornecer alimento e mão-de-obra prontamente, enquanto sua distância evitava interações excessivas e seu tamanho era suficiente para sustentar um pequeno estabelecimento religioso sem muita dificuldade.

O motivo pelo qual a abadia tivera de ser construída era lamentável; obviamente, havia resultados piores, embora talvez não muitos.

Do jardim da abadia, onde aguardava a Senhora Nowaki, a Senhora Kiyomi podia escutar a voz de Hironobu ecoando pelo bosque, bem como as abafadas respostas de Go.

Mais um verão chegara e estava prestes a ir embora, e tudo havia mudado. Apenas um ano antes, seu marido, o Senhor de Akaoka, controlava algumas fazendas e algumas aldeias de pescadores, desprovidas de qualquer importância específica, em uma pequena região da Ilha de Shikoku. Agora, seu filho Hironobu, aos sete anos de idade, governava o território nos dois lados do Mar Interior. Conquistara juramentos de fidelidade dos senhores Bandan e Hikari e fora elevado à condição de Grande Senhor. Em duas campanhas-relâmpago, os exércitos de seu menino arruinaram de tal modo o regime Hojo que muitos previam a sua iminente extinção.

Um ano antes, a Senhora Nowaki era uma virgem de quatorze anos, bonita a ponto de sua família cogitar uma ligação com a Família Imperial em Kyoto. Agora, aos quinze anos, era mãe de uma criança demente, enclausurada em uma abadia longe de sua casa, construída especialmente para fornecer um refúgio a ela e à sua desastrosa descendência. Devido aos defeitos da criança, estava claro que nenhuma das duas conseguiria jamais deixar a abadia.

Um ano antes, jamais ocorrera à Senhora Kiyomi viajar para um local tão distante ao norte. Na verdade, as únicas vezes em que atravessara o Mar Interior fora quando deixara sua casa em Kobe para se casar com o pai de Hironobu e nas visitas anuais que fazia à sua família. Agora, prometera ao Senhor Bandan visitar sua filha duas vezes ao ano, na primavera e no outono, para verificar se ela passava bem. Por ser a mãe do Grande Senhor, e o próprio a acompanhar nessas visitas, era uma grande honra para o Senhor Bandan, especialmente devido às circunstâncias desagradáveis. Aquele simples ato de gentileza haveria de fortalecer ainda mais os seus laços com Hironobu, garantindo honra e uma dívida de gratidão recíproca.

Na qualidade de regente de fato de seu filho, precisava levar tais coisas em consideração. O regente oficial, o General Ryusuke, era um incompetente bem-intencionado. Era regente apenas porque, como o único comandante mais velho do exército do clã que sobrevivera, se esperava isso dele — e também porque era esperto o bastante para saber que não era esperto o bastante para exercer realmente o poder do cargo. Do contrário, seria necessário matá-lo, uma vez que preteri-lo seria um insulto tão colossal que ele seria obrigado a conspirar contra a Senhora Kiyomi e Hironobu, querendo ou não. Ela não teria executado a tarefa, é claro. Somente as bruxas matavam seus inimigos com suas próprias mãos, normalmente envenenando-os, ou com um arame bem fino ou uma agulha na têmpora, sob o cabelo, ou sufocando-os. Os dois últimos métodos eram praticamente impossíveis de ser detectados e, conseqüentemente, os prediletos das bruxas que dormiam com suas vítimas. A idéia de ter de dormir com um beócio como o General Ryusuke fazia com que contraísse o rosto num esgar. Aquele pensamento, por si só, já seria o bastante para impedi-la, mesmo que fosse uma bruxa. Na verdade, se fosse preciso dar cabo de alguém, Go teria executado o serviço. Embora fosse um bárbaro, sua lealdade era tão incondicional quanto a de qualquer samurai. Tinham sorte, ela e seu filho, por terem Go a seu lado.

Os gritos frenéticos do bebê ecoaram pela abadia. Shizuka havia despertado.

· · · · · ·

Hironobu subiu em uma saliência rochosa e perguntou:

— Go, se você tivesse de defender essa abadia de um ataque, o que faria?

— A primeira coisa seria parar de me exibir como um alvo fácil para os arqueiros inimigos — respondeu Go.

— Não há arqueiros inimigos à nossa volta agora — ponderou Hironobu. — Eu disse "se".

— O senhor é um Grande Senhor — prosseguiu Go. — Se pretende se basear em pressupostos sobre as condições existentes, aconselho-o a pressupor o perigo, não a segurança.

Hironobu desceu da rocha, desanimado.

— Devo passar o tempo todo me preocupando se vou ser morto?

— Não deve jamais se preocupar com isso, mas precisa estar sempre ciente da possibilidade — disse Go. — O senhor se apoderou de quinze províncias valendo-se de força militar e fez inimigos mortais entre os antigos empregados e membros do clã dos quinze senhores que ajudou a despachar para a Terra Pura.

— Eles juraram me obedecer em troca de suas vidas.

— É assim tão jovem, meu senhor?

— Estou com sete anos — retrucou Hironobu. — Não sou assim tão jovem.

Um lamento agudo e pungente irrompeu do interior da abadia.

Hironobu aproximou-se de Go.

— Alguém está sendo torturado. Não está certo fazer isso em um local sagrado, não acha?

— Ninguém está sendo torturado. É um bebê chorando.

— Um bebê? — Hironobu escutou o som novamente, exibindo uma expressão de dúvida. — Já ouvi bebês chorando. Não se parecem com isso.

— É um bebê — insistiu Go. Na gélida cavidade de seu peito, quase pôde escutar o eco de suas próprias palavras. É um bebê, dissera ele, mas, na verdade, queria dizer: é uma bruxa.

Como pudera acontecer? Não tinha certeza. Repassara aquela noite diversas vezes em sua cabeça e, mesmo assim, não encontrara nenhuma resposta.

· · · · · ·

Num momento, estava ajudando a filha do Senhor Bandan a chegar aos seus aposentos. No outro, estavam deitados nas ruínas de um antigo forte bárbaro Emishi, a uma hora de cavalgada do castelo. Aproveitara-se de sua juventude e inexperiência, disso tinha consciência. Não fora premeditado, de modo algum. No início, era apenas uma caminhada, depois um passeio a cavalo, e então um abrigo nas ruínas para se protegerem da súbita tempestade. Depois — depois era tarde demais para raciocinar, pois o que podia acontecer já havia acontecido.

Go não tinha medo de morrer. Esperara encontrar a morte às margens da Baía de Hakata quando aportara com o exército mongol dez anos atrás — e talvez devesse ter mesmo morrido. Cada momento desde então havia sido um presente dos deuses. Agora, a morte era apenas uma questão de tempo. A menina prometera não contar nada a ninguém, mas era apenas uma menina, no final das contas. Alguém ia acabar sabendo e, quando isso acontecesse, na certa chegaria aos ouvidos de seu pai. A cabeça de Go acabaria na ponta de uma lança, exposta na frente do seu castelo. A imagem trouxe um sorriso amargo aos seus lábios. Pelo menos assim teria a satisfação de poder afirmar que a linhagem de sua mãe morreria com ele. As feiticeiras precisam atravessar o tempo em gerações contínuas. Se ele não tivesse nenhuma filha, não importava quantas filhas Chiaki pudesse ter, ou os seus descendentes. O feitiço seria quebrado.

Mas as semanas se passaram e nenhum mensageiro do Senhor Bandan foi procurar o Senhor Hironobu, exigindo a cabeça de Go. Talvez Nowaki fosse mais firme do que ele imaginara. Por mais improvável que fosse, ela estava guardando o segredo. Se continuasse calada, Go não sofreria nenhuma conseqüência por sua insensatez. Quando finalmente teve notícias, não foi através de um estafeta oficial, mas sim por um mexerico, que trouxe algo muito pior do que a sentença de morte de Go. A Senhora Nowaki estava grávida. Na mesma hora, Go deduziu o que havia acontecido. De algum modo, a sua mãe saíra vitoriosa. Usara-o pela última vez de dentro do túmulo, para abrir caminho para outra feiticeira como ela.

Precisava matar a bruxa. O modo mais seguro era matando Nowaki, para que a bruxa morresse ainda no útero. Uma vez nascidas, as bruxas eram muito difíceis de ser eliminadas, mesmo quando ainda bebês. As pessoas ao redor faziam a sua vontade involuntariamente, vendo-se obrigadas a obedecer às suas ordens tácitas por forças misteriosas. Tanto o seu avô quanto o seu pai, ambos fortes guerreiros, haviam sido reduzidos a uma sombra do que foram antes pelas exigências da filha e da mulher, respectivamente. Durante toda a sua vida, como criança, rapaz e homem adulto, Go fora humilhado pelos insultos dos membros de sua tribo. Filho de bruxa. Cão fraldiqueiro. Cria de eunuco. No entanto, na frente de sua mãe, ficavam intimidados, respeitosos, submissos. Todos a detestavam e desprezavam sua família. Mas, quando ela falava sobre o futuro, escutavam-na e traziam oferendas. Quando ela realizava feitiços, os enfermos curavam-se, os que tinham saúde pereciam, os surdos voltavam a ouvir e os seus inimigos ficavam cegos. Ou, pelo menos, era o que parecia. Muitas vezes, sua mãe gostava de relembrá-lo, para manter suas fogueiras acesas, seus cavalos alimentados e dessedentados e suas próprias barrigas cheias.

Como matar Nowaki. Aquele era um problema sério. Ela era filha de um senhor, confinada no interior de um castelo que ele nem sequer conhecia. A melhor maneira de aproximar-se seria furtivamente. Infelizmente, não possuía o dom de se fazer invisível. Era um cavaleiro, perito em ataques montados, galopando velozmente, surgindo de uma direção inesperada. Decerto não era uma técnica adequada aos aposentos de uma moça em um castelo. Esperou uma oportunidade, qualquer uma que fosse, mas não teve nenhuma. Dois meses antes da data esperada, a criança nasceu.

Era, como ele já imaginava e temia, uma menina.

. . . .

— É um bebê — assegurou Go.

— Tem certeza? — perguntou Hironobu, ainda com uma expressão de dúvida.

— Tenho.

— Você o viu?

— Não.

— Nem eu — disse Hironobu. — Nem minha mãe. Ninguém viu. Muito esquisito, não acha?

Go fez um gesto negativo com a cabeça.

— A criança tem um problema e a família não está muito ansiosa para exibi-la. O que é bastante natural.

O comentário despertou a curiosidade de Hironobu.

— Você acha que ela é deformada? Isso seria realmente terrível, não é?

— Não é deformada. — A criança era demente, o que deu esperanças a Go. Todas as bruxas eram loucas, é claro, mas uma que exibisse a sua insanidade de maneira tão óbvia teria o seu poder de manipular, iludir e confundir enfraquecido. Nesse sentido, a loucura era melhor do que uma deformidade. Uma bruxa podia ser feia. Esperava-se isso delas. Sua mãe, contudo, não fora feia, muito pelo contrário — o que lhe garantira ainda mais oportunidades para enganar os outros.

— Deve ir ter com sua mãe, senhor. Penso que ela já deve estar prestes a encontrar-se com a Senhora Nowaki.

— Por que tenho de ir? — resmungou Hironobu. — Não tenho interesse por bebês, deformados ou não, se bem que, se a menina fosse mesmo deformada, pelo menos eu teria uma certa curiosidade. E também não quero escutar mamãe falando. Isso é tudo o que elas vão fazer: falar sobre bebês e maternidade.

— O Senhor Bandan é o mais poderoso dos seus vassalos — disse Go. — O senhor o honra visitando sua família desgraçada e mostrando compaixão por eles. Assim, seu débito de honra para com o senhor fica ainda maior, reforçando o vínculo que o liga ao senhor. É uma questão de sagacidade política, não de maternidade e bebês.

— Isso é o que você diz. Não é você quem vai ter que ficar sentado lá esperando. — Mas Hironobu obedeceu e foi juntar-se às duas senhoras. Ao alcançar o portão para o templo, virou-se para Go e gritou:

— Por que você não vem também?

— Não tenho permissão — disse ele. — A Senhora Nowaki está de resguardo.

— E por que eu tenho permissão? Só porque sou uma criança?

— O senhor tem permissão porque é o Grande Senhor da província.

A resposta, que ele não esperava, agradou-lhe imensamente. Estava sorrindo quando cruzou o portão.

— Aí está ele — disse a Senhora Kiyomi.

Viu sua mãe e a Senhora Nowaki sentadas em um cômodo aberto, que dava para o jardim do pátio. A Senhora Nowaki era a mesma Nochan dos verões anteriores, que soltava pipas com ele, brincava de esconde-esconde e contava histórias de fantasmas quando deveriam estar dormindo. Tudo antes de ele se tornar um Grande Senhor. E antes de ela ter crescido tão depressa. Estava muito diferente da menina de quem ele se lembrava. Não eram propriamente seus trajes, embora o pardacento manto de freira produzisse um contraste gritante com o quimono colorido que ela costumava usar. Seu rosto, emoldurado pelo capuz do hábito, era o de uma linda mulher.

A Senhora Nowaki curvou-se para ele.

— Sinto muito pela inconveniência, meu senhor.

Hironobu retribuiu o seu gesto.

— Estou feliz em revê-la, Senhora Nowaki. — Tentou pensar em algo mais para dizer, mas nada lhe ocorreu. Ela sorriu, e ele sentiu que corava. Quando fora que se tornara aquela beldade?

— Ora, ora, como ele cresceu em tão pouco tempo — disse a Senhora Nowaki.

— Sim — respondeu a Senhora Kiyomi —, as crianças... — Deteve-se abruptamente assim que proferiu a palavra, terminando a frase um pouco depressa demais: — As crianças crescem numa velocidade impressionante.

— A senhora tem muitas alegrias pela frente — disse a Senhora Nowaki. — O futuro do jovem senhor será brilhante. — Seus olhos marejaram, mas ela sorriu e as lágrimas não deslizaram pelo seu rosto.

Hironobu não estava ouvindo o choro do bebê. Devia estar adormecido. Escutara duas de suas criadas conversando, um pouco antes de ele e a mãe partirem para a abadia. Uma das criadas dissera que ficara sabendo, por uma das criadas do Senhor Bandan, que a criança só não chorava quando estava dormindo. A outra criada dissera que a irmã de um dos cavalariços do Senhor Bandan contara que quando o bebê gritava os cavalos se assustavam e tentavam derrubar as portas do estábulo. Nenhuma das duas criadas conhecia alguém que conhecia alguém que tivesse visto o bebê de verdade, mas ambas estavam certas de que devia ser medonho.

Enquanto sua mãe e a Senhora Nowaki conversavam, ele espiou dentro do quarto, o mais discretamente que pôde. Imaginou que o bebê adormecido pudesse estar em algum lugar atrás da Senhora Nowaki, mas não estava. Ficou desapontado, pois se sentia muito curioso. Go dissera que o bebê não era deformado, mas Hironobu não acreditara nele. Um bebê normal não teria uma voz estranha e animalesca como aquela, nem gritaria tão alto. Um bebê normal também não deixaria os cavalos em pânico, especialmente os selvagens e bélicos montados pelo Senhor Bandan e seus samurais.

Qual seria sua real aparência? Certamente devia ter uma boca bem grande, talvez até mesmo um focinho, como um urso. Dentes afiados também. Bem, ainda era muito pequeno para ter dentes, mas, quando os tivesse, seriam afiados. Talvez várias fileiras de dentes, como um tubarão. Teria olhos que jamais piscavam, como os de uma cobra? O corpo coberto por um pêlo espesso, como o de um texugo, ou uma courama áspera e eriçada, como a de um javali? Um rabo comprido, que tivesse vida própria, como o de um gato? Devia ser um monstrinho horroroso! Não era de admirar que o Senhor Bandan tivesse exilado a filha tão longe de casa. E quem seria o pai?

Antes de o bebê nascer, as criadas mencionaram nomes de diversos samurais como possíveis candidatos — samurais a serviço do Senhor Bandan, do Senhor Hikari e até mesmo de Hironobu. Mas haviam deixado estas especulações de lado, diziam as criadas. Agora, estavam certos de que fora obra de um demônio ou de um fantasma. Na certa, usara o corpo de um homem, mas o homem fora apenas uma ferramenta; sua identidade não era relevante. O que importava era descobrir: qual demônio? Qual fantasma? Para que pudessem fazer as orações adequadas, os exorcistas precisavam saber exatamente qual espírito maléfico fora responsável. Encantamentos que serviam para expulsar um espírito podiam acabar facilmente produzindo um efeito contrário em outro, fortalecendo-o e tornando-o ainda mais hediondo. As criadas concordavam que era uma situação muito trágica e perigosa e que estavam todos mais seguros com mãe e filha isoladas em uma abadia no norte, uma vez que a entidade maléfica certamente as seguira até lá.

— Hironobu, o que está fazendo? — As palavras de sua mãe o sobressaltaram. Não imaginara que ela estivesse prestando atenção nele. — Está agindo como um gatuno à espreita.

— Não estou fazendo nada, mamãe. Estou aqui com a senhora porque Go mandou que eu ficasse.

— Estou certa de que Go não quis dizer para o senhor permanecer conosco. Agora que já cumprimentou a Senhora Nowaki, pode reencontrá-lo lá fora.

Hironobu, com uma expressão obstinada no rosto, não fez menção de obedecer-lhe. Permaneceu onde estava, franziu o cenho e disse:

— Isso não está certo. Fico sendo mandado de um lado para o outro pelo meu guarda-costas e minha mãe, o que não convém a um Grande Senhor.

A Senhora Kiyomi sorriu.

— Quanto a isso, o senhor tem toda razão. Mas convém a um menino de sete anos. Por favor, aja como tal e obedeça. — Ela se curvou, mas foi o cumprimento ligeiro de uma mãe curvando-se para o filho, e não o de uma senhora curvando-se para o seu senhor.

— As duas coisas não são compatíveis — justificou Hironobu. — Se sou um Grande Senhor, então sou um Grande Senhor. Se sou um garoto, então não passo disso.

— Os dois papéis são de fato incompatíveis, tem razão — concordou a Senhora Kiyomi. — Mesmo assim, trate de conciliá-los. No futuro, quando for líder do clã de fato, bem como em nome, às vezes terá de fazer duas, três, até quatro ou mais coisas ao mesmo tempo e nenhuma delas será compatível com a outra. Se não conseguir fazer essas coisas, e harmonizando-as mesmo quando a harmonia parecer impossível, então jamais será verdadeiramente um Grande Senhor. Terá apenas o título. — A Senhora Kiyomi curvou-se mais uma vez, agora profundamente, mantendo-se abaixada. — Espero que o meu senhor encontre algum valor em minhas palavras.

Hironobu retribuiu a reverência, curvando-se numa altura apropriada e também se mantendo abaixado. E depois disse, com igual formalidade:

— Suas palavras têm muito valor. Eu agradeço.

Enquanto deixava o aposento, ouviu a Senhora Nowaki comentar:

— A senhora fez um excelente trabalho. Ele está mais para um homenzinho do que para um garotinho.

Deixara o templo com um sorriso ainda maior do que o que trazia nos lábios ao adentrá-lo. Não conseguira espiar o bebê, conforme havia desejado. Mas não havia problema; teria outras oportunidades no futuro. Um dia, ele o veria, prometeu a si mesmo. Talvez conseguisse até mesmo cortar um pedacinho do seu pêlo, para mostrar aos seus companheiros no castelo.

• • • • • •

Go acabara de contornar cuidadosamente todo o perímetro do templo quando viu Hironobu retornando. Estava procurando uma brecha pela qual pudesse se infiltrar sem ser notado em alguma noite futura, mas não encontrara nenhuma. O Senhor Bandan construíra a Abadia de Mushindo como uma pequena fortaleza. Go sabia que as freiras que moravam ali até pouco tempo eram damas da corte que serviam à Senhora Nowaki, de modo que deviam ter habilidade com armas como a lança de lâmina comprida, a espada curta e a adaga. Também deviam saber como aleijar e arremessar agressores — ou coisa ainda pior. Não reconheceu os três homens com porte militar que ocupavam a cabana do caseiro do lado de fora do templo, mas, obviamente, eram samurais, não jardineiros.

— Não consegui ver o bebê — disse Hironobu.

— Eu lhe disse — retrucou Go. — A Senhora Nowaki e o bebê foram trazidos para cá para se esconder e não para se exibir.

— Continuo achando que deve ser deformado — disse Hironobu. — O que você está fazendo?

— Estou caminhando. O que lhe parece?

— Não sei. Mais do que um simples caminhar.

Go sorriu. Hironobu percebia coisas que a maioria dos meninos de sua idade não percebia. Aquilo era promissor. Talvez um dia ele crescesse e fizesse jus à reputação criada por duas misteriosas revoadas de pássaros e uma série de vitórias inesperadas no campo de batalha.

— Go?

— Pois não, meu senhor.

— Qual a diferença entre um fantasma e um demônio?

— Por que o senhor quer saber?

— Porque talvez possa ajudar a descobrir quem é o pai da criança de Nowaki.

Go estacou, encarando o menino.

— Quem disse que foi uma coisa ou outra?

— Todo mundo diz — afirmou Hironobu —, mas ninguém consegue decidir qual dos dois. Qual é a diferença? Ambos não são seres sobrenaturais?

— Um demônio é uma criatura de outro mundo — explicou Go. — Um fantasma é o espírito de uma pessoa que já viveu um dia aqui na Terra.

— Qual dos dois teria mais probabilidade de possuir um homem e usar o seu corpo?

— O quê?

— Acho que um fantasma — concluiu Hironobu. — Uma criatura de outro mundo poderia apenas matar o sujeito e fazer o que quisesse com a moça. Mas um fantasma, este não tem corpo, então precisa usar um que já esteja aqui. Faz sentido, não faz? — Esperou a resposta de Go, mas o guarda-costas continuou encarando-o em silêncio. Parecia amedrontado, o que era impossível. Go não tinha medo de nada.

· · · · · ·

A expressão de tristeza da Senhora Nowaki comoveu profundamente a Senhora Kiyomi. Perder filhos de forma violenta, como acontecera com ela, era trágico, mas nem se comparava à angústia de ter um filho defeituoso vivo. Era uma grande bênção dos deuses que inconcebíveis mananciais de amor começassem a jorrar em todas as mães enquanto os bebês cresciam em seus ventres. Assim, todos os percalços, os fardos, as dores da maternidade podiam ser suportados sem queixas e, quando a criança nascia, encontrava um lar no seio de um amor abrangente e inesgotável. Mas para onde ia este amor, e para quem trazia o menor dos benefícios, quando a criança nascia como a da Senhora Nowaki? Que tristeza insuportável experimentar uma decepção tão avassaladora após tantos meses de uma espera plena de esperança e alegria. E agora, é claro, o pai da criança jamais se daria a conhecer, de modo que a situação da Senhora Nowaki era ainda mais desoladora. Teria de sofrer sozinha. As lágrimas nos olhos da Senhora Nowaki, que ela lutava arduamente para conter, trouxeram lágrimas aos olhos da Senhora Kiyomi. Ela suspendeu a manga do quimono para enxugá-las.

— Como a poeira entra nos olhos aqui, não é? Deve ser porque a abadia fica em uma montanha e não conta com a proteção de uma folhagem mais densa — justificou ela.

— É verdade — disse a Senhora Nowaki, também usando a manga de seu quimono. Ficara profundamente grata à Senhora Kiyomi pela desculpa que ela arranjara, embora não pudesse comentar nada a respeito. — E, infelizmente, os ventos costumam levantar a poeira das montanhas.

Enquanto a Senhora Kiyomi e a pobre jovem mãe choravam juntas, fingindo não estar chorando, os pensamentos da Senhora Kiyomi concentravam-se na criança. Rezava aos deuses e aos Budas para que recebessem a menina em seu reino muito em breve e lhe concedessem paz, uma paz que certamente jamais encontraria na Terra.

1308, ABADIA DE MUSHINDO

Na época em que a grande mudança se deu em sua vida, apenas a Reverenda Abadessa Suku ainda a chamava de Shizuka. Na ausência da abadessa, todos a chamavam de Olhos Selvagens, aludindo à sua característica mais conspícua: as abruptas mudanças de direção, consciência e expressão que mantinham seus olhos em constante movimento — exceto quando contemplavam fixamente algo que somente ela conseguia ver. Sua propensão ao choro não estava mais tão pronunciada quanto estivera nos seus primeiros meses de vida, embora de vez em quando o som de sua voz aflita ecoasse pelo templo indefinidamente, durante dias seguidos. Sua presença era tão perturbadora que o refúgio na Abadia de Mushindo só era procurado por freiras resolutas, dedicadas e que não se distraíam com facilidade — apesar do apoio generoso da Senhora Kiyomi e do Senhor Bandan, que tornavam as condições de vida na abadia consideravelmente menos austeras do que na maioria dos locais de disciplina religiosa. Uma das freiras, observando que os olhos das pessoas quando estavam sonhando movimentavam-se de modo semelhante sob as pálpebras cerradas, disse que, em sua opinião, a menina nunca estava completamente desperta nem adormecida. As outras freiras acabaram compartilhando a sua opinião, uma vez que explicava por que ela parecia ver coisas que não existiam quando seus olhos estavam abertos e jamais demonstrava nenhum sinal de descanso sereno quando estavam fechados. Em ambos os casos, contorcia-se, revirava-se, gritava e pronunciava palavras sem sentido. Era até mesmo provável que ficasse mais tranqüila quando estava acordada, pois havia longos períodos nos quais ela jazia inerte, de pé, sentada ou deitada, os olhos fixos, como que paralisados diante de alguma visão.

Quando a mudança aconteceu, veio sem nenhum aviso.

As duas freiras responsáveis naquele dia pelo banho e pela alimentação da menina decidiram adiar suas tarefas. O lamento canino, intercalado por soluços, levou-as a concluir que qualquer tentativa seria útil. Estavam discutindo se seria melhor pedir a permissão da abadessa ou agir por conta própria quando o pranto subitamente cessou. Estavam acostumadas a ouvir o choro ensandecido e aflito silenciar lenta e espasmodicamente, como se alguém a tivesse estrangulado. Mas era a primeira vez que cessava de maneira tão abrupta.

— Alguma coisa aconteceu — disse uma das freiras.

— Ela morreu — concluiu a outra.

A primeira assentiu com a cabeça. Verdade seja dita, era inesperado — não seria de bom-tom, naquelas circunstâncias, chamar de milagroso — que a criança tivesse sobrevivido tanto tempo. A loucura que a possuía era tão grande, implacável e profunda que a incapacitava para executar as tarefas mais fundamentais à sua sobrevivência, mesmo com a ajuda das piedosas seguidoras do Caminho do Buda. O que poderia ser considerado como o nível mínimo aceitável de nutrição, repouso e higiene não raro lhe era impraticável. Tudo levava a crer que, finalmente, a hora da menina havia chegado.

Correram até sua cela, esperando encontrar o corpo estirado no chão. À primeira vista, viram o que imaginavam. Ela estava sentada, caída contra a parede no canto extremo da cela, imóvel. Revestindo-se de coragem para enfrentar o mau cheiro, destrancaram a porta e entraram.

— Devíamos chamar a Reverenda Abadessa.

— É melhor confirmarmos o estado da menina primeiro.

— Está bem. Vamos examinar o corpo, então.

Unindo as palmas em *gassho*, o gesto budista de respeito e aceitação, avançaram cela adentro.

— Espere — disse uma das freiras.

Nem precisava ter falado. A outra freira já havia estacado. Ambas perceberam a mesma coisa. Os olhos da menina não se agitavam loucamente de um lado para o outro, como de costume, nem estavam com sua típica aparência de olhos de morta. Reluziam, brilhantes. E pareciam estar olhando fixamente para elas.

— Que desagradável.

— Cheguei a pensar que...

— Sim, eu também. Mas não pode ser. Os mortos não podem enxergar. Olhe. O chão à sua volta está coberto de sangue.

— Sofreu uma hemorragia fatal.

— A mente e o corpo não suportaram mais.

— Vamos prosseguir.

Avançaram, um pouco mais devagar do que antes. Foi então que presenciaram outro acontecimento inédito.

Shizuka sorriu.

Uma das freiras teria desmaiado, não tivesse sido amparada pela outra, que estava bem atrás dela.

— Chame a abadessa — disse ela.

• • • • • • •

Um átimo de segundo antes da mudança, as vozes gemendo nos ouvidos de Shizuka eram tantas e tão altas que ela mal se dava conta de que era ela própria que estava gemendo. Então a terrível gritaria diminuiu drasticamente de volume, mas se tornou ainda mais perturbadora. Jamais escutara algo parecido. Alguns segundos se passaram até que percebesse o que era.

Era o som da sua própria voz.

Jamais a escutara sem estar acompanhada pelo alarido das outras vozes que povoavam o seu universo auditivo. Sua natureza solitária deixou-a tão perplexa que ela parou de gritar. Foi então que experimentou algo ainda mais estranho.

O silêncio.

Não havia vozes gritando, gargalhando, chorando, implorando, amaldiçoando, falando. O barulho das máquinas imensas que às vezes rugiam pela sua cela desaparecera, assim como os bandos de animais gigantescos e as multidões em uniformes e trapos, alinhadas e enfileiradas ou em turbulentas aglomerações.

De uma hora para outra, não só sua audição, como todos os outros sentidos ganharam uma nova singularidade, jamais experimentada. De uma hora para outra, os momentos se tornaram seqüenciais, distintos, sem o menor indício de simultaneidade, passando regularmente, um após o outro, do passado para o futuro e jamais ao contrário. Sempre houvera uma infinidade de pessoas com ela — de aparência transparente ou sólida; alegres, tristes, indiferentes; cientes ou não de sua presença; jovens, idosas, esqueléticas, ainda não nascidas; mortas, vivas. Pois aquelas companhias constantes haviam desaparecido.

Estava sozinha.

No início, aquela súbita clareza, tão desconhecida, serviu apenas para deixá-la ainda mais confusa.

Um mau cheiro terrível empesteava o ar. Ficou sabendo depois que o odor putrefato era oriundo dela própria — seu suor, suas fezes, sua urina e os restos de comida que regurgitava. O fedor não chamara sua atenção por ser desagradável, mas sim por sua singularidade. Até então, odores de todos os tipos, provenientes de diversos lugares, estavam tão misturados que não era possível distinguir um do outro, o que não era muito diferente de não possuir o sentido do olfato.

Após os ouvidos e as narinas, foi a vez dos olhos. Teriam sido os primeiros, se estivessem abertos, mas estavam cerrados, como de costume.

Não havia motivo para ficar de olhos abertos quando sabia que viam as mesmas coisas, fechados ou não. Agora, a visão das quatro paredes, um teto e um chão a fascinava, todos sólidos, impenetráveis, e não, como outrora, coexistindo com outros objetos, naturais ou não.

Por mais estranhas e apavorantes que fossem aquelas novas experiências, elas nem se comparavam à que agora ocupava toda a sua atenção.

Estava sendo agarrada por algo enorme.

Tentou escapar, mas, quando se movimentou, a coisa movimentou-se junto com ela.

Quando percebeu que a coisa estava dentro de sua roupa, quase se pôs a gritar novamente, recorrendo à única maneira da qual se valera para tomar parte no mundo até então. Mas não gritou, pois, ao abrir a boca, sentiu que a coisa se apoderara de seu rosto e, ao tocá-lo, compreendeu o que era.

Sua própria pele.

Tocou-a com as mãos, amedrontada no início, depois com crescente entusiasmo. Admirada ao constatar que as mãos que tocavam e o que tocavam as mãos eram um só. Sua pele delineava toda a superfície externa de seu corpo, formando algo que até então ela desconhecia.

Um limite para o seu ser. Uma separação entre ela e todo o resto.

Ela e o universo não eram mais um só.

De repente, algo se moveu, desta vez no seu torso, empurrando os ossos de suas costelas para fora, causando uma alarmante distensão. Quando começou a temer que aquilo pudesse machucá-la de verdade, cessou e seu peito acalmou-se novamente. Olhou à sua volta na cela, mas não viu nada. Teria a maldição das visões múltiplas sido substituída pela da cegueira parcial? Então, de algum modo, sem que se desse conta, a coisa invadiu-a novamente e começou a empurrar suas costelas outra vez.

— Ahhh — gemeu ela, notando que expelia o ar enquanto seus pulmões se contraíam.

Estava respirando.

Era claro que sempre respirara. Mas, no caos indomável de todos os eventos possíveis acontecendo ao mesmo tempo, jamais percebera.

Durante vários minutos, permaneceu de olhos fechados, apenas acompanhando o ar para dentro e para fora do seu corpo. Sua respiração serenou, movimentando menos o peito e mais o ventre, e ela ficou mais calma. O ar, entrando e saindo de seu corpo, proporcionou-lhe uma conexão mais íntima com todo o resto.

Então, sua pele não era um limite absoluto. Estava separada de tudo, mas não completamente.

O som da madeira estalando fez com que abrisse os olhos. Contemplou, horrorizada, um pedaço da parede mexendo-se sozinho, para dentro da cela. Estava petrificada de medo. Teria encontrado a lucidez apenas para perdê-la em seguida? Estaria voltando tão depressa ao múltiplo universo que habitara, repleto de simultaneidade e caos?

Dois seres avançaram pela abertura na parede. Eram tão sólidos que não podia ver através deles. Aquilo acontecia algumas vezes, mas não amiúde. Normalmente, os seres que enxergava eram mais etéreos. Os do outro tipo eram muito mais raros. Mas não era nenhum conforto para ela. Sólidos ou amorfos, logo surgiriam aos montes novamente, embotando a sua recém-adquirida lucidez.

— Espere — disse um dos seres. Ambos pararam e ficaram olhando para ela.

— Que desagradável — disse o outro.

Shizuka escutava-os conversando, mas não ousava se mover. A qualquer momento, esperava que outras vozes surgissem de todos os cantos até que, em um concentrado esforço para bloqueá-las, escutasse a si mesma gritando novamente. Mas ouvia somente as vozes dos dois seres à sua frente. Enquanto se aproximavam lentamente dela, Shizuka notou manchas escuras idênticas no chão da cela, movimentando-se junto com eles. Estavam formando sombras, assim como ela própria. Não eram alucinações, mas sim pessoas de verdade, presentes naquele momento na cela. Não estava perdendo a lucidez. Na verdade, sentia que estava ficando ainda mais acentuada.

Shizuka sorriu.

Os dois seres estacaram, dando um passo para trás. O que estava na frente quase derrubou o de trás ao recuar depressa.

— Chame a abadessa — disse um deles.

Shizuka não entendia por que estavam tão assustados.

Estariam tendo as visões apavorantes que ela deixara de ter?

. . . .

A recém-adquirida lucidez de Shizuka não durou muito. Em três dias, voltou a ouvir vozes desencarnadas, a ver o que não existia, a vivenciar o fluxo dos acontecimentos interferindo na passagem natural do tempo e a observar objetos e entidades múltiplas ocupando o mesmo espaço, uns sobrepondo-se aos outros. Ao final de uma semana, estava novamente perdida no caos.

Quando a lua inaugurou um novo ciclo, voltou a ficar lúcida. Seriam aqueles períodos de tranqüilidade tão aleatórios quanto a sua loucura? Não, pois havia algo diferente. Da segunda vez, assim como da primeira, seus seios ficaram sensíveis e inchados e seu corpo expeliu um fluxo de sangue, que ela sabia assinalar a passagem de uma estação em seu próprio corpo. Era aquele sangue que apaziguava temporariamente as visões. Só podia ser, era a única explicação que se encaixava perfeitamente.

Na quietude seguinte, ciente de que terminaria tão abruptamente quanto a primeira, ela pôs-se a examinar minuciosamente todas as suas ações. O que encorajava os pensamentos e as alucinações caóticas? O que acentuava a calma e aplacava a desordem?

No primeiro caso, as emoções, especialmente a raiva, o medo e a cobiça.

No segundo, a estratégia mais confiável era o simples ato de respirar, de maneira consciente, mas sem um controle forçado.

Certamente, havia inúmeras ações para cada categoria. Aquelas eram apenas as que observara durante o breve período que durara seu segundo ciclo. Quando foi absorvida pelo caos novamente, respirou fundo e deixou-se levar, e daquela vez chegou a ter momentos de consciência mesmo durante a loucura. Foram apenas breves instantes de lucidez, mas eram reais e ela jamais os experimentara antes.

Shizuka estava aprendendo. Até então, o caos a controlava. Se conseguisse aprender a controlar o caos, estaria livre.

A lua mudou de ciclo, trazendo consigo outra maré de sangue em seu corpo. Shizuka colocou em prática o que havia aprendido. A cada mudança da lua, saía-se melhor do que antes. Quando o sangramento parava e as visões recomeçavam, concentrava-se em sua respiração — sem raiva, sem medo, sem desejar coisa alguma — e as visões já não eram mais tão assustadoras quanto antes. Não as conseguia abolir por completo, mas aprendera a mantê-las em segundo plano por períodos mais longos.

Começou a acreditar que, em breve, poderia livrar-se totalmente delas.

Até que, durante a sua oitava maré, uma de suas visões, nebulosa e leve como fumaça, a viu e falou com ela.

1867, RUÍNAS DO MOSTEIRO DE MUSHINDO

Kimi conduziu-as até a recém-restaurada cabana de meditação do abade e, orgulhosa, abriu a porta para a Senhora Hanako e a Senhora Emily.

— Está igualzinha como era antes da explosão, não está? — perguntou ela.

— Nunca estive dentro da cabana — respondeu Hanako. — A primeira e única vez que estive em Mushindo foi durante a batalha.

— Ah — fez Kimi. Era uma pena. Desde que fora resgatada em Yokohama, dedicara-se à reconstrução do mosteiro, junto com Goro e as mulheres que permaneceram com eles. Servir ao Buda com o seu trabalho já era recompensador por si só, sem dúvida. Contudo, seria agradável se alguém reconhecesse os seus esforços.

As duas senhoras conversaram brevemente na língua dos estrangeiros. Em seguida, Hanako virou-se para Kimi e perguntou:

— Vocês estão seguindo alguma planta para a reconstrução?

— Não, minha senhora — respondeu Kimi. — Estamos nos guiando pela memória de Goro. É extraordinária.

Hanako disse algumas palavras estrangeiras para Emily, que assentiu com a cabeça, decepcionada.

— Obrigada, Kimi — agradeceu Hanako. — Se você acha mesmo que não tem nenhum problema, gostaríamos de pernoitar aqui.

— Ah, mas é claro que não, Senhora Hanako. Esta cabana não é mais usada para meditação. Nós a reconstruímos porque... bem, porque ela já existia antes. É uma pena que tão poucas áreas do mosteiro tenham sido restauradas. Os antigos aposentos dos monges teriam oferecido mais espaço e conforto para as senhoras.

— Vamos ficar bastante confortáveis aqui, Kimi. Muito obrigada.

— Sejam bem-vindas, Senhora Hanako e Senhora Emily.

Depois que Kimi foi embora, Emily disse:

— Seria muito mais fácil verificar ou desmentir o que está escrito nos pergaminhos se soubéssemos onde ficavam as construções antigas. A cela, por exemplo. A autora afirma ter deixado um sinal da sua presença lá.

— Nem mesmo uma planta teria nos ajudado — afirmou Hanako. — A edificação que abrigava a cela deve ter sido destruída há séculos.

— Mas, com a planta, poderíamos descobrir a antiga localização e, ao constatarmos que o tal sinal que ela mencionou não existe, teríamos certeza de que os pergaminhos não devem ser levados a sério. — Emily fez uma pausa e acrescentou: — Se bem que eu não acredito neles mesmo.

Emily abriu sua valise e retirou um dos pergaminhos. Ela e Hanako sentaram-se sobre as pernas dobradas no chão para examiná-lo. Ao longo dos anos, Emily aprendera a sentar-se à moda japonesa com razoável conforto. Não conseguia permanecer sentada daquela maneira por muitas horas, mas durante alguns minutos era suportável.

— Talvez tenhamos entendido errado o trecho — disse Emily.

— Não há o que entender errado — retrucou Hanako. E disse, lendo o pergaminho: — *"Vamos nos encontrar na Abadia de Mushindo, quando você entrar na minha cela. Você vai falar, eu não. Quando for me procurar, não me encontrará. Como isso é possível? Você não vai entender até a criança chegar; depois, compreenderá tudo."*

— Então é uma profecia, que só pode ser falsa — concluiu Emily.

— Para nós, pode parecer, de fato. Mas a autora a registrou como algo que já havia acontecido. Como história.

Emily balançou a cabeça, inconvicta.

— Como pode alguém que supostamente morreu seis séculos atrás mencionar algo no futuro como se já fosse passado? Não creio que isso tenha sido escrito há muito tempo. Acho que é uma falsificação, criada com o único intuito de gerar dúvida.

Hanako sorriu.

— Você está começando a pensar como nós, Emily.

— Bem, suponho que isso seja inevitável, até certo ponto — disse Emily. — Vivemos tempos turbulentos e o Senhor Genji tem muitos inimigos. Imagino que alguns sejam desprovidos de bom senso e apelem para qualquer recurso que possa prejudicá-lo.

— Gostaria de concordar com você, mas não posso — lamentou Hanako. — Uma intriga tal como a que acaba de descrever não seria tramada dessa maneira. Em primeiro lugar, os pergaminhos foram entregues a você, que todos sabem ser leal ao Senhor Genji. E, em segundo, como foram escritos em japonês, supõe-se que você consultaria alguém para ajudá-la, e todo mundo sabe que eu sou sua amiga mais chegada. A minha lealdade ao Senhor Genji também é igualmente inquestionável. Logo, o responsável pela intriga não poderia esperar que o conteúdo dos pergaminhos viesse a público e, não fosse esse o seu propósito, para que mais serviriam?

— Está me dizendo que acredita que esses pergaminhos possam ser genuínos?

— Eu acho que não devíamos ter vindo até Mushindo — disse Hanako.

— Tínhamos de vir — afirmou Emily, enrijecendo a mandíbula em uma expressão de teimosia —, porque essa é a única maneira de provar que o que está escrito aqui é falso. Não me diga que está com medo.

— Não devíamos ter vindo — repetiu Hanako.

Ouviram a voz de Taro do outro lado da porta:

— Senhora Hanako, coloquei meus homens de sentinela, dentro e fora do mosteiro, conforme a senhora mandou. Eu mesmo vou ficar de vigia no pátio interno esta noite.

— Pode entrar, Taro — disse Emily.

A porta de correr se abriu. Taro permaneceu do lado de fora, curvado.

— Preciso supervisionar os homens, Senhora Emily. Se precisarem de alguma coisa, é só chamar que alguém virá atendê-las imediatamente.

— Obrigada, Taro — agradeceu Emily.

— Da última vez que estivemos aqui, estávamos empapados com o sangue dos nossos cavalos — comentou Hanako.

— Esse dia parece muito distante agora — disse Taro. — Muita coisa mudou desde então.

— E outras mudanças virão — vaticinou Hanako. — Precisamos continuar firmes.

Taro curvou-se para ela e disse:

— Sem dúvida.

Depois que ele fechou a porta, Hanako ficou ouvindo seus passos se afastando.

— O que foi? — perguntou Emily.

— Nada — respondeu Hanako. Não havia necessidade de preocupar Emily com suas dúvidas, que provavelmente eram infundadas. Durante toda a viagem, o comportamento de Taro lhe parecera bem diferente do habitual. Nada específico que tivesse incomodado Hanako. Eram apenas ligeiras diferenças no seu olhar, na sua postura, no tom de sua voz. Na certa, estava perturbado pelo estado turbulento do país, como todos estavam. Mas uma explicação mais funesta também era possível. Notou que todos os homens que Taro trouxera consigo eram seus empregados particulares. Não havia nenhum samurai de Hidê entre eles. Normalmente, um detalhe como esse não chamaria a sua atenção. Mas aquela mudança sutil e indefinida em Taro a preocupava o bastante para fazer com que ficasse atenta a outras possíveis discrepâncias.

Emily leu o trecho novamente:

— *"Vamos nos encontrar na Abadia de Mushindo, quando você entrar na minha cela. Você vai falar, eu não. Quando for me procurar, não me encontrará. Como isso é possível? Você não vai entender até a criança chegar; depois, compreenderá tudo."*

Hanako sentiu um calafrio.

— Não faz muito sentido — disse Emily. — Que criança? E quem é o "você" a quem ela se dirige? Não há nenhuma cela por aqui e Mushindo é um mosteiro, não uma abadia.

— Quando foi construído, em 1292, era uma abadia, não um mosteiro — disse Hanako.

— O quê? — perguntou Emily, sentindo que empalidecia.

— Antes de ser reduzido a ruínas na batalha que o Senhor Genji travou aqui, já havia sido arruinado antes, na guerra civil entre o fundador do nosso clã, o Senhor Hironobu, e os traidores que o assassinaram. Eles tocaram fogo na Abadia de Mushindo, com todos os residentes dentro. Ficou abandonada por séculos e séculos. Foi o velho Abade Zengen, que faleceu um pouco antes da senhora chegar ao Japão, quem a reconstruiu com suas próprias mãos. Foi ele quem a transformou em um mosteiro.

Emily não queria acreditar no que acabara de ouvir.

— Mas isso não responde às outras perguntas.

— Não — concordou Hanako —, mas não é difícil adivinhar suas respostas.

— Eu não consigo. Você consegue?

Hanako hesitou. Não queria ter de dizer, mas não acreditava mais que as palavras pudessem causar algum mal. Uma sensação de inevitabilidade começara a crescer dentro dela desde que vira Emily lendo os pergaminhos no Palácio do Grou Quieto, em Edo. Sabia que o que estava para acontecer não podia ser evitado.

— O nascimento ao qual o pergaminho se refere — disse Hanako — deve ser o nascimento do herdeiro que dará continuidade à linhagem. O "você" é a pessoa para quem os pergaminhos foram escritos.

Emily olhou fixamente para ela.

— Hanako, você não está achando que sou eu, está?

— Estamos aqui — disse Hanako — e em breve veremos.

— Ou não — retrucou Emily, com um pouco mais de ênfase do que pretendia. — Essa tal Shizuka pode ter sido muito esperta, mas certamente não era uma bruxa com poderes sobrenaturais. Bruxas não existem.

— Gostaria que você não tivesse pronunciado o nome dela — disse Hanako, esforçando-se para não tremer.

• • • • • •

As duas mulheres tiveram uma noite de sono agitada, na temerosa expectativa do que uma julgava inevitável e a outra sabia ser impossível. Quando o dia amanheceu, constatando que ninguém as visitara de madrugada, ficaram muito mais animadas do que tinham estado no dia anterior. Na verdade, pela primeira vez durante a viagem, Hanako experimentou uma sensação de leveza. Até mesmo a sua desconfiança em relação a Taro desapareceu.

— A senhora tinha mesmo razão — disse Hanako. — Nós, japoneses, somos muito supersticiosos. Ouvimos tantas histórias antigas que começamos a acreditar nelas, deixando o bom senso de lado.

— Isso vai mudar — afirmou Emily. — O Japão está a um passo de se unir à comunidade das nações civilizadas. Um dia, e este dia não está muito longe, o Japão há de ser tão moderno e científico quanto os Estados Unidos, a Grã-Bretanha e as outras grandes nações do mundo. A lógica, e não os contos de fadas, hão de guiar a todos nós.

Naquela tarde, Hanako foi com Kimi admirar o jardim que Goro cultivava. Além das verduras comuns, disse Kimi, Goro também plantava flores comestíveis. Aprendera sobre elas observando as flores do campo colhidas por Jimbo, o monge estrangeiro.

— O dia está tão lindo — comentou Emily. — Acho que vou dar um passeio no prado ali adiante.

Foi caminhando pela floresta, não muito distante da muralha do templo. Os dois samurais designados por Taro a seguiram a uma distância discreta. Aquele não era o lado do templo onde a batalha havia ocorrido. Embora seis anos tivessem se passado, Emily não sentia nenhuma vontade de pisar no mesmo chão onde tantos haviam perecido. A lembrança ainda era muito dolorosa para ela. Distraída com tais pensamentos, estava quase terminando de passar por uma fileira de pinheiros quando avistou uma mulher, protegida pela sombra das árvores, olhando para ela. O contraste entre a luz do sol que banhava Emily e as sombras que ocultavam a mulher lhe conferia uma aparência efêmera que, aliada à maneira como estava parada, absolutamente imóvel, fazia com que fosse difícil não notar a sua presença.

A mulher era bem jovem, pois seu cabelo não estava penteado como o de uma adulta, mas sim amarrado em um comprido rabo-de-cavalo.

Era extraordinariamente bonita, com traços delicados e olhos menos estreitos do que os da maioria dos japoneses. Emily imaginou que ela talvez fosse uma das meninas que escapara de Yokohama com Kimi e Goro. A moça a encarava com uma expressão levemente divertida. Na certa, jamais havia contemplado uma estrangeira tão de perto. Aquela era uma ótima oportunidade para Emily praticar o seu japonês com alguém que não fosse abonar o seu sotaque.

— Boa-tarde — cumprimentou Emily, acompanhando suas palavras com a reverência adequada à moda do campo. Não obteve a resposta esperada. Em vez de retribuir scu gesto e seu cumprimento, a moça permaneceu calada, enquanto seu rosto se crispava em uma expressão de espanto.

— Venho de muito longe — disse Emily. — O meu nome é Emily.

— Senhora Emily. — Ouviu a voz de Taro atrás dela. — Está tudo bem?

— Estava apenas praticando o meu japonês — respondeu Emily. — Sem muito sucesso. — Virou-se novamente para a moça e percebeu que ela havia fugido. Achou graça. — Pelo visto o meu japonês é tão ruim que chega a apavorar desconhecidos. O senhor é muito gentil por não reagir do mesmo modo. Viu para que lado ela foi?

Taro virou-se para os dois samurais que estavam seguindo Emily. Ambos deram de ombros.

— Não — respondeu Taro. — Sinto muito.

— Deve ter voltado para o mosteiro — concluiu Emily. — Vou pedir a Kimi para nos apresentar formalmente e mostrar a ela que não precisa ter medo de mim.

— Vocês viram a mulher? — perguntou Taro aos dois samurais.

— Não, Senhor Taro.

— Deviam ficar mais atentos — admoestou ele. — De que servem dois guarda-costas que nem sequer percebem um assassino em potencial?

— Não vimos ninguém, senhor — disse um dos samurais. Olhou aturdido para o seu companheiro.

— Exatamente por isso — retrucou Taro, ríspido. Não gostava de ouvir desculpas.

Emily prendeu o sapato em algo escondido pela relva. Precisou apoiar-se em um dos pinheiros para não cair. Inclinou-se para ver o que era: uma pedra grande e achatada, meio escondida na terra.

— Uma pedra fundamental — disse Taro.

— Como disse? — perguntou Emily em inglês, um pouco atordoada.

Taro não era nenhuma lingüista, mas seu inglês melhorara quase tanto quanto o japonês de Emily.

— É uma antiga pedra fundamental. Devia existir alguma construção aqui. Com a destruição e a reconstrução, as edificações às vezes mudam de lugar intencionalmente, para alterar o carma do lugar. E às vezes sem querer, porque ninguém lembra onde a construção antiga ficava — explicou Taro.

— Uma construção? — perguntou Emily.

— Sim — confirmou Taro, examinando a relva. — Não muito grande, está vendo? Aqui está outra pedra. Devia ser um aposento bem pequeno.

— Uma cela — disse Emily, desmaiando logo em seguida.

Quando tornou a abrir os olhos, viu Hanako observando-a, preocupada, com Kimi atrás dela.

— Ela acordou — anunciou Kimi.

— Você está bem? — perguntou Hanako.

— Estou, sim — respondeu Emily. — Acho que me cansei um pouco demais. Nada grave. — Olhando à sua volta, viu uma aglomeração de mulheres. Não reconheceu a moça da floresta entre elas. — Todas as residentes estão aqui?

— Exceto uma — respondeu Kimi. — Foi até a aldeia cumprir uma tarefa. Às vezes, pega um atalho e acaba perambulando pela floresta.

Emily suspirou, aliviada.

— Então foi ela quem eu vi. — Sorriu para Hanako. — A minha imaginação correu solta. Eu vi a moça, depois ela desapareceu. Tropecei em uma pedra, lembrei-me dos pergaminhos e pensei que fosse a... — Emily se conteve, lembrando-se do pedido que Hanako fizera para que ela não proferisse aquele nome — ... aquela pessoa que eu imaginava encontrar. Ela é muito tímida? — perguntou a Kimi.

— É — respondeu Kimi —, muito, muito tímida.

— As moças mais bonitas costumam ser tímidas mesmo — disse Emily.

— Bonita? — Kimi parecia perplexa.

— Aí vem ela — disse uma das moças. — Yasuko! Venha aqui! A senhora quer conhecê-la. Você não devia ter fugido!

Emily observou a jovem atarracada e ossuda se aproximando. Mesmo se a sua cabeça não fosse estranhamente torta para um dos lados, já teria uma aparência desajeitada. O cabelo preso tornava o seu defeito ainda mais proeminente. Não havia nada de elegante, belo, nem sequer levemente fugaz em sua figura.

— Ela machucou o pescoço em Yokohama — explicou Kimi. — Agora, não consegue mais levantar a cabeça.

Emily ficou tonta novamente, mas daquela vez não desmaiou.

— Abadia de Mushindo — sussurrou ela.

— Está delirando — disse Taro.

— Receio que não — retrucou Hanako.

7

A Criança Misteriosa

Um velho ditado afirma que o homem é coragem, e a mulher, gentileza. Há nesta idéia uma agradável mescla de simetria e contraste e, como muitas outras coisas agradáveis, é falsa.

Coragem e gentileza são inseparáveis.
Se uma parece existir sem a outra, cuidado.
Você está diante da covardia e da crueldade disfarçadas.

AKI-NO-HASHI
(1311)

1867, RUÍNAS DO MOSTEIRO DE MUSHINDO

Os homens que Taro designara para proteger Emily durante o seu passeio eram os guarda-costas menos confiáveis do contingente. Fora levando tal característica em consideração que os trouxera de Edo. Podia contar com eles para um trabalho malfeito, exatamente o que eles fizeram, negligenciando o dever entretidos em uma conversa fiada. Nenhum dos dois o avistara escondido entre as árvores, embora o deslocar furtivo não estivesse entre os seus talentos marciais mais proeminentes.

Como todo autêntico samurai, desprezava subterfúgios e dissimulações, preferindo exibir-se às claras, em uma postura que revelasse as suas intenções. O modo como estava executando a sua traição lhe era quase tão penoso quanto a traição em si. Mas o Senhor Saemon o convencera de que aquela não era hora para a bravata tradicional. Taro precisava ocultar a sua mudança de lado até o momento certo. Não só iria assassinar uma mulher — mulher esta que prometera proteger —, como realizaria o serviço às escondidas, triplicando a vergonha que sentia. Agia para proteger as antigas tradições de honra e coragem que o Senhor Genji tinha tamanha pressa em abandonar. Não era curioso que o seu primeiro ato em prol daquela causa tivesse de ser tão grotescamente covarde? Ainda assim, era coerente com todas as outras contradições provocadas pela presença dos estrangeiros. Se fosse um homem um pouco mais capaz de enxergar o ridículo da vida, na certa estaria rindo de si mesmo naquele exato momento.

Ele era um dos dois empregados de confiança do Senhor Genji, segundo comandante do exército do clã, um homem que arriscara sua própria vida para defender Genji diversas vezes. Filho de um samurai de origem humilde, fora promovido por Genji ao posto de senhor, tendo direito a terras. Ninguém o honrara mais do que Genji. Não havia ninguém mais merecedor da sua lealdade, da sua gratidão, do seu respeito. E Taro estava voltando as costas para ele, para servir ao Senhor Saemon, um homem talvez ainda mais detestável que seu falecido pai, Kawakami, o Olho Vivo, que comandara a polícia secreta do Xogum.

O Olho Vivo recebera sua justa recompensa — decapitação — na batalha que ocorrera naquele mesmo local. Taro e Emily estavam entre os poucos sobreviventes do lado do Senhor Genji. *Veterano de Mushindo.* Ao longo dos anos, orgulhara-se de ouvir muitas vezes aquelas palavras, sempre ditas em tom de admiração. Em alguns minutos, ganhariam outro significado. Seria melhor que tivesse morrido naquela época, preservando a sua honra. Embora sua causa fosse justa, sabia que a angústia da traição roubaria a alegria do resto de seus dias, quer fossem muitos, quer poucos.

A Senhora Hanako, a quem também estava traindo, havia perdido o braço esquerdo na batalha, defendendo seu marido, Hidê, o melhor amigo de Taro, agora também um senhor e general-chefe do clã. Esperava que ela não sofresse nenhuma conseqüência fatal; não queria machucar Hanako. Apenas a manteria como refém até conseguir convencer

Hidê a aderir à sua causa. Mesmo alguém teimoso e cegamente leal como ele entenderia que tais atos eram necessários e justos, tão logo fosse obrigado a parar e refletir sobre eles.

Caminhava encoberto pelas sombras, em meio à densa folhagem, iluminada apenas pela claridade que penetrava as árvores atrás dele. A posição do sol o favorecia, uma vez que qualquer pessoa que olhasse em sua direção não seria capaz de enxergá-lo direito. Emily perambulava distraída, dirigindo-se a uma fileira de pinheiros. Quando os alcançasse, estaria a aproximadamente cinqüenta flechadas de distância. Até mesmo um arqueiro medíocre como ele era capaz de atingir um alvo que se movia devagar àquela distância. Um rifle seria mais garantido, mas não podia usá-lo, por questões práticas e políticas. Em primeiro lugar, o barulho e a fumaça denunciariam nitidamente a sua localização. Em segundo, o uso de arco e flecha — armas tradicionais, sem nenhuma relação com os estrangeiros — por si só reforçava o seu argumento.

A morte de Emily produziria vários resultados satisfatórios de imediato. Daria ensejo a uma reação violenta das nações estrangeiras e, se a reação fosse como as anteriores, seria generalizada e excessiva, exacerbando o já exaltado sentimento de xenofobia. Também chamaria a atenção para a amizade imprópria do Senhor Genji com uma estrangeira, enfraquecendo ainda mais a sua posição, que, antes de mais nada, já não era forte. Depois, a execução compulsória dos dois guarda-costas negligentes dividiria ainda mais os samurais do clã, aumentando a probabilidade de poucos continuarem fiéis ao Senhor Genji à medida que a crise se agravasse. E, finalmente, a identidade misteriosa do assassino, que escaparia sem que ninguém o visse, intensificaria o medo e a desconfiança, e pessoas amedrontadas e desconfiadas tendem a cometer mais erros do que acertos.

Estava tudo correndo conforme ele planejara. Os dois guarda-costas estavam entretidos demais conversando para notar a sua presença. Emily caminhava tão devagar que não oferecia nenhuma dificuldade. Taro preparou o arco. Estava prestes a soltar a corda em seus dedos quando Emily estacou e começou a falar no seu japonês com terrível sotaque. Quem estava lá? Não podia atirar sem saber. A pessoa devia estar bem protegida pelas árvores, pois, por mais que se esforçasse, não conseguia enxergar ninguém.

Perdera a oportunidade. Era esperto o bastante para insistir em seu intento fora de circunstâncias auspiciosas. Teria outra chance. Escondeu o arco em um arbusto e avançou em direção a Emily. Embora estivesse próximo ao seu ombro em questão de segundos, continuava sem ver com quem ela falava. Parecia estar trocando amenidades com o pinheiro.

— Senhora Emily — disse Taro. — Está tudo bem?

Ao que parecia, não estava nada bem, pois, após algumas palavras inofensivas sobre duas pedras fundamentais parcialmente escondidas sob a relva, Emily desfaleceu. Já não era ruim o bastante que seu senhor tivesse uma amizade tão íntima com uma estrangeira? Precisava ser uma estrangeira dada a alucinações e desmaios? Era mais um indício de que Taro havia tomado a decisão certa, embora fosse uma decisão difícil e cruel. Estava pronto para assumir total responsabilidade pelos atos que havia se comprometido a executar. Ao mesmo tempo, era inegável que o Senhor Genji tornara qualquer outra opção impossível.

No mês anterior, em uma reunião com Hidê e Taro, o Senhor Genji finalmente ultrapassara todos os limites.

· · · · · ·

— Todos os nossos samurais possuem armas de fogo agora — disse Genji. — Em breve, todas as tropas também terão canhões com rodas, que podem ser levados para qualquer lugar.

— Sim, senhor — disse Hidê —, e não estão nada satisfeitos com isso.

— Com os canhões? — perguntou Genji.

— Nem com as armas de fogo, meu senhor.

— Não estão satisfeitos com as armas? — Genji parecia surpreso. — Não me diga que eles esperam lutar em guerras futuras munidos de espadas.

— Não é uma questão prática. Eles não acreditam que as armas expressem de maneira adequada o espírito samurai — explicou Hidê.

— Eles podem expressar seus espíritos à vontade — disse Genji —, mas, no campo de batalha, qualquer expressão espiritual é inútil se desprovida de força física.

— Há também um aspecto relacionado ao combate, meu senhor. Os homens destacam a batalha no Mosteiro de Mushindo como um exemplo do valor perene da espada — disse Taro.

— Como assim? O resultado foi determinado pelas armas. O que fizeram as espadas, além de demonstrar sua completa ineficácia?

— Quando o inimigo nos cercou em uma emboscada — recordou Taro —, lutamos com as nossas espadas e foi assim que o derrotamos.

— Você só pode ter perdido completamente a memória. Não se lembra de ter ficado entocado em um lamaçal de sangue para escapar da saraivada de balas? Não se lembra de ter se escondido atrás das tripas destroçadas dos nossos cavalos?

— Taro não está de todo errado, senhor — ponderou Hidê.

— Eu devo ter estado em outra batalha. Por favor, descreva a sua.

— As milhares de balas que descarregaram sobre nós não nos mataram — disse Hidê. — No final, tiveram de nos enfrentar com espadas.

— Como você, que estava lá, pode falar uma idiotice dessas? Está provando exatamente por que a época dos samurais chegou ao fim. O problema de vocês não é a espada na cinta, é a espada na cabeça.

— Há mil anos os samurais protegem o Japão — alegou Taro.

— Eu diria arruínam, não protegem.

— Senhor — disse Taro —, essa é uma piada de mau gosto.

— Piada? Longe disso. Durante mil anos, nos esmeramos em assassinar e escravizar aqueles que deveríamos proteger. Se os mortos assassinados pudessem formar uma fila ao lado dos seus carrascos, quais seriam mais numerosos?

— Lutamos entre nós mesmos — justificou Taro. — Não travamos guerras com os camponeses.

— Ah, é mesmo? Para cada samurai morto em uma batalha, quantos camponeses morreram pisoteados, alanceados, decapitados, de inanição ou simplesmente de tanto trabalhar? Cinco? Dez? Pois eu diria que cem, duzentos. Nós empunhamos as espadas, mas quem perdeu a vida foram eles.

— É esse o destino dos camponeses — sentenciou Hidê. — Eles devem aceitá-lo, assim como aceitamos o nosso.

— Curioso. Os camponeses franceses não pensavam assim. Eles se rebelaram e decapitaram seus nobres. — Genji sorriu, como se aprovasse a idéia.

— Isso jamais aconteceria aqui — afirmou Taro. — Somos uma nação civilizada. Até mesmo os nossos camponeses são superiores. Eles jamais chegariam sequer a cogitar uma idéia dessas.

— É verdade. Suponho que tenha mesmo razão. O que não deixa de ser um pouco triste, não acha?

— É algo para nos orgulharmos, não para lamentarmos — retrucou Taro.

— Talvez sim. Talvez não. Em vez de esperarmos pelo nosso próprio Reinado do Terror, seria mais prudente se inovássemos audaciosamente e abolíssemos a nós mesmos, nossas províncias e toda a hierarquia caduca de senhores e vassalos.

— Senhor! — exclamaram Hidê e Taro em uníssono.

Genji desatou a rir.

— Existe uma expressão estrangeira, "alimento para as idéias". Menos preocupação e mais nutrição é do que vocês dois estão precisando.

As palavras dele eram veneno, não alimento. Ele falara rindo, mas Taro sabia que Genji não estava brincando.

Agora, lembrando-se daquela conversa, Taro soube que fora naquele exato momento que deixara de ser o servo fiel do Senhor Genji.

Sua primeira tentativa de matar Emily dera errado. A segunda seria diferente.

. . . . . .

— Tem certeza de que está bem para ficar sentada? — perguntou Hanako.

— Absoluta — respondeu Emily. De volta à cabana reformada do abade, sentia-se um pouco ridícula por ter desmaiado daquela maneira, sem nenhum motivo. Só porque a moça bonita que vira na floresta não era uma das residentes do templo, isso não significava que tivesse visto um fantasma. A moça podia ser da aldeia, embora parecesse elegante demais para uma camponesa. Talvez fosse apenas uma passante, temporariamente afastada do resto de seu grupo.

— Obrigada. — Emily apanhou a xícara de chá que Hanako lhe oferecia. — Como eu ia dizendo, ela era incrivelmente bonita — relembrou Emily. — Os olhos eram impressionantes. Mais ocidentais do que orientais, o que não deve ser assim tão incomum. Afinal de contas, somos todos humanos, não tão diferentes uns dos outros.

— Você disse que o cabelo dela era muito comprido — disse Hanako —, que ia até o chão.

— Pelo que me lembro, sim. Ela estava na sombra e eu, no sol. Não consegui enxergar direito.

— Ela lhe pareceu... — Hanako fez uma pausa, buscando a palavra adequada. — Ela lhe pareceu fosca?

— Não exatamente fosca. As sombras criam ilusões de ótica. E a estampa do quimono dificultou ainda mais.

— A estampa do quimono?

— Sim. — Emily apreciava a preocupação de Hanako com o seu bem-estar. Contudo, o rumo do seu interrogatório e os detalhes aos quais ela se atinha eram um tanto estranhos. — O desenho era bem parecido com a folhagem do local onde ela estava. A ausência de contraste fez com que ela se fundisse com as plantas ao fundo.

Hanako empalideceu. Seus olhos perderam o foco e seu corpo cambaleou. Por um momento, Emily achou que Hanako também fosse desmaiar. Ela não chegou a perder os sentidos, mas precisou apoiar a mão no chão à sua frente para não se desequilibrar.

— O que houve? — perguntou Emily.

Hanako não respondeu de imediato. Não sabia o que dizer. Seria melhor que Emily ficasse sabendo ou não? Estava convicta de que Emily havia visto a Senhora Shizuka, a princesa feiticeira que ou salvara o clã nos seus primórdios ou rogara uma maldição sobre ele que durava até os dias atuais. Talvez tivesse feito as duas coisas. Os olhos grandes, o cabelo comprido, a transparência — que Emily tomara como a estampa do quimono. Na verdade, estava vendo através dela. Acontecera exatamente como profetizara o pergaminho — no Mosteiro de Mushindo, na antiga cela onde ela morara em sua infância. Talvez todas as outras profecias também fossem verdadeiras.

Somente aqueles que possuíam sangue Okumichi podiam ver a Senhora Shizuka. Se Emily conseguira vê-la, então restava somente uma possibilidade, por mais improvável que fosse.

— No dia em que a Senhora Heiko partiu — disse Hanako. — Seis anos atrás.

— Lembro-me muito bem — respondeu Emily. Fora a última vez que vira Heiko e Matthew Stark. O navio deles partira para a Califórnia na maré vazante.

— A Senhora Heiko me disse uma coisa que eu não acreditei. — Hanako hesitou. — Agora, eu acredito.

· · · · · ·

Era o dia de Ano-novo pelo calendário japonês, a primeira lua nova após o solstício de inverno, no décimo sexto ano do Imperador Komei. Heiko estava certa de que era o último que passava em sua terra natal.

— Que bons ventos a levem — disse Genji — e que o vento das lembranças a traga de volta. — Olhava no fundo dos olhos de Heiko enquanto falava.

Os seis amigos reuniram-se antes da partida do *Estrela de Belém*. Genji, Heiko, Hidê, Hanako, Emily e Stark fizeram uma reverência e esvaziaram suas pequenas taças cerimoniais de saquê, reservadas para comemorações. Muito havia mudado durante a passagem veloz de apenas um ano.

Hidê, tido como vagabundo, jogador e imprestável, tornara-se chefe de segurança do senhor. Demonstrara a sua coragem em batalhas violentas no Desfiladeiro Miê e diante das muralhas do Mosteiro de Mushindo. Ninguém enxergara tamanho potencial oculto por trás da mediocridade ociosa na qual ele vivia. Ninguém, exceto Genji, que inesperadamente o promovera.

— *Senhor* Hidê — disse Genji. — Soa bem, não é mesmo? — A ascensão de Hidê a chefe de segurança fora acompanhada de uma ascensão simultânea como senhor proprietário de terras. Desse modo, deviam dirigir-se a ele usando o título de nobreza.

Hidê corou violentamente.

— Não consigo me acostumar com isso, senhor. Sinto-me um impostor.

Os outros riram, benevolentes, mas Genji permaneceu sério. E disse, num tom de voz sereno que serviu para enfatizar ainda mais a seriedade de suas palavras:

— Impostor é algo que você definitivamente não é. Não conheço ninguém nesta vida mais verdadeiro, Senhor Hidê. E, na próxima vida, não espero conhecer quem o supere neste sentido, exceto talvez os Budas e os deuses.

A cor esvaiu-se imediatamente do rosto de Hidê, seus olhos ficaram rasos d'água e ele encolheu os ombros. Destemido e imperturbável nas batalhas, tinha tamanha tendência às lágrimas em situações emotivas que o seu apelido entre os homens era "Capitão Kabuki".

Hanako intercedeu prontamente, na tentativa de estancar o dilúvio iminente. Outrora apenas uma criada, era agora mulher de Hidê e mãe do seu filho recém-nascido, Iwao. Perdera um braço na batalha de Mushindo, mas sua graciosidade e seu encanto permaneciam intactos. Se o menino ao crescer alcançasse metade da coragem do pai e da sabedoria da mãe, haveria de ser um homem extraordinário. Quem teria dito que formariam um casal perfeito? Quem, senão Genji, que arranjara pessoalmente o casamento?

Heiko não pôde deixar de perceber uma certa ironia amarga naquilo. Ele era capaz de unir duas pessoas que jamais haviam sequer pensado uma na outra, mas, com Heiko, o melhor que podia fazer era mandá-la embora.

— Em vez de conceder-lhe um título, Senhor Genji, devia ter lhe dado um teatro. O meu talentoso marido tem mais facilidade para chorar do que as mais tarimbadas heroínas da ribalta — disse Hanako. Todos os atores do teatro Kabuki eram homens, de modo que as heroínas eram representadas por homens vestidos de mulher, considerados os artistas supremos.

— Hidê como gueixa! — brincou Genji. — O que você acha disso, Heiko?

Estavam todos rindo, inclusive Hidê; a comicidade da imagem sugerida pelo seu senhor sobrepujara-lhe as lágrimas.

— Você é um bom amigo, Hidê — disse Matthew Stark —, mas, sinceramente, já vi vacas no Texas mais dignas de um galanteio do que você.

Stark era o missionário cristão que viera para matar, matara e voltaria para sua terra natal no mesmo navio que levaria Heiko para longe da sua. Teria a vingança curado a dor de sua perda? Trazido paz ao seu espírito? A angústia que transparecia em seu olhar sempre que ouvia o riso ou contemplava o rosto sorridente de uma criança dizia que não. Sua perda, qualquer que houvesse sido, fora tão lancinante que ele ouvia as vozes dos mortos e via seus rostos mais nitidamente do que os dos vivos. Mesmo quando ria, como fazia naquele momento, Heiko conseguia enxergar um homem mais morto do que vivo, apesar do coração que teimava em bater em seu peito. Um homem assim não viveria por muito tempo. Qualquer um podia ver isso. Qualquer um, menos Genji, que o encarregara da tarefa de proteger a fortuna em ouro que estava mandando aos seus cuidados para os Estados Unidos, a comissão de Stark como seu agente comercial na América.

Havia um equilíbrio, perfeito e melancólico, no relacionamento de Heiko com Stark, não é mesmo? Ele perdera tudo o que realmente lhe era caro, e ela estava prestes a vivenciar a mesma experiência.

— Se existe um mercado para vacas bonitas — comentou Genji —, talvez você devesse conferir de perto.

— Talvez eu confira mesmo — disse Stark —, se tiver tempo.

— Vamos ser sócios por muitos e muitos anos. Teremos tempo para várias coisas. Talvez um dia possamos até mesmo falar um a língua do outro, com a mesma fluência com que falamos a nossa — disse Genji.

Os lábios de Stark curvaram-se em um sorriso sob seus olhos tristes.

— Para falar a verdade, não falo nem a minha língua tão bem assim. Muitos anos montado na sela de um cavalo, pouco tempo convivendo com gente que sabe falar direito.

E o que aconteceria a Heiko? Aos vinte anos de idade, estava mais bela do que nunca e era a gueixa mais aclamada de Edo, a capital do xogunato. Uma heroína já lendária, equiparada às cortesãs, princesas e damas da nobreza das fábulas. Sua reputação de coragem, a prova visível da sua extraordinária perfeição física, a sutileza refinada do seu porte, a graciosidade dos seus gestos mais mundanos e, talvez o mais surpreendente, a ausência daquela arrogância artificial que afetava as mulheres menos belas — todos estes atributos combinados tornavam-na irresistível para quase todos. Todos, exceto Genji, que a estava despachando para os Estados Unidos com Stark, supostamente para estabelecer uma base para a província, mas, na realidade, apenas para afastá-la.

Por quê?

Heiko não sabia. Tinha certeza de que ele a amava. Demonstrava este amor sempre que a contemplava com brandura no olhar, a tocava delicadamente ou se dirigia a ela com carinho em sua voz. O desejo afoito que fazia com que se rendesse a ela sempre que se amavam também não deixava dúvida de seus sentimentos. Contudo, estava mandando Heiko embora.

Alguma coisa havia mudado em Mushindo. Quando Genji voltara do seu encontro com Kawakami, o Olho Vivo, sua atitude com ela já não parecia mais a mesma. Não que tivesse se mostrado frio ou distante. A mudança não era tão flagrante a ponto de poder ser facilmente detectada. Não, era quase imperceptível. Heiko só a notara porque era perita nas artes do quase imperceptível. O amor não havia enfraquecido — pelo contrário, havia se tornado ainda mais intenso naquele último ano. A correnteza estava mais forte, mas já não eram mais arrastados juntos. A torrente agora os separava.

Por quê? Genji devia ter a resposta. Ele sabia de muitas coisas que ninguém mais sabia. Mas não lhe dissera nada. Sempre que ela perguntava, ele insistia que não havia nada a dizer.

Mentiroso.

Grande Senhor, herói, profeta, amante, mentiroso.

Sobretudo, mentiroso.

O mundo estava mudando rapidamente e Heiko já conseguia imaginar muitas coisas que até pouco tempo pareciam inimagináveis. Mas não conseguia imaginar Genji nos Estados Unidos. Ele era o Grande Senhor do reino. Mais do que isso — era um Grande Senhor, cuja posição o colocava na iminência de conquistar um triunfo histórico: a deposição do seu inimigo hereditário, o Xogum Tokugawa, que estava ficando cada vez mais enfraquecido. Ninguém sabia quem assumiria o poder, mas havia muitas possibilidades e Genji era uma delas. Nenhum Grande Senhor escolheria justo aquele momento para deixar o Japão, indo para os Estados Unidos.

Mas ela estava partindo, e Genji não. Nem agora nem nunca. Ela ia embora e jamais o veria novamente.

Por quê?

Heiko não sabia. Havia examinado a situação sob todos os aspectos possíveis, sem encontrar nenhuma resposta. Algumas semanas após a batalha de Mushindo, Genji conduzira um ataque-surpresa à antiga província de Hino, que pertencera a Kawakami. Disseram que estava buscando algo — um amuleto, um pergaminho, uma pessoa — e aventaram diversas possibilidades. Outros boatos afirmavam que uma aldeia isolada de camponeses havia sido exterminada, mas aquilo parecia improvável. Genji na certa investira contra os vassalos remanescentes de Kawakami, os mais intransigentes, que, agindo com prudência, haviam se escondido após a derrota. Além disso, não acontecera nada de extraordinário. De modo que, no fim, ela sabia tanto quanto no começo. Kawakami dissera algo, algo desabonador, e por algum motivo Genji acreditara nele.

— Após uma vida inteira governada por obrigações — disse-lhe Genji —, tenho certeza de que a liberdade nos Estados Unidos lhe parecerá uma bênção.

Heiko curvou-se.

— Sinto-me aliviada por um de nós dois ter esta certeza, meu senhor — disse ela em um tom de voz jovial, com um sorriso forçado. Se Genji pôde perceber, não demonstrou. Apenas retribuiu o sorriso de Heiko. Era como se estivessem jogando pela última vez.

Quando a comemoração chegou ao fim, ela se dirigiu aos seus aposentos, para buscar a sua bagagem.

Hanako surgiu logo depois.

— Senhora Heiko, mandou me chamar?

— Obrigada, Hanako. Por favor, entre. — Hanako entrou, fechando a porta em seguida. Heiko havia pensado bastante naquele assunto. Não tinha direito de contar nada a Hanako, uma vez que o segredo não era dela, e sim de Genji. Mas, como estava indo embora, e provavelmente não voltaria mais, alguém precisava estar a par da situação, para tomar as providências necessárias na hora certa.

— Na última primavera — disse Heiko —, você há de se lembrar que o Senhor Genji caiu desmaiado no jardim de rosas do Castelo do Bando de Pardais.

— Sim, lembro-me muito bem. Não havia se recuperado ainda de seus ferimentos e se cansou demais.

— Não foram os ferimentos. Ele teve uma visão.

— Ah! — exclamou Hanako. Ela já sabia, é claro. Todos sabiam. Os criados apuravam informações melhor do que qualquer sistema de espionagem arquitetado pelo Xogum. Tendo sido uma criada até bem pouco tempo, ainda gozava do privilégio de ficar a par dos mexericos mais interessantes. Mas, é claro, nenhum dos criados sabia o conteúdo da visão.

— O Senhor Genji me revelou a visão — revelou Heiko. — Emily vai dar à luz seu herdeiro.

Hanako estava perplexa.

— Ele previu isso?

— Não com todas as letras. Mas os augúrios foram óbvios.

— Talvez não tão óbvios — acudiu Hanako. — Se não foi exatamente uma profecia, a senhora pode ter entendido errado o que ele disse. Emily é uma estrangeira.

— Emily é uma mulher — sentenciou Heiko —, uma mulher como qualquer outra. Ela é tão capaz de ter filhos quanto você ou eu.

— Um Grande Senhor não pode ter filhos com uma estrangeira. Seus vassalos jamais aceitariam. Isso se ainda lhe restasse algum para contar a história.

— Eu sei disso. Mas o presságio da visão é outro. Você seria capaz de ignorá-lo?

Hanako acalmou-se. Não podia permitir que seus pensamentos a distraíssem. Heiko na certa estava enganada sobre a visão. Mas e se estivesse certa?

— Não — concluiu Hanako —, a visão não pode ser ignorada.

— Ótimo. Posso confiar em você para tomar conta de Emily?

— Seria de grande valia se eu pudesse contar com a ajuda de terceiros.

— E que terceiros você conhece, capazes de ficar a par deste fato e aceitá-lo com equanimidade?

Havia seu marido, Hidê, um homem absolutamente confiável. Mas igualmente propenso à confusão diante de circunstâncias insólitas. E, quando confuso, estava longe de ser a pessoa ideal. Confidenciar algo tão chocante a ele, em vez de ajudá-la, poderia trazer mais problemas.

Taro, o melhor amigo do seu marido, possuía virtudes e fraquezas semelhantes. E, se não ia contar ao marido, como tomar outro homem como seu confidente?

Todas as mulheres mais próximas de Hanako ou eram criadas no palácio em Edo ou no castelo da província de Akaoka. Podia contar com as de mais confiança para cuidar de Emily com grande desvelo. Mas as futricas corriam soltas entre a criadagem. Se uma ficasse sabendo, logo todas as outras saberiam também, e, se todas soubessem, era uma questão de tempo até que chegasse aos ouvidos de pessoas de fora, inclusive dos inimigos do Senhor Genji.

Não havia ninguém para ajudá-la.

Hanako fez uma reverência.

— Farei o melhor que puder.

— Obrigada. Agora posso partir de coração tranqüilo.

— Ansiamos pelo seu breve regresso.

— Não vou mais voltar — disse Heiko.

— É claro que vai, Senhora Heiko. O nosso senhor não suportará a sua ausência por muito tempo. Seus sentimentos pela senhora são óbvios.

Lágrimas afloraram aos olhos de Heiko. A formalidade de sua postura sentada caiu por terra e ela apoiou uma das mãos ao seu lado na esteira, como que para manter o equilíbrio.

— Fiz algo que desagradou a ele, mas não sei o que foi. Você sabe o que pode ter sido? — perguntou Heiko.

— Não, minha senhora — disse Hanako. — A senhora deve estar enganada.

— Você não ouviu nem uma palavra dos criados?

— Sobre a senhora, apenas elogios. Na verdade, muitos estão especulando quando o Senhor Genji irá convidar a senhora formalmente para morar em sua residência. Não resta dúvida, Senhora Heiko, de que o seu regresso se dará em breve. A maioria acha que será na primavera, porque é a estação ideal para novos começos. Mas eu, pessoalmente, creio que será no outono, porque é justamente quando os dias esfriam que a paixão arde com mais intensidade.

Heiko deu uma risada, como Hanako esperava que ela fizesse.

— Os criados realmente comentam essas coisas?

— Sim, minha senhora. A única incerteza é quanto à época exata. Estão especulando sobre tudo. O ano em que a senhora dará à luz, por exemplo. Todos apostam no ano imediatamente seguinte ao seu regresso como o ideal. Isso seria daqui a dois anos, já que ninguém acredita que o Senhor Genji seja capaz de suportar mais do que um ano longe da senhora. Há também muita especulação sobre o nome do herdeiro.

— Ora, vejam só, do herdeiro? Quer dizer que já se fala até nisso? — Um tom alegre retornara à voz de Heiko.

— Ah, mas é claro. Uma das criadas... Mitsuko, a senhora a conhece?... chegou até mesmo a consultar uma cartomante em Yokohama!

As duas amigas taparam a boca e caíram na risada. A idiotice de consultar uma impostora de beira de estrada acerca do destino de um senhor que podia prever o futuro era demais.

— E o que a vidente disse? — indagou Heiko.

— Na verdade, não disse nada — contou Hanako, esforçando-se para não deixar que o riso interrompesse suas palavras. — Era uma estrangeira, que não sabia falar japonês. Ela usava umas cartas esquisitas, com figuras desenhadas. Mitsuko disse que ela apontou para duas das cartas e fez um sinal afirmativo com a cabeça. Um príncipe bonito e uma linda princesa, que Mitsuko interpretou como sendo o Senhor Genji e a senhora. Então, ela fechou os olhos, entrou em transe...

— Em transe! — Heiko estava rindo tanto que não podia mais continuar sentada ereta. Lágrimas de hilaridade rolavam pelo seu rosto.

— ... abriu um livro de *kanjis* e apontou primeiro para o ideograma *ko*, de criança, e depois para *makoto*, de verdade.

Quando as amigas finalmente pararam de rir, chamaram uma criada, que lhes trouxe chá. O brilho nos olhos da criada denunciava que ela havia escutado a última parte da conversa e compartilhado suas risadas.

— Se até mesmo uma cartomante estrangeira concorda, então a sua separação certamente é algo temporário. O Senhor Genji mandará buscá-la assim que a senhora cumprir a sua tarefa. A senhora não está indo embora porque ele quer se livrar da senhora, mas sim porque é a pessoa em quem ele deposita mais confiança — disse Hanako.

— É confortante pensar assim, não é? — comentou Heiko, bebericando seu chá.

— É muito mais fácil acreditar que a senhora vai voltar em breve do que acreditar que Emily vai ter um filho com ele.

— Mas você vai tomar conta dela mesmo assim, não vai?

— Sem falta. — Contudo, até mesmo ao dizer tais palavras, Hanako pensava no filho que Heiko haveria de ter, e não Emily. Embora tivesse achado graça da previsão da cartomante, não duvidara de sua precisão. Os que recebiam o dom divino nem sempre eram como se esperava que fossem. O próprio Senhor Genji era um exemplo. Não poderia a cartomante estrangeira de Yokohama ser outro? Hanako estava confiante de que acolheria sua amiga de volta ao Japão antes que muitas estações se passassem. Depois, quanto tempo se passaria até a chegada do herdeiro que todos aguardavam? Se fosse mais de um ano, Hanako haveria de ficar muito surpresa.

. . . . . .

Quando Hanako terminou de falar, Emily permaneceu em silêncio por um bom tempo.

Por fim, ela disse:

— Eu não apareci no sonho de Genji.

Não conseguia dizer "visão"; parecia-lhe uma blasfêmia. Ninguém, a não ser os profetas do Antigo Testamento, tinha o dom de antever o futuro. Ao acreditar que Genji era capaz disso, Hanako estava cometendo um ato herético de danação. Mas não era hora de se ater a questões doutrinais, não importa o quão significativas fossem. Teriam de esperar.

— Não — respondeu Hanako.

— Então como é que vocês concluíram que de alguma maneira eu estou envolvida nisso tudo?

— Por causa do medalhão que você usa no pescoço. A flor-de-lis. Na visão, Genji o vê no pescoço de sua filha.

— Isso não quer dizer nada. — Emily passou os dedos pelo medalhão, oculto atrás de sua blusa. — Talvez não fosse o mesmo medalhão. E, mesmo que fosse, existem inúmeras maneiras por meio das quais ele poderia chegar até uma criança que não fosse minha.

— Que maneiras são essas? — indagou Hanako.

— Bem, para começar, eu poderia dá-lo para Genji e, então, ele poderia passá-lo para sua filha.

— Você daria o medalhão para ele?

— Devo confessar que não planejava fazer isso.

— Mas pode vir a fazer?

Dentro do coração de ouro havia um retrato em miniatura de uma bela jovem com cachos dourados. Era a avô de Emily, a quem ela jamais conhecera. Todos que viam o retrato diziam que ela era bastante parecida com Emily, mas sempre que o contemplava — e Emily o fazia pelo menos uma vez por dia, durante as suas orações vespertinas — ela se lembrava de sua mãe, que morrera tragicamente quando Emily tinha quatorze anos. Guardava somente duas lembranças da mãe: uma edição de seu romance favorito, *Ivanhoé*, e o medalhão com o retrato dentro do coração de ouro. Eram as únicas recordações que tinha.

— Não — confessou Emily. — É de grande valor para mim. Não consigo me imaginar passando-o adiante. De todo modo, parece-me um detalhe um tanto quanto insignificante para se fundamentar uma conclusão tão grave.

— Não é só o medalhão — garantiu Hanako. — É o medalhão e a outra visão.

— Outra visão?

— Sim — disse Hanako. — A sua.

— Não tive visão nenhuma — disse Emily. — A moça estava lá.

— E, por uma coincidência, o modo como ela apareceu encaixa-se exatamente com o previsto no pergaminho? — Hanako desenrolou o pergaminho e leu em voz alta: — *"Vamos nos encontrar na Abadia de Mushindo, quando você entrar na minha cela. Você vai falar, eu não. Quando for me procurar, não me encontrará."* Não foi exatamente isso o que aconteceu?

— Não a encontramos *ainda* — disse Emily. — Mas também nem procuramos direito. Amanhã, Taro vai nos ajudar a investigar na aldeia.

Hanako prosseguiu com a leitura:

— *"Quando for me procurar, não me encontrará. Como isso é possível? Você não vai entender até a criança chegar; depois, compreenderá tudo."*

Emily sacudiu a cabeça.

— Isso não faz sentido. As referências devem ser a dois acontecimentos isolados.

— Não acho, não — discordou Hanako. — Ela mesma pergunta: "Como isso é possível?" E responde: "Você não vai entender até a criança chegar."

— Quando eu supostamente der à luz?

— Antes, creio eu. Vocês contam a idade de uma criança a partir da data de seu nascimento. Nós consideramos que uma criança, ao nascer, já tem um ano de idade, contando o ano que passou no ventre de sua mãe.

— Ah. Mas, mesmo assim, como eu poderia ver algo impalpável, só por estar grávida?

— Ao longo dos séculos, a senhora em questão já apareceu diversas vezes. Mas apenas para aqueles de sua linhagem.

— Viu só? — disse Emily. — Agora você está se contradizendo. Se for assim, é impossível que eu a tenha visto hoje ou que possa vê-la um dia. Independentemente do que venha a acontecer no futuro, jamais serei sua descendente. Jamais deixarei de ser uma Gibson.

Sentiu um imenso alívio. Embora insistisse que havia visto uma pessoa de verdade, havia estado um tanto insegura até então. Fora bastante perturbador ver a moça daquela maneira, de modo tão semelhante ao descrito nos pergaminhos.

Para sua surpresa, Hanako não pareceu aliviada. Pelo contrário, pareceu mais preocupada do que nunca.

— Se a criança for do Senhor Genji — prosseguiu Hanako —, terá o sangue Okumichi. Enquanto estiver no seu ventre, o sangue da senhora correrá em suas veias.

Emily enrubesceu.

— Não estou esperando um filho. Nem de Genji nem de ninguém.

— Eu sei — anuiu Hanako. — Ainda não.

. . . . . .

Kimi ficou tão eufórica com o que escutou que teve vontade de correr para ir contar às outras meninas. A posição atual dos guardas impossibilitava sua partida imediata. Teria de esperar onde estava até que eles fossem embora. O chão da cabana do abade estalava sobre ela, enquanto as duas senhoras andavam de um lado para o outro. Podia escutá-las preparando suas camas. O dia fora exaustivo para ambas, era natural que quisessem se recolher mais cedo.

Com exceção da hora em que ficara bastante agitada, a Senhora Emily só falara japonês. Sua gramática e seu vocabulário eram excelentes, muito melhores do que os de Kimi, o que era de esperar. Kimi falava japonês como uma camponesa ignorante, exatamente o que ela era. Já a Senhora Emily aprendera a língua em palácios e castelos, conversando com cavalheiros e damas da nobreza. Seu sotaque americano era perceptível, mas não carregado. Felizmente, apenas algumas poucas palavras haviam sido incompreensíveis.

Pronto. Os guardas estavam dando continuidade à patrulha pelo pátio interno. Kimi esperou mais um pouco até que eles sumissem de vista, depois se esgueirou para fora do espaço debaixo da cabana, saiu pé ante pé em completo silêncio até estar longe o bastante e só então disparou para encontrar suas amigas.

— Tem certeza de que ouviu as duas dizendo que a Senhora Emily teria um filho com o Senhor Genji? — perguntou uma das meninas.

— Tenho — confirmou Kimi —, certeza absoluta.

— Por que Shizuka previu isso?

— Shhh! — fizeram várias meninas ao mesmo tempo — Se você falar o nome dela, ela vai achar que você a está chamando e vai aparecer aqui! — As meninas comprimiram-se umas contra as outras na cabana que dividiam.

— Não vai não — garantiu Kimi, empurrando a menina que se aninhara do seu lado. — A não ser que vocês sejam do clã Okumichi, e, se forem, o que estão fazendo nessa aldeia miserável? Voltem para o Bando de Pardais, que é o seu lugar.

— Kimi tem razão. Todo mundo sabe que ela só aparece para os seus descendentes.

— Eu ouvi dizer que a Louca Odo viu a senhora tantas vezes que foi por isso que enlouqueceu. E a Louca Odo não é nenhuma nobre.

— Se você tivesse crescido na aldeia como eu — disse Kimi —, saberia por que a Louca Odo viu o que viu. A mãe dela foi seduzida por um dos ancestrais do Senhor Genji. O tataravô dele, eu acho. A minha avó conhece a história, ou melhor, conhecia. Está tão caduca agora que nem se conhece mais.

— Então ela também é uma Okumichi.

— Acho que não. Por que um samurai, podendo dormir com damas bonitas, iria querer uma camponesa maltrapilha?

— O que faz você pensar que um samurai é melhor que um lavrador em matéria de manter o arado certinho nos sulcos? — perguntou Kimi.

As meninas riram, divertindo-se com a idéia.

— Shhh — fez Kimi. — Os guardas vão escutar a gente.

— Se a Louca Odo é uma Okumichi, então qualquer uma de nós pode ser também. É melhor não falarmos o nome da senhora.

— Shizuka, Shizuka, Shizuka — repetiu Kimi. — Shizuka, Shizuka, Shizuka.

— Pára, Kimi!

— Shizuka, Shizuka — prosseguiu ela. — Shizuka, Shizuka, Shizuka...

Todas prenderam a respiração.

— Estão vendo? — perguntou Kimi. — É divertido sonhar que a gente é uma dama em vez de uma caipira, mas somos o que somos, não é mesmo? O Senhor Genji não vai aparecer aqui e nos levar com ele só porque somos suas primas.

— Exatamente — disse uma das meninas, recobrando sua confiança.

— Olha só a outra! Até há pouco estava com tanto medo de dizer o nome da bruxa quanto a gente.

— Vocês querem ouvir o que eu tenho para contar ou não? — perguntou Kimi.

— Claro que queremos!

Quando Kimi terminou de relatar tudo o que havia escutado, uma das meninas perguntou:

— Não entendi. A Senhora Emily está ou não está grávida?

— Você não prestou atenção em nada do que eu disse? Ela vai dormir com o Senhor Genji. Não dormiu ainda.

— Então, não tem nenhum bebê na barriga dela, não é?

— Não estar grávida significa não ter nenhum bebê na barriga.

— Mas se não tem nenhum bebê, então não tem sangue Okumichi também. Se só os descendentes conseguem ver a bruxa, como foi que a Senhora Emily viu?

— Para Shizuka, onde vai ter parentesco, é como se o parentesco já existisse — explicou Kimi.

— Não estou entendendo nada. Como é que uma coisa que vai acontecer no futuro já aconteceu há seiscentos anos e também está acontecendo agora? Não faz o menor sentido.

— Só porque você não entende uma coisa não quer dizer que ela não faça sentido. Você compreende todas as palavras do Buda? Todos os ensinamentos dos Patriarcas Zen? Ou, pelo menos, alguma palavra?

As meninas riram. Uma delas disse:

— Os Patriarcas Zen sempre falam por enigmas. Como é que a gente pode entender o que eles dizem?

— Exatamente — disse Kimi —, a própria vida é um enigma para nós, vassalos. Só os nobres, como o Senhor Genji, compreendem tudo. — Conseguira fazer com que todas prestassem atenção no que dizia. Fez uma pausa dramática e continuou: — O tempo para nós é uma prisão. Mas não para Shizuka. Para ela, passado e futuro são a mesma coisa. Então, se uma coisa vai acontecer, é como se já tivesse acontecido para ela.

— Eu disse que ela era uma bruxa!

— Ela não era uma bruxa — corrigiu Kimi. — Era uma princesa. Uma linda princesa, de um reino no outro lado da China. Lá, todas as princesas conhecem magias. — Kimi lembrou-se do lugar que as duas senhoras mencionaram. Tinha um nome tão bonito, com ar de coisa longínqua.

— O Reino das Montanhas do Gelo Azul e do Rio do Dragão Vermelho — disse ela.

1308, ABADIA DE MUSHINDO

Shizuka correu de sua cela o mais rápido que pôde. Como estava se comportando mais ou menos como uma pessoa normal havia mais de um mês, a Reverenda Abadessa Suku ordenara que não trancassem mais a porta. O que foi providencial, pois, se não tivesse conseguido escapar do demônio fantasmagórico que falara com ela, certamente teria voltado ao seu antigo estado de insanidade. Ah, não! E se o demônio a tivesse seguido? Estava com medo de olhar.

Estava com mais medo ainda de não olhar. Virou-se. E, para seu imenso alívio, não viu ninguém.

Aquele demônio, como diversos outros espectros que haviam aparecido, tinha olhos e cabelos diferentes dos das freiras à sua volta e contornos mais exagerados no rosto e no corpo. Já compreendera que aquelas visitas vinham de uma época distante — do passado ou do futuro —, mas não do presente. Aquelas pessoas não estavam de fato ali. Aprendera a discernir o real do imaginário. E julgava ser capaz de fazê-lo muito bem.

Mas aquele espectro a vira!

Aquele espectro falara com ela!

O que significava aquilo? Sua mente e seu coração estavam perturbados demais para que raciocinasse com clareza. Precisava mergulhar em uma tranqüilidade meditativa. A cela a apavorava demais. Dirigiu-se até o salão principal de meditação e escolheu um lugar perto do altar, onde acreditavam ser mais forte a proteção do Buda.

8

Homens Virtuosos

Os homens mais diabólicos, covardes e traiçoeiros jamais se consideram malvados. Julgam-se heróis, realizando tarefas impossíveis, a despeito de esmagadoras forças adversas.

Eles se convencem disso enxergando somente o que querem ver, despindo as palavras de seu significado, esquecendo-se do real e lembrando-se do falso. Neste sentido, não diferem muito dos heróis de verdade.

Qual é a diferença?

Os heróis de verdade estão do nosso lado.

Homens diabólicos, covardes e traiçoeiros são os heróis de nossos inimigos.

AKI-NO-HASHI
(1311)

1867, PALÁCIO DO SENHOR SAEMON, EM EDO

Saemon, que já era presunçoso por natureza, estava ainda mais cheio de si do que de costume. A subversão de Taro afetaria Genji, fosse Emily Gibson assassinada ou não. O problema era a traição de Taro em si. Taro, é óbvio, não percebia isso. Tradicionalista primitivo que era, atribuía importância demais à morte da estrangeira. Taro e os outros como ele, presos na inútil mitologia do passado, achavam que detendo modernistas como Genji poderiam preservar o Japão com o qual estavam acostumados. Na verdade, aquele Japão já estava mortalmente ferido. Iria se arrastar cambaleante em direção à morte durante um ou dois anos, e um novo Japão, bem parecido com o previsto por Genji, haveria de substituí-lo. Somente assim poderia sobreviver.

Os ingleses, os americanos, os russos, os franceses, os espanhóis, os portugueses e os holandeses tinham estado em toda parte, e em todos os lugares o resultado fora o mesmo. O que acontecera com os africanos? Haviam se tornado escravos. Os grandes canatos da Ásia Central estavam todos sob o jugo do Czar. Os rajás da Índia prostraram-se de joelhos perante a soberana inglesa, uma mulher! Por que os mesmos estrangeiros não tentariam aplicar no Japão a mesma estratégia que se mostrara eficaz nos outros países? Por certo que tentariam. Já não haviam começado o massacre e a pilhagem na China?

O empenho de Genji em modernizar o Japão era absolutamente sensato. Saemon tinha consciência, assim como Genji, de que não havia outra maneira de o Japão sobreviver ao ataque maciço que os estrangeiros realizariam mais cedo ou mais tarde. Mas jamais daria o braço a torcer. Que Genji e outros como ele tomassem as providências necessárias e absorvessem todo o ódio. Quando tais idealistas estivessem aniquilados, realistas como ele poderiam avançar e assumir o comando. A tradição estava com os dias contados, mas, nesse ínterim, Saemon via grande utilidade naqueles que ainda se diziam seus defensores.

Era uma verdadeira piada. O orgulho samurai em suas tradições de lealdade e honra não era muito diferente dos contos de fadas, como as crenças estrangeiras nas virtudes cristãs. Um dos grandes mandamentos do seu Deus era: não matarás. E foi sob esta égide que eles se espalharam pelos cinco continentes, deixando carnificina e destruição em seu rastro. Não condenava os estrangeiros por isso. A hipocrisia era a natureza essencial de todas as formas humanas de controle. A minoria ilustre fazia o que bem entendia, convencendo a maioria, ingênua, a seguir regras que eles mesmos desdenhavam. Assim como os mandamentos para os reis e nobres cristãos, a mitologia de lealdade e sacrifício ocultava uma tradição secular de auto-engrandecimento e perfídia para os samurais.

Um samurai de verdade não era cegamente leal e dedicado, e tampouco colocava sua honra em primeiro lugar. Era um gênio político, pragmático, manipulador e falaz — em outras palavras, um homem bastante parecido com o próprio Saemon.

Taro era apenas uma parte da campanha secreta de Saemon contra Genji. Havia também a questão da lei que Genji propusera, uma proclamação de igualdade, incluindo a abolição da casta que ele chamava de *burakumin*, a quem todos se referiam como *eta*. A lei em si era necessária, uma vez que o Japão precisava pelo menos fingir que aderira aos bizarros ideais estrangeiros de "liberdade" e "igualdade". Mas constantes relatos garantiam a participação ativa de Genji na destruição de uma aldeia *eta* na província de Hino alguns anos atrás. Não era uma coincidência interessante? Saemon acreditava que Taro sabia algo a respeito, embora ainda não tivesse revelado nada. Certamente havia algum modo de induzi-lo a falar. O problema, como sempre, era como.

Não estava com pressa. Saemon era mestre em descobrir o método adequado para cada pessoa. Encontraria um para Taro. Nesse ínterim, já havia mandado agentes para a Califórnia, a fim de investigarem outro relato curioso que recebera. Era mais um boato do que uma informação, mas um boato instigante.

Dizia que a gueixa Mayonaka no Heiko, uma beldade famosa que sabidamente era amante de Genji na época da batalha de Mushindo e fora despachada para a Califórnia logo depois, dera à luz um menino alguns meses após a sua partida. Exatamente quantos meses depois ainda não sabia. Suas fontes também não puderam confirmar a identidade do pai. Matthew Stark, o americano que fora companheiro de batalha de Genji, seu atual parceiro de negócios, era considerado o mais provável. Mas — e este era o aspecto instigante — Genji também era uma possibilidade.

Se Genji era o pai do menino, então o que este ainda estava fazendo na Califórnia? Mesmo sendo filho de uma gueixa, era um herdeiro, e Genji não tinha nenhum outro no momento. A situação era ainda mais desconcertante dado o passado de Heiko. Uma mulher com seus renomados talentos e sua beleza seria uma mãe perfeitamente aceitável para um herdeiro. Não teria necessariamente se tornado mulher de Genji, mas com certeza teria sido uma excelente concubina. Nada daquilo acontecera. Por quê?

Porventura havia alguma ligação entre a proposta de Genji para a abolição das províncias, a lei para os párias e o exílio de uma bela gueixa, que talvez fosse a mãe do seu único filho? Saemon não conseguia encontrar uma única ligação que fizesse algum sentido. Contudo, a experiência ensinara-lhe que a incapacidade de detectar uma conexão imediata entre elementos díspares não significava que ela não existisse.

Era inútil prosseguir especulando. A única maneira de descobrir a verdade era conduzindo uma investigação minuciosa — naquele caso, investigando o passado. A gueixa Heiko não retornara ao Japão. Se havia algo escondido, estava nos Estados Unidos e era lá que ele precisava agir para desenterrar a verdade. Saemon já havia mandado dois dos seus melhores agentes para São Francisco. Nesse meio-tempo, dera ordens a Taro para que agisse. Uma abordagem ou outra, talvez até mesmo as duas, em algum momento haveriam de fazer com que o Senhor Genji colhesse maus frutos.

MOSTEIRO DE MUSHINDO

— Senhor Taro, não devemos mais perder tempo.

— Não estamos perdendo tempo — assegurou Taro. — Estamos acompanhando a Senhora Hanako e a Senhora Emily. Enquanto elas quiserem ficar, temos de ficar também.

Seu tenente inclinou-se e falou baixinho:

— Os homens estão ficando nervosos, e homens nervosos perdem a coragem. Senhor, deixe-nos encerrar a escolta e levar a cabo nossa verdadeira missão.

— Nervosos com o quê?

O simples fato de estarem tendo aquela conversa já deixava Taro bastante irritado. O que acontecera com a grande virtude samurai de obedecer sem questionar? Aqueles jovens não eram como os da sua época. Como ele e Hidê eram diferentes quando tinham a idade daquele sujeito! Nenhuma enxurrada de perguntas, nenhuma sugestão não solicitada, nenhuma impaciência irrequieta. Sim, senhor, ouço e obedeço. Era só isso, nem uma palavra a mais, nem uma palavra a menos. O que o velho Senhor Camareiro Saiki teria feito se Taro ou Hidê lhe tivessem dito o que fazer? Os teria golpeado com o lado cego da espada, sem dúvida. Que Taro jamais pensasse em fazer o mesmo com o seu tenente era a prova viva do quão frouxos haviam ficado em apenas alguns anos.

— É o mosteiro, senhor, que os deixa desconfortáveis.

— Desconfortáveis? Deviam sentir-se honrados por estarem num local onde nosso clã conquistou uma de suas maiores vitórias.

— E se sentem, Senhor Taro. Não quis dar a entender o contrário. O problema são os antigos boatos.

— Que boatos?

— Sobre fantasmas e demônios.

Taro fechou os olhos. Respirou fundo, calmamente, inalando e exalando o ar. Respirou mais uma vez, para não gritar de ódio, antes de abrir os olhos. Falou com a voz muito serena, como costumava fazer quando estava transtornado de raiva:

— Quando voltarmos para Edo, lembre-me de recrutar samurais de verdade e deixar essas mulherezinhas disfarçadas voltarem para o colinho da mamãe.

— Senhor — disse o tenente. Curvou-se em sinal de desculpas, disfarçando um pouco o tremor dos joelhos, que diminuía a distância entre eles. — É tolice, eu sei. Mas não são só os boatos. Ruídos misteriosos emanam dos aposentos, do bosque e até mesmo do próprio chão. Fica difícil culpar os homens.

— Os ruídos vêm das correntes subterrâneas — explicou Taro. — O Senhor Shigeru uma vez me contou que às vezes, quando faz muito calor na primavera, a água brota no solo e é muito refrescante.

— Senhor Shigeru — repetiu o tenente.

Taro respirou fundo novamente. Com suprema calma, disse:

— Vai me dizer que eles também têm medo do Senhor Shigeru.

— Os camponeses dizem que ele volta e meia aparece na floresta, acompanhado de um garotinho. Com uma pipa em formato de pardal.

— Será que vivemos em uma época tão degradada que os samurais agora dão ouvidos às tolices de camponeses ignorantes? O Senhor Shigeru está morto. Vi sua cabeça com meus próprios olhos, seis anos atrás, a menos de cem passos de onde estamos agora. Compareci à cerimônia crematória. Quando as suas cinzas foram depositadas no columbário do Bando de Pardais, eu estava lá.

— Sim, senhor. Eu devia ter me explicado melhor. Não é o Senhor Shigeru vivo que os camponeses afirmam ver.

— Ah — bufou Taro, exasperado. — É o fantasma dele.

— Sim, senhor.

— Deixe-me a sós — pediu Taro, no limite de sua paciência. Manteve os olhos fechados até seu tenente fechar a porta. Se aqueles eram os homens mais corajosos que podia encontrar — e eram, de fato —, como os samurais podiam enfrentar os exércitos inimigos? Fantasmas, demônios, vozes desencarnadas. Quanta bobagem.

Mas algo que o tenente dissera o preocupara, ainda que ligeiramente. Ele dissera que os camponeses haviam visto o fantasma do Senhor Shigeru acompanhado de uma criança com uma pipa em formato de pardal. A última vez que vira Shigeru com seu filho, o menino estava empinando uma pipa que o Senhor Genji fizera para ele.

Uma pipa em formato de pardal.

Como os camponeses sabiam daquilo? O menino nunca estivera em Mushindo. Não havia dúvidas de que fofocas de todo o gênero espalhavam-se por toda parte, de maneiras misteriosas. Bobagem. O importante era a missão. Nisso o tenente tinha razão. Taro precisava tramar um novo plano, que tinha de ser levado a cabo em breve. Antes que seus homens entrassem em pânico e as duas mulheres decidissem regressar a Edo.

No dia seguinte. Agiria no dia seguinte. Naquela noite, planejaria todos os seus passos.

· · · · · ·

Emily dizia não acreditar em nenhuma das profecias reveladas nos pergaminhos, mas custou a pregar o olho naquela noite, apesar de estar exausta. Hanako a teria poupado das preocupações se isso pudesse protegê-la, mas não podia. Era melhor que soubesse a verdade e a aceitasse. Quando a respiração de Emily tornou-se mais profunda e lenta, Hanako dirigiu-se até a porta e abriu uma fresta, revelando a noite lá fora. Pôde distinguir a sombra de um dos supostos guardas na parede. Ouviu outro tossindo do lado oposto da cabana. Aqueles homens eram mais competentes do que os que Taro designara para proteger Emily naquela tarde, pois sua tarefa era autêntica. Hanako passaria por eles do mesmo modo que aquela malandrinha Kimi passara.

A lua, em sua última fase, era apenas uma pálida orla encurvada no céu, sua luz fraca engendrando tênues sombras. Quando uma nuvem a obscureceu, Hanako saiu de mansinho pela porta, mergulhando no espaço oco abaixo da cabana. Ali, ela esperou, assim como Kimi fizera mais cedo. Hanako sorriu ao lembrar-se da menina. Era audaciosa demais para o seu próprio bem. Aquela característica teria assentado melhor em um menino, porque se espera que os meninos sejam audaciosos. Mas uma moça precisa ser mais contida. Yin e Yang. O equilíbrio entre o masculino e o feminino.

O fato de Kimi ter escutado a maior parte de sua conversa com Emily não era totalmente isento de perigo. Ela não seria capaz de guardar informações tão excitantes para si e acabaria por repassá-las para suas amigas. Logo, passariam a fazer parte do rol de boatos e mitos que cercava todos os Grandes Senhores de Akaoka. Ainda assim, sua presença debaixo da cabana fora bastante útil. Garantira que ninguém mais entrasse lá ao mesmo tempo. O que ela e Emily tinham a dizer podia ser ouvido sem causar graves danos por meninas fofoqueiras, mas não pelos inimigos do Senhor Genji, e eles estavam em toda parte. Até mesmo entre seu corpo de sentinelas. Pelo menos, assim Hanako desconfiava.

A fuga seria difícil. Ela conseguiria escapar, mas Emily não, e era Emily quem importava. Que estranho, no fim Heiko tinha mesmo razão. Emily e o Senhor Genji estavam destinados um ao outro, e não Heiko e o Senhor Genji, a despeito de todos os indícios em contrário. Ela nunca mais regressara da Califórnia para o Japão. Nem o seu filho. O que só podia significar que o menino não era de Genji, pois, se fosse, na certa ele gostaria de tê-lo ao seu lado — mesmo que, por motivos particulares, pretendesse se descartar de Heiko. O que teria acontecido? Será que algum dia ficaria sabendo?

Hanako sabia que Emily estava apaixonada por Genji, é claro, uma paixão que ela já acalentava havia vários anos. Aquilo era óbvio para todo mundo. Emily não conseguia enxergar que o seu amor secreto era secreto só para ela mesma. O modo como o fitava, a discreta, porém constante mudança de postura, inclinando-se para perto sempre que ele estava ao seu lado, a alteração em seu tom de voz, não só quando se dirigia a ele, mas sempre que pronunciava o seu nome. Se todos os estrangeiros fossem assim tão transparentes, então todos os seus romances deviam ser encenados como espetáculos em praça pública. Como era possível tamanho descaso licencioso com a privacidade de seus próprios sentimentos?

Nada no comportamento do Senhor Genji revelava o menor indício de afeição além da amizade. O que não era conclusivo, uma vez que era mestre em ocultar seus interesses mais recônditos. Ainda assim, era pouco provável que correspondesse aos sentimentos de Emily. Possuía gostos altamente refinados, até mesmo para um nobre, e uma mulher estrangeira com uma compreensão limitada dos assuntos de foro íntimo como Emily não deveria lhe despertar o menor interesse. Se a profecia dos pergaminhos viesse a se realizar, teria de ser de uma maneira realmente surpreendente.

Hanako ouviu um burburinho de vozes. Os dois sentinelas estavam juntos no mesmo lugar. Ela engatinhou até o outro lado da cabana e embrenhou-se na floresta sem que ninguém a visse.

Encontrou as duas pedras fundamentais sem muita dificuldade. Jamais conseguira decorar os poemas famosos que as outras mulheres recitavam com tanta facilidade, mas sua memória de um lugar, uma vez visto, era impecável. Tateou as arestas da primeira pedra, não encontrou nada e passou para a outra. Não sabia o que estava procurando, mas tinha certeza de que estava lá. Nos pergaminhos, Shizuka dizia que deixaria um sinal de sua presença para Emily. Primeiro, Hanako achou que fosse uma menção às pedras fundamentais. Mas o que elas provavam, a não ser a existência de uma cela antigamente? A cela já havia sido mencionada nos pergaminhos. Tinha de ser outra coisa. A segunda era como a primeira, apenas uma pedra maciça achatada, enterrada no chão. Caminhou lentamente sobre a relva até o local onde imaginava estar localizada a terceira pedra. E lá estava ela. Novamente, nada. Seguindo a linha da parede que visualizava, Hanako encontrou a quarta pedra. Ao contrário das outras, estava solta. Seiscentos anos atrás, aquele solo era plano. Desde então, o deslocamento de terra no declive da montanha fizera com que uma corrente de inverno fluísse naquela direção, provocando a erosão do solo.

Tateou sob a pedra. Não sentiu nada imediatamente disponível ao toque, a não ser terra e cascalho. Continuou tateando, sem encontrar nada. A escuridão não lhe permitia enxergar absolutamente nada.

Hanako ficou petrificada de medo ao ouvir passos furtivos por perto. Alguém avançava em uma área densamente arborizada, a uns cem passos de distância. O samurai — sabia que era um samurai pelo topete delineado em sua silhueta — agachou-se e apanhou alguma coisa dentro dos arbustos. Ao se levantar, Hanako pôde ver seu perfil. Ele havia apanhado um arco e uma flecha. Não conseguia enxergá-lo direito, de modo que lhe era impossível reconhecê-lo. Quando ele se afastou, de volta para Mushindo, ela o seguiu. Já era bem tarde e havia pouca luz no mosteiro; somente uma única lanterna acesa no portão. O homem, evitando-a, escalou a parte escura da muralha. Mas, ao subir, a luz iluminou brevemente o seu rosto.

Taro.

Hanako recordou os acontecimentos da tarde. Emily havia visto Shizuka em uma clareira ali perto. O local onde Taro apanhara a sua arma não só era um bom esconderijo, como o ponto ideal para um ataque, até mesmo para um arqueiro limitado como ele. Não fosse o comportamento desconcertante de Emily, ele a teria matado.

Hanako voltou depressa para a cabana onde Emily estava dormindo. Não era hora de se preocupar com mensagens de fantasmas. Se Taro havia tentado uma vez, estava claro que tentaria de novo, provavelmente antes de partirem de Mushindo. Estava desempenhando o papel de um assassino anônimo, o que dava a elas uma pequena vantagem. Hanako só não sabia ainda o melhor modo de usufruí-la.

. . . .

Pela manhã, Taro decidiu que colocaria seu plano em ação assim que partissem para Edo. Primeiro seus homens iriam deter e amarrar Hanako, para evitar que tentasse defender Emily. Se matassem Hanako,

Hidê jamais se juntaria a eles contra o Senhor Genji, independentemente de considerar a sua causa justa ou não. Taro desistira de tentar agir de forma velada. Mataria Emily às claras, com sua espada.

— Senhora Hanako, Senhora Emily. — Estava parado do lado de fora da cabana do abade. — Estamos prontos para partir assim que as senhoras...

Ele sentiu a bala romper a sua testa antes mesmo de ouvir a explosão da pólvora.

— Traidor! — gritou Hanako pela porta fechada. Usando a voz de Taro como guia, havia mirado onde imaginava estar a cabeça dele. Duvidava muito que tivesse acertado; seria muita, muita sorte.

Taro caiu de joelhos e recuou depressa, arrastando-se, enquanto sentia o sangue que se esvaía, cegando-o. O tiro arrancara seu olho? Ele nem sabia que Hanako tinha uma arma!

— Senhora Hanako! — gritou ele. — O que está fazendo? Sou eu, Taro.

— Eu sei quem você é — respondeu ela — e sei o que você é. — Antes mesmo de o dia amanhecer, ela fora até a cabana das meninas e mandara Kimi enviar uma mensagem para Edo o mais rápido que pudesse. Estavam cercadas por traidores.

Eu mesma vou, dissera Kimi. Ninguém aqui corre mais depressa do que eu.

Você não pode correr até Edo, argumentara Hanako.

Não vai ser preciso. O Senhor Hiromitsu é amigo do Senhor Genji. Um dos seus serviçais mais antigos possui uma propriedade não muito longe daqui. Ele vai ajudar.

Aquela menina espevitada agora era a única esperança que tinham. Se não conseguisse pedir reforços depressa, Taro e seus homens invadiriam a cabana e matariam Emily. Além do revólver — um calibre trinta e dois de prata, que Stark mandara da Califórnia de presente —, havia outro recurso do qual podia lançar mão. Mas era arriscado e Hanako preferia não ter de recorrer a ele, a não ser que fosse absolutamente necessário.

— Hanako, você tem certeza do que está fazendo? — perguntou Emily. — Taro se arriscou para me salvar várias vezes. Não posso acreditar que queira me fazer mal.

— Não há nenhuma outra explicação para o arco e a flecha. — Ela começou a arrastar um dos tapetes no chão. Emily ajudou-a a colocá-lo contra a porta. — Isso não vai detê-los, mas vai atrasá-los. Talvez por tempo suficiente.

— Vai ver que ele estava caçando — argumentou Emily.

— De noite? Caçando o quê? Corujas?

— Talvez estivesse caçando durante o dia, tenha se distraído com o meu desmaio e esquecido o arco e a flecha lá.

— Um samurai, esquecendo a sua arma? — perguntou Hanako. Era impensável. Arrastaram outro tapete e reforçaram a barreira contra a porta.

. . . .

O tenente disse a Taro:

— O senhor perdeu um pedaço da sobrancelha.

Taro empurrou a mão do sujeito e pressionou ele mesmo a gaze contra o ferimento.

— Traga a garota.

Ele e seus homens haviam recuado cinqüenta passos da cabana do abade. Seria melhor se conseguissem convencer Hanako a se render. Caso contrário, teriam de entrar à força na cabana. Não sabia se Hanako sabia atirar direito. Nunca a vira praticando, de modo que não devia ser muito boa, apesar de ter feito sua vítima sangrar em seu primeiro tiro. Ainda assim, de perto, em um espaço fechado e com a determinação de Hanako, a situação podia ficar bastante perigosa. Não estava preocupado com baixas entre seus homens nem com a possibilidade de ele próprio acabar morto. Seu medo era que ela lutasse até a morte para proteger Emily. Fora exatamente para evitar aquela estratégia que ele havia pensado em pegá-la de surpresa, assim que partissem de volta para Edo. Infelizmente, e sem que ele pudesse imaginar como, ela antecipara o perigo.

— Aqui está ela. — O tenente empurrou Kimi rudemente. Ela estava com as mãos amarradas nas costas.

— Você está perdido — disse Kimi. — Renda-se agora e pode ser que seja perdoado.

— Quieta! — ordenou ele, esbofeteando-a violentamente com as costas da mão. Kimi caiu no chão, mas ele a ergueu com a corda e ameaçou bater nela mais uma vez.

Taro ergueu a mão para detê-lo. A menina estava tonta do golpe e tinha sangue escorrendo pelo nariz e pela boca, mas não demonstrava nenhum sinal de medo. Ela era muito corajosa ou completamente idiota, como o gigantesco monge que perambulava em silêncio por Mushindo, sempre sorrindo.

— Por acaso você é alguma princesa disfarçada — disse Taro — para ter o poder de nos conceder perdão?

— Quem o concederia seria o Senhor Genji, é claro — respondeu Kimi. — Ele é famoso pelo seu coração mole.

— Sua pirralha descarada! — O tenente desembainhou sua espada.

— Pare — ordenou Taro. — A cabeça dela tem mais utilidade onde está. Por enquanto. — Ele mostraria a Hanako que sua esperança de resgate era vã. A menina não conseguira passar pelos seus sentinelas.

— Você não vai conseguir — disse Kimi.

— Ah, entendi — respondeu Taro. — Você não é uma princesa, é uma profetisa.

— Eu, não — retrucou Kimi, empinando o queixo, desafiante. — A Senhora Shizuka.

Os resmungos zombeteiros dos homens cessaram imediatamente. Os estranhos ruídos noturnos de Mushindo os haviam deixado com os nervos à flor da pele. Como dissera o tenente, os homens estavam nervosos, e a menção ao nome da bruxa fora decididamente infeliz.

— Ela já morreu há muito tempo — disse Taro — e os mortos não voltam à vida.

— Talvez não — respondeu Kimi —, mas suas profecias continuam vivas. Ou você nunca ouviu falar da *Ponte de Outono*?

— Isso não existe — afirmou ele. — Não passa de uma história para meter medo em crianças e nada mais.

— Então o que são os pergaminhos que a Senhora Hanako e a Senhora Emily andaram lendo?

Taro riu.

— Emily está traduzindo a história do nosso clã. Até mesmo uma camponesa como você deve saber disso.

— E por acaso essa história não prevê o encontro da Senhora Emily com a Senhora Shizuka? Por acaso não está escrito assim: *Nos encontraremos em Mushindo, no local onde ficava o meu quarto. Somente você irá me ver. Quando os outros procurarem, não irão me encontrar. Mas eu estarei lá.* — Kimi não se lembrava das palavras exatas, mas chegara perto. Mais do que perto, a julgar pelo modo como vários samurais começaram a olhar para trás por sobre o ombro. — Não foi você mesmo quem encontrou a antiga construção?

— Como é que você sabe o que está escrito? Por acaso sabe ler?

— Não sou surda — disse Kimi. — Escutei a conversa delas.

— Basta! — gritou o tenente, puxando a corda e derrubando Kimi no chão. Ele a arrastou pela clareira até a cabana do abade. — Senhora Hanako! A sua mensageira fracassou! Renda-se, é sua única opção! Não lhe faremos mal! Eu lhe dou a minha palavra!

— E que peso tem a palavra de um traidor? — retrucou Hanako. — Menos do que uma pluma! — disse ela, disparando o segundo tiro. Taro jamais a vira praticando. Ao que tudo indicava, fizera-o em segredo. O sangue brotou nas costas do tenente, um pouco antes de ele cair morto. Kimi levantou-se e correu para a cabana, arrastando a corda pelo chão.

— Peguem a Senhora Hanako, sem lhe fazerem mal — ordenou Taro. — Deixem Emily para mim. — Os samurais desembainharam suas espadas e investiram contra a cabana. Hanako disparou mais quatro tiros. Dois homens caíram, baleados. Taro precipitou-se contra a porta.

E viu-se no meio de uma violenta explosão. Hanako incendiara a cabana. Taro saltou para fora e rolou pelo chão, tentando extinguir as chamas que lhe queimavam as roupas.

— Não fiquem aí parados! — gritou ele para seus homens. — Encontrem-nas! — Vários samurais correram para a porta da cabana em chamas. — Aí não, seus idiotas! — Hanako podia até mesmo se sacrificar, mas jamais deixaria Emily morrer. — Para o outro lado!

• • • • • • •

— Por aqui! — disse Kimi para Hanako e Emily. — Depressa! — Uma vez na floresta, poderiam seguir qualquer uma da centena de trilhas escondidas de Mushindo para os vales e montanhas das redondezas. Só então estariam seguras.

Mas Emily as atrasou demais. Os samurais de Taro as interceptaram antes que avançassem muito. Hanako sacou sua espada curta e postou-se na frente da amiga.

— Idiota — disse ela para Taro. — Justo você fazer uma coisa dessas.

— O futuro da nossa nação é mais importante do que qualquer pessoa — disse Taro. Conseguiria desarmar Hanako, sem precisar matá-la? Seria difícil. Vira Hanako em combate naquele mesmo lugar. Era mais hábil com a espada do que muitos de seus homens.

— O futuro é um mistério — disse ela — para você, para mim, para todos nós. Exceto para o Senhor Genji. Como ousa agir contra ele?

— Está na hora de escrever a história — respondeu Taro — e não de recitar contos de fadas. — Fendeu o ar com sua espada para a esquerda e depois para a direita. Se conseguisse matar Emily primeiro, então não haveria mais motivo para continuar lutando. E ainda havia uma chance de Hanako se render.

Hanako ignorou o primeiro golpe de Taro, mas interceptou o segundo como se acreditasse que ele a estava atacando para valer. Dois samurais, percebendo a abertura que ela deixara de propósito, avançaram para imobilizá-la por detrás. Girando rapidamente em sua direção, Hanako golpeou o primeiro com a espada para cima e o segundo na direção contrária. Hanako não teria conseguido derrotar dois samurais com intenção de usar suas espadas, mas, sendo a intenção destes a de detê-la e não a de estocá-la, o desafio era consideravelmente menor; por outro lado, dava uma chance a Taro. Hanako virara-se de costas para ele. Investindo sobre ela, agarrou-a com força, passando os braços em volta de seu corpo.

— Não adianta resistir — disse ele. — Acabou.

Emily foi cercada pelos samurais, que tiveram de se conter para não encostar nela. Taro havia ordenado que imobilizassem Hanako, sem lhe fazer mal, e deixassem Emily para ele. Como ele próprio havia segurado Hanako e não chegara a fazer nada com Emily, os homens não puderam agir como ele instruíra e ficaram desnorteados, esperando que Taro lhes desse outras ordens. Desde criança eram treinados para obedecer sem questionar. Como tomar a iniciativa era algo bem pouco enfatizado em seus treinamentos, dependiam exclusivamente de um líder competente que soubesse dar ordens passíveis de ser cumpridas.

A posição de Emily aumentava ainda mais sua hesitação. Até poucos minutos atrás, tratavam-na com suprema deferência, graças ao seu relacionamento de longa data com o Senhor Genji e ao papel que desempenhara no cumprimento de antigas profecias. Vê-la como uma estrangeira que precisava ser sacrificada era uma mudança abrupta demais para eles. E a noite intranqüila que haviam passado em Mushindo também não ajudava muito. Os ruídos atemorizantes, combinados com os inúmeros rumores e lendas associados ao lugar, haviam feito com que uma boa parte deles ouvisse e visse coisas que não existiam de fato. Nenhum deles queria ser responsável por desferir o golpe fatal em Emily. Aquilo era tarefa para Taro.

— Aqui, segurem a Senhora Hanako — ordenou ele. Assim que os samurais começaram a se movimentar para atendê-lo, uma pedra atingiu o pé direito de Taro. A dor súbita fez com que ele perdesse o equilíbrio, e na mesma hora Hanako tentou libertar-se do seu jugo. Taro caiu, ainda agarrado a ela. A fedelha Kimi suspendeu a pedra para atacar novamente, mas teve de se abaixar, desviando da estocada de um dos homens. O primeiro golpe por pouco não a atingiu. O segundo não fez mais do que aparar a relva. Ela havia desaparecido.

A queda afrouxou a pressão com a qual Taro segurava Hanako. Ela ainda trazia a espada na mão. Ajustando o ângulo, investiu para trás, enterrando a espada no peito de Taro com toda a sua força. A lâmina penetrou fundo abaixo da costela flutuante.

— Ah! — gemeu Taro, afastando-se dela.

Hanako deslizou a lâmina para fora do corpo dele e investiu contra o homem mais próximo, estocando a torto e a direito até alcançar Emily. Como os homens haviam recebido ordens de não machucar Hanako, só podiam recuar à medida que ela avançava.

— Senhor! — gritaram os samurais, correndo para socorrê-lo.

— Afastem-se! — ordenou ele.

O sangue empapava suas roupas. Taro pressionou a mão contra o ferimento. Suas lesões internas eram graves, mas mesmo assim conseguiu estancar a torrente de sangue que jorrava de seu corpo. Haviam voltado à estaca zero, cercando Emily e Hanako, com Hanako de espada em punho, pronta para matar e morrer. A única diferença era que, em poucos minutos, havia perdido seis homens. Para uma força inimiga composta de uma estrangeira, uma pirralha e a esposa maneta do seu melhor amigo.

Era demais.

Taro pôs-se de pé.

Ignorou a dor pungente de um ferimento que podia ser mortal. Se morresse sem matar Emily, todo o plano iria por água abaixo antes mesmo de começar. Ela precisava morrer, custasse o que custasse. Deu um passo em direção às duas mulheres.

— Senhora Hanako — pediu ele —, não sacrifique a sua vida à toa. O que vai ser de seu filho sem a mãe? — Esperava que suas palavras conseguissem distraí-la o suficiente para que seus homens pudessem apanhá-la de surpresa. Sabia que nada que ele dissesse enfraqueceria a determinação daquela mulher.

Hanako manteve a espada apontada para os olhos de Taro.

— Meu filho vai ser um samurai leal, à semelhança do pai, e morrerá com honra. Uma recompensa que o senhor dispensou. — Não podia deixar que machucassem Emily! A Senhora Shizuka profetizara que ela seria a mãe do filho de Genji. Se não acontecesse como estava previsto, quem poderia saber quais haveriam de ser as trágicas conseqüências? Hanako movia-se sem parar da esquerda para a direita, tentando manter todos os oponentes dentro de seu campo de visão.

Com um grito de surpresa, um dos homens de Taro caiu de joelhos. Levou a mão à cabeça, repentinamente coberta de sangue. Sua visão ficou turva.

A segunda pedra arremessada cortou o rosto de outro samurai.

A terceira quase acertou Taro em cheio.

. . . . . .

— Muito bem, Goro — comemorou Kimi —, muito bem.

— Kimi — disse Goro, apanhando outra pedra.

— Não esquece, se eles vierem atrás da gente, corre o máximo que puder para a Casa de Banhos — instruiu ela. — Não se preocupe comigo, eu sou pequena, posso me esconder no meio do matagal.

— Kimi — repetiu Goro.

— Goro — disse ela.

Goro atirou a pedra. A uma distância de cinqüenta passos, sua mira era impressionante. Antes de começar a imitar o modo de vida dos monges, costumava matar coelhos para sua mãe. Ela também era retardada, como Goro. Aquele era o único motivo pelo qual os budistas fervorosos da aldeia não os condenavam ao ostracismo por matarem seres sencientes, o que violava a lei do Buda. Por serem retardados, já viviam no ostracismo. Mas havia algo que a mãe de Goro sabia fazer melhor do que as pessoas normais: cozinhar. Seu guisado de coelho, em particular, era delicioso. Agora que estava fingindo ser um monge, Goro não matava mais. E, como sua mãe havia morrido, ninguém mais fazia guisado de coelho. Se bem que, depois que Goro parara de apedrejá-los, ninguém mais caçara coelhos na aldeia.

Depois que viram Goro, os samurais traidores se agacharam para escapar das pedradas. Arremessar pedras ainda era uma boa tática, já que impedia que se aproximassem das duas senhoras. Como podiam se voltar contra o Senhor Genji? Quando Kimi era pequena, ela e todas as outras crianças da aldeia assistiram à famosa batalha. Centenas de mosqueteiros o cercaram, disparando centenas e centenas de balas sobre ele, balas que ainda podiam ser encontradas em abundância nas ruínas de Mushindo. Nenhuma delas o atingiu. Claro que não. Como uma bala poderia atingir um senhor que conhecia o futuro? Ciente de sua direção, bastava que desviasse.

Normalmente, Kimi jamais ousaria faltar ao respeito com os samurais, muito menos cobri-los com uma saraivada de pedras. Mas agora a situação era diferente. Estava ajudando o Senhor Genji. O Senhor Genji sempre vencia. Podia prever o futuro; portanto, ninguém jamais poderia derrotá-lo. Sem dúvida, antevira aquela traição e já tomara as providências necessárias para aniquilar os traidores. Poderia chegar a qualquer momento, à frente de sua famosa cavalaria, estandartes ao vento, as lâminas das lanças compridas reluzindo, samurais dedicados proferindo o seu nome como um grito de guerra. Que visão esplêndida haveria de ser!

Era certo que a vitória de Genji poderia ocorrer de uma maneira completamente diferente, uma maneira jamais imaginada por Kimi. Como era mesmo aquele famoso ditado? Os mais velhos na aldeia sempre o repetiam quando tentavam parecer sábios. Ah, sim:

Como diria o Senhor Genji, o esperado sempre ocorre de maneira inesperada.

Os mais velhos afirmavam tê-lo ouvido dizer isso logo após a batalha, quando seu pequeno grupo derrotou o contingente inimigo do Olho Vivo. Kimi tinha lá as suas dúvidas se era mesmo verdade. Ao contrário da maioria dos aldeões, ela já vira o Senhor Genji de perto, bem como o ouvira falar. Fora apenas um diálogo casual que ela escutara às escondidas, nada denso e profundo. Mas conhecia um pouco do seu caráter, por experiência própria. Achava mais provável que ele tivesse achado graça, dando um dos seus sorrisinhos característicos e feito algum gracejo, nada tão sábio e maduro quanto as palavras a ele atribuídas.

— Mira naquele ali, com a mão na costela — instruiu Kimi.

— Kimi — disse Goro.

— Goro — retrucou ela.

— Kimi — repetiu Goro, arremessando a pedra.

. . . . .

— Parem de se desviar como idiotas — ordenou Taro. — Usem seus arcos. Você aí, atire no retardado que está jogando as pedras. E na pirralha. Você, mate a estrangeira. — Teria ele próprio matado Emily, não fosse o ferimento em sua costela. — Cuidado para não acertarem a Senhora Hanako por engano.

— Senhor — disseram os dois samurais. Pegaram flechas em suas aljavas, armaram os arcos e dispararam.

PALÁCIO DO GROU QUIETO, EDO

Havia vários samurais à espera diante dos portões quando Charles Smith chegou ao castelo. Estava a cavalo, já que Genji sugerira um passeio matinal. Todos os homens curvaram-se profundamente assim que ele desmontou do animal. Um deles tomou suas rédeas e, ainda fazendo uma reverência, disse qualquer coisa em japonês, que Smith imaginou ser uma garantia de que cuidariam bem do cavalo.

— Obrigado — agradeceu Smith, retribuindo a reverência. Não sabia muito sobre o Japão ou os japoneses, mas presumia que uma mesura seria sempre compreendida, mesmo quando as palavras não o fossem. O portão secundário estava aberto e os samurais curvaram-se novamente. O líder deles fez um gesto para que Smith passasse na frente. O portão principal era usado apenas quando o Senhor Genji chegava ou partia, ou quando senhores de alta patente o visitavam. Smith não ficou ofendido. As culturas antigas costumavam ser rigidamente ligadas às suas tradições. Quando estas eram destruídas ou abandonadas, era inevitável que a própria cultura sucumbisse.

Acontecera com os astecas, no México, e com os incas, no Peru, após a chegada dos espanhóis. Quando os ingleses e os franceses chegaram à América do Norte, já havia acontecido com os índios huron, mohegan e cherokees — e continuava acontecendo com os sioux, os cheyenne e os apaches. Quando seus próprios ancestrais chegaram às ilhas havaianas na virada do século, havia um milhão de nativos colhendo ricas safras de inhame, pescando em mares abarrotados de peixes e praticando uma religião de deuses e tabus que ditavam equilíbrio e harmonia entre a natureza e a sociedade. Naquele momento, restava apenas um décimo dos havaianos — dizimados por doenças trazidas pelos americanos e pelos europeus e corrompidos pelo declínio de seus deuses, beiravam a extinção e corriam o risco de ter seu território anexado. O que estava acontecendo no Novo Mundo também acontecia no Velho Mundo. O exército russo estava esmagando os tártaros e os cazaquistaneses, os derradeiros remanescentes do Império Mongol, que outrora governara a maior parte de dois continentes, do Oceano Pacífico ao Báltico e o Mar Negro. Os ingleses e os franceses, e até mesmo os holandeses, estavam retalhando a África e anexando-a às suas posses imperiais. Na Ásia, a Índia estava sendo inexoravelmente absorvida pelo Império Britânico. Tanto Inglaterra quanto França e Rússia estavam de olho na China. E, após a China, não seria a vez do Japão? Os japoneses eram uma sociedade de guerreiros, mas os incas e os astecas também haviam sido, e mesmo assim tinham sucumbido. A população era abundante, mais de quarenta milhões de habitantes, mas a Índia e a China eram muito maiores e estavam sucumbindo. Os japoneses podiam não ser tão suscetíveis a doenças desconhecidas como os havaianos, mas estavam armados apenas com espadas, lanças e alguns velhos mosquetes, ao passo que as potências ocidentais dispunham da mais alta tecnologia em termos de armamento pesado. Para os japoneses, um embate contra o poderio bélico moderno seria tão mortal quanto uma pestilência contra a qual não pudessem resistir.

A lei da seleção natural descoberta por Charles Darwin aplicava-se aos homens e às nações, do mesmo modo que aos animais selvagens. Somente os mais fortes haveriam de sobreviver.

Smith sabia disso. Sabia que os japoneses estavam condenados, e por isso não se ofendia com seu orgulho arrogante ou seu desdém explícito. Nada mais eram do que a ignorância e a vaidade de fantasmas que ainda não haviam se dado conta de já estarem mortos.

Sua extinção era tão inevitável quanto o nascer do sol. Durante seu apogeu, as civilizações orientais haviam sido indubitavelmente magníficas. Para certificar-se disso, bastava contemplar o Taj Mahal, ou a Grande Muralha da China, ou o assombroso Buda Dourado de Kamakura. Smith vira estes lugares com seus próprios olhos, por isso sabia. Mas a grandeza do Oriente era coisa do passado. A Índia, a China, o Japão e todas as outras sociedades eram estáticas, determinadas a preservar uma estabilidade imutável, o grande ideal do Oriente. Por não levarem o progresso em consideração, seriam assoladas por ele. No fundo, não era uma questão de navios a vapor, canhões, exércitos e armadas. Era, assim como tudo que dizia respeito aos seres humanos, uma questão de crença. O Ocidente acreditava que a era de ouro da humanidade ainda estava por vir. O Oriente acreditava que ela jazia no passado. E isso fazia toda a diferença.

Não nutria nenhuma hostilidade contra os japoneses, apesar da violenta postura antiocidental de seus líderes. Não podiam escapar do efeito de séculos e séculos de crescente estagnação e decadência. Podia-se dizer que, além de um senso natural de superioridade, ele sentia compaixão, como qualquer homem civilizado sentiria perante uma espécie em extinção. E, é claro, não experimentava nenhuma hostilidade pessoal contra Genji. Pelo contrário, simpatizava com ele. O fato de Genji estar condenado a longo prazo não lhe propiciava nenhuma satisfação. Ele apenas enxergava a realidade e a aceitava. Na verdade, a situação era até mesmo comovente, pois Genji, no fundo, via o progresso com bons olhos. Ele estava entre os poucos japoneses a favor da adoção de práticas e métodos ocidentais em grande escala. Mas já era inútil. Sob vários aspectos, o Japão encontrava-se na mesma situação na qual a Europa estivera cinco séculos atrás. E não era possível evoluir cinco séculos no tempo que restava ao Japão até que fosse esmagado. Na virada do século XX, pouco mais do que dali a três décadas, o Japão, assim como o resto do mundo oriental, estaria subjugado a uma potência ocidental. A única dúvida era qual delas. Com o governo adequado em Washington, poderiam ser os Estados Unidos. E por que não? Quem haveria de dizer que os ditames do Destino Manifesto terminavam na região Oeste do continente norte-americano? Na época dos Césares, o Mediterrâneo era um lago romano. Por que, nos dias atuais, o Pacífico não podia ser um lago americano? Smith não via por que não.

Um samurai o conduziu por uma passagem recém-construída, que levava ao jardim interno do palácio. Lá, ficou surpreso ao ver Genji sentado em uma cadeira no aposento principal, que, ele percebeu ainda mais perplexo, havia sido inteiramente convertido em uma sala de estar ao estilo ocidental. Genji vestia o traje tradicional dos samurais, a não ser pelas botas inglesas de montaria que calçava no lugar das costumeiras sandálias.

— Ora, ora, Senhor Genji, vejo que o senhor finalmente decidiu se converter ao modo de vida ocidental — gracejou Smith.

Genji riu.

— Eu não chamaria a isso de conversão. É mais uma amostra. — Ele fez um gesto amplo, abrangendo a sala. — Está ao seu gosto?

— Como poderia não estar? Parece-se muitíssimo com a minha própria sala de estar em Honolulu.

Genji sorriu.

— E deveria. Guiei-me pela descrição que o senhor me deu. Pelo que conversamos, creio que o clima no Havaí não é muito diferente do nosso nas estações mais amenas.

— Sim, é verdade. Mas, no inverno, a coisa muda de figura.

— No inverno, eu talvez a decore novamente, seguindo a descrição do Tenente Farrington de sua casa em Ohio — disse Genji.

À menção do nome de Farrington, o bom humor de Smith evaporou-se imediatamente.

— Não creio que valha a pena se dar a esse trabalho — disse ele. — O ideal é escolher um estilo e ater-se a ele.

Smith teve aquela reação porque desconfiava que Emily preferia Robert Farrington a ele. Jamais notara nada íntimo nem qualquer cumplicidade romântica entre eles nas raras ocasiões em que os vira juntos. Contudo, sua maneira de tratar o próprio Smith também não era particularmente calorosa. Uma vez que deixara claro aos dois que escolheria um deles, a conclusão era óbvia para Smith. Não deixara de lhe fazer a corte, porque não era do tipo que desistia fácil. Enquanto Emily não anunciasse a sua decisão, sempre haveria uma chance.

Smith agarrava-se àquela chance não por amor a Emily, mas sim porque a desejava mais do que já desejara qualquer outra coisa em toda a sua vida. Ela era, indubitavelmente, a mulher mais linda que já vira; pessoalmente ou retratada em pinturas, além até mesmo do que sua imaginação ousasse conceber. O fato de não amar Emily não o preocupava nem um pouco. O amor era algo para as mulheres e as crianças, não para os homens. As mulheres tinham uma natureza dependente e compassiva, ao passo que a dos homens era poderosa e dominadora. O que também estava de acordo com a teoria de Darwin. Um homem saudável e dinâmico — assim como uma nação saudável e dinâmica — lutava sem cessar para obter mais poder e aumentar as suas posses.

— Isso é algo que não compreendo sobre a arquitetura ocidental — comentou Genji.

— O quê? — perguntou Smith.

— Essa inflexibilidade. Um cômodo serve apenas para um único propósito. Os móveis, uma vez colocados, não mudam de lugar. O senhor vê lógica nisso?

— Sim, vejo — disse Smith. — Nossos cômodos permanecem como são porque temos uma abundância de móveis e paredes firmes e sólidas. Os seus cômodos variam de acordo com a ocasião porque vocês têm pouca mobília e, em vez de paredes, telas removíveis.

— Enxergo a lógica de ambos. O que queria saber é se o senhor considera o estilo ocidental mais lógico do que o nosso.

— Sim, se minha franqueza não o ofender — disse Smith, fazendo uma pausa.

— A franqueza jamais me ofende — afirmou Genji. Sorriu e acrescentou: — Para falar a verdade, esforço-me para não me deixar ofender nem sequer pelos insultos intencionais.

— Desculpe-me, senhor, mas, pelo que sei, os samurais precisam estar sempre prontos a reagir ao menor insulto com suas espadas.

— É verdade, e que tola perda de tempo, energia e vidas. É como se o senhor oferecesse o controle do gatilho de sua pistola a qualquer um disposto a dispará-la. Porventura faria isso?

— Não, é claro que não faria.

— Eu também prefiro não fazer. — Genji curvou-se em uma curta reverência. — Por favor, prossiga.

— Os cômodos ocidentais são mais lógicos do que os japoneses porque mesas e cadeiras são mais lógicas do que sua ausência. Os nossos móveis permitem que o corpo humano adote uma postura mais saudável e natural em repouso, em vez de provocar câimbras nos músculos e a redução da circulação sanguínea causada pelo hábito de sentar-se diretamente no chão. Do mesmo modo, sólidas paredes são muito mais eficazes para nos proteger das intempéries, dos insetos e das pragas, além de fornecerem muito mais segurança do que paredes móveis de papel. Acho que este último aspecto o favoreceria em particular, já que é um samurai.

— A segurança não vem da solidez das paredes — disse Genji —, mas sim da lealdade dos serviçais. Sem eles, nem mesmo paredes de aço impenetrável poderiam me proteger.

— Meu senhor. — Hidê, o chefe de segurança do Senhor Genji e general-chefe, surgiu no pátio. Estava acompanhado do Tenente Robert Farrington, o adido naval da embaixada americana, com quem Smith disputava a mão de Emily Gibson.

— Desculpe-me a intromissão — disse Farrington, lançando um olhar hostil para Smith. — Decerto enganei-me acerca do convite.

— De modo algum — acudiu Genji. — Por favor, entre.

— Perdoe-me, Senhor Genji, mas admito uma forte preferência por estar em qualquer outro lugar que não na companhia do seu presente convidado.

— Pois outro lugar é exatamente para onde vamos. Por favor. Acompanhe-nos.

Smith ergueu-se, curvou-se para Genji e devolveu o olhar que Farrington lançara para ele.

— Não precisa se incomodar, almirante. Estou sempre pronto a ceder o meu lugar aos heróis de guerra da União. — A violência com a qual Smith cuspiu as palavras expressou o seu real significado de maneira mais veemente do que a fala em si.

Genji percebeu que Hidê se movimentara, discreto, tentando obter um melhor ângulo para sacar sua espada e desferir um único golpe mortal em Farrington. Os dois samurais sentados do lado de fora da sala, no corredor, concentravam toda a sua atenção em Smith. Os dois americanos estavam armados com revólveres. Por considerá-los amigos, Genji não exigia que se desarmassem antes de comparecer à sua presença, apesar das advertências e para desespero de seus serviçais. Sempre que Farrington ou Smith iam visitá-lo, os homens de Genji mantinham-se prontos para atacar a qualquer momento. Um pouco prontos até demais para que ambos pudessem desfrutar uma visita tranqüila — os americanos movimentavam-se mais do que os japoneses e tinham o costume de mexer muito os braços, em gestos largos ou contidos. Tais movimentos imprevisíveis amiúde faziam com que seus guarda-costas levassem a mão às espadas. Se Genji pudesse voltar atrás, pediria que seus amigos americanos deixassem as armas na entrada, mais pelo bem deles do que pelo seu.

— Bem, suponho que, se um de vocês declinar o convite de cavalgar comigo, isso simplificaria as coisas para Emily. No entanto, será esta verdadeiramente a melhor maneira de solucionar a questão? As mulheres americanas não dão grande valor à sua liberdade de escolha? — perguntou Genji. Suas palavras surpreenderam os dois, conforme ele havia imaginado. Em vez de continuarem encarando um ao outro, voltaram-se ambos para Genji.

— O que Emily tem a ver com tudo isso? — perguntou Smith.

— Ela é o cerne de nossa amizade — explicou Genji. — Eu como seu amigo, e os senhores como seus pretendentes.

— Perdoe-me por contradizê-lo, Senhor Genji, mas não vejo relação alguma entre isso e o fato de o Senhor Smith querer ou não nos acompanhar em um passeio a cavalo. Nós dois somos seus amigos e ambos disputamos a mão de Emily, mas isso não quer dizer que sejamos obrigados a estarmos um na companhia do outro, a não ser que o exija a absoluta necessidade — disse Farrington.

— Pela primeira vez concordo com o senhor — retrucou Smith —, e a absoluta necessidade exige apenas que sejamos cavalheiros em nossa despedida, se porventura experimentarmos o infeliz acaso de nos encontrarmos ambos no mesmo lugar.

Farrington fez uma reverência curta, à maneira ocidental, para Smith.

— Uma vez que sua chegada precedeu a minha, senhor, não hei de interromper mais o seu colóquio com o Senhor Genji — disse ele.

— Pelo contrário — disse Smith, fazendo uma reverência idêntica à do rival —, uma vez que já tive a chance de conversar com ele, está claro que devo conceder-lhe uma oportunidade.

— Perdão, mas tenho de discordar — disse Farrington.

Genji suspirou. Perdera a atenção dos dois novamente. Era um homem paciente, mas as altercações intermináveis daqueles dois ultrapassavam todos os seus limites. O quão diferente dos japoneses eram os americanos. Se fossem samurais, já teriam duelado há muito tempo e resolvido aquele dilema. Não obstante, lá estavam eles, ainda trocando palavras sem sentido. Decerto nenhum samurai sensato despenderia tanta energia por causa de uma mulher, para começo de conversa. Muito menos por uma mulher como Emily, desprovida de posição social, dinheiro e ligações políticas de qualquer gênero.

— Os senhores podem discordar ou concordar o quanto quiserem, o tempo que quiserem, quando e onde quiserem. Mas devo lhes pedir licença e partir imediatamente. Posso transmitir a Emily o pesar dos senhores por não terem podido me acompanhar?

— Desculpe-me, Senhor Genji — disse Farrington —, mas pensei que Emily não estivesse na cidade.

— E não está.

Smith deu uma risada.

— Ah, agora compreendo o plano, senhor. Vamos encontrá-la.

Genji curvou-se em um gesto afirmativo.

— E, no caminho — prosseguiu Smith, olhando para Farrington —, vamos definir quem vai ganhar a mão de Emily.

Genji curvou-se novamente. Não via outra solução. Emily não estava mais perto de tomar uma decisão do que estivera seis meses atrás, quando conhecera os dois. Era imperativo que escolhesse um deles e deixasse o Japão o mais breve possível.

— O senhor se esqueceu da advertência de Emily? — perguntou Farrington. — Se recorrermos a qualquer tipo de violência, ela não vai escolher nem um nem outro.

— Se ela não estiver presente, de que modo ficará sabendo? — retrucou Smith.

— A ausência permanente de um de nós dois vai oferecer uma bela pista, não acha?

Smith deu de ombros.

— Caberá ao sobrevivente inventar uma história que a convença.

— O senhor está sugerindo que mintamos para Emily?

— Por que não? De que modo isso lhe causaria mal?

— Uma mentira é uma mentira, senhor. Não farei isso.

Smith abriu um sorriso.

— Pois fique tranqüilo, a mentira não caberá ao senhor.

— Nem ao senhor. Recuso-me a tomar parte nessa fraude.

— Que conveniente, almirante. Como no passado o senhor não hesitou em atirar em mulheres indefesas, não me surpreenderia que agora estivesse disposto a esconder-se atrás de suas advertências — provocou Smith, com um sorriso zombeteiro.

— Os senhores estão sempre nos acusando de sermos ilógicos — acudiu Genji, antes que Farrington pudesse responder. — Se o atual comportamento dos senhores é um paradigma da lógica ocidental, devo confessar que ela me escapa completamente. A solução oferecida pelo Senhor Smith me pareceu lógica e adequada.

— O que é lógico nem sempre é ético — disse Farrington. — Sim, a escolha de Emily pode ser feita à sua revelia se um de nós dois matar o outro num duelo. Mas prometemos a ela que não faríamos isso, e ela confiou em nossa promessa. Portanto, a ética exige que honremos a sua confiança. Ainda assim, nem isso é inteiramente satisfatório. Amo Emily demais. Sei que o Senhor Smith não a ama e, logo, jamais poderá fazê-la feliz. Ele não poderá tratá-la como ela merece ser tratada, ou seja, com amor. Mas receio que ela não perceba isso e se deixe levar pelo que é superficialmente atraente nele. Sua aparência, sua fortuna, seu jeito sedutor. Portanto, a lógica diz que eu deveria aceitar sua oferta para um duelo, pois não tenho a menor dúvida de que eu sairia vencedor. E ainda salvaria Emily de uma vida inteira de infelicidade, ao lado do homem errado. Mas não posso fazer isso, pois prometi a ela. Encontro-me de pés e mãos atados, senhor, devo admitir.

O rosto de Smith foi ficando progressivamente mais vermelho durante o discurso de Farrington. Por fim, ele disse:

— Como o senhor pode falar sobre os meus sentimentos mais íntimos? Como se atreve a achar que os conhece?

— O senhor é bastante óbvio — disse Farrington. — Um homem disposto a mentir tão prontamente por um bom motivo não hesitaria em fazê-lo por um motivo menos nobre. E um mentiroso não é um marido digno de Emily.

— Senhores — disse Genji, interrompendo o que parecia ser, sob todos os aspectos, uma discussão interminável. — Vamos dar início ao nosso passeio. Se ele não nos deixar mais próximos de uma solução mutuamente aceitável, ao menos nos deixará mais próximos de Emily.

Apesar da recusa de Farrington em aceitar um duelo com Smith, Genji acreditava que, se conseguisse convencer os dois a cavalgarem com ele até Mushindo, era bem provável que o dilema fosse solucionado com o uso de violência. Mal conseguiam se conter quando na presença um do outro por alguns minutos. Como seriam capazes de sobreviver dois dias juntos? Genji estava certo de que seria impossível.

· · · · · ·

Farrington deitou-se de costas e contemplou a escuridão povoada de estrelas. Durante a guerra, passara muitas noites em terra firme, acampado sozinho sob a imensa abóbada do céu. Naquela época, não suportava ficar muito tempo confinado entre quatro paredes. Talvez tivesse visto muitos corpos carbonizados nas ruínas das vilas e cidades que ajudara a cercar e bombardear. Quando a guerra terminou, o mesmo ocorreu com a sua fobia. Talvez o fim da violência tivesse tirado um temor incipiente de seu coração. Talvez. Ele não sabia e jamais haveria de saber.

Genji, Smith e o resto do grupo estavam em algum ponto, mais atrás dele. Provavelmente tinham buscado abrigo em uma das casas da aldeia pela qual haviam passado naquele dia. Imaginou que o fato de ele estar à frente deles na estrada devia estar incomodando Smith. Não pôde conter um sorriso. Só aceitara fazer a viagem sob a condição de seguir sozinho, longe de Smith. Este, é claro, desaprovara com veemência a idéia.

Ele dissera: Uma vez longe dos nossos olhos, que garantia teremos de que o senhor não vai partir a toda velocidade, tentando tirar vantagem de sua chegada prematura?

Dou-lhe a minha palavra de que não farei isso, respondera Farrington.

A sua palavra?, retrucara Smith.

A sua palavra basta, sentenciara Genji.

Senhor Genji, pelo menos mande o General Hidê com ele, para que ele se perca no caminho, por assim dizer, dissera Smith.

Já estive em Mushindo, dissera Farrington, e o caminho não é complicado. E para Genji: Convém nos encontrarmos na clareira, a leste do mosteiro?

Sim, respondera Genji.

Nos vemos lá, então, dissera Farrington, cumprimentando Genji e partindo. Chegou a imaginar que Smith lhe daria um tiro pelas costas. A linha que separava um mentiroso de um covarde era muito tênue e um covarde faria qualquer coisa para alcançar os seus objetivos. Ouviu a voz de Smith erguer-se em protesto. Mas nenhum tiro foi disparado.

Evitar Smith não era o único motivo pelo qual Farrington queria viajar sozinho. Precisava da solidão para organizar seus pensamentos, que estavam muito confusos. Não tinha nenhuma dúvida sobre seus sentimentos por Emily. Estava apaixonado por ela. Essa certeza poderia ter deixado clara para ele a atitude correta a tomar, mas isso não acontecera, pois quase todo o resto era questionável em uma situação caracterizada por uma distinta escassez de soluções infalíveis.

Dentre a miríade de incertezas, a mais premente era a índole do relacionamento entre Emily e Genji. Até mesmo os primeiros rumores que ele escutara não revelavam grande coisa. Todos começavam lhe contando, afoitos e ofegantes, que uma linda e jovem missionária chamada Emily Gibson estava morando no palácio do Senhor Genji, um dos déspotas mais libertinos do Japão. Mas este era o único fato sobre o qual pareciam estar de acordo.

Alguns diziam que estavam violando descaradamente as leis de Deus e dos homens contra a miscigenação religiosa e racial.

Para outros, eram cristãos devotos, um o conversor, o outro o convertido, vivendo em castidade, como um padre e uma freira.

Ou havia quem dissesse que ela era uma viciada irrecuperável da papoula satânica e ele, seu inescrupuloso fornecedor.

Talvez ele fosse um degenerado sexual que a havia seduzido para suas nefandas perversões orientais, tornando-a nada mais do que uma escrava patética e degradada.

Ela não era missionária coisa nenhuma, mas sim uma agente secreta da França, ou Rússia, Inglaterra, Holanda, Estados Unidos ou do Papado, tramando contra ou a favor do Xogum ou do Imperador, com a missão de confiar o domínio do país nas mãos da França, Rússia, Inglaterra, Holanda, Estados Unidos ou do Papado.

Ele não só era decadente como insano, acreditando-se profeta e tramando um esquema, no qual a mulher degradada estava profundamente envolvida, para tornar-se pontífice de uma nova religião que lhe permitiria destronar o Imperador, o Xogum, o Buda e os deuses antigos do Japão e tornar-se o governante supremo de uma nação de fanáticos que passariam a crer somente nele.

Os boatos fantasiosos que circulavam entre marinheiros e soldados durante a guerra não chegavam aos pés do que Farrington ouvira em apenas uma semana, desde que chegara a Edo. Como se não bastasse a tentação de uma mulher ocidental instalada no palácio de um nobre oriental, todo tipo de especulação descabida era encorajado pelos escândalos que cercavam a seita da Luz da Palavra da Verdade dos Profetas de Cristo, da qual Emily chegara como missionária no Japão. A igreja da Palavra da Verdade fora arruinada havia três anos, em meio a acusações de degenerações tão graves que eram quase inacreditáveis. Até mesmo as mais sigilosas descobertas oficiais sugeriam uma concupiscência inveterada e ultrajante, digna dos serralhos de Sodoma e Gomorra.

Farrington não dera crédito nem desprezara de imediato os boatos. A guerra lhe ensinara que o inacreditável, infelizmente, às vezes é a mais pura verdade. Por etapas imperceptíveis até para si mesmos, era possível que os homens se rebaixassem a um nível mais desumano do que o das feras da selva africana. Estas criaturas selvagens eram refreadas pelos limites da lei natural. Já os homens que haviam perdido sua humanidade não gozavam da mesma graça redentora.

Os rumores de opiomania foram os que mais o preocuparam. Na época, ainda não havia conhecido nem sequer posto os olhos em Emily Gibson e seu anfitrião déspota, de modo que não conhecia o caráter nem de um nem de outro, exceto pelos relatos conflitantes que havia escutado. Mas visitara Hong Kong em uma viagem pelos portos orientais com a marinha e vira com seus próprios olhos o insidioso poder de corrupção da droga. Se a tal Senhorita Gibson fosse mesmo viciada, faria de tudo para manter seu suprimento. Nos antros de ópio e lupanares de Hong Kong, tinha visto mulheres, em diversos estágios de embotada submissão, serem oferecidas ao prazer pervertido de qualquer um disposto a pagar seu preço. Saber que uma conterrânea sua, missionária cristã ainda por cima, descera àquele nível o deixava chocado e triste.

Mas, na época, não se sentia unido a ela por nenhum vínculo emocional além daquele que seria natural em um cavalheiro ao saber das desventuras de uma dama. O mundo era, sem dúvida, um vale de lágrimas. Não podia querer mitigar o sofrimento de todos os infelizes que cruzassem o seu caminho. Durante a guerra, aprendera esta lição repetidas vezes. Deste modo, havia se compadecido, mas não estava inclinado a envolver-se pessoalmente naquela situação.

Até ver Emily.

Foi numa recepção da embaixada, organizada com o intuito de reunir os membros da crescente comunidade americana de negociantes com nobres japoneses influentes. O sentimento xenofóbico tornara necessário guarnecer o terreno da embaixada com um contingente armado de fuzileiros navais americanos.

— Lamentável — dissera-lhe o embaixador. — Isso de certa forma reduz a atmosfera de acolhida que é útil aos nossos propósitos.

— Talvez não, senhor embaixador — respondera Farrington. — Nossa exibição militar pode ser vista sob um prisma mais festivo do que imaginamos. As tropas do Xogum patrulham todas as estradas que conduzem até a embaixada, e sem dúvida todos os grandes senhores vão chegar cercados pelos seus próprios regimentos. Ao contrário dos chineses, os japoneses não consideram as tropas armadas uma visão assim tão desagradável.

— Esperemos que o senhor tenha razão — dissera o embaixador. Então, ao ver um dos senhores chegando, ele comentou: — Meu Deus. Que atrevido. Ele trouxe *a tal.*

— Senhor?

— Aquele é o Senhor Genji, um membro ilustre e influente do conselho particular do Xogum. Já lhe falei sobre ele antes.

— Perdão, senhor, mas ouvi tantos nomes japoneses em uma única semana que é difícil me lembrar de todos e do que me foi dito sobre cada um deles. Não me lembro, por exemplo, do que o senhor me disse a respeito dele.

— Bem, lembra-se da tal missionária sobre a qual lhe falei? Emily Gibson?

— Sim, disso eu me lembro. Uma história muito triste e incomum.

— É a mulher que está com o Senhor Genji.

Primeiro, ele viu seu cabelo, mechas douradas e encaracoladas, reluzindo entre cabeças escuras. Depois, entreviu seu corpo, surpreendentemente bem-feito em um vestido um tanto severo e antiquado, pelo menos há uma década fora de moda.

— Não há escapatória — dissera o embaixador. — Não podemos nos dar ao luxo de ofender o Senhor Genji. — Ele conduziu Farrington aos convidados recém-chegados.

— Boa-noite, Embaixador Van Valkenburgh — cumprimentou o Senhor Genji. — Obrigado pelo seu gentil convite.

Genji não era o déspota carrancudo que Farrington imaginara. Sorria com facilidade. Além disso, toda a sua postura era nitidamente pacífica, sugerindo até mesmo uma leve efeminação. E, o que era ainda mais surpreendente, ele falava inglês praticamente sem sotaque.

— O prazer é todo meu, Senhor Genji — dissera-lhe o embaixador, fazendo uma reverência cortês à sua acompanhante. — Senhorita Gibson, fico feliz em revê-la. Já faz tanto tempo.

— Obrigada, senhor — dissera Emily.

— Senhor Genji, Senhorita Emily, este é o Tenente Robert Farrington, meu adido naval, recém-designado.

Mais palavras gentis foram trocadas. Farrington mal prestou atenção no que lhe disseram e esqueceu-se do que ele próprio disse logo em seguida. Porventura já havia contemplado tamanha perfeição feminina? Podia sinceramente responder que não. Mas não foi a sua beleza que o cativou, ou, pelo menos, não só a sua beleza. No fundo de seus olhos perdidos e do esboço de seu sorriso, ele detectou sinais de uma tristeza profunda. De imediato, aquela mágoa recôndita, cuja causa lhe era desconhecida, tocou-o. Daquele momento em diante, até mesmo antes que travassem um diálogo mais significativo, começou a gostar dela.

Desde então, tivera oportunidade de contemplar a situação. Teria se importado com seu bem-estar e salvação não fossem os seus atributos físicos? E se ela fosse deformada, ou simplesmente feiosa? E então? Estaria ele tão preocupado com o seu destino? Com sinceridade, sua motivação suportaria um exame mais minucioso? Seria o seu amor mais nobre do que o mero desejo de posse que atribuía ao seu rival, Smith?

Como sempre, respondeu sim a esta última pergunta, pois sabia que era aquela tristeza que tornava a beleza de Emily tão irresistível para ele. Era vaidoso o bastante para imaginar que poderia curá-la de seu pesar apenas amando-a fiel e completamente. O amor era a última grande esperança que nutria. Perdera a crença em todo o resto durante a guerra.

Ele havia esperado que Genji fosse dificultar a sua corte, mas não foi o que aconteceu. Pelo contrário, ele a encorajou desde o início. Estava, ao mesmo tempo, encorajando Charles Smith também, embora Farrington não o soubesse naquela época. De todo modo, as duas atitudes constituíam um forte indício de que Genji não possuía nenhuma ligação com Emily. O que, no entanto, não significava que seu relacionamento com ela fosse inteiramente apropriado. Assim que passou a conhecê-la melhor, soube que ela jamais adotaria um comportamento imoral de maneira deliberada. Mas isso não significava que não pudesse estar sendo usada sem saber. Genji era um potentado oriental que gozava de poder absoluto em seu próprio domínio e sobre os membros de seu clã. Seu palácio e seu castelo certamente eram cheios de passagens secretas, câmaras e postos de observação. Ele estava longe de ser um cristão. Aquilo estava claro para Farrington, apesar da insistência de Emily de que o convertera à fé verdadeira. Em diversas conversas ao longo dos últimos meses, Genji deixara claro que continuava sendo um seguidor de uma seita antiga e obscura do budismo, que não seguia nenhuma lei de moralidade, ética ou decoro, concentrando-se, em vez disso, na liberação mística das leis dos homens e de Deus. Um homem assim era capaz de qualquer coisa.

Farrington deitou-se de lado e fechou os olhos. Precisava dormir. Não adiantava nada contemplar a noite e repassar pensamentos que já repassara inúmeras vezes. No dia seguinte, chegariam ao mosteiro, encontrariam Emily e tudo seria resolvido. Não estava confiante de que seria resolvido como deveria, a seu favor. Mas, mesmo que ela escolhesse Smith, pelo menos seria levada para longe de Genji. Farrington temia que ela preferisse Smith a ele. E provavelmente era o caso, já que não demonstrava nenhum sinal de afeto por ele. Tudo o que ele recebia era a cortesia de uma dama educada, dispensada a qualquer cavalheiro. Se não sentia nada por ele, então devia gostar de Smith. Mas, se gostava de fato, por que estava demorando tanto a comunicar a sua decisão? Sabia que ela era uma alma muito delicada. Talvez estivesse relutante em ferir seus sentimentos ao rejeitá-lo e esperasse que, de algum modo, tal rejeição se tornasse desnecessária. Não que ela desejasse um duelo entre os dois, é claro; talvez ele pudesse enxergar que a cortejava em vão e desistisse, sem que ela tivesse necessidade de dizer uma palavra.

Havia ainda outra possibilidade, que lhe ocorrera justo quando pegava no sono e que, por ser tão repugnante, fora esquecida antes mesmo que ele despertasse na manhã seguinte.

. . . .

— O oficial da marinha está sozinho, à frente do Senhor Genji e do estrangeiro, a cinco minutos a galope — comunicou o batedor do Senhor Saemon. — O Senhor Hidê e mais vinte e quatro samurais acompanham o Senhor Genji.

Vinte e quatro homens. Saemon ficou intrigado. Genji sempre viajava com uma escolta mínima. Por que trazia um contingente tão grande com ele daquela vez? O percurso de Edo ao Mosteiro de Mushindo não era longo nem perigoso. Será que desconfiava de alguma coisa? Fosse lá qual fosse a sua suspeita, não era possível que soubesse dos planos de Saemon. Ele próprio trazia apenas dez homens consigo. E nem mesmo eles eram necessários. Não precisava da ajuda de ninguém para colocar seu plano em ação. Era popular tanto entre os samurais xenófobos quanto entre aqueles que apoiavam uma adequação às potências ocidentais, assim como entre os que eram a favor e contra o Xogum e o Imperador, de modo que não precisava de um corpo de guarda-costas para protegê-lo. Deixava-se acompanhar por alguns serviçais apenas por uma questão de etiqueta. Um Grande Senhor não podia viajar pela região rural desacompanhado.

Saemon sabia por que Farrington e Smith não estavam viajando juntos. Desde que começaram a cortejar Emily Gibson, haviam se tornado inimigos mortais. Saemon achava aquilo muito divertido. O oficial deveria estar concentrado em sua carreira militar e o homem de negócios, em acumular lucros ainda maiores. Contudo, lá estavam eles, perdendo um tempo irrecuperável e uma energia preciosa na disputa de uma esposa que não só não possuía amigos nem familiares importantes, como era vista com desdém pelos seus conterrâneos. Era um verdadeiro mistério.

— Alguém o viu?

— Não, senhor. Posso afirmar com certeza que não.

Saemon viu-se tentado a admoestar o batedor, mas conteve-se. De que adiantaria? Assim como duzentos anos de paz haviam comprometido as habilidades dos samurais, de alguma maneira haviam aumentado a sua arrogância. Como o homem podia ter certeza de que ninguém o vira? Não podia. Mas, mesmo assim, não hesitara em fazer tal afirmação. Genji era muito mais atento do que parecia, e Hidê também. Ambos estavam entre os poucos samurais da atualidade que haviam participado de combates autênticos. O seu batedor possivelmente fora detectado, mas Genji era esperto o bastante para não deixar que ele percebesse.

— Vamos nos juntar ao Senhor Genji — anunciou o Senhor Saemon. — Sigam na frente e peçam a sua permissão.

· · · · · ·

Genji disse a Smith:

— Os boatos não me insultam. Boatos são sempre escandalosos.

— Concordo — anuiu Smith —, e é natural especular o que o senhor e Emily andaram fazendo nos últimos seis anos.

— Isso é verdade — disse Genji. Sorriu, mas não disse mais nada.

Smith riu.

— E o que andaram fazendo? Como noivo em potencial de Emily, sinto-me no direito de perguntar.

Hidê escutava a conversa, enquanto cavalgavam tranqüilamente rumo a Mushindo, tranqüilamente demais para o seu gosto. O espião que ele avistara na aldeia pela qual haviam acabado de passar provavelmente era um dos homens de Saemon. Fora esperando uma emboscada que ele havia insistido em um contingente de vinte e quatro homens.

Genji havia dito: Saemon não vai me cercar no caminho para Mushindo.

Gostaria de compartilhar sua certeza, senhor, respondera Hidê.

Cem homens é um exagero, dissera Genji.

Não se Saemon tiver duzentos, dissera Hidê.

Se transformarmos uma visita casual em uma procissão, que é exatamente o que vai acontecer se partirmos com cem homens, vamos atrair muita atenção, aumentando o perigo em vez de reduzi-lo.

Cinqüenta, então, armados com rifles, barganhara Hidê.

Vinte e cinco, incluindo você, com arcos e flechas estão de bom tamanho.

Vinte e cinco com rifles, dissera Hidê.

Genji deixou escapar um suspiro exasperado. Está bem, vinte e cinco com riflcs, então.

Agora que o ataque era iminente, Hidê estava satisfeito por ter perdido em números e ganhado em rifles. Olhou para seus homens. Estavam todos atentos. Mesmo sem que lhes fosse ordenado, estavam preparados para um ataque. Smith não percebera nada. Seguia viagem, tranqüilo.

— Homens e mulheres se comportam de acordo com os ditames da natureza, e não de acordo com regras criadas pelos homens — disse Smith.

— Isso é uma crença cristã? — perguntou Genji.

— Isso é um fato, que pude observar ao longo de minha vida nas ilhas havaianas.

— Emily e eu nos mantivemos ocupados, cada qual com o seu trabalho. Ela, propagando a fé cristã; eu, contornando crises políticas.

— Por seis anos?

— Os últimos seis anos foram bastante movimentados — argumentou Genji.

— Senhor — interrompeu o Senhor Hidê. Esporeou o cavalo, emparelhando-se ao de Genji. Um cavaleiro solitário aproximava-se a leste.

Era um mensageiro do Senhor Saemon.

. . . . . .

— Aqueles dois não parecem lá muito amigáveis — comentou Saemon, apontando para Farrington e Smith, que cavalgavam lado a lado em total silêncio e demonstrando profundo interesse em qualquer direção que não fosse aquela onde o outro estava.

— Eles tomaram partidos divergentes no recente conflito americano — explicou Genji.

— Pergunto-me se a animosidade deles vai durar duzentos e sessenta anos, como a do Japão.

— Os americanos olham para o futuro, não para o passado. É provável que evitem a nossa insensatez.

— Isso só acontecerá se ambos empreenderem esforços árduos nesse sentido — disse Saemon.

— Concordo plenamente e espero que assim seja — disse Genji.

— Faço minhas as suas palavras — respondeu Saemon.

Hidê desviou o rosto, para esconder sua expressão de desagrado. As alusões casuais às lealdades opostas dos seus ancestrais deixavam-no irritado. Genji estava muito despreocupado. O fato de Saemon, o Ardiloso, estar junto com eles não significava, como o seu senhor parecia acreditar, que não poderia mais atacá-los. Só alterava as variedades possíveis de traição. Dois guarda-costas de Genji vigiavam cada um dos homens de Saemon. O próprio Hidê estava mais do que pronto para executá-lo à primeira provocação.

— Pelo que fiquei sabendo, também há uma rivalidade entre eles a respeito da sua convidada, a Senhorita Gibson — comentou Saemon.

— Está bem informado, Senhor Saemon.

— Nem tanto, Senhor Genji. Fala-se muito sobre eles e a Senhorita Gibson.

— E sobre mim?

Saemon curvou-se.

— Sim, era inevitável. Como seu amigo e aliado, devo aconselhá-lo a afastar-se o mais rápido possível da moça. A conjuntura política é altamente instável. Ela faz com que o senhor perca alianças valiosas.

Hidê não pôde conter de todo uma risada ríspidas. Saemon, amigo e aliado de Genji?

— Tem algo a acrescentar, Hidê? — perguntou Genji.

— Não, senhor. Eu tossi, foi isso. Acho que inalei poeira da estrada.

Virando-se para Saemon, Genji disse:

— Qualquer aliança que me seja negada por causa da presença da Senhorita Gibson é desprovida de essência e, portanto, não lamento a sua perda. De todo modo, a Senhorita Gibson ficará noiva em breve e deixará o Japão logo em seguida.

— É mesmo? — Aquela era uma revelação surpreendente e Saemon não estava certo se devia lhe dar crédito. Sabia que Farrington e Smith estavam fingindo cortejar Emily. Presumira — e ainda presumia, bem como continuaria a presumir até que uma prova mais forte do que a palavra de Genji lhe fosse apresentada — que tudo não passava de uma farsa para permitir que os quatro tramassem juntos. Ainda não conseguira descobrir a natureza da trama, mas nenhuma intriga com tanta gente envolvida podia ser mantida em segredo por muito tempo. Era por isso que, sempre que possível, somente ele sabia de suas próprias tramas.

Não acreditava que existisse de fato uma hostilidade entre os dois homens e, quanto à mulher, bem, ninguém poderia ser tão ingênuo e cego como ela fingia ser. Parecia-lhe óbvio que ela estava altamente envolvida no que ocorria, fosse o que fosse. Era provável que fosse até mesmo uma agente do governo americano. Os americanos não poderiam ter escolhido alguém que despertasse menos suspeitas nem mais bem situado para colher informações. Sabiam que os japoneses prestavam pouca atenção às mulheres. Ninguém — além dele próprio — tinha de fato algum interesse nas atividades de Emily, que, por sinal, davam a impressão de ser inócuas, beirando a suprema futilidade. (Segundo seus informantes na criadagem de Genji, ela largara até mesmo o proselitismo cristão no qual outrora parecera discretamente engajada e estava completamente absorta na tradução da história do clã Okumichi para o inglês. O mero fato de lançar mão de um subterfúgio tão absurdo demonstrava, de modo insultante, como fazia pouco dos japoneses. Uma história que só podia ser revelada àqueles da mesma linhagem do senhor dificilmente seria exibida a estrangeiros em seu próprio idioma.) Ao mesmo tempo, estava intimamente associada a um Grande Senhor, um homem que gozava de importância política e residia alternadamente no seu palácio em Edo, a capital do xogunato, e no seu castelo na província de Akaoka, na Ilha de Shikoku, na região ocidental do Japão, um foco de atividades antixogunais. Era uma trama extremamente inteligente. Farrington era oficial da marinha e Smith, negociante, de modo que ambos podiam comunicar-se facilmente com o estrangeiro. Era uma tarefa simples para Emily, passar-lhes mensagens enquanto eles fingiam cortejá-la. Estaria Genji ativamente envolvido? Se estivesse, seria traição da pior espécie. Na Índia, alguns Grandes Senhores, lá conhecidos como rajás, entregaram suas províncias à Inglaterra sob o pretexto de ter sua proteção. Estaria Genji fazendo o mesmo com os americanos?

— Qual deles a Senhorita Gibson prefere? — perguntou Saemon.

— Ela não decidiu ainda — respondeu Genji.

Não decidiu ainda! Mais uma amostra de inteligência. Uma excelente artimanha para justificar delongas intermináveis. Saemon não podia deixar de admirar o controle extraordinário que Genji exercia sobre cada detalhe da complexa conspiração. Era um tremendo conspirador, de primeira linha. Não era de admirar que houvesse derrotado o pai de Saemon, o Senhor Kawakami, embora seu pai tivesse o controle da polícia secreta do Xogum. Mesmo ele tendo descoberto um segredo importante sobre Genji, possivelmente ligado a Heiko, a gueixa desaparecida. Nesse sentido, se não em nenhum outro, Saemon seguia os passos de seu pai. Não importava o que o pai tivesse descoberto, ele também descobriria. Aguardava um relatório da Califórnia a qualquer momento.

— As mulheres são relutantes por natureza na hora de estreitar seu leque de opções, não raro preferindo abster-se de tomar uma decisão — disse Saemon.

— Às vezes, parece mesmo que agem desta maneira.

O líder da cavalaria de repente esporeou seu cavalo, partindo em disparada. Alguém se aproximava a pé, vindo da direção do Mosteiro de Mushindo. Era uma mulher, cuja cabeça pendia acentuadamente para o lado direito, formando um triste ângulo. Enquanto ela corria na direção deles, sua cabeça balançava-se para cima e para baixo com tamanha violência que o pescoço parecia prestes a se quebrar a qualquer momento.

MOSTEIRO DE MUSHINDO

— Parem de se desviar como idiotas — ordenou Taro. — Usem seus arcos. Você aí, atire no retardado que está jogando as pedras. E na pirralha. Você, mate a estrangeira. Cuidado para não acertarem a Senhora Hanako por engano.

— Senhor — disseram os dois samurais. As primeiras flechas não acertaram ninguém. Todos os alvos esconderam-se no matagal enquanto as flechas sobrevoavam inofensivas suas cabeças. Armaram os arcos novamente, mas ninguém tornou a aparecer.

— Encontrem-nos — ordenou Taro. Ele e seus homens avançaram, as espadas de prontidão. — Tragam a Senhora Hanako viva. Matem todos os outros. — Hanako sozinha talvez pudesse escapar, mas carregava o fardo de ter de proteger Emily. Não podiam estar muito longe.

Era um dia sem vento. Taro concentrou sua atenção em falhas no matagal que pudessem denunciar a passagem ou a presença de alguém e ficou à espera de algum movimento nos talos das plantas.

Ei-los!

Sua preocupação com Hanako impediu-o de sair ceifando a esmo o matagal que oscilava. Aproximou-se com cautela. A folhagem havia sido esmagada por alguém que já não estava mais lá. Um pouco mais à direita, viu um graveto sendo erguido. Seus olhos acompanharam o graveto. A mão de uma menina o segurava, agitando o matagal. A fedelha. Desferiu-lhe um golpe, mas errou: a ponta da espada feriu a terra e não a menina, que se movimentava com a velocidade e a motivação de um rato esfaimado.

— Senhor Taro!

Seus homens haviam encontrado Hanako. Ela estava cercada, movendo-se de um lado para o outro para não perdê-los de vista. Emily devia estar encoberta pelo matagal, aos pés de Hanako.

Taro aproximou-se dela, abaixando a espada.

— Senhora Hanako — disse ele —, não queremos machucá-la. Por favor, saia da frente.

— Traidor!

Quando Hanako gritou, um dos samurais investiu contra ela e a imobilizou pelas costas. Era exatamente o que ela queria. Hábil como sempre, ela rodopiou e desferiu-lhe um golpe. O homem tombou de imediato, espirrando sangue pela artéria carótida cortada. Sem hesitar, ela avançou para o outro samurai, forçando-o a recuar.

No exato momento em que Taro se lançou sobre ela, o retardado gigante ergueu-se do matagal à sua frente e arremessou-lhe uma pedra na cabeça com toda a força. Taro ouviu o estalo do osso quebrando. Seu corpo todo ficou dormente. Cambaleando, prestes a desmaiar e quase cego pela torrente de sangue provocada pelo ferimento, reagiu por instinto ao ver o reflexo do sol em uma lâmina vindo em sua direção. Acertou alguém, sem saber quem era, e tropeçou para trás, enxugando o sangue do rosto. Pensou que o trepidar do solo sob seus pés fosse mais um efeito da pedrada, até que ouviu um dos seus homens anunciar:

— Senhor Saemon!

De fato, era Saemon, acompanhado por um grupo de samurais, aproximando-se a galope. O que só podia significar que o plano dera certo. Em algum lugar na estrada, Saemon devia ter armado a sua emboscada e matado Genji.

Taro sacrificara a lealdade pessoal por um princípio. Para preservar o modo de vida samurai, traíra o homem que mais admirava e respeitava, conspirando contra ele com um sujeito que detestava. Taro não podia deixar de sentir que atingira o cúmulo do ridículo. Sacrificara um relacionamento real, estimado e de longa data por um princípio abstrato — não era esta a essência do pensamento dos estrangeiros, para quem as idéias valiam muito mais do que as pessoas e as tradições? Seu raciocínio contaminara todo mundo, incluindo até mesmo os seus maiores opositores. Portanto, seria incorreto afirmar que já haviam conquistado o Japão? Aonde vai o pensamento, a ação acompanha. Talvez Genji pudesse realmente ver o futuro.

Uma mulher à sua frente gritou. O retardado gigante desaparecera. Em seu lugar, lá estava Emily, tapando a boca com as mãos, os olhos arregalados de terror.

Taro deu um passo para trás. Saemon chegara. Ele que terminasse o seu serviço sujo.

· · · · · ·

Genji e Saemon cavalgaram até a frente da coluna, com Hidê logo atrás. A mulher do pescoço torto não dissera coisa com coisa. Exausta pela corrida e intimidada com a presença dos Grandes Senhores, sua voz parcialmente estrangulada pela deformidade não conseguira pronunciar nada além de sons desconexos.

— Senhor... Senhora Hanako... Perigo, muito perigo... Traição... Por favor... Agora!

Hidê observou Saemon de perto enquanto avançavam em direção a Mushindo. A mulher certamente fazia parte do plano de Saemon, com o intuito de desviar a atenção dos samurais. Hanako e Emily estavam sob a proteção de Taro, o melhor amigo de Hidê e único camarada em quem depositava total confiança. Não havia fonte mais improvável de traição. Tão improvável que Hidê estava certo de que o perigo vinha de Saemon, como suspeitara desde o início, e que o que quer que ele estivesse tramando estava prestes a ser colocado em prática. O fato de Saemon trazer tão poucos homens só podia ser um indício de que muitos outros estavam escondidos em algum lugar. Seu pai, o Senhor Kawakami, armara uma emboscada para Genji em Mushindo e fracassara. Decerto, seria uma satisfação para o filho vingar o pai no mesmo local. Genji ignorara a advertência de Hidê para tomar cuidado e fora em frente. Se não podia proteger seu senhor, podia ao menos morrer ao seu lado e cuidar para que o ardiloso Saemon não ficasse vivo para saborear sua perfídia.

Todos esses pensamentos desapareceram da mente de Hidê quando ele irrompeu da floresta na clareira ao lado do mosteiro. Em questão de segundos, viu vários samurais dispostos em círculo em volta de Hanako, que executou um deles e foi atingida por outro. O sangue esguichou no ar e ela tombou no chão.

— Hanako!

Aproveitando que Hidê estava distraído, Saemon sacou um revólver de dentro do casaco. Hidê detectou o gesto com sua visão periférica, mas era tarde demais. Saemon puxou o gatilho e atirou. Virou-se para atacá-lo, mas estacou ao perceber que Genji não havia sido atingido. Saemon atirara no samurai que golpeara Hanako e estava prestes a atacar Emily.

O samurai era Taro.

. . . . . .

Emily estava sentada no meio do matagal, envolvendo Hanako em seus braços. O sangue de Hanako encharcara as roupas das duas. Seus olhos estavam abertos, mas vidrados, já tendo perdido o fulgor que distinguia os vivos dos mortos. Emily estava atordoada demais com a rapidez de sua morte para fechá-los — na verdade, atordoada demais para aceitar que a sua única amiga tivesse partido sem sequer uma última e única palavra de adeus. Ao seu lado, ouviu a voz infantil de Kimi elevar-se na euforia da vitória:

— O Senhor Genji veio! Eu sabia que ele viria. Não disse aos traidores que viria?

— Kimi — disse Goro. — Kimi, Kimi, Kimi...

O tropel dos cavalos cessou bruscamente não muito longe de onde elas estavam e um homem pulou da sela. Emily não levantou a cabeça. No fundo do peito, buscava desesperadamente uma oração, até que um versículo lhe ocorreu: *Aquele que crê Nele não perece, mas tem a vida eterna.* Não era a oração adequada, pois Hanako não acreditava Nele, mas passara toda a sua vida acreditando em Amida Buda, o portador da compaixão sem limites. Não acreditava no Céu prometido pelo Nosso Senhor e Salvador, mas em Sukhavati, a Terra Pura, reservada para os devotos de Amida. Agora, estavam separadas para sempre, sem esperança de se reencontrarem na vida eterna, pois o Céu e Sukhavati não podiam existir ao mesmo tempo, nem Jesus Cristo e Amida Buda. Não fosse uma blasfêmia, desejaria que este existisse no lugar Daquele, pois significaria vida eterna no paraíso para Hanako, e quem era mais merecedora do que ela? Emily jamais conhecera outra pessoa que personificasse tão completamente os ideais de bondade, caridade e as mais sublimes virtudes cristãs.

Genji havia chegado. Emily sabia disso porque Kimi e Goro caíram de joelhos, comprimindo a testa contra a terra. Ela sentiu a mão dele tocar suavemente seu ombro.

— Emily — disse ele.

Ao longo dos seus anos de residência no Japão, a sua percepção do tempo mudara, gradualmente, de maneira quase imperceptível, a ponto de já não mais se assemelhar em quase nada à sua antiga perspectiva. Já não pensava mais em termos da passagem de dias, semanas, meses e anos, mas apenas de momentos, dispostos de modo aparentemente aleatório pelo calendário do passado, agrupados em sua memória para fornecer revelações que, do contrário, teriam lhe passado despercebidas. Estes momentos reunidos, colhidos como uma safra rara e preciosa, compunham todo o seu conhecimento dos que lhe eram mais próximos — Heiko, Hanako e Genji. Seriam estes relacionamentos reais ou imaginários? A última vez que vira Heiko fora há seis anos. Hanako estava morta. E Genji — acaso sentia o que ela achava que ele sentia, dividida entre o temor e o desejo?

— Emily — disse Genji.

Sentiu a mão dele em seu ombro e, finalmente, pôs-se a chorar.

Genji acenou para Hidê.

Ele retirou o corpo de Hanako do colo de Emily com a maior delicadeza possível. Na verdade, Hidê foi tão delicado que ela pareceu nem perceber. Lágrimas caíam dos seus olhos, ainda mais comoventes por não serem acompanhadas de nenhum som. Soluçava, mas nem o mais leve dos soluços escapava de seus lábios, cerrados em silêncio absoluto. Hidê sentiu uma imensa compaixão por Emily. Hanako era sua única amiga. Agora, estava realmente sozinha. As suas próprias emoções Hidê reprimira por completo. Não pensava em seu filho, privado ainda tão jovem da mãe. Não pensava em si mesmo, que acabara de perder a única pessoa com quem podia expor sem vergonha as suas fraquezas e os seus medos, aquela que podia confiar para estar sempre ao seu lado nas adversidades, aquela que contara fosse ser a sua companheira até o fim de seus dias. Apanhou o corpo de Hanako do colo de Emily e curvou-se profundamente para Genji.

— Senhor — disse um de seus homens. Sua voz estava embargada.

— O que está fazendo aí parado, olhando? — admoestou Hidê, ríspido. Não era hora de entregar-se ao sentimentalismo. — Nosso senhor e a Senhora Emily estão bem protegidos?

O homem endireitou-se, assumindo uma postura mais marcial.

— Sim, Senhor Hidê. E vários homens estão de olho em Saemon.

Hidê resmungou uma aprovação.

— Se ainda houver traidores vivos, não os executem. Devem ser interrogados.

— Sim, senhor, já dei essa ordem.

— Bem, então por que ainda está aqui?

— Pensei que... talvez... — Os olhos do samurai dirigiram-se para Hanako.

— Sou perfeitamente capaz de lidar com um cadáver. Vá — ordenou Hidê.

O samurai curvou-se e partiu em seguida.

Hidê fechou os olhos de Hanako. Ela ainda estava quente. A despeito da ausência de nuvens no céu, começou a chover. Ele enxugou as gotas do rosto de Hanako. Sua mão era tão áspera, coberta de calos, maltratada pela vida de samurai. Quantas vezes ela não rira, tomando a mão dele nas suas e dizendo: Como eu poderia ser delicada se você não fosse áspero, branda se você não fosse ríspido?

Seu tenente voltou depressa para o seu lado.

— O Senhor Taro ainda está respirando.

. . . .

Saemon contemplou Taro e desejou que morresse de uma vez. O tiro não matara instantaneamente seu antigo aliado. De resto, até ali o plano funcionara à perfeição. Ao inserir Taro em uma conspiração, ainda que falsa, privara Genji de um dos seus serviçais mais importantes e plantara uma semente que renderia ainda mais insatisfação e desconfiança em seu clã. Teria sido bastante eficaz se Taro tivesse assassinado Emily, e Genji executado Taro. Mas o momento oportuno de sua chegada fornecera uma oportunidade ainda melhor para Saemon. Ao atirar em Taro quando ele parecia estar prestes a atacar Emily, fizera-se merecedor da gratidão de Genji, possivelmente aumentando a confiança que este tinha nele. E aquela era a essência de seu plano. O erro de seu pai com Heiko havia sido tentar colocar alguém perto de Genji, na confiança de que essa pessoa fizesse o que era necessário. Saemon aprendera com esse erro. A única pessoa com quem podia contar inteiramente era ele mesmo, de modo que devia se colocar o mais próximo possível de Genji. A morte de Hanako fora um benefício adicional, pois distraíra e enfraquecera seu marido, Hidê, o mais firme dos serviçais de Genji. Mas todo aquele triunfo iria por água abaixo se Taro sobrevivesse tempo o bastante para implicá-lo.

Hidê ajoelhou-se ao lado de Taro.

— Quem mais? — perguntou ele.

Por um momento, Saemon achou que os olhos de Taro fossem mover-se em sua direção. Isso, por si só, bastaria para condená-lo. Hidê, que já desconfiava dele, não esperaria por ordens ou permissões. Simplesmente iria sacar sua espada e decapitá-lo na hora. Mas Taro manteve os olhos fixos em Hidê. Quando abriu a boca, proferiu uma única palavra:

— Samurai.

— Eu sou um samurai — disse Hidê. — Você é um traidor. Atenue seu crime, diga-me os nomes dos outros.

— Samurai — repetiu Taro, morrendo em seguida.

— Cortem sua cabeça — ordenou Hidê. — Deixem o corpo para ser queimado pelos camponeses. — Seis anos atrás, naquele exato local, ele e Taro haviam lutado juntos contra centenas de samurais de Kawakami, o Olho Vivo, e saído vitoriosos. Agora, Taro estava morto, um traidor, executado por Saemon, o filho de Kawakami. Estava tudo errado. Estava longe de ser natural.

— Lamento que não tenhamos chegado a tempo de salvar a Senhora Hanako — disse Saemon.

— Chegamos a tempo de salvar a Senhora Emily — disse Hidê — e pôr um fim nesta traição. Já é suficiente. — Curvou-se e partiu. Saemon estava envolvido. Tinha certeza disso. Mas se era um xenófobo fanático em segredo, por que protegera Emily? E se fazia parte da conspiração com Taro, por que atirara nele? Hidê não sabia. Sabia apenas que Saemon era um sujeito ardiloso, com uma queda por complexidades. Nenhum de seus atos jamais era óbvio. Genji ainda corria perigo.

· · · · · ·

A desconfiança explícita de Hidê não perturbava Saemon nem um pouco. Como tenente-chefe de um Grande Senhor, tal desconfiança era um dos seus principais deveres, sobretudo daqueles mais próximos ao seu senhor. Em geral, as traições eram sempre perpetradas por pessoas de confiança. Era exatamente por este motivo que Saemon não confiava em ninguém, a não ser em si mesmo. Estava entre os menos influentes dos Grandes Senhores, mas, de todos eles, era o único imune à traição.

Genji estava esforçando-se arduamente para conseguir uma reconciliação entre o Xogum, que era a favor de um acordo com os estrangeiros, e a Corte Imperial, partidária de uma expulsão irrestrita e imediata. Nesta questão, Saemon era aliado secreto de Genji. Também era aliado secreto dos Homens Virtuosos, que se dedicavam fervorosamente a expulsar os estrangeiros e aniquilar todos que cooperassem com eles, fossem plebeus ou nobres. Eram movimentos contraditórios, claro, que não podiam ser simultaneamente bem-sucedidos. Saemon pretendia ficar do lado vitorioso, assim como pretendia que Genji constasse entre os perdedores, independentemente de qual lado vencesse. Se fossem os Virtuosos, Genji estava condenado de qualquer maneira. Se os conciliadores triunfassem, Genji ainda podia ser arruinado a longo prazo, caso os tradicionalistas o vissem como peça principal na repressão dos Virtuosos. Uma vez que já era desprezado por muitos por sua determinação incompreensível de suspender as sanções contra os párias, isso não seria muito difícil.

Saemon era um homem paciente. Não havia motivo para pressa. Aqueles que se apressavam rumo aos seus objetivos amiúde corriam ao encontro de sua própria ruína.

• • • • • • •

Genji deixou Emily aos cuidados das moças que residiam em Mushindo. Elas a ajudariam a tomar um banho e a trocar as roupas ensangüentadas. Quando saiu no pátio, Farrington e Smith esperavam por ele.

— Como ela está? — perguntou Farrington.

— Não está ferida, mas não diria que passa bem. Acabou de ver sua melhor amiga ser assassinada bem na sua frente — respondeu Genji.

— O assassino não era um dos seus samurais? — indagou Smith. — Taro o seu nome, não é isso?

— Sim, Taro.

— O Senhor Taro não era o seu chefe de cavalaria? — perguntou Farrington.

— Era.

— E por que haveria de querer matar a Senhora Hanako? — perguntou Smith. Desconfiava de um romance que desandara. Muitos daqueles samurais fingiam desdém pelas mulheres e uma disciplina marcial inflexível, mas eram homens, no fim das contas, sujeitos às paixões e às loucuras dos homens. Ele próprio não se eximia de sua acusação silenciosa. Seu desejo por Emily roubava sua atenção da busca por gado, acres e mercadorias de comércio que poderiam multiplicar seu rico patrimônio. Ao possuir Emily, não lucraria nada além da posse em si. Não era racional. Mas, no que concernia às mulheres, os homens raramente eram racionais.

— Não queria — respondeu Genji. — Estava tentando matar Emily. Hanako o impediu.

— Emily? — surpreendeu-se Farrington. — Por que Emily?

— A xenofobia está crescendo cada vez mais — explicou Genji. — Contaminou até mesmo os meus serviçais mais confiáveis.

Farrington não podia aceitar aquela explicação. Desde a abertura dos portos japoneses pelo Comodoro Perry há mais de uma década, a comunidade ocidental fora, de fato, vítima de inúmeros ataques e assassinatos. Mas jamais nenhum desses ataques fora dirigido a uma mulher. A presunção guerreira dos samurais considerava este ato ainda mais deplorável do que os ocidentais. Era simplesmente inconcebível que um samurai de alta patente, senhor e general, se degradasse a ponto de executar uma estrangeira inofensiva por motivos políticos. E Emily não era uma estrangeira qualquer; contava com o amparo e a proteção do próprio Grande Senhor de Taro. Por pior que fosse a explicação de Genji, a verdade ameaçava ser ainda mais tenebrosa.

Somente uma ordem direta do seu senhor teria compelido Taro a cometer um crime tão profundamente desonroso. A própria viagem ao Castelo do Bando de Pardais devia fazer parte do subterfúgio engendrado para levar Emily até aquele lugar, longe de qualquer testemunha ocidental, e assassiná-la. O que, inexoravelmente, levava à pergunta: por que Genji faria uma coisa dessas? A mera cogitação de possíveis motivos era repugnante. O risco em potencial que Emily inadvertidamente corria — inocente como era e mais indefesa do que percebia ser nas diversas moradas do seu déspota anfitrião — não podia ser ignorado. Seria tarde demais para salvá-la de um destino muito pior do que a própria morte? E, se fosse, o que ele poderia fazer?

— Algumas pessoas no Ocidente insistem em ver os samurais como os cavalheiros do Japão — disse Smith. — Se o que o senhor diz é verdade, o seu código de cavalheiros é absolutamente inadequado.

Genji fez uma reverência.

— É difícil discordar de sua opinião.

As duas mulheres que estavam ajudando Emily saíram do quarto onde ela repousava. Curvaram-se para Genji e partiram, carregando as roupas cobertas de sangue.

— Posso pedir que os senhores aguardem aqui por Emily? Quando ela estiver recuperada o bastante para buscar companhia, penso que a presença de seus conterrâneos lhe trará muito conforto.

— É claro, senhor — disse Smith.

Farrington curvou-se, concordando. Seus pensamentos voltaram-se para os motivos escusos que levaram Genji a convidar Smith e a ele para o acompanharem. Porventura queria que servissem de testemunhas? Com que objetivo? Para atestar que Genji havia feito o máximo para salvar Emily, embora tivesse fracassado tragicamente? A defesa heróica de Hanako frustrara o plano. Porventura isso significava que os três — Emily, Smith e ele — agora estavam correndo perigo?

— Podemos fazer uma trégua temporária? — sugeriu Smith.

— Sim, podemos. — Farrington estendeu a mão e Smith apertou-a. — Vamos concentrar os nossos esforços em amenizar o sofrimento de Emily. — Perguntava-se se devia compartilhar sua preocupação acerca do possível perigo que corriam com Smith. Melhor não. Teria de dar muitas explicações, que rapidamente levariam a especulações constrangedoras.

Genji saiu para procurar Kimi. Encontrou-a no jardim com Goro, revirando o solo para um novo plantio. Enquanto trabalhavam, não mantinham uma conversa propriamente dita, mas sim trocavam palavras que serviam para que se comunicassem, assim como a conversa fazia com as outras pessoas e o canto unia os participantes em um festival.

— Kimi.

— Goro.

— Kimi.

— Goro.

Estavam tão entretidos no trabalho que nem sequer notaram Genji se aproximando.

— Kimi.

— Goro.

— Kimi — disse Genji.

— Senhor Genji — saudou Kimi.

Ajoelhando-se, ela comprimiu a testa contra a terra. Goro seguiu seu exemplo, mas, em vez de dizer o nome do senhor, repetiu o da menina:

— Kimi.

— Shhh!

O Japão era de fato uma terra assombrosa, onde até mesmo um retardado esforçava-se para se comportar de maneira irrepreensível perante um Grande Senhor. Genji não sabia se ria ou se chorava.

— Você e Goro me prestaram um grande serviço. Estou muito grato.

À menção de seu nome, Goro levantou a cabeça do chão para fitar Genji.

— Kimi — disse ele.

Kimi esticou os braços e segurou as mãos de Goro bruscamente, apertando-as com força contra a sua boca.

— Isso, fica com elas aí bem quietinho — ordenou ela. Curvando-se mais uma vez para Genji, ela disse: — Sinto muito, meu amo e senhor. Ele até tenta, mas é difícil pra ele.

— É fácil perdoar uma pequena violação de etiqueta em alguém que salvou a vida de um amigo.

— Obrigada, meu amo e senhor.

— Eu sei por que ele fez isso. Porque você pediu. Mas por que você decidiu arriscar a sua própria vida?

Kimi permaneceu de cabeça baixa, em silêncio.

— Por favor. Não vou ficar zangado, seja qual for o motivo.

Kimi disse, relutante:

— As pessoas dizem que o senhor pode ver o futuro, meu amo e senhor.

— E você acredita nelas?

— Posso acreditar? — perguntou ela, em um fio de voz.

O Japão era um país com muitos níveis para tudo, até mesmo para as crenças. Assim como os camponeses não podiam nem sonhar em ficar na presença do Xogum ou do Imperador, também não podiam professar determinadas crenças. Muitos, como os habitantes da Aldeia Yamanaka, seguiam os ensinamentos de Honen e Shinran, que haviam simplificado o modo de vida de Amida Buda e o caminho para Sukhavati, a Terra Pura. Nobres como Genji seguiam os Patriarcas Zen, que apontavam para um caminho além dos Budas sem necessidade de palavras — um modo de vida incompreensível para simples fazendeiros e aldeões. Talvez acreditar nos poderes proféticos do Senhor Genji só fosse permitido a samurais e nobres. Kimi lutava para não tremer, sem muito sucesso.

Genji riu. Não era um riso de deboche nem cruel. Soava muito alegre.

— Quem manda na sua cabeça é você mesma, Kimi. Pode acreditar no que quiser. Devo avisá-la, porém, que existem coisas melhores para crer do que no meu poder profético. Prever o futuro é muito diferente do que as pessoas julgam.

Então ele realmente podia prevê-lo! Ele acabara de confirmar! Kimi ficou tão eufórica que teve vontade de pular de alegria. Que sorte a deles. Com tantas incertezas à sua volta, tinham um senhor que sabia o que estava por vir. Bem, o Senhor Genji não era exatamente o senhor deles na aldeia. Quem governava a província de Yamanaka era o Senhor Hiromitsu. Mas o Mosteiro de Mushindo era um posto hereditário do clã do Senhor Genji havia quase seiscentos séculos. E o Senhor Hiromitsu acatava tudo que o Senhor Genji dizia, de modo que ele não deixava de ser o senhor deles de fato, ainda que não o fosse oficialmente.

— Obrigada, meu amo e senhor — disse Kimi.

— O seu agradecimento é precipitado. Ainda não lhe concedi uma recompensa. E não precisa se dirigir a mim como "amo e senhor". Só "senhor" já está de bom tamanho.

— Sim, senhor. Obrigada, mas não precisa recompensa, não.

— Não obstante, vai recebê-la.

— Sim, senhor. Obrigada.

— E o que vai ser?

— Senhor?

— A sua recompensa. Já lhe concedi. Agora, basta que você me diga o que é.

Novamente, Kimi pôs-se a tremer. Escolher a sua recompensa! Como poderia ousar? No entanto, como poderia recusar? Aceitá-la seria demonstrar uma ganância que na certa, e com razão, seria severamente punida. Quem era ela para tirar tamanha vantagem da generosidade de um Grande Senhor?

Não aceitá-la equivaleria a desobedecer a uma ordem, um descarado gesto de afronta que mereceria ser punido com a morte — não só a dela, como a de todos os seus parentes, talvez até mesmo de toda a aldeia.

E se pedisse uma pequena recompensa? Daria no mesmo — morte! Pedir pouco demais era insultar a dignidade do senhor. Porventura o considerava incapaz de recompensá-la regiamente?

A tremedeira que sacudia seu corpo tornou-se tão intensa que ela mal podia respirar direito. Que triste sina ter nascido camponesa. Mais triste ainda era ser uma camponesa que havia atraído a atenção de um senhor. Quer lhe agradasse, quer o enfurecesse, o resultado era sempre o mesmo. Desgraça. Começou a recitar o *nembutsu* em silêncio para que, quando fosse decapitada, Amida Buda a levasse direto para a Terra Pura. Não percebeu que estava rezando em voz alta até o Senhor Genji falar com ela.

— *Namu Amida Butsu* — disse ele, repetindo as suas palavras. — Você estava pedindo a Amida Buda para guiá-la?

— Senhor. — Foi tudo o que Kimi conseguiu dizer.

— Talvez tenhamos que esperar por um bom tempo. Sei por experiência que os deuses e os Budas raramente têm pressa em atender os que clamam por eles. Você é religiosa?

— Senhor.

— Claro que é — refletiu ele —, do contrário não teria decidido restaurar o mosteiro sozinha.

Ele ficou em silêncio por tanto tempo que Kimi finalmente tomou coragem e levantou a cabeça do chão. Ele estava contemplando a ala residencial, recém-restaurada.

— Posso lhe oferecer uma sugestão? — perguntou ele. — Aceite uma nomeação como abadessa deste lugar. Vou providenciar para que receba os fundos e a mão-de-obra necessária para agilizar a restauração. De agora em diante, Mushindo vai passar a ser uma abadia em vez de um mosteiro.

— Isso estaria certo, senhor? — Kimi tinha medo de contrariá-lo, mas temia ainda mais a ira dos protetores místicos do salão. — Não é preciso o ato do Abade-Chefe da Ordem de Mushindo para fazer essa mudança?

Genji sorriu.

— Eu sou o Abade-Chefe, por herança através de sucessivas gerações, desde a fundação deste lugar. E no início era uma abadia, não um mosteiro. Foi o velho Abade Zengen quem fez a mudança. E eu acabo de reverter essa mudança, Reverenda Abadessa.

— Senhor, eu não sei nada sobre os ensinamentos de Mushindo.

— Não estou lá muito convicto de que haja muito para saber. Sempre foi uma seita obscura e alternativa. Quando o Monge Superior Tokuken voltar das montanhas, você pode pedir que lhe ensine. Até lá, autorizo-a a praticar o *nembutsu* ou qualquer outra coisa que julgue apropriada.

— Se Mushindo virar uma abadia, vai ser só para mulheres? — perguntou Kimi.

— Sim. — Genji olhou para Goro. — Ah, entendi. Uma cabana para o zelador pode ser construída do lado de fora, para que o seu assistente continue encarregado dessa tarefa.

— Obrigada, Senhor Genji — agradeceu Kimi, aliviada. Era óbvio que, além de prever o futuro, ele também lia pensamentos. Agora, Kimi, Goro e as outras meninas que haviam escapado com eles realmente teriam um lar. Ninguém os incomodaria. Estavam sob a proteção do Grande Senhor de Akaoka.

— De nada, Reverenda Abadessa — disse Genji, ajoelhando-se e curvando-se profundamente para ela, como se estivesse diante de uma abadessa de verdade. — Não se esqueça de consultar os textos sagrados e encontrar um nome religioso adequado para você. Quando se escolhe o caminho do Buda, é preciso renascer com ele.

— Sim, senhor, pode deixar.

— Ótimo.

Kimi permaneceu curvada durante um bom tempo. Quando levantou a cabeça, o Senhor Genji havia ido embora. Na comoção do momento, esquecera-se de lhe contar sobre o pergaminho.

Duas semanas antes, enquanto procurava projéteis no campo em frente às muralhas, encontrara uma pedra grande e solta, por acaso. Era uma das quatro que outrora formavam a fundação de um prédio que havia muito não existia. O pergaminho estava debaixo da pedra, em uma caixa lacrada que resistira às intempéries durante muitos anos, talvez até mesmo séculos. Olhara dentro da caixa e encontrara o pergaminho, mas não o examinara. Estava curiosa, mas era analfabeta, de modo que não fazia sentido abri-lo. Pretendia entregá-lo à Senhora Hanako, mas agora a Senhora Hanako havia morrido. Não pudera entregar ao Senhor Genji antes porque o outro senhor estava com ele, um homem que ela nunca tinha visto antes. Hesitara em mostrar o pergaminho na frente dele. Havia algo na sua postura, no seu olhar e no seu sorriso que fizera com que ela se lembrasse dos sapos que se escondiam na lama durante as temporadas de chuva com apenas os olhos de fora, à espreita de insetos.

Agora, era tarde demais para dá-lo ao Senhor Genji. Estava novamente acompanhado de seus samurais; na certa, iam querer saber do que se tratava e talvez não fosse uma boa idéia contar-lhes o que encontrara. Podia ser algo secreto, a ser revelado apenas para o Senhor Genji. Se até mesmo o Senhor Taro o traíra, quem podia confiar nos outros samurais? Agora que era abadessa, devia agir com prudência. Esperaria o momento certo para entregar o pergaminho ao Senhor Genji.

Ouviu uma voz abafada ao seu lado. Goro ainda estava apertando as mãos contra a boca, exatamente como ela as colocara.

— Pode tirar as mãos agora, Goro.

— Kimi — disse ele.

— Goro — disse ela.

— Kimi.

— Goro.

— Kimi.

SÃO FRANCISCO

A comunidade japonesa na cidade era muito pequena, não mais do que uma meia dúzia de imigrantes, de modo que, quando veio à tona que os dois recém-chegados de navio eram seus conterrâneos, todos ficaram sabendo. Não eram comerciantes, estudantes nem fazendeiros. Sua natureza samurai ficou bem óbvia pelo seu comportamento, embora tivessem adotado trajes ocidentais e não portassem as duas espadas características, que, de todo modo, não poderiam ser exibidas ostensivamente nos Estados Unidos.

Foi devidamente reportado ao Senhor Stark, o representante do Senhor Genji de Akaoka em São Francisco, que dois japoneses haviam chegado à cidade, eram obviamente samurais e estavam fazendo muitas perguntas sobre a Senhora Heiko, o menino Makoto e o Senhor Stark. O relatório não foi apresentado diretamente ao Senhor Stark, é claro, já que ele não falava japonês. Como de costume, a Senhora Stark recebeu as informações. Ela agradeceu aos informantes e insistiu em lhes dar uma recompensa, apesar de eles terem protestado, alegando que não era necessário. Estavam contentes por fazerem um favor ao Senhor Genji que, mesmo não estando presente, era o Grande Senhor que estava mais próximo deles. Os Estados Unidos não eram como o Japão e na Califórnia eles não estavam submissos a nenhum senhor. No entanto, parecia-lhes prudente agir de acordo com as normas de conduta tradicionais até que ficasse absolutamente claro que não eram mais necessárias. Todo mundo sabia de alguém que, acreditando prematuramente que uma nova era chegara, havia deixado de render as devidas homenagens e terminara sem a cabeça. Embora nada do gênero tivesse ocorrido nos Estados Unidos, para que se arriscar à toa?

Os recém-chegados partiram em uma semana. Todos presumiram que haviam seguido viagem pelo continente, através da recém-inaugurada ferrovia transcontinental, ou tivessem partido rumo ao norte ou ao sul de navio, para o Canadá, o México ou outro lugar mais remoto.

Por coincidência, dois corpos apareceram no litoral da Baía de São Francisco na mesma época. Ou melhor, o que parecia ser os restos de dois corpos. O que os tubarões não devoraram havia se deteriorado no mar e as diversas partes separadas impossibilitaram a identificação, bem como a causa da morte. O agente funerário da cidade, que fazia as vezes de legista, pôde apenas determinar que deviam ser dois corpos, uma vez que os braços e uma das pernas não se encaixavam com o pedaço de torso encontrado, a não ser que se tratasse de um indivíduo tão desproporcional que poderia trabalhar no circo. Também afirmou, com razoável certeza, que ambos eram do sexo masculino, isso se é que eram dois, ou então mulheres de aparência muito masculina. Além disso, podia apenas especular. Imaginava que deviam ser mexicanos, ou chineses, ou indianos, talvez irlandeses, africanos ou alemães, mas, definitivamente, não eram havaianos. O agente funerário examinara um único havaiano na sua vida, que havia sido assassinado brutalmente, cravejado de balas, apunhalado diversas vezes e espancado com um porrete num quarto de hotel na cidade, seis anos atrás. Desde então, supunha que todos os havaianos fossem iguais, ou seja, extraordinariamente grandes. Os restos encontrados na baía não eram grandes o bastante para pertencerem a um havaiano. Esta era a única coisa da qual tinha certeza.

Tendo em vista as condições dos despojos e o habitual torpor etílico do agente funerário, foi impossível saber exatamente o que aconteceu.

1882, ABADIA DE MUSHINDO

— Goro — disse a Reverenda Abadessa Jintoku.

Ela abriu os olhos. Despertara da meditação não pelo badalar de um sino no templo, mas sim pelo som de sua própria voz, repetindo uma lembrança distante.

As outras freiras no salão continuavam imóveis e em silêncio. Sabiam, por experiência própria, que a entrega à tutela compassiva do Buda permitia que vivências e sentimentos aprisionados viessem à tona. Às vezes, palavras aleatórias surgiam espontaneamente durante a meditação, assim como soluços, risadas e até mesmo roncos — estes últimos, vindo daqueles que perdiam a concentração. Quando necessário, a monitora de serviço, armada com um pedaço de pau, ajudava a consciência a voltar para o seu devido lugar.

A abadessa curvou-se respeitosamente diante do altar, depois para as suas companheiras. Agradeceu em silêncio ao Buda e às divindades guardiãs do templo por lhe concederem a paz que experimentara em sua meditação. Ao sair do salão, notou que a noite havia passado. A luz da aurora despontava ao leste. A abadessa curvou-se em profunda gratidão pela bênção de um novo dia.

Abadia de Mushindo, dissera a Senhora Emily tantos anos atrás, na época em que o local não passava de um mosteiro em ruínas. E Abadia de Mushindo ele se tornara novamente. Como os anos haviam passado depressa.

Um suspiro, e era ontem.

Outro suspiro, e já era hoje.

Enquanto a Reverenda Abadessa atravessava o pátio, as primeiras gotas de chuva começaram a cair.

TÓQUIO

Makoto Stark sentou-se no parapeito da janela do seu quarto e enrolou um cigarro. Estava no quarto e maior andar do hotel, em um edifício novo, imenso e praticamente vazio, no distrito de Tsukiji, uma área reservada aos estrangeiros. Podia ver nuvens plúmbeas, carregadas, cobrindo as montanhas na região noroeste da Planície de Kanto. Se seu senso de direção não falhava, devia estar chovendo na Abadia de Mushindo e prestes a chover em Tóquio. Ao terminar de enrolar o cigarro, levou-o aos lábios e deixou-o pendurado, como imaginava que ficavam nos pistoleiros das histórias baratas que lia quando era criança.

O que esperara encontrar em Mushindo? Algo diferente do que havia descoberto, que só servira para aumentar seu desapontamento e confusão. O fato de a história da batalha narrada por Matthew Stark e sua mãe não casar com o que ouvira das freiras na abadia podia não significar nada. Mas toda e qualquer discrepância agora assumia uma importância desproporcional para ele. Viera ao Japão em busca de uma única verdade — a identidade de seu pai —, mas receava que uma só verdade não fosse suficiente.

Ainda com o cigarro dependurado nos lábios, deixou o hotel e saiu para dar uma volta por Tsukiji. Era difícil de acreditar que apenas um pouco mais de doze anos atrás, quando a capital imperial de Tóquio ainda era a Edo do Xogum, aquela área abrigava os grandes palácios dos daimios — os déspotas samurais que haviam governado o Japão por mil anos. Não havia mais nenhum palácio, todos substituídos pelo hotel onde estava hospedado e uma variedade de lojas e estabelecimentos voltados para os turistas. Ou, pelo menos, fora essa a intenção. Os estrangeiros não haviam lotado o lugar, como o novo governo esperara. Continuavam preferindo os inúmeros encantos e o ambiente social mais animado do porto de Yokohama, a uns vinte quilômetros a oeste. Tsukiji estava praticamente vazio, uma condição estranha em meio a uma cidade tão populosa. O policial parado ao portão, vestido à moda ocidental, curvou-se para ele quando ele deixou o distrito. Não estava ali para impedir a entrada de japoneses em Tsukiji, mas sua presença certamente os desencorajava.

Durante a travessia pelo Pacífico, os pensamentos de Makoto primeiro concentraram-se inteiramente em Genji Okumichi e na questão da paternidade e do abandono. Por mais veloz que fosse o navio a vapor, a viagem ainda duraria algumas semanas. A raiva e a amargura não podiam alimentar esse estado de concentração incomum mais do que já haviam alimentado. O tempo era um bom conselheiro. Como também a brisa marinha, a alternância purificante do sol e da chuva, a imensidão do panorama oceânico, exibindo um horizonte ininterrupto e desobstruído e o balanço flutuante do navio. Ficou surpreso ao perceber que estava cada vez mais otimista. Não com a reação de Genji em si. Rejeitara Makoto vinte anos atrás e continuara rejeitando-o desde então. Tinha pouca esperança de que sua simples presença pudesse mudar alguma coisa.

A sua esperança crescente tinha a ver com o Japão em si, não com Genji.

Durante toda a sua vida, Makoto gozara dos inúmeros benefícios concedidos pela riqueza e pelo poder político de sua família. Estava sempre protegido por dedicados guarda-costas e sob os cuidados de criados atenciosos. Em todos os lugares onde estivera fora tratado com a máxima deferência. Seu círculo social era formado exclusivamente por pessoas em situação semelhante e, é claro, os filhos dos criados. Nesse sentido, não era muito diferente da minoria privilegiada que compunha a elite de São Francisco. Quando era criança, julgava-se idêntico a eles. O fato de não ser ficou aparente durante a sua passagem da infância para a adolescência, quando as reuniões que freqüentava transformaram-se, da noite para o dia, de brincadeiras de criança em bailes e flertes. Se súbito, o silêncio e a distância passaram a caracterizar seus relacionamentos, especialmente com suas amigas, mesmo aquelas que conhecia desde pequeno. Compreendeu o motivo sem ter de perguntar. Afinal, não precisava procurar muito longe. Estava em todos os espelhos.

Julgava ter esquecido o assunto. Mas ele continuava presente, escondido sob a superfície. Isso ficara bem claro durante a sua breve, emocionante e, por fim, trágica temporada como o Bandido de Chinatown. Era tomado por um estranho frêmito de prazer sempre que gritava imprecações em falso chinês, sacudia o cutelo de açougueiro e detectava o pânico nos olhos daqueles que o tomavam por quem não era de verdade — um cule violento, imprevisível e viciado em ópio. Aquelas eram as mesmas pessoas que preferiam ignorar a sua existência por não aceitarem o que ele de fato era. OK. Então, que temessem o que ele fingia ser, ignorando que o seu temor era irreal.

Mas a satisfação que aqueles sentimentos deturpados lhe proporcionavam não podia durar por muito tempo. Aquela mistura cruel de deboche e vingança acentuava, e não diminuía, o seu isolamento. Além disso, por mais que fosse uma distração divertida para ele, não podia ser o Bandido de Chinatown para sempre. Ainda não tinha chegado a nenhuma conclusão quando Matthew Stark descobriu a sua farsa criminosa e pôs um ponto final nela. A sua subseqüente presença em um navio a vapor rumo ao Japão era inteiramente fortuita. Pretendia ir para o México — as moças mexicanas normalmente o tomavam por um mestiço endinheirado e não o tratavam com desdém —, mas o *SS Hawaiian Cane* estava partindo assim que ele chegou ao porto. A pressa era mais importante que o destino.

Ao longo da viagem, o horror das mortes que deixara para trás foi se dissipando e a raiva dirigida a um homem que nem sequer conhecia tornou-se cada vez mais vaga. Começou a recordar as histórias que ouvira sobre o Japão durante toda a sua vida, contadas por Matthew Stark, sua mãe, a criadagem da casa e os visitantes da província de Akaoka e de Tóquio. Elas descreviam uma sociedade que se fundara sobre tradição, lealdade, ordem e, o mais importante de tudo, uma hierarquia estabelecida e inabalável, na qual todas as pessoas conheciam o seu lugar. Makoto começou a achar que, se não se sentia em casa na Califórnia, talvez fosse porque a Califórnia não era seu verdadeiro lar. Quando o navio finalmente aportou em Yokohama, sua esperança já se transformara em expectativa.

Um pouco depois, o que encontrou em Tóquio o fez lembrar a viagem que fizera a Montana no ano anterior. Por insistência de Matthew Stark, fora visitar as minas canadenses da Red Hill Company. Aproveitando que estava nas imediações, decidiu visitar as reservas Sioux e Cheyenne, ao sul da fronteira. A sensação de perigo o entusiasmava. Andara lendo alguns romances sobre o Oeste Selvagem que glorificavam os pistoleiros e os guerreiros indígenas. A Última Batalha do General Custer contra os índios Cavalo Louco e Touro Sentado em Little Bighorn se dera havia apenas seis anos. De modo que sua decepção foi profunda ao se deparar com índios desarmados, maltrapilhos e em sua maioria doentes, arrastando-se pelas reservas entregues às moscas. Nenhum pônei de guerra, pintura de guerra, cocar de penas. Nenhuma ferocidade. Não conseguia imaginar aqueles coitados arruinando a Sétima Cavalaria. Era por causa deles que os Estados Unidos tinham estado em polvorosa?

Experimentou a mesma decepção em Tóquio. Não havia ninguém de topete, ninguém armado com o emblemático par de espadas. As únicas espadas à mostra eram os sabres ocidentais na bainha dos oficiais militares, que, por sua vez, também usavam uniformes ocidentais. A maioria usava quimonos, alguns bastante rebuscados, especialmente entre as mulheres. Mas quase todos portavam algum artigo do vestuário ocidental, principalmente chapéus, botas, sapatos, cintos e luvas. Quase todas as mulheres carregavam sombrinhas. A combinação era bastante bizarra. Se ele não conhecia a sua real identidade, aquelas pessoas não lhe ficavam muito atrás. O país inteiro parecia não conhecer mais a sua real identidade. Ou, pelo menos, todos se vestiam como se não soubessem. O Japão cujas histórias ele ouvira durante toda a sua vida era tão irreal quanto o Oeste Selvagem dos romances baratos.

Makoto virou-se abruptamente e regressou ao hotel. Genji substituíra o Castelo do Bando de Pardais por um novo às margens do Rio Tama, fora dos limites de Tóquio. Não perderia mais tempo. Pediu ao recepcionista que lhe desse as direções.

— A propriedade do Senhor Genji não é de fácil acesso — disse o recepcionista — e não há muito para se ver por lá. Por que o senhor não vai conhecer o Palácio Imperial? Não fica aberto à visitação, é claro, mas a vista da fachada é magnífica.

— *Senhor* Genji? — perguntou Makoto. — Pensei que todas as províncias tivessem sido abolidas e, junto com elas, os seus senhores.

— As províncias foram abolidas, mas alguns Grandes Senhores tornaram-se Pares do Reino e ainda têm direito ao título honorífico. Alguns também foram nomeados governadores de província de suas antigas terras. O Senhor Genji, claro, é um deles, graças ao importante papel que desempenhou na Restauração de Sua Majestade Imperial.

— Não existem mais Grandes Senhores e as províncias foram abolidas. Mas o Senhor Genji ainda é um nobre e ainda governa a sua província, que só mudou de nome — comentou Makoto.

— Sim, o Japão está se modernizando muito depressa. Nesse ritmo, na virada do século já teremos alcançado os estrangeiros — disse o recepcionista.

— Sem dúvida — disse Makoto. — Não estou interessado na propriedade como ponto turístico, mas sim em me encontrar com o Senhor Genji.

O recepcionista lançou um olhar desconfiado para Makoto.

— Isso pode ser difícil. E, de todo modo, ele não está na propriedade do Rio Tama, e sim no Castelo do Bando de Pardais, na província de Muroto.

— Suponho que a província de Muroto seja o novo nome da província de Akaoka.

— Sim.

— O Castelo do Bando de Pardais ainda se chama Castelo do Bando de Pardais?

— Sim.

— Como é reconfortante — disse Makoto — saber que algumas coisas nunca mudam.

9

O Senhor das Maçãs

O jovem senhor perguntou: "Onde encontrarei palavras para expressar o que está em meu coração?"

"Não é possível expressar os sentimentos mais profundos em palavras. Podemos apenas insinuá-los."

"Então não adianta", disse o jovem senhor. "Ninguém me compreenderá, e eu não compreenderei ninguém."

"Não. Os que lhe forem mais próximos o compreenderão melhor ainda pelo que você cala e, do mesmo modo, você a eles."

AKI-NO-HASHI
(1311)

1867, CASTELO DO BANDO DE PARDAIS

Smith deixou o castelo montado em seu cavalo a meio galope, com as rédeas soltas e nenhum destino específico em mente. O animal o conduziu à costa e parou, apontando o focinho para o sudoeste, na exata direção do Havaí, do outro lado do oceano. Smith percebeu a coincidência, mas seus pensamentos estavam longe de seu lar, muito concentrados em outro assunto, decerto mais urgente. Após algum tempo, pôs o cavalo em movimento, esporeando-o de leve. O animal afastou-se do mar e começou a fazer o caminho inverso, subindo a colina, quando, farejando o ar, estacou abruptamente.

Smith também sentiu o aroma. Não o conhecia. Tendo crescido nos fecundos trópicos, aprendera a distinguir o aroma de diversas frutas, sobretudo a manga, a goiaba e o mamão, pelas quais nutria acentuada preferência. O cheiro que estava sentindo não era de nenhuma delas, mas era de fruta. Smith chegou a essa conclusão não por ter um olfato apurado, mas sim pela visão repentina de uma centena de árvores, dispostas em organizadas fileiras, no pequeno vale abaixo da colina. Aproximou-se para ver mais de perto.

Maçãs. Experimentara uma na Virgínia, um presente trazido de um pomar na Nova Inglaterra por um primo que não conhecia.

Os nova-iorquinos dizem que as deles são as melhores, dissera-lhe o primo, mas eu lhe asseguro que nenhuma se compara às de Vermont. Vamos, primo Charles. Experimente.

Precisara fazer uso de todo o seu autocontrole para manter uma expressão satisfeita no rosto, bem como o naco da maçã na boca. Era completamente diferente das frutas macias e carnudas às quais estava acostumado no Havaí. Seu primo havia lhe garantido que a maçã era doce e suculenta. Seu sabor estava mais para rançoso, e não era suculenta como uma manga madura, cujo sumo escorria da boca. Somente comparando-a com uma fruta desidratada se poderia chamá-la de suculenta. Mas, ainda que tivesse conseguido disfarçar o seu nojo, não pudera fingir o entusiasmo esperado.

Você passou tempo demais nos trópicos pagãos, dissera o primo. Que bom que veio visitar William e Mary antes que o seu gosto e o seu juízo fossem permanentemente arruinados.

Smith voltou para o Havaí antes do Natal. Disse aos pais que não podia suportar o inverno gelado e lúgubre da Virgínia. Na verdade, o que excedia todos os limites de sua tolerância eram a conversa fiada e as idéias inúteis perpetuadas na universidade. Seu avô sobrevivera e prosperara sob o reinado do primeiro Rei Kamehameha, embora fossem adversários religiosos. Seu pai, que Deus o guardasse, ajudara o quarto Kamehameha a preservar a integridade do reino das depredações perpetradas pelos imperialistas europeus. Como podia ele, neto e filho de homens de ação, perder anos valiosos de sua juventude na remota Williamsburg, falando e pensando em vez de agir?

Enquanto estava lá, lera — quase na íntegra — *Oliver Twist, Conto de duas cidades* e *Grandes esperanças*, porque diziam que Charles Dickens era o maior escritor vivo de língua inglesa. Smith o achara divertido, mas não experimentara nenhuma expansão perceptível de sua mente, nenhum refinamento em seus gostos, nem mesmo julgara ter adquirido uma maior facilidade para redigir suas missivas. Sequer considerara o inglês particularmente perspicaz. Esta honra concedia-a a Jane Austen, embora não pudesse declarar em público que uma mulher superava um homem em qualquer de seus feitos. Na verdade, jamais sequer admitira ler Jane Austen para ninguém, a não ser para o Senhor Genji.

As mulheres compreendem a rivalidade entre os homens melhor do que os próprios homens, dissera Genji. A nossa primeira escritora foi uma mulher. Creio que nenhum homem se igualou a ela em suas observações nesse sentido.

Smith retrucara: O Japão é o último país que eu imaginaria conceder supremacia a uma mulher. O poder dos homens aqui não é absoluto e inquestionável? Não prevalece a palavra de uma lei machista?

Poder e mérito são coisas distintas, argumentara Genji. No Japão, os homens detêm poder em virtude de suas espadas, não em virtude de suas virtudes.

Smith havia lido — ou melhor, folheado — os capítulos principais do *Declínio e queda do Império Romano*, de Edward Gibbon. A história das invasões bárbaras era fascinante e a da Imperatriz Teodora, um útil lembrete admoestatório; as mulheres não deviam ser subestimadas, nem o vigor de suas vinganças devia ser ignorado. Quanto à relevância da destruição de Roma em sua vida, esta ele não enxergou em absoluto.

Não lera Aristóteles nem Platão em grego — e não tinha a menor intenção de vir a lê-los. A bem da verdade, ainda que a intenção já houvesse existido algum dia, o mesmo não se poderia dizer de sua fluência em grego. Se bem que tampouco tivesse a intenção de lê-los em inglês. Para quê? Para bancar o americano ateniense, como todo mundo? Recusava-se a fazer um papelão daqueles.

Em sua última tarde no campus, escutara alunos ignorantes entretidos em uma discussão pretensiosa sobre as *Confissões de um opiômano*, de

Thomas de Quincey. Foi exatamente ali, naquele momento, que decidiu abandonar a sua inútil carreira acadêmica. O mundo era pródigo em oportunidades e perigos. Não podia desperdiçar mais um dia arriscando-se a perder aquelas ou sendo protegido destes.

Ao lembrar-se daquela época, Smith sempre experimentava uma curiosa mescla de alívio e arrependimento. Pouco mais de um ano após a sua partida, a Carolina do Norte deu início à Secessão e, no verão seguinte, o Exército da União invadiu a Virgínia. Se ele tivesse continuado na faculdade, não teria perdido a oportunidade de servir. Mas, já estando no Havaí, seus pais proibiram terminantemente a sua volta. Era o único menino entre cinco filhas. Arriscaria não apenas a sua vida, bem como toda a sua linhagem. Então, teve de ficar em casa e acabou perdendo o que, com toda a certeza, seria a grande aventura de sua vida. Perdera também a matança de seiscentos mil homens, podendo ter sido um deles. Não deixava de ser uma ironia: caso tivesse se alistado, teria lutado sob o mesmo estandarte do Tenente Farrington. A família de Smith era natural da Geórgia, mas eram abolicionistas ferrenhos. Aos olhos de Deus, todos os Seus filhos eram iguais. Como era possível que uns fossem donos de outros?

Evidentemente, Smith jamais contaria isso a Farrington. O pretexto da oposição completa convinha mais à rivalidade deles pela mão de Emily. E eram justamente considerações sobre a estranha mudança que se operara nesta rivalidade que sobrecarregavam a mente de Smith.

O comportamento de Farrington com Emily mudara, não de maneira aparente, mas em sua essência. Embora continuasse cortejando-a, não parecia mais tão sincero em suas intenções quanto antes. Ainda que ninguém mais tivesse percebido — e ninguém parecia ter percebido —, a mudança ficara bastante clara para Smith. Desde o incidente no Mosteiro de Mushindo, o ardor de Farrington se evaporara.

Por quê?

Um dos aspectos do incidente parecia ter causado um impacto incomum em Farrington. Smith lembrava-se da sua expressão de horror quando o Senhor Genji afirmara, com toda a certeza, que o alvo do assassino não era Hanako, a mulher do General Hidê, mas sim Emily. Outro motivo de grande consternação era o fato de o assassino haver sido um dos subordinados de mais confiança do Senhor Genji. Combinando fato com suposição, qual teria sido a conclusão à qual Farrington chegara que fizera a sua antiga afeição desaparecer instantaneamente?

Não era medo. Smith o conhecia o bastante para descartar esta possibilidade, a despeito de suas troças sobre a guerra. Se não era uma questão de coragem, só podia ser de honra. Um cavalheiro não possuía outras preocupações graves além destas. Em outras circunstâncias, o fato de Emily não ter família nem herança podia ser um problema, uma vez que o noivo não receberia nenhum dote. Smith não se importava com isso. Talvez Farrington se importasse. Mas, como o nobre anfitrião dela certamente daria um presente generoso aos noivos, o problema era mais conceitual do que real.

Que questão de honra estava tão aparente para Farrington que escapara a Smith?

A resposta devia estar no curso dos pensamentos de Farrington.

O alvo do assassino era Emily.

O assassino era o General Taro, até então o lealíssimo comandante de cavalaria do Senhor Genji.

Logo...

Logo o quê?

Smith não conseguia acompanhar o raciocínio de Farrington. Mesmo que Emily tivesse sido o alvo de Taro, por que isso haveria de afastar Farrington? Pelo contrário, devia ter trazido à tona o seu instinto protetor, particularmente acentuado em um militar.

A traição de um vassalo leal ao seu soberano também não parecia ser um motivo razoável. Infelizmente, os assassinatos haviam se tornado bastante comuns e, na maioria das vezes, os assassinos eram serviçais bem próximos de suas vítimas. As lealdades andavam perigosamente confusas no Japão.

Era tudo muito desconcertante. Derrotar Farrington era uma coisa. Vê-lo desistir por livre e espontânea vontade era outra. Almoçariam juntos e talvez, se o observasse com atenção, pudesse descobrir alguma coisa.

Smith voltou a cabeça de seu cavalo na direção do castelo.

. . . . . .

Diante da janela da torre superior, Emily contemplou o Pacífico que, naquele dia, estava tão sereno quanto o seu nome. Ao menos na superfície. Quem poderia conhecer as tempestades e as correntes que dilaceravam suas profundezas? A ilha onde se encontrava, assim como todas as outras do Japão, eram cumes de vulcões oceânicos. Estavam inativos, mas os terremotos que freqüentemente sacudiam a corrente eram um sério aviso contra a complacência. A estabilidade era uma ilusão. Um mar tranqüilo podia encrespar-se a qualquer momento e formar uma onda colossal, uma montanha podia rebentar em magma, a própria terra sob aquele castelo maciço podia se fender e fazer com que desabasse, destruindo tudo e todos. Nada era como parecia ser, não se podia confiar nas aparências. De todas as loucuras, haveria alguma maior do que acreditar na permanência das coisas?

Não, não. O que ela estava pensando? Era uma blasfêmia. Não estava escrito: *Seca-se a erva e cai a flor, mas a palavra do Senhor permanece eternamente*? Sim, estava escrito. Amém.

Mas a promessa não lhe trazia nenhum conforto.

Perdera sua melhor amiga.

Estava prestes a deixar o homem que amava.

Em breve, estaria sozinha. Pior do que sozinha. Estaria vivendo uma mentira, noiva e depois casada com um homem por quem só nutria respeito e nada mais, fosse este homem Charles Smith ou Robert Farrington. Lembrou-se que suas atitudes eram norteadas pelo amor, visando proteger Genji do perigo causado por sua presença. Mas isso não diminuía em nada a sua angústia. Em vez de se regozijar em seu sacrifício, sofria com a perda. Como era egoísta. O que diria Zephaniah?

Desde sua morte, não pensara muito em seu antigo noivo, e sua lembrança não lhe ocorrera uma única vez nos últimos anos. Lembrava-se dele agora por causa da situação aflitiva na qual se encontrava. O que ele lhe diria? Falaria em desgraça e danação, com toda certeza. Sua especialidade como pregador era discorrer sobre o fogo do inferno.

Pense primeiro nos outros, Emily.

Sim, senhor, respondia ela.

"Senhor" é um tratamento muito distante para alguém que vai ser seu marido, Emily. Você deveria me chamar pelo nome, como faço com você.

Sim, Zephaniah.

Larga é a porta e espaçoso o caminho que conduz à perdição.

Amém.

Ela sempre dizia "amém" após as suas citações da Bíblia. Ele vivia citando a Bíblia, de modo que ela vivia dizendo "amém".

Aquele que não crê será condenado.

Amém.

À medida que ia ficando mais entusiasmado, sua voz ia aumentando em volume e sonoridade. As veias em sua testa pulsavam, como que prestes a arrebentar, e seus olhos arregalados pareciam saltar das órbitas, em um êxtase arrebatado.

Serpentes! Raça de víboras! Como escapareis da danação do inferno?

Amém.

Mas Zephaniah estava morto havia seis anos. Não iria ressurgir para atormentá-la com suas idéias de vingança divina. Como lhe seria bem-vindo, ainda que servisse somente para afugentar idéias mais perigosas de sua mente. Tivesse vivido e ela seria agora a Senhora Zephaniah Cromwell e não estaria hospedada naquele castelo — nem apaixonada pelo homem errado. Não estaria fadada à infelicidade, qualquer que fosse a sua decisão.

Medo e esperança a conduziram até a torre. Imaginara ter visto um fantasma no Mosteiro de Mushindo — na Abadia de Mushindo. Só podia ser fruto de sua imaginação, pois, se havia realmente visto o que pensara ver, então os pergaminhos da *Ponte de Outono* descreviam o seu destino — por mais impossível que a idéia lhe parecesse. Fora até a torre, supostamente o local favorito do fantasma, para desafiá-lo. Se havia mesmo um fantasma, que aparecesse. Ou melhor, uma fantasma. Se bem que demônios não possuíam sexo, sendo apenas ilusões de masculinidade ou feminilidade. Como estava certa de que não havia fantasma nenhum, não considerara o que faria caso ele aparecesse. A falta de uma estratégia — mas que tipo de estratégia poderia utilizar? — agora a amedrontava. Experimentava a inquietante sensação de estar sendo observada e hesitava em virar-se para trás, com medo de se deparar com o que temia. Mas, cada vez que se virava, não via nada além da parede, a janela, a porta e o columbário com as urnas onde ficavam guardadas as cinzas dos ancestrais de Genji.

Não havia ninguém lá. Se não podia ver o fantasma, ele não podia vê-la também. Certamente era assim que funcionava, não era? Sentiu um calafrio. Que horror ser observada sem poder ver quem a observava. Talvez ter ido até a torre não houvesse sido uma boa idéia. Tão logo resolveu partir, pensou ter escutado um ruído na escada, talvez o eco impreciso e distante de passos. De quem? Ou seria apenas o vento, soprando no alto da torre como um gemido suave? O ar lá fora estava parado. Não havia nenhum vento. E o único acesso à torre era pela escada.

Emily deu um passo para trás. Não podia ser...

E não era. Charles Smith surgiu no vão da porta.

— Espero não estar atrapalhando — disse ele.

— De modo algum — respondeu Emily, soando mais carinhosa do que pretendia. — Estou muito contente em vê-lo, Charles.

— As providências já foram tomadas. Podemos ir quando você quiser.

— Providências?

— Para o piquenique.

— Ah, sim.

— Se não quiser ir, podemos deixar para outro dia.

— Não, não, de jeito nenhum. O tempo está perfeito para um piquenique. — Fora ela quem tivera a idéia. Charles e Robert haviam demonstrado tamanha preocupação com o seu estado emocional que ela se sentira na obrigação de fazer algo para amenizar a agonia deles. Precisava que acreditassem estar fazendo aquilo por ela, e não o contrário, ou não adiantaria nada. Assim, levara Charles a dar a sugestão.

— Deixe-me apenas pegar as minhas coisas.

Smith relanceou as urnas no columbário.

— Um lugar bizarro para estudar, até mesmo para estudar pergaminhos antigos.

— Eu trouxe os pergaminhos, mas não estava estudando. Vim aqui com a intenção de colocar as idéias em ordem.

— Se suas idéias se organizam melhor na presença de restos mortais, talvez você tenha mais vocação para a vida monástica do que para o casamento.

— Sei que não tenho vocação para a primeira e receio não possuir os atributos necessários para o segundo.

— Poucas pessoas foram talhadas para uma vida absolutamente espiritual, incluindo as que a seguem. Um antigo residente do mosteiro de Monte Cassino uma vez me contou que encontrara mais inveja e politicagem lá dentro do que em sua residência anterior, em Roma.

— Como você conheceu uma figura tão extraordinária?

— Eu estava visitando Honolulu e ele estava de passagem, a caminho da Cochinchina.

— Como missionário?

Smith sorriu, balançando a cabeça.

— Como vendedor de armas. Disse que, como não havia conseguido salvar sua alma no mosteiro, talvez pudesse ajudar, ainda que de modo ínfimo, outras almas a encontrarem seu caminho para o Criador.

Emily franziu o cenho, muito séria.

— Esta é uma história horrível, Charles. Espero que você jamais a repita.

— Lamento, mas não posso prometer isso — disse Smith, fingindo uma expressão sóbria. — Não só é verdadeira, como pode se mostrar salutar para algumas pessoas. — Se aquela bela mulher tinha um defeito, era o seu limitado senso de humor. A história parecia-lhe cruelmente engraçada, embora tivesse o cuidado de não demonstrar.

— Não vejo nenhuma moral edificante.

Sua desaprovação ainda era flagrante. O rubor que coloria sua face acentuava a brancura macia e delicada de sua tez. O sangue, visível sob a pele translúcida, provocou em Smith uma súbita excitação. Em uma época mais bárbara, ou menos inibida, ele teria seguido seus instintos sem hesitar e buscado a consagração do casamento em uma hora mais conveniente. Ou talvez esse pensamento reparador tivesse lhe ocorrido porque andara relendo seus capítulos favoritos do *Declínio e queda do Império Romano*, ambos relatando as conquistas e façanhas de Átila. Como aquele huno bárbaro havia sido livre, e como ele e todos os homens civilizados não o eram! A própria civilização reprimira seus instintos e suas faculdades naturais. O ideal da atualidade era o cavalheiro, não o bárbaro. Em momentos como aquele, ao contemplar a excruciante beleza de Emily — ainda mais sedutora por sua inocência e ausência de provocação intencional —, ele realmente lamentava a época, o lugar e o destino que costumava ter na conta de bênçãos extraordinárias.

Capturados pelas reações libidinosas de seu corpo, os olhos de Smith permaneceram durante um longo momento sobre Emily, encarando-a com desejo. Emily, ao levantar os olhos, ficou assustada com o olhar de Smith.

— Você não vê moral na história porque não está entre os que necessitam dela — disse ele depressa, na esperança de que suas palavras disfarçassem suas emoções. — "Os que têm saúde não precisam de médico, e sim os que estão doentes."

— Amém — disse ela, ainda um tanto desconfiada.

Smith esperava que ela estivesse intrigada com a aplicabilidade da moral em questão, e não com a expressão que flagrara em seu rosto.

· · · · · ·

Uma ampla tenda, normalmente utilizada por senhores em caçadas para garantir um mínimo de conforto, foi providenciada para o piquenique de Emily. Genji, Smith, Farrington e Emily cavalgaram sem pressa. Um grupo de serviçais os acompanhou a pé com as provisões.

— Ali — apontou Emily. — É o lugar perfeito. — Ela indicou uma agradável campina, não muito longe do litoral. O Cabo Muroto projetava-se no mar, protegendo o local do vento.

Genji não podia desapontá-la, revelando onde estavam. Emily já havia presenciado muitas matanças e tragédias; não precisava tomar conhecimento de outras. Na verdade, o choque poderia arruinar o progresso que ela fizera nas últimas semanas.

Aquela campina fora o local de um massacre dos inimigos do seu clã. É verdade que isso acontecera, seiscentos anos atrás, mas recordações desagradáveis do acontecido volta e meia assomavam ao solo. Esperava que ninguém — sobretudo Emily — encontrasse algo do gênero. Obviamente, não precisara alertar os serviçais. Quando Emily apontara a campina, nenhuma expressão em seus rostos deixara transparecer que estavam a par de alguma coisa. Assim que Genji confirmou a escolha, eles prontamente examinaram a área de cabo a rabo, antes mesmo de montarem a tenda e arrumarem o piquenique. Por respeito aos mortos, o ideal seria encontrarem outro lugar. Mas, para Genji, era preciso respeitar primeiro os vivos. Além do mais, não conseguia se lembrar de nenhum outro prado, outeiro ou faixa de areia que não ficasse a mais de um dia de viagem do castelo, que fosse adequado a um piquenique e que não tivesse sido palco de alguma chacina no passado. Pelo menos aquele onde estavam testemunhara uma vitória.

— É de fato um local muito agradável — comentou Smith, enquanto aguardavam os serviçais terminarem a arrumação. — Admira-me que o senhor não o use com mais freqüência.

— A casta do Senhor Genji é de guerreiros — disse Farrington. — Piqueniques e amenidades não estão no topo de sua lista de prioridades.

— Na verdade — retrucou Genji —, temos tempo livre de sobra. Há mais de duzentos e cinqüenta anos que não temos guerra no Japão. No entanto, graças à Lei da Residência Alternada, somos obrigados a passar nossas horas de lazer em Edo. Perdemos muito tempo enfurnados lá. — Ele olhou a campina à sua volta e sorriu. — Eu bem que gostaria de desfrutar mais os benefícios da natureza.

— Não há guerra — disse Farrington —, mas também não há paz.

— Infelizmente, é verdade — concordou Genji. — Distribuímos espadas para um milhão de homens e os sobrecarregamos com um senso exacerbado de história, honra e dever. Exigimos que estejam sempre preparados para matar e morrer. Depois, dizemos-lhes para ficarem quietos e se comportarem. Está longe de ser a fórmula perfeita de harmonia.

— Precisamos falar sobre violência? — perguntou Emily.

— Não — disse Smith. — Vamos ajudar os criados a arrumar o piquenique e deixar os soldados trocando histórias de guerra.

Entre os samurais, corria à boca pequena que os estrangeiros costumavam trazer seus pensamentos mais íntimos estampados de maneira acintosa no rosto, ao contrário dos japoneses. Genji ponderou o quão superficial era aquele preconceito enquanto contemplava Smith e Farrington conversando com Emily durante o almoço. Não restava dúvida de que algo estava se passando por baixo da superfície com os dois homens, mas ele não fazia idéia do que poderia ser. Não tinha a ver com suas habituais indiretas sobre os aspectos criminais e imorais da finda Guerra Civil Americana. Era outra coisa, da qual não falavam abertamente nem faziam a menor menção, mas que, não obstante, estava presente.

Apenas Emily portava-se de maneira natural, como de costume, sem malícia nem hipocrisia. Parecia ter se recuperado do choque causado pela morte de Hanako, mas não da perda. A perda era irreparável. Tudo o que podia fazer agora era aceitar ou abstrair a sua ausência.

Uma das primeiras lembranças que Genji tinha de seu avô era de quando o encontrara logo após a morte de sua mãe. Estando ciente da reputação do Senhor Kiyori como guerreiro feroz, esforçou-se para agir como um guerreiro também. Manteve a postura ereta e refreou suas lágrimas, julgando estar se saindo muito bem.

O avô perguntou: Por que você não está chorando?

Samurais não choram, respondeu Genji.

O avô franziu o cenho. Os vilões não choram, mas os heróis, sim. Sabe por quê?, perguntou ele.

Genji fez um gesto negativo com a cabeça.

Porque o coração dos vilões está tomado pelo que ganharam. E o dos heróis, tomado pelo que perderam.

Dizendo isso, o Senhor Kiyori surpreendeu Genji, tombando de joelhos no chão. As lágrimas jorravam incontidas de seus olhos. O nariz escorria da maneira mais indigna possível. O corpo sacudia-se em audíveis soluços. Genji apressou-se em confortá-lo, e o avô agradeceu: Obrigado. Ficaram apertados em um abraço, chorando despudoradamente. Genji lembrava-se de ter pensado: Devo ser um herói, pois estou chorando, e o meu coração está tomado pela perda.

Desde então, nunca mais chorara como devia. Talvez não fosse o herói que gostava de imaginar que era.

Olhando para Emily, desejou que seu sofrimento presente pudesse tingir suas lembranças com alegria no futuro.

Ela o flagrou olhando em sua direção e sorriu. Assim que ele retribuiu o sorriso, um misterioso drama entre Smith e Farrington teve início e chegou ao fim em menos de dez segundos.

Tudo começou com Farrington. Uma expressão curiosa, mesclando raiva e pesar, enrijeceu os músculos de seu rosto assim que fitou Genji, com olhos rútilos e hostis.

Smith, notando o olhar, pareceu momentaneamente confuso, estreitando as sobrancelhas e curvando os lábios num leve esgar de dúvida.

Farrington, seu olhar passando de Genji para Emily, parecia tomado por uma profunda tristeza.

Smith, que continuava a observar Farrington, foi flagrado pelo próprio, que teve uma reação inesperada: corou, abaixando a cabeça.

O mero gesto aparentemente levou Smith a fazer uma súbita e atordoante descoberta, pois arregalou os olhos e abriu a boca.

— Seu... — disse ele, e aquilo foi tudo o que pôde ou quis dizer, antes de se levantar e investir contra Farrington com intenções claramente violentas.

Dois guarda-costas de Genji o detiveram antes que pudesse fazer alguma coisa. Genji não sabia dizer se Smith estivera prestes a golpear Farrington com seus punhos ou executá-lo com seu revólver. Mas ficara óbvio que, independentemente da natureza do ataque de Smith, Farrington não planejara nenhum tipo de resistência ou defesa.

— Soltem-me — disse Smith.

— Dê-me sua palavra de que vai se comportar de maneira pacífica — tornou Genji.

— Está dada.

Smith pediu desculpas a Genji e a Emily sem explicar o motivo de sua explosão de fúria e desviou sua atenção de Farrington. E, embora Farrington tentasse dar continuidade à sua conversa com Emily, ela estava chocada demais com o acesso de Smith para responder. O piquenique chegara mesmo ao fim.

O que havia acontecido? Genji não fazia a menor idéia. A natureza supostamente óbvia dos estrangeiros não passava disso: suposição, não realidade.

Smith foi o primeiro a ficar de pé. Curvou-se abruptamente e cruzou a campina até o local onde havia deixado seu cavalo. No meio do caminho, pisou em algo que fez um ruidoso som de esmigalhamento. Dois serviçais olharam para Genji, horrorizados, e curvaram-se num pedido de desculpas, como se fossem responsáveis. Smith, ainda distraído pelo incidente, não prestou atenção.

Quando Genji passou pelo local, olhou para baixo e viu a órbita direita e o osso malar de um crânio, intactos em meio aos fragmentos esbranquiçados do outro hemisfério que a bota de Smith estraçalhara.

· · · · · ·

Depois do piquenique, Smith evitou Farrington o máximo que pôde. O que não era difícil, uma vez que Farrington pusera-se a evitá-lo com a mesma dedicação. Smith estava visivelmente constrangido. Desejava não ter percebido os pensamentos de Farrington sobre Emily e Genji. Desejava ainda mais não ter tentado atacá-lo. Não só fora um vergonhoso lapso de autodisciplina cavalheiresca, como servira para confirmar suas suspeitas, já que Farrington não fizera a menor menção de se defender. Somente alguém envergonhado com seus próprios pensamentos agiria daquela maneira.

Estava tudo muito claro para Smith.

Farrington achava que Taro, o samurai até então leal ao seu senhor, atacara Emily a mando de Genji. O motivo era a condição de Emily, ainda não aparente, que logo a tornariam um sério problema para ele. Tal condição era fruto — e só poderia ser — de uma intimidade imoral e absolutamente inaceitável. Não fazia diferença se Emily havia consentido ou se Genji se valera de força ou sedução. A intervenção inesperada e, para Genji, inoportuna do Senhor Saemon salvara a vida de Emily. Mas somente por enquanto. Sua condição tornara imperativo que ela morresse, e em breve. Era esse o motivo pelo qual Farrington continuava por perto, embora não a quisesse mais como noiva. Como oficial e cavalheiro, sentia-se na obrigação de protegê-la de outras tentativas de assassinato do seu anfitrião.

Este era o raciocínio de Farrington.

Era tão rocambolesco e ridículo que Smith não teria sido capaz de conter uma gargalhada se o houvesse escutado da boca do próprio

Farrington, em vez de desvendá-lo por inspiração. A inocência de Emily era óbvia e inegável. Nenhum fingimento poderia ser mantido por tanto tempo. Mais do que sua religião, o seu caráter jamais permitiria que decaísse da mais alta moralidade. Quanto a Genji, Farrington lhe atribuía um grau de imoralidade libidinosa e desejo desgovernado que só poderia existir, isso se realmente existisse, na Cidade Proibida dos manchus ou no harém do sultão turco, não naquela terra marcial.

Os sentimentos de Smith por Emily não foram influenciados pelos delírios de Farrington. Mas tomar conhecimento deles fez com que visse Emily por outro prisma, que lhe mostrou algo ainda mais chocante do que as fantasias distorcidas de Farrington. Seria a verdade ou estaria ele vivenciando o seu próprio delírio?

. . . . . .

Smith encontrou Emily em um aposento contíguo ao jardim de rosas. As portas estavam abertas, permitindo a passagem de uma brisa suave e oferecendo um panorama das flores. Diante dela, estavam dispostos diversos pergaminhos escritos em japonês, mas Emily não fitava os pergaminhos nem as rosas. Contemplava, pensativa, a torre, no outro lado do jardim.

— Mesmo quando você não está entre as urnas, é para lá que seus pensamentos se voltam. Tem certeza de que não foi feita para uma vida de contemplação religiosa? — perguntou Smith.

— Se meus pretendentes continuarem a se evaporar, talvez seja mesmo a melhor opção.

— Como assim?

— Robert voltou para Edo.

— A chamado do embaixador, sem dúvida.

— Foi o que ele disse.

— E que outro motivo poderia haver? Ele é devotado a você, assim como eu.

— Você acha mesmo?

— Ficou ao seu lado por três semanas, para garantir que você se recuperasse totalmente de sua perda recente. Somente obrigações oficiais o fariam partir.

— Eu me senti mais observada do que zelada em sua presença. De uns tempos para cá, ele parece estar me vigiando bem de perto.

— Até mesmo um homem honrado não está livre às vezes de combinar um senso de decoro altamente precário com uma imaginação fértil.

— Não vejo nada em meu comportamento que incentive tamanho empenho. E não sei se diria que Robert é honrado. Precipitar-se em julgar os outros não torna ninguém honrado.

— Se ele foi precipitado, estou certo de que foi porque estava preocupado com o seu bem-estar. — Smith abriu um sorriso. — É extremamente irônico que eu esteja aqui justificando as atitudes do Tenente Farrington por ele.

— Também acho. Ainda mais se lembrarmos que, dois dias atrás, você estava a um passo de voar no pescoço dele.

— Um lapso terrível, pelo qual mais uma vez peço desculpas.

— Foi mais do que um lapso, Charles. Alguma coisa se passou entre vocês naquela tarde, sem que tenham dito palavra. O resultado foi um acesso de fúria da sua parte e um constrangimento mortal da dele. O que aconteceu?

Smith escolheu suas palavras com cuidado:

— Os pensamentos que ele estava abrigando e a minha súbita percepção deles — respondeu ele.

— Foi o que imaginei.

— Entrar em detalhes seria ultrapassar os limites de uma conversa adequada entre uma dama e um cavalheiro.

Emily franziu a testa.

— Você e Robert tiveram um mesmo pensamento, possivelmente a meu respeito, pensamento este intempestivo o bastante para fazer com que você o atacasse. E ainda assim você não pode me dizer qual foi? Desculpe, mas não posso me conformar.

Smith curvou-se, respeitando o ponto de vista de Emily.

— Não obstante, o assunto deve ser encerrado aqui.

— Isso não satisfaz nem minha curiosidade nem meus sentimentos.

— Quando você estiver noiva, Emily, não será mais importante, então não vejo motivo para explaná-lo agora.

— Quando eu estiver noiva. Lamento estar demorando tanto para tomar uma decisão. Eu lhe garanto, não é nada pessoal, nem contra Robert nem contra você. É um defeito meu mesmo.

— Eu não diria que estar apaixonada é um defeito — disse Smith.

Um rubor escarlate tingiu o rosto de Emily. Foi assim que ele soube que sua dedução estava correta. Sua honestidade inerente a traía até mesmo quando ela calava. Fizera o que pudera para encobrir a verdade, mas ele já percebera.

— Seria muito simples — disse ela — se estivesse apaixonada por você ou por Robert. Mas, embora eu admire igualmente a ambos, não é este o caso. É isso que torna a decisão tão difícil.

— Reconheço a dificuldade — disse Smith. — Mas não com a decisão. O assunto já foi resolvido. Você está apaixonada. — Agora que sabia, compadecia-se dela. O caminho que estava prestes a trilhar era perigoso de um modo e em um grau que ela nem sequer podia imaginar. A tentativa de assassinato de Taro... agora Smith percebia que pelo menos nisso Farrington tinha razão... sem dúvida fora a primeira de muitas. — Você deve seguir o seu coração. O que mais há para se fazer? A única pergunta é: ele corresponde aos seus sentimentos? Se não corresponder, o amor pode trazer sofrimento, não alegria. Nesse caso, eu a aconselharia a escolher a admiração em vez do amor.

— Receio não estarmos falando da mesma coisa — disse Emily.

— Você está apaixonada pelo Senhor Genji — concluiu Smith.

Se não estivesse sentada, Emily na certa teria caído.

— Valha-me Deus — disse ela. — É assim tão óbvio?

— Não — respondeu Smith. — Eu não tinha certeza até agora. E, até onde sei, sou o único a suspeitar.

— E Robert?

— As suspeitas dele são de outra natureza.

Ficou grato por ela não ter buscado aprofundar-se naquele assunto. Em vez disso, Emily curvou-se e escondeu o rosto nas mãos.

— O que hei de fazer? — perguntou ela.

— Seja paciente — aconselhou ele. — Quando o Tenente Farrington e eu tivermos partido, é provável que o Senhor Genji descubra a verdade. E então ele há de tomar alguma atitude e, caso não tome, pelo menos você terá a sua resposta.

Quando ela ergueu a cabeça, ainda tinha lágrimas nos olhos, mas abriu um sorriso e disse:

— Obrigada, Charles. Você é um amigo bondoso e gentil.

Smith fez uma reverência.

— Caso as suas melhores expectativas não se concretizem, continuo a postos para ser bondoso, gentil e mais do que um amigo. Vou ficar mais um mês em Edo, por causa dos negócios. Virei visitá-la mais uma vez antes de deixar o Japão.

— Eu não mereço tamanha consideração.

— Não obstante, você a tem. — Smith sorriu. — Mas tome cuidado. O seu relacionamento com o Senhor Genji já foi motivo de intrigas maliciosas na comunidade ocidental. Foram feitos comentários altamente prejudiciais à sua reputação.

— Está escrito na Bíblia: *Porque nada podemos contra a verdade, mas sim a favor da verdade.* Vou confiar nisso.

— Amém — retrucou Smith. — Mas lembre-se que também está escrito: *Há veneno de serpente em seus lábios e a picada da serpente é mortal.*

— Amém — disse Emily. — Não fiz nada de errado. O Senhor Genji também não.

— Jamais cogitei que tivessem feito — disse Smith. E pensou com seus botões: ao contrário do Tenente Farrington.

· · · · · ·

— Primeiro o Tenente Farrington — disse Genji — e agora o senhor. Que lastimável. Eu estava contando com uma resolução. Há algo de errado? O Tenente Farrington me pareceu mais taciturno do que de costume.

— Ele se deixou influenciar por sua imaginação fértil — justificou Smith. — Um dia vai ver que estava errado.

— Imaginação fértil?

— Sim, quando um raciocínio imperfeito leva à conclusão errada.

— Conheço a expressão — disse Genji. — O que não entendi foi o comentário.

— Mesmo? A Senhorita Gibson, uma jovem excepcionalmente bonita, em idade de se casar, mora com o senhor sem uma acompanhante, um parente ou qualquer outra companhia há anos. Não é muito difícil deixar a imaginação correr solta e interpretar mal o seu relacionamento com ela — ponderou Smith.

— Emily não tem estado sem companhias que tomem conta dela durante todo este tempo em que tem sido minha convidada. E também passa a maior parte de seu tempo ocupada em suas próprias tarefas. Tanto aqui no castelo, quanto no palácio em Edo, ela reside em aposentos totalmente separados e, devo acrescentar, distantes dos meus. Às vezes, passamos dias e até semanas sem cruzarmos um com o outro. Sei que nobres de outros países acomodam seus convidados da mesma maneira.

— As companhias que ela teve não eram americanas — disse Smith. — Eram vassalos e serviçais do senhor. Qualquer um que tenha estado neste país por uma hora sequer sabe que as ordens de um senhor são obedecidas sem questionamento. Tais companhias não representam uma verdadeira proteção para Emily. E os convidados que visitam nobres em lugares como a Inglaterra, por exemplo, têm seus próprios criados e acompanhantes.

Genji assentiu com a cabeça.

— Que estupidez a minha. Eu devia ter consultado outra pessoa e não a própria Emily. A inocência dela às vezes a impede de ver as coisas como outros veriam. Suponho que o Tenente Farrington imagine que me aproveitei dela, não é?

— Resumindo, sim.

— E o senhor?

Smith sorriu.

— O Tenente Farrington tem o hábito de reprimir seus instintos e pensamentos naturais como se fossem rebeldes traidores. Ele se recusa a reconhecê-los como parte integrante de seu ser e acaba projetando-os nos outros. Eu não sofro deste mal. Além do mais, se o senhor desejar algo, pode tomá-lo abertamente, sem se importar com as conseqüências. Este é o modo de vida dos samurais, não é mesmo?

— Este é o modo como gostamos de nos ver, a imagem que queremos passar para os outros — disse Genji. — Na verdade, somos tão preocupados com as conseqüências e as aparências que, na maioria das vezes, não conseguimos fazer nada. Confiamos tanto no que não é dito que amiúde não paramos para pensar que nada foi comunicado, que tudo não passa de uma fantasia em nossa cabeça. Lamento dizer, mas estamos longe de sermos determinados.

— Então deixe-me ajudá-lo a tirar um peso de suas costas falando-lhe abertamente e sendo o mais determinado possível — disse Smith. — No final do próximo mês, voltarei para fazer uma última visita antes de voltar para casa. Se Emily continuar solteira, vou pedi-la em noivado novamente. Espero que continue, embora saiba que ela deseja o oposto, de modo que só me resta desejar de coração que ela encontre a felicidade, onde quer que esteja.

— Ela deseja o oposto? Quer dizer que o senhor crê que ela prefere o Tenente Farrington?

— Ela não prefere o Tenente Farrington. E, para ser franco, seus sentimentos ultrapassam uma mera preferência. Ela está apaixonada e, creio eu, não é de hoje. Além do mais, imagino que o senhor já esteja a par disso há muito tempo.

Smith não sabia como Genji ia reagir. Com indignação? Com espanto? Com desdém? Com hilaridade? Talvez tivesse ido longe demais.

A fisionomia de Genji permaneceu inalterada, com o habitual sorrisinho nos lábios, e, quando resolveu falar, não alterou o tom de voz:

— Sempre me perguntei se ela era tão transparente para os seus conterrâneos quanto o é para os meus — disse ele. — Ao que parece, não é, ou nem o senhor nem o Tenente Farrington a teriam cortejado por tanto tempo. Às vezes, os que estão de fora conseguem ver o que é invisível aos mais próximos. Posso lhe perguntar como foi que o senhor descobriu?

— Por mero acidente, senhor. — Smith ficou aliviado com a reação plácida de Genji. — Fruto de observação, comentários e comportamentos inusitados. As peças se juntaram de repente, e eu pude compreender o que estava acontecendo. O senhor deve se lembrar que o assunto sempre foi motivo das mais ingratas especulações entre os americanos, todas pressupondo algum grau de devassidão.

— Mas ela é tão correta.

— É também extremamente bonita.

— Foi o que ouvi dizer.

— Ouviu dizer? O senhor não vê a beleza dela com seus próprios olhos?

— Francamente, não. Os nossos ideais de beleza são tão diferentes que é quase como se beleza e feiúra fossem o oposto do que julgam os estrangeiros.

Foi a vez de Smith ficar surpreso:

— O senhor acha Emily feia?

— Bem, feia é uma palavra muito forte. Eu diria que ela não é atraente.

Smith soltou o ar, como se estivesse prendendo a respiração.

— Fico tremendamente aliviado, senhor. Se por acaso correspondesse aos sentimentos dela, a situação seria grave para ambos, de todas as maneiras possíveis. Nenhuma de nossas nações vê com bons olhos a miscigenação das raças. E, além do mais, o senhor precisa de um herdeiro, e tenho certeza absoluta de que Emily jamais aceitaria ser uma concubina. Para ela, seria uma forma de prostituição.

— O senhor disse que pretende pedi-la em noivado novamente.

— Sim, como já disse, assim que eu voltar.

— Para que esperar? Peça agora.

— Uma mulher apaixonada por um homem precisa de tempo para abrir seu coração a outro. Temos de ter paciência. Por enquanto, diga apenas que conversamos sobre as minhas intenções, não sobre o que ela sente pelo senhor. Diga que aprova sinceramente a nossa união. O seu entusiasmo será fundamental. E então ela terá um mês para se preparar para a minha volta.

— Obrigado, Senhor Smith, pelos sábios conselhos.

Depois que Smith partiu, Genji permaneceu sozinho por um tempo. Poderia fazer o que Smith aconselhara. Precisaria de uma boa dose de fingimento, o que não era problema, uma vez que mentia muito melhor do que Emily. Fazia muito que escondia os seus sentimentos — dela e de todos. Não teria dificuldade em fazê-lo por mais um mês. Mas havia um modo melhor do que falar com ela, algo que tornaria qualquer coisa que dissesse mais verossímil. Os estrangeiros tinham até mesmo um ditado para isso:

Ações falam mais do que palavras.

. . . . . .

A criadagem do castelo estava eufórica. Finalmente, o seu senhor estava tomando providências decisivas para garantir a continuação de sua linhagem.

— Você ficou sabendo? — perguntou uma criada para a outra enquanto carregavam bandejas de chá para os quartos.

— Claro que sim! Todo mundo está sabendo.

— Quem serão as mulheres?

— Ouvi dizer que ele ainda não se decidiu.

Uma terceira criada, vindo na direção oposta, confidenciou:

— Damas da corte.

— Do Imperador ou do Xogum?

— Dos dois, é claro!

— Política e sexo — disse uma das criadas.

A outra assentiu com a cabeça.

— A velha história de sempre.

— Não no nosso caso — disse a outra, e ambas seguraram o riso. Teriam gargalhado alto se não estivessem tão próximas dos aposentos de nobres senhores.

. . . . . .

Na semana seguinte à partida de Charles Smith, duas damas ligadas à corte xogunal em Edo chegaram e foram recebidas em uma cerimônia para a qual Emily não foi convidada. A sua criada, Masami, contou que uma delas era parente do aliado do Senhor Genji, o Senhor Hiromitsu de Yamanaka. A outra era parente distante do Senhor Saemon.

— Ambas serão como suas concubinas por enquanto — explicou Masami. — Ele pode resolver casar-se com uma delas mais tarde, especialmente se ela der à luz seu herdeiro. Mas é mais provável que o senhor vá reservar esta honra a uma senhora ainda mais nobre, com melhores ligações políticas. Se uma das concubinas lhe der um herdeiro, a criança será adotada pela sua mulher depois. Tenho para mim que a esposa, seja ela quem for, virá com as bênçãos do Imperador, e não do Xogum. A riqueza do Imperador só cresce, ao passo que a do Xogum está minguando cada vez mais.

Masami tagarelava sem parar enquanto desempenhava suas tarefas. Emily sorria, balançava a cabeça e continuava em silêncio. Se alguém estivesse observando, teria visto um brilho incomum em seus olhos. Mas, é claro, ninguém percebeu nada.

. . . . . .

Genji sabia que teria de falar com Emily, mas faltava-lhe coragem. Sabia que ela na certa cairia em pranto, dardejando-lhe as mais silenciosas acusações. Silenciosas, pois estava certo de que ela jamais falaria abertamente sobre o assunto. E o que havia a dizer? Ela não sabia o que ele sentia por ela nem que Smith havia lhe contado o que ela sentia por ele. Não havia nada a ser dito. Não obstante, seria uma verdadeira tortura. Não poderia oferecer-lhe nenhum consolo, pois o único consolo possível seria confessar o seu amor por ela, confissão esta que ele não podia fazer. Se contasse a verdade, ela permaneceria no Japão e, se permanecesse, morreria. Havia sido isso o que lhe mostrara a sua visão. Como não queria que ela morresse, tinha de fazer com que fosse embora.

A vida era mais importante do que o amor.

. . . . . .

Um mês passou voando. Genji prometera conversar com Emily, mas ainda não tinha cumprido sua promessa. Deveria tê-la convidado para as cerimônias de recepção para a Senhora Fusae e a Senhora Chiyo. Aquilo teria dado o recado perfeitamente. Mas não fora capaz de fazer isso. Teria sido cruel demais. Não queria magoá-la ainda mais. Talvez não precisasse dizer muito, nem sequer vê-la até o dia em que partisse com

Charles Smith — dia este que estava próximo. Quando Smith reaparecesse, faria o pedido, e Emily certamente aceitaria. Era ao mesmo tempo penoso e divertido para Genji constatar que suas próprias atitudes eram a prova viva do que dissera sobre a hesitação dos samurais a Smith.

Cavalgou até o Vale das Maçãs sozinho, como costumava fazer sempre que se via diante de uma decisão difícil. Estar entre as árvores que sua mãe plantara tantos anos atrás o acalmava. Nem sempre encontrava as respostas, mas encontrava uma paz interior, ainda que os problemas continuassem sem solução. Hidê dera ordens expressas aos guarda-costas para que não deixassem Genji ir a qualquer lugar sem ser protegido, nem mesmo no coração de sua província, nas imediações de seu castelo. Para Hidê, os assassinatos haviam se tornado freqüentes demais para que pudessem se dar ao luxo de relaxar. Genji salientara em vão que já vira a sua própria morte em suas visões do futuro, de modo que sabia quando e onde haveria de morrer — e não era ali nem naquele dia. Mas Hidê mantivera-se inflexível. Quem haveria de saber, argumentara ele, que tipo de tragédias intervenientes poderia recair sobre eles se não estivessem sempre atentos? Porventura as visões de Genji revelavam exatamente tudo o que estava para acontecer? Genji teve de admitir que não.

De modo que, para desfrutar a solidão de que carecia, precisava ludibriar seus próprios homens. Eles sempre acabavam por encontrá-lo. Mas, naquele ínterim, ficava sozinho. Para dificultar sua localização, não entrou no vale pela direção do castelo, como costumava fazer, e sim pelo caminho estreito que passava pelas colinas do interior, indo dar no vale.

Aquelas árvores sempre o faziam recordar sua mãe, mas, a cada ano que passava, lembrava-se menos e menos dela, e via-se obrigado a inventar mais. Ele ainda não havia completado nem quatro anos de idade quando ela morrera de parto. Vinte e sete anos haviam se passado desde então. Era tempo demais para sentir saudade de alguém de quem não se lembrava realmente.

Ouviu um súbito farfalhar de folhas no alto dos galhos de uma das árvores. Antes mesmo de esporear seu cavalo, pensou que no final das contas Hidê tinha mesmo razão. Havia muitos assassinos por toda parte para se dar ao luxo de relaxar. Sacou sua espada enquanto o cavalo avançava em disparada e olhou para cima, esperando que alguém saltasse sobre ele ou o atingisse com uma flecha ou uma bala a qualquer momento. Não viu nada disso; em vez de um assassino, distinguiu um tecido axadrezado.

Puxou os arreios do cavalo e conduziu-o a meio galope de volta à árvore.

Emily olhou para baixo e disse:

— Você jamais notaria a minha presença se eu não tivesse me desequilibrado.

Daquela altura, podia facilmente sofrer uma queda fatal. Genji sabia que era contra a sua religião cometer suicídio. Mas não era contra a sua religião cair por acidente. Estava precariamente apoiada em dois galhos frágeis, próximos à copa da árvore. Uma das mãos segurava o tronco, que não passava de um talo grosso. A outra segurava a saia à maneira de uma dama, se é que estar empoleirada em uma árvore era algo que uma dama faria.

— Emily, o que você está fazendo?

— Subindo em uma árvore. O dia está perfeito para isso.

— Por favor, desça.

Ela deu uma risada e disse:

— Não. Suba você.

Genji examinou-a atentamente. Seu bom humor parecia sincero, o sorriso, espontâneo, e o brilho em seus olhos denunciava entusiasmo — e não uma lamentável insanidade.

— É melhor você descer.

Ela fez um gesto negativo com a cabeça e riu novamente.

— Vejo que não chegamos a um consenso. Então, cada um deve fazer o que quer e conceder ao outro a mesma liberdade.

— Esta atitude conduz à anarquia — disse ele. — Temos de negociar. Eu subo, se você prometer que desce comigo.

— Está bem, mas só se você subir tão alto quanto eu.

— Não seria nada sensato. Esses galhos que estão lhe servindo de apoio não vão suportar o meu peso.

— Então, fique onde está e me deixe onde estou.

Não havia mais nada que pudesse fazer. Não podia deixá-la. Genji aproximou-se e saltou da sela, agarrando a árvore. Subiu rapidamente até um galho abaixo dela e tentou convencê-la novamente:

— Como você pode ver muito bem, esses galhos vão arrebentar se eu me apoiar neles.

— Talvez — disse ela.

— Talvez, não. Com certeza.

— Está bem, vou considerar sua tarefa cumprida se você me responder uma pergunta.

Ah, pronto! Agora que estavam ambos no topo da árvore, ela teria um colapso nervoso. Como impedir a queda de Emily sem cair junto com ela? Era impossível. Se ela se desequilibrasse, ele teria de segurá-la e tentar controlar a aterrissagem. A seis metros do chão, teria de se valer de um grau de perícia marcial que não estava certo de possuir. Era típico das mulheres tornarem as coisas desnecessariamente complicadas! Era uma característica feminina que ultrapassava as diferenças culturais.

— Pergunte quando estivermos lá embaixo — disse ele. Sabia que não ia adiantar, e não adiantou.

Ela simplesmente respondeu:

— Não.

Não podia fazê-la descer à força. Não havia mais nada a fazer.

— O que você quer saber?

— O seu dicionário inglês-japonês é bastante completo — disse ela —, mas contém uma notável exceção. Você não incluiu o verbete "amor" em nenhum dos dois idiomas. Por quê?

Não era exatamente a pergunta que ele imaginara, mas podia ver aonde ela queria chegar.

— Todos conhecem o significado da palavra. Além de fornecer os termos equivalentes nos dois idiomas, não creio ser necessário acrescentar definições. Agora, vamos descer.

Emily balançou a cabeça.

— Não estou satisfeita com a sua resposta. Você diz que todo mundo sabe a definição. Então me diga. O que é amor?

— Protesto. Você pediu para me fazer uma pergunta e eu respondi. Agora, você deve manter a sua parte no trato.

— Você fala como um comerciante, não como um samurai — comentou ela. Mas desceu com ele. Quando chegaram ao chão, ela disse:

— Acho que não sabe não, Senhor Genji.

— É claro que sei. Mas definir em um dicionário é completamente diferente.

Genji jamais vira Emily sorrir daquela maneira, quase debochada.

— Esta é exatamente a resposta de alguém que não sabe — disse ela.

1830, CASTELO DAS PEDRAS BRANCAS, NA PROVÍNCIA DE SHIROISHI

O Senhor Kiyori estava contente por ver o seu velho amigo Senhor Nao, mas o motivo que o levara àquela longínqua província do norte não o alegrava nem um pouco.

— Como não ficar contente em uma ocasião como esta? — perguntou o Senhor Nao. — Você pediu a mão de minha filha em casamento para o seu filho mais velho. O enlace unirá as nossas famílias para sempre. Esplêndido! Emi, leve o chá e traga saquê.

— Espere — disse Kiyori. — Eu ainda não lhe contei tudo.

— E o que mais há para contar? — indagou Nao. — Minha filha será mulher do futuro Grande Senhor de Akaoka. Meu neto, que há de ser logo providenciado, também ostentará o mesmo título quando for a sua vez. Emi, onde está o saquê?

— Ela foi buscá-lo, meu senhor — disse outra criada.

— Bem, não fique aí sentada. Vá ajudá-la.

— Nao, preste atenção — disse Kiyori, com uma expressão da mais extrema seriedade em seu rosto. — Eu lhe pedi que desse a sua filha em casamento para Yorimasa, mas tenho o dever, como amigo, de aconselhá-lo a recusar o meu pedido.

— O quê? Você não está falando coisa com coisa. Uma hora me faz um pedido, na outra me pede para recusá-lo?

— Eu tive uma visão — justificou Kiyori.

— Ah — suspirou Nao, sentando-se para ouvi-la. Conhecia Kiyori havia mais de trinta anos. Durante todo esse tempo, Kiyori revelara diversas visões a ele, e todas haviam se tornado realidade. Havia quem duvidasse da clarividência do Grande Senhor de Akaoka. Nao jamais duvidaria.

— Casando-se com Yorimasa, sua filha dará à luz um herdeiro, o único dos nossos clãs a sobreviver a uma grande mudança no futuro. Sua filha não conseguirá se recuperar das complicações do primeiro parto e morrerá ao dar à luz o segundo filho.

Nao baixou os olhos. Respirou fundo várias vezes, sem dizer palavra nem levantar a cabeça.

— Nada disso precisa acontecer — disse Kiyori. — Recuse a proposta de casamento e deixe que outra carregue este fardo.

— Como evitar o futuro? Você teve uma visão.

— Creio ter visões do que o futuro pode vir a ser, não do que será de fato — disse Kiyori.

— Alguma vez as coisas deixaram de acontecer exatamente como você previu?

— Não.

— Então o que o leva a crer que será diferente desta vez?

— Eu sempre segui as visões. E se não seguíssemos agora? Então certamente as nossas ações determinariam o futuro, não a visão que eu tive.

— Você tem certeza disso?

— Não, aí é que está. Se agirmos de modo contrário à visão, então não teremos certeza de nada, incluindo as mortes que previ.

Nao sacudiu a cabeça.

— Também não teremos certeza de que o nosso neto sobreviverá, dando continuidade à nossa linhagem. A sobrevivência dos nossos clãs é mais importante do que qualquer vida, principalmente se ambos os clãs forem representados no futuro por um único senhor.

— Você vai deixar que sua filha se case mesmo sabendo que o casamento resultará na morte dela?

— Todos vamos morrer — sentenciou Nao. — É o nosso destino. Se ela morrer para preservar os nossos clãs, então terá uma morte digna da filha de um samurai. Nem ela nem nós dois devemos lamentar a situação.

Kiyori assentiu com a cabeça.

— Imaginei que fosse dizer isso.

Nao deu uma risada.

— Então por que se deu ao trabalho de levantar a questão?

— Senhor — interrompeu uma das criadas, entrando com as bandejas de saquê. Nao apanhou uma taça e fez sinal para que Kiyori o imitasse, ainda que ele parecesse claramente relutante.

— Porque esse é apenas um dos motivos para recusar o casamento — respondeu Kiyori.

— Não me diga que há outro!

— Sim, e junto com o primeiro acrescenta ainda mais peso ao meu argumento a favor da recusa.

Nao esperou que Kiyori prosseguisse, mas ele se quedou em silêncio. Permaneceu calado, com uma fisionomia cada vez mais triste. Nao bebeu seu saquê e esperou, paciente. A julgar pelo silêncio de Kiyori, o motivo devia ser mesmo grave. Quando já estava achando que o amigo decidira não o revelar, Kiyori finalmente falou:

— O meu filho, Yorimasa, não é um homem decente. É um bêbado, um mulherengo, um imprestável.

— Vai mudar com o casamento, assim como acontece com todo mundo.

— Quando digo que ele é bêbado, mulherengo e imprestável — prosseguiu Kiyori —, não estou me fazendo suficientemente claro. Ele é pior do que isso. Muito pior. Se, em vez de meu filho, fosse meu empregado, eu já teria ordenado o seu suicídio há muito tempo. É uma prova da minha fraqueza como pai que eu não tenha feito isso.

— O que ele fez?

— Coisas que me envergonham só de pensar, quanto mais de confessar em voz alta — disse Kiyori.

· · · · · ·

Desde que se entendia por gente, Yorimasa tinha duas aspirações na vida. Sua ascensão como senhor da província de Akaoka e sua primeira visão profética. A primeira já lhe estava garantida, por ser o filho mais velho do Grande Senhor Kiyori. E sua inabalável convicção de que um destino especial o esperava prometia-lhe a segunda. Desde sua mais tenra infância, seu caráter fora moldado por essas aspirações, apesar das constantes advertências de seu pai de que a vida era incerta e a transmissão do poder profético mais incerta ainda. Por temperamento, Yorimasa era incrivelmente teimoso. Sim, pai, concordava ele, mas sempre da boca para fora.

Por ter tamanha confiança em si mesmo, Yorimasa fazia com que todos à sua volta confiassem nele também. Sobretudo por ser o primeiro neto dos dois lados de sua família. Todos, naturalmente, depositavam suas esperanças nele. E, para a satisfação geral, tais esperanças não pareciam vãs. Era uma criança inteligente e alegre, que já se comunicava usando frases completas em seu primeiro ano de vida. Já sabia escrever bem antes mesmo de completar três anos. Empunhava a sua pequena espada com uma habilidade extraordinária, tinha excelente mira para atirar flechas com o seu pequeno arco e já domava destemidamente o seu pônei, tudo isso antes do quinto aniversário. A criadagem da casa teria mimado Yorimasa de qualquer jeito. Os seus atributos, incluindo a sua beleza, encorajavam ainda mais atenção do que de costume.

Nem mesmo o nascimento de seu irmão, Shigeru, abalou a sua primazia. Shigeru era mais quieto, mais tímido e não possuía metade da beleza de Yorimasa. Quando recordavam o passado, todos tinham a impressão de que tudo que Shigeru havia feito durante a infância Yorimasa já fizera antes — melhor e com mais habilidade. Sua única vantagem era sua supremacia física; era um menino muito forte. No entanto, a força por si só não contava tanto entre os homens quanto entre os bois. De todo modo, de acordo com os princípios regentes da primogenitura, o segundo filho sempre era menos importante do que o primeiro. Ainda mais sendo o primeiro tão extraordinário. A família, os vassalos, os criados, todos comentavam o quão afortunados eram por terem um jovem senhor tão talentoso. O futuro de seu clã sem dúvida estaria em boas mãos, principalmente quando todos os indícios levavam a crer que Yorimasa era o escolhido daquela geração para possuir o poder profético.

Um jovem da alta nobreza, com todos os dons que a herança natural e as riquezas de sua família podem lhe dar, inevitavelmente atrai seguidores entre aqueles que gozam de semelhante situação. Com Yorimasa não foi diferente. Sobretudo graças à instabilidade geral da época — tumultos dentro do país, a crescente presença de armadas estrangeiras, acontecimentos políticos perturbadores no continente asiático —, a possibilidade de poder profético atraía ainda mais jovens senhores ao seu círculo do que atrairia em circunstâncias diferentes. Isso talvez não tivesse acontecido se Yorimasa não fosse o mais perfeito exemplar de um samurai da nobreza. Gozando uma vida daquelas, como podia levar a sério as advertências de seu pai?

De modo que a sua decepção, quando se deu, foi inexprimivelmente amarga.

Na véspera do seu aniversário de vinte e dois anos, seu pai lhe disse:

— Você não vai se tornar Grande Senhor no meu lugar.

Perplexo, tudo o que ele conseguiu dizer foi:

— Por quê?

— O motivo não vem ao caso.

— Eu sou o seu filho mais velho. Não vou ceder meu direito para o meu irmão.

— Shigeru também não vai ser Grande Senhor.

Mesmo sofrendo, ele achou graça.

— Se nem eu nem Shigeru vamos ser seus herdeiros, o senhor na certa está pensando em ter outro filho. Ou será que já tem, em segredo?

— Não diga besteiras. Estou lhe dizendo a verdade. Aceite-a.

— Isso é uma profecia?

— Dê o nome que quiser, ou não dê nome nenhum — disse-lhe seu pai. — Acredite ou não acredite. Não muda nada.

— Quem vai ser o próximo Grande Senhor da nossa província?

— Alguém que ainda não nasceu.

— Então o senhor pretende arranjar outra mulher, ou uma concubina. — O choque inicial de Yorimasa começou a se transformar em uma raiva que fazia seu sangue ferver. Alguma mulher ardilosa virara a cabeça de seu pai. Ébrio de paixão, o velho tolo prometera fazer de seu filho o próximo senhor. Quem seria esta mulher? — Está assim tão certo de que ainda vai produzir um herdeiro? Já não é mais jovem, pai.

Kiyori exibia uma curiosa expressão em seu rosto. A aparente austeridade parecia exagerada. Seria para ocultar alguma outra emoção interna? Se estava escondendo algo, Yorimasa não conseguia decifrar o que era.

— A decisão está tomada — disse Kiyori. — Não há mais nada a ser discutido.

Não havia mais nada a ser discutido, mas muito a ser feito. Primeiro, Yorimasa descobriria a identidade da mulher e onde seu pai a escondera, a ela e a criança, se é que já existia. Em seguida, trataria de liquidá-los. Não era uma questão de profecia. Kiyori falara em uma decisão sendo tomada. Jamais falaria de uma visão naqueles termos. Portanto, o futuro ainda não estava definido. Yorimasa não pretendia ficar de braços cruzados, assistindo o seu patrimônio ser roubado.

No início, as suas mais diligentes investigações não deram em nada. Interrogou todos os empregados e vassalos. Ninguém vira o Senhor Kiyori visitando uma mulher. Ninguém sabia de nenhuma criança. Yorimasa mandou seus amigos de mais confiança seguirem seu pai. Não descobriram nada. Ele próprio seguiu Kiyori, com o mesmo resultado: nada. Não havia mulher alguma, criança alguma. Então o que levara Kiyori a tomar aquela decisão estranha? Ninguém fazia a menor idéia.

Então, pouco depois de ter conversado com Yorimasa, Kiyori começou a adotar um comportamento estranho. Começou a passar muitas horas no sétimo andar da torre principal, todos os dias. Quando estava lá, ordenava que ninguém subisse na torre além do terceiro andar. Naquela época, as frotas das nações estrangeiras estavam se tornando cada vez mais freqüentes em águas japonesas. Seus navios de guerra já haviam até mesmo chegado à baía em frente ao Bando de Pardais diversas vezes. Isolar-se daquela maneira era altamente inadequado.

Yorimasa começou a considerar a hipótese de o pai ter enlouquecido. Por mais trágico que fosse, seria também bastante conveniente. Se o pai estivesse louco, todos os serviçais mais antigos haveriam de apoiar seu afastamento. O que não faltava eram precedentes — a loucura era uma conhecida doença do clã. Parecia ser causada pelo mesmo mecanismo misterioso que trouxera presciência à sua linhagem. A enigmática deserdação de seus dois únicos filhos e a sua recente mania de enfurnar-se na torre apontavam nesta direção.

Boatos de uma regência encabeçada por Yorimasa começaram a circular entre os vassalos. Para grande satisfação de Yorimasa, ele não teve nada a ver com isso. A idéia surgiu espontaneamente. Até mesmo os súditos mais próximos de seu pai — o Senhor Saiki, o Senhor Tanaka e o Senhor Kudo — manifestaram sua preocupação para Yorimasa. Ele ficou contente de ver que eles, como os outros vassalos, já haviam começado a tratá-lo com maior deferência. Seu pai parecia empenhado em apressar a própria ruína. Tudo o que Yorimasa precisava fazer, ao que parecia, era exercitar a paciência.

Mas nunca fora muito paciente.

Os períodos solitários do pai na torre despertaram a sua curiosidade. Por fim, incapaz de resistir, resolveu descobrir por conta própria exatamente o que Kiyori fazia lá durante tantas horas, dia após dia.

Entrar na torre sem ser notado foi fácil. Kiyori não pusera nenhum guarda na entrada, no poço da escada nem entre o terceiro e o sétimo andares. Confiava plenamente na força de suas ordens, que de fato eram suficientes para manter todos a distância. Todos, menos Yorimasa.

Antes mesmo de deitar os olhos no piso do andar superior, pôde ouvir a voz de seu pai conversando com alguém. Quem quer que estivesse com ele, devia falar muito baixo, pois Yorimasa não conseguiu escutar nenhuma voz além da do pai.

· · · · · · ·

— Você já devia ter contado a ele há muito tempo — disse Shizuka.

— Como a senhora me aconselhou — disse Kiyori.

— Que importa quem lhe aconselhou? Deixar um assunto importante pendente até agora foi um erro, meu senhor. — Ela se curvou, comprimindo a testa no chão. — Perdoe-me por ser tão direta.

— Bem, agora ele já sabe. Não vai ser Grande Senhor.

— Mas o senhor não lhe contou o porquê.

— Não.

— Nem contou que, em sua geração, não será ele a ter as visões proféticas.

— Não. Espero que ao ver o sofrimento que as visões trazem, não se lamente muito por não poder tê-las.

Shizuka sorriu.

— Ele nunca o viu exibir quaisquer sinais de sofrimento, meu senhor.

— Porque, minha senhora, eu não tive de fato as visões, não é mesmo? Quem tem é a senhora. Foi a senhora quem me contou tudo o que sei sobre o que está por vir.

— Como o senhor acha que sou uma visão, contar-lhe o futuro é o mesmo que o senhor vê-lo com seus próprios olhos. — Ela fez uma pausa, fingindo refletir sobre a idéia. — Contudo, o senhor às vezes acha que não sou uma visão, mas sim um fantasma. Nesse caso, as minhas palavras continuam sendo visões para o senhor? Suponho que sim, pois o que mais haveriam de ser?

Kiyori franziu o cenho.

— Jamais conseguirei chegar a uma conclusão. Só sei que tudo o que a senhora me disse revelou-se verdadeiro, sem truques ou significados ocultos. Sendo o que diz ser ou não, a senhora é o modo como as visões chegam até mim. Com Shigeru vai ser diferente. Foi o que a senhora me disse.

— Sim, vai ser diferente.

— Ele vai sofrer.

— Vai.

— Não vai compreender nada.

— Não.

— Quando Yorimasa perceber isso, não vai mais lamentar tanto assim.

— Assim o senhor espera.

— Não pode me contar? Sei que já sabe.

A porta de correr abriu-se violentamente, chocando-se contra o alizar. Yorimasa estava parado no umbral, com a espada em punho. Tinha o rosto pálido e os olhos vermelhos.

— O que é isso? — perguntou Kiyori ficando de pé, mas sem tocar em sua espada.

Yorimasa notou que o saquê fora servido para duas pessoas. O copo de seu pai estava vazio. O da mulher, cheio. Mas ela não estava mais lá.

— Onde está ela? — gritou Yorimasa.

— Abaixe sua espada e recue! — Kiyori avançou destemido em direção ao filho. — Ponha-se no seu lugar.

Yorimasa ignorou o pai.

— Há quanto tempo é escravo de uma mulher? Não adianta fazer cara feia. Ouvi a sua confissão. O senhor é um mentiroso, um falso profeta. Ela é uma feiticeira, só pode ser, para fazer com que abandone seus filhos por ela. Onde ela está?

Seus olhos vasculharam o cômodo, buscando uma entrada para a passagem secreta. As paredes não davam nenhuma pista. Examinou minuciosamente os tapetes no chão. Nenhum acusava sinais de movimentação recente. Por ele ela não passara. Também não poderia ter escapado pela janela, em plena luz do dia, quando seria flagrada pelos serviçais do castelo. A entrada secreta só podia ser no teto. Yorimasa ergueu os olhos.

Naquele momento, Kiyori avançou e, com um gesto hábil e ligeiro, desarmou o filho, aplicando-lhe um golpe que o arremessou de cabeça para baixo contra a parede. Antes que Yorimasa pudesse se levantar ou sacar a outra espada, Kiyori o golpeou na têmpora com o cabo da espada que tomara dele.

· · · · · ·

Quando Yorimasa recobrou a consciência, estava em seus aposentos, com o Doutor Ozawa a seu lado. O lado direito de sua cabeça doía, mas não estava gravemente ferido. Não havia guardas a postos. Suas espadas estavam guardadas no lugar, em um suporte perto dele. Ele as apanhou e saiu do quarto. Ninguém tentou impedi-lo.

Não foi procurar o pai. Sabia que Kiyori se recusaria a explicar qualquer coisa. A tal mulher, quem quer que fosse, tinha desaparecido, de volta ao seu esconderijo. Se não a havia encontrado antes, certamente não haveria de encontrá-la agora. Havia outra pessoa com a qual precisava falar. Se tudo o que escutara era verdade, então a sua vida já não valia mais tanto a pena.

Encontrou Shigeru no pátio de treino, girando e acertando alvos às suas costas.

Shigeru notou o ferimento na testa do irmão.

— O que aconteceu com você?

Yorimasa ignorou a pergunta.

— Papai alguma vez conversou com você sobre as visões? — indagou ele.

— Você sabe que sim. Ele sempre contou suas visões a nós dois ao mesmo tempo.

— Estou falando das suas visões, não das dele.

Shigeru não se deixou trair por nenhuma expressão facial, mas a sua incapacidade de responder prontamente foi o bastante. Então era verdade. Shigeru, e não ele, teria as visões. E Shigeru já sabia disso.

— Quer dizer que papai finalmente lhe contou — disse Shigeru.

Yorimasa tornou a ignorar a pergunta, fazendo-lhe outra:

— Você já teve alguma?

— Não. Papai disse que não vou ter por muitos anos ainda.

— Há quanto tempo você sabe disso?

— Há doze anos.

— Desde que era pequeno?

— Sim.

— Mesmo assim, não me disse nada. — Por que ninguém contara a ele? Por que o deixaram acreditar que ele teria as visões? Pior do que a decepção era a vergonha. Quão vazios e inúteis haviam sido todos os seus anos de confiança e orgulho!

— Não sou o senhor desta província — justificou-se Shigeru —, o nosso pai sim. Quem dá as ordens é ele. Ele conta o que quer contar e guarda o resto para si. Ser um senhor é basicamente isso. Você deveria saber.

— Por que deveria? Jamais serei um senhor — disse Yorimasa.

— Claro que será. Você é o primogênito. As visões não têm nada a ver com quem vai substituir papai.

— Não vou ser senhor. Nosso pai me disse.

Shigeru franziu a testa.

— Como assim?

— Ele tem uma mulher da qual nunca ficamos sabendo. Escutei os dois conversando na torre. Sabe-se lá há quanto tempo estão juntos. Talvez tenhamos até um irmão mais velho sem sabermos.

— Impossível.

— Nada é impossível — retrucou Yorimasa.

Deixou Shigeru e dirigiu-se ao estábulo. Não ficaria mais um minuto no castelo. Iria para o palácio em Edo e tentaria colocar as idéias no lugar.

— Yorimasa. — Seu pai surgiu das sombras.

— Ah, veio se despedir. Ou pretende impedir que eu vá embora?

— Não é o que você está pensando — justificou Kiyori.

— Ah, não? Então, o que é?

— Não existe mulher nenhuma. Não tenho nenhum outro filho para ser meu herdeiro. Não existe criança nenhuma. Pelo menos, por enquanto. E, quando existir, será seu filho, não meu.

— Isso é uma profecia, meu senhor?

— É.

Yorimasa curvou-se profundamente.

— Então, rendo-me ao inevitável e ao meu filho ainda não nascido. Quem vai ser a minha noiva, e quando?

— Isso ainda não me foi revelado.

Yorimasa montou na sela de seu cavalo. Curvou-se novamente.

— Por favor, avise-me. As suas palavras são ordens. — Fez outra reverência, deu um riso debochado e esporeou o cavalo, partindo em disparada.

Tudo com o que sonhara estava perdido. Não seria Grande Senhor da província de Akaoka. Não seria aquinhoado com o dom da profecia. Aquele respeito beirando o temor com o qual sempre fora tratado viraria deboche. Queria morrer. Mas tirar a própria vida seria uma atitude covarde, e ele não era um covarde. Teria de suportar. Mas não precisava suportar mergulhado em sofrimento.

Yorimasa passara os primeiros vinte e dois anos de sua vida preparando-se para governar. Lera os clássicos. Treinara em combate individual. Estudara estratégias para dominar exércitos. Ficara sentado em *zazen* por horas a fio, diariamente, esvaziando a mente de tudo, depois esvaziando a mente da necessidade de esvaziar a mente. Aquelas eram as artes necessárias a alguém destinado a ser guerreiro e líder. Não lhe serviam mais de nada. Abandonava-as, agora e para sempre. Se antes dedicara cada minuto de sua vida a se aperfeiçoar como samurai, agora se dedicaria à plena satisfação de todos os seus caprichos sensuais. O que mais a vida podia lhe oferecer?

Havia o álcool, o ópio, o absinto e uma ampla variedade de outras substâncias que podiam ser usadas para alterar sua percepção e seu humor como bem quisesse. É bem verdade que possuíam efeitos colaterais. Mas para estes também havia outras soluções — pós, pílulas e inalações que curavam esses males.

Usou todos, cada droga e cada antídoto. Usou tanto que quase conseguiu ignorar as gargalhadas às suas costas.

Yorimasa já esperava que o pai fosse interferir, de modo que não ficou supreso quando isso aconteceu. Mas Kiyori nunca o manteve confinado por mais tempo do que o necessário para curá-lo do mal mais recente. Logo depois, ele o deixava partir.

Não demorou muito para compreender o porquê. Se permanecesse confinado, não teria mais motivos para viver. Como Kiyori não podia permitir que ele se matasse, o confinamento não era uma alternativa possível. Sabia, por sua visão, que Yorimasa precisava viver para ter um filho.

O mesmo motivo garantia a Yorimasa que, independentemente do que fizesse, não morreria por acidente. A inevitabilidade da sua desgraça também era a inevitabilidade da sua sobrevivência. Não era um dilema extremamente divertido?

As drogas que lhe concediam alívio também o intoxicavam. Seu corpo padecia; sua mente, mais ainda. Logo as alucinações e alterações de humor deixaram de satisfazê-lo. Voltou sua atenção para as mulheres. Um dia, seu pai daria ordens para que se casasse, e ele lhe obedeceria. Até lá, havia muitas outras mulheres em Edo.

No início, era atraído pela beleza. Mas a beleza puramente física, com o passar do tempo, torna-se semelhante à feiúra. Deixa-se de se ver nela algo digno de nota.

Ficou então fascinado por físicos diferentes. O formato, a textura, o odor, o gosto. Havia variações admiráveis, mesmo em um único corpo, e, em se tratando de vários corpos, a variedade era ainda maior.

Quando se cansou disso, passou a se interessar por seu próprio corpo. Experimentara todas as formas de prazer. Só lhe restava a dor. Não conseguiu descobrir uma dor externa que se igualasse à dor que carregava dentro de si. Fez o que pôde. Era um samurai. Podia suportar.

A sua própria dor conduziu-o inevitavelmente à dor alheia. Foi então que, finalmente, encontrou a união perfeita de todos os elementos. Alucinação, estimulantes sensoriais, beleza, feiúra e, sobretudo, dor. Às vezes passava dos limites e arruinava uma mulher. Então, precisava pagar um polpudo bônus a uma casa de gueixas e um prêmio de consolação especial para a família da moça. Mas era só dinheiro.

Desenvolveu um fascínio pelas perversões sexuais que lhe infligiam dor — e mais ainda às mulheres. Suas lágrimas tinham um gosto especial, assim como seus gritos eram música para seus ouvidos. Algumas poções aumentavam o seu prazer. Algumas inalações potencializavam a agonia delas. Usava de tudo.

Seu entusiasmo era ainda maior quando sabia que estava destruindo seus melhores atributos. No início, pensou ser a beleza delas; não precisava sequer deixar cicatrizes visíveis; se as marcasse por dentro, dava no mesmo. Mas então percebeu que os aspectos físicos visíveis não eram realmente importantes; em cada uma delas, independentemente dos excessos cometidos, do que haviam testemunhado seus olhos, restava uma essência imaculada e secreta no seu íntimo — um valioso senso de identidade que conseguiam preservar. Tornou-se um mestre em detectá-lo. Então, o som de seus gritos era tão estridente que quase conseguia abafar as gargalhadas às suas costas.

· · · · · ·

— Se sua filha não fosse importante para você, não estaria tão preocupado — disse Kiyori. — Mas sei que a ama demais.

— Midori é apenas uma menina. Não é importante. O filho que ela vai gerar, sim, é importante — disse Nao.

— Não dê o seu consentimento tão depressa, Nao. Deixe que eu lhe diga o tipo de homem no qual Yorimasa se transformou.

— Não. Isso não importa. — Nao fez uma reverência. — Estamos honrados por ter escolhido o nosso clã. Midori vai se casar com Yorimasa.

• • • • • • •

O tempo transcorria devagar e depressa ao mesmo tempo. Às vezes, Yorimasa não sabia dizer se uma semana se passara, ou um mês, ou a maior parte de sua vida. Tal estado de desorientação era o mais perto que podia chegar da felicidade.

— Yorimasa.

Através de uma névoa de fumaça de ópio, distinguiu o rosto de Shigeru.

— Ora, ora, meu irmãozinho. Não seja tão tímido. Inale um pouco. Não vai morrer por causa disso.

Shigeru ergueu-o bruscamente. Os guardas do estabelecimento, geralmente tão valentes, permaneceram a uma respeitosa distância. A reputação de Shigeru como duelista, surgida quando tinha quinze anos, crescera de maneira assombrosa no decorrer do tempo.

— Vim para levá-lo de volta ao Bando de Pardais. Papai encontrou uma noiva para você.

— Em que ano estamos?

Shigeru o encarou, chocado, antes de responder:

— No décimo quarto.

— De qual Imperador?

— O Imperador Ninkô continua a enobrecer o mundo com sua augusta presença.

Yorimasa deixou-se ser meio arrastado, meio carregado para fora. Impressionante. Apenas um ano havia se passado. Talvez até menos.

— E em qual mês, irmãozinho?

• • • • • • •

Durante três semanas, seu pai obrigou-o a treinar com os vassalos como se estivessem na iminência de uma guerra. Yorimasa não passou um minuto dentro de casa, vivendo dia e noite em um acampamento de guerra nas montanhas, ao norte do Bando de Pardais. Todo dia, ao amanhecer, descia até a costa com os outros cavalarianos, desmontava e corria da Floresta Muroto até o Cabo, usando sua armadura completa. Quando caía e tentava descansar, Shigeru o colocava de pé novamente. Quando não corria, era arrastado. Quando vomitava, os três generais do clã — Senhor Saiki, Senhor Tanaka e Senhor Kudo — gargalhavam escandalosamente, como se nunca tivessem visto algo tão hilariante. Durante a noite, vassalos fingindo-se de assassinos inimigos faziam um ataque-surpresa ao acampamento e golpeavam os que demoravam a se levantar impiedosamente com bastões de madeira. Nenhuma provisão era fornecida. Apenas aqueles que montavam armadilhas, atiravam em pássaros ou encontravam plantas comestíveis se alimentavam. Os outros passavam fome. No quarto dia, ele estava reduzido a comer os insetos menos repulsivos que conseguia encontrar. No sexto, começou a pensar seriamente em matar seu cavalo. No sétimo, o acampamento migrou para o litoral e os pescadores da aldeia de Kageshima forneceram um modesto suprimento de bacalhau seco e arroz integral. Foi a refeição mais deliciosa que Yorimasa já experimentara em sua vida.

Após três semanas, Yorimasa havia recuperado a sobriedade. Era temporária e insignificante. O homem no qual ele se transformara podia sobreviver a um período de privação tranqüilamente. Estava disposto a fazer o que era obrigado, depois voltaria a dedicar sua energia a algo menos desagradável. Que seu pai criasse o herdeiro. Uma sucessão que em nada lhe dizia respeito não o interessava. Que outra coisa seria este filho, senão mais um motivo de chacota? Yorimasa já o detestava. Não havia nem nascido, nem sequer fora concebido, e ele já o odiava mais do que a qualquer outra pessoa.

E a sua futura noiva. Quem quer que fosse, ele a odiava também.

. . . . .

— A filha do Senhor Nao? — Yorimasa achava que nada mais o chocaria na vida, mas estava enganado. — O Senhor Nao, da província de Shiroishi?

— Você conhece algum outro Senhor Nao? — perguntou Kiyori.

— O Senhor das Maçãs — disse Yorimasa. Que idiota. Pensava que não podia mais sofrer nenhuma humilhação. Devia saber que, para o pior, não havia limites.

— Ele vai ser o seu sogro — disse Kiyori. — Não o insulte com esse apelido.

— Por que não? O Senhor das Maçãs. É assim que é conhecido de norte a sul no Japão. O senhor me comprometeu justo com a filha do Grande Senhor mais ridículo de todas as províncias. Por quê?

A vergonha e a raiva de Yorimasa eram tão profundas que seus olhos encheram-se de lágrimas. Somente a sua fúria impediu que elas rolassem pelo rosto.

— A província do Senhor Nao é modesta... — principiou Kiyori.

— Modesta, insignificante, pobre, medíocre e tão afastada de tudo que só perde para as malditas aldeias Ainu de Yezo!

— A província do Senhor Nao é modesta — repetiu Kiyori —, mas bem administrada. Suas reservas de arroz permitiram que eles sobrevivessem, assim como nós, à última escassez de alimentos sem as insurreições que desintegraram tantas outras províncias. O seu exército...

— O senhor chama aquela meia dúzia de caipiras de exército?

— ... o seu exército, acostumado a invernos rigorosos, é um dos poucos capazes de armar uma campanha agressiva durante a estação mais fria.

— Lógico, eles vivem num inverno constante!

— E os seus pomares, de que você faz pouco, produzem as melhores maçãs do reino...

— Quem come maçãs, além dos cavalos?

— ... famosas por sua beleza e seu sabor. O próprio Senhor Nao é um honrado samurai da velha guarda. Lutamos juntos as nossas primeiras batalhas, quando ainda éramos praticamente dois garotos.

— O senhor e ele executaram camponeses esfaimados para o Xogum. Como pode elevar esses massacres à categoria de "batalhas"?

— Já chega! Partimos amanhã para a província de Shiroishi. Você vai se casar com a filha do Senhor Nao. Prepare-se.

Yorimasa fez o que o pai lhe ordenou. Preparou-se para o casamento.

Alimentou seu ódio, sua raiva, seu desgosto e sua vergonha com a lembrança de cada desfeita, insulto e humilhação que sofrera e imaginara sofrer. Cada comentário desabonador, cada risinho à socapa que ouvira pelas costas durante o último e pior ano de sua vida. Prometeu aos demônios dos dez mil infernos que a dor que sofrera e a dor que infligira não seriam nada comparadas à dor que estava por vir.

A filhinha querida do Senhor Nao em breve haveria de invejar os fantasmas famintos que se aferravam deploravelmente às sepulturas enevoadas.

. . . . . .

— E então? — A Senhora Chiemi encarara o marido durante toda a noite, e ele a ignorara. Por fim, ela não pudera mais se conter.

— Então o quê? — perguntou o Senhor Nao.

— Quando é que pretende me contar o que está se esforçando tanto para manter em segredo?

— Está falando bobagem. Quando quero lhe dizer alguma coisa, digo sem rodeios.

— E quando não quer me dizer alguma coisa, protela o quanto pode e só me diz quando acha que é tarde demais para que minha objeção faça qualquer diferença. Conheço-o muito bem, Senhor Nao — disse a Senhora Chiemi.

De fato conhecia. Nao e Chiemi foram amigos de infância. Seu pai era um dos principais empregados do pai dela, depois o Grande Senhor de Shiroishi. Como o senhor só tivera filhas, adotara Nao quando os dois se casaram, tornando-o seu herdeiro. Eram amigos de longa data, praticamente irmãos, por assim dizer.

— Não há nada para objetar. Já está feito. Midori está noiva — anunciou ele.

— De quem?

— Do filho do Senhor Kiyori.

A Senhora Chiemi cambaleou para a esquerda, como que subitamente tonta, e apoiou-se no chão com as duas mãos.

— Shigeru?

— Yorimasa.

— Ah, não. De jeito nenhum. Não pode ser.

— O casamento vai ser realizado uma semana antes do equinócio de verão.

— Por favor, meu senhor. Eu lhe imploro que reconsidere. — Ela comprimiu a testa no chão, curvando-se profundamente. — Yorimasa vai arruiná-la.

— Bobagem. Ele é um samurai e um nobre. Será paciente.

Ela ergueu o rosto banhado em lágrimas.

— Não é possível que o senhor não saiba o que dizem sobre ele.

— Não dou ouvidos a fuxicos.

— Yorimasa gosta de torturar mulheres...

— A senhora também não devia dar ouvidos a fuxicos.

— Ele as amarra, as obriga a se drogarem, as maltrata...

— Dizem que algumas gueixas fazem esse tipo de coisa. É tudo teatro, nada mais.

— Ele usa o seu órgão como uma arma, para humilhar e ferir. Ele força a penetração com apêndices mutilados de animais...

— Recuso-me a ouvir tais baixezas...

Soluçando, ela prosseguiu:

— Várias gueixas ficaram incapacitadas de continuar trabalhando. Uma morreu por causa dos ferimentos. Outra se matou. Uma terceira padeceu tanto nas mãos dele que ficou com incontinência e enlouqueceu. Quando o irmão foi visitá-la e viu o seu estado, matou-a e se matou em seguida. Por favor...

A Senhora Chiemi não pôde mais continuar. Não conseguia conter o choro.

O Senhor Nao permaneceu sentado em silêncio, de cabeça baixa. Quando as lágrimas de sua mulher cessaram e sua respiração ficou mais serena, ele disse:

— O Senhor Kiyori me revelou uma profecia.

— Profecia? Ninguém acredita que ele tenha mesmo este poder, a não ser os camponeses ignorantes. E o senhor. Será possível que seja assim tão tolo?

— No ano anterior à insurreição, ele me disse...

— Os camponeses estavam morrendo de fome! — gritou ela. — Não era preciso ser um profeta para saber que iam se rebelar!

— Acalme-se, Chiemi.

— Se o senhor não cancelar esse casamento, vou me matar. Dou-lhe a minha palavra de filha de samurai.

— Se fizer isso, vai privar Midori de um esteio insubstituível, de que ela certamente precisará em seu casamento. Ela é muito jovem para ficar sem os conselhos e a ajuda da mãe.

— Se eu me matar, não haverá casamento. Um mau agouro como esse faria com que a união terminasse antes mesmo de começar.

— Não. Estando você viva ou morta, Midori vai se casar com Yorimasa, porque ela está destinada a dar à luz o herdeiro da província de Akaoka.

— É essa a profecia?

O Senhor Nao assentiu.

— Mas e Yorimasa? E Shigeru?

— Nenhum dos dois governará. Somente o filho de Midori. Foi o que Kiyori viu em uma de suas visões.

— Será que viu também o sofrimento que o filho dele vai infligir à nossa filha?

— Não pense nessas coisas. Aceite o inevitável.

— Meu senhor, Midori é a nossa caçula... e a nossa única menina. O senhor a ama muito que eu sei. Como pode entregá-la a tal destino?

— Porque é o destino dela. Tentar escapar só há de causar uma desgraça ainda maior.

— E que desgraça pode ser maior do que essa?

O Senhor Nao aproximou-se de sua mulher e estreitou-a em seus braços.

— Vamos procurar ficar juntos e alegres nas próximas semanas. Vão ser os últimos dias dela como nossa filha. Após o equinócio, ela vai se mudar com o marido para o Bando de Pardais.

. . . .

— Você está pronta? — perguntou Kazu. Ele usava apenas uma tanga, exibindo a pele nua e morena das incontáveis horas de trabalho ao sol, sobre a qual uma fina camada de suor reluzia.

— Estou — respondeu Midori. Seu quimono externo jazia abandonado no chão, junto com o pesado e elaborado *obi*, as sandálias, o leque e a faca que o pai sempre insistia que ela carregasse, para se defender. A fim de ficar com as pernas livres, suspendera o quimono entre elas e o enfiara na faixa em sua cintura, transformando-o em calças improvisadas não muito diferentes da *hakama* que os samurais usavam em combate, embora bem mais curta. Não eram nada elegantes — na verdade, eram bastante inadequadas — e seus pais, especialmente a sua mãe, fariam uma cena se a flagrassem vestida daquela maneira. Mas não tinha escolha. Sabia que podia vencer aquele fanfarrão, mas não vestida como uma princesa em miniatura.

— Quem você acha que vai ganhar? — Midori ouviu alguém perguntar na multidão. Todos os camponeses haviam parado de trabalhar e estavam reunidos no pomar para assistir.

— Kazu é o mais veloz de toda a aldeia. Ele vai ganhar, com certeza.

— Mas Midori também é veloz.

— É veloz para uma menina. Meninos não perdem para meninas.

— Para Midori, não sei não. Ela ganhou de todos com quem competiu, meninos e meninas.

— Ah, eles deixam que ela ganhe porque é filha do patrão.

Nada que pudessem ter dito a teria deixado com mais raiva e ainda mais determinada a vencer.

— Alguém dê o sinal — ordenou ela.

— Eu dou — disse Michi. Tinha a mesma idade de Midori e era a sua melhor amiga entre as crianças da aldeia.

— Não, eu dou — disse outra pessoa.

— Você sempre quer dar o sinal.

— Lógico, eu nunca tenho chance!

— Parem de discutir — interrompeu Midori. — Michi, dê o sinal.

— Rá-rá-rá.

— Ahhhhhh...

Os olhos de Kazu estavam fixos na árvore à sua frente.

Os olhos de Midori estavam fixos em Kazu. Ele tinha dezesseis anos, era parrudo e tinha uma certa beleza rude. Para ele, aquela era apenas mais uma oportunidade de se exibir, de mostrar que era forte e veloz para as meninas da aldeia — talvez até mesmo para a própria Midori. Para ela, a questão era muito mais séria. Era filha do Grande Senhor da província. O sangue de incontáveis gerações de samurais corria em suas veias. Qualquer competição entre dois indivíduos não era muito diferente, em sua essência, de um duelo mortal. Ela mantinha os olhos em Kazu. Não precisava olhar para a árvore, estava bem na sua frente e não ia sair do lugar. As armas eram importantes, mas o clima, o terreno e a hora do dia também. Porém, a verdadeira chave para a vitória era derrotar o oponente antes mesmo de a luta começar. Ouvira seu pai dizendo isso muitas vezes, enquanto treinava seus irmãos na arte da guerra. Continuava encarando Kazu. Finalmente, por uma fração de segundo, ele a relanceou, seus olhos atraídos pelo olhar feroz que ela lhe lançava. Seus lábios abriram-se levemente em surpresa. Naquele exato momento, Michi deu o sinal:

— Vão!

Midori saiu do chão tão depressa quanto um busca-pé. Não deu importância aos gritos da multidão nem ao progresso de Kazu na árvore ao lado. Não pensava em mais nada. Durante a escalada, deixou de existir, e não havia mais distinção entre o vento e a sua respiração, as folhas e galhos e suas mãos e pés, o movimento de seu corpo e a estabilidade do tronco da árvore, do chão, do céu. Nem sequer percebeu que alcançara o topo até ouvir os gritos das crianças lá embaixo.

— Ela ganhou dele!

— Midori venceu!

— Não acredito!

— Viu só? Ele perdeu para uma menina!

— Midori é a mais rápida!

Acima dela, apenas o céu azul como o oceano e as nuvens, deslizando como espuma. Por um momento, imaginou que estava dentro d'água. Olhou para a multidão lá embaixo, subitamente quieta, e viu todos prostrando-se de quatro no chão, em profunda reverência, como se ela fosse uma princesa da Corte Imperial.

Midori riu, contente.

— Não precisam agir com tanta formalidade. Foi só uma competição para ver quem subia mais depressa.

Foi então que percebeu por que os camponeses estavam fazendo uma reverência. Não era para ela.

Três homens a cavalo haviam chegado durante a competição. Um deles era seu pai, que, de cenho franzido, dardejava um olhar furioso para ela. Reconheceu o segundo como sendo Kiyori, um velho amigo de seu pai e também Grande Senhor. O terceiro era o jovem mais lindo que já vira em sua vida.

Suas sobrancelhas arqueadas, os longos cílios e as feições delicadas teriam lhe conferido uma aparência meio feminina, não fosse uma certa austeridade nas maçãs do rosto e um ar decidido no queixo. Embora estivesse escarranchado em seu cavalo de uma maneira meio indolente, estava claro que tinha o físico de um samurai que passou muitos anos treinando com dedicação. Ele fez com que seu cavalo avançasse, para vê-la mais de perto. Parou exatamente sob a árvore e olhou para cima. Quando a viu, deu uma risada. Tinha uma risada bonita.

Midori sentiu um rubor espalhando-se pelo seu corpo inteiro.

· · · · · ·

— Mesmo sabendo a menina desmiolada que você é — admoestou a mãe —, não posso acreditar que justo hoje resolveu escalar uma árvore!

Estavam no quarto da Senhora Chiemi. Sua mãe ajeitava seu cabelo, enquanto as criadas penavam para ajudá-la a vestir seu novo quimono ao mesmo tempo.

— Mas é que eles iam chegar aqui hoje cedo — justificou Midori. — Como não apareceram, pensei que só fossem vir amanhã.

— E nua, como um macaco! — A mãe escondeu o rosto nas mãos. — Que vergonha! O que vão pensar de nós?

— Eu não estava nua, mamãe.

— Estava com o quimono externo?

— Não, mas...

— Estava mostrando as pernas para quem quisesse ver?

— Estava, mas...

— Então estava nua, sua menina sem-vergonha!

— Como é que posso vencer uma corrida de escalar árvore usando meu quimono completo, com uma sobreveste agarrada nos meus tornozelos?

— Você é filha do senhor desta província, preparando-se para conhecer seu noivo — disse a Senhora Chiemi. — Não era para estar escalando árvore nenhuma!

— Mas Kazu disse que era mais rápido do que eu. Eu sabia que ele não era, então fui lá e provei.

— E o que importa quem é mais rápido numa coisa idiota como essa?

— A senhora me disse que era a mais veloz da província quando tinha a minha idade — disse Midori. — Eu só sei prender o meu quimono como se fosse uma *hakama* porque a senhora me ensinou.

— Não seja atrevida — ralhou a mãe, corando subitamente. Virou-se de costas, para ocultar um sorriso. Mas o sorriso logo se dissolveu em pranto.

— Não vou mais escalar árvores depois de casada — disse Midori. Estava profundamente constrangida por ter envergonhado seus pais diante do Senhor Kiyori e do Senhor Yorimasa. No fundo, ela própria gostaria de ter passado uma boa impressão. O que o Senhor Yorimasa devia estar pensando? Que a sua futura mulher não passava de uma fedelha ignorante, tão matuta e imatura que apostava corrida de escalada de árvores com os camponeses... seminua. Como ele devia estar lamentando o seu destino! E depois, ele parecia ser tão sofisticado. Ninguém poderia tê-lo desapontado mais do que ela.

— Vou me comportar direitinho de agora em diante — prometeu ela.

Suas palavras não serviram de consolo para a Senhora Chiemi, que se pôs a soluçar ainda mais violentamente. Logo, as criadas também desataram a chorar. Já não parecia em nada uma ocasião festiva. E era tudo culpa sua, por ter agido de maneira tão infantil. Mas ela daria um jeito de reparar o que fizera. Seria a melhor mulher que pudesse para o Senhor Yorimasa e uma nora obediente para o Senhor Kiyori. Quando chegassem notícias sobre ela para seus pais, seriam apenas elogios.

— Não se preocupe, mamãe — pediu Midori. Lutou para não chorar também. As lágrimas eram contagiosas. — A senhora ainda vai se orgulhar de mim, eu prometo.

. . . . . .

Mais tarde, Yorimasa não saberia dizer ao certo por que fizera aquilo na sua noite de núpcias. A incapacidade de compreender seus próprios atos o surpreendeu tanto quanto o que ele fizera naquela longa hora antes do amanhecer. Julgava-se imune às surpresas no que dizia respeito ao que podia fazer com uma mulher e ao que podia obrigar uma mulher a fazer com ele. Afinal, não eliminara a fronteira entre o prazer e a dor? Não experimentara de tudo? Pensava que sim; no entanto, havia algo que deixara escapar sem saber. O resultado era uma aflição que ia muito além do seu pior pesadelo.

Não planejara nada específico com antecedência. Só artimanhas insignificantes, feitas para aumentar a sua diversão. Balinhas de ópio escondidas na massa doce de bolos de arroz. Um frasco de absinto que carregava consigo. Um grotesco apêndice inspirado em pesadelos sexuais, confeccionado por um artista lunático anônimo, e diversos órgãos de animais, que ele comprara do mesmo contrabandista que lhe fornecia ópio. Seu pai estava tão atento quanto ele imaginara, e nem os bolos de arroz nem o frasco sobreviveram à sua busca. Quanto à monstruosidade, Yorimasa nem imaginou que fosse chegar à província de Shiroishi. Ele a levara apenas para causar efeito. O que seu pai faria quando a descobrisse? Será que continuaria insistindo no casamento? No mínimo, Kiyori perderia a cabeça e gritaria, possivelmente bateria nele. Especular sobre o assunto era bastante divertido.

Mas, na realidade, não foi.

Kiyori encontrou-a entre as roupas de Yorimasa.

Saiam do quarto, ordenou aos criados.

Sua voz estava calma, sua fisionomia, serena. Depois que os criados saíram, ele embrulhou o falso órgão em uma roupa de baixo tirada da mala e o recolheu. Não gritou nem lançou qualquer imprecação. Tampouco bateu no filho. Na verdade, nem sequer olhou na direção de Yorimasa. Saiu sem dizer uma única palavra. Seus olhos, notou Yorimasa, estavam rasos d'água.

Ao recordar o incidente mais tarde, Yorimasa sentiu uma pontada aguda de raiva. Que direito tinha seu pai de sentir pena, de sentir vergonha, de sentir qualquer coisa? Porventura era ele quem tinha perdido tudo? Quem tinha tido de viver com uma humilhação insuportável? Era ele o filho impedido pelo pai de se tornar o homem que deveria ser? Kiyori era Grande Senhor, profeta, líder de vassalos leais. Aqueles que não lhe tinham respeito, tinham-lhe temor.

Quem respeitava Yorimasa? Ninguém.

Quem temia Yorimasa? Só as mulheres.

Gostaria de tomar saquê, mas até mesmo aquela tradição inofensiva lhe fora proibida. A raiva queimava-o por dentro. Se seu pai achava que qualquer um podia determinar seu comportamento, menos ele próprio, estava na hora de mostrar que não era bem assim. Kiyori encontrara as drogas que pudera encontrar, mas nem sequer suspeitara do ópio e do absinto escondidos no cabo das espadas de Yorimasa. Nenhum samurai jamais imaginaria que um outro seria capaz de cometer uma profanação tão abominável.

Caminhou sem pressa até o quarto de dormir onde Midori o aguardava, o passo mais lento e menos firme do que gostaria. Após um mês de sobriedade, até uma dose muito mais baixa já teria surtido o efeito desejado, que dirá a alta quantidade que consumira. Mas não tinha importância. Não estava de todo inconsciente.

Não fazia idéia dos atos que executaria ou a obrigaria a executar. Idéias preconcebidas diminuíam o impacto da realidade. Como o nascimento do filho de Midori já havia sido previsto, podia fazer o que quisesse com ela tendo a garantia de que, por pior que fosse, não a machucaria a ponto de impedir que concebesse um filho e o parisse. Ela podia morrer após o parto, é claro, ou durante. Isso não fora previsto, pois não era importante. A concepção do herdeiro era a única coisa que importava para Kiyori. Saber disso — da sua liberdade e da patética dependência de seu pai em relação aos atos do filho que rejeitara — o libertava. Podia estrangulá-la. Ela não morreria, não podia morrer, podia apenas mergulhar no sofrimento. Será que entraria em coma? Poderia uma mulher inconsciente dar à luz uma criança? Talvez. As possibilidades daquela noite eram infinitas.

Concederam-lhes uma certa privacidade em uma ala isolada do Castelo das Pedras Brancas, mas, mesmo assim, poderiam ouvi-la se ela gritasse muito alto. Seria o Senhor Nao capaz de escutar os gritos de dor de sua filha sem intervir? E Kiyori? Talvez o Senhor Nao e seus vassalos quisessem salvá-la, e então seu pai e seus vassalos seriam obrigados a detê-los, para impedir tamanho desrespeito à honra de seu clã. Se assim fosse, acabariam travando uma batalha sangrenta, ainda mais trágica por serem bons amigos. Seria um desfecho perfeito.

Midori continuaria lá com sua família.

Kiyori e Yorimasa, se sobrevivessem à batalha, voltariam para o sul.

Haveria um divórcio.

E então, cumprindo a profecia, o herdeiro nasceria no outro extremo do reino, distante da província que, por direito, deveria governar.

Independentemente de quem vivesse ou morresse, avô e neto estariam separados para sempre. No lugar do sangue e do nome, o ódio e a desconfiança seriam os únicos vínculos que os uniriam.

Para Yorimasa, seria a vingança perfeita.

· · · · · ·

Em observância à disposição cerimonial, o Senhor Kiyori e o Senhor Nao sentavam-se em lados opostos do salão. O banquete era servido por samurais. Não havia nenhuma mulher presente. Nenhuma iguaria festiva adornava as bandejas diante deles. Não houve nenhum brinde. Bebiam saquê em um silêncio fúnebre. Um convidado desavisado jamais suspeitaria de que aquilo era uma festa de casamento.

— Mandei minha mulher e suas damas de companhia para o Mosteiro de Kageyama, conforme me pediu, Senhor Kiyori — disse Nao. — Como a regra de apenas um castelo por senhor imposta pelo Xogum limitava o número de fortificações em cada província, Nao tornara-se um fervoroso defensor da devoção religiosa. Os mosteiros espalhados pela sua província geralmente não só gozavam de posição estratégica e construção sólida, capazes de suportar um ataque pesado, como eram habitados por monges mais corpulentos e marciais do que o normal. — É um pedido incomum para se fazer a uma mãe, na noite do casamento de sua filha.

Kiyori curvou-se.

— Lamento a necessidade do pedido, Senhor Nao. Queira aceitar minha mais profunda gratidão.

— Não precisa lamentar nem agradecer — respondeu Nao. — Mas não pude deixar de notar que esta festa também é bastante insólita. Entre seus muitos aspectos notáveis, um destaca-se de modo singular. Senhor Kiyori, por que o senhor, o Senhor Tanaka e o Senhor Kudo não estão portando suas espadas? E onde estão os seus criados?

— Em seus aposentos. Ordenei que cometam suicídio ritual se eu não retornar antes do amanhecer.

Um burburinho de exclamações perplexas escapou dos homens do Senhor Nao. Mas ele continuava impassível.

— Que modo estranho de comemorar um casamento. E por que o senhor não retornaria? — perguntou ele.

— Não deixou que eu lhe contasse o que precisava saber sobre Yorimasa. Se acontecer hoje à noite o que receio que aconteça, o choque será tremendo — disse Kiyori. Fez uma pausa e em seguida perguntou: — Ainda confia em mim?

— Sempre — asseverou Nao.

— Então, prometa-me uma coisa. Prometa-me que não vai interferir, não importa o que ouça, nem permitir que seus homens interfiram. Não vá até os aposentos nupciais até amanhã de manhã. Só então, se as circunstâncias assim o exigirem, dou-lhe minha permissão para executar Yorimasa e descartar o que sobrou dele sem os benefícios de quaisquer honrarias ou bênçãos.

— O quê?

— Antes de ir lá, peço-lhe que me execute primeiro, assim como ao Senhor Tanaka e ao Senhor Kudo. Sei que não é adequado, mas é o único pedido de desculpas que posso lhe oferecer. Para evitar problemas com o Xogum, diga que as mortes foram acidentais. Deixei o Senhor Saiki em Akaoka, pois o herdeiro precisará de um regente e um protetor durante sua infância e juventude. Ele já está preparado para ter notícia do "acidente".

— Senhor Kiyori...

— O meu filho mais novo, Shigeru, será o titular do clã até o herdeiro atingir a maioridade. Quando isso acontecer, Shigeru deverá cometer o suicídio ritual para ajudar a reparar ainda mais os atos de seu irmão. Já o instruí para isso.

— Senhor Kiyori, o que acha que vai acontecer hoje à noite? — perguntou Nao, num fio de voz.

— Dê-me a sua palavra — pediu Kiyori — ou anule o casamento. Ainda não é tarde demais.

— O senhor previu tudo isso?

— Não. Meus temores baseiam-se no conhecimento que tenho de meu filho.

Nao fechou os olhos e ficou sentado em silêncio por algum tempo. Por fim, abriu-os e disse:

— Prometo fazer o que me pediu.

Kiyori curvou-se profundamente.

— Obrigado. — Crispou o rosto em um sorriso, para evitar o pranto. Algumas lágrimas fugidias escaparam, mas nenhum soluço audível. — Saquê — pediu.

— O medo faz com que pensemos no pior — disse Nao. — Se não previu nenhuma desgraça em suas visões, então isso significa que é apenas possível, não inevitável. Desgraças são sempre possíveis, mesmo na melhor das circunstâncias. Vamos erguer um brinde aos recém-casados e desejar que sejam felizes.

· · · · · ·

Apesar de ter prometido aos pais que os deixaria orgulhosos, Midori foi tomada por uma grande apreensão quando ouviu o roçagar do quimono de seu marido aproximando-se do quarto do casal.

Estava absolutamente despreparada para o casamento, mais ainda do que as filhas dos outros senhores. A maioria havia passado um tempo considerável em Edo, a capital do Xogum, na cidade imperial de Kyoto ou nos movimentados castelos das grandes províncias. Estavam familiarizadas com as sutilezas do relacionamento entre homens e mulheres, por as terem testemunhado na alta sociedade. Já Midori passara toda a sua vida na pequena província de Shiroishi, no extremo norte do Japão, distante dos centros civilizados. Estava mais para filha de fazendeiro do que de um Grande Senhor. Como faria para agradar a um rapaz urbano e experiente como o Senhor Yorimasa? Não sabia nem por onde começar. Não era de todo ignorante acerca das linhas gerais da relação sexual. Espiara adultos na aldeia, junto com as crianças mais levadas. Mas o comportamento dos camponeses não servia como diretriz para os gostos e desejos de um homem como Yorimasa. Estava certa de que o decepcionaria profundamente.

Midori avançou de joelhos até a porta de correr e abriu-a, da forma mais silenciosa e encantadora que pôde. Curvou-se no chão. Estava envergonhada demais para olhá-lo nos olhos.

— Meu senhor. — Foi tudo o que conseguiu dizer, antes que o nervosismo engasgasse as palavras em sua garganta.

. . . . . .

Yorimasa olhou para a mulher curvada à sua frente. Seu cabelo estava se soltando. Obviamente, não estava acostumada àquele penteado. Naquele fim de mundo, raramente devia ter ocasião para arrumar-se de modo mais elegante. Pela gola do quimono, emanava o aroma de seu corpo recém-lavado. Se ela fosse uma criança, ele o teria chamado de perfume da inocência. Como não era, só serviu para destacar ainda mais a sua ignorância e imaturidade. Até mesmo as mulheres menos habilidosas da cidade sabiam da importância dos perfumes na arte da sedução. Seu pai o casara com uma camponesa de sobrenome nobre.

Ajoelhou-se e retribuiu sua reverência. E, com uma delicadeza que não sentia, disse:

— Vamos parar com as reverências e entrar no quarto. Não podemos fazer nada aqui na porta, não é mesmo?

. . . . . .

A Senhora Chiemi encontrava-se sozinha no salão de meditação do Mosteiro de Kageyama. A cadência de sua respiração estava bastante prolongada, com um bom espaço de tempo entre cada inspiração e expiração. Começara a praticar meditação havia muitos anos, mas não meditava naquele momento. Estava apenas usando a técnica respiratória para impor ao corpo uma tranqüilidade que não sentia em seu coração. Contava as respirações para não pensar no que estaria se passando no aposento nupcial de sua filha.

Não acreditava nas profecias do Senhor Kiyori e ficava admirada que seu marido acreditasse. Era um homem inteligente, não muito chegado a essas crendices. Aparentemente, as batalhas nas quais Kiyori e Nao lutaram juntos haviam provocado uma lamentável e permanente distorção em sua amizade. Kiyori salvara a vida de Nao, e nada além disso.

Fora crédulo uma única vez, e o preço desta credulidade seria a vida de sua filha. Depois de tudo o que ouvira sobre Yorimasa, estava convencida de que Midori não sobreviveria à noite de núpcias, ou, se acaso sobrevivesse, ficaria tão debilitada que morreria logo depois. Ao inspirar, sentia a leve pressão da faca tantô contra o seu ventre. Não era correto trazer uma arma para o salão do Buda, muito menos derramar sangue lá dentro. Cometera a primeira infração e estava pronta para cometer a segunda, assim que recebesse a notícia inevitável que tanto temia.

Perdeu a conta de suas respirações.

A Senhora Chiemi exalou o ar e começou tudo novamente.

• • • • • •

Midori não sabia se devia oferecer um bolinho de arroz para Yorimasa ou esperar até mais tarde. Havia chá, mas não saquê, um lapso de etiqueta imperdoável. Onde as criadas estavam com a cabeça? Quando chamou por elas, não obteve resposta. Estranho. Chegou a pensar em ir até os aposentos de sua mãe, mas achou melhor ficar onde estava. E se Yorimasa chegasse enquanto ela estivesse lá? Seria muito pior do que a falta de saquê.

E agora estava diante dele. Estavam juntos. Sozinhos. Já começava a corar visivelmente, certa de que seria impossível corar ainda mais. Mas enganava-se: quando viu o sorriso dele, sentiu uma nova onda de sangue inundar sua pele.

— Meu senhor — repetiu ela. Até então, haviam sido as únicas palavras que conseguira dirigir a Yorimasa. Ele devia estar pensando que ela era idiota. Claro que estava, pois ela de fato agia como uma idiota! O que diria uma dama de verdade ou uma cortesã sofisticada? Um homem como Yorimasa na certa tivera várias experiências com ambas. Comparada a elas, como Midori devia lhe parecer enfadonha e imatura! Será que devia fazer alguma coisa ou era melhor esperar que ele tomasse a iniciativa? E se tivesse de fazer alguma coisa, exatamente que coisa era essa? Foi então que constatou que sua mãe não a preparara em absolutamente nada. Deveria ter dito alguma coisa, qualquer coisa.

Yorimasa ainda estava sorrindo para Midori quando ela ergueu a cabeça para espiá-lo.

— Meu senhor — repetiu mais uma vez. Não conseguia pensar em nada mais para dizer.

— Você sobe em árvores como ninguém, mas já vi que conversar não é o seu forte — comentou ele. — Talvez devêssemos passar a noite no pomar.

Mortificada, Kidori não pôde mais conter suas lágrimas.

Era o momento pelo qual Yorimasa esperara. Ela estava vulnerável. Era simples, inexperiente, insegura. Precisava ser consolada, amparada e tinha todos os motivos para esperar que ele a ajudasse. Mas, em vez disso, ele a ajudaria a transcender tais considerações mundanas. Revelaria para ela uma verdade preciosa, que ela jamais imaginara descobrir, muito menos em sua noite de núpcias. O sentido da vida.

A dor.

O vazio.

Não havia mais nada.

Yorimasa encostou a mão no ombro de Midori e puxou-a para perto. Não fez nada cruel ou alarmante. Para vivenciar a violência em toda a sua plenitude, era preciso respeitar algumas sutilezas, principalmente o elemento surpresa e um senso de inevitabilidade da vítima. Somente o momento ideal podia oferecer a primeira. E a segunda não poderia ser devidamente saboreada se não tivesse paciência. Portanto, Yorimasa agiu como se fosse a personificação da delicadeza.

Em pouco tempo, ela apoiou a cabeça em seu peito. Estava começando a confiar nele.

Ou a profecia do Senhor Kiyori se realizaria de qualquer maneira ou seria invalidada pelas ações de Yorimasa. Não importava qual fosse o caminho, esperava que o resultado fosse o mesmo.

A sua própria morte, pelas mãos de terceiros.

Que os sobreviventes não herdassem nada além de ruínas.

Que somente as profecias cobertas de sangue pudessem ser cumpridas.

• • • • •

Nenhuma mudança em sua fisionomia ou músculos subitamente retesados indicava que Kiyori escutara o grito da menina. Continuava sentado, ereto e impassível, como estivera durante toda a noite.

Nao estremeceu.

Seus vassalos prontamente levaram a mão ao cabo das suas espadas.

— Esperem — ordenou Nao.

Ouviram outro grito, mais alto e prolongado do que o primeiro. Desta vez, conseguiram entender o que ela dizia:

— Pai! Socorro! Socorro!

Os homens de Nao voltaram-se para ele, aguardando ordens. Seu maxilar estava enrijecido, assim como seus ombros, as mãos cerradas em punhos sobre as coxas, mas ele não se moveu, nem abriu a boca.

— Senhor Nao! — O mais jovem de seus vassalos inclinou-se para ele, implorando com o olhar.

— Esperem — repetiu Nao.

A voz de Midori enfraqueceu e calou. O jovem vassalo tentou apurar os ouvidos. Nada. Abaixando a cabeça, pôs-se a chorar.

— Meu senhor, devíamos investigar — disse outro vassalo.

— Não — disse Nao. — Eu dei a minha palavra. Vamos esperar até o dia amanhecer.

— Senhor Nao, é desumanamente cruel esperar.

— Eu dei a minha palavra — repetiu Nao. — Desde quando a palavra de um samurai está sujeita a condições?

O outro vassalo também abaixou a cabeça.

— Pai! Pai!

A voz de Midori não estava mais distante. Vinha do corredor que dava para o salão de festas.

Soluçando, Kiyori disse:

— Vá ajudar a sua filha! Eu o libero de sua promessa! Vá!

Nao e seus homens partiram em disparada, sacando suas espadas enquanto escancaravam as portas do salão. Midori estava no fim do corredor, sem sua faixa, com o quimono aberto e a roupa íntima coberta de sangue do peito às coxas.

— Midori!

Ao ver o pai, ela tentou avançar, mas logo em seguida tombou no chão, inconsciente.

. . . .

A Senhora Chiemi ouviu o tropel de um cavalo romper a calmaria profunda da última hora da madrugada. Enfim, o mensageiro que tanto temia. Não pôde conter um soluço. Contraindo os músculos, sentiu o cabo da faca pressionando-lhe as costelas.

Com o peito apertado de aflição, apelou ao Buda Compassivo, não por ela, mas sim para que sua filha querida pudesse descansar em paz eternamente.

Namu Amida Butsu. Namu Amida Butsu. Namu Amida Butsu.

Aquelas simples palavras, entoadas com total sinceridade, garantiam o renascimento de Midori na Terra Pura.

A Senhora Chiemi não tinha certeza se acreditava naquilo. Mas acalentava a esperança, pois era a única que lhe restava na vida.

Tirou a tantô de sua faixa. Segurou a bainha com a mão esquerda e o cabo da faca com a direita. Ouviu as patas do cavalo deslizando na terra, interrompendo o galope, e, segundos depois, os passos apressados do mensageiro na passagem de madeira que conduzia ao salão. Agarrou a faca e preparou-se para desferir o golpe fatal.

A porta foi escancarada.

— Senhora Chiemi — disse o mensageiro, ofegante. Exausto pela cavalgada veloz, não sabia se cumpria primeiro o dever de entregar a mensagem ou se atendia à desesperada necessidade de respirar. As palavras que saíram de sua boca foram quase incompreensíveis. Mas a Senhora Chiemi não esperou que ele terminasse e saiu apressada do salão.

. . . .

Até o momento em que Midori encostou a cabeça em seu peito, Yorimasa podia ver seu futuro claramente, como se fosse um profeta. Mas, quando a envolveu com o braço em um falso gesto de consolo, percebeu que estava abraçando o corpinho de uma criança envolto num quimono, mais infantil em tamanho e forma do que ele imaginara.

Olhou-a atentamente pela primeira vez. Sua maquiagem fora habilmente aplicada pelas criadas, ou talvez pela mãe. De longe, servira para disfarçar a sua infantilidade, especialmente de alguém que não estava prestando muita atenção nela. Ele devia ter ouvido o que seu pai tinha a lhe dizer sobre ela, mas assim que soube de quem se tratava — a filha do ridículo Senhor das Maçãs —, tudo o mais se tornou de um detalhe insignificante. Pelo menos, foi o que ele achou na época.

— Midori?

— Sim, meu senhor.

— Em que ano você nasceu?

— Meu senhor? — A pergunta deixou-a confusa. Ele devia saber. Ninguém em sã consciência aceitaria se casar sem uma minuciosa consulta astrológica. E seu pai havia lhe dito que o mapa de Yorimasa era compatível com o dela, assim como o dela devia ser com o dele; do contrário, não poderiam ter se casado. Mas não cabia a ela questionar o marido. Não podia se esquecer disso. Ele fala, eu obedeço. — No segundo ano do Imperador Ninkô — disse ela.

— Em que mês?

Midori corou. Ter nascido *naquele* mês e ser flagrada pelo marido subindo em uma árvore! Não podia ser pior.

Falou com a voz baixa, torcendo para que ele não escutasse:

— No mês do macaco, meu senhor.

Yorimasa examinou o rosto da menina por trás da maquiagem. Era por isso que não conseguia manter o penteado. Era por isso que apostava corrida com os garotos da aldeia e subia em árvores. Não era porque sofresse de alguma deficiência mental, como ele imaginara. Era porque tinha onze anos de idade.

Sabendo o tipo de homem que se tornara e a brutalidade da qual era capaz, seu pai confiara-lhe uma criança. Kiyori importava-se apenas com o herdeiro e o profeta da nova geração. Não se importava em quem teria de sacrificar pelo caminho. Seu filho mais velho e aquela criança inocente não representavam nada para ele.

Que a maldição dos deuses impiedosos recaísse sobre seu pai e que a compaixão e a proteção dos Budas infinitos lhe fossem negadas para sempre.

Yorimasa tirou o braço do ombro de Midori.

— Eu não sou um monstro — disse ele.

— Não, meu senhor. — Yorimasa estava começando a assustá-la. Do que ele estava falando?

Ele se levantou, mas estava tão tonto que quase caiu.

— Já fiz coisas horríveis, mas não sou um monstro.

Midori sabia que não era a mulher adequada para um homem como ele. Acaso o teria decepcionado tão gravemente que ele não agüentara nem cinco minutos de conversa educada com ela? Não, era pior do que isso. Yorimasa tropeçou no suporte das espadas. Apanhou sua espada curta, desembainhou-a e atirou a bainha longe com tanta força que rasgou a porta de papel, indo parar no corredor. Ela o insultara tanto com sua incompetência que ele iria matá-la!

— Que as suas profecias expliquem isso! — gritou Yorimasa.

Midori ergueu o braço. Protegeu o rosto com a ampla manga do quimono. Isso não impediria que ele a acertasse, mas pelo menos não veria a lâmina descendo em sua direção. O sangue espirrou no chão. Uma gota caiu em seu rosto. Não sentiu dor, nem a sensação de estar sendo cortada.

Não era o sangue dela!

Yorimasa cravara a lâmina em seu próprio ventre.

Midori gritou.

. . . . . .

Se tivesse ingerido menos ópio, tomado menos absinto, se não tivesse sido vencido pela vergonha ou agido precipitadamente pela raiva, Yorimasa teria sido a primeira pessoa a impedir que a profecia de um Senhor Okumichi se concretizasse. Mas seus maus hábitos frustraram suas nobres intenções.

Sua espada, precariamente empunhada, atingira seu estômago, e não seus intestinos. Como não havia se preparado da maneira tradicional, a lâmina teve de perfurar várias camadas de tecido e, por mais que se esforçasse, foi impossível desferir o corte transversal que tiraria a sua vida. Mas, mesmo assim, poderia sofrer uma hemorragia fatal a curto prazo, não fosse por um acontecimento inesperado.

Midori, indo salvá-lo.

— Meu senhor, o que está fazendo?

Chorando de raiva e frustração, Yorimasa tentava a todo custo descer a lâmina até o ventre, mas suas roupas emboladas impediam maiores movimentos naquela direção. Com as duas mãos, Midori agarrou o cabo da espada e puxou-a com toda a força. As mãos de Yorimasa agarravam a lâmina que perfurara o tecido do quimono. Seu apoio era mais precário do que o dela. Quando ela puxou a espada, caiu de costas no chão.

Largando a arma depressa, Midori correu para Yorimasa. Tanto ele quanto o chão estavam encharcados de sangue. Podia vê-lo esvaindo-se aos borbotões pelo feio talho em seu ventre. Pressionou as mãos sobre o ferimento, em vão.

— Socorro! Pai! Pai!

Ela retirou o seu *obi*, desfez-se do laço rebuscado e comprimiu-o contra a ferida o mais forte que pôde. Havia sangue por toda parte. Era de admirar que ele ainda estivesse sangrando. Não era possível que houvesse tanto sangue em seu corpo.

— Socorro!

Onde estavam todos? Não podia esperar mais um segundo. Se Yorimasa não fosse atendido imediatamente, acabaria morrendo.

Deixou o quarto, aos tropeções, em busca de seu pai.

• • • • • •

— Você devia ter me deixado morrer — disse Yorimasa. — Agora, só me resta tentar de novo. Vergonhoso, não é mesmo? Um samurai que precisa de duas tentativas para poder se matar.

— Estou orgulhoso de você — disse Kiyori.

Yorimasa virou-se na cama e olhou para o pai. O esforço o levou a fazer uma careta de dor.

— Eu sei por que você se apunhalou — disse Kiyori. — Foi para impedir a si mesmo de violentar a menina.

— O senhor não sabe de nada — retrucou Yorimasa. — Eu não teria encostado nela, jamais. Tentei me matar porque era o Okumichi mais próximo. Se acaso o senhor estivesse lá, teria tentado matar o senhor. Só a profecia lhe interessa, nada mais. Por isso mandou-a para mim, como um animal para um abatedouro.

— A profecia vai ser cumprida. Você está casado. Está vivo. O herdeiro virá ao mundo quando for a hora. Não tenho a menor dúvida disso.

— Será que perdeu a cabeça de vez, seu velho tolo? Após este desastre, o Senhor Nao não vai permitir que continuemos casados. Nem mesmo o Senhor das Maçãs pode suportar uma desgraça dessas. A esta altura a história já se espalhou pelos quatros cantos. Assim que eu me recuperar, vou morrer.

— Não há nenhuma história se espalhando — assegurou Kiyori — porque nada aconteceu. O casamento correu bem. Os noivos passaram a tarde conversando, depois a noiva retornou aos aposentos de sua mãe, onde está se preparando para a viagem ao Bando de Pardais. Enquanto isso, o noivo e seu pai desfrutam a generosa hospitalidade do Senhor Nao.

— Uma desgraça como essa não pode ser mantida em segredo.

Kiyori sorriu.

— Você se esquece de que, antes de se encontrar com Midori ontem, o Senhor Nao despachou todas as mulheres do castelo. Não há ninguém para espalhar nada.

— Não vou me deitar com uma criança.

— Eu sei que não. Nem espero que o faça.

Foi a vez de Yorimasa ficar confuso:

— Então como o senhor espera que o herdeiro vá nascer?

— Ele vai chegar na hora certa. Por enquanto, você vai proteger Midori e cuidar dela, até que ela se torne uma mulher e você possa consumar o casamento.

— Ridículo. Isso só acontece em contos de fadas. Assim que eu estiver recuperado, vou terminar o que comecei.

— Então mate Midori primeiro. Ela pensa que você tentou se matar porque ficou decepcionado com ela. A sua vergonha é insuportável. Ela disse à mãe que, se você morrer, não quer mais continuar viva.

— Isso não é problema meu — retrucou Yorimasa, fechando os olhos em seguida.

Kiyori não disse nada. Mas um sorriso surgiu em seu rosto e persistiu por um bom tempo.

1867, CASTELO DO BANDO DE PARDAIS

— Minha mãe tinha dezessete anos quando eu nasci — disse Genji. — Conforme meu avô previu, meu pai a protegeu e cuidou dela até que estivesse pronta.

— Mudanças de caráter como essa geralmente são provocadas por um despertar religioso. Foi isso o que aconteceu com seu pai? — perguntou Emily.

— Não — respondeu Genji. — Ele nunca foi muito religioso. Foi outra coisa.

— O quê?

— Ele mudou porque descobriu o significado do amor.

— Ah — disse Emily, sorrindo. — Muito engenhoso da sua parte. Voltamos ao nosso tema. Espero que não me diga que não pode ser definido.

— Não disse que não podia ser definido. Disse que não era fácil. Agora que lhe contei dos meus pais, você vai entender a minha definição.

— E qual é?

— Meu pai vivia no ódio porque não conseguia pensar em mais ninguém além dele. Esta pode ser a exata definição do ódio. Ele mudou porque encontrou em minha mãe alguém com quem se importar mais do que se importava consigo mesmo. Esta é a minha definição do amor. — Genji olhou para Emily. — Qual é a sua?

Emily desejou que as lágrimas não lhe viessem aos olhos e, quando vieram, desejou que não rolassem. Quando rolaram, ela as ignorou e disse:

— A mesma que a sua, meu senhor.

III

ONTEM, HOJE E AMANHÃ

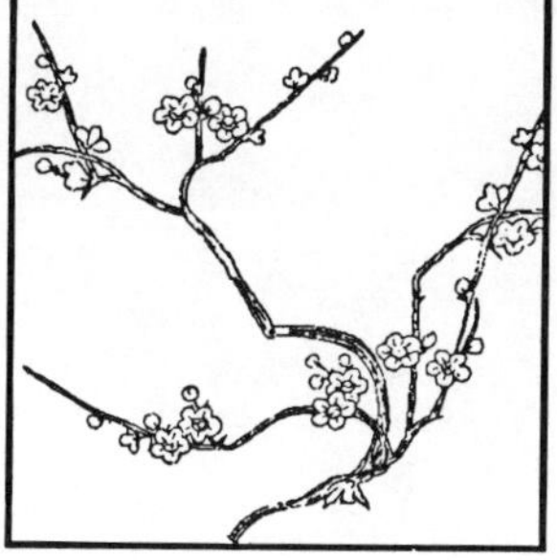

10

Panoramas da Torre Principal

A memória é traiçoeiramente sedutora.

Quando nos lembramos de pouco, esforçamo-nos, em vão, para nos lembrarmos de mais. Quando nos lembramos de muito, também nos esforçamos para nos lembrarmos de mais. Em ambos os casos, lembramo-nos do que nos lisonjeia e esquecemo-nos do resto. Não é extraordinário que a memória nunca nos falte? Inevitavelmente, encontramos aquilo que procuramos.

E quando você se lembra de tudo?

Então, o segredo é esquecer com a mesma dedicação egoísta.

AKI-NO-HASHI
(1311)

Quando voltaram do Vale das Maçãs, Emily recolheu-se aos seus aposentos para descansar. Genji foi para a torre principal. Todos evitavam entrar lá, a não ser que fosse estritamente necessário. Os rumores de que era mal-assombrada, particularmente pelo fantasma da Senhora Shizuka, não encorajavam visitas casuais. Às vezes, o comparecimento fazia-se necessário. As cinzas dos nobres do clã eram guardadas no columbário, no sétimo andar. Em datas importantes, as homenagens póstumas eram realizadas na torre. Monges e freiras subiam com uma certa regularidade. Todas as manhãs colocavam flores e incenso no altar e recitavam sutras. À tarde, voltavam para recolher as flores e as cinzas do incenso e realizavam uma cerimônia formal, fechando o columbário durante a noite. Genji gostava do sossego da torre e da vista que ela proporcionava nas quatro direções. E não tinha medo de fantasmas.

Ajoelhou-se diante das cinzas de seus ancestrais e ponderou sobre a natureza ambígua de sua última conversa com Emily. Por que havia lhe contado sobre seus pais? Não devia ter se sentido na obrigação de justificar-se com ela. Em breve, Charles Smith regressaria para reiterar o seu pedido de casamento. Emily se sentiria mais inclinada a aceitá-lo se achasse que Genji desconhecia o significado do amor. Ela deixaria o Japão. Nunca mais a veria. Não havia motivo para se preocupar com o que ela pensava a seu respeito. No entanto, contara sobre seus pais a ela. Pior ainda: enfatizara os detalhes que tendiam a exagerar os aspectos trágicos de sua infância, o excruciante abismo no qual seu pai caíra e o poder restaurador e redentor do amor de sua noiva, ainda uma criança. Provocara lágrimas nos olhos de Emily, como já imaginava. Uma mulher capaz de chorar por um homem é uma mulher que não pode senão amá-lo. Portanto, suas palavras eram mais adequadas à sedução. Mas a sedução era justamente o oposto do seu objetivo, não era?

Se realmente queria que ela partisse, não devia ter lhe contado nada.

Ou, então, devia ter lhe contado tudo.

Contemplou as duas urnas de cerâmica à sua frente. A maior, cinza-escura, em formato quadrado, abrigava as cinzas de seu pai; a menor, ligeiramente arredondada e de uma cor mais clara, as de sua mãe. Ao longo de sua vida, Genji estivera lá para vê-las inúmeras vezes, no início por dever e obrigação, mais tarde na esperança de que o que havia restado de suas presenças terrenas pudesse lhe inspirar algum pensamento orientador ou encorajá-lo em seus momentos de desânimo. Mesmo quando era criança, já tinha consciência de sua posição como senhor. Não podia se dar ao luxo de demonstrar fraqueza diante de seus vassalos e serviçais. Nos momentos em que mais precisava de consolo, somente seus pais podiam ajudá-lo. Como estavam mortos, nunca lhe disseram nada. Mas estavam ali. De algum modo, sentia-se tranqüilo quando na presença de suas cinzas. O motivo, não sabia explicar.

Talvez fosse tão supersticioso quanto qualquer outra pessoa e, em vez de temer os espíritos dos mortos, confiasse vagamente neles.

Ou talvez fosse o que ele dizia aos que lhe perguntavam por que passava tanto tempo na torre.

Gostava do silêncio.

1840

Genji sentou-se com o pai diante das cinzas de sua mãe. Esforçou-se para parecer calmo, embora estivesse muito inquieto. Na semana seguinte, completaria cinco anos de idade. Quatro anos era uma idade limítrofe. Muitas pessoas, especialmente as mulheres, ainda o tratavam como se fosse um bebê. Mas com cinco não seria mais um bebê, seria um rapazinho. Estava certo disso. Tornando-se um rapazinho, ficava a um passo de se tornar um rapaz, e depois, em alguns anos, um homem. Não via a hora de ser um homem feito. Somente então seus vassalos e serviçais diriam "Senhor Genji" sem aquele toque de condescendência e humor. Eles o tratariam como tratavam seu avô e seu tio. Quando falavam "Senhor Kiyori" ou "Senhor Shigeru", fosse dirigindo-se a eles ou apenas citando seus nomes em sua ausência, era sempre com uma voz grave de respeito. Queria muito ser um samurai como eles.

Não queria ser como o pai. As pessoas se referiam ao Senhor Yorimasa com tristeza, pena ou desdém, jamais com respeito. Que tipo de samurai era aquele? Certamente, não o tipo que ele gostaria de ser.

— Você se lembra da sua mãe? — perguntou Yorimasa.

— Sim, papai — disse Genji. O pai sempre lhe fazia a mesma pergunta quando estava com ele, o que era cada vez mais raro desde que Midori morrera.

— Ótimo — disse Yorimasa. — Nunca se esqueça dela. Era a mulher mais gentil e adorável deste mundo.

— Sim, papai. — Na verdade, a lembrança que tinha de sua mãe se desbotara consideravelmente. Um ano podia não ser muito tempo para os adultos, mas para ele era uma eternidade. Lembrava-se que ela era muito bonita, tinha um perfume delicioso e sorria amiúde para ele, jamais o repreendendo por algo que tivesse feito de errado.

Ela apenas dizia: Você não deve fazer mais isso, Genji.

Está bem, mamãe, respondia ele.

Você é um bom menino, afirmava ela, abraçando-o.

Lembrava-se de coisas assim, mas não se recordava mais tão bem de sua voz, e, quando pensava nela, era como se a luz estivesse fraca e o seu rosto parecesse embotado pela penumbra do crepúsculo.

— Antes de conhecê-la — disse Yorimasa —, eu vivia na amargura. Não ia me tornar senhor desta província. Não ia ter o poder profético do nosso clã. Era como se minha vida não tivesse mais sentido.

Genji esperava que seu pai não estivesse bravo com ele. Kiyori havia lhe dito que ele o sucederia como senhor, não o seu pai, nem o seu tio Shigeru. Esperava que o tio Shigeru também não estivesse bravo. O tio Shigeru era um grande espadachim, o melhor desde Miyamoto Musashi, era o que todos diziam. Se o tio Shigeru resolvesse desafiá-lo em um duelo pela liderança da província, certamente ele sairia perdendo. Um samurai devia estar sempre convicto de sua vitória, ignorando as probabilidades em contrário. Mas Genji sabia que não tinha a menor chance contra o tio Shigeru. Contra seu pai já era outra história, mesmo Yorimasa sendo um adulto e ele, um garotinho. Seu pai estava sempre embriagado. Um samurai embriagado não era um samurai por inteiro. Seu avô repetira isso milhares de vezes.

Mas seu pai não parecia bravo. Estava sorrindo e continuava falando sobre a mãe de Genji:

— O sentido da vida é amar. Aprendi isso com a sua mãe. Não precisamos ser mais especiais do que isso.

Quando seu pai dizia aquele tipo de coisa, Genji ficava tremendamente envergonhado. Estava falando como uma mulherzinha, não como um samurai. A vitória, a honra, a morte gloriosa — era isso o que interessava a um samurai. O amor? O amor era para as mulheres.

— Não sou um homem forte. E por isso lhe peço desculpas. Toda a minha vida julguei ser forte. Então conheci sua mãe e descobri que a força não era tão potente quanto a fraqueza. O amor traz muitas bênçãos. Esta é a sua única maldição. Você entende?

— Sim, papai. — Genji não entendia nada. Como a fraqueza podia ser mais forte do que a força? Mas, se confessasse que não havia entendido, seu pai diria mais coisas constrangedoras, e Genji não queria que ele continuasse. Queria que seu pai calasse a boca e fosse embora.

— Se ela ainda fosse viva... — As palavras de Yorimasa morreram. Ele continuou sorrindo. — Se não tivéssemos nos conhecido, talvez ela tivesse vivido... Talvez ainda estivesse viva. Eu não a teria conhecido, jamais a teria amado ou sido amado por ela. A minha vida seria o horror que era antes de nos conhecermos. Mas eu preferiria assim, se fosse para ela estar viva agora, em algum lugar, feliz.

Cada vez que abria a boca, dizia uma coisa mais incoerente do que a anterior. Se nunca tivesse conhecido sua mãe, que diferença faria para ele que ela estivesse viva ou morta? Não se beneficiaria em nada; não saberia que ela existia.

— Você entende?

— Sim, papai.

Yorimasa riu. Apoiou a mão no ombro de Genji e afagou-a, carinhoso.

— Não entende. E como poderia? Mas, se você for muito afortunado, e muito desafortunado, um dia vai entender.

Pronto, lá estava ele de novo falando maluquices.

— Sim, papai — respondeu Genji. Quando é que ele ia embora?

Mais tarde, Genji sempre lamentou seu desejo de que seu pai fosse embora naquele dia, porque, ao partir, partira para não mais voltar. No mês seguinte, foi encontrado morto. Junto dele, havia um presente para Genji, delicadamente embrulhado em um pedaço de seda e acompanhado de um bilhete.

"Meu querido filho, perdoe-me por ter perdido o seu aniversário. Aqui está o seu presente atrasado. Espero que o estime, assim como eu o estimei." Não havia nenhum poema comemorativo. Um samurai de verdade teria escrito um.

O presente era uma fina corrente de prata decorada com pequenas pedrinhas brancas em formato de maçãs em miniatura. Pertencera à sua mãe. Genji lembrava-se de tê-la visto presa em sua faixa.

Genji guardou o bilhete e o presente, não porque os tivesse como derradeiras lembranças de seu pai — não tinha —, mas sim porque era a coisa certa a se fazer. Os samurais faziam o que era certo, independentemente do que sentiam. Guardou-os e esqueceu que existiam, assim como prometeu a si mesmo esquecer aquele pai vergonhoso e fracassado.

1867

Genji contemplava a corrente com as minúsculas maçãs brancas em sua mão.

Acaso simbolizavam amor, morte, ou ambos? Em seu clã, pelo menos, os dois pareciam inextricavelmente ligados. Uma vez cumprida a profecia que previa o nascimento de Genji, sua mãe e seu pai morreram. Longe de salvá-los, o amor os condenara à desgraça.

Durante muitos anos desdenhara a fraqueza e a covardia de seu pai. Compreendia a morte da mãe. O parto era muito arriscado. Mas que tipo de samurai morre por amor? Antes, julgava conhecer a resposta. Agora, já não tinha mais tanta certeza. Afinal, fora a fraqueza ou a força que levara seu pai à morte? A força na fraqueza que o menino Genji não entendera fazia perfeito sentido para o Genji adulto. Seria a sua capacidade de compreender um sinal de que era forte ou fraco?

Sozinho na torre, Genji soltou uma gargalhada.

Olhou as pequeninas maçãs de pedra em sua palma e tocou-as com a outra mão. Segurava-as por tanto tempo e com tanta força que não estavam mais frias como pedras, mas sim quentes como sua própria pele.

Okumichi no kami Genji, Grande Senhor da Província de Akaoka, sentou-se na torre de menagem do Castelo do Bando de Pardais durante toda a noite, acompanhado apenas pelas cinzas de sua querida mãe e de seu venerado pai.

1860

O Senhor Kiyori sentiu uma leve tontura. Primeiro, pensou que tinha bebido muito saquê. Então, percebeu que sua língua estava ficando dormente,e a garganta também. Sentiu um formigamento nas extremidades das mãos e dos pés e sua visão ficou clara e brilhante. Viu também um leve halo de luz, como um arco-íris distante, envolvendo a Senhora Shizuka. Como a sua imagem era transparente, o efeito foi duplamente vertiginoso.

— Quando a senhora disse que não nos veríamos mais após esta noite, não compreendi direito o porquê. A senhora estava dizendo que eu ia morrer — disse ele.

— Não, meu senhor. Não quis dizer isso. Não quis dizer nada além do que de fato disse, que após esta noite não nos veríamos mais. Nunca me vali de charadas para falar com o senhor, nem tive a menor intenção de enganá-lo — respondeu ela.

— A senhora pode negar que já sabia que eu ia ser envenenado? — perguntou Kiyori, contemplando a tigela de sopa de peixe vazia. — Foi a sopa, não foi? Quem é o meu assassino?

— Eu sei de muitas coisas. Confidenciei apenas uma pequena parte do meu conhecimento ao senhor. Acaso preferiria que eu lhe contasse sobre cada acontecimento futuro de sua vida, seus triunfos, tragédias, proezas e decepções? A hora, o local e o modo como haveria de perecer?

Kiyori negou com a cabeça.

— A senhora tem razão, como sempre. Já soube mais do que gostaria de saber. Saber ainda mais teria tornado insuportável um fardo já pesado.

— O senhor o suportou bem, Senhor Kiyori. Com nobreza, coragem e dignidade.

— Será? — Apoiou-se pesadamente em um dos lados de seu corpo. Ainda respirava sem dificuldade. Porém, seus músculos estavam começando a enfraquecer. Não conseguiria manter-se de pé por muito mais tempo. — Quem me matou? A víbora do Xogum, Kawakami, o Olho Vivo?

Sempre de joelhos, Shizuka avançou graciosa até ele. Inclinou-se, como se descansasse as mãos gentilmente em seu ombro e braço. Não podia tocá-lo, assim como ele não podia retribuir seu toque.

— Não se preocupe. Fique em paz. Siga o fluxo da sua respiração — aconselhou Shizuka.

— Se foi Kawakami — continuou Kiyori, teimando no assunto —, então deve ter infiltrado um traidor entre nós. Genji corre perigo. Preciso avisá-lo. — Não podia mais ficar de pé. Arrastou-se até a alcova, onde guardava papel, tinta e pincel.

— Kawakami não está envolvido — assegurou Shizuka — e Genji não corre perigo. A pessoa que o envenenou estará morta antes de o novo ano ficar velho. — Não lhe disse que seu filho Shigeru era o responsável, nem que ele havia enlouquecido e que o assassinato de Kiyori era apenas o primeiro dos crimes abomináveis que ele cometeria naquela mesma noite. A profecia que ela lhe revelara, a mesma que ele confidenciara ao Senhor Nao havia muito tempo, seria quase completamente cumprida. Naquela noite, depois de todo o sangue derramado, os únicos Okumichi vivos seriam Genji e Shigeru. E, em breve, apenas Genji.

Kiyori avançou de joelhos por alguns metros até lhe faltarem as forças. Deitou-se de costas e fitou o teto. Até mesmo piscar os olhos estava difícil.

Shizuka foi ajoelhar-se ao seu lado.

Ele olhou para ela e indagou:

— Genji estará seguro...

— Sim.

— O nosso clã vai perdurar...

— Sim.

— Vamos derrubar o Xogum Tokugawa...

— Sim.

— A senhora não está dizendo isso apenas para que eu morra com uma ilusão de felicidade, está?

— Não, meu senhor. Jamais faria algo assim.

Kiyori começou a ofegar. O peso do seu próprio corpo começava a esmagar os músculos cada vez mais inertes do seu diafragma.

— Diga-me. Uma última pergunta. Quem é a senhora?

— A sua amiga fiel, meu senhor, assim como o senhor foi o meu.

— Eu gostaria de saber... — Cada vez que recobrava o fôlego era uma imensa vitória. Não conseguiu dizer o que gostaria de saber.

Shizuka aproximou-se ainda mais. Se pudesse, gostaria de tomá-lo em seus braços e confortá-lo em um abraço de despedida.

Ele tentou falar, em vão. Foi seu último suspiro.

Os olhos de Shizuka encheram-se de lágrimas. Era tola por prantear o Senhor Kiyori, um homem cuja morte ela testemunhara, mas que só nasceria quinhentos anos depois.

O que mais poderia fazer? Era uma mulher que contemplara o arco completo da vida de um homem. Como podia conter suas lágrimas?

1308

Shizuka lutava para esquecer do mesmo modo que as outras pessoas esforçavam-se para recordar. Tendo nascido sabendo de tudo ao mesmo tempo, a única chance de compreender sua própria existência era libertando-se da simultaneidade e da onisciência. Os outros tinham a tendência a lembrar de menos. Ela, a esquecer de mais. Sabia que havia um jardim de rosas no castelo, mas esquecera-se da época. Ninguém jamais ouvira falar no Senhor Narihira, que haveria de plantá-las. Ele nem sequer havia nascido. E agora, na torre, não podia subir até o andar que desejava.

Ela parou diante do poço da escada e fitou o teto.

— O que você tem? — perguntou Hironobu.

— Nada. — Agindo com a máxima naturalidade, dirigiu-se até a janela que dava para o sul e olhou a curva da costa litorânea de Shikoku, uma floresta negra contrastando com a luminosidade azulada do Pacífico. Hironobu já ficara preocupado com a sua reação chorosa perante a ausência do jardim de rosas. Ficaria ainda mais se ela ainda perguntasse onde estava o sétimo andar. Sabia que haveria um sétimo andar, pois morreria e daria à luz sua filha nele.

Aquela história de lembrar e esquecer era mais complicada do que ela imaginara. Até então, tinha vivido apenas na Abadia de Mushindo, um único lugar, pequeno e fechado. E até mesmo dentro de seus limites não fora fácil distinguir o passado do futuro ou o presente de um e de outro, assim como lembranças de visões e premonições de pesadelos. Quão mais difícil seria, fora de suas muralhas, onde havia muito mais a ser lembrado e esquecido e muito pouco tempo de vida para fazê-lo.

— A torre não lhe agrada?

— Não, não, não é nada disso, meu senhor.

Hironobu sorriu e tomou-a em seus braços.

— Quando estivermos sozinhos, não precisa me chamar de "senhor".

Ela olhou de relance para os dois guarda-costas, que fingiram não perceber aquela demonstração pública de afeto.

— Deixem-nos — ordenou ele.

— Senhor. — Os homens fizeram uma reverência e deixaram o aposento sem lhe dar as costas.

— Se o castelo não for grande o bastante, posso aumentá-lo para você. Diga-me o que deseja e eu o farei.

— Seu castelo já é bem grande. Não há necessidade de aumentar nada.

Hironobu precisa construir o sétimo andar, e logo. Porém, precisa fazê-lo achando que a idéia é sua, pois, se achar que é dela, se sentirá menos importante. Shizuka não sabe o motivo, apenas que deve ser assim. Grande parte das desgraças que recairão sobre o clã será fruto daquele hábito pernicioso dos homens de conferirem uma importância exagerada às suas existências medíocres. É um hábito comum aos samurais em geral, não apenas ao seu marido. Em sua vida, Shizuka sabe de muitas coisas, mas não pode mudar nada. Por mais que veja além do seu tempo, não pode agir fora do seu escopo.

— Estou aqui pensando — disse Hironobu. Acompanhando o olhar de sua mulher, contemplou as ondas avançando e recuando na costa. — O meu pai construiu esta torre — disse ele, com uma discreta insatisfação na voz. Seria porque os filhos sempre se esforçavam para superar seus pais?

Shizuka encostou-se nele. Sentiu o calor de seu corpo através das roupas. Estava muito quente. Logo, ela estaria muito quente também, assim como seus corpos, unidos, seriam apenas um.

1796

— Sim, Senhor Kiyori — assegurou o arquiteto. — Compreendi tudo o que o senhor deseja.

— Espero que sim — disse Kiyori. Nem mesmo os criados o levavam a sério. Tinha apenas quinze anos e tornara-se Grande Senhor da província havia apenas um mês, após a morte repentina de seu pai.

— Sim, meu senhor.

— Mas?

— O senhor disse que quer construir um outro andar, o sétimo, porque descobriu que antigamente havia um sétimo andar.

— Sim. E daí?

— As suas descrições foram bem claras, meu senhor. Mas seria de grande valia se pudéssemos olhar a planta. Como já disse o Mestre Kung, "uma única imagem pode transmitir mais do que mil ideogramas".

A irritação de Kiyori começou a se transformar em raiva:

— Se eu tivesse a planta, não acha que já teria lhe mostrado?

— Não está com o senhor? Não compreendo. Está com quem então?

— Com ninguém.

— Mas... — O arquiteto calou.

— Vamos, fale.

— Perdão, meu senhor. Devo tê-lo compreendido mal. Pensei que o senhor tivesse dito que viu a planta.

— Não — respondeu Kiyori. Não podia falar a verdade. Era constrangedora demais. — Eu disse que vi o sétimo andar. — O arquiteto piscou e então arregalou os olhos, como se tivesse entendido.

— Uma visão?

— Sim. — Kiyori esperava não ter de entrar em detalhes.

O arquiteto curvou-se até o chão.

— Permita-me parabenizá-lo, Senhor Kiyori, e manifestar a esperança de que nos agracie com muitas outras visões.

— Obrigado.

— Vou dar início à construção, ou melhor, à reconstrução imediatamente.

— Ótimo. Quando estiver pronto para assentar o piso, avise-me para que possa observar de perto.

— O senhor deseja acompanhar esta etapa da obra?

— Sim.

O espectro que o visitara na noite anterior dissera que o piso precisava estar perfeitamente assentado.

Se cometerem um erro, ainda que insignificante, disse ela, o senhor terá a sensação de estar me vendo por baixo do piso, com os pés cortados, ou sobre o piso, como uma aparição flutuante.

Se a senhora é um fantasma, que diferença isso faz?, perguntara Kiyori.

A mente humana tem um limite para aceitar o que parece impossível, respondera ela. Um limite ultrapassado é um convite à insensatez.

— Está bem, meu senhor. — O arquiteto tornou a curvar-se profundamente. — Assim será feito.

A notícia de que o jovem senhor havia herdado o dom de seu pai logo se espalhou. Daquele dia em diante, serviçais e vassalos passaram a olhar para ele de maneira diferente. Quando ele falava, escutavam com atenção. Quando dava uma ordem, obedeciam sem hesitar. Em outros lugares, as pessoas podiam ridicularizar os poderes proféticos dos senhores Okumichi. Mas não na província de Akaoka. O poder do clã regente era fundamentado na capacidade mística da previsão, imprescindível para a sobrevivência e a prosperidade da província.

Em Akaoka, prever o futuro conferia grande autoridade, ainda que o vidente fosse um garoto de quinze anos e a previsão não fosse exatamente do modo que imaginavam. Ele era o supra-sumo da sabedoria.

Assim Kiyori esperava. Afinal, era o único capaz de vê-la, não?

1308, TORRE PRINCIPAL

Shizuka dormia todas as noites nos aposentos do marido ou, quando ele preferia visitá-la, com ele em seus aposentos. O resto do tempo, durante a primeira semana após a sua chegada, passava no andar mais alto da torre.

— Por quê? — perguntara Hironobu. — Você tem damas de companhia que podem jogar com você. Músicos, cantores, poetas, todos à sua disposição. Se quiser andar a cavalo, temos vários. Ou uma carruagem, se preferir.

— Gosto da vista — justificou Shizuka. — Passei dezesseis anos no solo, encerrada entre as paredes de uma abadia. Contemplar este panorama, estando aqui no alto, é uma novidade formidável para mim. Sei que esta torre é um pináculo de guerreiros. Se eu não puder ficar aqui... — Ela sorriu para ele e fez uma mesura.

Hironobu pôs-se a rir.

— Um pináculo de guerreiros? Longe disso. Os samurais Okumichi não espiam seus inimigos de longe. Nem esperam o seu cerco. Não esperamos nada, somos cavalarianos. Os melhores de todas as ilhas do Japão. Quando em guerra, cavalgamos até nossos inimigos. São eles que precisam nos vigiar, pois, quando nos vêem, já é tarde demais.

Na primeira conversa que travaram, Hironobu lhe contara a história de sua conquista do poderoso exército Hojo e sua subseqüente elevação à dignidade de Grande Senhor. Aparentemente, vangloriar-se de suas façanhas era comum entre os samurais, e quando falavam do futuro, faziam-no como se as grandes proezas que juravam realizar já fossem tão reais quanto as antigas. O elemento dominante era o exagero, e não os fatos em si.

Shizuka curvou-se e disse:

— Quão afortunados aqueles que habitam esta província por desfrutarem uma segurança e uma tranqüilidade que são negadas a tantos outros. A guerra está destruindo todo o reino. Mas aqui, em Akaoka, reina a paz.

— Sim — assegurou Hironobu. — Segurança e tranqüilidade.

Shizuka percebeu que ele gostara daquelas palavras. Mais tarde, ele as usaria na história que estava escrevendo. Quando as próximas gerações a lessem, ficariam admiradas com suas realizações, a despeito das circunstâncias nada favoráveis. Todos se perguntariam como um senhor tão exemplar — ainda por cima aquinhoado com o dom de prever o futuro — não se tornara Xogum, nem sequer conquistara toda Shikoku, a menor das três ilhas principais do Japão.

— Posso fazer uma pergunta? Receio ser indelicada.

— Você é minha mulher — disse Hironobu, altivo. — Pode me perguntar o que quiser sem jamais ser indelicada.

— Obrigada, meu senhor. É muito generoso.

Hironobu riu novamente. Sentou-se ao lado dela e passou o braço em volta de seus ombros.

— Você me chamou de "senhor". Estamos sozinhos agora. Não precisa ser tão formal.

Ele deitou a cabeça no espaço entre a nuca e o ombro de Shizuka e respirou fundo.

— Nenhum incenso ou perfume é tão agradável quanto a fragrância do seu corpo.

Shizuka corou.

— Nobu-chan — sussurrou ela, usando um diminutivo infantil do seu nome.

Rouco de desejo, ele trazia na voz o timbre áspero do enlevo sensual.

— Você — disse ele, mergulhando a mão na ampla manga do quimono dela.

Shizuka deitou-se de costas no chão. O rosto de Hironobu sobre ela era pálido, mas suas pálpebras, faces e lábios estavam tingidos de um rubor febril. Parecia estar ardendo em brasa. Acima dele, o teto.

Ela sabia que, em pouco tempo, não seria apenas o teto. Seria o chão do sétimo andar da torre principal.

. . . . .

Depois daquele dia, Hironobu não se incomodou mais com as demoradas visitas de Shizuka à torre.

— Fique o quanto quiser aqui — disse ele. — Se eu tivesse vivido tanto tempo enclausurado em um templo, também apreciaria essa paisagem.

— Você é muito bondoso — disse Shizuka. — Somente homens realmente másculos podem ser tão bondosos.

Ela ia lá para apreciar a vista, como havia dito, mas não a que descrevera.

Ficava sentada meditando, as pernas cruzadas na posição do lótus, as mãos sobre o ventre em um *mudra zazen*, os olhos entreabertos e a respiração tão suave e discreta que dava a impressão de nem sequer estar respirando. Ficava sentada meditando e concentrava todo o seu ser no objetivo oposto. Em vez de libertar-se cada vez mais de seus pensamentos, Shizuka os agarrava, distinguia uma ilusão da outra, arriscava opiniões sem sentido sobre assuntos inúteis e invadia cada vácuo de não-pensamento com conjecturas, imaginações, raciocínios, esperanças, desejos e temores. Acolhia a avalanche sensorial de fome, calor e frio, dor e prazer, doçura e amargura, aromas, gostos, toques e visões — sensações reais, imaginárias, relembradas. O silêncio interno e a serenidade eram varridos pelo alvoroço de dez mil vozes clamando aos brados, ao mesmo tempo.

Esvaziaria sua mente depois. Agora, era fundamental que recuperasse algumas lembranças e premonições que abandonara indevidamente no seu afã de compreender o presente. Durante o seu despertar, confundira os confins limitados da Abadia de Mushindo com a realidade e expurgara de sua consciência o conhecimento de que precisava. Para recuperá-lo, era preciso revisitar sua loucura.

Um súbito calafrio percorreu sua espinha e espalhou-se por suas costas, ombros, nuca e couro cabeludo. Uma entidade consciente entrara no cômodo e pairava atrás dela. Nenhum som ou movimento na escada denunciara a sua chegada. Seria a medonha aparição novamente, voltando para assustá-la, ou a presença furtiva ocultava um perigo mais humano?

Shizuka interrompeu seu processo interno de colher e nomear pensamentos e concentrou-se na presença externa. Pôde reconhecê-la sem virar para trás. Não podia mais ler o pensamento dos outros, uma vez que a sanidade não podia coexistir com tal dom. Mas guardara um de seus atributos: a capacidade de captar intenções. E pela intenção ela sabia de quem se tratava.

— Se fizer isso, Hironobu vai saber que foi você — disse ela.

Ele prendeu a respiração, bem atrás dela. Suas palavras o detiveram a apenas alguns passos de distância.

— Pois que fique sabendo — respondeu Go. — Que me execute. Tomarei a morte como rica recompensa, pois você também estará morta.

Shizuka virou-se para encará-lo. Não trazia nenhuma arma em suas mãos. Será que pretendia atirá-la imediatamente? Provavelmente.

Ela sorriu.

— E quem garante que não posso voar?

— Bruxa — sibilou ele com ódio antes de sacar a sua espada.

— Meu marido não vai matá-lo imediatamente. Antes, vai torturá-lo, depois pregá-lo na cruz.

— Você acha que tenho medo de sentir dor? Não mais do que tenho da morte, e não tenho medo nenhum de morrer. — Go avançou em sua direção.

— Da sua morte, não — disse Shizuka.

Ele parou novamente.

— Ora, general, não posso acreditar que o senhor não tenha levado em consideração as conseqüências de seu ato. Hironobu não há de crucificá-lo sozinho. Seus vassalos, criados e sua mulher irão para o inferno com o senhor. Assim como Chiaki.

A menção ao nome de seu filho drenou todas as forças do corpo de Go. Ele abaixou a espada e deu um passo para trás.

— Hei de matá-la — afirmou ele.

— Sim, eu sei — disse ela. — Mas não hoje.

— Em breve.

— Não, vai ser tarde demais.

— Tarde demais para quê?

— Isso o senhor também só descobrirá tarde demais — disse Shizuka.

Go guardou a espada na bainha.

— Não pense que vou me deixar enganar pelas suas mentiras e falsas previsões. Você não sabe tanto quanto finge saber. Isso é um velho truque de bruxa. — Girando nos calcanhares, caminhou depressa até a porta.

— Eu sei quem eu sou — disse ela.

Go deteve-se e olhou para trás.

— Todos sabem, a não ser os bebês, os idiotas e os lunáticos.

— Eu sei quem você é.

— Todos sabem quem eu sou. Esta província jamais existiria se não fosse por mim.

— Eu sei quem eu sou *porque* sei quem você é — explicou ela. — Como é triste ser um pai que deseja matar sua filha em vez de protegê-la.

— Que você seja para sempre amaldiçoada — praguejou ele. — Assim como todas as bruxas nascidas daquele maldito rio de sangue.

Shizuka ouviu o som de seus passos descendo a escada. Seu pai não voltaria a subir à torre até o último dia de suas vidas.

· · · · · ·

Depois de empenhar-se tanto para esquecer, Shizuka agora se esforçava para lembrar. Sentia-se inclinada a fazer isso por causa do fantasma que assombrava a torre. Apagara de sua memória qualquer coisa que pudesse saber a seu respeito nos dias de conhecimento e loucura.

Quem era ele?

Precisava lembrar-se antes da construção do sétimo andar. Se fosse um amigo, então não precisava mais se esconder dele. Se fosse um inimigo, precisava saber mais sobre ele para defender-se. O fantasma a assustava e ela não estava mais acostumada a se sentir daquela maneira.

Shizuka o vira pela primeira vez no dia em que chegara ao castelo. Estava sentada no aposento do sexto andar da torre, amuada com a ausência de um sétimo, quando escutou um rumor de passos na escada. Um jovem que ela não conhecia surgiu no vão da porta. Não aparentava ter mais de quinze ou dezesseis anos de idade. As espadas em sua cinta pareciam grandes demais para ele. Seu rosto exibia mais sinceridade do que inteligência e mais determinação do que beleza. Estava prestes a falar com ele quando notou que havia algo estranho.

Ele era transparente.

Ele se virou em sua direção e pareceu olhar diretamente para ela.

Shizuka ficou petrificada. Talvez a sua imobilidade, mesclada às sombras disformes do crepúsculo, impedissem que ela fosse vista. Talvez também parecesse transparente para ele e, por estar encoberta pelas sombras, fosse mais difícil de ser vista. Talvez ele fosse apenas uma alucinação.

A aparição passou por ela como se Shizuka não existisse. Quando alcançou a parede, pôs-se a elevar-se no ar, as pernas subindo uma escada que não existia.

Shizuka sufocou um grito, mordendo a mão para contê-lo. Temia que o menor som pudesse chamar a sua atenção. Um pouco antes de alcançar o teto, a criatura disse:

— Senhora Shizuka. Posso entrar?

Aparentemente, recebeu permissão de alguém, pois fez uma reverência e, em seguida, desapareceu no teto.

Shizuka não tinha coragem de se mexer. Queria desesperadamente fugir do que só podia ser uma aparição demoníaca, mas a última coisa que desejava era chamar a sua atenção. Ficou parada, imóvel, tentando ouvir alguma coisa, sem sucesso. Durante vários minutos, permaneceu assim, paralisada de medo.

O crepúsculo deu lugar à noite. A profunda escuridão da lua nova inundou o interior da torre. Apenas alguns raios perdidos de luz escapavam por entre as nuvens, distinguindo uma sombra da outra.

Por fim, seu medo de permanecer venceu seu medo de se mover. Da maneira mais silenciosa que pôde, caminhou até o poço da escada, segurando firme o quimono para que as camadas de seda não roçagassem uma na outra.

Quando finalmente alcançou a escada e deu sua fuga como certa, o segundo espectro apareceu. Era um homem de vinte e poucos anos. Moreno, robusto, com a atitude arrogante e confiante de um homem que já matara outros homens, sem dúvida com as duas espadas que trazia na cinta.

Assim como o primeiro, surgiu da escada.

Assim como o primeiro, era transparente e ignorou a sua presença.

Mas, ao contrário do primeiro, caminhou em sua direção. Shizuka recuou o mais depressa que pôde e por um triz não conseguiu sair de sua frente antes que entrasse no aposento. Caminhou no ar da mesma maneira assustadora que o primeiro, detendo-se e chamando um nome que a deixou sobressaltada:

— Senhora Shizuka. Sou eu.

Como a anterior, aquela criatura também desapareceu no teto.

Shizuka, com as costas coladas à parede, percebeu que estava presa. Não podia correr o risco de descer as escadas. E se encontrasse outro demônio e ele atravessasse o seu corpo? Não acreditava que sua mente estivesse forte o bastante para sobreviver àquela experiência aterrorizante. Mas sabia que precisava sair dali antes que um deles, ou outro que ainda não vira, a descobrisse lá e...

E o quê? A incerteza só servia para deixá-la ainda mais assustada.

Desejava que Hironobu fosse até a torre procurar por ela, mas sabia que ele não faria isso. Seu comentário inteligente, equiparando bondade a masculinidade, obrigava-o, por orgulho, a conceder-lhe a liberdade que ela parecia desejar.

No quarto, próximo ao teto, detectou escuridão movendo-se na escuridão, uma indistinta sombra humana descendo degraus. Ao alcançar o chão do cômodo, caminhou em direção às escadas, onde ela estava.

Não era possível colar-se mais à parede. Qual dos dois seria? Não sabia qual lhe inspirava mais pavor. Diziam que os piores demônios assumiam um aspecto bondoso, para melhor iludir e aterrorizar suas vítimas. Então, o que tomara a aparência mais jovem, o menino, devia ser mais perigoso do que o homem. Quando o fantasma se aproximou, pareceu-lhe de fato o pior dos dois, pois a silhueta de sua forma espectral era menor do que a do guerreiro.

A criatura deteve-se antes de entrar no poço da escada e olhou pela janela. Não estava a dois passos de distância do local onde Shizuka encolhia-se contra a parede. Seu rosto foi banhado pela luz das estrelas. Era o rosto macilento e enrugado de um ancião.

Sem poder conter seu pavor, Shizuka deixou escapar um grito e correu em direção à escada. O choque da visão a precipitou escada abaixo, aos tropeções. Um gemido demoníaco acompanhou-a até lá embaixo. Somente ao atirar-se nos braços de Hironobu foi que ela percebeu que o gemido vinha de sua própria garganta.

— Não os deixem escapar! — ordenou Hironobu.

— Senhor! — Samurais com espadas em punho correram para a torre.

Shizuka sabia que não encontrariam ninguém, pois não havia ninguém lá dentro, além dos fantasmas.

Hironobu a abraçava com força.

— Você está a salvo, Shizuka, está a salvo.

Ela se agarrava a Hironobu, desesperada, sem poder conter a tremedeira que sacudia seu corpo. Não, não estava a salvo. Jamais estaria novamente.

Um pouco antes de gritar, julgou ter visto um terceiro demônio. Mas, no rosto do ancião, reconheceu o menino e o guerreiro. Não eram três fantasmas, mas um só. E ele fizera com que seu aspecto humano envelhecesse em poucas horas.

O que haveria de assombrá-la em seguida? Um cadáver em decomposição?

Uma golfada de bile subiu-lhe pelo estômago. Travou a garganta e segurou a quentura amarga durante o que lhe pareceu uma eternidade, antes que acalmasse dentro de seu peito e descesse novamente.

Hironobu logo arrumou um responsável pelo ataque, que presumia ter sido obra de um ninja contratado por um senhor vizinho de quem ele há muito desgostava. Shizuka não tentou dissuadi-lo. Como poderia? Mesmo que falasse que fora atacada por um demônio e não por um humano, e ele acreditasse nela, nada mais poderia salvar o inimigo que Hironobu escolhera. Uma vez assentada a sua desconfiança, ela crescia até atingir a certeza de uma prova decisiva. Um covarde miserável, capaz de mandar um ninja, não hesitaria em contratar feiticeiros para conjurar um demônio. E, se ele não acreditasse nela, se duvidasse de sua sanidade, isso poderia acabar prejudicando suas reações quando, futuramente, ela lhe revelasse suas profecias. O futuro que ela vislumbrara aconteceria de um modo ou de outro. Mas as presentes conseqüências poderiam ser radicalmente alteradas. Não podia correr este risco. Tinha de deixar o inocente sofrer e ser executado.

Naquela mesma noite, Hironobu mandou mensageiros aos seus principais vassalos. Antes que o sol da manhã secasse o orvalho da relva, ele e mais novecentos samurais montados cavalgaram até o leste para atacar o Senhor Teruo. Àquela altura, a angústia que a aparição do demônio causara a Shizuka transformara-se em febre alta, calafrios, tonteira e uma náusea persistente.

Recolheu-se aos seus aposentos antes do entardecer. Dispensou as damas de companhia. Não podiam fazer nada para impedir as aparições. Assim como as freiras na abadia, não pressentiriam as presenças demoníacas. Veriam apenas o seu comportamento e a julgariam louca. Havia guardas a postos no corredor, do lado de fora do seu quarto. Como Hironobu ordenara que ficassem lá, não podia dispensá-los. Só esperava ser capaz de se conter, para que não pudessem ouvi-la.

Se tivesse coragem, não esperaria o demônio vir ter com ela. Iria até a torre principal atrás dele. Mas não era valente.

Sozinha, tinha medo de ir e medo de ficar, de dormir e de permanecer acordada, de meditar e de entregar-se às alucinações. Nenhum lugar deste mundo nem nenhum estado de espírito poderia lhe oferecer abrigo.

Com a chegada da noite, a febre piorou. Finalmente, vencida pelo mal-estar, o medo e a exaustão, resolveu se deitar. Assim que o fez, começou a alternar os estados de consciência e inconsciência com uma sutileza ilusória. Julgando estar acordada, tentava se mexer e via que não podia. Quando parecia estar dormindo, via-se pensando que estava dormindo, o que só poderia atestar que, na verdade, estava acordada. Mas, ainda assim, não conseguia se mexer. Qualquer movimento estava além da sua capacidade, fosse um imperceptível gesto com o dedo mindinho, uma contração de pálpebras, uma mudança na respiração ou na tensão dos músculos. Enquanto lutava em vão, ouviu um som longínquo, constante e estridente, algo entre um gorjeio e um gemido. Primeiro, pensou que fossem as cigarras cantando. Mas não detectou sua cadência característica. Parecia mais o ressoar final de um gongo no templo, só que, em vez de diminuir, ficava cada vez mais alto, mais penetrante. Seria um arauto do demônio que se aproximava? Tentou novamente exercer qualquer controle sobre seu corpo. Sua calma externa mascarava o pânico que sentia, o terror causado mais pelo receio do que estava por vir do que por dor ou paralisia. Se pudesse ao menos abrir os olhos, ou fechar as mãos em punhos, ou se tivesse voz para sussurrar alguma coisa...

O barulho cessou abruptamente. No mesmo momento, ouviu alguém atrás da porta.

— Por que eu teria medo? É só um quarto, como qualquer outro. — Era uma voz que ela não conhecia, a voz de um rapaz.

1796, A ALA PROIBIDA DO CASTELO DO BANDO DE PARDAIS

— Bem, eu estou com medo — sussurrou a Senhora Sadako. — Vamos para outro lugar.

— Para começar, foi você quem quis vir aqui — retrucou Kiyori.

— Mudei de idéia — disse a Senhora Sadako. Esticou os braços e colocou as mãos levemente em seus ombros. Afagando-o, tentou afastá-lo da porta antes que a abrisse. Na claridade do dia, era fácil achar graça das histórias de feiticeiras fantasmagóricas e malvadas. À noite, com apenas o brilho de estrelas distantes e uma nesga de lua minguante para iluminar a terra, fantasmas e espíritos maléficos não pareciam assim tão impossíveis. — Por favor — pediu ela.

Ele hesitou. A bem da verdade, também estava com medo. Era o único Okumichi de sua geração. O que significava que herdaria o dom das visões proféticas. Pela leitura das crônicas do clã, sabia que as visões haviam surgido para seus antepassados de diversas maneiras e sob diferentes formas, algumas tão horripilantes que os levaram à loucura. Não estaria provocando o destino ao visitar os antigos aposentos da Senhora Shizuka, justo a feiticeira que trouxera o poder da profecia para sua linhagem? Mas o seu desejo de impressionar Sadako era maior do que o seu medo. Por que era difícil dizer. Aos quatorze anos, era um ano mais nova do que ele e aparentava ser ainda mais jovem. Estava longe de ser a menina mais bonita que conhecia. Sua família mal tinha posição social para permitir que freqüentasse a corte de um Grande Senhor. Não obstante, um mero traço de caráter, a sua agradável franqueza, conquistara o seu afeto, bem como a sua admiração. Sempre que Sadako dava uma opinião, ele sabia que era sincera. Por que aquilo o atraía mais do que um rosto bonito, modos sedutores, habilidades íntimas e tiradas inteligentes ele não saberia dizer. Talvez houvesse algo de errado com ele.

— Eu disse que passaria a noite aqui — anunciou Kiyori. — A palavra de um Grande Senhor, uma vez dada, deve ser mantida. — Como era Grande Senhor havia três semanas, estava mais enfático com o seu status do que outrora.

— O senhor não deu exatamente a sua palavra — argumentou Sadako. — Tudo o que disse foi que não tinha medo de passar a noite na ala assombrada do castelo. E eu fui a única a ouvi-lo. E acredito no senhor. Agora, por favor, vamos embora.

— Pode ir, se quiser — disse Kiyori, altivo. — Eu dei a minha palavra, então devo ficar conforme prometi.

Colocando a mão na porta, ele a empurrou. Esperava que estivesse trancada de algum modo que impedisse a sua entrada. Mas ela se abriu com facilidade. A reputação do cômodo era tal que dispensava fechaduras. Padres e freiras limpavam aquela parte do castelo diariamente, de modo que não havia teias de aranha, poeira nem bafio de mofo.

Sadako arquejou e deu um passo para trás diante da porta aberta.

Kiyori examinou o quarto. Não viu nada. Mas as sombras tornavam-no ainda mais escuro do que o corredor onde estavam.

— O que está vendo? — perguntou ele.

— Escuridão — disse ela —, uma escuridão anormal. Por favor, eu imploro, meu senhor, vamos embora.

Sadako jamais o chamava de "meu senhor", exceto nas situações mais formais, quando era absolutamente inevitável. Estava realmente com medo. Aquilo o inspirou a agir com mais empáfia do que sentia. Entrou no quarto e fez menção de cerrar a porta. Como esperava, Sadako entrou depressa, antes que a porta fosse fechada. Colocou uma de suas mãos em seu braço e a outra em seu ombro. Podia sentir o corpo trêmulo da menina pressionado contra o seu.

— Calma, Sadako — tranqüilizou Kiyori, conduzindo-a para os fundos do cômodo. — Nossos olhos vão se acostumar à escuridão. E a lua está despontando, logo vai ficar mais claro.

— Vai ficar mais claro logo se o senhor abrir a porta ou se pelo menos ficarmos perto dela.

— Se eu abrir a porta, vai parecer que estou com medo. Se ficarmos perto dela, a mesma coisa. Pronto. Vamos sentar aqui na alcova.

— Não era aqui que diziam que ficava a cama dela? — Sadako estacou abruptamente. Como estava agarrada nele, Kiyori foi obrigado a parar também.

— É o que dizem. As pessoas dizem muitas coisas. É melhor confiarmos no nosso próprio julgamento e não nos deixarmos influenciar pela tagarelice dos que sabem pouco, mas falam muito. Vamos pelo menos sentar.

— Parece que clareou um pouco agora — disse Sadako, acedendo à sugestão dele e sentando-se. — Mas ainda não dá para ver nada.

— Esquecemos de trazer roupa de cama — disse Kiyori, com estudada casualidade. — Vamos ter de dormir sobre os colchões desguarnecidos. — A confiança que ela depositava nele lhe inspirava um agradável senso de superioridade. Recostando-se, ele esticou as pernas no chão.

E imediatamente mergulhou no impossível. Ao mesmo tempo, foi consumido por um frio petrificante e um ardor febril; o peso da terra o esmagou a um único ponto infinitésimo, enquanto uma leveza paradisíaca o puxava para todas as direções do cosmos; uma dor inconcebível dilacerava seu corpo e um êxtase sublime o libertava.

— Kiyori! — Sadako olhava fixamente para ele. A lua nascente iluminava o medo em seu rosto. — O que houve?

Kiyori não podia responder. Mesmo que pudesse, não saberia o que dizer. Via o momento presente coexistir com inúmeros mundos, incontáveis eras e uma infinita miríade de seres que eram e não eram ele mesmo. Viu o passado e o futuro espraiando-se por uma distância interminável, em direção a um começo sem começo e um fim sem fim, que ele jamais poderia perceber sem que se desintegrasse.

Uma figura etérea feminina saiu de dentro dele, como uma alma apartando-se do corpo. Foi então que ele se deu conta do que havia acontecido. Ela estivera nele, assim como ele estivera nela. Suas longas madeixas desalinhadas caíam pelos ombros dela sobre ele.

Não, não sobre ele.

Dentro dele.

Ela flutuava a um palmo do tapete como um espírito desencarnado e, como tal, permanecia metade nele, metade fora. Os temíveis rumores sobre uma presença fantasmagórica eram verdadeiros, mas nada era como ele havia imaginado.

— Kiyori — disse Sadako, aproximando-se dele, prestes a tocá-lo. Antes que o fizesse, ele falou, mas não com ela:

— Senhora Shizuka — disse ele.

— Senhor Kiyori — disse Shizuka, saindo de dentro dele.

Quando ela saiu, ele desmaiou.

— Kiyori! — Sadako estava assustada demais para tocá-lo. Mas algo precisava ser feito. Ela se levantou, abriu a porta e saiu correndo para buscar ajuda. Não tinha avançado muito quando se deteve. Se mais alguém o visse naquele estado enfraquecido, sofrendo de uma possível loucura temporária — uma vez que falara o nome da antiga feiticeira como se a visse diante de si —, a sua ainda instável permanência no poder poderia ser perdida. Tinha apenas quinze anos, muitos inimigos e poucos amigos.

Virando-se para trás, Sadako contemplou o corredor escuro que dava acesso à ala proibida. Ainda trêmula de medo, pôs-se a caminhar de volta para o local onde Kiyori estava. Ela era a única pessoa em quem podia confiar para manter aquilo em segredo. Se Kiyori não confiasse nela, poderia dar ordens para executá-la, e o seu segredo morreria com ela. Não queria morrer. Mas tinha consciência dos seus deveres. Seu pai não era nenhum nobre, mas era um samurai, e ela, filha de um samurai.

Sadako manteve Kiyori em seus braços até ele finalmente despertar, pela manhã.

— A torre principal. O sétimo andar — disse ele.

— Não existe um sétimo andar, Senhor Kiyori — disse Sadako. Fez questão de dizer seu nome, para o caso de ele ter esquecido.

— Vou mandar construí-lo. É para lá que nós vamos...

Parando de falar, olhou para Sadako. Ela fora testemunha de seu maior momento de fraqueza. Ouvira-o balbuciando coisas para um fantasma. Poderia confiar em seu silêncio? Havia apenas uma maneira de certificar-se de que ficaria calada. Executando-a.

Ou...

Havia uma alternativa.

Podia se casar com ela.

O que era pior? Ele não sabia. Sentia o corpo todo doer, dos pés à cabeça. Precisou de muito esforço para levantar-se do colo de Sadako.

— Por que está rindo, meu senhor?

— Ah, porque a nossa pequena aventura deu mais errado e mais certo do que jamais poderíamos imaginar.

1311

Shizuka sorriu. O rosto de Kiyori estava sereno, apesar de ter morrido envenenado. Não sentira muita dor. Ela estava contente por isso.

Durante sessenta e quatro dos seus setenta e nove anos, o Senhor Kiyori a temera. Porque conhecia o futuro, porque era um fantasma ou a personificação de sua própria loucura, porque aparecia e desaparecia sem avisar. Mas o que mais lhe inspirava medo era o fato de ela permanecer sempre jovem.

Jamais ponderara o quão apavorante devia ser para ela. Aquela primeira noite na torre fora apenas uma premonição. Nos três anos seguintes, o Senhor Kiyori passara de jovem a velho em uma velocidade espantosa, deteriorando-se a olhos vistos como se deuses poderosos e inclementes o tivessem amaldiçoado. Talvez fosse verdade. Podia ser mesmo uma maldição.

Shizuka permaneceu com o cadáver fantasmagórico do Senhor Kiyori até que a sua imagem espectral desaparecesse por completo, pela última vez.

Agora, havia apenas um fantasma na torre principal.

E, antes que o sol tornasse a se levantar, não haveria mais nenhum.

1842

O Senhor Nao não imaginara que um dia regressaria àquele lugar. Se fosse um homem mais religioso, talvez as cinzas de sua filha tivessem algum significado para ele. Como não era, as cinzas eram apenas cinzas. Não acreditava na imortalidade nem na reencarnação em nenhuma de suas formas fabulosamente descritas. Não acreditava que os malfeitores estavam fadados a sofrer em reinos demoníacos nem que os bons e pios fossem recompensados com uma existência angelical em reinos paradisíacos. Também não acreditava que os espíritos dos que já se foram permanecessem em seus restos mortais por toda a eternidade.

A vida era a vida.

A morte era a morte.

E isso era tudo.

Até pouco tempo, a existência de Nao era repleta de vida e das promessas e possibilidades que ela oferecia. Então, de repente, a morte substituíra a vida. Midori, que fora uma criança tão peralta e robusta, tornara-se uma mulher surpreendentemente frágil. Como previra seu amigo, o Senhor Kiyori, ela jamais se recuperou do nascimento de seu primeiro filho, Genji. O parto de seu segundo filho, uma menina, matou a ambas. Em menos de um mês, uma epidemia trazida por caçadores de peles russos devastou a província de Nao. Ele escapou, sem contrair um único resfriado mais grave. Mas sua mulher, seus filhos e seus netos não tiveram a mesma sorte.

Menos de um ano após a morte de Midori, seu genro, Yorimasa, se foi. Suas recém-instaladas cinzas jaziam ao lado das dela. Esperava que aquela formalidade e demonstração de sentimento confortassem alguém, mas, para ele, eram inúteis. Alguns especulavam o que levara

Yorimasa à morte. Nao não estava entre eles. A tristeza de Yorimasa o fizera mergulhar mais uma vez em seus antigos vícios: ópio, absinto e álcool. Não voltara a ser violento. Simplesmente não podia suportar o vazio de uma vida sem Midori. Nao o entendera, pois sentia a mesma tristeza, o mesmo vazio. De certa forma, parecia-lhe inadequado ainda ter um neto para preservar a sua linhagem. Já não se importava mais com a sua linhagem. Imaginava que Yorimasa sentia o mesmo.

Foi encontrado à beira da estrada, com o pescoço quebrado, e o cavalo pastando tranqüilamente, não muito longe. Os indícios apontavam para o óbvio. Entorpecera-se até quedar inconsciente, caíra do cavalo e morrera. Pelo menos uma pessoa não deve ter aceitado esta versão dos fatos, pois pouco tempo depois dezesseis samurais, jogadores e contrabandistas que poderiam ter sido apontados como suspeitos da morte de Yorimasa apareceram mortos. Todos os dezesseis foram executados por um único golpe de espada na parte frontal do corpo, um golpe tão violento que ou os decapitou ou fendeu em dois. Todos pereceram com as armas em punho ou caídas não muito longe de seus corpos. Nenhuma das mortes ocorreu após uma emboscada ou abordagem furtiva. E os rumores apontavam unânimes para Shigeru, é claro, embora nada pudesse ser provado. Não havia testemunhas ou, pelo menos, nenhuma disposta a dar o seu depoimento.

Nao ouviu um roçagar de roupas no vão da porta atrás dele.

— Se nossas vidas não fossem tão longas, talvez as deles não tivessem sido tão breves — disse ele.

O Senhor Kiyori sentou-se ao seu lado.

— Uma coisa nada tem a ver com a outra. Se fosse assim, todos os pais se sacrificariam pelos filhos.

— De todo modo, a idéia de que vivi demais não me sai da cabeça. Quando nasci, o Imperador Chien-lung estava no trono da China e o seu império era poderoso, indestrutível. O embaixador britânico foi ter com ele, e o Imperador disse: "O senhor não tem nada que nos interesse, pode ir embora", após o que o inglês foi sumariamente dispensado. Hoje em dia, os ingleses vêm e vão ao seu bel-prazer e vendem drogas aos chineses para roubar suas riquezas e enfraquecer sua vontade. Os chineses e os ingleses entraram em guerra e a Inglaterra triunfou. É inacreditável, mas é verdade. Estou ultrapassado.

— Nós dois nascemos no mesmo ano — disse Kiyori. — Se você está ultrapassado, também estou.

— Você pode prever o futuro — retrucou Nao —, então nunca ficará ultrapassado.

— Por várias vezes, desejei não poder. De que adianta prever uma tragédia, se não posso impedi-la?

— Você não pediu para prever o futuro. É o fardo que tem a carregar. Já eu, posso abrir mão dos meus. Escrevi ao Xogum, renunciando ao meu título e aos meus direitos.

— Eu imaginei.

— Lembra que quando éramos jovens prometemos um ao outro, e aos nossos ancestrais, que seríamos nós a vingar nossos clãs e a derrubar o Xogum Tokugawa? Acho que esta foi a única promessa que deixei de cumprir na vida.

Kiyori deu uma risada.

— É bem o tipo de juramento insensato que os jovens fazem. Sem dúvida podemos ser perdoados por não cumpri-lo.

Ficaram sentados, em silêncio.

Então, Kiyori perguntou:

— E o que você vai fazer?

— Vou viver de lembranças — disse Nao. — Todos aqueles que amo agora residem apenas na minha memória.

11

A Maldição da Mãe da Feiticeira

Os homens acham que são eles que governam o mundo. Não torne a sua vida mais difícil. Fique quieto e encoraje esta crença.
Conhecer a verdade é sabedoria.
Tagarelar sobre ela é tolice.

AKI-NO-HASHI
(1311)

1882, CASTELO DO BANDO DE PARDAIS

Makoto passou uma boa parte da viagem de Yokohama à província de Muroto pensando o que ia fazer se Genji se recusasse a recebê-lo. Não precisava ter se dado a esse trabalho. Foi recebido imediatamente.

O homem que veio cumprimentá-lo na espaçosa sala de estar tinha aproximadamente a mesma altura e compleição física que ele. Vestia um traje semelhante ao seu — sobrecasaca de lã, camisa branca de seda com gravata preta de seda, calças leves de lã e botas de cano curto com cordões. Usava um tom escuro de cinza, ao passo que Makoto usava preto. A cor e as botas pesadas de montaria que Makoto calçava eram as únicas diferenças significativas no traje dos dois. Naquela fortaleza antiga, imaginara finalmente encontrar um nobre senhor ostentando a indumentária tradicional.

— Fico feliz em conhecê-lo, Makoto — disse Genji, estendendo-lhe a mão. De perto, parecia jovem o bastante para ser um irmão mais velho de Makoto.

O inglês de Genji era praticamente impecável. Seu discretíssimo sotaque não era o típico de um falante nativo japonês, mas sim um que Makoto reconheceu como sendo de Nova York, da parte central do Vale do Rio Hudson, nas proximidades de Albany, se não estava enganado. Seus estudos de lingüística haviam lhe rendido o divertido passatempo de identificar os lugares de origem das pessoas unicamente pelos seus padrões de discurso. Genji devia ter tido um professor daquela região. Se surgisse uma oportunidade, perguntaria a ele depois.

— Obrigado por me receber assim de repente, Senhor Okumichi. Sei que é muito ocupado.

— Eu não diria que vinte anos depois é de repente.

Makoto sorriu.

— Estou surpreso, senhor. Esperava, no mínimo, um certo grau de evasão, ou até mesmo uma negativa completa. Na verdade, uma recusa em receber-me parecia o resultado mais provável.

— Evadir é inútil — disse Genji — e negar, impossível. Olhe para você. Olhe para mim. O nosso parentesco é óbvio.

— Mesmo? O senhor não vê nada de Matthew Stark em mim?

— Na sua audácia, sim, e no modo como mantém a calma em uma situação difícil. Vejo muito de Matthew. Ele o criou, afinal. Como você poderia não ser parecido com ele?

Duas criadas surgiram no vão da porta e fizeram uma reverência antes de entrar. Estavam usando os tradicionais quimonos no lugar das roupas ocidentais que os empregados que o receberam vestiam. Talvez, como um paxá otomano, Genji exibisse modernidades para estranhos, mas preferisse a cultura do despotismo tradicional na sua intimidade. Quiçá o vestuário de nobre senhor que Makoto não vira estivesse à mostra em seus aposentos.

As criadas pousaram a bandeja sobre a mesa.

— Podemos servir o chá, meu senhor? — perguntou uma delas.

— Não, obrigado — respondeu Genji.

As criadas curvaram-se e foram embora. Tanto a sua entrada quanto a sua saída foram discretas.

— A minha mãe também lhe servia assim?

— Ela servia o chá — respondeu Genji — porque pode ser uma demonstração de graça, elegância e beleza. Uma vez que possuía todas essas qualidades em abundância, naturalmente tinha tal inclinação. Mas não gostava muito de carregar bandejas. Não era uma criada, afinal, de modo que não lhe era exigido que fizesse ou gostasse disso.

— Não era uma criada? Pensei que fosse, senhor. Uma empregada deste castelo e do palácio em Tóquio.

— Ah — disse Genji. Caminhou até a janela e fitou o mar.

— Estou enganado?

— O engano foi meu — respondeu Genji.

— Abandonou minha mãe, senhor. Veja bem, não digo isso como uma acusação nem tenho a intenção de julgar os seus atos, apenas constato um fato concreto. Gostaria de saber por quê. Não vim aqui lhe exigir nada, material ou de qualquer natureza, nem desejo que anuncie o nosso parentesco a ninguém ou o reconheça de alguma maneira. Só quero uma coisa. Saber "por quê".

— Admito que não o reconheci como deveria, nem à sua mãe. Espero que concorde que, por mais que tenha sido uma falha, não pode ser equiparada a um abandono. Vocês não foram abandonados. Sempre me preocupei com o seu bem-estar e creio que não lhes deixei faltar nada.

— Perdoe-me, senhor, mas uma discussão semântica não me interessa — disse Makoto. — Continuo querendo saber o motivo, que é, em minha opinião, o único assunto realmente importante.

Genji curvou-se até a cintura, à maneira de um cavalheiro ocidental reconhecendo um bom argumento. Alguém o instruíra muito bem.

— Vou tentar explicar — disse Genji. — A nossa modernização é moda recente e bastante superficial. Ainda somos limitados por crenças absolutamente medievais. Vinte anos atrás, na época em que você nasceu, a situação era ainda mais retrógrada. Não creio que você possa imaginar o quão retrógrada.

Outra pessoa surgiu à porta, desta vez uma menina de uns doze anos de idade. Seu quimono infantil destoava de sua aparência, o que fez Makoto lembrar-se muito de suas irmãs em São Francisco. Como elas, ficava óbvio que um de seus pais não era japonês.

— Por que está usando um quimono? — perguntou Genji em japonês. — Pensei que não suportasse roupas japonesas.

A menina perambulou distraída pela sala.

— Isso foi ontem. Hoje, não suporto roupas ocidentais — explicou ela.

— Entendi — disse Genji. — Venha aqui um instante. Quero que conheça uma pessoa.

A menina guardava uma semelhança com as irmãs de Makoto em sua linhagem mista, mas, enquanto suas irmãs eram apenas bonitas, ela era de uma beleza estonteante. O cabelo era castanho-claro, com luzidios reflexos avermelhados. Seus olhos castanhos pareciam salpicados de partículas douradas. Tinha uma tez acetinada de porcelana, mas isso em nada diminuía a vivacidade e a alegria de suas expressões. Tudo em seu rosto, desde o desenho dos olhos, do nariz, até o modo como se iluminava quando ela sorria, atestava uma extraordinária harmonia entre o Ocidente e o Oriente. Makoto também reconheceu, especialmente no contorno da boca e no modo como sustinha um perene sorriso discreto, uma semelhança com seu pai e com ele mesmo. Ela o fizera lembrar-se de suas irmãs porque, obviamente, era uma delas.

— Shizuka, este é Makoto — disse Genji, em inglês. — Makoto, minha filha, Shizuka.

Shizuka perguntou em japonês:

— Por que você está falando em inglês?

— Seus nomes são japoneses, de modo que não falei tanto assim em inglês — respondeu Genji.

— Pára, pai — admoestou ela. — Suas piadas são sempre sem graça.

— Seu pai está falando em inglês por educação. Sou seu convidado, e minha língua primária é o inglês.

— Você não é japonês? — perguntou ela, em inglês, aparentemente convencida com a explicação de Makoto.

— Tenho sangue japonês, mas nasci nos Estados Unidos e passei a minha vida inteira lá. É a primeira vez que venho ao Japão.

Shizuka examinou-o, pensativa.

— Ah — disse ela —, você é *aquele* Makoto. Agora o estou reconhecendo. Já vi muitas fotografias suas. Somos irmãos.

Makoto olhou para Genji.

— Provavelmente, conto mais do que deveria a ela. Um dos pecados típicos de um pai indulgente — justificou Genji.

— Quer dizer, na verdade, somos meios-irmãos. Temos mães diferentes. Também somos órfãos de mãe, já que tanto a sua quanto a minha morreram no parto.

— Lamento muito pela sua mãe, Shizuka. A minha continua viva.

— Heiko ainda está viva? — perguntou Shizuka, visivelmente confusa. Virou-se para o pai.

Makoto fez o mesmo.

— Quem é Heiko? — perguntou ele.

1862, SÃO FRANCISCO

Jiro e Shoji, debruçados no parapeito a estibordo do *Estrela de Belém*, contemplavam São Francisco por sobre as águas.

— Até mesmo de longe, parece uma terra de bárbaros — comentou Jiro.

— E como poderia ser diferente? — perguntou Shoji. Para falar a verdade, o lugar o fizera recordar bastante a cidade natal de sua mãe, Kobe, a oeste do Japão, com as vagas do mesmo oceano banhando as margens da cidade e os vales verdejantes destacando-se na paisagem. Jamais admitiria isso para o amigo, é claro. E havia sensíveis diferenças. Ali os edifícios eram construídos não só até as encostas, mas também por cima e sobre elas. Aquilo jamais aconteceria em um país civilizado como o Japão, onde os píncaros das montanhas eram respeitados, por ser a residência dos deuses. — Uma terra de bárbaros há de se parecer com uma terra de bárbaros.

Um timbre de voz suave e musical se fez ouvir:

— Talvez seja hora de vocês mudarem seus conceitos. — O tom era amigável, mas a reprimenda era clara.

Reconhecendo sua voz, disseram "Sim, Senhora Heiko", antes mesmo que a vissem.

Sua proximidade pegou-os de surpresa. Minutos atrás, tinham-na avistado do outro lado do navio, conversando com o Senhor Stark e o capitão. Embora seus movimentos sempre fossem delicados, precisos e calmos, não havia dúvida de que podia movimentar-se com muita rapidez e absoluto silêncio quando queria. A história da sua cavalgada pelas montanhas com o Senhor Stark, sua investida noturna contra os guardas do traidor Sohaku e sua destemida ferocidade na batalha do Mosteiro de Mushindo já eram lendárias, muito embora tivessem acontecido apenas um ano atrás.

— Tanto o Senhor Stark quanto a Senhora Emily moraram nesta cidade antes de irem para o Japão. Insultá-la é como insultar aos dois.

— Sim, Senhora Heiko. — Continuaram a curvar-se profundamente, sem despregar os olhos do convés.

Protejam a Senhora Heiko com suas vidas, dissera o Senhor Genji, e honrem-na como honrariam a mim.

Jiro e Shoji, com as mãos e os joelhos apoiados no chão e as cabeças pressionadas sobre o tapete do Palácio do Grou Quieto haviam dito: Sim, Senhor Genji.

Tratem Matthew Stark como tratariam qualquer senhor a meu serviço e lembrem-se de que é meu amigo até que a morte nos separe.

Sim, senhor.

Nos Estados Unidos, o Senhor Stark e a Senhora Heiko hão de colocar em prática planos elaborados para fortalecer o nosso clã. Não deixem de obedecer-lhes, sem hesitar.

Sim, senhor.

— Não foram mandados para nos proteger? — perguntou Heiko.

— Sim, Senhora Heiko.

— E como podem levar a cabo tal tarefa se não desgrudam os olhos do chão?

Erguendo a face, viram Heiko, que lhes sorria. Mesmo repreendendo-os, trazia nos lábios um sorriso belo e cálido, que levantou o ânimo dos dois homens.

— De agora em diante, considerem-se sempre em campo de batalha e diminuam as reverências. Não conhecemos as convenções deste país. Temos de ser cautelosos ao extremo.

— Sim, Senhora Heiko.

Stark foi ter com eles no parapeito.

— Bem, aí está, Jiro, Shoji, o que acham? A primeira cidade americana que vêem.

— Muito bonita, senhor — disse Jiro.

— Tenho a impressão de que cresceu muito desde que parti. Parece-me tão maior em apenas um ano.

— Lembra-me de Kobe — disse Shoji. — As mesmas colinas, também uma cidade banhada pelo oceano.

Stark estava impressionado. Nenhum dos dois possuía especial facilidade para o inglês, mas ambos haviam estudado com afinco durante o ano que passara. Já ele, independentemente do tempo que ficasse no Japão, sabia que jamais seria capaz de dominar a língua como aqueles dois haviam dominado a sua. Como convinha aos samurais, encararam o aprendizado do inglês da mesma maneira como aprenderam a arte de manejar a espada, o arco e o combate corpo a corpo — como uma questão de vida ou morte.

— Sim — disse Stark a Shoji —, percebo a semelhança, agora que você a mencionou. Só que em Kobe não existem construções no topo das montanhas.

— Exato, Senhor Stark. Uma observação perspicaz.

— Até aperfeiçoarem seus conhecimentos, empreguem palavras mais fáceis — aconselhou Heiko, em japonês. — Ou parecerão pretensiosos e envergonharão a todos nós.

— Sim, Senhora Heiko.

Menos de uma hora depois, já estavam no cais. Jiro e Shoji observavam do convés enquanto grupos de cules chineses, junto com outros grupos de trabalhadores braçais americanos, descarregavam o navio.

— Os chineses e os americanos não parecem se gostar — comentou Jiro.

— E nós não gostamos nem de um nem de outro, assim como eles não gostam de nós. É claro que não se gostam — disse Shoji.

O comentário de Shoji parecia ilógico. Antes que Jiro tivesse tempo para refletir sobre ele e responder, Sachiko, a criada da Senhora Heiko, foi ter com eles. Estivera ocupada lá embaixo com a bagagem; era a primeira vez que via a cidade.

— Ora, está mais para um deserto do que para uma cidade — disse Sachiko. — Pensei que este fosse um porto importante.

— E é — disse Shoji. Já havia notado que Sachiko era muito bonita. Agora que, além da Senhora Heiko, era a única japonesa em um raio de doze mil quilômetros, parecia-lhe ainda mais interessante.

Jiro estava pensando basicamente a mesma coisa.

— Não se parece em nada com Nagasaki ou Yokohama — disse Sachiko. — Eu imaginava mais edifícios, mais gente, mais tudo. Não é um país muito poderoso?

— Muito poderoso e muito grande — respondeu Jiro. — Vinte vezes o tamanho de todo o Japão. A maior parte da população está no Oeste.

— É grande como a China?

Sachiko tinha a mesma idade da Senhora Heiko, ou seja, vinte anos. Deveria se casar logo, enquanto ainda estava jovem. Jiro especulava o que o Senhor Genji tinha em mente ao mandar os três para lá juntos — Sachiko, ele e Shoji. Alguém ia ficar sobrando. A não ser que o Senhor Genji não pretendesse deixá-los muito tempo longe do Japão.

— Maior — respondeu Shoji.

— Sério? Maior do que a China? Impressionante.

Jiro esforçou-se para lembrar mais fatos sobre os Estados Unidos. Devia ter prestado mais atenção aos seus estudos. Ao mesmo tempo que era possível que voltassem ao Japão após ajudarem o Senhor Stark a montar um negócio para o Senhor Genji, também era possível que a estada fosse mais longa. Neste caso, seria bom se pudesse causar melhor impressão a Sachiko do que a Shoji. O que mais poderia dizer a ela?

Sachiko olhou para a prancha de desembarque, onde estavam o Senhor Stark e a Senhora Heiko.

— Tenho de ir agora. Mais tarde, você me conta mais — disse ela, apressando-se para ajudar a Senhora Heiko.

— Veja como a Senhora Heiko apóia-se no Senhor Stark — disse Shoji.

— É. Ela ficou doente assim que o navio deixou o Japão.

— E não parece estar melhorando.

— Agora que chegamos ao nosso destino, talvez possa se consultar com um médico. Eles praticam algum tipo de medicina, não?

— Sim, creio que aprenderam com os holandeses, assim como nós — respondeu Shoji.

Em silêncio, observaram Stark, Heiko e Sachiko deixarem o navio. Caminhavam lentamente pelo porto, em direção a uma carruagem que os aguardava.

— Sachiko é encantadora — disse Jiro.

— Cuidado — advertiu Shoji.

— Como assim?

— Ouvi dizer que ela é ninja.

— Ouvi tais rumores sobre a Senhora Heiko, mas não sobre Sachiko.

— Não seja burro. Se a Senhora Heiko é ninja, não está claro que Sachiko também é?

— Uma coisa não tem nada a ver com a outra — rebateu Jiro.

— Veja o nosso caso.

— O que tem o nosso caso? Obviamente, não somos ninjas.

— Não, claro que não. O que estou querendo dizer é que o Senhor Genji é um samurai, de modo que seus servos de confiança também são samurais. Não seria a mesma coisa com a Senhora Heiko?

Observaram os três entrando na carruagem, que partiu em direção à cidade.

— Ela não me parece do tipo violento — disse Jiro, demonstrando mais esperança do que de fato sentia.

— E a Senhora Heiko parece? — perguntou Shoji.

— Não, e é por isso que eu tenho lá as minhas dúvidas sobre esses boatos — disse Jiro. — Não se lembra que o Senhor Hidê ouviu alguns dos homens falando a respeito? Ele os puniu severamente e ordenou que trabalhassem nos estábulos por um mês por estarem falando besteira.

— Se os boatos fossem falsos, não acha que ele teria apenas achado graça e os ridicularizado? — perguntou Shoji.

Jiro não sabia se Shoji realmente acreditava naquilo ou se estava apenas tentando desencorajá-lo de qualquer inclinação romântica em relação a Sachiko, para deixar o caminho livre para ele. Era difícil dizer. O melhor resultado, para todos os envolvidos, era um breve regresso à sua terra natal.

. . . .

— Vamos, deite-se aqui — disse Stark, conduzindo Heiko ao sofá mais próximo. Antes de deixarem o Japão, dera instruções para que a casa fosse construída em uma colina arborizada, fora da cidade. Durante o ano em que estivera fora, a cidade havia crescido, mas a colina permanecia em sua maior parte desabitada.

— Não sou inválida — disse ela.

— Não, não é. Mas não precisa sanar nenhuma emergência no momento nem participar de nenhuma batalha. Deve descansar enquanto pode.

— Tudo o que fiz no navio foi descansar.

— Se não me falha a memória, você também vomitou bastante.

Heiko deu uma risada.

— Foi mesmo, não foi?

— Mas agora já passou.

— Três meses — disse Heiko. — Está mesmo na época.

— Quando o Senhor Genji ficar sabendo...

— Ele não vai ficar sabendo — disse ela. — Não agora.

— Para que adiar? O quanto antes, melhor.

— Não adianta falar com ele antes de termos certeza.

— Certeza do quê? O seu estado está bastante óbvio.

Heiko sorriu.

— Termos certeza de que a criança vai sobreviver. Por que perturbá-lo com algo que pode não dar em nada?

— Eu acho que ele gostaria de saber, Heiko, e saber logo.

— Vamos esperar a criança nascer. Se contarmos agora, ele pode não gostar. Pode ordenar que eu não a tenha.

Stark ficou chocado.

— Ele faria uma coisa dessas? Por quê?

— Ele é um Grande Senhor — disse Heiko. — Como saber o que ele faria? As circunstâncias são delicadas, então é difícil prever como ele haveria de se sentir. O que é certo é que a criança tem mais chances depois de nascida. É menos provável que o Senhor Genji vá ordenar a sua execução do que uma interrupção da gravidez.

— Não tenho a pretensão de compreender o Japão agora mais do que tinha um ano atrás — disse Stark —, mas não posso crer que ele fizesse algo tão bárbaro, tão completamente absurdo. — Stark lutava para acalmar a sua respiração. — De todo modo, agora estamos nos Estados Unidos. Mesmo que ele ordenasse, não há ninguém aqui para executar um ato sórdido desses.

— Jiro e Shoji — disse ela.

— Eu mato os dois antes.

Heiko sorriu para Stark. Como sempre, sua expressão suave e gentil fazia com que perdesse o fôlego.

— Você *me* mataria, Matthew?

Stark fitou-a durante um bom tempo, sem dizer palavra. Quando finalmente decidiu falar, sua voz foi um sussurro ríspido e sua pergunta, uma cuja resposta ele já sabia:

— Você mataria seu próprio filho?

— Obedeceria à ordem do meu senhor.

— Não posso acreditar que ele fosse ordenar isso — repetiu Stark. — Não vejo nenhum motivo.

— Não estou dizendo que ordenaria — disse Heiko. — Talvez ficasse contente. Mas é um Grande Senhor. E os Grandes Senhores têm suas razões, razões que homens comuns desconhecem. É melhor evitarmos riscos desnecessários, não acha?

Os olhos de Stark estavam vidrados e ele não parecia nada bem.

Heiko compadecia-se dele e teria explicado melhor se não estivesse, ela própria, tomada de incerteza.

Mesmo dizendo que a amava, Genji a despachara para um exílio distante. Não o chamara assim, é claro. Entregara uma grande fortuna em ouro aos seus cuidados e a instruíra a estabelecer uma base sólida para o clã nos Estados Unidos. Pedira a Matthew Stark, seu bom amigo americano, que a protegesse e orientasse em sua terra natal. Mas era um fato inegável: estavam agora separados por um oceano de distância, e tudo por ordem de Genji.

Acreditava em seu amor. O modo como a olhava, como a tocava, o tom de sua voz, a expressão de seu rosto — até mesmo a sua respiração sincopada quando dormia ao seu lado —, tudo isso a levava a crer que seu amor por ela era tão forte quanto o que sentia por ele, e para ela não havia nada mais forte em sua vida.

Não obstante, lá estava ela naquela terra estrangeira e ele do outro lado do mundo. Por que a mandara embora? Algum dia viria a saber? E, quando soubesse que ela tivera um filho, o que faria? Mandaria que voltasse? Ou ordenaria a morte da criança, assim como a dela?

Heiko repousou a mão no ventre. Se a criança sobrevivesse — e se fosse menino. Mas não adiantava ficar especulando. Por ora, a única coisa a fazer era esperar e cuidar-se direito. O tempo resolveria todas as questões. O tempo e Genji.

Fechou os olhos e, sorrindo, caiu delicadamente no sono.

Stark não ousava se mexer. Heiko encostara-se nele enquanto dormia. Era tão pequena e delicada, e a viagem tinha sido penosa.

Estava grávida.

Ele mal podia acreditar. Ainda parecia tão menina, jovem demais para enfrentar os perigos mortais do parto. Recém-nascidos morriam quase com a mesma freqüência que nasciam e, amiúde, levavam suas mães consigo. E, além dos perigos inerentes à gravidez, ainda havia a ameaça completamente inesperada que Heiko dissera vir de Genji.

Stark sentiu que corava de vergonha. Perguntara a ela o motivo, mas já o conhecia. Ou, ao menos, uma das possibilidades. Não esperava se apaixonar por Heiko, de modo que não tomara nenhuma precaução. Suas preocupações neste sentido foram todas direcionadas a Emily Gibson, sua colega missionária no Japão. Era uma estonteante beldade loura de dezoito anos, no desabrochar de sua feminilidade. Seus encantos eram tão notáveis que fora fácil para Stark manter-se indiferente. Seu objetivo no Japão era sangrento. Não havia espaço para as distrações do amor. Não se resguardara com Heiko, porque a possibilidade jamais sequer lhe ocorrera. Era japonesa, gueixa e amante do Senhor Genji. Ironicamente, o que lhe despertou o sentimento não foi sua beleza, mas sim sua coragem. Apesar de sua diminuta estatura e fragilidade aparente, em duas ocasiões diversas executara um total de duas dúzias de samurais armados até os dentes apenas com suas mãozinhas delicadas — sem usar revólveres, apenas no corpo-a-corpo, com uma faca, uma espada ou lançando estrelas afiadas, chamadas *shuriken*. Quando se deu conta de que sua admiração evoluíra para algo mais forte, já era tarde demais para negar.

Ele a amava.

Será que Heiko temia a ira de Genji porque ele sabia o que Stark sentia por ela? Será que suspeitava, erroneamente, que ele traduzira seus sentimentos em atos? E se suspeitasse, teria ele a mandado embora com Stark e lhe pedido que cuidasse dela?

Não adiantava ficar especulando. Stark não compreendia os japoneses em geral, e Genji em particular era ainda mais complicado. Mas numa coisa Heiko tinha razão: os motivos de um Grande Senhor eram sempre complexos e tortuosos, impossíveis de se adivinhar. Stark teria de esperar para ver.

Seria Genji capaz de ordenar a morte da criança depois que ela nascesse? O Genji que Stark conhecia era bondoso e gentil, bem diferente, tanto na maneira quanto nos atos, dos guerreiros ferozes que comandava. Se não soubesse de certas coisas, jamais o julgaria capaz de qualquer crueldade. Mas vira um massacre horrível sendo executado por ordem de Genji e ouvira rumores apavorantes de coisa ainda pior. Poucos meses antes, Genji conduzira seus homens para exterminar uma aldeia inteira de camponeses. Mais de cem pessoas — incluindo mulheres, crianças e bebês recém-nascidos — haviam sido brutalmente assassinadas, e ele ainda havia posto fogo na aldeia. Era o que diziam os rumores, e ninguém os negava. Por que ele fizera aquilo, ninguém sabia. Foi uma ordem, e ordens deviam ser obedecidas. Para os samurais, era o bastante.

Stark sabia que, se Genji lhes ordenasse, Jiro e Shoji não hesitariam. Nem Heiko.

Não, nada daquilo iria acontecer. Ele não permitiria que acontecesse. Lutara ao lado dos dois samurais, mas os aniquilaria como pragas se cogitassem de fazer mal ao bebê de Heiko. E quanto a ela? Se ele tomasse a criança para impedir que ela obedecesse a Genji, ela se mataria por não ter sido capaz de cumprir a ordem dele. Tinha de achar um jeito de salvar a criança e Heiko, se algo assim acontecesse. Mas como? Ele não sabia.

Sentiu Heiko descansando contra seu peito. Sua própria respiração acalmou-se e uniu-se à dela, adormecida.

Ainda faltavam seis meses para a criança vir ao mundo. Era cedo demais para se preocupar e talvez estivesse se preocupando à toa. Tudo podia dar certo no final.

Era mais fácil ter esperanças do que acreditar e, mesmo assim, ter esperanças não parecia assim tão fácil.

. . . . . .

Na primeira hora do parto, Heiko começou a sangrar.

O médico disse: "Um pouco de sangue é perfeitamente normal. Não há motivo para preocupação."

Na quinta hora, o fluxo tornou-se mais abundante e a criança ainda não havia coroado.

O médico disse a Stark: "Não posso fazer nada para estancar o sangue até a criança deixar o útero."

Na décima quinta hora, Heiko precisou lutar para permanecer acordada. Os lençóis e toalhas sob ela tornavam-se escarlates mal eram trocados.

O médico disse: "Se ela dormir, vamos perder os dois."

Na vigésima hora, Heiko empurrou com força, o bebê veio ao mundo e ela desmaiou. O recém-nascido, saudável e forte, berrou com todo o vigor dos seus pulmões novos em folha.

O médico disse: "Tentarei salvá-la, Senhor Stark, mas lembre-se que é uma mulher delicada e que perdeu muito sangue."

"Ela tem a coragem de dez homens", disse Stark.

"Sim, senhor, sem dúvida. Mas esta coragem de dez está contida em um ser humano muito frágil", retrucou o médico.

. . . . . .

— Vou chamá-lo de Makoto — disse Heiko. Estava deitada na cama com o menino embrulhado em cueiros e acomodado em seus braços. Dera um filho e herdeiro ao Senhor Genji. Logo, receberiam ordem para voltar ao Japão. — *Makoto* significa "verdade".

Heiko imaginou a folhagem no Japão naquela época, um tom alaranjado que anunciava a chegada do inverno. Sempre gostara do outono; nunca experimentara melancolia ao ver as folhas caindo e as flores de verão fenecendo. Após cada inverno, havia o renascer da primavera.

— Makoto é um belo nome — disse Stark. Lutava para conter as lágrimas, para o bem dela.

Estanquei a hemorragia, dissera o médico, mas apenas porque ela não tem mais muito sangue para perder. Vai começar novamente. Sinto muito, Senhor Stark.

— Ele se parece muito com o Senhor Genji, não acha? — perguntou Heiko.

— Ele é lindo — disse Stark —, assim como a mãe.

Heiko sorriu. Apesar da fraqueza e da palidez extrema, seu sorriso era radiante como o nascer do sol.

— Bajulador — disse ela. Então, com o cenho franzido de preocupação, removeu o tecido do rosto de Makoto. — Não é verdade, é? Ele não se parece mais comigo, parece?

— Por que está fazendo cara feia? — perguntou Stark. — Parecer com você seria uma sorte. Ele seria mais bonito do que os heróis Kabuki que vocês, mulheres, adoram.

— Ele não vai ser um herói Kabuki — disse Heiko. — Vai ser o próximo Grande Senhor de Akaoka. É melhor que se pareça com o pai. Assim, a sua mãe oficial vai gostar mais dele também.

— Ele só tem uma mãe — disse Stark. — Que história é essa de "oficial"?

— Não sou de linhagem nobre — explicou Heiko. Deslizou o nariz na bochecha gordinha e macia do filho. Ele dormia como um anjo. — O Senhor Genji precisa se casar com uma mulher da nobreza. Ela será a mãe de Makoto. — Vendo a expressão no rosto de Stark, ela disse: — Não fique tão triste. Vou poder vê-lo com freqüência. O Senhor Genji vai montar uma residência separada para mim. Pode até me transformar em concubina. Mesmo que não transforme, não faz mal. O meu filho é o seu herdeiro.

Uma hora depois, o sangue voltou a jorrar.

Heiko disse:

— Estou morrendo.

— Não — disse Stark. — Não.

— Traga-me Makoto.

Sachiko levou o bebê adormecido até a cabeceira de Heiko e estendeu os braços para que ela o segurasse. Heiko fez um gesto negativo com a cabeça.

— Segure-o para mim, Sachiko. Não o deixe sentir a proximidade da morte. Cuide dele até o Senhor Genji ordenar que regresse à sua terra natal.

Sachiko tentou responder, mas não pôde. Apertando o bebê contra o peito, caiu de joelhos, chorando copiosamente.

Heiko disse a Stark:

— Não temos medo da morte. Você e eu fomos os seus enviados muitas vezes para temê-la.

— Não — repetiu Stark.

Heiko estendeu a mão para ele.

— Ajude-me a levantar — pediu ela. — Quero ver o Japão.

. . . .

Heiko apoiou-se em Stark no assento da carruagem. Estavam parados no topo da colina que dava para a baía, a oeste do Pacífico.

Embora a manhã estivesse clara, Heiko disse:

— Neblina. Sempre adorei a neblina. Quando vejo esta névoa, quase consigo acreditar que os sonhos mais impossíveis se tornarão realidade.

— Heiko — disse Stark.

Mas ela já não podia mais responder.

. . . .

Ao tornar a entrar em sua casa, Stark sentiu-se como um morto.

Então, foi até o quarto de Heiko e viu Sachiko, ainda no chão, soluçando, com o bebê protegido em seus braços.

Envolveu os dois num abraço.

O bebê acordou e os três desataram em pranto.

1882, CASTELO DO BANDO DE PARDAIS

Makoto estava tão aturdido com a revelação que mal notou quando Genji — ou melhor, seu pai — pediu licença e deixou o aposento. Não só seu pai não era o homem que ele crescera acreditando ser, como sua mãe não era a mulher a quem assim chamara durante toda a vida. Só despertou para a realidade quando se viu de mãos dadas com sua irmãzinha. Estavam subindo uma escadaria estreita.

— Onde estamos indo?

— Encontrar a Senhora Shizuka — respondeu ela.

— Pensei que você fosse a Senhora Shizuka.

— Estou falando da primeira Senhora Shizuka. Minha xará. Você não parece saber nada sobre si mesmo, nem sobre sua família. Isso significa que tem de começar do começo.

— E há um começo? — perguntou Makoto. — Se houver, ficarei muito grato. — A cadeia de mentiras parecia cada vez mais intricada em retrocesso.

— Sempre há um começo — disse sua irmã. — Sem começo, como podemos ter um final? Mas, é claro, ambos são apenas temporários.

— Temporários? Como uma coisa no passado pode ser temporária? Está feita e acabada.

— A mera existência de um começo e um fim não significa que as coisas estejam realmente feitas e acabadas — respondeu Shizuka. — Não ensinaram isso a você nos Estados Unidos?

1308, ABADIA DE MUSHINDO

Dezesseis anos haviam se passado desde que a Senhora Nowaki chegara à abadia com sua criança problemática. Amiúde, durante aqueles anos, a Reverenda Abadessa Suku refletira sobre os acontecimentos que provocaram o degredo. Os gritos e gemidos que emanavam da cela de Shizuka durante todo o dia e toda a noite a levavam à reflexão. Embora sua posição a isentasse das tarefas subalternas, a abadessa encarregava-se pessoalmente da higiene e da alimentação da menina desvairada. Sua capacidade de tocar o seu corpo imundo sem vacilar e suportar as visões e odores mais nauseabundos sem demonstrar sinais de repulsa era muito apreciada por suas colegas reclusas religiosas. Todas concordavam que a abadessa era um autêntico exemplo da compaixão do Buda.

O comportamento de Shizuka não sofreu nenhuma alteração durante dezesseis anos, e durante dezesseis anos a abadessa demonstrou para com ela a mesma bondade invariável. Embora instabilidade e imprevisibilidade fossem leis universais, a abadessa passou a acreditar que três coisas haveriam de ser sempre constantes: a loucura de Shizuka, os pesadelos incompreensíveis que afligiam a ela própria desde que a menina chegara e a sua devoção eterna às orações.

Até que, um belo dia, ela acordou descansada e percebeu que passara a noite sem ter um único pesadelo. Ainda estava contemplando aquele abençoado fenômeno quando duas freiras apareceram, ofegantes, tendo vindo correndo até ela.

— Reverenda Abadessa!

— Sim?

— Shizuka está acordada, Reverenda Abadessa.

Ela soube, imediatamente, o que a freira queria dizer. Não ouviu nenhum som de lamúrio insano vindo daquela ala da abadia. Shizuka só ficava quieta quando estava dormindo, e mesmo então, nem sempre. Jamais ficava quieta quando estava acordada.

A abadessa fechou os olhos. Entoou uma prece silenciosa de gratidão diante da possibilidade de Shizuka ter se curado da loucura. Estava prestes a se levantar quando atinou para a coincidência. Shizuka ficara silenciosa no mesmo dia em que se vira livre dos pesadelos. Estaria uma coisa relacionada à outra, e, se estivesse, seria uma ligação sinistra? Tornou a fechar os olhos e fez outra oração, suplicando a especial proteção das divindades guardiãs, caso a loucura tivesse assumido uma forma mais silenciosa, mas ainda mais perversa. Depois, acompanhou as freiras até a cela de Shizuka.

A menina estava prostrada no chão, observando-as em silêncio enquanto entravam. A abadessa jamais vira os olhos de Shizuka tão concentrados nem seus modos tão semelhantes aos de uma pessoa normal.

— Bom-dia, Shizuka — cumprimentou a abadessa.

Shizuka não respondeu, continuando a fitar a abadessa com tranqüilo interesse. Tomando-a pela mão, a abadessa levou-a para o banho, lavou-a e vestiu-a com roupas limpas. A recuperação só durou até o final do ciclo menstrual; uma vez terminado, ela mergulhou outra vez em seu antigo caos.

No mês seguinte, durante o fluxo do sangue, ela conseguiu prolongar por mais tempo sua lucidez. No terceiro mês, agarrou-se à realidade com ainda mais firmeza. No início, ainda era preciso trocar a sua roupa e lavá-la várias vezes ao dia, já que não compreendia a necessidade de ir ao banheiro. Mas aprendeu em menos de uma semana. Quando chegou o outono, um visitante poderia tê-la tomado por uma freira qualquer, salvo pelo fato de ser mais jovem, completamente muda e mais dada à contemplação do que às tarefas diárias das outras residentes. Passara da insanidade escandalosa a uma sossegada parvoíce. Ela já não gritava, chorava e encolhia-se de medo à toa, embora algumas vezes se desligasse por completo como antes e ficasse absolutamente imóvel, os olhos quase fechados, como se estivesse alhures. Algumas vezes parecia compreender o que lhe diziam, outras não. E, embora tivesse melhorado bastante, estava longe de ser como as outras. Em algumas noites, a abadessa ia verificar como ela estava e a encontrava sentada na cama, de olhos abertos, fitando o nada.

A aparente ligação entre a recente sanidade de Shizuka e o início dos seus ciclos menstruais preocupava a abadessa. Não sabia se era uma preocupação pertinente ou se apenas lhe ocorrera devido a uma antiga superstição que associava o sangue das mulheres à bruxaria.

Estava chegando a época da visita anual de outono da Senhora Kiyomi. A viúva do Grande Senhor de Akaoka, mãe do atual, era um dos dois principais patronos da Abadia de Mushindo. O outro era o Senhor Bandan, governante de Kagami, que nunca visitava a abadia. Naquele ano, a Reverenda Abadessa Suku estava especialmente ansiosa para receber a Senhora Kiyomi. Assim, ela poderia testemunhar a cura milagrosa realizada pela infinita compaixão do Buda, dezesseis anos de oração incessante e a generosa ajuda que ela enviava de longe.

Mas, quando chegou ao portão da abadia para receber a comitiva da província de Akaoka, ficou decepcionada ao perceber que sua nobre patrona não estava entre eles. O Senhor Hironobu, seu filho, viajara sem ela.

— Na verdade, vim em seu lugar — disse ele. — Lamento informar que minha mãe está à beira da morte. Os médicos disseram que não vai sobreviver até o inverno. Só vim mesmo porque ela insistiu. Vou acampar diante da muralha esta noite e voltar para casa amanhã cedo.

— Vamos recitar sutras por ela — disse a abadessa.

Seu pesar era deveras profundo. O destino interviera com implacável crueldade. A Senhora Kiyomi jamais poderia gozar os frutos de sua bondade com Shizuka. Ficaria sabendo pela carta que a abadessa enviaria por seu filho, mas não teria a satisfação de ver a recuperação milagrosa de perto.

— As regras da abadia não permitem a entrada de homens sob nenhuma condição. Por favor, aguarde aqui. Vamos tomar chá juntos no portão, o senhor do lado de fora, e eu do lado de dentro — disse ela.

Uma das freiras mais antigas aproximou-se da abadessa. Inclinando-se, ela falou baixo para não ser ouvida pelos samurais:

— É aconselhável, Reverenda Abadessa? O portão sagrado impede que Mushindo seja invadido pelo mal. Colocarmos um baldaquino sob ele e o dividirmos pela metade é negar sua existência. Os demônios não podem deixar de notar esta vulnerabilidade.

— O baldaquino não é grande e o arranjo é apenas temporário — respondeu a abadessa.

Lamentava muito a doença da Senhora Kiyomi, mas estava contente com a melhora de Shizuka. Em seu peito, estas emoções existiam em uma impossível simultaneidade. Uma maré não pode estar alta e baixa ao mesmo tempo. Foi esta confusão que a levou a insistir no convite. E se arrependeria de seu lapso pelo resto da vida.

Freiras de um lado e samurais do outro montaram o baldaquino, serviram o chá e ficaram de serviço. Seus rostos mascaravam o desconforto que sentiam. Todos acreditavam no que a freira havia sussurrado para a abadessa. Somente ela e o Senhor Hironobu pareciam confortáveis. Recordavam o passado, que parecia mais remoto para ele do que para ela, por ser consideravelmente mais jovem. Quando Suku foi nomeada abadessa do templo, Hironobu era apenas um menino de oito anos.

— Lembro-me de ter subido naquela pedra e de ter sido admoestado por Go por me tornar um alvo fácil para os assassinos. Não sei se a senhora se lembra de Go, o meu guarda-costas. Ele só esteve aqui comigo e minha mãe aquela vez, e acho que não conheceu a senhora.

— O senhor ainda era um menino — disse a abadessa. Desviou o olhar, perdendo-se em suas lembranças. — Mas já havia conquistado duas grandes vitórias. A Senhora Kiyomi estava muito orgulhosa do senhor.

— Eu me lembro. Bem, lembro o que aconteceu ou estou lembrando algo que imaginei? — Hironobu riu. — Não somos testemunhas confiáveis de nossas próprias vidas.

A abadessa virou-se para responder e notou que Hironobu interrompera o gesto de levar a xícara de chá à boca, petrificado. Olhava para algo atrás dela, no pátio do templo.

Seus olhos reluziam.

Uma súbita tensão nos músculos de sua mandíbula endureceu sua fisionomia.

Trazia os dentes trincados entre os lábios entreabertos.

Inalou o ar com vigor.

Tinha a respiração encarcerada nos pulmões como se estivesse prestes a mergulhar em águas profundas.

A abadessa virou-se e viu Shizuka caminhando até eles. Olhou de volta para Hironobu, que continuava transfigurado. Quando volveu os olhos novamente para Shizuka, ouviu Hironobu exalar um suspiro longo e admirado. Então, viu Shizuka pelos olhos dele.

Vestindo um pardacento hábito de freira, uma jovem movendo-se com encanto sobrenatural. De dentro do capuz surgia um rosto pálido, mas vívido como a luz do luar. As mãos que escapavam pela extremidade das mangas eram pequeninas, e os dedos — longos, delgados e femininos — não eram muito diferentes das representações do próprio Buda. Os olhos eram grandes demais para que pudessem ser considerados bonitos, mas, ainda assim, fascinantes. O nariz era bem-feito, mas pequeno e discreto. A boca pequena e carnuda ficava acima de um queixo que completava com perfeição o contorno oval de seu rosto.

Ao vê-la pela primeira vez daquela maneira, a abadessa ficou atordoada demais para agir rápido como deveria. Antes mesmo que pudesse articular algum som, antes que pudesse ordenar que uma freira a levasse embora, Shizuka já estava ao lado do baldaquino. Ela olhou para Hironobu e seu rosto se iluminou, como se o reconhecesse.

Shizuka sorriu e disse:

— *Anata*. Você.

Houve um murmúrio entre as freiras e os samurais. Era a primeira palavra que Shizuka falava em sua vida, mas não era este o motivo da perplexidade geral. "Anata" era uma palavra familiar demais para uma freira, ou até mesmo para qualquer outra mulher, dirigir a um homem que acabara de conhecer, ainda mais a um senhor. Para piorar as coisas, ela a pronunciara com uma dicção suave, prolongando as vogais com um discreto cecear feminino, de um modo que remetia ao seu emprego na alcova, quando, em determinadas circunstâncias, uma única palavra era capaz de expressar o supra-sumo da intimidade.

— Shizuka — disse a abadessa. Levantando-se, interpôs-se entre eles. — Volte para o templo agora. — Sem serem solicitadas, duas freiras vieram ajudá-la, cada qual tomando um dos braços de Shizuka com firmeza e imediatamente levando-a embora. — Perdão, meu senhor. A menina não está bem. Ela não sabe o que diz.

— Shizuka — disse Hironobu. — Aquela era Shizuka? — Ele continuou a olhá-la até ela entrar no templo e desaparecer de sua vista.

— Ela é louca, meu senhor. Está conosco desde que nasceu e há de permanecer conosco até morrer.

— Quando eu era criança, todas as vezes em que visitava este lugar com mamãe, urdia um plano para vê-la. Os rumores eram absurdos. Algumas pessoas chegavam a dizer que ela não era sequer humana, ou pelo menos não por inteiro. Meus amigos e eu ficávamos especulando como deviam ser seus pêlos. De texugo, urso ou raposa.

— Pois é como se ela fosse de fato metade texugo ou raposa. Não fala coisa com coisa, é incapaz de tomar conta de si mesma, sequer de executar os atos mais básicos de higiene. Em alguns dias, está tão desequilibrada que temos de mantê-la isolada. E temos de limpá-la, porque ela se emporcalha toda — disse a abadessa.

— Que tristeza — lamentou Hironobu.

A Reverenda Abadessa Suku esperava que suas palavras o desencorajassem.

Em vão.

Hironobu partiu no dia seguinte bem cedo, conforme havia anunciado. Mas a carta que enviou à abadessa, comunicando a morte de sua mãe, foi prontamente seguida pelo próprio Hironobu. A desculpa para retornar eram as cinzas da Senhora Kiyomi, que trazia consigo.

— Gostaria que suas cinzas ficassem no templo de Mushindo por cem dias — disse Hironobu. — Após este período de bendição, voltarão para o columbário do Bando de Pardais.

Curvou-se e depositou a urna sobre a mesa à sua frente. Como da outra vez, encontravam-se ao ar livre. Daquela vez, porém, o baldaquino sob o qual sentavam fora montado fora das muralhas da abadia, longe do portão ou de qualquer outro lugar de onde pudessem ver o terreno.

— Assim será feito, meu senhor — disse a abadessa, aceitando a urna com uma profunda reverência. — Os sutras serão recitados sem cessar durante cem dias. Contudo, sua santa mãe não precisa disso para garantir um renascimento benéfico. Suas próprias ações caridosas ao longo da vida já são suficientes.

— Obrigado, Reverenda Abadessa.

— Após os cem dias, eu lhe devolverei a urna pessoalmente. — Desde sua nomeação, a abadessa jamais deixara o templo por mais de algumas poucas horas. No entanto, sua relutância em travar contato com o mundo era menor do que o medo de que Hironobu lhes fizesse mais uma visita. Quanto mais próximo estivesse de Mushindo, maior o risco de ele e Shizuka tornarem a se encontrar. O primeiro encontro, embora tivesse durado apenas alguns breves segundos, parecera-lhe assustadoramente pressagioso.

— Agradeço mais esta gentileza, Reverenda Abadessa. Mas não será necessário que a senhora empreenda uma viagem tão penosa. Hei de permanecer aqui até que os cem dias tenham chegado ao fim.

— Meu senhor?

Hironobu fez um gesto vago para a floresta que os cercava.

— Durante a minha última visita, conheci o inesperado deleite de desfrutar a natureza em seu estado mais primitivo. Certamente, deve ser mais próxima dos deuses do que as florestas podadas e cultivadas do sul. De modo que decidi construir um pequeno abrigo e encetar uma espécie de retiro bucólico.

— Pelo que sei, as florestas montanhosas de Shikoku estão entre as mais pitorescas do reino. Não tragaram exércitos invasores inteiros? Como podem se comparar a estas modestas colinas e arvoredos? — perguntou a abadessa.

Sua voz calma escondia sua completa ausência de serenidade. O que atraíra o interesse de Hironobu não foram os pinheiros, o riacho ou a paisagem do vale. Seus olhos não fugiam para o portão enquanto conversavam. Não olhara naquela direção sequer uma única vez. Somente tendo o pensamento fixo no portão ele seria capaz de evitá-lo. Para a abadessa, isso já era por si só uma prova do seu verdadeiro desejo.

— As pessoas costumam exagerar sobre a beleza natural de Shikoku — disse Hironobu.

— E a sua província? Os inimigos não vão fomentar discórdia durante uma ausência tão longa?

— Não com Go no comando. Ninguém ousaria.

— E o próprio Go?

— Ele me protegeu e orientou como um segundo pai desde minha mais tenra infância. Para mim, não confiar nele é como duvidar de que o céu e a lua hão de permanecer no céu e a terra sob meus pés.

— Os terremotos amiúde arruínam a nossa terra — disse a abadessa. — Talvez haja uma lição a ser tirada daí.

Hironobu deu uma risada.

— Bem se vê que não sou nenhum poeta. Minhas imagens não traduziram bem o que quis dizer.

Uma vez que Hironobu não fazia menção de ir embora, a abadessa lançou mão de seu único recurso. Designou freiras para vigiarem sem cessar o portão do templo e o corredor que dava acesso à cela de Shizuka. Jamais deixavam Shizuka sozinha. E, à noite, trancavam sua cela.

Os dias transcorreram sem incidentes, semanas se passaram. O som dos sutras sendo entoados jamais cessava. A abadessa começou a achar que suas suspeitas haviam sido exageradas.

Encontrava-se com Hironobu uma vez por semana, fora das muralhas do templo. Falavam apenas da Senhora Kiyomi. Hironobu parecia muito à vontade. Talvez os bosques vizinhos estivessem de fato mais próximos da Criação do que os das áreas mais populosas do reino. Talvez as bênçãos dos deuses os protegessem.

Uma noite, ao despertar, ela percebeu que já se encontrava sentada na cama. Um suor gélido encharcava suas roupas. Seu corpo ardia em febre. Não se lembrava de ter tido um pesadelo, apenas estava tomada de um temor agudo que não a deixava. Levantou-se depressa e, sem mudar de roupa, correu até a cela de Shizuka. A fria noite de outono penetrava seu quimono ensopado e seu corpo febril, atingindo o tutano de seus ossos.

A freira que estava de sentinela do lado de fora do quarto estava sentada na posição do lótus, mas sua cabeça pendia para um dos lados e um discreto ressonar marcava o compasso de sua respiração adormecida.

A porta da cela estava entreaberta.

Shizuka não estava lá dentro.

A abadessa correu para fora do templo, atravessando o pátio, cruzou o portão e foi direto para a cabana que Hironobu construíra na parte mais densa da floresta, entre a Abadia de Mushindo e o regato de inverno que naquela estação ainda não era mais que uma cascata de pedras lisas.

Hironobu não estava lá. Nem Shizuka. Nem os samurais que o acompanhavam.

A abadessa olhou para todas as direções. Não viu nenhuma trilha, nada que denunciasse uma caminhada recente. Desesperada, jogou a cabeça para trás e olhou para os céus.

O pálido crescente da lua nova lançava raios fantasmagóricos em sua direção.

· · · · · ·

A abadessa não viu nada. Ouviu um alarido de vozes à sua volta.

— Ela vai morrer — soluçou alguém. — O que vai ser de nós?

— Vamos continuar trilhando o caminho do Buda.

— O que estão dizendo? Sem a Reverenda Abadessa Suku, não tem caminho nenhum. O Senhor Hironobu e o Senhor Bandan vão nos abandonar.

— Ela tem razão. Mushindo fica longe de suas províncias. Eles só se interessam por um lugar tão distante por causa da Reverenda Abadessa.

Lembrou-se de ter olhado para o alto, à noite. Abriu os olhos. Estava em seu quarto, com as freiras agrupadas em volta de sua cama. Muitas estavam chorando.

— Reverenda Abadessa!

— Shizuka — disse a abadessa.

— Ainda é noite, Reverenda Abadessa. Ela está na cela.

— Mostre-me. — Tentou se levantar e descobriu que a tarefa requeria muito mais força do que ela dispunha. Duas freiras praticamente a carregaram dos seus aposentos até os de Shizuka. A freira que cochilava estava bem desperta. — Deixe-me ver.

As freiras a ergueram até a pequenina janela de observação. Shizuka estava dormindo de lado, virada para a parede.

— Quem me levou até o meu quarto?

— Reverenda Abadessa?

— Do bosque. Quem me trouxe de volta ao templo?

As freiras entreolharam-se.

— Reverenda Abadessa, ouvimos a senhora gritando em seu quarto, por isso fomos até lá. A senhora estava febril, alternando-se entre o sono e a vigília, sem conseguir se manter nem em um estado nem no outro. Estamos lhe fazendo companhia há horas.

Aquilo cheirava a embuste. Embuste, tortura e logro. As freiras eram inocentes, não foram cúmplices. Tinham apenas sido enganadas. Hironobu fora enfeitiçado. Shizuka estava lançando mão de seus recém-descobertos poderes do mal para fugir daquele lugar sagrado e desgraçar o mundo. A abadessa não se deixava enganar. Sabia que tinha estado na floresta, que não era sua imaginação. Sob o feitiço de Shizuka, Hironobu carregara a abadessa de volta ao seu quarto. Ocultos pela invisibilidade da feiticeira, não haviam sido vistos por ninguém. Pelo mesmo motivo, a abadessa não vira nem Shizuka nem Hironobu quando fora até a cabana. Estavam escondidos por um feitiço.

— Ela morreu! — ouviu uma das freiras exclamar.

— Não, desmaiou novamente — disse uma outra.

— Será que é a peste?

— Não parece. Acho que é uma febre cerebral. O meu primo teve. Ficou doido e nunca mais se recuperou.

A abadessa não viu nada. Apurou a audição. Ouviu o som de soluços distantes morrerem no silêncio. Continuou escutando por um longo, longo tempo, mas não pôde ouvir nada além das batidas do seu próprio coração.

· · · · · ·

Mais tarde, naquela mesma noite — ou teria aquela noite dado lugar a outra? —, a abadessa despertou. No lugar de sua prévia agitação, sentiu uma grande calma. A solução ocorrera-lhe involuntariamente. Havia duas maneiras de garantir que Shizuka não escapasse. A primeira era matando-a. Mas isso era algo que a abadessa não podia fazer. Todas as discípulas do Ser Compassivo haviam jurado jamais tirar qualquer vida, fosse humana ou animal. Teria de apelar para a segunda alternativa.

Escapou furtiva de seu quarto. Não podia ir até o salão de meditação, pois ainda estavam recitando os sutras para a Senhora Kiyomi. Foi até a cozinha e sentou-se na posição do lótus. Ficou meditando até que a primeira luz tênue assinalasse a iminente passagem da hora do coelho para a hora do dragão. Então, levantou-se e foi até a cela de Shizuka. Levava consigo da cozinha uma faca comprida que costumava usar para fatiar legumes.

A abadessa salvaria Shizuka da maldição retalhando a sua beleza, pois, sem ela, Hironobu não haveria mais de desejá-la — nem qualquer outro homem. Shizuka permaneceria na abadia, que era o seu lugar. A abadessa cortaria a língua de Shizuka, pois ela começara a falar, e uma bruxa não profere senão mentiras. Shizuka ficaria muda novamente, como devia. A abadessa a deixaria cega, pois a visão só lhe trouxera delírios. Cega, mergulharia mais uma vez em sua antiga agonia, mas não seria mais vítima das ilusões. A abadessa continuaria a tomar conta de Shizuka, como sempre fizera, com paciência e compaixão, até o fim de seus dias.

Era assim que devia ser. O coração da abadessa estava firme, despido de dúvidas, assim como a mão que segurava a faca.

— Reverenda Abadessa.

A freira de sentinela do lado de fora da cela de Shizuka fitou-a assustada. Seus olhos pulavam do rosto da abadessa para a faca em sua mão. Ficou de pé.

— Reverenda Abadessa — repetiu ela.

A abadessa não respondeu. Passou direto pela freira, escancarou a porta e entrou na cela. Caminhou na escuridão até a cama da jovem adormecida, ajoelhou-se e puxou a coberta.

Shizuka já estava acordada. Ela olhou para a abadessa e pronunciou sua segunda palavra:

— Mamãe — disse ela.

A abadessa deu um passo para trás. Sentiu mãos a agarrando. Ouviu exclamações. Viu a faca cair de sua mão.

. . . .

Estavam do lado de fora do portão da Abadia de Mushindo. Todas as freiras estavam lá. Assim como o Senhor Hironobu, Shizuka e vários samurais montados em belos cavalos de batalha. A Reverenda Abadessa estava sentada em silêncio, ouvindo a conversa. Estaria mesmo ali ou sonhava? Não tinha certeza. Convinha ficar calada e escutar.

— Foi uma sorte o senhor estar aqui quando a tragédia se deu — disse uma freira.

— Ainda bem que eu estava — disse Hironobu.

— Tanta coisa aconteceu nestes cem dias — disse a freira. — Há tanto para comemorar e tanto para lamentar. Mas o mesmo não pode ser dito de cada passo no caminho do Buda?

— Fiquei contente por ela estar melhorzinha e poder comparecer ao casamento — disse outra freira. — Acho que ela gostou.

— Pergunto-me se algum dia ela voltará a falar — disse outra.

— É lamentável que ela tenha perdido a capacidade de falar justo quando a senhora recuperou a sua, Senhora Shizuka.

— Sim — assentiu Shizuka. — É de fato lamentável.

Uma das freiras suspendeu uma caixa embrulhada em um tecido branco e ofereceu-a a Hironobu.

— Que a Senhora Kiyomi possa gozar eternamente a paz do Ser Compassivo — desejou ela.

A tropa preparava-se para partir. Hironobu ajudou Shizuka a acomodar-se na sela do cavalo antes de montar no seu.

— Que vocês sejam abençoados com saúde, prosperidade e todas as riquezas da vida familiar, meu senhor e minha senhora — disse uma das freiras. Todas as outras fizeram uma reverência.

A abadessa ficou de pé.

— Que vocês e toda a sua linhagem sejam amaldiçoados com beleza e talento para sempre — disse ela.

— Reverenda Abadessa!

— Sinto muito por ela — lamentou Hironobu para Shizuka. — Se eu pudesse fazer mais alguma coisa para garantir o seu bem-estar, eu o faria.

— Esta maldição... — disse Shizuka.

— Ela está louca — disse Hironobu. — Beleza e talento são bênçãos, não maldições.

Shizuka não disse nada. Olhou para a abadessa e seus olhares se encontraram. Nenhuma delas desviou o olhar enquanto a comitiva se afastava. Hironobu podia não saber das coisas, mas a abadessa estava certa de que Shizuka conhecia a verdade, pois afetara a ambas.

Beleza e talento eram maldições.

A abadessa não sabia mais dizer se era uma velha ou uma donzela, uma sonhadora ou uma lunática, ou se alguma dessas distinções de fato importava. Perguntas sem resposta a consumiam dia e noite. Jamais falou novamente.

Na primavera seguinte, morreu dormindo. A Reverenda Abadessa Suku, que outrora fora a bela filha do Senhor Bandan, a Senhora Nowaki, não chegara a completar trinta e dois anos.

1882, PROPRIEDADE DE GENJI NO RIO TAMA, FORA DE TÓQUIO

Enquanto esperava para ser recebido, Tsuda refletia sobre as tremendas mudanças que haviam ocorrido em tão pouco tempo. A cidade em si era um excelente exemplo. Quando era jovem, chamava-se Edo, a capital do Xogum, cujo clã, o Tokugawa, governara o Japão por dois séculos e meio. Naquela época, parecia que governariam para sempre. Agora, não só os Tokugawa haviam desaparecido, como o antigo cargo de Xogum e a própria Edo, substituída por Tóquio. Era mais do que uma mudança de nome. Tóquio era a nova capital da família imperial, que durante todo um milênio residira em Kyoto. O Imperador Mutsuhito era o primeiro a reinar de Tóquio e o primeiro a reinar, fosse de onde fosse, em seiscentos anos.

A própria vida de Tsuda constituía outro exemplo de mudança em uma escala menor, individual. Nascera camponês na remota província de Akaoka. Seu talento para construir belos edifícios chamara a atenção do Grande Senhor da província, o Senhor Genji, e ele fora agraciado com um contrato importante: a construção de uma capela cristã. O outro talento de Tsuda, o de fixar as suas estruturas em locais auspiciosos, era fruto da sua prática séria e quase religiosamente devota do feng shui. Fora a conjunção dos dois que o alçara à sua atual e respeitável posição de sócio, consultor e parceiro de negócios do seu antigo senhor. Ao determinar a localização a ser construída a capela, Tsuda descobrira um misterioso baú, adornado com uma pintura extravagante e bárbara de montanhas azuis e um dragão vermelho, que encerrava pergaminhos de proveniência ainda mais misteriosa. Jamais soubera o que significavam aqueles pergaminhos, embora todos acreditassem se tratar dos lendários, proféticos, mágicos e há muito extraviados textos da *Ponte de Outono*. Fosse o que fosse, aquela descoberta mudara a sua vida.

Uma criada apareceu e disse:

— O Senhor Stark vai recebê-lo, Senhor Tsuda.

Makoto Stark estava de pé no jardim, ao lado do arranjo de pedras e cascalho. Tsuda esperara ser recebido de maneira mais formal, uma vez que era a primeira vez que se encontravam. Dizia-se que os americanos apreciavam a informalidade em demasia, o que, aparentemente, era verdade. Disfarçando sua desaprovação, Tsuda curvou-se.

— Senhor Stark, é um prazer conhecê-lo finalmente.

— Obrigado, Senhor Tsuda.

Makoto estendeu a mão para cumprimentá-lo. Após uma hesitação quase imperceptível, Tsuda tomou-a, apertando-a com vigor.

— O seu pai, o Senhor Stark, costumava falar muito no senhor. Sinto como se o conhecesse, a distância.

— Que bom para o senhor. Quanto mais descubro sobre mim, menos me conheço.

Era como se aquilo o incomodasse de fato, não como se estivesse apenas associando o autoconhecimento ao nada. O que fez com que Tsuda desistisse de retrucar com os conselhos de sempre sobre a natureza libertadora das práticas meditativas de Mushindo. Makoto não parecia estar se referindo à meditação.

— É mesmo? — disse Tsuda, o que era um comentário ainda mais convencional, aplicável a praticamente qualquer situação, que podia significar muitas coisas: sim, não, talvez, concordo, discordo, não sei do que o senhor está falando, estou do seu lado, por favor prossiga, por favor pare... O tom de voz era importante para determinar o significado; como não tinha certeza do que Makoto quisera dizer, Tsuda empregara o tom mais vago possível, para obscurecer o significado, que era, na verdade, inexistente. Temia, instintivamente, que Makoto conduzisse a conversa para um território perigoso. E, se acaso o fizesse, esperava que o jovem não fosse americano demais, ou seja, muito específico e direto. Tal esperança logo foi por terra:

— Senhor Tsuda, o senhor conhece bem os meus pais?

— O Senhor Stark e eu trabalhamos juntos, principalmente com importação e exportação e negócios bancários, há quase quinze anos. Uma vez por ano nos encontramos, normalmente em Honolulu nos últimos anos. Um ponto de encontro conveniente para nós dois, no meio do caminho. Nunca tive a honra de conhecer a Senhora Stark.

— E antes de ela se tornar a Senhora Stark?

Tsuda já estava começando a se arrepender de ter conhecido Makoto.

— Na época eu ainda não tinha muita intimidade com o Senhor Stark e o Senhor Genji. Não tive oportunidade de conhecer a futura Senhora Stark.

— Sei. — Makoto percebeu o desconforto de Tsuda e confundiu-o com um mal-estar físico. — Ah, perdoe-me, Senhor Tsuda, vamos entrar. Esqueci que nem todo mundo aprecia ficar de pé no jardim tanto quanto eu.

O interior do palácio era praticamente todo decorado e mobiliado à moda ocidental. Makoto ainda não o conhecera por inteiro — estava hospedado lá havia apenas dois dias e o palácio era imenso —, mas, pelo que sabia, havia apenas uma pequena ala decorada à maneira japonesa tradicional. Que Genji passasse a maior parte de seu tempo naquela parte do palácio dizia algo a seu respeito.

Tsuda aceitou um uísque em vez de saquê, embora ainda fosse um pouco cedo. Desenvolvera uma preferência por bebidas ocidentais.

— O senhor conhecia Heiko? — perguntou Makoto, de chofre.

— Heiko? A famosa gueixa? Conhecia de nome. Eu e todo mundo, naquela época.

— Nunca foi seu cliente?

— Eu? — Tsuda soltou uma gargalhada. O uísque o animara rapidamente. — Mesmo que eu pudesse pagar, coisa que eu não poderia nem mesmo vendendo todos os meus bens e roubando os de todos que eu conhecia, alguém de sua elevada estatura jamais se dignaria receber alguém como eu. Não, apenas os nobres desfrutaram este privilégio.

— Incluindo o Senhor Genji?

— Sim, eles eram amantes. Isso nunca foi segredo. O romance deles era como uma aventura de fábula. Não duvido que um dia vá inspirar uma peça Kabuki.

— Tsuda, o que está fazendo aqui?

O Senhor Saemon deteve-se no vão da porta. A criada que o acompanhava ficou de joelhos para esperá-lo. Saemon usava, como sempre, ultimamente, um elegante terno inglês, feito sob medida. O corte à escovinha do cabelo não era diferente do estilo usado pelo Imperador. Não usava barba, mas compensava sua ausência com um opulento bigode à Bismarck.

— Senhor Saemon — cumprimentou Tsuda, ficando de pé e se curvando. — Estou aqui como convidado do Senhor Stark.

— Senhor Stark?

— Senhor Makoto Stark — esclareceu Tsuda —, filho do Senhor Stark. Ele está hospedado aqui.

— Compreendo. — Saemon entrou no cômodo. — Finalmente nos conhecemos. Há muitos anos aguardo este momento, Senhor Stark.

— Por quê? — perguntou Makoto.

Saemon piscou.

— Como assim?

Tsuda conhecia Saemon havia anos e jamais o vira ser pego de surpresa. Era a primeira vez. Nem mesmo o filho astuto de um espião astuto estava preparado para lidar com os americanos. Tsuda esforçou-se ao máximo para reprimir um sorriso.

— Por que o senhor esteve tão interessado em mim? Não sou ninguém. Há muitos anos, era menos ainda.

— O meu interesse é deveras natural, Senhor Stark, uma vez que o senhor é filho... o único filho... de um importante amigo do Japão.

— Amigo do Japão — repetiu Makoto. — Nunca ouvi ninguém o chamar assim... e olhe que já o ouvi chamarem de muitas coisas. O senhor o conhece bem, então?

— Melhor do que muitos que afirmam conhecê-lo, mas não tão bem quanto os seus amigos íntimos.

A criada que conduzira Saemon pelo palácio estava ajoelhada no vão da porta.

— O senhor deseja aguardar aqui, Senhor Saemon? — perguntou ela.

— Sim, se o Senhor Stark e o Senhor Tsuda não fizerem nenhuma objeção.

— Muito pelo contrário — disse Tsuda. Puxou uma cadeira para Saemon e fez uma reverência. — Na verdade, creio que o senhor vai poder ajudar o Senhor Stark onde eu não posso. Ele estava me perguntando sobre Heiko. Tanto o senhor quanto o seu pai a conheceram, não é mesmo?

— Heiko — disse Saemon, sorrindo. — Meu pai conheceu-a bem, eu apenas de passagem.

Tsuda estava satisfeito por ter introduzido um assunto que agradava ao Senhor Saemon. Era um homem muito poderoso, cotado para ser ministro futuramente, quiçá até mesmo Ministro da Fazenda. Para um banqueiro como Tsuda, o Ministro da Fazenda era a coisa mais próxima do porta-voz terrestre dos deuses.

— Qual o seu interesse em Heiko, Senhor Stark? — Saemon recusou o uísque que Tsuda lhe oferecia e aceitou uma xícara de chá da criada. — Em seu auge como gueixa, o senhor ainda... — Calou-se subitamente, como se algo tivesse lhe ocorrido. Para disfarçar a pausa, sorveu o chá antes de prosseguir: — O senhor ainda era muito jovem.

— Para ser exato, eu ainda era inexistente. Nasci em 1862. Pelo que sei, a carreira dela terminou um ano antes, na época em que deixou o Japão.

— Sim, eu me lembro — disse Saemon. — Ela foi para a Califórnia, junto com o seu pai. As circunstâncias que cercaram a sua partida foram bastante misteriosas.

— Quais foram?

— Não sei se devo falar sobre isso. Estaria repetindo boatos. Nada jamais foi apurado com certeza.

— Estou disposto a me contentar com boatos.

— Pois bem. Com a sua permissão, então. — Saemon curvou-se. — Diziam que Heiko era uma agente da polícia secreta do Xogum. O que explicaria o seu contato freqüente com o meu pai, visto que naquela época ele era o chefe desta organização. Também explicaria a sua partida do Japão, uma vez que nos Estados Unidos ficaria menos vulnerável à retaliação daqueles que porventura o tivessem prejudicado enquanto naquela função. No entanto, não explica por que teria recebido a proteção de seu pai. O Senhor Stark era um amigo íntimo do Senhor Genji, tanto naquela época como agora, e o Senhor Genji e meu pai eram inimigos mortais.

— Mesmo? Pensei que o senhor e o Senhor Genji fossem amigos.

— Nós, japoneses, temos teias infinitas de vingança que se estendem pelos séculos. Se não as limparmos, jamais alcançaremos o Ocidente. O Senhor Genji e eu deixamos o passado para trás.

— Uma atitude esclarecida de ambas as partes — disse Makoto.

Para Tsuda, Makoto não pareceu sincero. Mas pode ter sido culpa das singularidades do seu japonês. Tsuda tornou a encher o seu copo e continuou escutando. Até agora, não ouvira nenhuma novidade. Mas tinha a impressão de que revelações importantes poderiam ser feitas a qualquer momento — revelações das quais poderia tirar algum proveito.

— Por favor, continue — pediu Makoto.

— Houve também o massacre, um pouco antes de Heiko partir. Uma aldeia inteira de proscritos, sem nenhum valor estratégico, foi queimada e todos os seus moradores, assassinados. Não representavam ameaça a ninguém nem possuíam qualquer valor, mortos ou vivos. Muito estranho.

— Proscritos?

— Um mal da era Tokugawa, agora remediado. Não existem mais proscritos. Todos os japoneses gozam de direitos iguais pela lei, assim como em qualquer país civilizado do Ocidente.

Aquilo estava longe de ser verdade, como Tsuda e qualquer japonês sabiam muito bem. As leis haviam sido promulgadas não com o intuito de serem cumpridas, mas sim com o de cobrirem um corpo nu cujos atributos as potências ocidentais consideravam ofensivos. Se não o vissem, ficariam satisfeitos. O que não estava de modo algum errado, na opinião de Tsuda. O objetivo da política não era obter uma perfeição impossível — cujo ideal variava de nação para nação —, mas sim o funcionamento harmônico de interesses diferentes através do sábio equilíbrio e harmonização das hipocrisias. Os dois senhores, Saemon e Genji, eram mestres naquela arte, cada um à sua maneira. Ele tinha muita sorte de poder servir-lhes.

— Heiko era uma proscrita? — perguntou Makoto.

— O quê? — perguntaram Saemon e Tsuda ao mesmo tempo.

— Desculpem-me, senhores — disse Tsuda, curvando-se muito ruborizado. — Não devia ter falado nada. Acontece que...

Acontece que o quê? O que poderia ser dito de um comentário ultrajante, escandaloso, insultante e incrivelmente perigoso? Perigoso não só para quem o proferira, mas também para os que o escutaram. Especialmente para ele! Saemon era um Grande Senhor — sim, oficialmente não havia mais Grandes Senhores, mas o prestígio, o poder, as relações, as lealdades e o alcance permaneciam os mesmos para muitos deles — e um líder entre os veteranos da Restauração que tinha amigos poderosos com semelhantes características e que conhecia segredos de que poderia lançar mão para pressionar aqueles que não estavam dispostos a ajudá-lo. Tsuda, em patético contraste, não passava de um contador e guardador de dinheiro. Por que fora visitar Makoto Stark? Que idiota. Talvez, em breve, fosse um idiota morto!

— Por que estão tão surpresos? — perguntou Makoto. — A ligação me parece bastante óbvia.

— Não para nós — respondeu Saemon. Não disse mais nada e continuou a fitar Makoto com uma calma que parecia inoportuna diante das circunstâncias.

. . . . . .

— Pois bem — disse Makoto —, ele se foi. Diga-me o que tem a dizer.

— O que o leva a crer que tenho algo a dizer? — perguntou Saemon. Tsuda saíra em disparada como um rato fugindo de um prédio prestes a romper em chamas. Como alguém que demonstrava o seu medo de modo tão transparente podia julgar-se igual a um samurai?

— Ora essa, Senhor Saemon. Pouco me importo se me desprezam por ser um americano no corpo de um japonês. Mas se há algo que me aborrece é ser tratado como se tivesse uma capacidade mental limitada. Garanto-lhe que não tenho.

— Senhor Stark, estou certo de que não é o caso.

Aquela era uma oportunidade rara para Saemon. Era também uma armadilha fatal, capaz de arrancar a sua cabeça em vez da de seus inimigos, caso ele cometesse o menor dos erros.

— É uma situação muito perigosa, Senhor Stark, para todos os envolvidos. Trata-se de um perigo que vai além do que é verdade e do que é mentira. A mera sugestão de que um nobre da estirpe do Senhor Genji tenha porventura tocado em um proscrito é inaceitável. Recomendo-lhe jamais repeti-la — exortou ele.

— Não consigo entender. As classes foram abolidas e o senhor mesmo me disse que não existem mais proscritos. Quem se importaria?

— Todo mundo — respondeu Saemon. — A linhagem aqui é de suprema importância. Se o nobre sangue do clã Okumichi tivesse sido conspurcado, seria uma mácula que nenhum Okumichi jamais poderia purificar. Vidas seriam arruinadas. Sangue seria derramado.

— Conspurcado, o senhor disse.

— Sim, assim seria julgado.

— Inclusive pelo senhor?

— Absolutamente — disse Saemon. — O destino está nas mãos do indivíduo, não nas garras defuntas dos antepassados. — Escolheu suas palavras com cuidado. A eficácia de uma mentira dependia em grande parte do modo como era apresentada. — Somos os criadores de nossas próprias vidas.

— Será? — Makoto serviu dois dedos de uísque em um copo e ergueu-o contra a luz. Depois, devolveu-o à mesa, sem levar o copo aos lábios. — Então, qual é o seu conselho, Senhor Saemon?

— Converse com o seu pai. — Saemon calou. O futuro dependia de suas palavras e da reação que provocariam em Makoto. — Sempre considerei Matthew Stark um dos homens mais honestos que já conheci.

— Matthew Stark não é o meu pai — retrucou Makoto.

Saemon foi tomado por tamanha onda de alegria que seu coração chegou a disparar. Por quinze anos, todos os esforços que empreendera para descobrir o segredo de Genji haviam sido em vão. Na época, suspeitara que Makoto era filho de Genji, não de Stark. Mas, ao ver que Genji não tomara nenhuma providência para trazer o menino para o Japão, Saemon acabara mudando de idéia. Não conseguia conceber nenhum motivo para Genji deixar um filho seu nos Estados Unidos. Heiko, uma proscrita! A resposta, bem como a ferramenta para explorá-la, lhe foram dadas de bandeja. Sem demonstrar sua emoção, ele apenas disse:

— Não compreendo, Senhor Stark. Como assim?

. . . . . .

Sempre que ficava nervoso, Makoto sentia que sua temperatura subia. Mas, daquela vez, tomado de uma cólera que fazia qualquer raiva anterior parecer apenas uma leve irritação, não estava febril, estava gelado.

Se alguém o tocasse, estava certo de que julgaria estar encostando em um bloco de gelo.

Genji fizera algo pior do que contar uma mentira, desferira um golpe mais cruel do que o abandono, tomara mais do que o seu nome legítimo. Ele roubara a vida inteira de Makoto. Todas as suas lembranças e vivências eram falsas. Não pertenciam a ele. Pertenciam a alguém que jamais existira. Agora, renascia aos vinte anos de idade como filho de um perverso manipulador e uma prostituta glorificada. E, se Shizuka havia dito a verdade, o pior ainda estava por vir. Um deles haveria de manifestar uma doença hereditária que provocava uma espécie de síncope. Ela a mencionara como sendo um poder profético, mas, obviamente, aquilo não passava de uma mentira inventada pelo pai dela para confortá-la. O pai *dele*.

Então, quem era Makoto?

Era um anjo de vingança. Lavaria o pecado com sangue. Genji ia se reunir com os ministros imperiais naquela tarde. Makoto o interceptaria no palácio. Era o local perfeito. O filho de Genji, de quem ele se envergonhava tanto, a ponto de deixar que duas décadas se passassem sem que o reconhecesse, aquele filho ignorado acabaria com a sua perfídia. Makoto retirou o revólver da cintura e conferiu o tambor. O revólver calibre trinta e dois, presente de seu pai — ou melhor, do homem que se passara por seu pai —, estava carregado e pronto para ser disparado.

Levantou-se para partir. Ao virar-se na direção do corredor, diante de uma pintura em pergaminho na alcova, viu um conjunto de espadas samurai, uma comprida e uma curta, guardadas num suporte.

Era o requinte que faltava.

Mataria Genji com a sua própria espada, uma espada do seu palácio. Com uma lâmina que supostamente simbolizava a alma imaculada do samurai, ele terminaria a vida de um homem cuja fachada de honra não passava de uma pose, uma farsa.

Makoto Okumichi apanhou a menor das duas espadas, escondeu-a no casaco e partiu.

PALÁCIO IMPERIAL, TÓQUIO

A carruagem de Genji diminuiu a marcha ao se aproximar da ponte que atravessava o fosso.

Ele ainda pensava no grande castelo como sendo o Palácio do Xogum, do mesmo modo como na sua cabeça a cidade permanecia sendo Edo, e não Tóquio. A deposição do Xogunato Tokugawa, a Restauração do Imperador, a abolição da classe dos samurais, a dissolução das províncias, a invasão sem precedentes de estrangeiros no Japão, a destruição dos derradeiros defensores heróicos do *bushido* — todos estes acontecimentos haviam ocorrido num espaço de menos de dez anos. Genji recebera mais crédito por essas mudanças do que na verdade merecia — e mais críticas também.

Desde a Restauração, haviam ocorrido sete atentados contra a sua vida. Fracassaram, um a um, porque estavam fadados a fracassar. Ele morreria assassinado, mas muitos e muitos anos depois. Havia previsto a sua morte. Seria na Dieta, que ainda nem existia, e morreria nos braços de sua filha, Shizuka. Em sua visão, ela já era uma moça, ao passo que no presente ainda não passava de uma menina. Genji tinha a garantia de muitos anos pela frente.

A carruagem parou diante do Portão Sakurada, que conduziria Genji ao palácio. Os guardas imperiais aproximaram-se, para verificar sua identidade. Nos breves instantes em que os guardas do palácio e os de Genji se distraíram, um jovem com trajes ocidentais atacou subitamente a carruagem, sacando uma espada curta de dentro do casaco enquanto corria. Estava a dois passos da janela de Genji quando os guardas finalmente o notaram.

Era tarde demais.

Genji viu a espada apontada em sua direção.

Mais um segundo, estaria alojada em seu peito.

A visão da sua própria morte, que o guiara por tantos anos, não era real. Não seria assassinado em um futuro distante, seria assassinado naquele segundo.

Sentiu-se traído. Deveria ter três visões em sua vida. Somente duas haviam se materializado, e uma fora fatalmente imperfeita.

Podia reconhecer o seu jovem assassino?

Mas a lâmina não atingiu Genji. Estava prestes a mergulhar em seu peito quando outro jovem surgiu diante da carruagem, com uma espada em punho.

Os dois homens desferiram golpes e atingiram-se, entre afrontas e gemidos de dor. Genji não reconheceu o assassino frustrado. Mas o seu defensor, sim.

Era o seu filho recém-chegado, Makoto.

ABADIA DE MUSHINDO

A Reverenda Abadessa Jintoku deu uma espiada no quarto de hóspedes. Makoto Stark ainda estava dormindo. Não era nada adequado ter um homem como residente da abadia. Antigamente — que, no Japão, podia ser apenas quinze anos antes, dependendo do "antigamente" ao qual a pessoa se referia — isso teria sido impossível. Mas o Senhor Genji em pessoa lhe dera permissão. A gravidade dos ferimentos de Makoto, bem como o modo destemido pelo qual os obtivera, exigia uma exceção à regra. Fora o que lhe dissera o Senhor Genji. Mas aquele não era o único motivo. Sempre havia outros motivos ocultos nos gestos das pessoas.

Naquele caso, não tão ocultos assim.

O jovem em questão era o mesmo que fizera aquela enigmática visita algumas semanas antes. Contestara a versão de uma das freiras acerca da famosa Batalha de Mushindo, em 1861. Dizia saber como realmente havia sido porque seus pais haviam estado lá. Quando a abadessa lhe perguntara quem eram seus pais, ele retrucara que aquela era uma boa pergunta e fora embora.

Mas a sua aparência não deixava dúvidas. Em sua primeira visita, a abadessa de fato o achara parecido com alguém, mas não conseguira atinar exatamente com quem. Agora, a semelhança lhe era tão aparente que ela ficava admirada por não ter notado de pronto. Obviamente, ficava ainda mais acentuada quando ele estava ao lado do Senhor Genji. A variedade de possíveis parentescos era fascinante. Podia ser sobrinho, irmão ou filho do Senhor Genji. De todas, a possibilidade mais intrigante, naturalmente, era a última.

Se era filho do Senhor Genji, quem era a sua mãe?

Ele dissera que seus pais haviam estado na batalha. Havia apenas três mulheres na comitiva do Senhor Genji naquele dia. Uma delas, a Senhora Emily, não poderia ser. Ela dera à luz apenas uma criança antes de sua morte precoce, uma menina. De modo que só restavam a Senhora Hanako e a Senhora Heiko. Não podia ser Hanako, ela se casara com o Senhor Hidê na época da batalha e dera um filho ao marido em menos de um ano. O Senhor Iwao, o filho deles, tinha mais ou menos a mesma idade de Makoto, mas eles não guardavam nenhuma semelhança fraterna. Então, sua mãe só podia ser a Senhora Heiko. Seria possível? Se ela fosse a mãe dele, o Senhor Genji a teria levado para sua casa junto com a criança. Teria feito dela sua concubina oficial — isso se não casasse com ela. Certamente não teria despachado os dois para a Califórnia e deixado seu filho adotar o nome de outro homem, mesmo este homem sendo um bom amigo como Matthew Stark.

Então, ou Makoto estava enganado ou era um mentiroso. Ou a abadessa estava deixando algo fundamental passar despercebido. Se havia algo a ser descoberto, ela o faria antes que Makoto deixasse a abadia. O que haveria de demorar bastante, dada a gravidade de seus ferimentos. Era um milagre que não tivesse morrido, uma sorte a lâmina não ter acertado o seu coração. E também fora uma sorte para o Senhor Genji que Makoto estivesse armado com uma espada; caso contrário, o assassino teria alcançado o seu objetivo. Mas a abadessa não podia deixar de se perguntar o que Makoto estava fazendo com uma espada escondida perto da entrada do Palácio Imperial. O assassino fizera exatamente a mesma coisa.

Estava se dirigindo ao jardim quando Goro se encontrou com o Senhor Genji, que havia acabado de chegar.

Curvando-se profundamente, ela disse:

— Meu senhor.

— Como está Makoto hoje?

— Melhor, creio eu. Está trabalhando com Goro no jardim.

— Os repórteres tornaram a incomodá-lo?

— Não, meu senhor. Não aparecem há duas semanas. Talvez o interesse esteja diminuindo. — A abadessa disse aquilo mais por educação do que por convicção. O interesse dela não diminuíra. Por que haveria de ser diferente com os outros?

— Assim espero — disse Genji. Ele também não parecia estar muito convicto.

. . . . . .

— Fui ao palácio para matá-lo — disse Makoto. Estava cavando em volta do arbusto para amolecer o solo.

— Bastava ficar assistindo e o outro teria executado a tarefa por você — disse Genji, protegido na sombra de um pinheiro.

— É verdade.

— Por que me protegeu, se tinha ido me matar?

— Não sei — disse Makoto. — Quando vi o sujeito, senti que ele estava prestes a me passar a perna, como se já não tivessem me passado a perna o bastante nesta vida. Não faz sentido, não é? Mas senti que, se alguém ia tirar a sua vida, esse alguém tinha que ser eu.

— Não fique aí se lastimando — disse Genji, sorrindo. — Você vai ter outras oportunidades. É só recuperar a saúde e planejar novamente.

Makoto soltou uma gargalhada, engasgou e levou a mão ao peito.

— Tem razão, vou retomar meus planos. Mas hão de ser completamente diferentes. Quando a espada perfurou o meu peito, eu me dei conta de uma coisa, ou melhor, um rosto me ocorreu. Sabe de quem?

— De Heiko.

— Não, do Senhor Saemon. Naquele instante percebi que ele me manipulou, e muito bem, por sinal.

— Você está dizendo que Saemon lhe disse para me matar?

— Muito pelo contrário. Ele disse tudo o que podia dizer para que eu o perdoasse e fosse clemente. Veja bem, *disse*. Mas a sua intenção não estava em harmonia com as suas palavras. Ele é muito bom nisso. O senhor nunca notou?

— Claro que sim. Sempre julguei o Senhor Saemon exatamente o oposto de um homem de palavra. Não que seja mentiroso, mas, se você se apoiar no que ele diz, inevitavelmente vai acabar escorregando.

— Não obstante, compartilha a sua intimidade com ele e confia em seus conselhos.

— É mais aparência e encenação do que confiança propriamente dita — disse Genji. — E, como o Senhor Saemon sabe disso, há uma outra camada de verdade e mentira sob essa e por aí em diante, para ele e para mim.

— Todo mundo diz que o senhor pode prever o futuro, mas ei-lo aqui, um profeta, falando como um idiota completo.

— Ah... Não é prudente manter o seu inimigo sob suas vistas? O que você vê de errado nisso?

— O senhor está passando a perna em si mesmo, assim como ele. Resta saber qual dos dois sábios patetas vai dar com os burros n´água primeiro. — Makoto removeu uma erva daninha e sacudiu a terra das suas raízes antes de colocá-la de lado.

Goro, de enxada em punho, aproximou-se do jardim, foi para um canto e começou a delimitar a divisão entre o jardim e a passagem.

— Às vezes, o caminho bronco e direto de um idiota é o melhor para se cumprir o destino — disse Makoto. E, olhando para Genji, perguntou: — O senhor consegue mesmo prever o futuro?

— A cada geração um de nós consegue, há seiscentos anos — respondeu Genji. — Mas não é como as pessoas imaginam.

— Sei, foi o que Shizuka me disse. Imagino que o senhor tenha pedido para ela me contar.

— Achei que com seu jeito franco e direto ela pudesse lhe explicar melhor do que eu.

— Não devia ter me contado antes? Do jeito que ela falou, parece mais uma maldição do que uma bênção.

— Eu devia ter lhe contado muitas coisas antes. Um segredo leva a outro e a outro, e assim indefinidamente.

Makoto deu de ombros.

— Não importa. Shizuka vai ser a profetisa. Nunca tive nenhuma visão.

— Nem ela. O próprio advento da habilidade é em si imprevisível. Normalmente, surge na puberdade, sobretudo para as mulheres. Mas pode surgir muito depois. Não temos como saber qual irá tê-lo.

— Imagino que não haja nenhuma maneira de se preparar para isso — disse Makoto.

— Além de aceitar a possibilidade, nenhuma — respondeu Genji.

Ficou em silêncio por tanto tempo que Makoto deu a conversa por encerrada. Estava prestes a passar para o outro lado do jardim quando Genji tornou a falar:

— Quanto ao reconhecimento, estou pronto a fazê-lo. Também estou pronto a declará-lo como meu herdeiro, no lugar de Shizuka.

Makoto riu. Sabia que não era educado, mas não conseguira se conter.

— Isso é besteira, Senhor Genji. Eu precisava ter sido reconhecido vinte anos atrás. Agora, não adianta de nada. E, quanto ao herdeiro, o senhor já tem um, e ela é absolutamente perfeita.

Makoto foi ter com Goro e começou a ajudá-lo a delimitar o espaço.

— Goro — disse Makoto.

— Goro — repetiu Goro, sorrindo.

— Makoto — disse Makoto.

Ainda sorrindo, Goro disse "Kimi" e voltou toda a sua atenção para o ponto no qual a enxada seccionava o solo.

Makoto sorriu para Genji.

— Estou determinado a fazer com que ele diga o meu nome antes de eu partir.

— Se ele fizer isso, vai nomeá-lo como sucessor, e você nunca mais vai poder ir embora.

Makoto e Genji entreolharam-se. O filho deu uma risada. O pai deu um dos seus característicos sorrisos.

12

Ponte de Outono

A beleza, a juventude e o encanto começam a fenecer no mesmo instante em que brotam. Quando despontam as primeiras brumas da primavera, vislumbramos a Ponte de Outono.

AKI-NO-HASHI
(1311)

1857, RUÍNAS DO MOSTEIRO DE MUSHINDO

As crianças da aldeia Yamanaka costumavam brincar nas ruínas do velho templo, que ficava em uma colina sobre o vale. A maioria morria de medo do local. Havia sons estranhos que, embora não fossem exatamente como gemidos de almas torturadas, uivos de fantasmas e gargalhadas de demônios, eram parecidos o bastante para fazer com que as crianças imaginassem toda sorte de possibilidades aterradoras. Este era um dos motivos pelos quais iam até lá, pois, como todas as crianças, adoravam sentir medo, desde que pudessem sustar os seus temores antes que se tornassem insuportáveis. O outro motivo para brincarem nas ruínas era o fato de Kimi, a líder do grupo, gostar de lá e não ter medo, embora fosse a mais nova e a menorzinha. A única outra criança que não tinha medo era Goro, que era retardado, assim como sua mãe. Ele nem parecia ser uma criança, já que era muito mais alto do que qualquer homem da aldeia e não tinha um rosto de menino, mas sim de um adulto. Na verdade, ele podia até mesmo ser um adulto, mas agia de modo tão infantil que as crianças jamais questionavam a sua companhia.

Um dia, quando foram lá para brincar, uma das crianças gritou, apontando:

— Olhem lá! Um fantasma!

Vislumbraram com dificuldade a vaga silhueta de um ser, próximo aos vestígios de uma muralha de pedra que outrora circundava o templo. As crianças mais medrosas estavam prestes a sair às carreiras.

— Não é um fantasma — disse Kimi. — É um homem.

Estava sentado tão imóvel e seus trajes eram tão opacos e desbotados que ele parecia brotar da muralha como uma sombra. Era velho, tinha a cabeça raspada, o rosto macilento e seus olhos rútilos mantinham um olhar fixo. Sua túnica um dia devia ter sido branca, muitos anos atrás. No chão, aos seus pés, havia um chapéu cônico de sarja e um cajado de madeira.

— Quem é você? — quis saber Kimi.

— Um eremita e peregrino — respondeu ele.

Kimi sabia que um eremita era alguém que se isolava do mundo e um peregrino, alguém que viajava em busca de iluminação ou para cumprir uma penitência. Ninguém na aldeia jamais fora uma coisa ou outra. Fazendeiros pobres não tinham o que deixar para trás. Tudo o que faziam e tudo o que tinham pertenciam aos seus senhores. Fazendeiros pobres também não buscavam iluminação, porque pessoas exaustas, na iminência constante da inanição, precisam de sono e de comida mais do que de sabedoria. Não precisavam viajar para longe para cumprir penitência, porque todos os momentos de suas vidas já eram um castigo por pecados que nem sequer sabiam ter cometido em alguma vida passada. Se aquele velho era um eremita, talvez uma aparição do Buda, de um deus ou de um demônio tivesse mudado a sua vida. Era provável que tivesse histórias interessantes para contar.

— O que o senhor deixou para trás? — perguntou Kimi.

— Quase tudo — respondeu o monge.

— Viajou para muitos lugares?

— Quase nenhum.

Bem, aquela conversa também não estava indo a lugar nenhum. Ela decidiu tentar perguntas mais fáceis:

— Qual é o seu nome?

— Zengen — disse o velho monge.

— O que significa Zengen?

— O que significa qualquer nome?

— Bem, o meu nome quer dizer "inigualável" — respondeu Kimi. — O nome dele é Goro, quer dizer, não é, a gente é que chama ele de Goro, um apelido de Gorotsuki, que significa "malandro". Não sei por quê, ele não faz nenhuma malandragem. Então, o que significa Zengen?

— O que significa qualquer nome? — repetiu Zengen.

— Eu já disse o que significa o meu já, "inigualável". — Kimi estava começando a se perguntar se o monge era um sábio ou apenas um lunático. Às vezes era difícil perceber a diferença entre um e outro, principalmente se ele fosse um monge de uma das seitas zen, como sugeria o seu nome. Mas podia ser apenas um louco bancando o inteligente.

— E o que significa "inigualável"?

— Que ninguém pode se comparar a mim, eu acho.

— O que significa que ninguém pode se comparar a você?

— O que significa qualquer coisa? — perguntou Kimi. — Se você continuar perguntando, vai ficar fazendo perguntas pelo resto da vida e nunca vai encontrar uma resposta.

O velho monge juntou as mãos em *gassho*, o gesto budista de respeito, e fez uma reverência.

— De nada — disse ele.

— De nada? Por acaso eu devo te agradecer alguma coisa?

— Quem decide o que deve ou não deve fazer é você mesma — disse o velho monge.

— E pelo que eu devo te agradecer?

— Se você continuar perguntando, vai ficar fazendo perguntas pelo resto da vida e nunca vai encontrar uma resposta.

— Isso foi o que eu acabei de te dizer.

— Obrigado — agradeceu Zengen, curvando-se em *gassho* novamente.

Kimi deu uma risada e retribuiu o gesto, curvando-se e juntando as mãos como ele fizera. Ainda não sabia se o velho era sábio ou louco, mas ele era divertido. Ninguém na aldeia falava daquele jeito.

— De nada — disse Kimi.

— Havia um templo aqui — disse o velho monge.

— É, há muito tempo. Muito antes de eu nascer.

Ele sorriu.

— Muito tempo, realmente. Você sabe como ele se chamava?

— Minha mãe disse que era Mu-alguma coisa. Devia estar brincando. — Um dos significados de "mu" era "coisa nenhuma".

O velho piscou. Esticou as pernas, que estavam na posição do lótus, e ficou de pé.

— Será possível? — perguntou ele.

Contemplou a muralha, as pedras fundamentais na relva, a viga tombada do salão principal, já praticamente apodrecida.

— Estou na província de Yamakawa.

— Está — respondeu Kimi. — Nosso senhor é Hiromitsu. Ele não é um Grande Senhor muito bom, mas é aliado do...

— Senhor Kiyori — completou o velho monge.

— Isso, o Grande Senhor de Akaoka, um profeta que vê o futuro e jamais vai poder ser vencido em uma batalha. Isso se tiver mais batalhas, como todo mundo está dizendo.

— Estou de volta — disse o velho monge. — Fui o abade aqui, humm, há uns vinte anos? Ou dez? — Ele deu uma risadinha. — Construí uma cabana aqui, mas não era muito resistente. Nem eu nem a cabana ficamos aqui por muito tempo.

Agora Kimi estava certa de que Zengen era demente. Desde que se entendia por gente, aquele lugar estava em ruínas. Tudo bem que ela só tinha seis anos de idade. Era possível, mas pouco provável.

— Vou reconstruir esse templo, para valer desta vez, com as minhas próprias mãos — anunciou o velho monge.

— Eu não faria isso — advertiu Kimi. — Não se pode construir nada na província sem permissão, é um crime gravíssimo. Você precisaria do consentimento do Senhor Hiromitsu e também do abade-chefe da seita deste templo. Eu nem sei qual delas é, ou se ainda é a mesma.

— Vou conseguir as permissões necessárias — garantiu o velho monge.

Embora estivesse sorrindo alegremente, as lágrimas rolavam pelo seu rosto. Foi o bastante para convencer Kimi de que ele era de fato um seguidor do Caminho dos Patriarcas Zen, pois era sabido que seus seguidores, sobretudo os mestres daquela misteriosa religião, costumavam rir e chorar ao mesmo tempo. O que não significava que a hipótese de ser louco estivesse descartada.

— Perambulei sem destino por tantos anos e agora, sem querer, encontro-me exatamente de volta ao lugar onde deveria estar. A minha gratidão é imensa. — Ficando de joelhos, prostrou-se completamente em direção à viga apodrecida.

Em seguida escreveu uma carta, entregou-a a Kimi e pediu que ela a levasse até o castelo do Senhor Hiromitsu. Kimi confiou-a a Goro, que conseguia correr por quilômetros sem se cansar. O seu senso de direção era péssimo, mas o castelo não ficava muito longe, logo ao fim da estrada ao norte, de modo que até mesmo Goro conseguia encontrá-lo sem dificuldade. Temia que a carta de Zengen fosse causar problemas e ele acabasse sendo punido, em vez de conseguir a permissão solicitada. Mas ele insistira, embora ela o tivesse advertido. O que mais podia fazer?

Duas semanas depois, seus piores temores viraram realidade. Uma tropa de samurais montados chegou exigindo a presença do ancião da aldeia. Seu líder era um indivíduo de aspecto feroz que parecia disposto a executar todos à sua volta.

— Onde fica o Mosteiro de Mushindo? — perguntou ele ao velho prostrado.

Os olhos do ancião se arregalaram, chocados, e seu queixo caiu. Manteve a cabeça no chão e não disse nada.

O líder dos samurais virou-se para um de seus homens e ordenou:

— Taro, corte a cabeça dele. Talvez o seu sucessor responda mais depressa.

— Sim, Senhor Saiki.

Kimi, junto com as outras crianças do grupo que se curvava, levantou os olhos e viu Taro desmontar do cavalo e sacar sua espada.

— Espere, senhor samurai — disse ela. — Eu levo o senhor até lá. — O Senhor Saiki dardejou um olhar furioso para ela. Apavorada, Kimi encostou a cabeça no chão novamente. Para que fora abrir a boca? Nem gostava do Velho Buncho. Ele estava sempre reclamando e dando ordens. E ela não sabia se as ruínas do tal Mu-alguma coisa eram mesmo o Mosteiro de Mushindo que o senhor estava procurando. Agora, ia perder a cabeça também.

— Você aí, garota, levante-se! — ordenou o Senhor Saiki.

Com o corpo inteiro tremendo, Kimi obedeceu. Rezava para não urinar de medo. Uma coisa era morrer, outra coisa era morrer sendo motivo de chacota. Ao seu lado, Goro também ficou de pé, porque sempre imitava o que ela fazia.

— Idiota — disse o Senhor Saiki —, por que ficou de pé? Não mandei você se levantar!

— Meu senhor, ele *é* um idiota, não sabe o que faz — disse Kimi.

Um dos samurais da tropa achou graça. Ele conseguiu reprimir o riso, mas não antes de o Senhor Saiki escutá-lo.

— Hidê, você vai realizar as tarefas do estábulo até segunda ordem.

— Sim, senhor — respondeu Hidê, não achando mais graça nenhuma.

— Mostre-nos o caminho, garota — ordenou o Senhor Saiki.

— Sim, meu senhor. — Kimi curvou-se e obedeceu. Logo atrás dela, Goro fez o mesmo.

Se os samurais tinham vindo atrás do velho Zengen, Kimi esperava que fossem apenas prendê-lo, e não executá-lo. O cárcere e a tortura não eram tão ruins para os praticantes do zen como eram para as outras pessoas, uma vez que os seus mosteiros já eram uma espécie de prisão mesmo — era o que Kimi ouvira dizer. Passavam fome, eram espancados, privados de sono e obrigados a contemplar uma parede ou o chão por dias seguidos. Se mexessem um músculo ou dessem um pio, os monges mais velhos ralhavam e batiam neles com cajados. Se adormecessem, cortavam suas pálpebras. Se não agüentassem a posição do lótus, quebravam suas pernas para que se mantivessem no lugar. Para Zengen, a prisão seria como voltar para casa, não é mesmo? Kimi corria com Goro em direção às ruínas, esperando pelo melhor.

O que acabou acontecendo deixou-a mais chocada do que qualquer coisa que pudesse imaginar.

O velho Zengen estava juntando com um ancinho a relva alta que havia acabado de cortar quando os samurais chegaram. Ele apoiou a ferramenta no chão e curvou-se, unindo as palmas em *gassho*.

A tropa estacou e todos os samurais desceram de seus cavalos, inclusive o Senhor Saiki. Todos se ajoelharam e curvaram-se diante dele, comprimindo a testa no chão.

— Senhor Nao — disse o Senhor Saiki —, o Senhor Kiyori, o Senhor Shigeru e o Senhor Genji enviam-lhe as mais calorosas lembranças. Pedem que os informe quando estiver preparado para receber convidados, para que possam vir imediatamente.

— Obrigado, Senhor Saiki — disse o velho Zengen —, mas não sou mais nenhum nobre e o velho Nao não vive mais. Agora sou Zengen, um seguidor do Caminho do Buda, nada mais.

O Senhor Saiki levantou a cabeça e sorriu.

— Bem, talvez um pouco mais. — Ele fez um gesto e Taro aproximou-se, trazendo um pergaminho em um primoroso estojo de seda, e entregou-o nas mãos de Zengen com uma profunda reverência.

— Por ordem do Abade-Chefe da Seita de Mushindo, eu o declaro abade deste mosteiro novamente.

Zengen sorriu.

— Ora, ora.

— Vamos ficar aqui e ajudá-lo com a restauração, Reverendo Abade. O Senhor Hiromitsu deu a sua permissão para empregarmos quantos aldeões forem necessários para o serviço.

— Se tirarmos os fazendeiros das plantações durante o plantio, as colheitas ficarão reduzidas e eles sofrerão por isso. Não preciso da ajuda deles, nem da de vocês, Senhor Saiki. Vou reconstruir Mushindo sozinho.

— Pelo menos permita-nos fornecer o material necessário.

— Isto também não será necessário. Vou usar o que for encontrando. O que não puder encontrar, fico sem.

— Sozinho e sem material. Vai ser uma empreitada desanimadora. Mushindo está em ruínas há um século ou mais.

— Não estarei sozinho — respondeu o velho Abade Zengen. — Kimi vai me ajudar, não é?

— Vou, sim — respondeu Kimi —, e Goro também.

— Uma criança, um retardado e um templo em ruínas. O senhor escolheu um caminho árduo, Reverendo Abade.

— De modo algum, Senhor Saiki. Mais uma vez, foi o caminho que me escolheu.

. . . .

Daquele dia em diante, as crianças passaram a visitar Zengen com freqüência. No fim das contas, ele havia estado em muito mais lugares do que dissera. "Quase todos" seria uma resposta mais exata do que "quase nenhum". Ele havia visitado todos os oitenta e oito templos da peregrinação Shikoku, que fora iniciada pelo santo Kobô Daishi havia mais de mil anos. Dizia-se que aqueles que seguiam o caminho com sinceridade encontravam a libertação das oitenta e oito ilusões dos sentidos.

— E você conseguiu? — perguntou Kimi.

— Encontrei músculos cansados, pés machucados e queimaduras de sol — respondeu Zengen.

Depois, ele havia atravessado o Mar Interior até Honshu e viajado para a montanha sagrada de Hiei. Lá, escutara os sermões dos mestres budistas mais consagrados e executara os ritos e práticas das seitas mais esotéricas e mágicas, buscando libertar-se da dor e do sofrimento da vida.

— E conseguiu? — perguntou Kimi.

— Somente um louco acredita em mágica — respondeu Zengen —, e somente um louco ainda mais insano busca viver sem sofrer. No meio de um incêndio, como evitar ser atingido pelas chamas? No meio do gelo, como escapar do frio glacial?

. . . .

O mosteiro construído pelo velho Abade Zengen era menos parecido com os outros templos e mais com os que ele havia erguido na província de Shiroishi, quando ainda era um dos duzentos e sessenta Grandes

Senhores do reino. Parecia mais uma pequena fortaleza do que um retiro religioso, o que o entristecera, uma vez que não guardava mais nenhum pensamento militar em sua mente. Mas só sabia construir de uma maneira: como o samurai que fora durante tantos anos.

· · · · · ·

Os sons fantasmagóricos e demoníacos descritos pelas crianças eram mais do que rumores. Havia sons, sinistros e perturbadores, mas para ele, que havia perdido tudo e se isolado do mundo, eram os únicos lembretes da inevitabilidade da morte e do sofrimento.

· · · · · ·

Com o passar do tempo, uma suave serenidade inundou Zengen. E, um belo dia, descobriu-se em paz. Não que a tristeza tivesse ido embora, ou até mesmo diminuído, pois tal não ocorrera. Mas uma espécie de aceitação operara uma grande mudança.

As respostas eram superestimadas. Houve uma época em que acreditara que as perguntas tinham mais valor. Agora, sabia que as respostas também eram inúteis.

· · · · · ·

Um dia, um grupo de estrangeiros apareceu. Estavam lá a convite do Grande Senhor de Akaoka, para construir um templo de sua religião, para a adoração de um ser parecido com o Buda, que chamavam de Jesus Cristo. Zengen ofereceu Mushindo para este propósito. O dia sagrado deles era o domingo. Para Zengen, todos os dias eram iguais. Os cristãos — era assim que se chamavam — recusaram a oferta, afirmando que iam construir o seu próprio templo. Antes que pudessem começar, uma epidemia de cólera os atingiu e apenas um deles escapou da morte. Ninguém conseguia pronunciar o seu nome, que soava como Jimbo. De algum modo, em sua doença, ele aprendeu japonês. Não era um fato inédito: Zengen uma vez ouvira falar de um pescador naufragado que quase se afogara. Foi resgatado por marinheiros russos e ficou delirando em febre durante um mês. Quando se recuperou, falava russo fluentemente. A proximidade com a morte às vezes provocava mudanças inesperadas.

— Quero me tornar seu discípulo — disse Jimbo.

— Não pode — respondeu Zengen. — Não sou um abade. Sou apenas um homem comum usando o hábito de um abade. O que você pode aprender com uma roupa vazia?

Os olhos de Jimbo faiscaram com o brilho súbito das lágrimas. Ele se curvou e disse:

— Obrigado, Reverendo Abade. Meditarei sinceramente sobre as suas palavras.

Foi assim que, sem desejo, nem intenção, Zengen tornou-se um professor do Caminho.

• • • • • •

O velho estava sentado na postura de meditação zen na cabana nas montanhas que ficava a dois dias do Mosteiro de Mushindo, de onde fora abade por duas vezes. Acima dele, através da esparsa cobertura de galhos aleatórios que sugeriam um teto, as estrelas de inverno reluziam vagamente. A neblina caía sobre o vale. Estava na postura de meditação, com as mãos em concha num mudra zen, mas não meditava de verdade. Estava morrendo e, morrendo, fora obrigado a sair da meditação para refletir no quão depressa sua vida havia passado. Não sentia qualquer arrependimento, apenas uma certa surpresa.

Ontem mesmo era um Grande Senhor, com valentes samurais às suas ordens, uma esposa leal, dois filhos fortes, uma linda filha e netos risonhos. No dia anterior, era um jovem apavorado com seu primeiro conjunto de espadas em tamanho real, suando frio dentro da armadura enquanto seu regimento investia contra uma horda desesperada de camponeses famintos. E, na manhã anterior àquela, tinha apenas dez anos de idade e estava ajoelhado à cabeceira do seu pai moribundo, jurando entre lágrimas que cumpriria a antiga missão do seu clã: derrubar e destruir o Xogum Tokugawa.

E agora, estava morrendo.

Quem sabe? Talvez já estivesse morto e não passasse de um espírito remanescente, pairando sobre um cadáver assim como a fumaça do incenso paira no ar inerte de um cômodo fechado. Bastava um vento forte para dissipar o seu espírito.

A sua respiração, se é que ainda respirava, estava tão serena que parecia inexistente.

Contemplou as suas mãos.

Haviam empunhado espadas, acariciado mulheres, confortado crianças.

Haviam matado, perdoado, amado.

Agora, jaziam inertes. Se quisesse, poderia movê-las?

Não queria, por isso jamais saberia a resposta...

1895, PROPRIEDADE DE GENJI À MARGEM DO RIO TAMA, FORA DE TÓQUIO

Genji havia preparado o discurso que faria na Dieta, embora soubesse que ia morrer antes de apresentá-lo. Aquele era o dia que ele previra muitos anos atrás, o dia do seu assassinato. Durante a maior parte de sua vida, soubera o dia, o lugar e o modo como iria morrer. Afinal, fora uma bênção ou uma maldição? Um pouco de cada, talvez. Fizera com que fosse complacente quando deveria ter ficado atento e, às vezes, lhe dera coragem em momentos nos quais, do contrário, teria ficado paralisado de medo.

Agora, sua vida chegara ao fim. A certeza substituíra todas as dúvidas, exceto uma. Seu avô, cujas previsões eram infalíveis, havia lhe dito que ele teria três visões em sua vida e que elas seriam suficientes para guiá-lo, do início ao fim. Mas onde estava a terceira visão? O Senhor Kiyori havia sido um ardiloso samurai da velha guarda. Era possível que tivesse mentido para que Genji ficasse sempre alerta. Não havia muito tempo de sobra para a terceira visão e, mesmo que houvesse, de que adiantaria agora?

Genji conferiu sua imagem no espelho. Estava ridículo, com o bigode e a barba de um general francês, o fraque de um político inglês e o rosto de um senhor japonês aproximando-se dos anos menos atraentes da meia-idade. Lembrou-se de como era a sua aparência quando conhecera Emily Gibson. Na época, usava o elaborado penteado dos agora extintos samurais. Seu rosto era jovem, glabro e ostentava os traços óbvios de um homem satisfeito consigo mesmo graças às afortunadas circunstâncias do seu berço nobre.

Acaso fora mesmo assim tão arrogante?

Genji riu.

Sim, fora arrogante, e muito.

Virou-se do espelho e...

. . . . . .

Genji está com três anos de idade. Caminha às margens do Lago das Pedras Brancas, próximo ao Castelo das Pedras Brancas, a propriedade de seu avô materno, o Senhor Nao. Traz uma pequena pipa de papel em suas mãos, com a linha enrolada em uma vareta. A pipa retrata um bando de pardais em cores extravagantes e reluzentes, ao contrário da insípida realidade.

Caminha entre um homem e uma mulher. Eles são sua mãe e seu pai.

— Castelo das Pedras Brancas. Lago das Pedras Brancas. Província das Pedras Brancas. Por que tudo aqui leva "pedras brancas" no nome, se elas não existem? — pergunta Genji.

Sua mãe responde:

— Porque as pedras brancas eram a riqueza original da província do meu pai. Este lago era famoso pelas pedras brancas usadas no *go*. Os especialistas a preferiam em detrimento das melhores madrepérolas. Dizem que o grande herói Yoshitsunê apreciava suas pedras brancas de Shiroishi mais do que qualquer outra coisa, exceto honra, triunfo na batalha e sua amante.

— Então, onde é que estão as pedras?

— A provisão não era como a da madrepérola. Um dia, ela se esgotou.

— Foi então que vovô Nao começou a plantar as macieiras?

— Não, foram os ancestrais dele que as plantaram, há muitas gerações. O nome da província, do lago e do castelo permaneceu Pedras Brancas mesmo depois de as pedras terem se esgotado.

— Muito complicado — reclama Genji, desenrolando a linha da pipa e preparando-se para correr com ela. — Deviam mudar os nomes.

— Um nome é mais do que uma mera descrição — diz seu pai. — É um emblema de invariabilidade, que permanece mesmo que todo o resto mude. Assim como o seu nome: Genji.

Genji percebe uma troca de olhares entre os pais. Eles sorriem um para o outro.

O Genji que está tendo a visão recorda-se daquele olhar. Costumava deixá-lo desconfortável, pois o excluía. Percebe agora que não era uma exclusão proposital, apenas uma conseqüência da impenetrável sintonia entre eles. Não havia espaço para mais ninguém.

— Também não gosto do meu nome — diz ele, antes de disparar correndo pela praia para levantar a pipa.

Seu nome, Genji, era o mesmo do famoso e principesco herói do antigo romance da Senhora Murakami. Também era um nome alternativo para o clã Minamoto, do grande herói da vida real Yoshitsunê, que vencera batalhas impossíveis setecentos anos antes. Somente os Minamoto podiam ser Xoguns. O atual Xogum, um Tokugawa, alegava descender de um Minamoto. Genji ouvira as pessoas comentando como era ridículo e pretensioso dar o nome de Genji ao filho de um senhor desimportante. O que estavam pensando?, perguntavam as pessoas. Que o menino um dia viria a ser tão bonito quanto o Príncipe Brilhante da lenda? Que ele, um mero Okumichi, podia chegar a Xogum um dia?

Agora, enquanto o Genji de três anos corre puxando a pipa pela areia atrás de si, o Genji de cinqüenta e oito anos lembra-se por que tem este nome. Sua mãe se casara muito jovem. Conhecia mais as histórias do que a vida, e a sua história predileta era a da Senhora Murasaki. Ela queria o seu próprio Genji, mesmo que fosse o seu filho, não o seu amante. O fato de ter consentido era uma prova do amor que o seu pai tinha por ela, embora ciente de que o nome multiplicaria os deboches dos quais já era vítima por ser genro do Senhor das Maçãs. Na certa tivera de peitar as furiosas oposições tanto do Senhor Kiyori quanto do Senhor Nao. Tudo aquilo estava em seu nome, e no olhar que seus pais trocaram junto com o sorriso que pertencia só aos dois.

A pipa não quer levantar. Genji vai ficando cada vez mais frustrado. Está pensando em rasgá-la e atirá-la no lago quando ouve seu pai gritar:

— Corra até nós, Genji, contra o vento!

Quando começa a fazer o que seu pai sugeriu, o Genji menino olha para trás e vê o vento erguendo a pipa. O Genji que habita sua antiga forma quer olhar para a mãe. Se ele está ali, então ela deve estar grávida de sua irmã, a mesma que ao nascer matou a ambas. Aqueles são os últimos dias felizes para sua mãe, seu pai e o pequeno Genji. Ele quer olhar para a mãe. Lembra-se que ela era muito bonita. Mas todos os meninos acham suas mães bonitas. Ele tem três anos e cinqüenta e oito anos e sua mãe tem vinte e jamais terá vinte e um. A pipa voa alto no céu, sobre as margens do Lago das Pedras Brancas.

O menino olha para cima. Sua pipa com pardais fantasticamente coloridos destaca-se no céu como um fragmento de arco-íris feito em jóia. Ele ri e escuta o riso da mãe e do pai à medida que corre em direção a eles, a pipa cada vez mais alta.

O homem quer ver o rosto de sua mãe, não a pipa, tenta virar a cabeça do menino e...

. . . . . .

— Senhor Genji!

Ele ouviu uma voz aflita, distante, vaga.

Ao abrir os olhos, vê Hidê, seu vassalo mais fiel. Mas onde estavam seu topete, seu quimono, suas espadas? Genji esforçou-se para recordar melhor. Lembrou-se que Hidê estava morto, que morrera salvando a sua vida em um dos diversos atentados que seus inimigos cometeram contra ele ao longo dos anos. O topete, o quimono e as espadas haviam desaparecido, assim como o Xogum, os Grandes Senhores e os samurais. Haviam desaparecido para sempre. Aquele jovem que guardava tamanha semelhança com Hidê era o seu filho, Iwao.

Iwao virou-se para o guarda-costas atrás dele e ordenou:

— Avise ao presidente que o Senhor Genji não passa bem e não vai poder apresentar o seu discurso na Dieta hoje.

— Espere. — Genji sentou-se. — Estarei pronto em um momento. — Sabia que aquele atraso, causado pela sua terceira e última visão, daria ao seu assassino exatamente o tempo de que precisava para chegar até o local. Não podia deixar de achar graça naquela ironia, embora ela fosse custar a sua vida. A ocorrência da sua terceira visão permitira que a primeira se tornasse realidade. — Ajude-me a chegar até a carruagem.

Genji lamentava não ter aproveitado a visão direito, não tendo conseguido olhar de perto como deveria o rosto de sua mãe. Seria bonita como ele recordava? Morreria e a resposta permaneceria um mistério.

Contudo, aprendera algo, algo precioso. Sua visão do passado não guiaria o seu futuro, pois o tempo que lhe restava era curto. Mas lhe concedera a lembrança de uma infância feliz. Genji sempre a recordara como sendo pródiga em vergonha e tristeza. Esquecera-se dos dias felizes, quando os três talvez fossem a família mais ditosa de todas as ilhas do Japão.

— Meu senhor?

Tinham chegado. Genji desceu da carruagem.

— Tem certeza de que está mesmo se sentindo bem para discursar hoje, meu senhor?

— Estou ótimo.

A sua derradeira visão auxiliara o seu assassino de outra maneira. Os guarda-costas de Genji, preocupados com o seu desmaio e a conseqüente fraqueza dos seus pés, estavam prestando mais atenção nele do que deviam, negligenciando os possíveis perigos à espreita entre a multidão.

A previsão e o resultado eram interligados e inseparáveis. Quando era criança, não conseguira compreender isso. Não entendia por que a Senhora Shizuka, conhecendo o seu futuro, não pudera impedir as traições das quais já estava ciente mesmo antes de serem concebidas. Agora, no fim da vida, o mistério revelava-se para ele.

Conhecer o futuro era como conhecer o passado. Os acontecimentos não podiam ser controlados nem alterados, somente a atitude perante eles. Assim como a própria terra, o coração tinha suas diretrizes. Amargura, angústia, medo e ódio ficavam de um lado; equanimidade, gratidão, gentileza e amor, do outro.

Esta capacidade de escolher a diretriz do coração era o real poder do profeta, que nada mais era do que o único poder real de todos os seres humanos.

O quão afortunado fora ele no amor que dera e no amor que recebera!

Um alarido de vozes inflamadas escapou da câmara da Dieta. Iwao deu um passo para o lado e abriu a porta para ele.

Okumichi Genji, Par do Reino, ministro sem pasta de Sua Majestade Imperial o Imperador Mutsuhito, antigo Grande Senhor de Akaoka, amante de uma gueixa e de uma missionária e instrumento involuntário da morte de ambas, abriu seu costumeiro sorriso discreto e autodepreciativo, constantemente mal-interpretado, e caminhou tranqüilo rumo ao cumprimento de sua visão.

1867, CASTELO DO BANDO DE PARDAIS

O amor de Emily por Genji era verdadeiro e inabalável. Por ele, ela sacrificaria de bom grado seus membros, seus sentidos, sua vida, sua felicidade terrestre e seu lugar no céu. Se, para salvar a alma dele, tivesse de afundar no abismo mais profundo do inferno, mergulharia alegremente nas chamas, pois não havia maior satisfação do que garantir a salvação do seu amado. Na inocência de sua juventude, imaginara que o dia em que experimentasse tamanho amor ele conduziria infalivelmente todos os seus passos. Quanta ingenuidade.

O amor, descobrira ela, estava longe de ser uma questão de espírito.

Ultimamente, começara a experimentar certos sintomas físicos perturbadores quando se encontrava na presença de Genji, especialmente quando estavam a sós. E o pior é que não considerava as sensações desagradáveis. O modo como fora criada e sua religião impediam que as analisasse minuciosamente, mas não podia deixar de perceber que seus efeitos eram intensos e profundos. Não havia nenhum perigo real enquanto Genji a considerasse repulsiva. Sua ausência de sentimentos por Emily era a melhor defesa dela contra os sentimentos que nutria por ele. Todavia, nos últimos tempos tivera a impressão de flagrá-lo fitando-a de um modo particularmente intenso, característico dos homens cujos instintos animais sobrepujaram, temporariamente, as limitações da moralidade e da civilização. Ao perceber aquele olhar, não ficou constrangida nem assustada, como teria ficado em outras épocas. Em vez disso, sentiu que corava e que sua pele formigava de modo angustiante sob a roupa. Se Genji perdesse a cabeça, seria capaz de resistir a ele? Não acreditava que tivesse tamanha força de vontade. Este problema seria facilmente resolvido com a sua partida, se a sua maior preocupação fosse a sua castidade. Não era. A alma imortal de Genji estava em jogo.

Se ela partisse, deixaria de ser o instrumento involuntário de um pecado carnal. Mas, pensando desta maneira, não estaria apenas disfarçando seu egoísmo sob o manto da virtude? Sua ausência não privaria Genji de outras oportunidades para satisfazer sua luxúria. Além das gueixas por toda parte, havia agora duas jovens infelizes que tinham sido recentemente admitidas em sua moradia como concubinas, em um esquema degradante de escravidão. Ao longo dos anos, Emily julgara ter feito um progresso constante ao desviá-lo dos caminhos iníquos dos seus ancestrais, mas, diante de tais ocorrências, ficava claro que o seu trabalho ainda estava perigosamente incompleto.

Muito pior do que tais sucumbências às tentações da carne era a sua insistente difusão espiritual de blasfêmias. Ele professava submissão à vontade divina e à onipotência do Pai, gratidão pelo sacrifício e a ressurreição do Filho e conforto no abraço clemente e protetor do Espírito Santo. Ainda assim, não admitia que a miríade de Budas e deuses não passava de superstição. E, para piorar, continuava praticando a adoração do nada defendida pelos loucos patriarcas do culto zen. Ele dizia que não era adoração, mas o que mais poderia ser?

Estou apenas esvaziando a mente, costumava dizer.

Isso não era exatamente o oposto da salvação, que implicava reter na mente as palavras e a graça do Nosso Salvador?

Genji padecia do mesmo mal que afligia tantos dos seus conterrâneos: a capacidade de adotar diversas crenças contraditórias ao mesmo tempo. Ele não via problema nenhum em ser budista, xintoísta, cristão, tudo junto. Era capaz de acreditar em livre-arbítrio e destino com a mesma convicção. Aceitava a Palavra da Verdade e o nada com o mesmo amém.

De todas as suas perdições, a mais perigosa era a sua crença no dom profético supostamente conferido à sua linhagem. Segundo Genji, seu avô, o falecido Senhor Kiyori, fora aquinhoado com este poder, bem como seu tio, o parricida Shigeru. Ele não afirmava mais possuí-lo, mas apenas porque sabia que tal afirmação ofendia as crenças mais profundas de Emily. Calar uma heresia na qual ainda acreditava não o conduziria ao perdão divino. O silêncio só agravava o pecado.

Sua partida certamente haveria de assinalar o fim da conversão dele do paganismo ao cristianismo. Somente se permanecesse ao seu lado, fornecendo orientação constante e paciente, daria a Genji a chance de completar a sua conversão, garantindo assim a salvação de sua alma.

O que a levava de volta aos perigos físicos de uma proximidade prolongada.

Todos os seus esforços de raciocínio pareciam presos naquele círculo vicioso lógico.

O dilema de Emily tornava-se ainda mais complicado pela existência dos pergaminhos *Ponte de Outono*. As previsões neles contidas haviam, aparentemente, se tornado realidade, o que, por si só, já era bastante perturbador. Mas, para deixá-la ainda mais assustada, a narrativa inteira dava a impressão de ter sido escrita direta e especificamente para a própria Emily.

A Senhora Shizuka, a autora dos pergaminhos, morrera mais de quinhentos anos antes de Emily nascer.

Tinha de haver uma outra explicação para a *Ponte de Outono*. Sem Hanako para ajudá-la, estava lingüisticamente prejudicada. Se Emily olhasse com os olhos de uma Verdadeira Crente e visse as palavras não sob uma luz demoníaca, mas sim na iluminação de uma sincera fé cristã, seria capaz de enxergar a verdade?

Não havia alternativa senão tentar.

Apanhou o último pergaminho, o décimo segundo, para olhar novamente suas linhas derradeiras. Rezou para conseguir interpretá-las novamente. Respirou fundo e desenrolou o pergaminho.

Restavam apenas marcas tênues e ilegíveis, como espirais de fumaça pairando sobre uma fogueira apagada. Diante de seus olhos, estes últimos resquícios da escrita da Senhora Shizuka desapareceram completamente.

Foi até o baú mongol e examinou os outros onze pergaminhos. Estavam todos em branco, como se nada jamais tivesse sido escrito.

· · · · · ·

Emily apoiou-se no tronco de uma macieira. Caminhara do castelo até o vale. A última vez em que andara tanto, era uma menina deixando a fazenda de seus pais para sempre. Naquele dia, as chamas subiram aos céus atrás dela, símbolos do incêndio que sua mãe provocara para livrar-se de crimes ainda piores. Agora, as labaredas estavam dentro dela, invisíveis e não menos ardentes por estarem escondidas e tão bem guardadas.

Tinha apenas a lembrança da *Ponte de Outono* para guiá-la. Poderia confiar nela?

O Senhor Narihira sonhou que a chegada da Beleza Americana assinalaria o triunfo definitivo do nosso clã. Ele estava certo. Mas, durante a época em que viveu, a sua América ainda não existia, de modo que ele interpretou errado o sonho. Você não era uma flor a ser batizada para adequar-se às suas esperanças.

Emily ficara tão abalada com aquele trecho que tentara apagá-lo de sua memória. Agora, lutava desesperadamente para relembrá-lo e, ao fazê-lo, não tinha certeza se podia confiar em sua exatidão. A referência à *sua* América já era apavorante. Mas que a *Ponte de Outono* dissesse algo como "*Você não era uma flor a ser batizada para adequar-se às suas esperanças*" beirava o satânico. Poderia aquele "você" ser outra pessoa senão Emily?

O nascimento de sua filha vai esclarecer tudo para ele, mas nada para você. Você não vai sobreviver ao parto. Ela vai ouvir muito sobre a mãe pelo pai. Já que ela vai saber muito a seu respeito, deixe-me lhe contar um pouco sobre ela também. Ela terá o mesmo nome que eu. Você vai insistir, em seu último suspiro. Por isso, eu lhe agradeço.

Teria mesmo lido o que imaginara ter lido? Uma previsão de sua união com Genji e uma previsão de sua subseqüente morte no parto?

Não podia ser. Ninguém podia prever o futuro, exceto Jesus Cristo e os profetas do Velho Testamento. Se os pergaminhos arrogavam-se este poder, então eram blasfemos, enganosos, malignos. Para provar a sua falsidade, bastava aceitar a proposta de casamento de Charles Smith, quando ele a fizesse. Chegaria dentro de uma semana. Em uma semana, poderia desmentir aquilo tudo. Mas como isso ajudaria Genji? Seu casamento com Charles Smith em nada ajudaria a libertar Genji de sua crença em seu próprio dom profético. Aquele era o maior dos perigos para sua alma imortal.

Por mais sincero que Genji fosse ao proclamar sua fé em Jesus Cristo como seu Senhor e Salvador, sua devoção jamais seria compatível com a crença de que ele próprio também cra um profeta. A colisão da probidade com a blasfêmia haveria de separá-lo para sempre da misericórdia e do perdão de Cristo, e ele estaria fadado a ser excluído da Ressurreição. Emily achava que podia ficar separada dele naquela vida, mas a idéia de uma separação eterna lhe era insuportável. Talvez os seus motivos, até mesmo nesta questão, não fossem assim tão pios.

Viu um cavaleiro galgar a crista da colina sobre o vale. Era Genji. Enquanto ele cavalgava em sua direção, ela se lembrou do dia, anos trás, em que ele jazera na neve, sangrando até a morte. Ela o tomara em seus braços e jurara a Deus que não hesitaria em sacrificar sua vida para salvá-lo. Por um momento, o passado lhe pareceu mais vívido do que o presente.

A lembrança fez com que tomasse uma decisão audaz.

— Espero não estar incomodando — disse Genji.

— Não está — respondeu Emily.

— Posso deixá-la a sós, se preferir. É um belo dia para a solidão.

— Estou contente que tenha vindo até mim — disse ela. — Estava prestes a ir procurá-lo.

— Ah, é? — Ele desceu do cavalo e parou ao lado dela. — Para algum propósito específico ou apenas porque estava com saudade?

Ela sentiu que corava, mas não deixou que seu constrangimento a demovesse de sua decisão:

— Quero conversar com você sobre os pergaminhos que andei lendo — disse Emily. Prosseguiu, antes que perdesse a coragem: — Não são as crônicas do *Bando de Pardais*.

— Não?

— São, ou dizem ser, a *Ponte de Outono*, da Senhora Shizuka.

— Humm — disse Genji, esperando que ela continuasse.

Emily estava perplexa com a tranqüilidade de sua reação.

— Não parece surpreso — disse ela —, nem mesmo muito curioso.

— Não estou — respondeu Genji. — Hanako me contou sobre eles assim que descobriu.

Emily encarou-o, incrédula.

— Hanako era minha amiga. Ela me prometeu que não contaria nada a ninguém.

— Você era amiga dela, eu era o seu senhor. Não era possível ser leal a mim mantendo tal segredo. Em troca...

Genji parou no meio da frase e avançou depressa para amparar Emily, que levara a mão ao rosto e perdera o equilíbrio. Ela se apoiou no tronco de uma árvore e fez um gesto para que ele se afastasse.

— Não, por favor, sou perfeitamente capaz de cuidar de mim mesma.

— Tem certeza?

— Não tive muita escolha sob este aspecto. Nem em nenhum outro, ao que parece. Mesmo quando julguei estar bem amparada, na verdade não estava.

— Hanako não traiu você — afirmou Genji. — Como pode pensar uma coisa dessas? Na Abadia de Mushindo, ela morreu para salvá-la.

— Eu sei — disse Emily, começando a chorar. — Mas ela disse que ia guardar o meu segredo e não guardou.

— Ela não achava que fosse o seu segredo — disse Genji. — Como você achava que era, ela me fez jurar que não ia intervir nem tocar no assunto até que você o fizesse. Mantive a minha palavra.

— Por mero acaso — disse Emily. — Você não tinha como ter certeza de que um dia eu falaria sobre isso com você. Se eu não falasse, ia acabar me perguntando. Você deu sua palavra para Hanako por dar, assim como ela fez comigo.

— Não, Emily, você está enganada. Eu sabia que você ia tocar no assunto.

— Ah, é? Por acaso teve uma visão na qual eu perguntava a você sobre a *Ponte de Outono*? — Somente a mágoa que sentia a levara a empregar aquela palavra para insultá-lo.

— Não — respondeu Genji. Recebeu o desafio do olhar e da voz dela com uma calma inabalável. — Foi uma outra visão.

. . . . . .

Genji, novamente um passageiro em seu próprio corpo, se vê caminhando por um corredor. O homem que virá a ser está impaciente. Genji sabe disso pela pressa do seu caminhar. Está no castelo, indo em direção aos seus próprios aposentos. Do fim do corredor, ouve o choro de um bebê recém-nascido vindo do quarto para o qual avança em disparada. Os criados, pondo-se de joelhos, curvam-se à sua passagem.

Quando entra no quarto, vê um bebê no colo de uma criada.

— Senhor Genji — diz ela, exibindo-lhe a criança. Mas ele mal a olha, está preocupado com outra pessoa, no aposento íntimo. Antes que possa entrar, o Dr. Ozawa sai do quarto e fecha a porta atrás de si.

— Como ela está? — A voz de Genji está aflita.

— Foi um parto muito difícil — diz o Dr. Ozawa.

— Ela está fora de perigo?

O Dr. Ozawa curva-se.

— Lamento muito, meu senhor.

Genji cai de joelhos. Sente uma tristeza pungente apoderando-se de seu corpo.

— O senhor é pai, Senhor Genji — diz o médico, pondo o bebê em seus braços inertes. Genji tenta olhar para o rosto do bebê, na esperança de descobrir algum indício da identidade da mãe. Mas o Genji futuro não olha para o bebê. Toda a sua atenção está concentrada em outro lugar, em uma pequena jóia pendurada em uma corrente de prata no pescoço do bebê.

Um pequeno medalhão de prata com uma cruz gravada, adornado por uma flor estilizada, uma flor-de-lis.

. . . . . .

— Exatamente o medalhão que você usa — disse Genji.

— Isso não prova nada — retrucou Emily. — Mesmo que você tenha visto o que acha que viu, não prova nada. — A revelação de Genji a deixara abalada, mas não podia admitir. Seria o mesmo que admitir a possibilidade de que ele havia, de fato, tido uma visão. — As alucinações mais estranhas ocorrem com freqüência nos sonhos. É parte de sua natureza. Você viu o meu medalhão, Hanako contou-lhe as previsões da Senhora Shizuka e a sua mente adormecida embaralhou tudo de maneira bizarra. Nada mais do que isso.

— Tive esse sonho, como você chama, seis anos atrás, no jardim de rosas do castelo. Eu também não quero que seja verdade — disse Genji.

Emily virou-se de costas para ele. Mergulhou a mão na gola da blusa e abriu o fecho da correntinha de prata. Voltando-se para Genji, tomou a mão dele entre as suas e depositou a corrente e o medalhão com a flor-de-lis em sua palma. Era o seu bem mais precioso. Imaginara que só se desfaria dele ao morrer. Mais uma esperança vã.

— Tome, é seu. Pode dar para sua mulher, amante, concubina, a que tiver filhos primeiro, para que ela possa passá-la para a criança. O seu sonho se tornará realidade, provando não ter sido nenhuma visão importante.

Genji olhou para o medalhão e balançou a cabeça.

— O meu avô me disse que é inútil tentar evitar o cumprimento das visões, que elas acontecem de qualquer maneira e talvez com conseqüências ainda mais perigosas quando se tenta evitá-las. Mas, mesmo assim, eu tentei. Procurei me distanciar o máximo de você. Passei horas que não queria passar com gueixas. Trouxe concubinas para a minha casa. Incentivei seus relacionamentos com Charles Smith e Robert Farrington. Se uma gueixa ou concubina tiver um filho meu, talvez eu possa me convencer de que o que vi não foi uma visão, mas sim um sonho, como você diz. Ou se você se casar com Smith ou Farrington e voltar para os Estados Unidos, talvez eu acredite que você tem mesmo razão.

Genji tomou a palma de Emily e devolveu o medalhão.

— O seu casamento é a nossa melhor chance, Emily. Se não estivermos juntos, a visão não pode se concretizar. Vai ser absolutamente impossível.

Emily segurou a mão de Genji quando ele tentou recolhê-la. Olhou para ele sem nenhuma expressão por um longo tempo. Então, um sorriso começou a iluminar seu rosto e ela começou a chorar novamente.

Chorava em silêncio, banhada num sorriso, sem desviar os olhos do rosto dele.

— O que foi?

— Há muito tempo que eu amo você. — Ela parou, respirou fundo e disse: — Até agora, não sabia que você também me amava.

— Se de algum modo lhe dei essa impressão, peço desculpas — disse ele. Os cristãos consideravam a mentira um pecado. Isso porque acreditavam, erradamente, que a verdade era sempre a melhor opção. — Eu não amo você — mentiu Genji. — Sinto muito.

— Você me enganou direitinho por seis anos. Mas agora seus sentimentos estão muito claros para mim.

Ele riu, para fazer pouco caso da situação.

— E como foi que eu me entreguei? — perguntou ele, como se tudo não passasse de uma brincadeira.

— Você acredita em suas visões — disse Emily — e nas visões que os seus antepassados têm há seis séculos. Você acredita que qualquer tentativa de escapar delas é inútil e pode resultar numa desgraça ainda maior. Você acredita em tudo isso, mas mesmo assim ia me mandar embora na esperança de impedir que elas se concretizassem.

— Só porque não sou tão bom cristão quanto você gostaria não significa que não possua nenhuma virtude cristã. Sou seu amigo, não quero vê-la sofrendo. E certamente não quero que você morra antes da sua hora.

— Mentiroso — disse Emily, sorrindo.

O modo como ela falou o fez lembrar Heiko, dizendo a mesma coisa na última vez em que ele a vira. Só que Heiko não sorrira.

— Você está se arriscando, arriscando o futuro do seu clã, a segurança e talvez até mesmo a própria existência do seu herdeiro. E tudo isso para quê? Para me proteger.

Emily soltou a mão dele, que estivera segurando firme durante todo aquele tempo.

— Você se importa mais comigo do que consigo mesmo — disse ela. — Não foi essa a sua definição de amor?

Genji olhou para o medalhão de Emily em sua palma, onde Emily o havia colocado.

Se quisesse que ela partisse, tudo o que tinha a fazer era aceitá-lo, negando as suas palavras. Assim, ela iria embora. Emily se casaria com Smith, ou Farrington ou com qualquer outro americano, deixando Genji e o Japão para trás. Não porque duvidasse do seu amor por ela, mas sim porque jamais se ofereceria a ele, nem mesmo para salvá-lo. Pelos princípios de sua fé, tão emaranhados com suas idéias de amor romântico, o livre-arbítrio desempenhava um papel crucial.

O livre-arbítrio.

Genji não sabia o significado daquelas palavras. Em seu mundo, elas não faziam sentido. O arbítrio era o meio pelo qual alguém cumpria o seu destino. Livre? Ninguém era livre. A liberdade era uma ilusão engendrada por demônios, e somente tolos e lunáticos acreditavam nela.

E o que ele era? Um lunático? Um tolo? Um demônio? Talvez os três.

Genji segurou o medalhão pela corrente. Ele brilhava tão forte quanto em sua visão. Ele passou as mãos em volta do pescoço de Emily, encostando de leve em sua nuca para prender o fecho.

Livre-arbítrio ou destino?

— Genji — sussurrou Emily, abandonando-se em seus braços.

· · · · · ·

Emily teve pouco tempo para maravilhar-se com aquele desfecho inesperado. Uma vez tomada a decisão, Genji planejara e executara os acontecimentos subseqüentes com a rapidez e a precisão de um general samurai em campanha. Em menos de três semanas, a capela na colina sobre o Vale das Maçãs, há tanto tempo idealizada, tornou-se realidade. O mestre-de-obras, Tsuda — o mesmo que descobrira a *Ponte de Outono* e a mandara entregar a Emily —, trabalhava sem cessar, como se sua própria vida dependesse da capela ficar pronta a tempo. As criadas do castelo fizeram um vestido de noiva com um molde francês tão elaborado que devia ser anterior à Revolução. Metros e metros da mais fina seda chinesa, linho irlandês e renda francesa foram usados para confeccioná-lo. Emily ouviu uma criada comentando que somente o custo do corpete primorosamente bordado beirava a renda anual de algumas das províncias menores. Emily ficou constrangidíssima com aquela extravagância.

Duvidava que a Rainha Vitória tivesse usado um vestido de noiva tão sofisticado em seu casamento. Mas não comentou nada com Genji. Sabia que ele tinha bons motivos para estar montando um espetáculo de peso. Um senhor de uma das linhagens mais antigas do reino estava para se casar com uma estrangeira sem nome, relações políticas nem dinheiro. Ele estava combatendo os inevitáveis boatos maldosos com uma grandiosa exibição de orgulho. Talvez, no fim das contas, não fosse mesmo tão diferente de uma campanha militar.

Mal podia acreditar. Emily Gibson, uma filha de fazendeiro do Vale do Rio Hudson, estava para se casar com um samurai pagão japonês.

. . . . . .

Hidê estava à beira da água, contemplando o navio ancorado ao largo. Só de olhar para ele sentia tanto ódio que precisava de toda a sua arduamente conquistada disciplina marcial para manter a respiração calma e inaudível. Acaso um dos axiomas dos samurais não dizia que um homem cuja respiração pode ser ouvida pelo seu oponente é um homem derrotado? Não podia dar um mau exemplo.

— Conto apenas quatro canhões — disse Iwao. — O navio do nosso senhor, o *SS Cabo Muroto*, tem vinte. Somos mais poderosos do que os americanos. — Gostava quando o pai o suspendia e segurava em seus braços. Estava esperando que ele o fizesse, mas não pedira. Um samurai jamais pede favores, nem mesmo quando tem apenas cinco anos de idade.

— Não somos — disse Hidê —, ainda não. O navio de guerra do nosso senhor é feito de madeira. Aquele é revestido em aço. Os disparos de todos os vinte canhões do *Muroto* não conseguiriam atingir a carcaça de metal. E veja o tamanho desses quatro canhões. Está vendo que estão sobre umas torres de tiro? Elas podem girar sobre o seu eixo e atirar em qualquer direção, não importa onde esteja o navio.

Iwao não gostava de saber que os estrangeiros eram mais poderosos. Ele disse:

— *Hampton Roads*. Estou lendo o nome do navio direito, pai?

— Está.

— Que nome mais idiota. *Cabo Muroto* é muito melhor.

Hidê teve vontade de rir, mas conteve-se, dando apenas um sorriso.

— Não somos os únicos com apreço à história. Hampton Roads é o lugar onde couraçados de guerra enfrentaram-se pela primeira vez.

— Sério? E quem ganhou?

— Nenhum navio conseguiu atingir o outro. Não houve um vencedor.

O menino disse:

— Se não podemos afundá-lo numa batalha, vamos tomá-lo enquanto está ancorado. Veja, papai. Os sentinelas do cais não estão nem um pouco atentos. Estão sentados, rindo, fumando seus cachimbos. Acho que estão bêbados!

— E como você faria?

Iwao franziu o cenho, concentrado.

— À noite. Os escaleres podem ser vistos, mesmo numa noite sem luar. Eu conduziria homens a nado, vindos do leste. As luzes da cidade a oeste cegariam os sentinelas.

— A água inutilizaria as armas de fogo — disse Hidê.

— Não precisaríamos de armas de fogo — respondeu Iwao. — Apenas espadas curtas e facas. Um tiroteio só serviria para chamar a atenção do inimigo, ao passo que as armas brancas não fazem barulho. Invadiríamos o *Hampton Roads* enquanto a tripulação estivesse dormindo. Vinte homens seriam o suficiente, se fossem os vinte mais destemidos.

— Com licença, meus senhores. — Uma criada ajoelhou-se na areia atrás deles. — A cerimônia está para começar.

— Obrigado — agradeceu Hidê. Colocou Iwao no chão e os dois seguiram a criada de volta ao Bando de Pardais.

— Estou contente que a Senhora Emily vá se casar — disse Iwao.

— Ah, é? — Hidê olhou para o filho. — E por quê?

— Assim ela não vai mais ficar sozinha — disse o menino.

· · · · · ·

— Não é exatamente o casamento que eu tinha imaginado — disse Charles Smith.

— Nem eu — respondeu Robert Farrington. Exceto pelos dois americanos, todos os convidados eram déspotas locais e seus vassalos.

— Confesso que estou surpreso em encontrá-lo aqui — disse Smith.

— O *Hampton Roads* não tem uma patrulha fixa — disse Farrington. — Ademais, o capitão e eu lutamos juntos. Não foi difícil viajar até aqui.

— Estava me referindo às barreiras sociais, não às geográficas.

— Não vejo nenhum motivo para evitar o casamento de uma mulher por quem tenho o mais alto apreço — respondeu Farrington —, ainda que não aprove o noivo escolhido por ela.

Os dois ficaram em silêncio. Nenhum deles sabia o que passava pela cabeça do outro, mas podiam adivinhar.

Farrington fez uma careta e tentou pensar em outra coisa.

Smith, sorrindo, divertia-se com as imagens que desfilavam em sua mente.

Não era todo dia que uma bela virgem americana sacrificava-se no altar do *bushido*.

. . . . . .

O aposento nupcial foi tão bem mobiliado e decorado à moda americana que Emily podia imaginar, sem esforço, que estava em Albany, e não em Akaoka. O que mais chamou sua atenção, talvez por causa do seu estado de espírito, foi uma imensa cama de baldaquino, com colchas e travesseiros macios e lençóis brancos de seda pura.

Emily postou-se diante do espelho ao lado da cômoda. Ela viu, sem orgulho ou falsa modéstia, que o seu reflexo no espelho era todo elegância e beleza. Se estivesse vendo uma estranha, teria ficado tão pasma com a perfeição de sua imagem que teria sido obrigada a lembrar que tudo é vaidade, que todas as obras do homem e o próprio homem um dia chegam ao fim. Como olhava para si mesma, não precisava de nenhum lembrete. Por trás da aparência serena no espelho, enxergava o seu espanto.

A cerimônia tinha sido surpreendente. Não havia outra palavra para descrevê-la. Charles e Robert compareceram, o que a deixara surpresa, e haviam sido mais do que gentis um com o outro, o que a deixara ainda mais surpresa. Suas felicitações pareceram bastante sinceras. Robert, como sempre, não demonstrava seus sentimentos, ao passo que Charles estava eufórico, como se ele próprio fosse o noivo. A cerimônia fora realizada por um pastor holandês calvinista. Ele e seus antecessores se davam com os Senhores de Akaoka havia muitas gerações. Emily considerara um sinal claro da vontade de Deus que ninguém da família de Genji tivesse se tornado calvinista durante todo aquele tempo e que o próprio Genji tivesse sido batizado na Palavra da Verdade uma semana antes do casamento. Não surtira nenhum efeito visível entre os seus; todos os Grandes Senhores do Japão Ocidental que eram contra o Xogum Tokugawa haviam comparecido à cerimônia, bem como o emissário de alto escalão do próprio Xogum, e todos a haviam tratado com respeito, mostrando-se alegres durante a recepção.

Na verdade, lembrava-se apenas de alguns detalhes. Estivera como que envolta em uma névoa tanto durante a cerimônia quanto durante a recepção. Estava preocupada demais com o que viria em seguida.

E agora, havia chegado a hora. Dentro de alguns minutos — poucos minutos — Genji viria até ela, esperando uma obediente submissão. Confiaria em Deus, faria o melhor possível, não deixaria que a sua agonia física nem a sua angústia emocional o privassem de seus direitos conjugais. Mas estava com medo, não podia negar.

O que ele haveria de querer?

Os cristãos, mesmo os maus cristãos, compreendiam que o casamento existia apenas para fins de procriação, e não como uma oportunidade para entregar-se à licenciosidade do sexo. Havia entre eles uma barreira de consciência que servia como defesa contra suas piores inclinações animais. Mas tal barreira não existia para Genji. Em primeiro lugar, ele era japonês, e os nativos daquela terra não pareciam considerar nenhum ato como proibido, desde que fosse consensual. Acontece que, uma vez parceira de um homem em sua intimidade, o consentimento a todas as práticas subseqüentes estava implícito, e, dentre tais práticas, diversas seriam tidas como perversões, atrocidades e crimes hediondos perante a lei e a moral de qualquer nação ocidental.

Não buscara aquelas verdades tenebrosas. Morando naquele país havia seis anos, fora impossível não descobri-las. As primeiras sugestões vieram de comentários que escutara sem querer, trocados pelas senhoras e as criadas da casa. Sugeriam um comportamento absolutamente desprovido de moralidade. Logo em seguida, deparou-se com uma coleção de livros e pergaminhos que jamais tinha notado, na biblioteca do castelo. O primeiro que abriu por acaso era pródigo em ilustrações de cenas íntimas, das mais repugnantes, tornadas ainda mais indigestas pela representação das genitálias masculina e feminina em cores e tamanhos exagerados. Horrorizada, ela fechou o livro imediatamente. Ainda assim, aquele breve olhar de relance imprimira-se para sempre em sua memória. Levou uma hora para tomar coragem de abrir o outro volume. Não o fez por curiosidade lúbrica, mas sim numa tentativa de ampliar o seu conhecimento sobre as pessoas entre as quais habitava. Conhecer as fraquezas era o primeiro passo para encontrar a sua cura.

O segundo livro continha esboços em tinta feitos com traços simples, mas o conteúdo era ainda pior. Mulheres nuas amarradas em posições grotescas, dolorosas, obscenas. O japonês de Emily estava longe de ser fluente, mas compreendia o bastante para saber que era um livro com instruções detalhadas de tortura sexual.

Deixou os livros onde os encontrara e foi ocupar-se em seu gabinete. Quando Hanako apareceu para ajudá-la, Emily tentou tocar no assunto. Mas como uma mulher virtuosa pode falar sobre tais coisas, mesmo com a sua melhor amiga? Emily tentou várias vezes, mas, sem conseguir falar, apenas corou. Acabou jamais tocando no assunto.

Agora, Hanako se fora e não havia mais ninguém para ajudá-la. Estava sozinha.

Confiava em Deus para lhe mostrar a saída. Mas, parada diante do espelho, deslumbrante em seu vestido de noiva, não via nenhuma saída, nenhuma mesmo.

Começou a se despir.

E o pior não seria o ato físico em si, mas sim a confissão que teria de fazer. Estava cometendo uma fraude desde que chegara ao Japão, com sua fachada de pureza e santidade. Não era o que fingia ser.

Não era mais virgem.

Embora as circunstâncias do seu defloramento não tivessem sido consensuais, nada justificava ter omitido o fato de Genji. Acontecera quando ela ainda era praticamente uma criança, e fora brutalmente forçada a ceder. Mas isso não alterava o fato nem atenuava a vergonha.

Deveria ter lhe contado antes do casamento. Queria contar, pretendia contar, mas, por esse ou aquele motivo, a ocasião oportuna jamais surgira. Agora, não tinha mais escapatória, teria de contar antes que ele descobrisse por si mesmo.

Acaso receberia a notícia com muda decepção ou com raiva?

Só vira Genji com raiva uma vez.

Nesta ocasião, ele decapitara a pessoa que lhe despertara a ira.

. . . . . .

Genji caminhava em direção à suíte nupcial com o coração apreensivo. Não estava mais preocupado com a visão que associava a desgraça de Emily ao nascimento do filho deles. Haviam tomado juntos a decisão de seguir adiante. Viveriam e morreriam com as conseqüências de sua decisão; nada mais havia a ser considerado. A sua aflição não era causada por um acontecimento em um futuro distante, mas sim por um que se assomava, iminente: a consumação do seu casamento.

Desde sua primeira experiência, aos doze anos, todas as suas parceiras haviam sido, em sua vasta maioria, mulheres com um altíssimo grau de conhecimento das artes íntimas. Quando eram virgens, como as duas concubinas que adquirira recentemente, eram jovens que haviam sido exaustivamente treinadas e preparadas para dar e receber prazer. A sua castidade fora um requisito imposto pela sua posição social — como mães em potencial do herdeiro de um senhor —, não uma conseqüência de aversão, ignorância ou falta de oportunidade. A reputação de Genji como amante habilidoso, ainda que talvez não de todo injustificada, fora conquistada por meio de falsas seduções mútuas, fingimentos que seguiam antigos padrões tradicionais de romance entre os nobres. O único objetivo das mulheres que dormiam com ele era a excelência de seu desempenho. Se ele não fosse excelente, a culpa era delas, pois a cama era o seu reino e suas habilidades íntimas, seu arsenal. Mas é claro que Genji prestara atenção. Aprendera muitas lições com os melhores especialistas do Japão — e aprendera direito. Embora não fosse possível ter certeza dos sentimentos de uma mulher, estava razoavelmente confiante em suas habilidades.

Foi somente quando deixou as festividades para ir ter com sua noiva que se deu conta de algo muito importante.

Não fazia a menor idéia de como devia se comportar com uma mulher que não sabia tomar a iniciativa nem acompanhar. Diante daquela dura e assustadora realidade, o fato de ela ser uma missionária cristã americana deixou de ter qualquer importância.

. . . . . .

Emily ouviu alguém batendo à porta. Genji era o único que batia antes de entrar. Os outros seguiam o costume tradicional de anunciar a sua presença em voz alta. Ele adotara o gesto em deferência a Emily.

Em seu estado emocional exaltado, aquela simples constatação trouxe lágrimas aos seus olhos. Precisou de um momento para recompor-se e dizer:

— Pode entrar.

Genji viu que Emily já estava na cama, com a colcha puxada até o pescoço, presa sob o queixo. Torceu para que ela não estivesse nua. Charles Smith havia lhe dito que as mulheres ocidentais preferiam fazer amor completamente despidas. Genji não acreditara nele, é claro. Charles Smith era um piadista nato e costumava dizer as coisas mais para chocar os seus ouvintes do que para fornecer informações precisas. A única mulher que costumava ficar nua com ele era Heiko. Aquele ousado menosprezo pelo decoro fazia parte do seu charme. As outras mulheres faziam amor do tradicional modo sedutor, com o quimono desalinhado. Aquilo consistia em uma arte, ao passo que não havia arte nenhuma na nudez.

Ou acaso havia? Não seria aquele mais um dos aspectos da vida que os estrangeiros percebiam de maneira completamente diferente? Não havia nudez na arte japonesa e até mesmo as reproduções sexuais explícitas não abusavam de corpos nus, ao passo que no Ocidente a nudez proliferava em estátuas e pinturas que decoravam até mesmo os prédios oficiais de suas capitais. Ou estava confundindo o Ocidente antigo com o moderno, os gregos e os romanos com os ingleses e americanos?

Genji sentou-se no seu lado da cama — Emily ocupava inteiramente uma das metades — e despiu seu quimono externo. Para o casamento, usara um traje japonês tradicional. Emily lhe perguntara se devia usar o quimono de casamento que viera no baú mongol, mas Genji achara melhor não. Sabia que ela não se sentiria confortável e tinha lá as suas dúvidas de como ela ficaria de quimono. O seu feitio de corpo — exageradamente protuberante nos seios e nos quadris e cingido de maneira igualmente dramática na cintura — era extravagante demais para fornecer a estrutura ideal ao caimento de um quimono. Ficara linda em seu vestido de casamento, como ele já imaginava. Uma coisa era adaptar-se, outra, tentar ser o que não se era. Aquela era uma lição que ele e seus conterrâneos fariam bem em guardar para o futuro.

Estava prestes a deslizar sob a coberta quando se lembrou de outra coisa que Smith lhe dissera. As mulheres ocidentais, revelara ele, preferiam intimidades no escuro.

No escuro?, perguntara Genji. Durante a noite, em vez de dia?

Smith respondera: No escuro mesmo, de noite, sem nenhuma iluminação.

Sem nenhuma iluminação além da luz da lua ou das estrelas?, dissera Genji.

Não, respondera Smith. Em um quarto fechado, com as cortinas cerradas para impedir qualquer claridade externa e sem nenhuma luz artificial de qualquer gênero.

Mas é impossível enxergar alguma coisa assim, ponderara Genji.

Exatamente por isso, respondera Smith.

Genji não acreditara nele, mas aprendera que, em se tratando dos estrangeiros, o inacreditável não devia ser sempre descartado.

— Vou apagar a vela — disse ele a Emily.

Emily estivera pensando a respeito enquanto Genji se despia. Graças a Deus ele não se despira completamente. Ansiava pelo abrigo da escuridão, mas também a temia. Sem nenhum sustentáculo visual, sujeita a sabe Deus que tipo de invasão e abuso físico, ela podia facilmente ficar desorientada e entrar em pânico.

— Por favor — pediu ela —, deixe acesa. — Ficaria olhando para o seu rosto e encontraria o conforto que buscava nele. O homem que ela amava na certa desapareceria assim que a sua natureza animal tomasse conta dele. Mas, até lá, buscaria os seus olhos e contemplaria toda a bondade que havia nele.

Genji estava deitado em um dos lados da cama, apoiado no cotovelo. Emily o fitava como um prisioneiro que aguarda o tiro de misericórdia do seu carrasco. Não restava dúvida de que o amor era uma pilhéria dos deuses, para deixar duas pessoas que se amavam tão apavoradas.

Emily havia soltado o cabelo. O travesseiro submergia sob um mar de fios de ouro, como os usados nos melhores bordados. A seda branca da roupa de cama complementava a palidez imaculada de sua pele. Suas feições dramáticas estavam equilibradas pela inocência de sua apresentação; ela não usava nenhuma maquiagem. Os olhos, que outrora o desconcertavam pela sua estranheza, agora lhe pareciam reflexos quase mágicos de um céu infinito ou do oceano em seus dias mais reluzentes. Como pudera tê-la achado algo menos do que linda? Estivera cego.

Genji afastou delicadamente a colcha que jazia presa sob o queixo de Emily. Ela retesou os ombros por um momento, depois tornou a relaxá-los ao ver que ele não a desnudara por completo. Usava um quimono de dormir. A seda azul-clara, da cor dos seus olhos, oscilava em seu peito ao compasso de sua respiração.

Tocando sua pele, Genji deslizou os dedos devagar do pescoço até a cintura, abrindo levemente o quimono. A pele de Emily era macia e ardente. Parecia febril, com um rubor escarlate tingindo-lhe as faces e as pálpebras.

Ofegante, ela desviou o olhar.

Genji tocou em seu rosto e ela o encarou novamente.

— Posso beijá-la? — perguntou ele.

Que ele pedisse permissão, que ele perguntasse tão tímido, era mais do que ela podia suportar. As lágrimas assomaram-lhe aos olhos e escorreram pelo seu rosto.

— Pode — respondeu ela, fechando os olhos.

O beijo dele era tão suave e delicado que mais parecia um sopro cálido em seus lábios. Ainda assim, fez com que estremecesse.

Precisava lhe contar. Precisava contar logo, antes que o silêncio se tornasse uma mentira.

— Eu não sou virgem — disse ela.

— Nem eu — respondeu Genji, beijando-a novamente.

1953, ABADIA DE MUSHINDO

Às vezes, assim que acordava pela manhã, a velha Abadessa Jintoku não despertava onde deveria, no décimo sétimo ano do Imperador Showa, e sim no décimo quinto de Meiji, ou no sexto de Taisho, ou, mais amiúde ultimamente, no vigésimo primeiro de Komei. O décimo quinto de Meiji fora o ano em que Makoto Stark chegara ao templo. O sexto de Taisho havia sido memorável porque fora aquele em que o Japão se tornara uma potência plena, como um dos vitoriosos na Grande Guerra. E ela imaginava acordar tão freqüentemente no vigésimo primeiro de Komei porque fora o ano da segunda batalha de Mushindo, a que tirara a vida da Senhora Hanako, tornara Jintoku abadessa e — e qual era mesmo a outra coisa? Havia mais uma. A velha Abadessa Jintoku lembrara-se dela ao despertar naquela manhã, mas já a esquecera novamente. Paciência, ia acabar lembrando. Ou não. Mas também não tinha a menor importância.

Estava sentada pacientemente em sua almofada, enquanto a freira que cuidava dela e três convidados agitavam-se à sua volta na pequena sala de estar do seu chalé. Era gente demais para um espaço tão pequeno. E os convidados ainda haviam trazido equipamentos enormes, incluindo o que parecia ser uma câmera de cinema.

— A senhora está pronta, Reverenda Abadessa? — perguntou a jovem freira.

— Estou sempre pronta. Há algo em particular para o qual devo estar pronta agora?

— Maravilhoso — disse o homem em um terno ocidental espalhafatoso. — Vamos fazer com que ela repita isso para a câmera. Ei, Yas, monte a câmera aqui imediatamente.

Usava um corte de cabelo que ficara bastante popular durante a Ocupação Americana, meio comprido e ensebado, com algo de gângster e de afeminado ao mesmo tempo. Ela não o conhecia e não gostava dele. Não por causa das roupas nem do cabelo, mas sim pelo modo como seus olhos reluziam e não paravam quietos. Eles faziam com que se lembrasse dos olhos dos rapazes durante a guerra — não a Grande Guerra, que terminara trinta e cinco anos atrás, mas a Grande Guerra da Ásia Oriental, que todos agora deviam chamar de Grande Guerra do Pacífico ou

Segunda Guerra Mundial, por ordem dos americanos. Os olhos dos rapazes ficavam daquele jeito porque, antes de partirem para morrer em aviões e navios, davam-lhes pequenas pílulas brancas para que não sentissem necessidade de dormir ou comer e ficassem indóceis para chocar-se contra navios americanos em ataques suicidas.

— Isso vai ser difícil — disse a freira.

— Por quê? — perguntou uma moça.

Usava trajes semelhantes ao do sujeito com quem Jintoku não simpatizara. Suas roupas também eram americanas, particularmente de mau gosto em seu caso, com uma saia que exibia panturrilhas meio gordas e malfeitas. Usava uma quantidade de maquiagem que teria caído bem em uma prostituta de Ginza. O cabelo era um caos complicadíssimo de cachos petrificados, chamado permanente. Jintoku não desgostava tanto da moça como do rapaz. Tinha pena dela. A sua deformação grotesca na certa era por causa de algum homem, se não aquele, um outro qualquer. As mulheres sempre faziam o que os homens queriam, mesmo quando o que eles queriam era bizarro e prejudicial. Era uma tristeza.

— A Reverenda Abadessa nunca repete o que diz — explicou a freira.

— É só fazermos a mesma pergunta — disse o sujeito.

— Ela nunca responde a uma pergunta com a mesma resposta — reiterou a freira.

— Que figura — comentou o rapaz, como se Jintoku não estivesse presente. — Isso também é ótimo. Vamos conseguir umas imagens fantásticas para o programa.

— Que programa? — perguntou Jintoku.

— A senhora não se lembra, Reverenda Abadessa? Hoje os repórteres da Rede NHK vieram aqui para entrevistá-la. A senhora vai fazer parte de um programa especial, *Os Centenários do Japão*. É parte da comemoração do primeiro aniversário do término da Ocupação Americana.

— Isso mesmo, Reverenda Abadessa — disse o repórter. — O Japão está livre novamente.

— Para começar, o Japão nunca esteve livre — disse Jintoku. — Os Grandes Senhores mandavam antes e continuam mandando agora.

— Gravei isso — disse o câmera.

— Ótimo — retrucou o repórter —, mas não vamos poder usar. Pode soar como um comentário militarista demais.

— Ela não sabe que o feudalismo acabou um século atrás? — perguntou a mulher pintada como uma prostituta.

— A Reverenda Abadessa estava falando metaforicamente — disse a freira. Não era a mesma freira que lhe fora designada no mês passado. Jintoku a esgotara. Aquela ainda estava novinha em folha. Era mais jovem também, talvez durasse mais do que as outras.

— Seja como for, não vamos arriscar — disse o repórter. Olhou para as suas anotações, refrescou a memória e falou em voz alta, como que recitando: — Reverenda Abadessa, a senhora é uma das cidadãs centenárias de maior destaque em nosso país. Como abadessa fundadora da Abadia de Mushindo, constitui um vínculo essencial com as nossas estimadas tradições. O Japão possui mais centenários *per capita* do que qualquer outro país no mundo. A senhora acha que isso é fruto do profundo interesse espiritual cultivado por tantos japoneses?

— Acho que é uma espécie de maldição — disse Jintoku. — Nós, japoneses, custamos muito a aprender. Continuamos insistindo sempre nos mesmos erros, guerra após guerra, matando todos os que vemos pela frente. Então, os deuses e os Budas nos condenaram a uma vida longa, para que possamos ter mais tempo para contemplarmos os erros que cometemos.

— Gravei isso — disse o câmera —, mas acho que não vamos poder usar também.

— Não, talvez possamos — disse o repórter. — É antimilitarista e penitente. Pode ser que passe.

— Ninguém devia viver tanto tempo — disse Jintoku. — Todos que conheci quando era jovem já estão mortos há mais de trinta anos. Fica difícil não embaralhar as coisas.

O câmera lançou um olhar de dúvida para o repórter, que fez um gesto circular com o dedo para ele, para que continuasse gravando.

— Mas certamente a religião serviu de consolo não só para os outros, como também para a senhora, não?

— Não entendo nada de religião.

— A senhora é muito modesta, Reverenda Abadessa. Por mais de um século, a senhora tem sido uma líder espiritual muito respeitada. Sob sua orientação, milhares encontraram a fé.

— Não tenho nada a ver com a fé dos outros — disse Jintoku. — A seita Mushindo ensina a libertação das ilusões. Não tem nada a ver com fé, é uma questão de prática. Você pratica ou não pratica, simples assim. Enquanto isso, pode acreditar no que quiser. A fé não tem nada a ver com a realidade.

— Bem, este é um ponto de vista original, Reverenda Abadessa. Sem dúvida bem diferente do que diriam os abades dos grandes templos e santuários do Japão.

— Nem tanto — retrucou Jintoku. — Um dos patriarcas zen de antigamente... ou seria um mestre kegon?... resumiu muito bem a questão. Era um ditado bastante popular na época da Guerra do Ópio, quando os ingleses obrigaram os chineses a comprar ópio. Ele disse: "A religião é o ópio do povo."

O repórter fez um gesto de corte na garganta.

O câmera olhou para ele e disse:

— Eu já tinha parado de rodar quando ela chamou os ingleses de traficantes de drogas.

— É impressionante — comentou o repórter. — Ela conseguiu insultar nossos aliados ingleses, difamar as igrejas zen e kegon e fazer propaganda ilegal do comunismo em apenas três frases.

— Pergunte sobre os livros — sugeriu a mulher com o capacete cacheado e o batom vermelho-sangue. — Todo mundo ama aqueles livros.

— Boa idéia — disse o câmera. — E é uma ótima ligação com as nossas tradições sagradas.

— Está bem — disse o repórter, com uma expressão de dúvida. — Fumi, mostre a ela alguns dos livros. Ela pode precisar deles para reavivar a memória.

A moça espalhafatosa, que tinha até um rosto bonito por trás de toda aquela pintura, colocou um livro infantil com ilustrações coloridas nas mãos de Jintoku. Era um conto de fadas sobre o Menino-Pêssego, um rechonchudo querubim sobre-humano nascido em um pêssego. As figuras eram chamativas e alegres. Até mesmo os demônios pareciam amigáveis.

— Gostei muito — disse Jintoku. — Muito obrigada.

— Não, não — disse o repórter. — A senhora escreveu esse livro, e esses aqui também. — Ele colocou uma pilha com vários livros similares na mesa que os separava. — Foram muito populares durante a era Meiji.

Agora que a Ocupação terminou, voltaram a ser populares. Acho que representam os bons tempos para muita gente.

— Eu escrevi esses livros? — Ela apanhou um outro, sobre uma Princesa Tartaruga. — Não sabia que eu desenhava tão bem. Que lástima, perdi esse talento completamente. Não me lembro sequer de tê-lo tido um dia.

— A senhora escrevia as histórias. Quer dizer, as recontava. São antigos contos de fadas. Quem fez as ilustrações foi o antigo zelador do templo. — Ele se virou para o câmera. — É uma pena não podermos entrevistá-lo. Daria uma boa matéria.

— Não se ele falasse como ela — disse o câmera.

— Goro ilustrou esses livros? — perguntou Jintoku.

O repórter virou-se para a mulher maquiada.

— Quem é Goro?

Ela consultou suas anotações e sacudiu a cabeça.

— Não sei. Ele não consta na lista.

— Procure saber. — O repórter virou-se para Jintoku novamente. — A senhora não se lembra do zelador do templo? Era um americano, Makoto Stark.

— Makoto? Makoto é o zelador?

— Foi, Reverenda Abadessa. Ele faleceu há muitos anos.

— Pobre rapaz. — Os olhos de Jintoku encheram-se de lágrimas. Será que ele não se recuperara jamais dos seus ferimentos? Parecia tão bem da última vez que o vira. Até onde conseguia lembrar, fora no décimo quinto ano do Imperador Meiji, setenta e um anos atrás. Se ele ilustrara aqueles livros, como dissera o sujeito espalhafatoso, devia ter se recuperado dos ferimentos e morrido mais tarde, por outro motivo. Ainda assim, era triste. Só se lembrava dele jovem, de modo que, em seu coração, era pelo jovem que lamentava.

— Bem, é melhor darmos a entrevista por encerrada — disse o repórter.

— Perda total? — perguntou o câmera.

— Que nada — respondeu o repórter. — Sou um craque em edição. Vamos juntar todas as cenas em que ela aparece sorrindo, todos os planos bem-comportados. Nenhum comentário direto dela. Colocamos Fumi fazendo uma narração em off e, quando eu tiver terminado, ela vai parecer absolutamente adorável. — Ele se curvou para Jintoku. — Muito obrigado, Reverenda Abadessa. Pode deixar que avisamos quando o programa for ao ar, para a senhora se ver na televisão.

— Eu me vejo ao vivo todo dia — disse Jintoku. — Não preciso de televisão para isso.

A freira disse:

— Muito obrigada por terem vindo conversar com a Reverenda Abadessa. Ela não teve a intenção de ser descortês. É que ela é muito direta, só isso. Eu soube que é assim desde criança.

Enquanto observava a equipe da televisão indo embora, Jintoku lembrou-se do que estivera pensando quando despertara naquela manhã. No início do outono do décimo quarto ano do Imperador Komei, quando ela devia ter uns quatorze anos de idade, descobrira um pergaminho escondido sob uma antiga pedra fundamental. Pretendia entregá-lo à Senhora Hanako, mas ela foi assassinada, de modo que decidiu guardá-lo até que pudesse entregá-lo pessoalmente ao Senhor Genji. Por motivos que não recordava mais, ainda tinha o pergaminho até hoje. Teria aberto e lido o que estava escrito? Se lera, não se lembrava mais. Mas lembrava-se perfeitamente onde o havia escondido. Ou acaso o tinha tirado do lugar?

A velha Abadessa Jintoku levantou-se a duras penas e pôs-se a caminhar até o seu quarto, nos fundos do anexo do templo. No meio do caminho, alguém a chamou pela porta da frente:

— Vovó! Vovó! Chegamos!

Era a voz eufórica de um menininho. Ele devia ter passado pela equipe de televisão. Agora, quem era ele? Devia reconhecer a sua voz. Ou não. Tinha tantos netos. Quando o governo Meiji decretara que todos os guardiões de templos budistas deveriam se casar ou abandonar a vida religiosa, Jintoku se casara. Não por vontade própria, mas porque, se não o fizesse, teria de abandonar o templo, e o templo era a sua vida.

— Vovó! Onde está a senhora?

Era outra voz, desta vez, de menina. Não a reconhecia também. Tinha tantos netos. Netos, bisnetos, trinetos. Haveria tataranetos também? Ah, não conseguia lembrar. A sua memória já não era mais a mesma. Se bem que nunca fora lá grande coisa.

— Estou indo — gritou ela.

A velha Abadessa Jintoku, que um dia já fora Kimi, a menina mais esperta da aldeia Yamanaka, virou-se e, com um andar surpreendentemente ágil para uma centenária, foi receber sua prole.

O que lhe parecia mesmo tão importante um minuto atrás? Besteira. Nada era tão importante que não pudesse ser esquecido.

1311, TORRE PRINCIPAL DO CASTELO DO BANDO DE PARDAIS

Shizuka aguardava a chegada de Go.

Pensava no mundo e em como era repleto de tristeza, porque os homens eram tolos, e os piores tolos entre os homens eram os samurais, e os samurais sempre haveriam de governar aquela trágica terra de Yamato. Tudo o que julgavam importante não passava de veneno disfarçado em riqueza.

Poder, sobre homens, pássaros e animais, sobre mulheres, crianças e amantes, sobre lares, castelos, províncias e impérios.

Abundância, em ouro, vassalos, concubinas, arrozais, pastos, trilhas nas montanhas, rios, comércio de raridades oriundas de terras exóticas e distantes, objetos e artefatos que não possuíam nenhum valor intrínseco além de sua raridade e exotismo.

Fama, entre os mais próximos, para que cada encontro resultasse em uma demonstração de respeito dos subalternos; entre os distantes, para que as histórias de sua grandeza ficassem ainda maiores ao serem recontadas e eles pudessem imaginar o medo e a admiração daqueles que jamais veriam.

Vitória na batalha.

Coragem na morte.

Um nome glorioso, passado aos descendentes.

A melancolia suave do luar e das flores caindo.

A música das espadas desembainhadas, das flechas zunindo pelo ar, o tropel dos cavalos de batalha avançando e fendendo a terra em um ataque furioso, os gritos de guerra, os apelos dos feridos e dos moribundos, o pranto das mães, mulheres e filhas dos inimigos estraçalhados e o sangue, sempre a música do sangue.

E, o mais importante, o medo.

O medo que inflamava o ódio no coração dos inimigos.

O medo que inspirava obediência em vassalos indisciplinados.

O medo que gerava submissão e castidade nas mulheres.

Shizuka ouvia a luta na escada. Suas damas de companhia eram intrépidas e leais. Eram jovens demais para morrer, mas morreriam, com uma única exceção. Dando as suas vidas, atrasariam o seu assassino quase tempo o bastante.

A porta se abriu, não com a violência que ela imaginara, e sim bem devagar, quase delicadamente. Go pairou sob o umbral da porta, coberto de sangue. Seus ferimentos eram superficiais, o sangue que o maculava era das defensoras de Shizuka. Ele ergueu os olhos para o teto e deu uma gargalhada.

— Muito inteligente. Você mandou o seu escravo construí-lo bem alto, para que pudesse manejar a sua lança de bruxa dentro da torre. Havia me esquecido disso. Não faz mal. Este é o seu fim. Tirarei a sua vida com a minha espada. — Ele terminou de escancarar a porta com a ponta da espada e entrou no cômodo.

Shizuka concentrava-se nos olhos dele e, com sua visão periférica, acompanhava os movimentos de sua espada, seus pés, seus ombros. Mantinha baixa a lâmina comprida da sua lança *naginata*, instigando um ataque. Sabia que ele não cairia em um truque tão primitivo. Mas talvez fingisse cair, para enganá-la. Só assim teria uma abertura. Não podia morrer depressa demais, ou poria tudo a perder.

— Onde está a sua famosa vidência agora, falsa profetisa? — perguntou Go. — Você vê a sua morte se aproximando?

— É o fim — afirmou Shizuka.

— Sim, e o fim nasceu com o começo. Não é preciso ser profeta para prever isso.

— E o começo vai nascer do fim — disse Shizuka.

— Não tente se consolar com falsas esperanças, bruxa. — Go apontou sua espada para o ventre grávido de Shizuka. — A criança vai ser a primeira a morrer.

Ele investiu contra seu ventre e Shizuka escapou, desviando-se do golpe. Foi o primeiro ataque de Go — e revelara-se eficaz. Sabia que ela protegeria o filho ainda não nascido. Quando ela moveu a sua lança para se defender, ele ergueu a espada e atingiu a sua garganta. Um segundo antes de a lâmina atingi-la, Shizuka conseguiu inclinar a cabeça para o lado. Do contrário, teria rompido a jugular em vez de sofrer apenas um corte na pele.

Go sorriu.

— Hei de queimar o seu corpo e espalhar as suas cinzas no fosso das vísceras de animais. A sua cabeça eu vou colocar em um esquife de aço, mergulhá-la em ácido e arremessá-la nos pântanos ao norte do Lago das Pedras Brancas. Você não vai voltar a viver desta vez.

— Que tolo, do início ao fim — disse Shizuka. Ignorou o sangue que pingava de seu pescoço. — Tão cego para a verdade, incapaz de ver o destino que o aguarda.

Go desviou-se para a direita.

Shizuka moveu sua lâmina na direção dele, e então, quando ele se desviou para a esquerda, ela o golpeou com toda força na parte interna e desprotegida do joelho com o bastão da sua lança, fazendo-o tombar no chão. Shizuka atingiu sua coxa, abrindo um talho. Mas Go estava em movimento e o seu corte fora como o dele — superficial. Não tardou a ficar de pé novamente.

Shizuka escutou um leve ruído às suas costas. Virando-se, viu um dos homens de Go entrando pela janela. Ele havia escalado a torre. Antes que ela pudesse voltar toda a sua atenção para Go novamente, ele tornou a golpeá-la. Desta vez, sua lâmina penetrou com força no ombro esquerdo de Shizuka. Ela sentiu os músculos e os tendões rompendo-se dos ossos. Deixou pender a ponta da sua lança. Precisou valer-se de toda a força do seu braço direito para erguê-la novamente.

— Isso você não previu, não é, bruxa?

Shizuka afastou-se de Go e do outro homem. Não podia recuar muito ou a parede iria limitar seus movimentos com a lança. Mas, mesmo longe da parede, sem os movimentos do braço esquerdo e perdendo forças com a hemorragia que não podia estancar, ficava vulnerável ao ataque de um ao defender-se do ataque do outro.

Shizuka fitou os olhos de Go o mais fixamente que pôde e disse:

— A sua neta vai rezar para que sua alma possa descansar em paz.

Seu olhar petrificou-o por um instante. Naquele momento, o outro homem, perplexo com suas palavras, desviou o olhar de Shizuka para Go. Ela golpeou o sujeito no queixo de baixo para cima com a lança e dividiu o seu rosto em dois. Com um grito engasgado e derradeiro, ele tombou. Mas seu olhar não detivera Go por tempo o bastante. Antes que ela pudesse se recompor do ataque, ele investiu contra ela. Shizuka sentiu a lâmina dilacerar suas costas, rasgando-lhe as costelas.

Caiu de joelhos. Não tornaria a se levantar nunca mais. Podia ouvir uma chuva no interior da torre. Era a chuva espessa do seu sangue se derramando.

A lâmina de sua *naginata* jazia no chão. Não tinha forças para erguer algo tão pesado. A haste apoiada em seu peito era a única coisa que a impedia de cair.

Go aproximou-se, a espada erguida para o golpe, prestes a decapitá-la.

— Não!

A lâmina de Ayamê afundou na axila direita de Go assim que ele se virou para enfrentar seu ataque. Atrás de Ayamê estava Chiaki, o filho de Go, empunhando uma espada coberta de sangue.

— Pai! O que o senhor está fazendo?

— Para trás! — gritou Go. Ele se voltou novamente para Shizuka. — Morra!

A espada começou a descer veloz em direção ao pescoço dela.

E estacou, de repente.

A lâmina de Chiaki varou as costas de Go, irrompendo no meio de seu peito. Uma explosão de sangue banhou o chão, Shizuka e a parede atrás dela.

Recolhendo a espada do corpo sem vida do pai, Chiaki deu continuidade ao golpe com um gesto ligeiro, arrancando a sua cabeça.

— Traidor!

Chiaki apanhou a cabeça e arremessou-a violentamente pela janela mais próxima.

— Traidor! — gritou ele, novamente.

— Minha senhora! — Ayamê amparou Shizuka, que desfalecia. O sangue dela encharcou a ambas. — Minha senhora!

Os vassalos de Chiaki irromperam pela porta.

— Senhor Chiaki, os traidores bateram em retirada. Mas não por muito tempo.

Chiaki, chorando, tombou de joelhos ao lado de Shizuka e Ayamê.

— Minha senhora — soluçou Chiaki. — Shizuka. — Quase não era possível compreender suas palavras, sufocadas em pranto.

— Você precisa fazê-lo — disse Shizuka para Ayamê. — Não tenho mais forças.

— Não — disse Ayamê. — A senhora consegue, minha senhora. Precisa conseguir.

— Tenha coragem, Ayamê, como sempre teve. Se não me ajudar, Sen e eu vamos morrer. — Shizuka retirou a faca que trazia em sua faixa e depositou-a na palma da amiga.

Os ombros de Ayamê tremeram, seus olhos perderam o foco e seu corpo oscilou. Mas ela não caiu.

Virou-se para Chiaki.

— O senhor e os outros homens precisam sair do quarto. Os homens não podem estar presentes durante o parto.

— Em circunstâncias normais, não, mas não pode fazer isso sozinha.

— Eu posso. Eu vou fazer.

— Obedeçam a ela — ordenou Shizuka. Seus pulmões ficavam cada vez mais pesados. Logo, não teria mais força para enchê-los de ar.

Escutou os homens dizendo:

— Sim, Senhora Shizuka, ouvimos e obedecemos.

Ayamê desembainhou a faca.

Shizuka não a sentiu abrir o seu quimono, suas roupas íntimas, nem a lâmina entrando em sua pele, o fluxo inestancável do seu sangue, nem sua filha deixando seu ventre, irrompendo no mundo. Tinha a visão embaçada e a audição remota. Seus outros sentidos já a haviam abandonado.

Ouviu o primeiro choro de sua filha recém-nascida. Mesmo sem conseguir distingui-la direito, percebeu que a menina nascera com saúde. Shizuka sorriu.

— Sua filha, minha senhora. — Sentiu Ayamê encostando algo contra o seu peito e mantendo-o ali. Sua pele era morna, ela se mexia, chorava e era muito pesada.

Shizuka sentiu um compasso que não era o seu, insistente, ligeiro, semelhante aos primeiros tremores que anunciam um terremoto iminente.

Eram as rápidas batidas de um coração novo.

Shizuka não podia mais mexer os braços. Não haveria nenhum abraço, nem primeiro, nem último. Pensou sentir o calor oriundo do corpinho do bebê, mas sabia que devia ser a sua imaginação. Já não podia sentir mais nada.

— Sen — murmurou ela.

. . . .

Formavam uma tropa de trinta e um homens, trinta samurais e uma dama de companhia, avançando em direção ao noroeste, contornando o Cabo Muroto, seguindo as trilhas secretas na montanha, na Ilha de Shikoku. Deixavam para trás um castelo em chamas chamado Bando de Pardais, milhares de inimigos no seu encalço, as cinzas de seu senhor e sua senhora e os cadáveres decapitados dos traidores que os assassinaram.

Ayamê aboletava-se na sela como um samurai. Não podia agir como uma dama e cavalgar na velocidade que precisava. Trazia a Senhora Sen em seus braços. Contaria a Chiaki a previsão da Senhora Shizuka, que ela própria teria um filho, que ele fora adotado antes mesmo de nascer, antes mesmo de ser concebido, pelo clã Okumichi. Ele seria um Grande Senhor, dissera Shizuka, e haveria de se casar com Sen.

Ayamê contaria tudo aquilo a Chiaki, mas não agora. Agora, via que a sua tristeza era pesada demais para que pudesse suportar qualquer coisa. Lamentava pelo pai, a quem amara e descobrira ser um traidor. Lamentava pelo seu senhor, um grande líder que poderia ter sido Xogum.

Mas, acima de tudo, lamentava pela Senhora Shizuka, assim como Ayamê.

Após a próxima colina, desceriam em um vale. Ayamê virou-se para lançar-lhe um último olhar.

Não podia mais ver o Bando de Pardais. Estava longe demais. Não podia sequer vislumbrar a fumaça que evolava de suas chamas.

Uma tropa tão pequena não levaria muito tempo para atravessar o Cabo.

Logo, tudo seria como antes.

Os pinheiros verdejantes de Muroto.

O céu, lá no alto.

A terra, aqui embaixo.

Impresso no Brasil pelo
Sistema Cameron da Divisão Gráfica da
DISTRIBUIDORA RECORD DE SERVIÇOS DE IMPRENSA S.A.
Rua Argentina 171 – Rio de Janeiro, RJ – 20921-380 – Tel.: 2585-2000